Edgar Wallace
Die spannendsten Fälle

Edgar Wallace

Die spannendsten Fälle

Aus dem Englischen
von Fritz Pütsch
und Ravi Ravendro

Anaconda

Penguin Random House Verlagsgruppe FSC® N001967

© 2024 by Anaconda Verlag, einem Unternehmen
der Penguin Random House Verlagsgruppe GmbH,
Neumarkter Straße 28, 81673 München
Alle Rechte vorbehalten.
Umschlaggestaltung: www.katjaholst.de
Umschlagmotiv: Adobe Stock
Satz und Layout: InterMedia – Lemke e. K., Heiligenhaus
GGP Media GmbH, Pößneck
Printed in Germany
ISBN 978-3-7306-1420-4
www.anacondaverlag.de

Inhalt

1

Der Kommissar drückte auf den Klingelknopf und sagte zur Ordonnanz, die einige Augenblicke später eintrat:

»Bitten Sie Herrn Inspector Wembury, zu mir zu kommen!«

Der Kommissar legte das Dokument, das er soeben gelesen hatte, in eine Mappe. Nicht nur als Polizeibeamter, sondern auch als Soldat hatte Alan Wembury eine ausgezeichnete Laufbahn hinter sich. Er war während des Krieges zum Offizier befördert worden und hatte den Rang eines Majors erreicht.

Die Tür öffnete sich, und ein Mann in mittleren Jahren trat ein.

»Guten Morgen, Wembury!«

»Guten Morgen, Sir.«

Alan Wembury war ein Mann Anfang der Dreißiger, ein Sportsmann, dem man sofort ansah, dass er an das Leben im Freien gewöhnt war.

»Ich habe Sie zu mir gebeten, weil ich Ihnen eine angenehme Mitteilung zu machen habe«, sagte der Kommissar, der eine aufrichtige Freundschaft für seinen Untergebenen empfand.

»Jede Mitteilung ist mir angenehm«, lachte Alan.

Er stand stramm vor dem Kommissar, der ihm mit einer Handbewegung einen Stuhl anbot.

»Sie sind zum Bezirksinspektor befördert worden und übernehmen am Montag in acht Tagen den ›R‹-Bezirk«, fuhr der Vorgesetzte fort. Alans Augen leuchteten auf.

»Das kommt sehr überraschend, Sir«, bemerkte er endlich.

»Ich bin dafür sehr dankbar, aber ich glaube doch, dass vielen anderen vor mir diese Auszeichnung zusteht, bevor ich …«

Oberst Walford schüttelte den Kopf.

»Ich freue mich Ihretwegen, doch kann ich Ihnen nicht zustimmen«, entgegnete er lebhaft, »wir nehmen bedeutende Veränderungen in Scotland Yard vor. Bliss, der bei der Gesandtschaft in Washington arbeitete, kehrt zurück. Sie kennen ihn doch?«

Alan schüttelte den Kopf. Er hatte von dem gefürchteten Bliss gehört, wusste aber nur, dass er ein fähiger Polizeibeamter war und von beinahe jedem Mann im Yard sehr ungern gesehen wurde.

»Der ›R‹-Bezirk ist nicht mehr so aufregend, wie es in den früheren Jahren der Fall war«, äußerte der Kommissar mit einem Blinzeln. »Sie sollten sich aber darüber freuen!«

»War es wirklich ein aufregender Bezirk?«, fragte Alan, dem Deptford ein neues Gebiet war.

Oberst Walford nickte.

»Ich dachte an den ›Hexer‹ und habe oft an der Wahrheit des Berichtes über seinen Tod gezweifelt. Die australische Polizei behauptete, dass der Mann, der aus dem Hafen von Sydney aufgefischt wurde, dieser Schuft war.«

Alan Wembury nickte langsam.

»Der Hexer!«

Wer hatte nicht von dem »Hexer« gehört? Seine Taten hatten London erschreckt. Wenn es sich um eine persönliche Rache handelte, hatte er Leute unbarmherzig getötet. Männer, die Grund hatten, ihn zu hassen und zu fürchten, hatten sich gesund und munter schlafen gelegt und über die Gefahr gelacht, die sie bedrohte, da sie sich von der Polizei bewacht wussten; am nächsten Morgen aber fand man sie tot vor.

»Obgleich der Hexer nicht mehr in Ihrem Bezirk haust, möchte ich Sie doch vor einem Mann in Deptford warnen«, sagte Oberst Walford, »und das ist …«

»Maurice Messer!«, unterbrach ihn Alan, und der Kommissar hob erstaunt die Augenbrauen.

»Kennen Sie ihn?«, fragte er. »Ich wusste nicht, dass Messers guter Ruf als Rechtsanwalt so bekannt ist.«

Alan Wembury zögerte mit der Antwort.

»Ich kenne ihn nur als Anwalt der Familie Lenley«, meinte er endlich.

Der Kommissar schüttelte den Kopf.

»Ich kenne die Lenleys nicht.« Dann aber fügte er hinzu: »Meinen Sie etwa den alten George Lenley in Hertford, der vor einigen Monaten gestorben ist?«

Alan nickte.

»Ich bin mit ihm öfters zur Jagd geritten«, sagte der Kommissar nachdenklich. »Er gehörte zu jenen alten englischen Landherren, die tüchtige Reiter und Trinker waren. Es ist mir erzählt worden, dass er vermögenslos starb. Hatte er Kinder?«

»Zwei, Sir«, erwiderte Alan ruhig.

»Und Messer ist ihr Anwalt?« Der Kommissar lachte kurz auf. »Man hat sie nicht gut beraten, ihr Vermögen in die Hand des Maurice Messer zu legen.« Er dachte nicht an Messer, sondern an die Kinder, die sich in dessen Obhut befanden.

»Messer kannte den Hexer«, sagte er ganz unerwartet, und Wemburys Augen wurden groß vor Erstaunen.

»Den Hexer?«, wiederholte er.

Walford nickte. »Ich weiß nicht, wie gut er ihn kannte, aber ich glaube, zu gut – zu gut, um, wenn er noch am Leben wäre, Ruhe zu finden. Der Hexer hatte seine Schwester Gwenda Milton in Messers Obhut gelassen. Vor sechs Monaten ist ihr Leichnam aus der Themse gezogen worden.«

Alan nickte, da er sich des unglücklichen Vorfalles erinnerte. »Sie war Messers Sekretärin. Wenn Sie dieser Tage nichts zu tun haben, gehen Sie in das Aktenzimmer hinauf – vieles wurde bei den gerichtlichen Verhandlungen nicht erwähnt.«

»Über Messer?«

Oberst Walford nickte.

»Wenn der Hexer tot ist, hat es nichts weiter zu sagen, aber wenn er noch lebt«, er zuckte seine breiten Achseln und schaute bedeutungsvoll unter seinen buschigen Augenbrauen auf den jungen Detective, »wenn er noch lebt, so weiß ich, dass etwas ihn nach Deptford und zu Messer zurückbringen wird.«

»Was ist das, Sir?«, fragte Wembury.

Wieder lächelte Walford bedeutungsvoll.

»Lesen Sie die Akten durch, und Sie werden eins der ältesten Dramen der Welt lesen – die Geschichte einer vertrauensvollen Frau und eines ehrlosen Mannes.«

Mit einer Handbewegung gab er zu verstehen, dass er über den Hexer nicht mehr sprechen wollte.

»Montag über acht Tage treten Sie Ihren neuen Dienst an. Haben Sie vielleicht Lust, sich schon vorher mit der Arbeit im neuen Bezirk bekannt zu machen?«

Alan zögerte.

»Wenn möglich, Sir, möchte ich eine Woche Urlaub nehmen«, sagte er, und sein Gesicht rötete sich leicht.

»Urlaub? Aber selbstverständlich. Wollen Sie die gute Botschaft Ihrem Mädel verkünden?« Walford zwinkerte gutmütig.

»Nein, Sir.« Seine Verlegenheit strafte seine Worte Lügen. »Ich möchte einer Dame über meine Beförderung berichten«, fuhr er fort. »Es ist Miss Mary Lenley.«

»Oh, Sie kennen also Miss Lenley so gut?«, bemerkte der Kommissar.

»Nicht so, Sir, sie ist mir nur immer eine gute Freundin gewesen«, antwortete Wembury. »Ich habe mein Leben in einem Häuschen auf dem Gut der Lenleys begonnen. Mein Vater war der Obergärtner des Mr Lenley, und ich kenne die Familie, soweit mein Gedächtnis zurückreicht, und …«

»Nehmen Sie Ihren Urlaub, mein Junge, und gehen Sie, wohin Sie wollen! Wenn Miss Mary Lenley ebenso weise wie schön ist – ich kann mich ihrer als Kind erinnern –, so wird sie vergessen, dass sie eine Lenley von Lenley Court und Sie ein Wembury aus dem Häuschen des Gärtners sind! Wembury, in unserem demokratischen Zeitalter«, seine Stimme klang ernst, »ist der Mann, was er selbst ist, und nicht, was sein Vater war. Ich hoffe, dass Sie sich niemals unterschätzen werden!«

2

Als Alan vom Bahnhof her in das Dorf Lenley kam, sah er hinter den
hohen Pappeln das Dach von Lenley Court, dem alten, grauen Herrenhaus, aufleuchten.

Die Nachricht von seiner Beförderung war vor ihm eingetroffen. Der
kahlköpfige Wirt des Gasthauses »Zum Roten Löwen« kam ihm mit fro-
hem Lächeln auf dem roten Gesicht entgegengelaufen.

»Ich freue mich, Sie wiederzusehen, Alan«, sagte er. »Wir haben von
Ihrer Beförderung gehört und sind stolz auf Sie. Demnächst werden
Sie Polizeipräsident sein. Gehen Sie nach dem Herrenhaus hinauf, um
Miss Mary aufzusuchen?« Als Alan die Frage bejahte, schüttelte der Wirt
den Kopf. »Dort steht es sehr schlecht, Alan. Man sagt, dass von dem
ganzen Vermögen weder für Mr Johnny noch für Miss Mary etwas übrig
bleibt. Für Mr Johnny ist es gleichgültig, denn er ist ein Mann, der sich
in der Welt zurechtfinden kann – aber ich wünschte, er hätte einen besseren Weg eingeschlagen, als es der Fall ist.«

»Wie meinen Sie das?«, fragte Alan schnell.

Der Wirt schien sich plötzlich zu erinnern, dass er zu einem Polizeibeamten sprach, und wurde zurückhaltender.

»Man erzählt, dass er zum Teufel geht. Sie wissen doch, wie die Leute
reden, aber etwas Wahres muss dahinter sein. Der junge Mann kann die
Armut nicht leicht verwinden.«

»Warum bleiben sie denn auf Lenley Court, wenn es so schlecht steht?
Der Unterhalt des Besitztums muss ziemlich teuer sein. Warum verkauft
es Johnny Lenley nicht?«

»Verkaufen!«, spottete der Wirt. »Es ist bis zum letzten Blatt auf dem
höchsten Zweig jedes Baumes mit Hypotheken belastet! Soweit ich gehört habe, bleiben die Lenleys hier, bis ihr Londoner Rechtsanwalt die
Erbschaftsangelegenheit geregelt hat, und ziehen in der nächsten Woche
nach London.«

Der Londoner Rechtsanwalt! Alans Stirn legte sich in Falten. Das
musste Maurice Messer sein, und er wurde neugierig, den Mann kennenzulernen, über den so viele seltsame Gerüchte im Umlauf waren. Man
flüsterte sich in Scotland Yard über Maurice Messer Dinge zu, die, wenn

sie laut gesagt oder niedergeschrieben worden wären, Verleumdungen oder Beleidigungen sein konnten.

»Wollen Sie mir ein Zimmer reservieren, Mr Griggs! Der Dienstmann wird mein Gepäck vom Bahnhof bringen. Ich will nach dem Herrenhaus hinaufgehen und sehen, ob ich Johnny Lenley sprechen kann.«

Er sagte »Johnny«, aber sein Herz meinte Mary.

Als er den breiten, von Eichen umschatteten Fahrweg entlangging, traten ihm überall die Anzeichen der Armut entgegen. Auf dem mit Kies bestreuten Weg wuchs Gras; die wunderschönen Eibenhecken des Tudorgartens waren von einer ungeübten Hand zurechtgestutzt worden; der Rasen vor dem Haus sah ungepflegt aus. Als das Herrenhaus selbst sichtbar wurde, erbebte sein Herz beim Anblick der allgemeinen Vernachlässigung. Die Fenster des Ostflügels waren schmutzig, viele Scheiben waren zerbrochen und nicht erneuert worden.

Als er sich dem Haus näherte, trat eine Gestalt aus dem schmutzigen Säulengang hervor. Sobald sie ihn erkannte, lief sie ihm entgegen.

»O Alan!«

Im nächsten Augenblick hielt er ihre beiden Hände in den seinen und sah auf das emporgehobene Gesicht hinab. Er hatte sie zwölf Monate nicht gesehen. Ihre feine, bleiche Schönheit berührte das Innerste seines Herzens. Er hatte ein reizendes Kind gekannt und schaute jetzt in die kristallklaren Augen einer voll erblühten Frau. Die schlanke, kindliche Gestalt, die er gekannt hatte, hatte eine Verwandlung durchgemacht, und das hübsche Gesicht erglühte in neuer, seltener Schönheit.

»Alan, wie freue ich mich, Sie zu sehen!«, rief sie, und in ihren traurigen Augen leuchtete ein Lächeln. »Sie haben viel Neues zu erzählen, Alan! Wir haben es schon in der Morgenzeitung gelesen.«

»Ich wusste nicht, dass meine Beförderung so welterschütternd ist«, sagte er.

»Sie müssen mir jetzt alles erzählen.«

Sie nahm ihn unter den Arm, wie sie es in ihren Kindertagen getan hatte, als er der Sohn des Gärtners und ihr Spielgefährte gewesen war. Damals war er der schüchterne Knabe, der ihren Drachen steigen ließ und der ihr den Ball zuwarf, als sie den Kricketschläger schwang, der beinahe so groß war wie sie selbst.

»Da gibt es nicht viel mehr zu erzählen«, äußerte Alan. »Bei der Beförderung sind bessere Männer übersprungen worden, und ich weiß nicht, ob ich mich freuen soll oder nicht!«

»Unsinn!«, bemerkte sie überzeugt. »Sie sind befördert worden, weil Sie es verdienten!«

Sie beobachtete ihn, sah, wie seine Augen über das Haus schweiften, und ihr Gesichtsausdruck veränderte sich plötzlich und nahm einen ungewohnten Ernst an.

»Armer, alter Lenley Court!«, sagte sie nachdenklich. »Alan, haben Sie es schon gehört? In der nächsten Woche verlassen wir unser Haus.« Sie seufzte tief. »Man darf kaum darüber nachdenken! Johnny will eine Wohnung in der Stadt nehmen, und Maurice hat mir Arbeit versprochen.«

»Arbeit?«, fragte Alan erstaunt. »Sie wollen doch nicht sagen, dass Sie Ihren Lebensunterhalt verdienen müssen?«

Sie lachte.

»Aber selbstverständlich, mein lieber – mein lieber Alan! Ich versuche jetzt schon in die Geheimnisse der Stenografie und des Maschinenschreibens einzudringen. Ich soll Sekretärin von Maurice werden.«

Messers Sekretärin!

Die Worte kamen ihm bekannt vor. Er erinnerte sich plötzlich an eine andere Sekretärin, deren Leichnam man an einem nebligen Morgen aus dem Fluss gezogen hatte, und die bedeutungsvollen Worte des Obersten Walford klangen ihm in den Ohren.

»Warum sind Sie so ernst, Alan? Gefällt Ihnen der Gedanke nicht, dass ich meinen Lebensunterhalt verdienen werde?«, fragte sie mit zuckenden Lippen.

»Nein«, antwortete Alan. »Es wird doch etwas aus dem Zusammenbruch gerettet werden können?«

Sie schüttelte den Kopf.

»Nichts – auch gar nichts! Von meinem mütterlichen Erbe beziehe ich ein kleines Einkommen, das mich vor dem Verhungern schützen wird. Dann ist Johnny auch ganz tüchtig. Er hat in der letzten Zeit viel Geld verdient – das klingt doch seltsam? Niemand hat gedacht, dass Johnny ein guter Kaufmann ist, und doch ist es der Fall. Er hofft, in wenigen Jahren Lenley Court zurückkaufen zu können.«

Die Worte verrieten Mut, aber Alan ließ sich nicht täuschen.

3

Er bemerkte, wie sie über seine Schulter hinwegschaute, und als er sich umdrehte, sah er zwei Männer auf sie zukommen.

Trotz des warmen Frühlingswetters trug Mr Messer doch die seit alten Zeiten herkömmliche Kleidung eines erfolgreichen Rechtsanwaltes. Der langschößige Gehrock saß tadellos auf seiner schlanken Gestalt, und in der schwarzen Krawatte steckte ein schimmernder Opal. Er trug einen Zylinderhut, und seine gelben Handschuhe waren einwandfrei. Sein mageres, etwas gelbliches Gesicht, seine dunklen, unergründlichen Augen und seine Sprache gaben ihm etwas Aristokratisches. »Er sieht aus wie ein Herzog, spricht wie ein spanischer Edelmann und denkt wie der Teufel«, war nicht das am wenigsten Schmeichelhafte, was über Messer je gesagt worden war.

Sein Begleiter war ein großer junger Mann, nicht viel älter als zwanzig Jahre. Als er den Besucher erblickte, zogen sich seine Augenbrauen finster zusammen.

»Hallo!«, rief er mürrisch aus und wandte sich dann an seinen Begleiter: »Sie kennen doch Wembury, Maurice, er ist Oberwachtmeister oder etwas Ähnliches bei der Polizei.« Maurice Messer lächelte.

»Bezirkskriminalinspektor, glaube ich«, erklärte er und streckte seine lange, dünne Hand aus. »Soweit ich gehört habe, kommen sie in meine Nachbarschaft, um meinen unglückseligen Klienten neuen Schrecken einzuflößen!«

»Ich hoffe, wir werden in der Lage sein, sie auf bessere Wege zu bringen«, entgegnete Alan. »Dazu sind wir ja da!«

Johnny Lenley hatte Alan schon als Knabe nicht leiden können, und jetzt, aus irgendeinem Grund, flackerte bei der Anwesenheit des Detective sein Groll wieder auf.

»Was führt sie nach Lenley?«, fragte er mürrisch. »Ich wusste nicht, dass Sie Verwandte hier haben.«

»Ich habe hier wenig Freunde«, sagte Alan ernst.

»Selbstverständlich hat er welche«, warf Mary ein. »Natürlich ist er gekommen, um mich aufzusuchen, nicht wahr, Alan? Es tut mir leid, dass wir Sie nicht bitten können, bei uns zu wohnen, aber es sind so gut wie gar keine Möbel übrig geblieben.«

»Es ist doch nicht nötig, unsere Armut im ganzen Land zu verkünden«, rief Johnny Lenley schroff. »Ich glaube kaum, dass Wembury sich für unser Missgeschick interessiert, und wenn ...«

»Das Missgeschick auf Lenley Court ist der Öffentlichkeit bekannt, mein lieber Johnny«, unterbrach ihn Messer besänftigend. »Seien Sie nicht unnötig empfindlich! Ich meinerseits freue mich, die Gelegenheit zu haben, einen so ausgezeichneten Polizeibeamten wie Alan Wembury kennenzulernen. Augenblicklich werden Sie Ihren Bezirk sehr ruhig finden, Mr Wembury. Wir haben nicht mehr die Aufregungen wie damals, als ich von Lincoln's Inn Fields nach Deptford zog.«

Alan nickte.

»Sie meinen, dass der Hexer Sie nicht mehr belästigt?«, fragte er.

Die Bemerkung war ganz harmlos gemeint, und er war gar nicht auf die Veränderung vorbereitet, die in Messers Gesicht vorging. Seine Augen blinzelten plötzlich, als wenn ein helles Licht aufleuchtete. Der gebogene Mund wurde eine gerade, harte Linie.

»Der Hexer«, seine Stimme klang heiser. »Eine alte Geschichte! Der arme Teufel ist tot!«

Er sagte dies mit besonderem Nachdruck. Alan schien es, als wenn der Mann sich selbst überzeugen wollte, dass dieser berüchtigte Verbrecher nicht mehr lebte.

»Tot ... in Australien ertrunken!«

Das Mädchen schaute ihn verwundert an.

»Wer ist der Hexer?«, fragte sie.

»Niemand, den Sie kennen, und den Sie auch nicht kennen sollten«, versetzte Messer barsch. Dann fuhr er lächelnd fort: »Jetzt fachsimpeln wir aber, und eine Unterhaltung über das Verbrechertum passt am wenigsten für die Ohren einer jungen Dame.«

»Ich wünschte, Sie fänden einen anderen Gesprächsstoff«, brummte Johnny Lenley und wollte sich schon umdrehen, als Maurice fragte:

»Sie sind doch jetzt im Westend-Bezirk, Wembury? Was war Ihr letzter Fall? Ich kann mich nicht erinnern, Ihren Namen in der Zeitung gelesen zu haben.«

Alan verzog das Gesicht.

»Wir verkünden unsere Fehlschläge niemals«, entgegnete er. »Meine letzte Arbeit waren die Nachforschungen über eine Perlenkette, die der Lady Darnleigh in Park Lane gestohlen wurde, als sie den großen Botschafterball gab.«

Während er sprach, schaute er Mary an. Er bemerkte nicht, wie Johnny Lenley sich bemühte, einen unwillkürlichen Ausruf zu unterdrücken, noch sah er den schnellen, warnenden Blick, den Messer dem jungen Mann zuwarf. Es entstand eine kurze Pause.

»Lady Darnleigh?«, fragte Messer in gezogenem Ton. »O ja, ich glaube mich erinnern zu können… Waren Sie nicht auf jenem Ball, Johnny?«

Er blickte Johnny an, der ungeduldig die Achseln zuckte.

»Selbstverständlich war ich dort … Ich habe aber erst lange nachher etwas darüber gehört. Habt ihr denn nichts anderes, als über Verbrechen, Diebstähle und Morde zu sprechen?«

Er drehte sich auf dem Absatz um und ging langsam über den Rasen.

Mary schaute ihm mit einem besorgten Gesicht nach. »Ich möchte wissen, was Johnny in den letzten Tagen so mürrisch macht. Wissen Sie es, Maurice?«

Maurice Messer betrachtete die glimmende Zigarette in seiner Bernsteinspitze.

»Johnny ist jung, und dann dürfen Sie nicht vergessen, meine Liebe, dass er in der letzten Zeit viel Aufregung hatte!«

»Ich auch«, erwiderte sie ruhig. »Oder glauben Sie, dass es für mich nichts zu bedeuten hat, Lenley Court zu verlassen?«

Einen Augenblick zitterte ihre Stimme, doch mit großer Willenskraft zwang sie sich zu lächeln. »Ich werde sehr pathetisch, und wenn ich mich nicht zusammennehme, werde ich noch an Alans Schulter weinen. Kommen Sie, Alan, und schauen Sie sich den alten Rosengarten an! Vielleicht sehen wir ihn zum letzten Mal.«

4

Johnny Lenley blickte ihnen nach, bis sie verschwunden waren. Sein Gesicht war blass, und seine Lippen zitterten.

»Was führt diesen Kerl hierher?«, fragte er.

Maurice Messer, der ihm gefolgt war, sah ihn seltsam an. »Mein lieber Johnny, Sie sind noch sehr jung und sehr unreif. Sie haben die Erziehung eines Gentleman genossen, Sie benehmen sich aber wie ein Bauer!«

»Was erwarten Sie denn, das ich tun soll? Soll ich ihm herzlich die Hand drücken und ihn auf Lenley Court willkommen heißen? Der Kerl ist aus der Gosse hervorgegangen. Sein Vater war unser Gärtner …«

»Sie sind sehr eingebildet, Johnny! Das schadet nichts«, unterbrach ihn Messer, »wenn Sie nur lernten, Ihre Gefühle zu verbergen.«

»Ich sage, was ich meine«, erklärte Johnny kurz.

»Das macht auch der Hund, wenn man ihm auf den Schwanz tritt«, entgegnete Maurice. »Sie Esel!«, fuhr er ihn mit unerwarteter Heftigkeit an. »Sie Idiot! Bei der Erwähnung der Darnleigh-Perlen haben Sie sich beinahe selbst verraten. Haben Sie sich vergegenwärtigt, mit wem Sie sprachen, und wer Sie wahrscheinlich beobachtete? Der gefährlichste Detective der Kriminalabteilung! Der Mann, der Hersey abfasste, der Gostein an den Galgen brachte, der die Flackbande auflöste!«

»Er hat nichts gemerkt«, sagte der andere verdrießlich und versuchte das Gespräch auf ein anderes Thema zu lenken: »Sie haben heute Morgen einen Brief erhalten. Stand etwas über die Perlen darin – sind sie verkauft?«

»Glauben Sie wirklich, dass man Perlen im Werte von fünfzehntausend Pfund in einer Woche verkaufen kann? Wie denken Sie sich eigentlich den Vorgang – dass man sie etwa zu Christie's zur Versteigerung gibt?«

Johnny Lenley biss die Lippen zusammen.

»Es ist seltsam, dass Wembury den Fall zur Behandlung hatte – anscheinend hat man jede Hoffnung aufgegeben, den Dieb noch zu fangen. Selbstverständlich hatte die alte Lady Darnleigh keinen Verdacht …«

»Seien Sie nicht allzu sicher!«, warnte Messer. »Jeder Gast, der in jener Nacht in Nr. 304 von Park Lane war, ist verdächtig. Sie mehr als jeder andere, da jedermann weiß, dass Sie arm sind. Außerdem hat Sie ein Diener gesehen, wie Sie kurz vor Ihrem Weggang die Haupttreppe hinaufgingen.«

»Ich sagte ihm, dass ich meinen Mantel holen wollte«, warf Johnny Lenley ein. »Warum haben Sie vor Wembury erwähnt, dass ich dort war?«

Maurice lachte.

»Weil er es wusste, denn ich habe ihn beim Sprechen beobachtet. Ein schwaches Schimmern in seinen Augen verriet es mir. Aber ich will Sie beruhigen. Die Person, die man augenblicklich in Verdacht hat, ist Lady Darnleighs Kellermeister. Glauben Sie aber ja nicht, dass alles vorbei ist – das ist nicht der Fall. Die Polizei ist noch viel zu rührig in der Sache, als dass wir daran denken könnten, die Perlen loszuwerden, und wir müssen eine günstige Gelegenheit abwarten, um sie in Antwerpen unterzubringen.«

Er zog ein goldenes Etui hervor und suchte sich sorgsam eine Zigarette aus, die er anzündete. Johnny beobachtete ihn neidisch.

»Sie sind ein kaltblütiger Teufel. Sie sind sich doch im Klaren, dass, wenn die Wahrheit über die Perlen herauskommen sollte, auch für Sie Zuchthaus in Aussicht steht?«

Der Anwalt stieß einen Rauchring in die Luft.

»Ich bin mir vollständig im Klaren, dass Ihnen, mein lieber Freund, Zuchthaus in Aussicht stünde. Ich glaube, es wäre ziemlich schwer, mich mit in die Sache hineinzuziehen. Wenn Sie zu Ihrem Vergnügen ein Räuberbaron werden und sich in hochstaplerische Abenteuer stürzen, kann das nur Ihr Leichenbegängnis sein. Weil ich Ihren Vater und Sie schon von Kindheit an kenne, laufe ich diese Gefahr. Vielleicht finde ich an dem Abenteuerlichen Geschmack …«

»Blödsinn!«, unterbrach ihn Johnny Lenley grob. »Sie sind, seitdem Sie gehen können, ein Schwindler gewesen. Sie kennen jeden Dieb in London und sind ein Hehler.«

»Gebrauchen Sie dieses Wort nicht!«

Maurice Messers Stimme klang plötzlich sehr schroff.

»Wie ich Ihnen schon sagte, sind sie noch sehr unreif. Habe ich den Diebstahl von Lady Darnleighs Perlen angestiftet? Habe ich Ihnen in den Kopf gesetzt, dass Diebstahl mehr abwirft als Arbeit und dass Ihre Erziehung und Beziehungen zu den besten Familien Ihnen Gelegenheiten geben, die einem gemeinen – Dieb versagt bleiben?«

Dieses Wort reizte Johnny Lenley ebenso sehr wie das Wort »Hehler« den Rechtsanwalt.

»Wir befinden uns beide in demselben Boot«, betonte er. »Sie könnten mich nicht verraten, ohne sich selbst zu ruinieren. Ich behaupte nicht, dass Sie irgendetwas angestiftet haben, Maurice, aber Sie haben tüchtig mitgeholfen. Eines Tages werde ich Sie zum reichen Mann machen.«

Messers schwarze Augen wandten sich langsam Johnny Lenley zu. Zu jeder anderen Zeit hätte er über die gönnerhafte Sprache des jungen Mannes gelacht, jetzt aber war er gereizt.

»Mein lieber Freund«, sagte er steif, »Sie sind etwas zu zuversichtlich. Raub mit oder ohne Gewalt ist nicht so einfach, wie Sie es sich vorstellen. Sie glauben, dass Sie gewandt sind …«

»Ich bin etwas tüchtiger als Wembury«, unterbrach ihn Johnny selbstzufrieden.

Maurice Messer unterdrückte ein Lächeln.

Mary führte ihren Besucher nicht in den Rosengarten, sondern nach dem Garten mit den sonderbaren, verwitterten Steinfiguren. Dort stand an einem kleinen Teich eine Marmorbank, Mary setzte sich und bat auch ihren Gast, Platz zu nehmen.

»Alan, ich möchte Ihnen etwas sagen. Ich spreche jetzt zu Alan Wembury und nicht zum Inspector Wembury«, begann sie.

»Aber selbstverständlich!« Er stockte, beinahe hätte er sie mit dem Vornamen angesprochen. »Ich habe niemals den Mut gehabt, Sie Mary zu nennen, aber ich fühle mich alt genug dazu!«

»Tun Sie es nur! ›Miss Mary‹ klingt so schrecklich unnatürlich. Von Ihnen klingt es beinahe unfreundlich.«

»Was gibt es also?«, fragte er, indem er sich neben sie setzte.

Sie zögerte einen Augenblick.

»Johnny«, erzählte sie, »spricht in mancher Beziehung so seltsam. Alan, es ist schwer, so etwas zu sagen, aber manchmal scheint es, als wenn er den Unterschied zwischen Mein und Dein vergessen hat. Oft denke ich, dass er so etwas nur aus Eigensinn sagt, und dann fühle ich wieder, dass er es wirklich ernst meint. Auch über unseren armen Vater spricht er sehr abfällig. Das kann ich nur schwer verzeihen. Vater war sehr leichtsinnig und verschwenderisch, aber er ist Johnny – und mir ein guter Vater gewesen«, setzte sie mit zitternder Stimme hinzu.

»Was meinen Sie damit, wenn Sie sagen, dass er in mancher Beziehung seltsam spricht?«

Sie schüttelte den Kopf.

»Das ist nicht das Einzige; er hat auch so eigenartige Bekannte. Vorige Woche war ein Mann hier – ich habe ihn nur gesehen und nicht gesprochen – namens Hackitt. Kennen Sie ihn?«

»Hackitt? Sam Hackitt?«, fragte Wembury erstaunt. »Aber selbstverständlich! Sam und ich sind alte Bekannte!«

»Was ist er?«, fragte sie.

»Einbrecher!«, war die ruhige Antwort. »Wahrscheinlich interessierte sich Johnny für ihn und ließ ihn herkommen ...«

Sie schüttelte den Kopf.

»Nein, das war nicht der Grund.« Sie biss sich auf die Lippen. »Johnny hat mich angelogen. Er sagte, dass der Mann ein Handwerker sei, der nach Australien fahren wollte. Sind Sie sicher, dass es derselbe Hackitt ist?«

Alan gab eine sehr wahrheitsgetreue, wenn auch kurze Beschreibung des Mannes. »Das ist er!«, nickte sie. »Alan, glauben Sie, dass Johnny – schlecht ist?«

»Selbstverständlich nicht!«

»Aber seine eigenartigen Freunde ...«

Diese Gelegenheit durfte er nicht ungenützt vorbeigehen lassen. »Ich befürchte, Mary, dass Sie eine ganze Menge Leute wie Hackitt und noch schlimmere Leute als Hackitt treffen werden.«

»Warum?«, fragte sie erstaunt.

»Sie beabsichtigen, als Messers Sekretärin zu arbeiten – Mary, ich wünschte, Sie würden nicht zu dem Anwalt gehen.«

»Warum in aller Welt, Alan ...? Ich verstehe allerdings, was Sie meinen. Maurice hat eine große Anzahl von Klienten, und ich werde sicher mit ihnen zusammenkommen, aber ich habe doch nur geschäftlich mit ihnen zu tun.«

»Wegen der Klienten bin ich nicht besorgt«, erwiderte Alan ruhig. »Besorgt bin ich wegen – Maurice Messer.«

»Besorgt wegen Maurice?« Sie mochte kaum ihren Ohren trauen. »Aber Maurice ist doch ein so lieber Mann! Er ist die Freundlichkeit selbst zu Johnny und mir gewesen, und wir kennen ihn unser ganzes Leben lang.«

»Ich kenne Sie auch so lange, Mary«, meinte Alan ruhig, aber sie unterbrach ihn.

»Aber sagen Sie mir, warum? Was könnten Sie gegen Maurice haben?«

Jetzt wurde er einer direkten Frage gegenübergestellt, und er fühlte sich unsicher.

»Ich weiß nichts von ihm«, gab er freimütig zu. »Ich weiß nur, dass Scotland Yard ihn nicht ›gern‹ hat.«

Sie lachte heiter.

»Weil er es fertigbringt, diese armen, elenden Verbrecher vor dem Gefängnis zu bewahren! Das ist Neid von Berufs wegen. O Alan!«, neckte sie ihn. »Das hätte ich von Ihnen nicht gedacht!«

Es wäre unnütz gewesen, wenn er die Warnung wiederholt hätte. Eine Beruhigung hatte er: Wenn sie bei Messer arbeitete, würde sie auch in seinem Bezirk wohnen.

5

Maurice Messer stand hinter einer Eibenhecke und beobachtete sie. Es schien ihm, dass er niemals vorher die Schönheit Mary Lenleys gewahr geworden war. Er musste sich eingestehen, dass es der augenscheinlichen Bewunderung eines Polizeibeamten bedurfte, um sein Interesse an dem Mädchen zu erwecken, das er, im Augenblick eines später bereuten Impulses, anzustellen versprochen hatte. Er bewunderte den Umriss ihrer Wangen, die Haltung ihres dunklen Kopfes, die geschmeidige Gestalt, als sie mit Alan Wembury sprach. Mr Messer befeuchtete seine trockenen Lippen. Es war merkwürdig, dass er so blind gewesen war.

Er liebte blonde Frauen. Gwenda Milton hatte einen goldblonden Kopf. Ein einfältiges Mädchen, das langweilig geworden war und das in einer Tragödie ihr Ende gefunden hatte. Maurice schauderte, als er sich des trüben Tages während der gerichtlichen Vernehmung erinnerte, wie er vor dem Zeugentisch gestanden und gelogen, gelogen und abermals gelogen hatte.

Als Mary den Kopf umwandte, sah sie ihn und winkte ihm zu. Langsam näherte er sich ihnen.

»Wo ist Johnny?«, fragte sie.

»Johnny schmollt. Fragen Sie mich aber nicht, warum, denn ich weiß es nicht.«

Welch wunderbare Haut sie hatte! Wie bewundernswert waren die dunkelgrauen Augen mit den langen Wimpern! Seit ihrer Kindheit hatte er sie gekannt und hatte nun eine Woche lang unter demselben Dach mit ihr zugebracht, und doch hatte er ihren Wert bis jetzt nicht schätzen gelernt.

»Unterbreche ich eine vertrauliche Unterredung?«, fragte er.

Sie schüttelte den Kopf. Er fragte sich, worüber diese beiden gesprochen haben konnten. Hatte sie Alan Wembury gesagt, dass sie nach Deptford zu kommen beabsichtigte? Früher oder später würde sie es doch sagen, also war es besser, ihm diese Nachricht selbst zuerst mitzuteilen.

»Wissen Sie schon, dass Miss Lenley mich beehren will, meine Sekretärin zu werden?«

»So höre ich«, versetzte Alan und schaute dem Rechtsanwalt in die Augen. »Ich habe Miss Lenley gesagt«, er sprach mit Überlegung, jedes Wort war von Bedeutung, »dass sie in meinem Bezirk wohnen wird … sozusagen unter meiner väterlichen Obhut.«

Eine Warnung und eine Drohung klangen aus diesen Worten. Messer war zu klug, um eins von beiden zu überhören.

Alan Wembury hatte sich zum Beschützer des Mädchens gemacht. Unter anderen Umständen hätte es ihn belustigt, sogar vor einer Stunde noch hätte er Alan Wemburys Bemerkung als einen Scherz aufgefasst. Aber jetzt …

Er schaute Mary an, und sein Puls fing an zu rasen. »Das ist sehr interessant!« Seine Stimme klang etwas heiser, und er räusperte sich. »Sehr interessant. Ist das eine der Pflichten Ihres Amtes?«

Alan bemerkte den leisen Spott, der aus Messers Stimme klang.

»Die Pflichten des Polizeibeamten«, entgegnete er ruhig, »werden ziemlich genau durch die Überschrift über dem Old Bailey, unserem ehrwürdigen Gerichtsgebäude, beschrieben.«

»Und was besagt die?«, fragte Messer. »Ich habe mir noch nicht die Mühe genommen, sie zu lesen.«

»Beschützt die Kinder der Armen und bestraft die Übeltäter!«, sagte Alan Wembury ernst.

»Ein edles Wort!«, stimmte Maurice bei. »Das muss für mich sein«, fügte er hinzu und ging schnell einem Telegrafenboten entgegen, der am Gartenende erschien.

»Ist Maurice auf Sie böse?«, fragte Mary.

Alan lachte.

»Jeder wird früher oder später auf mich böse. Ich muss befürchten, dass meine Umgangsformen jämmerlich werden.«

»Alan«, sagte sie halb belustigt und halb ernst, »ich glaube, ich werde niemals mit Ihnen böse sein. Sie sind der netteste Mann, den ich kenne.«

Einen Augenblick fanden sich ihre Hände, und dann sahen sie Maurice mit dem ungeöffneten Telegramm in der Hand zurückkommen.

»Für Sie!«, rief er heiter. »Es muss doch schön sein, wenn man so eine wichtige Persönlichkeit ist, dass man das Amt nicht fünf Minuten verlassen kann, ohne dass man telegrafisch zurückgerufen wird.«

Alan nahm mit gerunzelter Stirn das Telegramm in Empfang. »Für mich?«

Er hatte nur wenige Freunde, und es war nicht anzunehmen, dass sein Urlaub vom Amt gekürzt werden würde.

Er öffnete das Telegramm und las:

»Sehr eilig. Kommen Sie sofort zurück und melden Sie sich in Scotland Yard. Bereiten Sie sich vor, Ihren Bezirk morgen früh zu übernehmen. Australische Polizei berichtet, Hexer verließ vor vier Monaten Sydney. Es wird angenommen, dass er jetzt in London ist.«

Das Telegramm trug die Unterschrift »Walford«.

Alan schaute vom Telegramm auf das Mädchen, das ihn mit besorgtem Gesicht betrachtete.

»Ist etwas nicht in Ordnung?«, fragte sie.

Er schüttelte langsam den Kopf.

Der Hexer war in England. Artur Milton, der schonungslose Mörder seiner Feinde, schlau, verwegen und furchtlos.

Alan Wemburys Gedanken eilten nach Scotland Yard und zum Büro des Kommissars zurück. Gwenda Milton – war tot, ertrunken, eine Selbstmörderin!

Trug Maurice Messer die Verantwortung, dass diese junge Seele unaufgefordert vor den Richterstuhl Gottes getreten war? Wehe, Maurice Messer, wenn das wahr wäre, wenn das auf deinem Gewissen lastet!

6

Der Hexer hatte seinen Namen vom Volksmund erhalten. Er änderte seine Verkleidung so oft, dass die Polizei noch nie in der Lage gewesen war, eine Beschreibung des Mannes in Umlauf zu setzen. Er war ein Meister der Verkleidung und ein unbarmherziger Feind, der ohne Gnade den Mann erschlug, der seinen Hass heraufbeschworen hatte.

Der Hexer war in London! Und nur ein Grund konnte ihn nach England zurückgetrieben haben: Rache an Maurice Messer, dem er seine Schwester anvertraut hatte.

In welchem Winkel der Riesenstadt würde der Hexer unterzutauchen suchen?

Für Wembury gab es nur eine Antwort: Deptford – der Stadtteil, den der kühne Verbrecher kannte wie seine eigene Tasche, in dem der Mann wohnte, der ihm so Schweres zugefügt hatte.

Deptford! Wembury fuhr erschrocken zusammen.

Mary Lenley begann ja ihre Tätigkeit im Büro Maurice Messers – und Gefahr für den Anwalt würde auch Gefahr für Mary bedeuten.

»Sie haben also mein Telegramm erhalten?«, fragte Walford, als er den eintretenden Alan erblickte. »Es tut mir leid, Ihren Urlaub unterbrochen zu haben, aber ich möchte, dass Sie Ihr Amt in Deptford sofort übernehmen, damit Sie möglichst schnell mit Ihrem neuen Bezirk vertraut werden.«

»Ist der Hexer zurück, Sir?«

Walford nickte.

»Warum er zurückkam und wo er steckt, weiß ich nicht. Ein direkter Bericht über ihn liegt eigentlich nicht vor, und wir nehmen nur an, dass er zurückgekehrt ist.«

Walford nahm aus einem Korb auf seinem Tisch ein langes Kabel.

»Der Hexer hat eine Frau. Nur wenige Leute wissen das!«, sagte er. »Er hat sie vor ein oder zwei Jahren in Kanada geheiratet. Nach seinem Verschwinden hat auch sie das Land verlassen, und man hat sie bis nach Australien verfolgt. Das konnte nur auf eins hinweisen. Der Hexer war dort. Jetzt hat sie Australien ebenso schnell wieder verlassen und kommt morgen früh in England an.«

Alan nickte langsam.

»Ich verstehe. Das bedeutet also, dass der Hexer entweder schon in England oder auf dem Weg hierher ist?«

»Sie haben doch mit niemand darüber gesprochen?«, fragte der Kommissar. »Sagten Sie nicht, dass Messer in Lenley Court war? Sie haben doch nichts davon erwähnt?«

»Nein, Sir!«, antwortete Alan. »Eigentlich bedauere ich es. Ich hätte gern die Wirkung auf ihn beobachtet!«

»Der Hexer ist das Lieblingsgespenst Londons«, sagte Oberst Walford ernst, »und eine Andeutung, dass er nach England zurückgekehrt ist, wird genügen, um sämtliche Zeitungsmenschen von Fleet Street auf mich zu hetzen. Durch ihn hatten wir mehr Fehlschläge als durch jeden anderen Verbrecher auf unseren Listen! Die Nachricht, dass er sich frei in London bewegt, wird einen Sturm heraufbeschwören, den auch ich nicht werde aufhalten können!«

»Glauben Sie, dass der Fall meine Kräfte übersteigen wird?«, fragte Alan.

»Nein«, meinte Walford überraschenderweise, »ich habe auf Sie große Hoffnungen gesetzt – auf Sie und Dr. Lomond. Haben Sie übrigens Dr. Lomond kennengelernt?«

»Nein, wer ist das?«

Oberst Walford nahm ein Buch in die Hand, das auf dem Tisch lag.

»Vor vierzehn Jahren hat er das einzige Buch über Verbrecher ge-schrieben, das sich zu lesen lohnt. Er war jahrelang in Indien und in

Tibet, und ich glaube, der Unterstaatssekretär kann froh sein, dass Lomond das Amt annahm.«

»Welches Amt, Sir?«

»Das Amt des Polizeiarztes des ›R‹ – Bezirkes – also Ihres Bezirkes«, bemerkte Walford.

Alan Wembury blätterte in dem Buch.

»Eigentlich merkwürdig, dass der Mann einen so untergeordneten Posten annimmt«, sagte er, und Walford lachte.

»Er hat sein Leben lang nichts anderes getan. Wollen Sie seine Bekanntschaft machen? Er ist im Haus.«

Er drückte auf den Klingelknopf und gab der eintretenden Ordonnanz Anweisung.

»Wird er uns helfen, den Hexer zu fassen?«, fragte Alan lächelnd und war erstaunt, als der Kommissar nickte.

»Ich habe das Gefühl«, versetzte er.

Die Tür öffnete sich in diesem Augenblick, und eine große, gebeugte Gestalt kam herein.

Alan taxierte ihn auf etwas über fünfzig. Sein Haar war grau, ein kleiner Schnurrbart hing ihm über den Mund, und ein Paar bewegliche Augen schauten Alan freundlich an. Sein Anzug saß schlecht, und sein hoher Filzhut gehörte schon den Siebzigern an.

»Darf ich Sie mit Inspector Wembury bekannt machen, der Ihrem Bezirk vorstehen wird?«, fragte Walford, und Wemburys Hand wurde kräftig gedrückt.

»Haben Sie einige interessante Exemplare in Deptford, Inspector?«, fragte Dr. Lomond im reinsten schottischen Dialekt. »Ich möchte gern einige Köpfe vermessen.«

Alan lachte über das ganze Gesicht.

»Ich bin in Deptford ebenso unbekannt wie Sie. Ich bin seit Anfang des Krieges nicht dort gewesen«, erklärte er.

Der Arzt kratzte sein Kinn, während seine scharfen Augen auf den jungen Mann gerichtet waren.

»Ich glaube nicht, dass sie so interessant wie die Lelos sein werden. Das ist eine wunderbare Rasse, mit einer seltsamen Kopfform und einer eigenartigen Entwicklung des Scheitelbeines …«

Wenn er auf sein Lieblingsthema geriet, sprach er schnell und mit großer Begeisterung.

Während der Arzt seine Meinung über die Abstammung eines seltsamen tibetanischen Stammes erklärte, verschwand Alan geräuschlos aus dem Zimmer.

Eine Stunde später traf er Walford, der aus seinem Zimmer kam, und ging mit ihm zum Kai hinunter.

»Ja – ich bin den Doktor losgeworden«, sagte der Oberst lachend, »er ist zu gescheit, als dass man ihn einen langweiligen Menschen nennen könnte, aber er hat mir Kopfschmerzen gemacht.« Dann fuhr er plötzlich fort: »Übergeben Sie Burton die Perlensache – ich meine die Darnleigh-Perlen. Einen neuen Anhaltspunkt haben Sie nicht gefunden?«

»Nein, Sir!«, antwortete Alan.

Der Kommissar runzelte die Stirn.

»Da Sie gerade nach Lenley Court fuhren, fiel mir ein, dass der junge Lenley am Abend des Diebstahls auf dem Ball der Lady Darnleigh war« – er bemerkte den Ausdruck im Gesicht seines Untergebenen und fuhr schnell fort: »Ich will damit selbstverständlich nicht sagen, dass er etwas damit zu tun hat, aber es ist doch ein eigenartiger Zufall. Ich möchte gern, dass wir diesen Fall bald erledigen, denn Lady Darnleigh hat mehr Freunde in Whitehall, als mir lieb ist, und ich erhalte jeden zweiten Tag einen Brief vom Minister des Innern, worin er über den Fortgang der Sache anfragt.«

Alan Wembury ging mit schweren Gedanken seinen Weg weiter. Er hatte gewusst, dass Johnny am Abend des Raubes dort gewesen war, aber er hatte niemals daran gedacht, ihn mit dem rätselhaften Verschwinden von Lady Darnleighs Perlen in Zusammenhang zu bringen. Er rief sich nochmals die nur allzu kurze Unterredung mit Mary ins Gedächtnis zurück.

Warum in aller Welt sollte Johnny, und doch – die Lenleys waren ruiniert … und Mary war sichtlich nervös gewesen …

Blödsinn!, dachte Alan, als sich ihm ein hässlicher Gedanke aufdrängte. Blödsinn!

Am nächsten Morgen übergab er die Akten in der Perlensache Inspector Burton und verließ Scotland Yard mit einem gewissermaßen erleichterten Gefühl.

In der folgenden Woche war Alan Wembury sehr in Anspruch genommen. Mary schrieb ihm nicht, wie er erwartet hatte, und er wusste nicht, dass sie in London war, bis sie ihm eines Tages aus einem vorüberfahrenden Taxi zuwinkte. Er beauftragte einen seiner Untergebenen, festzustellen, wo sie und Johnny wohnten, und erfuhr, dass sie sich in der Nähe der Malpas Road in einem modernen Häuserblock niedergelassen hatten, der von besseren Handwerkern bewohnt wurde.

7

»Ich sah heute Morgen deinen Polypen«, sagte Johnny aufgeräumt, der zum Lunch zurückgekehrt war.

Sie schaute ihn mit großen Augen an.

»Meinen Polypen?«, wiederholte sie.

»Wembury«, erklärte Johnny. »Wir nennen diese Leute so.« Er sah, wie sie ihr Gesicht veränderte.

»›Wir nennen sie?‹« wiederholte sie. »Du meinst doch, ›man‹ nennt sie so, Johnny?«

Das schien ihn zu belustigen, als er sich an den Tisch setzte.

»Mach dich nicht lächerlich, Mary«, rief er. »Wir oder man ist doch kein Unterschied. Im Grunde genommen sind wir alle Diebe, ob es ein Kaufmann in einem Rolls-Royce oder ein Arbeiter auf der Straßenbahn ist. Jeder versucht, den anderen übers Ohr zu hauen.«

»Wo hast du denn Alan gesehen?«

»Warum, zum Kuckuck, nennst du ihn beim Vornamen?«, fuhr Johnny sie an. »Der Mann ist Polizist, und du tust, als wenn er auf derselben gesellschaftlichen Stufe mit dir stünde.«

Mary lächelte. Sie schnitt das Brot ab und erwiderte: »Unser Nachbar hier im Haus ist Schlosser, und über uns wohnt ein Bahnarbeiter mit einer sechsköpfigen Familie.«

Er schob seinen Stuhl gereizt zurück.

»Diese Wohnung ist für uns nur ein vorübergehender Notbehelf. Du glaubst doch nicht etwa, dass ich mein ganzes Leben in diesem finsteren Loch zubringen werde? Einmal werde ich Lenley Court zurückkaufen.«

»Womit, Johnny?«, fragte sie ruhig.

»Mit dem Geld, das ich verdiene«, antwortete er. »Übrigens ist Wembury nicht ein Mann, mit dem du verkehren solltest«, bemerkte er. »Ich habe heute Morgen mit Maurice über ihn gesprochen, und Maurice ist auch der Meinung, dass wir diese Bekanntschaft aufgeben sollten.«

»Wirklich?« Marys Stimme klang kalt. »Und Maurice denkt es auch – das ist sehr eigenartig.«

Er schaute sie misstrauisch an.

»Wieso eigenartig?«, brummte er. »Jedenfalls wünsche ich den Verkehr mit ihm nicht und …«

Sie stand ihm auf der anderen Seite des Tisches gegenüber und hatte beide Hände leicht aufgestützt.

»Und ich«, versetzte sie ruhig, »lasse mir darüber keine Vorschriften machen. Es tut mir leid, wenn du oder Maurice dies nicht billigt, aber ich habe Alan gern und …«

»Ich hatte meinen Kammerdiener auch gern«, unterbrach sie Johnny gereizt, »habe ihn aber trotzdem entlassen.«

»Alan Wembury ist nicht dein Diener, Johnny«, sagte sie kopfschüttelnd. »Du magst meinen Geschmack nicht billigen, aber Alan ist ein Gentleman – und solche Menschen findet man heutzutage nicht allzu häufig.«

Johnny hielt es für richtiger, mit einem Achselzucken zu antworten.

Am nächsten Morgen sollte Mary ihr neues Leben beginnen. Der Gedanke an eine Zusammenarbeit mit Maurice Messer beunruhigte sie jetzt doch ein wenig.

Ein unbestimmtes Gefühl, über dessen Ursprung sie sich selbst nicht klar war, bedrückte sie.

Mr Messers Haus unterschied sich angenehm von der überaus hässlichen und schmutzigen Nachbarschaft.

Es stand etwas von der Straße zurück und war von einer hohen Mauer umgeben, die von einer schwarzen, in einen Hof führenden Einfahrt unterbrochen wurde. Dort stand das kleine Herrenhaus in gregorianischem Stil, wo der Rechtsanwalt Büro und Wohnung hatte.

Eine alte Frau führte sie die abgenutzte Treppe hinauf, öffnete eine schwere, verzierte Tür und ließ sie eintreten. Der Raum sah etwas schäbig aus, und doch war er ziemlich freundlich. An den Wänden hingen Bilder, die sie sofort als Werke großer Meister erkannte.

Am meisten interessierte sie aber ein großer Flügel, der in einem Alkoven stand. Sie sah ihn verwundert an und wandte sich dann an die Frau.

»Spielt Mr Messer Klavier?«

»Er?«, sagte die Frau lachend. »Das sollte ich meinen!«

Neben diesem Zimmer war ein kleiner Vorraum ohne Türen, der anscheinend als Büro benutzt wurde, denn dort befanden sich Regale an der Wand, und auf einem kleinen Schreibtisch stand eine verdeckte Schreibmaschine.

Sie hatte kaum Zeit, sich umzuschauen, als die Tür plötzlich geöffnet wurde und Maurice Messer hereintrat. Er kam schnell auf sie zu und nahm ihre beiden Hände in die seinen.

»Meine liebe Mary«, sagte er, »das ist wunderbar!«

»Es handelt sich bei mir nicht um einen Anstandsbesuch, Maurice!«, erwiderte sie. »Ich bin gekommen, um zu arbeiten!«

Sie entzog ihm ihre Hände, denn sie erinnerte sich nicht, mit ihm je auf so vertrautem Fuß gestanden zu haben.

»Meine liebe Mary, da ist genug Arbeit – Urkunden, Zeugenaussagen«, er sah sich wie suchend um.

»Können Sie Schreibmaschine schreiben?«, fragte er.

Er erwartete eine Verneinung zu hören und war erstaunt, als sie es bejahte.

»Ich hatte schon eine Schreibmaschine, als ich zwölf Jahre alt war«, lächelte sie. »Mein Vater schenkte sie mir, damit ich mich damit amüsieren sollte.«

Maurice hatte nie gewünscht und auch nicht erwartet, dass Mary sein Anstellungsangebot ernst auffasste – niemals, bis er sie in Lenley Court sah und es ihm auffiel, dass das linkische Kind sich so wunderbar entwickelt hatte.

»Ich will Ihnen eine eidliche Aussage zum Abschreiben geben«, sagte er und suchte fieberhaft unter den Papieren auf seinem Schreibtisch. Es dauerte lange Zeit, bis er auf ein Dokument stieß, das genügend harmlos für sie war, denn Maurice Messers Klienten waren meistens sehr eigentümlicher Art. Es war daher schwer für ihn, ihrer Durchsicht etwas von seiner zweifelhaften Korrespondenz anzuvertrauen, und erst als er das Schriftstück ganz durchgelesen hatte, übergab er es ihr.

»Nun, Mary, werden Sie sich hier wohl fühlen?«

Sie nickte.

»Ich denke es. Es ist sehr nett, für jemand zu arbeiten, den man schon so lange kennt – und Johnny ist ja auch in der Nähe. Er sagte mir, ich würde ihn öfters sehen.«

Seine schweren Augenlider senkten sich einen kurzen Augenblick.

»Oh«, meinte Maurice Messer und sah an ihr vorbei. »Er sagte, dass Sie ihn öfters sehen würden? Doch nicht etwa während der Bürostunden?«

Sie fühlte den Sarkasmus in seinem Ton nicht.

Er wandte seine Augen nicht von ihr. Sie war noch schöner, als er es sich vorgestellt hatte. Sie war der zierliche Typ, den er so gern hatte, dunkler als Gwenda Milton, aber feiner. Aus ihren Augen schauten eine Seele und ein Geist, eine verborgene Leidenschaft, die noch nicht erweckt war, ein glimmendes Feuer, das noch angefacht werden musste. Er bemerkte, wie sie unter seinem Blick verlegen wurde.

»Ich will Ihnen jetzt das Haus zeigen«, sagte er lebhaft.

Vor einer Tür im obersten Stock zögerte er, doch zog er nach kurzer Überlegung einen Schlüssel hervor und öffnete sie.

Mary sah an ihm vorbei und erblickte ein Zimmer, wie sie es in diesem alten, schäbigen Haus nicht erwartet hätte. Trotz des Staubes, der überall herumlag, war es ein wunderschöner Raum, mit einem Luxus ausgestattet, der sie in Erstaunen setzte. Es schien Wohn- und Schlafzimmer in einem Raum zu sein. Ein dicker Teppich bedeckte den Fußboden, und die wenigen Bilder an den Wänden waren mit Sorgfalt ausgewählt. Die Möbel zeigten alten französischen Stil, und sowohl die silbernen Leuchter an den Wänden als auch jeder Gegenstand verrieten einen verschwenderischen Aufwand.

»Ist das ein hübsches Zimmer!«, rief sie aus, als sie ihr Erstaunen überwunden hatte.

»Ja ... sehr hübsch.«

Er starrte düster in das Nest, das einst Gwenda Milton gekannt hatte, bevor sie ihr tragisches Ende fand.

»Das ist doch besser als Malpas Mansions, was?«

Seine gerunzelte Stirn hatte sich geglättet. »Es muss nur etwas gereinigt und Staub gewischt werden, und schon ist ein Zimmer für eine Prinzessin vorhanden – ich werde Ihnen das Zimmer überhaupt zur Verfügung stellen, meine Liebe.«

»Zu meiner Verfügung?«, fragte sie, während sie ihn anstarrte. »Das ist unmöglich, Maurice, ich lebe mit Johnny zusammen, könnte also nicht hier wohnen!«

Er zuckte die Achseln.

»Johnny? Ja. Aber eines Abends könnte es hier einmal spät werden – oder Johnny könnte fort sein. Ich wage nicht, daran zu denken, dass Sie dann allein in jener elenden Wohnung hausen müssten.«

Er verschloss die Tür wieder.

»Das ist eine Angelegenheit, die Sie allein entscheiden müssen«, meinte er leichthin. »Das Zimmer ist da, wenn Sie es jemals brauchen sollten.«

Sie antwortete nicht. Das Zimmer war schon bewohnt gewesen, das stand fest. Eine Frau hatte darin gelebt – denn es war kein für einen Herrn passendes Zimmer. Mary fühlte sich etwas unbehaglich, denn über Maurice Messer und sein Privatleben wusste sie nichts. Sie erinnerte sich undeutlich, dass Johnny eine gewisse Episode aus Messers Leben angedeutet hatte, aber sie war nicht neugierig gewesen.

Gwenda Milton!

Erschrocken erinnerte sie sich jetzt des Namens. Gwenda Milton, die Schwester eines Verbrechers! Sie fuhr zusammen, als ihre Gedanken wieder zu dem prächtigen kleinen Zimmer wanderten, dass von dem Geist einer toten Liebe bewohnt wurde. Sie saß vor der Schreibmaschine, und ihr war es, als wenn ein blasses, von Todesangst verzerrtes Gesicht sie anstarrte.

8

Am Nachmittag des gleichen Tages landete die »Olympic« im Dock von Southampton. Die beiden Männer von Scotland Yard, die das Schiff von Cherbourg begleitet und jeden Passagier einer genauen Beobachtung unterworfen hatten, verließen es zuerst und stellten sich am Ende der Landungsbrücke auf. Sie mussten lange warten, bis die Prüfung der Pässe in Gang kam, doch bald begannen die Passagiere, einzeln auf den Kai hinabzusteigen.

Plötzlich entdeckte einer der Detectives ein Gesicht, das er auf dem Schiff nicht gesehen hatte. Ein Mann mittlerer Größe, ziemlich schlank und mit einem kleinen Spitz- und schwarzen Schnurrbart erschien am Schiffsgeländer und kam langsam herab.

Die beiden Detectives schauten sich gegenseitig an, und nachdem der Passagier den Kai erreicht hatte, trat der eine von ihnen an ihn heran.

»Verzeihen Sie bitte«, sagte er, »ich habe Sie nicht auf dem Schiff gesehen.«

Der Mann mit dem Bart betrachtete ihn einen Augenblick lang kaltblütig.

»Machen Sie mich für Ihre Blindheit verantwortlich?«, fragte er.

»Kann ich Ihren Pass sehen?«

Der bärtige Passagier zögerte erst, dann griff er mit der Hand in die innere Rocktasche, nahm aber nicht eine Brieftasche, sondern ein Lederetui heraus, aus dem er eine Karte hervorzog. Der Detective nahm sie in die Hand und las:

HAUPTINSPEKTOR BLISS
Kriminalabteilung Scotland Yard
attachiert bei der Gesandtschaft in Washington

»Ich bitte um Verzeihung.«

Der Detective gab die Karte zurück.

»Ich habe Sie nicht erkannt, Mr Bliss. Sie trugen keinen Bart, als Sie Scotland Yard verließen.«

Bliss nahm die Karte zurück, steckte sie wieder in das Etui und wandte sich mit einem Kopfnicken ab.

Er trug sein Gepäck nicht ins Zollamt, sondern stellte es nieder, blieb, mit dem Rücken dem Gebäude zugekehrt, stehen und beobachtete die Landung der Passagiere. Endlich sah er die Frau, die er suchte.

Schlank, lebenslustig, sehr gescheit und absolut furchtlos – das war der erste Eindruck, den Inspector Bliss von ihr gewann. Er hatte noch niemals Grund gehabt, sein erstes Urteil zu ändern. Die olivenfarbige Haut war makellos, die unter den scharf umränderten Augenbrauen hervorblickenden dunklen Augen schauten in die Welt, als wenn sie viel gesehen hätten und vieles kannten. Das war eine Frau, die sich nicht verblüffen ließ. Sie war ein wunderbares Produkt der modernen Zeit. Sie ging gut, vielleicht etwas zu gut gekleidet; an der weißen Hand glitzerten Diamanten, und zwei Steine funkelten an den kleinen Ohren.

Sie war in Cherbourg an Bord gekommen, und es war ein großer Zufall, dass sie auf demselben Schiff nach England reisten, ohne dass sie ihn erkannt hatte. Er folgte ihr ins Zollamt und beobachtete, wie sie sich ihren Weg durch das angehäufte Gepäck bahnte, bis sie zum Buchstaben »M« gelangte. Seine eigenen Zollformalitäten waren schnell beendet. Er übergab seine Handtasche einem Gepäckträger und befahl, einen Platz im wartenden Zug zu belegen. Dann ging er in der Richtung weiter, wo er die Frau unter der Menge von Passagieren sah, wie sie einem Zollbeamten ihr Gepäck zeigte.

Als ob sie seine Beobachtung fühlte, schaute sie zweimal über ihre Schulter hinweg. Beim zweiten Mal trafen sich ihre Blicke, und er glaubte, in ihrem Gesicht Verwunderung – oder war es Besorgnis – zu erkennen.

»Mrs Milton, wenn ich mich nicht irre«, sagte Bliss.

Wieder derselbe Blick. Es war ohne Zweifel Furcht, die er ausdrückte.

»Das ist mein Name«, äußerte sie, während sie jedes Wort in die Länge zog. Sie hatte den sanften, gebildeten Akzent der in den südlichen Staaten Aufgewachsenen. »Aber ich weiß nicht, mit wem ich spreche!«

»Mein Name ist Bliss. Hauptinspektor Bliss von Scotland Yard«, bemerkte er.

Anscheinend hatte der Name keine Bedeutung für sie, doch als er seinen Beruf nannte, wich die Farbe aus ihren Wangen, kehrte aber sofort zurück.

»Das ist sehr interessant! Und was kann ich für Sie tun – Hauptinspektor Bliss von Scotland Yard?«

»Ich möchte, bitte, Ihren Pass sehen.«

Ohne ein Wort zu sagen, nahm sie das Dokument aus einer kleinen Handtasche und händigte es ihm aus. Er wendete schweigend die Blätter um und sah sich die Stempel der Einschiffungshäfen an.

»Sie sind erst kürzlich in England gewesen?«

»Das war ich allerdings!«, erwiderte sie mit einem Lächeln. »Ich war in der vorigen Woche hier. Ich musste aber eilig nach Paris fahren und habe die Rückreise über Cherbourg gemacht – ich sehnte mich geradezu danach, wieder einmal Amerikaner sprechen zu hören.«

Sie blickte ihn scharf an, war aber mehr verwundert als erschrocken.

»Bliss?«, fragte sie nachdenklich. »Ich erinnere mich nicht, und doch ist es mir, als wenn ich Sie irgendwo schon getroffen hätte.«

Er schaute sich immer noch die Stempel an.

»Sydney, Genua, Domodossola – Sie reisen viel, Mrs Milton, aber nicht so schnell wie Ihr Mann.«

Ein leichtes Lächeln huschte über ihr Gesicht.

»Nein«, fuhr er fort, »von Ihnen will ich nichts, aber ich hoffe, in diesen Tagen Ihren Mann zu treffen.«

Ihre Augen schlossen sich ein wenig.

»Hoffen Sie auch in den Himmel zu kommen?«, fragte sie höhnisch. »Ich dachte, Sie wüssten, dass Artur tot ist!«

Seine weißen Zähne schimmerten unter seiner bärtigen Lippe hervor.

»Der Himmel ist nicht der Ort, wo ich hingehen müsste, um ihn zu treffen«, sagte er.

Er reichte ihr den Pass zurück, drehte sich auf dem Absatz um und ging fort.

Sie folgte ihm mit dem Blick, bis er verschwunden war, dann wandte sie sich mit einem kleinen Seufzer dem Zollbeamten zu.

Bliss! Die Häfen wurden also beobachtet.

Hatte der Hexer England erreicht? Cora Ann Milton liebte diesen verwegenen Mann, der nur tötete, weil er sich rächen oder weil er strafen wollte, und der jetzt ein Ismael und ein Wanderer auf der Erde war, gegen den sich die Hände aller Männer erhoben und dessen Fährte Hunderte von Polizisten folgten.

Sie schritt den Bahnsteig entlang und betrachtete jeden Wagen unauffällig. Nach einer Weile entdeckte sie den Mann, den sie suchte.

Bliss saß auf einem Ecksitz und war anscheinend in die Morgenzeitung vertieft.

Wo hatte sie ihn schon gesehen? Warum erfüllte der Anblick dieses Mannes mit dem ernsten Gesicht ihre Seele mit Furcht? Cora Ann Miltons Reise nach London war sehr sorgenvoll.

9

Als Johnny Lenley an demselben Nachmittag bei Messer vorsprach, war ihm der Anblick seiner Schwester an der Schreibmaschine sehr peinlich. Ihm war zumute, als wenn er sich erst jetzt der Armut bewusst würde, der die Lenleys verfallen waren.

Sie war allein im Zimmer, als sie ihn hinter einem Berg von Briefen anlächelte.

»Wo ist Maurice?«, fragte er, und sie wies auf das kleine Zimmer, wo Messer seine wichtigen und vertraulichen Besprechungen mit seinen eigenartigen Klienten hatte.

Einen Augenblick schaute er sie schweigend an. Er konnte es nicht leiden, sie so – als Angestellte – zu sehen. Er biss die Zähne zusammen, ging an die Tür zu Messers Privatbüro und klopfte.

»Wer ist da?«, fragte eine Stimme.

Johnny drückte auf die Klinke, aber die Tür war verschlossen. Dann hörte er das Schließen eines Geldschrankes, das Zurückschieben eines Riegels, und die Tür wurde geöffnet.

»Um was für ein Geheimnis handelt's sich?«, brummte Johnny, als er eintrat.

»Ich habe einige sehr interessante Perlen untersucht. Es ist doch selbstverständlich, dass man nicht die Aufmerksamkeit der ganzen Welt auf Diebesgut lenkt«, erwiderte der Anwalt bedeutungsvoll.

»Haben Sie ein Angebot dafür erhalten?«, fragte Johnny.

Maurice bejahte es. »Ich will die Perlen heute Abend noch nach Antwerpen schicken«, sagte er. Er schloss den Geldschrank auf, der in einer Ecke des Zimmers stand, entnahm ihm eine flache Schachtel und öffnete den Deckel. Eine wunderbare Perlenkette kam zum Vorschein.

»Die haben einen Wert von mindestens zwanzigtausend Pfund«, betonte Johnny, und seine Augen leuchteten.

»Das sind mindestens fünf Jahre Zuchthaus!«, versetzte Maurice roh.

»Ich muss offen gestehen, Johnny, ich fürchte mich.«

»Wovor?«, höhnte der andere. »Niemand würde vermuten, dass Mr Messer, der berühmte Rechtsanwalt, bei den Perlen der Lady Darnleigh den Hehler macht.« Johnny musste bei dem Gedanken lachen. »Zum Teufel! Maurice, Sie würden eine seltsame Gestalt auf der Anklagebank des Old Bailey abgeben. Können Sie sich vorstellen, mit welchem Genuss die Zeitungen die Sensation der Verhaftung und Verurteilung von Mr Maurice Messer, früher in Lincoln's Inn Fields und jetzt in der Flanders Lane, Deptford, berichten würden?«

Nicht ein Muskel in Maurice Messers Gesicht bewegte sich, nur in seinen dunklen Augen glomm ein böser Funken.

»Sehr amüsant. Ich habe Ihnen früher niemals eine solche Einbildungskraft zugetraut.« Er nahm die Perlen ans Licht und betrachtete sie nochmals, dann schloss er den Deckel der Schachtel.

»Haben Sie Mary getroffen?«, fragte er im Unterhaltungston.

Johnny nickte. »Es ist scheußlich, sie arbeiten zu sehen, aber es lässt sich nicht ändern. Maurice …«

»Nun?«

»Ich habe mir manches überlegt. Sie hatten früher in Ihrem Büro ein Mädchen namens Gwenda Milton?«

»Und?«, fragte Maurice weiter.

»Sie hat sich doch ertränkt? Wissen Sie vielleicht warum?« Maurice Messer sah ihm voll ins Gesicht. Auch nicht das Zwinkern eines Augenlides verriet die Wut, die in ihm emporstieg.

»Das Gericht sagte …«, begann er.

»Ich weiß, was das Gericht sagte«, unterbrach ihn Johnny grob, »aber ich habe darüber meine eigene Ansicht.«

Er ging zum Rechtsanwalt hinüber und berührte leicht dessen Schulter, als wenn er jedem seiner Worte Nachdruck verleihen wollte.

»Mary Lenley ist nicht Gwenda Milton«, betonte er. »Sie ist nicht die Schwester eines flüchtigen Mörders, und ich erwarte für sie eine etwas bessere Behandlung, als sie Gwenda Milton von Ihnen erfahren hat.«

»Ich verstehe Sie nicht«, erwiderte Messer.

»Ich glaube doch, dass Sie mich verstehen«, fuhr Johnny langsam nickend fort. »Ich möchte Sie darauf aufmerksam machen, dass etwas passieren wird, falls Mary etwas zustößt. Man sagt, dass Sie in dauernder Furcht vor dem Hexer leben – Sie würden mehr Grund haben, mich zu fürchten, wenn Mary ein Leid geschähe!«

Nur einen Augenblick senkte Maurice die Augen.

»Sie sind hysterisch, Johnny«, meinte er, »außerdem heute Morgen nicht besonders höflich. Vor einer Woche habe ich Sie, soweit ich mich erinnern kann, unreif genannt, und ich habe keine Veranlassung, dieses Wort zurückzunehmen. Wer soll Mary etwas zuleide tun? Und was den Hexer und seine Schwester anbetrifft, so sind sie tot!«

Er nahm die Perlen vom Tisch, öffnete die Schachtel wieder und war anscheinend vollständig in die Betrachtung der Perlen vertieft.

»Als Juwelendieb …«

Er kam nicht weiter, denn es klopfte leise an der Tür.

»Wer ist da?«, fragte er schnell.

»Bezirksinspektor Wembury!«

10

Maurice Messer warf die Perlen hastig in den Geldschrank. Obwohl der Rechtsanwalt eiserne Nerven hatte, war sein gelbliches Gesicht ganz weiß geworden, und tiefe Furchen kamen zum Vorschein. Auch sein Freund verriet Zeichen von Aufregung, als Alan eintrat. Johnny war der erste, der die Fassung wiedererlangte.

»Hallo, Wembury!«, sagte er mit einem gezwungenen Lachen. »Ich scheine überall auf Sie zu stoßen!«

»Ich hörte, dass Lenley hier ist«, bemerkte Alan, »und da ich ihn sprechen wollte …«

»Sie wollten mich sprechen?«, fragte Johnny, und sein Gesicht zuckte. »In welcher Angelegenheit denn?«

Wembury wusste genau, dass Messer ihn scharf beobachtete. Der schlaue Rechtsanwalt ließ sich keine Bewegung und keinen Blick entgehen. Was fürchten sie? Alan stand vor einem Rätsel, und sein Herz tat ihm weh, als er an den beiden vorbei sah und Mary, die von allem Bösen nichts wusste, an der Schreibmaschine erblickte.

»Sie kennen doch Lady Darnleigh?«, fragte er.

Johnny Lenley nickte schweigend.

»Vor einigen Wochen hat sie eine wertvolle Perlenkette verloren«, fuhr Alan fort, »und man hatte mir die Nachforschungen in der Sache übertragen.«

»Ihnen!«, rief Maurice Messer unwillkürlich aus.

Alan nickte.

»Ich dachte, Sie wüssten das, denn mein Name wurde in den Zeitungen erwähnt. Ich habe jetzt die Sache Inspector Burton übergeben und erhielt heute Morgen eine Mitteilung von ihm, worin er mich bat, einen Punkt aufzuklären, der ihm rätselhaft erschien.«

Mary war von der Schreibmaschine aufgestanden und herangetreten.

»Ein Punkt, der ihm rätselhaft erschien?«, wiederholte Johnny Lenley mechanisch. »Und was ist das?«

»Er wollte wissen, was Sie veranlasste, in Lady Darnleighs Zimmer zu gehen.«

»Ich glaube, ich habe schon die einzig richtige Aufklärung gegeben«, brauste Johnny auf.

»Sie hätten geglaubt, dass Sie Ihren Mantel und Hut im ersten Stock gelassen hatten. Er hat aber erfahren, dass ein Diener, als Sie hinaufgehen wollten, Ihnen gesagt hat, dass die Mäntel und Hüte im Erdgeschoss seien.«

»Dessen kann ich mich nicht erinnern«, erwiderte Johnny. »Mir war an dem Abend nicht ganz wohl. Ich kam auch sofort wieder herunter, als ich meinen Irrtum erkannt hatte. Wird etwa angenommen, dass ich etwas über den Diebstahl weiß?« Seine Stimme zitterte ein wenig.

»Eine derartige Vermutung ist von niemand ausgesprochen worden«, sagte Wembury lächelnd, »aber wir müssen versuchen, alle möglichen Informationen zu sammeln.«

»Ich wusste nichts über den Diebstahl, bis ich es in den Zeitungen gelesen hatte und …«

»O Johnny«, rief Mary, »du sagtest mir, als du nach Hause kamst, dass ein …«

Ihr Bruder starrte sie schweigend an.

»Wenn du dich richtig erinnern willst, meine Liebe, war es zwei Tage danach«, fuhr er ruhig und nachdrücklich fort. »Ich brachte dir die Zeitung und sagte, dass ein Diebstahl passiert sei. Ich hätte es dir gar nicht an demselben Abend mitteilen können, denn ich habe dich nicht gesehen.«

Marys Gesicht war farblos, und ihre Augen verrieten so großen Schmerz, dass Alan sie nicht anzuschauen wagte.

»Selbstverständlich erinnere ich mich, Johnny ... ja, ich erinnere mich«, sagte sie. »Ich bin ganz dumm!«

Es folgte ein peinliches Schweigen.

Alan stand da, mit den Händen in den Rocktaschen und blickte auf den abgenutzten Teppich.

»Gut!«, rief er endlich. »Das wird hoffentlich Burton befriedigen. Es tut mir leid, dass ich Sie wegen dieser Sache gestört habe.«

Seine Augen schauten nicht Mary an, sondern waren auf Johnny gerichtet.

»Warum reisen Sie nicht ins Ausland, Lenley?« Er sprach gezwungen. »Sie sehen nicht so gut aus, wie Sie eigentlich sollten.«

»England ist für mich gut genug«, antwortete Johnny verdrießlich.

»Sind Sie der Familienarzt, Wembury?«

Alan schwieg.

»Ja«, sagte er endlich, »das würde mich ganz gut kennzeichnen«, und mit einem kurzen Nicken ging er.

Mary war an ihre Schreibmaschine zurückgegangen, arbeitete jedoch nicht. Maurice schloss hinter ihm ruhig die Tür.

»Ich nehme an, dass Sie verstanden haben, was Wembury meint?«

»Da ich kein Gedankenleser bin, habe ich es nicht verstanden«, antwortete Johnny. »Der Kerl hat eine Frechheit! Wenn man bedenkt, dass er der Sohn eines Gärtners ist ...«

»All das sollten Sie vergessen!«, rief Mr Messer wütend. »Sie müssen nur bedenken, dass Sie sich verraten haben und dass die Polizei Sie von heute an beobachten wird. Das schadet ja nichts weiter, Johnny, aber ich werde auch beobachtet werden, und das ist sehr unangenehm. Ich bezweifle nur, ob Wembury seine Pflicht tut und Scotland Yard Mitteilung machen wird. Wenn er es tut, könnten Sie große Unannehmlichkeiten haben.«

»Dasselbe wird auch für Sie der Fall sein!«, entgegnete Johnny mürrisch. »In dieser Sache, Maurice, stehen und fallen wir zusammen. Wo wird man die Perlen finden? Doch in Ihrem Geldschrank! Haben Sie sich das überlegt?«

Maurice Messer war gar nicht beunruhigt, sondern lachte sogar.

»Ich glaube, dass wir die Ihnen drohende Gefahr übertreiben«, meinte er leichthin. »Vielleicht haben Sie recht, und die wirkliche Gefahr droht mir.« Er schaute den Geldschrank an. »Ich wünschte, diese elenden Dinger wären eine Meile von hier entfernt. Ich wäre nicht überrascht, wenn Mr Wembury mit einem Durchsuchungsbefehl zurückkäme.«

»Man sollte sie mit der Post nach Antwerpen schicken«, schlug Johnny vor.

Messer lächelte verächtlich.

»Wenn ich beobachtet werde, ist doch wohl anzunehmen, dass auch meine Postsendungen nicht unbeachtet bleiben! Das Einzige, was uns retten kann, ist, diese verfluchten Perlen für ein oder zwei Tage anderswo unterzubringen.«

Johnny, mit finsterem Gesicht, biss sich auf die Fingernägel.

»Ich werde sie zu mir in die Wohnung nehmen«, äußerte er plötzlich. »Dort sind viele Plätze, wo ich sie verstecken kann.«

»Das wäre keine schlechte Idee«, versetzte der Anwalt langsam, »Wembury würde es niemals einfallen, Ihre Wohnung zu durchsuchen – dazu hat er Mary zu gern.«

Er wartete nicht erst, bis sich Johnny entschieden hatte, sondern schloss den Geldschrank auf und übergab ihm die Perlen. Der junge Mann betrachtete die Schachtel zweifelnd, steckte sie aber dann in seine innere Rocktasche.

»Ich werde sie in den Koffer unter meinem Bett legen«, sagte er, »und am Ende der Woche können Sie sie wiederhaben.«

Er ging schnell durch das äußere Zimmer und hielt sich nicht weiter auf, um mit Mary zu sprechen. Der Besitz der Perlen, für die er so viel gewagt hatte, gab ihm eine gewisse Befriedigung und verscheuchte den Verdacht, der in ihm aufkam, seitdem Messer sie bei sich hatte.

Als er durch die belebte Flanders Lane ging, kam ein Mann aus einem engen Durchgang und folgte ihm. In Tanners Hill ging dieser Mann hinter Johnny Lenley her, und der Polizist, der an der Ecke Posten stand, bemerkte ihn kaum und ließ sich nicht träumen, dass in seiner Reichweite der Mann vorbeiging, den die Polizei dreier Kontinente suchte – Henry Artur Milton, der Hexer genannt.

Lange, nachdem Lenley sich entfernt hatte, ging Maurice Messer, die Hände auf dem Rücken, in seinem kleinen Büro nachdenklich auf und ab.

Den Ton in Lenleys Stimme konnte man nicht missverstehen. Messer war bereits früher bedroht worden, und jetzt hatte er einen bestimmten Entschluss gefasst. Es hatte eine Zeit gegeben, wo Johnny ihn amüsiert hatte, und später war er ihm nützlich gewesen. Jetzt wurde er ihm gefährlich. Maurice öffnete leise die Tür und schaute verstohlen durch den Spalt. Mary saß, in ihre Arbeit vertieft, an der Schreibmaschine.

Maurice strich sich nachdenklich über das Kinn. Neues Interesse war in sein Leben gekommen, eine neue Jagd hatte begonnen. Dann kehrten seine Gedanken zu Johnny zurück. Es gab ein sicheres Mittel, um den prahlerischen, drohenden Johnny loszuwerden.

Und wenn Johnny aus dem Wege geräumt worden war, würde er über viele Schwierigkeiten hinwegkommen. Mary konnte nicht härter sein, als Gwenda in der ersten Zeit ihrer Freundschaft gewesen war.

Inspector Wembury!

Bei diesem Gedanken legte sich seine Stirn in Falten. Der war gefährlicher als Lenley!

Seine erste Aufgabe war, mit Johnny Lenley abzurechnen und ihn dorthin zu bringen, wo seine Macht, Unheil anzustiften, beschnitten wurde.

Maurice war ein weiser Mann. Er näherte sich nicht Mary und sprach auch nicht mit ihr sofort nach der Unterredung mit dem Bruder, sondern ließ einige Zeit verstreichen, ehe er an sie herantrat. Das Frühstück, das man ihr gebracht hatte, war unberührt geblieben. Sie selbst stand vor dem Fenster und starrte nach der Flanders Lane hinaus. Beim Klang seiner Stimme erschrak sie.

»Was haben Sie, meine Liebe?« Maurice konnte sehr väterlich und zärtlich sein. Das war die Annäherung, die er vorzog.

Sie schüttelte abgespannt den Kopf.

»Ich weiß es nicht, Maurice; ich bin so besorgt um Johnny und die Perlen.«

»Die Perlen?«, wiederholte er mit gemachtem Erstaunen. »Meinen Sie Lady Darnleighs Perlen?«

Sie nickte.

»Warum hat Johnny gelogen?«, fragte sie. »Als er seinerzeit nach Hause kam, war das erste, was er sagte: ›In Park Lane ist ein Diebstahl verübt worden, und Lady Darnleigh hat ihren Schmuck verloren.‹«

»Johnny ist nicht ganz normal«, beruhigte er sie. »Ich würde auf seine Reden nicht zu viel achten. Sein Gedächtnis scheint in letzter Zeit gelitten zu haben.«

»Das ist nicht der Fall. Er wusste genau, Maurice, dass er es mir gesagt hatte; dass er es vergessen haben könnte, kommt nicht in Frage.« Sie schaute ihm verängstigt ins Gesicht. »Sie glauben doch nicht ...« Der Satz blieb unvollendet.

»Dass Johnny etwas von diesem Diebstahl gewusst hat? Das ist Unsinn, meine Liebe. Der Junge hat Kummer, und das ist ganz natürlich! Es ist nicht gerade angenehm, wenn man sich ohne einen Pfennig in die Welt geworfen sieht, wie es Johnny gegangen ist. Er hat weder Ihren Charakter noch Ihren Mut, meine Liebe.«

Sie seufzte tief und kehrte an ihren Schreibtisch zurück, auf dem sie einen großen Stoß Briefe sorgfältig geordnet hatte. Sie blätterte darin und zog plötzlich ein Schriftstück hervor.

»Maurice, wer ist der Hexer?«, fragte sie.

Als er das Wort hörte, starrte er sie an.

»Der Hexer?«

»Hier ist ein Überseetelegramm, das ich zwischen alten Briefen fand. Sie hatten es noch nicht geöffnet.«

Er riss ihr das Papier aus der Hand. Das Telegramm war drei Monate alt und kam aus Sydney. An der Unterzeichnung erkannte er, dass es von einem Anwalt, seinem Agenten in Australien, herrührte. Es enthielt nur wenige Worte:

»Mann aus Sydney Hafen herausgezogen, identifiziert, nicht Hexer, von dem angenommen wird, dass er Australien verlassen hat.«

Mary starrte den Rechtsanwalt an, dessen Gesicht plötzlich einen verstörten Blick angenommen hatte. Jede Spur von Farbe war verschwunden.

»Der Hexer!«, murmelte er. »Am Leben!«

Das Papier in seiner Hand zitterte, und er musste einen Grund als Erklärung für seine Aufregung finden.

»Ein alter Klient von mir, den ich früher ziemlich gern hatte – aber ein Schuft, sogar schlimmer als ein Schuft!«

Während er so sprach, zerriss er das Überseetelegramm in kleine Stücke und warf es in den Papierkorb. Dann legte er plötzlich seine Arme um ihre Schultern.

»Mary, an Ihrer Stelle machte ich mir über Johnny nicht zu viele Sorgen. Er steht in einem schwierigen Alter und hat wunderliche Launen. Augenblicklich bin ich mit ihm nicht zufrieden.«

Sie sah ihn verwundert an.

»Mit ihm nicht zufrieden, Maurice? Warum nicht?«

Maurice zuckte die Achseln.

»Er verkehrt mit einer Menge unangenehmer Leute. Vor allen Dingen möchte ich nicht, dass Sie mit ihnen in Berührung kommen.«

Sein Arm lag noch immer auf ihrer Schulter, und sie machte eine kurze Bewegung, um sich frei zu machen. Sie war nicht etwa erschrocken, sondern fühlte sich nur unbehaglich. Er ließ seinen Arm heruntergleiten und hatte anscheinend ihre Bewegung nicht bemerkt.

»Können Sie nichts für ihn tun? Auf Sie wird er hören«, bat sie.

Aber er dachte nicht mehr an Johnny, sondern sein ganzes Sinnen und Trachten war auf Mary gerichtet; sie hatte seinen Arm gefasst und schaute ihm ins Gesicht. Er fühlte, wie seine Pulse schneller schlugen. Angenommen, dass Johnny den Vorschlag des Detective befolgte und mit den Perlen nach dem Kontinent fuhr – dann war Mary …! Johnny würde keine Schwierigkeiten haben, die Perlenkette loszuwerden, und würde dafür einen Betrag erhalten, von dem er jahrelang leben konnte. Das waren Messers Gedanken, als er sanft auf Marys Wangen klopfte.

»Ich will zusehen, was ich für Johnny tun kann«, sagte er. »Zerbrechen Sie sich nicht mehr Ihr hübsches Köpfchen darüber!«

Messer hatte in seinem Privatbüro eine kleine Reiseschreibmaschine. Mary hörte, wie er mühsam seinen verräterischen Brief schrieb.

Als am selben Abend Inspector Wembury nach der Flanders Lane-Polizeiwache kam, fand er einen Brief vor. Er war auf der Schreibmaschine geschrieben, trug keine Unterschrift und war durch den Boten eines West-Zentral-Büros abgeliefert worden. Die Mitteilung lautete:

>»Die Perlenkette der Lady Darnleigh wurde von Johnny Lenley, 37 Malpas Mansions, gestohlen. Sie befindet sich jetzt in einer Schachtel im Koffer unter seinem Bett.«

Alan Wembury hatte die Botschaft durchgelesen, und sein Herz sank tief, denn damit war ihm nur ein Weg vorgezeichnet: der Weg der Pflicht.

11

Wembury wusste, dass er diese mit der Schreibmaschine geschriebene Mitteilung unbeachtet lassen konnte, denn anonyme Briefe waren im Polizeileben ein tägliches Vorkommnis. Er wusste aber auch, dass, wenn eine Information an die Polizei gelangte und einen bestimmten Verdacht bekräftigte, Nachforschungen angestellt werden mussten. Er stand in seinem Zimmer, um über das Problem nachzudenken. Es wäre für ihn das Einfachste gewesen, die Nachforschungen einem anderen Polizeibeamten zu übertragen oder den Brief weiterzugeben, aber das wäre moralische Feigheit gewesen.

In der Tür zu seinem Büro war ein kleines Schiebefenster, das ihm einen Ausblick in das Beamtenzimmer ermöglichte. Während er mechanisch hindurchblickte, sah er eine gebeugte Gestalt. Auf eine plötzliche Eingebung hin sprang er auf, öffnete die Tür und winkte Dr. Lomond herbei. Warum er gerade diesem alten Mann das Vertrauen schenken wollte, der keine Ahnung von dem Geschäftsgang der Polizei hatte, konnte er sich nicht erklären. Doch zwischen diesen beiden Männern hatte sich während ihrer kurzen Bekanntschaft ein seltsames Einvernehmen herausgebildet.

»Mir scheint es, als ob Sie Verdruss haben, Mr Wembury«, bemerkte der Arzt, indem er mit den Augen zwinkerte.

»Sie haben richtig geraten!«, entgegnete Alan.

In wenigen Worten erklärte er ihm dann den Fall, der ihn beschäftigte, während Lomond aufmerksam zuhörte.

»Das ist sehr peinlich!« Er schüttelte bei diesen Worten den Kopf. »Das klingt beinahe wie ein Drama. Meiner Meinung nach bleibt uns nur eins übrig, Mr Wembury – Sie müssen John Lenley behandeln, als ob er John Smith oder Thomas Brown wäre. Vergessen Sie, dass er der Bruder von Miss Lenley ist, denn ich glaube«, fügte er verschmitzt hinzu, »das quält Sie am meisten – und behandeln Sie den Fall, als ob er jemand beträfe, von dem Sie noch nie etwas gehört haben.«

Alan nickte langsam.

»Das ist leider auch der Rat, den ich mir selbst geben würde, wenn ich ganz unparteiisch sein wollte.«

Der alte Mann nahm eine silberne Tabaksdose aus der Tasche und drehte sich bedächtig eine Zigarette.

»Johnny Lenley«, sagte er nachdenklich, »ein Freund von Messer!«

Alan stutzte, denn der Arzt legte einen bedeutungsvollen Nachdruck auf den Namen des Rechtsanwalts.

»Kennen Sie ihn?«

Lomond schüttelte den Kopf. »Während meiner ganzen Laufbahn«, erzählte er, »habe ich die Gewohnheit, wenn ich an einen neuen Ort komme, mich mit den örtlichen Sagen bekannt zu machen. Messer ist eine solche Sage. Für mich ist er der interessanteste Mensch in Deptford, und ich freue mich schon darauf, seine Bekanntschaft zu machen.«

»Aber warum sollte Johnny Lenleys Freundschaft mit Messer …«, begann Alan, beendete aber den Satz nicht. Er kannte nur zu gut die unheilvolle Bedeutung der Freundschaft.

Maurice Messer war etwas mehr als nur eine Sage. Er kannte das Strafrecht durch und durch. Er kannte alle Schlupflöcher, die in den besten Gesetzen vorhanden waren, so genau, dass er nicht nur einmal, sondern Dutzende von Malen seine Klienten von schwerwiegenden Anklagen freibekommen hatte. Es gab genug argwöhnische Leute, die sich wunderten, wie die armen Diebe, die ihn als Rechtsanwalt nahmen, das Geld aufbrachten, um sein hohes Honorar zu bezahlen. Es gab aber auch schlecht gesinnte Leute, die andeuteten, dass Messer sich aus den Erträgen der Diebesgüter bezahlt machte und die Gelegenheit, die er als Anwalt hatte, dazu benutzte, um von seinen Klienten das genaue Versteck der gestohlenen Sachen zu erfahren. Mancher Juwelendieb hatte vor seiner Flucht dem Haus in Flanders Lane noch einen schnellen Besuch abgestattet und die Beweisstücke, die ihn belastet hätten, dort zurückgelassen. Für die großen »Kanonen« war Messer der Bankier, und von den kleineren erpresste er seine Abgaben.

»Zeigen Sie mir den anonymen Brief!«, sagte der Arzt.

Er nahm das Papier ans Licht und untersuchte eingehend die Schreibmaschinenschrift.

»Das ist von keiner geübten Hand geschrieben. Man kann das erkennen, denn zwischen den Wörtern sind die Zwischenräume vergessen worden. Was aber noch wichtiger ist, die Durchschüsse zwischen den Zeilen sind ungleichmäßig.«

Er spitzte die Lippen, als ob er pfeifen wollte.

»Hm!«, bemerkte er endlich. »Schließen Sie die Möglichkeit aus, dass der Brief von Messer selbst geschrieben sein könnte?«

»Von Messer?« Auf diese Idee war Alan Wembury noch nicht gekommen. »Aber warum? Er ist ein guter Freund Johnnys. Angenommen, dass Messer tatsächlich in den Diebstahl verwickelt wäre, glauben Sie wirklich, dass er Johnny Lenley die Perlen anvertrauen und die Polizei darauf aufmerksam machen würde, einer seiner Freunde sei der Dieb?«

Der Arzt schaute immer noch auf das Stück Papier.

»Ist vielleicht ein Grund vorhanden, warum Messer Johnny Lenley aus dem Weg haben möchte?«, fragte er.

Alan schüttelte den Kopf.

»Messer«, murmelte der Arzt und hielt das Papier gegen das Licht, um das Wasserzeichen zu prüfen. »Vielleicht werden Sie eines Tages Gelegenheit haben, Inspector, ein Stückchen von Mr Messers Schreibmaschinenpapier und ein Muster seiner Schreibmaschinenschrift zu erhalten.«

»Aber warum, in aller Welt, sollte er wünschen, Johnny Lenley aus dem Weg zu schaffen?«, beharrte Alan.

»Er wünscht Mr Johnny Lenley aus dem Weg zu räumen«, entgegnete Lomond. »Das ist meine Ansicht, Inspector Wembury, und wenn ich auch überspannt bin, bin ich doch ein einigermaßen klar denkender Mann!«

Nachdem der Arzt ihn verlassen hatte, saß Alan noch lange Zeit in Gedanken versunken, als das Telefon in seinem Zimmer plötzlich läutete. Er nahm den Hörer auf und vernahm Oberst Walfords Stimme.

»Sind Sie es, Wembury? Können Sie mal zu mir kommen? Ich habe Informationen über den Herrn erhalten, über den wir in der vorigen Woche sprachen.«

Eine halbe Stunde später klopfte er an Oberst Walfords Tür, und für Mary Lenley war ein Augenblick von tragischer Bedeutung gekommen.

12

Johnny Lenley hatte seiner Wohnung einen kurzen Besuch abgestattet und hinter verschlossenen Türen die kleine Pappschachtel sorgfältig versteckt. Dann ging er in die Stadt, um einen Freund der Familie aufzusuchen.

Mary kehrte in die leere Wohnung zurück. Sie hatte Kopfschmerzen. Aber das war nichts im Vergleich zu dem nagenden Schmerz, den sie im Herzen verspürte. Die Zubereitung des Abendbrotes war für sie schon eine Anstrengung, aber das Essen beinahe eine Unmöglichkeit. Sie zwang sich dennoch dazu und schenkte sich die zweite Tasse Tee ein, als sie das Geräusch eines Schlüssels an der Tür hörte und Johnny eintreten sah.

»Ich war bei Hamptons zum Tee«, berichtete er, als er sich mit verächtlichem Blick an den mager gedeckten Tisch setzte. »Man hat mich wie einen Aussätzigen behandelt, und doch ist diese Bande unzählige Male auf Lenley Court zu Besuch gewesen.«

Sie erschrak bei dieser Nachricht, denn die Hamptons waren immer die besten Freunde des Vaters gewesen.

»Aber sicherlich, Johnny, waren sie – so schrecklich, weil wir unser ... nun ich meine, weil wir kein Geld mehr haben.«

Er murmelte etwas als Antwort.

»Möglich«, sagte er endlich. »Aber ich denke, es hat noch einen anderen Grund.«

»War es wegen der Darnleigh-Perlen, Johnny?«, stotterte sie.

»Wie kommst du auf diese Frage? – Ja, etwas hat es mit den Schmucksachen dieser alten Schraube zu tun. Sie sagten es nicht gerade, aber sie haben es angedeutet.«

Sie fühlte, wie ihre Unterlippe zitterte, und biss darauf, um ihre Selbstbeherrschung wiederzuerlangen.

»Johnny, dahinter steckt doch nichts?«

Es klang nicht wie ihre Stimme – es war eine Stimme, die von weit her kam – , eine seltsame Stimme, die noch seltsamere Dinge verriet.

»Ich weiß nicht, was du meinst«, erwiderte er barsch, sah sie aber nicht dabei an.

Das Zimmer schien sich um sie zu drehen, und sie musste sich am Tisch festhalten, um sich zu stützen.

»Mein Gott, denkst du etwa, dass ich ein Dieb bin?«, hörte sie ihn fragen.

Mary Lenley richtete sich auf.

»Schau mich an, Johnny!« Ihre Blicke trafen sich. »Du weißt nichts über die Perlen?«

Wieder schweiften seine Blicke umher.

»Ich weiß nur, dass sie fort sind; was denkst du dir eigentlich?« Er schrie beinahe in einem plötzlichen Wutanfall. »Wie kannst du es wagen, Mary … mich zu verhören, als wenn ich ein Dieb wäre! Das kommt davon, wenn man Menschen wie Wembury kennt …!«

»Hast du Lady Darnleighs Perlen gestohlen?«

Ihr Gesicht war so weiß wie das Tischtuch; aus ihren Lippen war das Blut gewichen. Er machte einen Versuch, ihr in die Augen zu schauen, aber es misslang ihm. »Ich?«, begann er.

In dem Augenblick klopfte es, und Bruder und Schwester blickten einander an.

»Wer ist das?«, fragte Johnny heiser.

Sie schüttelte den Kopf.

»Ich weiß es nicht. Ich will nachsehen.«

Ihre Füße waren wie Blei, als sie sich zur Tür schleppte. Alan Wembury stand vor der Tür, mit einem Blick in den Augen, den sie an ihm noch nicht gesehen hatte.

»Wollen Sie mich besuchen?«, fragte sie atemlos.

»Nein, ich will mit Johnny sprechen.« Seine Stimme klang ebenso leise wie die ihre und war kaum zu verstehen.

Er schritt an ihr vorbei ins Esszimmer. Johnny stand dort, wo sie ihn verlassen hatte, an dem kleinen runden Tisch mit den Resten des Abendbrotes.

»Was wünschen Sie, Wembury?« Johnny Lenley fiel das Reden schwer.

»Ich komme direkt von Scotland Yard.« Alans Stimme klang verändert und unnatürlich. »Ich sprach mit Oberst Walford und berichtete ihm über eine Mitteilung, die ich heute Nachmittag erhalten habe. Ich habe ihm das«, er suchte nach einem passenden Wort, »Verhältnis erklärt, in dem ich zu Ihrer Familie stehe, und die Achtung erwähnt, die ich für Sie empfinde, und warum ich zögerte, meine Pflicht zu erfüllen.«

Wembury wählte jedes Wort bedachtsam und sorgfältig. »Morgen werde ich mit einem Befehl kommen, um diese Wohnung nach den Darnleigh-Perlen zu durchsuchen.«

Er hörte das unterdrückte Schluchzen des Mädchens, wandte aber den Kopf nicht um.

Johnny Lenley stand steif da, sein Gesicht war so blass wie der Tod. Er kannte die polizeilichen Vorschriften nicht, denn sonst hätte er sich klargemacht, wie bedeutungsvoll Alans Worte waren, dass er noch keinen Durchsuchungsbefehl hatte. Wembury bemerkte seine Unwissenheit und machte noch einen verzweifelten Versuch, um das Mädchen, das er liebte, vor den tragischen Folgen der Torheit ihres Bruders zu retten.

»Ich habe noch keinen Durchsuchungsbefehl und auch kein Recht, die Wohnung jetzt zu untersuchen«, sagte er. »Aber morgen früh wird der Befehl ausgestellt werden.«

Wenn Johnny Lenley nur eine Spur von Verstand gehabt hätte, und wenn die Perlen in der Wohnung versteckt waren, hatte er noch die Möglichkeit, sich ihrer zu entledigen, aber die Gelegenheit, die Alan anbot, nahm er nicht an.

»Sie sind im Koffer unter dem Bett«, sagte er. »Sie wussten es, denn sonst wären Sie nicht gekommen. Ich wünsche keine Gunst von Ihnen und würde auch keine erhalten, wenn ich darum bäte. Wenn Sie Genugtuung darüber empfinden, den Sohn des Mannes zu verhaften, in dessen Hütte Sie geboren wurden, sollen Sie sie haben.«

Er drehte sich um, ging in sein Zimmer und kam nach wenigen Augenblicken mit einer kleinen Schachtel zurück, die er auf den Tisch legte. Alan wagte nicht, Mary anzusehen, die starr neben dem Tisch stand. Ihr blasses Gesicht hatte sich mit einem schmerzhaften Ausdruck ihrem Bruder zugewandt, und jetzt erst fand sie ihre Sprache wieder.

»Johnny, wie konntest du das nur tun?«

»Es hat keinen Zweck, jetzt großen Lärm zu machen«, meinte er stumpfsinnig. »Ich muss verrückt gewesen sein.« Plötzlich drehte er sich um, schloss sie in seine Arme, und seine ganze Gestalt zitterte, als er ihre bleichen Lippen küsste.

»Nun, dann will ich gehen«, sagte er gebrochen.

13

Weder Alan Wembury noch sein Gefangener sprachen ein Wort, bis sie sich der Flanders Lane-Polizeiwache näherten. Dann fragte Johnny, ohne den Kopf zu wenden:

»Wer hat mich verraten?«

»Eine anonyme Anzeige ist eingegangen«, antwortete Alan kurz, und der junge Mann lachte.

»Sie haben mich wohl seit dem Diebstahl beobachtet?«, fragte er. »Na, das wird Ihnen eine Beförderung einbringen, und ich wünsche Ihnen viel Glück dazu.«

Kurz bevor er in die Zelle abgeführt wurde, bemerkte er: »Was werde ich dafür bekommen, Wembury?«

Alan schüttelte den Kopf, denn er war sicher, dass Johnny Lenley, obgleich nicht vorbestraft, kaum dem Zuchthaus entgehen konnte.

Es war elf Uhr nachts geworden, als Alan schnell die verlassene Flanders Lane entlangging und sich Messers Haus näherte. Von der gegenüberliegenden Seite der Straße konnte er über der Mauer die obersten Fenster sehen, von denen eins erleuchtet war.

Als Alan über die Straße ging, sah er, wie eine Gestalt sich von der dunklen Mauer loslöste, die das Haus des Anwaltes umgab. Er rief den

Mann scharf an, und zu seinem Erstaunen drehte sich dieser nicht um und flüchtete, wie es von den Bewohnern von Flanders Lane erwartet werden konnte. Im Gegenteil, der Mann kam gemächlich auf ihn zu, und im nächsten Augenblick stand er im Lichtschein von Inspector Wemburys Taschenlampe. Der Mann war schlank und hatte ein braunes Gesicht mit einem Bärtchen.

»Hallo! Wer sind Sie, und was machen Sie hier?«, fragte er, und die kühle Antwort kam ohne Zögern zurück:

»Dieselbe Frage könnte ich an Sie richten!«

»Ich bin Polizeibeamter«, sagte Alan Wembury ernst und hörte ein leises Gelächter.

»Dann trifft uns beide dasselbe Missgeschick« entgegnete der Fremde, »denn ich bin auch einer. Ich nehme an, dass Sie Inspector Wembury sind.«

»Stimmt!«, sagte Alan und wartete.

»Ich kann Ihnen meine Karte nicht geben, aber mein Name ist Bliss – Hauptkriminalinspektor Bliss – von Scotland Yard.«

Bliss? Alan erinnerte sich jetzt, dass dieser unbeliebte Beamte entweder heute oder gestern zurückerwartet wurde. Eins stand auf alle Fälle fest: Bliss war Alans Vorgesetzter.

»Suchen Sie etwas?«, fragte er.

Einen Augenblick antwortete Bliss nicht.

»Ich weiß nicht gerade, was ich suche. Aber Deptford ist einer meiner früheren Bezirke, und ich wollte alte Bekanntschaften wieder auffrischen. Wollen Sie Messer sprechen?«

Alan wunderte sich, woher er wusste, dass es Messers Haus war. Der Rechtsanwalt war hierher gezogen, nachdem Bliss nach Amerika gefahren war. Als wenn Bliss seine Gedanken gelesen hätte, fuhr er fort:

»Jemand hat mir erzählt, dass Messer jetzt in Deptford lebt. Er ist ziemlich heruntergekommen. Als ich ihn früher kannte, hatte er eine wunderbare Praxis in Lincoln's Inn.«

Dann ging er plötzlich mit einem kurzen Nicken seiner Wege. Alan stand vor der Tür zu Messers Haus und drückte auf den Klingelknopf. Er musste warten und hatte Zeit zum Nachdenken, obgleich seine Gedanken nicht besonders angenehm waren. Er wagte nicht, an Mary zu denken, die jetzt mit ihrem wunden Herzen und ihrer Verzweiflung allein in der kleinen einsamen Wohnung war. Auch wagte er nicht, an den jungen Mann zu denken, der, den Kopf in die Hände gestützt, auf einer Pritsche saß und den Ruin vor sich sah.

Da hörte er Schritte über den Hof kommen, und Messers Stimme fragte:

»Wer ist da?«

»Wembury.«

Ketten klirrten und Riegel knarrten, bevor sich die Tür öffnete. Obgleich Messer einen Schlafrock anhatte, bemerkte Wembury doch, dass er vollständig angekleidet war. Nicht einmal die Gamaschen hatte er abgelegt.

»Was ist los, Wembury?«

Alan wusste nicht, wie viele Leute im Haus wohnten, noch ob sie belauscht werden konnten. Ohne eine Einladung abzuwarten, stieg er vor dem Rechtsanwalt die Treppe hinauf in das große Zimmer. Der Flügel stand offen, und Noten lagen auf dem Boden umher. Anscheinend hatte Messer Klavier gespielt. Der Anwalt schloss die Tür hinter sich. »Betrifft es Johnny?«, fragte er.

»Ja«, entgegnete Alan. »Ich habe ihn vor einer Stunde wegen des Diebstahls der Darnleigh-Perlen festgenommen. Er hat mich gebeten, Ihnen davon Mitteilung zu machen.«

Maurice antwortete nicht, sondern sah auf den Boden nieder und war anscheinend in seine Gedanken vertieft.

»Woher hatten Sie die Anzeige, auf die hin Sie ihn festgenommen haben?«, fragte er endlich.

Alan sah ihn scharf an, und unter diesem forschenden Blick bewegte sich der Anwalt verlegen hin und her.

»Ich kann es Ihnen nicht sagen – falls Sie es nicht schon wissen sollten!«, erwiderte er. »Aber ich habe Lenley versprochen, Sie zu benachrichtigen, und ich entledige mich hiermit meiner Verpflichtung.«

»Ist es nicht seltsam«, sagte der Anwalt und schüttelte traurig den Kopf, »aber ich hatte immer so eine Ahnung, dass Johnny in diese Darnleigh-Sache verwickelt war. So ein Esel! Gott sei Dank, dass sein Vater tot ist!«

»Ich glaube, wir brauchen uns nicht mit frommen Wünschen den Kopf heiß zu machen«, äußerte Alan schroff. »Die Tatsache ist, dass Lenley wegen eines Juwelendiebstahls in Haft ist.«

»Haben Sie die Perlen?«

»Sie befanden sich in einer Schachtel – außerdem ist ein Armband gestohlen worden, das aber nicht dabei war«, berichtete er ruhig. »Ich habe auch ein altes Etikett vorgefunden und werde wohl den ursprünglichen Besitzer der Schachtel ermitteln.«

Zu seinem großen Erstaunen sagte Messer plötzlich: »Kann ich Ihnen dabei behilflich sein? Es ist möglich, dass sie von mir stammt, denn Johnny hat mich vor einer Woche um eine Schachtel gebeten. Selbstverständlich hatte ich keine Ahnung, wozu er sie brauchte.«

Für den Augenblick war Alan erstaunt. Denn er hatte eine schwache Hoffnung, dass er Messer in den Diebstahl verwickeln könnte. Das halb vernichtete Etikett trug nämlich anscheinend Messers Adresse, doch war der Anwalt dieses Umstandes nicht mehr sicher. Hier war einer der Fehler begangen worden, den auch der geschickteste Verbrecher einmal macht.

»Was denken Sie wohl, was er dafür bekommen wird?«, fragte Maurice.

»Das Urteil? Sie scheinen ziemlich sicher zu sein, dass er schuldig ist.«

Maurice zuckte die Achseln. »Was soll ich denn anders denken – anscheinend haben Sie ihn nicht ohne die sichersten Beweise festgenommen. Es ist schrecklich! Der arme Junge!«

Und nun wurden Alan all die dunklen Beweggründe dieses unerklärlichen Verrates plötzlich offenbar. Mary!

Er kannte Messers Ruf, er kannte die Geschichte der Gwenda Milton und kannte auch andere nicht besonders schöne Einzelheiten aus Messers Leben. War Mary der unschuldige Grund dieser bösen Tat? War es, um die Herrschaft über sie zu gewinnen, dass Johnny aus dem Weg geräumt worden war?

14

Alans Stimme klang kalt. »Glücklicherweise lebt Miss Lenley in meinem Bezirk, und sie schenkt mir genügend Vertrauen, um sich an mich zu wenden, wenn sie etwas bedrücken sollte.«

Er bemerkte, wie ein leises Lächeln über das Gesicht des Rechtsanwaltes huschte.

»Denken Sie an diese Möglichkeit, Inspector Wembury?«, fragte Messer. »Sie hatten die unangenehme Pflicht, ihren Bruder festnehmen zu müssen: Glauben Sie, dass Miss Lenley Ihnen ihr sorgenvolles Herz ausschütten wird? Die Lenleys sind eine alte Familie«, fuhr Messer fort. »Sie haben ihren Stolz. Ich bezweifle sehr, dass Ihnen Mary die Verhaftung ihres Bruders jemals verzeihen wird. Es wäre allerdings ungerecht, aber Frauen sind unlogisch. Ich will alles, was in meiner Macht steht, für Miss Lenley tun, genau so, wie ich es für Johnny tun werde. Ich glaube auch, meine Beweggründe sind zwingender als Ihre. Kann ich Johnny noch diese Nacht sehen?«

Alan nickte.

»Ja, er lässt Sie bitten, ihn sofort aufzusuchen, aber ich befürchte, dass Sie ihm nur wenig helfen können. Selbstverständlich ist es ausgeschlossen, dass er gegen Kaution entlassen wird, da Fluchtverdacht besteht.«

Maurice Messer eilte zur Tür, indem er seinen Schlafrock auszog.

»Ich werde Sie nicht lange warten lassen«, sagte er.

Als Alan im Zimmer allein war, ging er auf dem abgenutzten Teppich auf und ab. Das ganze Zimmer hatte etwas Abstoßendes, das vielleicht durch das Klavier, die verblichene Täfelung und das Übermaß von schäbigen Möbeln veranlasst wurde. Es hatte zu viele Türen: er zählte vier, außer dem Vorhang, der den Alkoven verbarg.

Wohin führten sie alle? Und was für Geschichten mochten sie erzählen können?

Sein Interesse wurde von einer Tür, die mit eisernen Beschlägen und Riegeln versehen war, ganz besonders angezogen. Er war in ihrer Betrachtung versunken, als zu seinem Erstaunen über dem Türpfosten plötzlich ein rotes Licht aufleuchtete. Das war irgendein Signal – aber von wem? Während er noch das Licht betrachtete, erlosch es plötzlich, und Messer kam herein.

»Was bedeutet dieses Licht, Mr Messer?«

Der Rechtsanwalt drehte sich schnell um.

»Licht? Welches Licht?«, fragte er hastig, und seine Blicke folgten erstaunt der vom Detective angedeuteten Richtung. »Ein Licht?«, wiederholte er ungläubig. »Meinen Sie jene rote Lampe? Wie haben Sie sie bemerkt?«

»Vor einigen Augenblicken leuchtete sie auf und erlosch dann wieder.«

Das Gesicht des Rechtsanwaltes hatte eine gelbliche Farbe angenommen.

»Sind Sie dessen sicher?«, fragte er schnell. »Es ist das Signal einer Klingel – wenn der Klingelknopf der Außentür gedrückt wird, leuchtet die Lampe auf. Das Glockenläuten stört mich.«

Er log und war sichtlich erschrocken. Die rote Lampe hatte eine andere Bedeutung. Welche aber?

Während dieser wenigen Augenblicke war Messer nervös geworden. Die Hand, die andauernd nach dem Mund griff, zitterte. In dem Augenblick, als er sich unbeobachtet glaubte, zog Messer verstohlen eine kleine goldene Dose aus der Tasche, nahm eine Prise und schnupfte. Kokain, dachte Wembury und wurde in seiner Annahme bestärkt, als der Anwalt in den nächsten Augenblicken wieder das alte heitere Wesen annahm.

»Sie müssen sich getäuscht haben – wahrscheinlich war es der Reflex von der Tischlampe«, sagte er.

»Aber warum sollte nicht jemand an der Außentür sein?«, fragte Alan ruhig.

»Das kann möglich sein. Darf ich Sie bitten, Inspector, zur Vordertür zu gehen und nachzusehen? Hier ist der Schlüssel.«

Alan nahm den Schlüssel, ging hinunter, überquerte den Hof und öffnete die äußere Tür. Niemand war da. Er glaubte, ja, er war sich ganz sicher, dass der Anwalt ihn nur um diesen Dienst gebeten hatte, um einige Augenblicke allein im Zimmer zu sein, damit er der Ursache des Signals nachgehen konnte.

Als er das Zimmer wieder betrat, fand er Messer, der unbekümmert seine Handschuhe anzog.

»Niemand da?«, fragte er. »Sie müssen sich geirrt haben, Inspector, oder einer der schrecklichen Bewohner der Flanders Lane hat uns einen Streich spielen wollen.«

»Hat die Lampe nicht aufgeleuchtet, seitdem ich das Zimmer verlassen habe?«, fragte Alan, und als Messer den Kopf schüttelte, setzte er hinzu: »Sind Sie dessen ganz sicher?«

»Ganz sicher!«, erwiderte der Anwalt und bemerkte zu spät, dass er in eine Falle gegangen war.

»Das ist seltsam.« Wembury schaute ihn scharf an. »Denn ich habe auf den Klingelknopf an der Außentür gedrückt, und wenn die Lampe zu dem Zweck da ist, den Sie mir angegeben haben, hätte sie aufleuchten müssen. Das ist doch klar?«

Messer murmelte etwas über die Leitung, die nicht ganz in Ordnung sein müsse, und schob Alan gleichzeitig aus dem Zimmer.

Alan war während der Unterredung auf der Polizeiwache nicht zugegen. Er überließ diese Pflicht dem wachhabenden Sergeant und wandte sich selbst schweren Herzens seiner Wohnung in der Blackheath Road zu.

15

Nachdem Johnny Lenley abgeführt worden war, saß Mary lange Zeit wie gelähmt da. Sie wünschte, weinen zu können, aber die Tränen versagten. Die einzige Erinnerung, die sie noch an das Drama besaß, das sich eben hier abgespielt hatte, war die Leere, die sie in der Brust verspürte. Ihr war es, als hätte man ihr das Herz herausgerissen.

Johnny, ein Dieb! Das war doch unmöglich – träumte sie nicht? Und Alan – welch grausame Schicksalsfügung hatte ihn für Johnnys Festnahme bestimmt? Jedes Wort, das Alan sprach, war in ihr Gedächtnis eingeprägt. Sie sah sehr wohl ein, dass Alan alles aufs Spiel gesetzt hatte, um ihren Bruder zu retten. Er hatte ihm einen Ausweg angeboten. Johnny brauchte sich nur ruhig zu verhalten und während der Nacht zu versuchen, die Perlen beiseitezubringen, dann wäre er jetzt noch bei ihr. Aber sein verhängnisvoller Dünkel war sein Verderben. Sie empfand keine Bitterkeit gegen Alan Wembury, sie war nur traurig, und die Erinnerung an sein von Schmerz verzogenes Gesicht tat ihr beinahe ebenso weh wie der Gedanke an Johnnys Leichtsinn.

Die Türklingel ertönte leise. Sie erhob sich mühsam, um zu öffnen. Vor ihr stand eine Frau in einem langen, schwarzen Regenmantel. Ein schwarzer Hut hob das Blond ihrer Haare und ihre zarte Gesichtsfarbe noch mehr hervor.

»Sie scheinen sich geirrt zu haben!«, begann Mary.

»Sie sind doch Mary Lenley?«

Das junge Mädchen erkannte an der Aussprache, dass die Fremde Amerikanerin war, und sah sie erstaunt an.

»Kann ich Sie sprechen?«

Mary trat zur Seite, und Cora Ann Milton kam herein.

»Sie befinden sich in großer Sorge?«

Ohne auf eine Einladung zu warten, hatte sie sich vor den Tisch gesetzt, dessen Lade offen stand.

»Ja, ich habe Sorgen, sogar sehr große Sorgen«, sagte Mary und fragte sich, woher die Frau es wusste und was sie zu dieser späten Stunde herführte.

»Ich dachte mir das. Ich hörte, dass Wembury Ihren Bruder wegen eines Juwelendiebstahls ergriffen hat – er hat ihn wohl mit den Perlen erwischt?«

Mary nickte langsam.

»Ja, die Perlen waren im Haus. Ich hatte aber keine Ahnung davon.«

»Mein Name ist Milton – Cora Ann Milton«, sagte die Frau, aber der Name machte keinen Eindruck auf Mary Lenley. »Haben Sie von mir noch nicht gehört, Kind?«

Mary schüttelte den Kopf. Sie war körperlich und geistig zu abgespannt und wünschte nur, dass der Besuch sie verlassen möchte.

»Haben Sie noch niemals vom Hexer gehört?«

Mary sah schnell auf.

»Vom Hexer? Meinen Sie den Verbrecher, der von der Polizei gesucht wird?«

»Der von jedermann gesucht wird, Miss Lenley.« Trotz des unbekümmerten Tones zitterte Cora Anns Stimme doch etwas. »Und ich suche ihn mehr als jeder andere – denn ich bin seine Frau!«

Mary stand überrascht auf. Das war unglaublich. Dieses schöne Geschöpf war die Frau eines Mannes, der ständig im Schatten des Galgens wanderte!

»Ich bin seine Frau«, wiederholte Cora Ann. »Ihnen scheint das eine Tatsache zu sein, mit der man nicht prahlen sollte! Sie haben aber unrecht.« Dann fragte sie plötzlich: »Sie arbeiten doch für Messer?«

»Ich arbeite für Mr Messer«, sagte Mary ruhig, »aber Mrs ...«

»Mrs Milton«, kam Cora zu Hilfe.

»Mrs Milton, ich kann Ihren Besuch zu so später Nachtzeit nicht verstehen.« Cora Ann Milton betrachtete das Zimmer mit ruhigen, beobachtenden Augen.

»Sie haben keine besonders schöne Wohnung, aber sie ist besser als das reizende kleine Zimmer bei Messer!«

Sie sah, wie die Röte in das Gesicht des Mädchens stieg, und ihre Augen schlossen sich beinahe.

»Hat er es Ihnen also gezeigt? Teufel, der Mann arbeitet aber schnell!«

»Ich weiß nicht, was Sie meinen.« Mary fühlte, wie das anfängliche Befremden sich in Ärger verwandelte.

»Wenn Sie nicht wissen, was ich meine, will ich auch nicht mehr darüber sprechen«, erklärte die Frau kühl. »Weiß Messer, dass ich zurück bin?«

Mary schüttelte den Kopf. Mrs Milton saß am Tisch und entnahm ihrer Handtasche, die auf dem Schoss lag, ein Taschentuch. Jede ihrer Bewegungen war überlegt und selbstbewusst.

»Ich glaube kaum, Mrs Milton, dass er sich für Ihren Aufenthaltsort sehr interessiert«, meinte Mary abgespannt. »Nehmen Sie es mir nicht übel, wenn ich Sie bitte, sich nicht länger aufzuhalten. Ich habe heute genug Aufregung gehabt und bin daher nicht in der Stimmung, mich über Mr Messer, Ihren Mann oder sonst jemand zu unterhalten.« Aber Cora Ann Milton konnte man nicht so leicht in Verlegenheit bringen.

»Ich nehme an, dass Sie in Messers Haus bis spätabends arbeiten werden«, sagte sie. »Vielleicht wäre es Ihnen angenehm, meine Adresse zu haben?«

»Wozu nur?«, begann Mary.

»Wozu nur!«, wiederholte Cora. »Ich möchte, dass Sie sich mit mir in Verbindung setzen ... wenn etwas geschehen sollte. Es gab ein anderes Mädchen ... Aber ich nehme an, dass Sie keine abschreckenden Beispiele hören wollen. Ich möchte Sie noch bitten, dem lieben Maurice nicht zu sagen, dass die Frau des Hexers in London ist.«

Mary beobachtete kaum den Schluss der Rede, sondern ging zur Tür und öffnete sie bedeutungsvoll.

»Das bedeutet, dass ich gehen soll«, sagte Cora Ann gutmütig lächelnd. »Ich nehme es Ihnen nicht übel, Kleine. Ich glaube, ich verhielte mich genauso, wenn irgendeine Frau mich in ähnlicher Weise belästigen würde.«

»Ich brauche keine Vormundschaft. Ich habe eine Anzahl Freunde …«

Sie hielt inne. Eine Anzahl Freunde? In ganz London, im ganzen Land hatte sie niemand, an den sie sich in ihrer Sorge wenden konnte, mit Ausnahme von – Alan Wembury. Und Maurice? Warum zweifelte sie an Maurice? In den letzten Tagen war eine plötzliche Veränderung in ihren Beziehungen eingetreten. Er war nicht mehr die natürliche Zuflucht und der Berater, zu dem sie gehen würde, wenn sie in Not war.

Cora Ann beobachtete sie von der Tür aus. Scharfe Augen schienen Marys innerste Gedanken zu lesen.

»Wembury ist ein anständiger Kerl. Ich hoffe, dass Sie ihm nicht böse sind, weil er Ihren Bruder gegriffen hat?«

Mary machte eine müde Handbewegung, denn sie war beinahe am Ende ihrer Geduld angelangt.

Lange, nachdem die Frau fortgegangen war, saß sie am Tisch und versuchte, sich den Grund von Cora Ann Miltons Besuch zu erklären. Wenn sie der Frau gefolgt wäre, hätte sie es vielleicht erfahren.

Cora ging die dunkle, verlassene Straße entlang, und nach wenigen Schritten erschien, wie aus dem Nichts hervorgezaubert, ein Mann neben ihr. Es geschah so unerwartet und geräuschlos, dass sie erschrak und einen Schritt zurückwich. »Ach! Hast du mich erschreckt!«, rief sie atemlos.

»Hast du das Mädchen gesprochen?«

»Ja. Artur«, ihre Stimme klang gebrochen und aufgeregt, »warum bleibst du hier? Weißt du nicht, welche Gefahr …«

Sie hörte sein leises höhnisches Lachen.

»Cora Ann, du sprichst zu viel!«, sagte er leichthin. »Übrigens habe ich dich heute Nachmittag gesehen.«

»Du hast mich gesehen?«, fragte sie erstaunt. »Wo warst du?« Dann fuhr sie hastig fort: »Artur, wie soll ich dich erkennen, wenn ich dich sehe? Ich werde das unheimliche Gefühl nicht los, dass du andauernd um mich herum bist. Ununterbrochen starre ich in die Augen der vorübergehenden Leute – man wird mich einmal festnehmen, weil ich zudringlich erscheine.«

Er lachte wieder. »Meine eigene Frau wird mich doch erkennen?«, sagte er ironisch. »Die Augen der Liebe können jede Verkleidung durchschauen.«

Er hörte, wie ihre Zähne vor Ärger zusammenschlugen. Artur Milton reizte seine schöne Frau mit Vorliebe.

»Ich will wissen, wie du jetzt aussiehst«, meinte sie – und ein heller Lichtstrahl beleuchtete sein Gesicht.

»Du bist verrückt!«, fuhr er sie an und schlug ihr die Taschenlampe aus der Hand. »Wenn du mich sehen kannst, können es andere auch.«

»Ich hoffe, sie werden daran Freude haben!«, flüsterte sie, denn sie hatte in ein Gesicht gesehen, das von der Stirn bis zum Kinn von einer schwarzseidenen Maske bedeckt war, aus der zwei weit auseinanderstehende Augen auf sie herabschauten.

»Hast du meinen Brief erhalten?«, fragte er.

»Ja – du meinst doch den Geheimcode. Ich glaubte, dass die Zeitungen keine Mitteilungen in Geheimschrift veröffentlichen?«

Er antwortete nicht, während ihre Hand mechanisch in die Handtasche griff. Der Umschlag, den sie darin gehabt hatte, war verschwunden.

»Was hast du?«, fragte er, und als sie ihm das Vorgefallene erklärte, fuhr er fort: »Cora, du Närrin! Du musst den Brief in der Wohnung der Lenley verloren haben. Geh sofort zurück und hol ihn.«

Cora eilte die Treppe hinauf und klopfte an die Tür.

Mary öffnete, ohne lange zu zögern.

»Ich bin zurückgekommen«, sagte die Frau atemlos, »weil ich hier einen Brief verloren habe. Eben habe ich ihn vermisst.«

Mary ging mit ihr in das Zimmer, und sie suchten gemeinsam die Wohnung durch, aber der Brief kam nicht zum Vorschein.

»Sie müssen ihn irgendwo anders verloren haben.«

Die Frau war so aufgeregt, dass sie ihr leid tat.

»Enthielt er Geld?«

»Geld? Nein«, antwortete Cora Ann ungeduldig. »Ich wünschte, es wäre Geld gewesen.«

Sie blickte sich verwirrt im Zimmer um.

»Ich weiß, dass ich ihn bei mir hatte, als ich herkam.«

»Vielleicht haben Sie ihn zu Hause gelassen«, meinte Mary, aber Cora Ann schüttelte den Kopf, und nach einer nochmaligen gründlichen Durchsuchung begann sie selbst zu zweifeln, ob sie den Brief überhaupt bei sich gehabt hatte.

Mary Lenley schloss die Tür hinter ihr, ging an den Tisch zurück und setzte sich nieder. Ihr Tee war kalt geworden und schmeckte bitter. Sie öffnete eine kleine Tischlade, in der die Teelöffel lagen, und sah erstaunt hinein. Der Brief, den sie gesucht hatte, lag darin. Auf dem Umschlag stand nur die Anschrift »Cora Ann« und sonst keine weitere Adresse. Nach kurzem Zögern zog sie eine viereckige weiße Karte heraus, die mit mikroskopisch winzigen Gruppen von Buchstaben und Zahlen bedeckt war. Es bedurfte keines besonderen Scharfsinns, um zu erkennen, dass sie einen Codetext vor sich hatte.

Sie steckte die Karte wieder zurück und legte den Umschlag in die Schublade. Vielleicht würde die Frau noch einmal zurückkommen. Was vorgefallen war, war leicht zu erklären; als Cora das Taschentuch aus der Handtasche genommen hatte, musste der Brief in die etwas offen stehende Tischlade gefallen sein. Sie hatte sie dann zugestoßen, ohne es zu bemerken.

Mary nahm den Brief mit in ihr Schlafzimmer und verschloss ihn in der Lade ihres Frisiertisches, wo sie auch einige Schmuckstücke aufbewahrte, und vergaß ihn dann vollständig.

16

Einen Monat später saß Mary Lenley im Marmorsaal des Hauptgerichtshofes und wartete mit gefalteten Händen auf das Urteil der Geschworenen. Sie war zur Gerichtsverhandlung gegangen und hatte den Anfang der Zeugenaussagen angehört. Aber der Anblick ihres Bruders auf der Anklagebank war mehr, als sie ertragen konnte, und sie hatte den Saal verlassen, um mit müder Ergebung die Entscheidung zu erwarten.

Die Tür zum Gerichtssaal öffnete sich, und Alan Wembury kam heraus. Langsam ging er auf sie zu.

»Ist es vorbei?«, fragte sie heiser.

Wembury schüttelte den Kopf.

»Ich glaube, es wird bald so weit sein«, sagte er leise.

Er sah aus, als wenn er lange Zeit nicht geschlafen hätte: Seine Augen lagen tief in den Höhlen, und sein Gesicht machte einen verstörten Eindruck.

»Sie können sich nicht vorstellen, was ich fühle, Mary. Das Schlimmste an der ganzen Sache ist, dass man mir die ganze Ehre an der Verhaftung einräumt – ich habe gestern vom Kommissar einen Brief erhalten, in dem er mich beglückwünscht!«

Ein kaum merkliches Lächeln huschte über ihr Gesicht.

Er setzte sich neben sie und versuchte, ihr zuzureden.

Bald kam auch Maurice Messer hinzu, wie immer tadellos gekleidet. Sein Zylinder glänzte mehr denn je, und seine Gamaschen waren weiß wie Schnee.

»Der Richter liest eben die Begründung vor«, sagte er. »Wollen Sie nicht in den Gerichtssaal zurückgehen, Wembury, damit Sie uns das Resultat mitteilen können?«

»Da geht einer der tüchtigsten, jungen Männer«, meinte Messer, während die breitschultrige Gestalt des Detective in der Drehtür verschwand. »Gewissenlos, aber alle Polizeibeamte sind gewissenlos. Ein Streber, aber alle Polizeibeamten sind ehrgeizig.«

»Ich habe nie gefunden, dass Alan gewissenlos ist«, entgegnete Mary.

Maurice Messer lächelte.

»Ich habe vielleicht einen zu kräftigen Ausdruck gebraucht«, sagte er sorglos. »Er musste allerdings seine Pflicht tun, und es war sehr geschickt, wie er den armen Johnny in die Falle lockte.«

»Geschickt? Falle?« Sie schaute ihn mit gerunzelter Stirn an.

»Das hat man bei der Zeugenaussage nicht erwähnen lassen. Nichts, meine Liebe, was für den Polizeiapparat nachteilig ist, wird durch Zeugenaussagen an die Öffentlichkeit gebracht«, fuhr Maurice mit einem bedeutungsvollen Lächeln fort. »Aber ich kenne die innere Geschichte dieser Dinge und weiß, dass Wembury seit dem Diebstahl auf Johnnys Fährte ist. Deshalb ist er auch nach Lenley Court gekommen.«

Sie starrte ihn erstaunt an.

»Sind Sie sich dessen sicher? Ich dachte ...«

»Sie dachten, dass er kam, um Sie aufzusuchen?«, bemerkte Maurice. »Das ist ein verzeihlicher Irrtum. Meine Liebe, wenn Sie sich die Sache genau überlegen, werden Sie dahinterkommen, dass ein Detective immer behaupten muss, eine ganz andere Sache zu tun, als er wirklich tut. Wenn Sie Wembury deshalb zur Rede stellen wollten, würde er selbstverständlich alles abstreiten.«

Sie dachte einen Augenblick nach.

»Das glaube ich nicht. Alan sagte mir, dass er niemals Johnny mit dem Diebstahl in Verbindung gebracht hatte, bevor er den anonymen Brief erhielt.«

»So!«, meinte Messer.

Alan kam aus dem Gerichtssaal zurück.

»Es wird wohl noch zehn Minuten dauern«, berichtete er, und ehe Messer noch etwas sagen konnte, fragte Mary:

»Alan, ist es wahr, dass Sie Johnny schon lange Zeit in Verdacht hatten?«

»Nein, ich wusste nichts darüber. Ich habe auf Johnny nicht eher Verdacht gehabt, als bis ich von jemandem einen Brief erhielt, der über den Diebstahl genau informiert war.«

Seine Augen schauten Maurice Messer an.

»Aber als Sie nach Lenley Court kamen ...«

»Meine Liebe«, unterbrach sie Maurice hastig, »warum all diese Fragen, die Mr Wembury nur in Verlegenheit bringen können?«

»Wieso in Verlegenheit?«, erwiderte Alan kurz. »Ich kam nach Lenley Court, um Miss Lenley aufzusuchen und ihr meine Beförderung mitzuteilen. Sie wollen doch nicht etwa behaupten, dass mein Besuch mit dem Diebstahl in Verbindung stand?«

Maurice zuckte die Achseln.

»Wahrscheinlich habe ich Ihnen eine Ehre zugestanden, die Sie nicht verdienten«, sagte er. »Als Anwalt bin ich mit den ›geheimnisvollen‹ Briefen vertraut, die der Polizei von Spitzeln und Denunzianten zugehen.«

»Ihnen ist also die Bedeutung des Wortes ›Denunziant‹ bekannt, Mr Messer?«, fragte Alan. »An dem Brief, der Lenley verriet, war nur der Schreiber geheimnisvoll. Der Brief war auf Schreibmaschinenpapier Swinley Bond Nr. 14 geschrieben.«

Er bemerkte, wie Messer leicht zusammenfuhr.

»Ich habe bei den Schreibwarenhandlungen in Deptford Nachforschungen angestellt und in Erfahrung gebracht, dass dieses Papier dort nicht zu kaufen ist. Man kann es nur bei einem Schreibwarenhändler in der Chancery Lane erhalten, der den Alleinvertrieb hat und an Anwaltsbüros liefert. Ich sage Ihnen das nur, falls Sie selbst weitere Nachforschungen anstellen wollen.«

Mit einem Kopfnicken verließ er sie.

»Was meint er?«, fragte Mary unruhig.

»Wer kann wissen, was ein Polizeibeamter meint«, antwortete Maurice mit einem gezwungenen Lachen.

Sie wurde nachdenklich und saß lange Zeit da, ohne ein Wort zu sagen.

»Er meinte, dass Johnny von – von irgendjemand verraten worden …«

»Jemand, der anscheinend nicht in Deptford lebt«, unterbrach sie Maurice schnell. »An Ihrer Stelle, meine Liebe, würde ich diesem Märchen nicht allzu viel Glauben schenken. Auch wäre es gut, wenn Sie in Zukunft nicht allzu oft mit Wembury zusammenkämen. Selbstverständlich«, fügte er hinzu, als er den Blick in den Augen Marys sah, »will ich Ihnen keine Vorschriften über Ihre Freunde machen. Ich möchte Ihnen aber behilflich sein, Mary. Es sind ein oder zwei Sachen, über die ich mit Ihnen sprechen möchte, sobald diese Angelegenheit vorüber ist. Sie können nicht allein in Malpas Mansions wohnen bleiben.«

»Es ist wohl selbstverständlich, dass Johnny verurteilt wird?«, fragte sie.

Es war kein passender Augenblick, um Rücksicht zu nehmen.

»Johnny wird ins Zuchthaus kommen«, erwiderte Messer, »darauf müssen Sie gefasst sein. Und zwar für viele Jahre. Damit müssen Sie sich abfinden! Wie ich schon sagte, können Sie nicht allein dort wohnen bleiben …«

, »Ich kann nirgendwo anders wohnen als in Malpas Mansions«, entgegnete sie. Der entschlossene Ton in ihrer Stimme konnte nicht missverstanden werden. »Ich weiß, dass Sie es gut mit mir meinen, Maurice, aber es gibt Sachen, die ich nicht tun kann. Wenn Sie mich beschäftigen wollen, werde ich mich freuen, für Sie zu arbeiten. Ich glaube nicht, dass ich genügend Erfahrung habe, um für jemand anderen zu arbeiten, und ich bin sicher, dass mir kein anderer Arbeitgeber das Gehalt zahlen würde, das Sie mir angeboten haben. Aber ich bleibe in Malpas Mansions, bis Johnny zurückkehrt.«

In diesem Augenblick erfolgte eine Unterbrechung. In der Drehtür erschien Alan Wembury. Einen Augenblick blieb er wie angewurzelt stehen, dann kam er auf sie zu.

»Nun?«, fragte sie atemlos.

»Drei Jahre Zuchthaus!«, antwortete Alan. »Der Richter fragte, ob sonst etwas über ihn bekannt sei, und ich bin nochmals als Zeuge verhört worden und habe alles gesagt, was ich wusste.«

»Und was wussten Sie?«, fragte Messer. Er war aufgesprungen und stand jetzt vor dem Detective.

»Ich weiß, dass er ein anständiger Mensch gewesen ist, der durch den Umgang mit Verbrechern verdorben wurde«, erklärte Wembury, während er jedes Wort einzeln zwischen den Zähnen hervorpresste, »und eines Tages werde ich den Mann erwischen, der Johnny Lenley zugrunde gerichtet hat, und ihn vor dasselbe Gericht bringen.« Er deutete auf die Drehtür. »Und wenn ich dann meine Zeugenaussage mache, werde ich nicht für den Angeklagten Fürsprache einlegen, sondern werde dem Richter eine Geschichte erzählen, die den Mann, der Johnny Lenley verriet, in ein Gefängnis schicken wird, aus dem er nicht wieder herauskommt.«

Für Maurice Messer war der Hexer tot. Er hielt alle Behauptungen, dass Henry Artur Milton in England sei, für eines jener albernen Märchen, die so häufig in der Unterwelt erzählt werden.

Scotland Yard, das nur auf ganz zuverlässige Nachrichten hin handelt, hatte keine Schritte unternommen, um ihn zu warnen, und das war für ihn der beruhigendste Punkt der ganzen Angelegenheit.

Mary verrichtete ihre Arbeit regelmäßig und hatte sich bald zu einer sehr tüchtigen Stenotypistin entwickelt. Oft dachte sie darüber nach, ob es Maurice gegenüber nicht richtiger gewesen wäre, wenn sie ihm ihre Unterredung mit Cora Milton erzählt hätte. Aber da der Name des Hexers nie wieder erwähnt worden war, hielt sie es für besser, zu schweigen. Wenn sie auch den Verkehr mit Alan Wembury nicht ganz aufgegeben hatte, sah sie ihn doch nur selten. Eines Tages erblickte sie ihn in der High Street, und bevor er ihr ausweichen konnte, sprach sie ihn an.

»Alan, Sie sind sehr wenig liebenswürdig«, sagte sie. »Man könnte annehmen, dass Sie mich nicht mehr kennen wollen.«

Er wurde erst rot und dann blass, sodass ihre Worte ihr sofort leid taten.

»Ich habe das selbstverständlich nicht angenommen«, fuhr sie fort, »aber Sie sind doch sehr unliebenswürdig gewesen. Warum gehen Sie mir aus dem Weg?«

»Ich glaubte … ich dachte …«, stotterte er verlegen und fragte dann schnell: »Haben Sie von Johnny gehört?«

Sie nickte.

»Er scheint ganz munter zu sein und macht schon Pläne für die Zukunft«, sagte sie und fügte dann hinzu: »Wollen Sie mich nicht am Mittwoch zum Tee einladen? An diesem Tag höre ich zeitig im Büro auf.«

Als ein sehr glücklicher Mann kehrte Alan nach der Polizeiwache zurück. Er war so heiter, dass Dr. Lomond, der am Pult des Sergeant einen Bericht über einen betrunkenen Motorradfahrer schrieb, über seine Augengläser schaute und ihn in seiner witzigen Art neckte.

»Haben Sie eine Erbschaft gemacht?«

»Etwas viel Besseres«, erwiderte Alan lächelnd. »Ich bin eine große Sorge losgeworden.«

»Mit anderen Worten, Sie hatten sich mit einem Mädchen gezankt, und sie hat sich jetzt wieder mit Ihnen versöhnt.« Dr. Lomond besaß die unheimliche Eigenschaft, sich in die Gedanken anderer Menschen hineindenken zu können. »Ich will nicht behaupten, dass die Ehe für den Mann nicht gut wäre, aber sie ist für einen Polizeibeamten nicht allzu ratsam.«

»Ich denke gar nicht daran, mich zu verheiraten«, lachte Alan.

»Dann sollten Sie sich schämen«, äußerte der Arzt, indem er zum Kamin ging und die Asche seiner Zigarette in das Feuer abstrich.

Während er noch sprach, kam ein untersetzter, ärmlich gekleideter Mann ins Wachzimmer. Er grinste über das ganze Gesicht, als er vor das Pult des Sergeant trat. Als er seinen Entlassungsschein auf das Pult niederlegte, begrüßte er den Sergeant mit einem freundlichen Kopfnicken.

»Hackitt!«, sagte Wembury. »Ich wusste nicht, dass man Sie entlassen hat.«

Er schüttelte dem entlassenen Sträfling die Hand, und Sam Hackitts Grinsen wurde noch breiter.

»Ich bin Montag entlassen worden«, erzählte er. »Der alte Messer will mir eine Anstellung geben.«

»Was, Sam, wollen Sie sich der Rechtspraxis zuwenden?«

Hackitt lachte heiser.

»Nein, ich soll seine Stiefel putzen! Es ist allerdings eine sehr niedrige Arbeit für einen Mann von meiner Veranlagung, Mr Wembury, aber was soll man machen, wenn einem die Polizei immerfort nachstellt?«

»Die Polizei stellt niemandem nach«, versetzte Alan lächelnd, »wenn ihr nicht die Veranlassung dazu gebt! Sie werden also der Leibdiener von Messer! Ich wünsche Ihnen viel Glück.«

Sam Hackitt rieb sich nachdenklich das unrasierte Kinn.

»Ich hörte, dass Johnny Lenley ›verschütt gegangen‹ ist, Mr Wembury. Das ist Pech.«

»Kennen Sie ihn?«, fragte Alan.

»Ich war einmal auf dem Land, um ihn aufzusuchen, als er noch was war. Allerdings wusste ich schon, dass er unserer Zunft angehörte, denn jemand hatte für ihn und mich eine ›Sache‹ ausgearbeitet.«

Alan wusste, was das bedeutete.

»Aber ich habe es sein lassen«, fuhr Sam fort. »Es war etwas zu gefährlich für mich, und ich arbeite nicht gern mit Anfängern. Man kann dabei leicht reinfallen. Außerdem wollte der Herr, der für die Sache das Geld hergab, dass wir eine ›Knarre‹ tragen – dafür bedankte ich mich aber!«

Alan wusste sehr gut, dass gewerbsmäßige Einbrecher Waffen verabscheuen.

»Wer ist der ›Große Mann‹, Sam?«, fragte er, obgleich er keine wahrheitsgetreue Antwort erwartete.

»Er? Oh, das ist ein Mann, der in Sheffield lebt«, wich Sam aus. »Mir gefiel die Sache nicht, also habe ich sie nicht angenommen. Er ist ein netter Kerl – ich meine den jungen Lenley.«

Dann wechselte er plötzlich das Gesprächsthema.

»Mr Wembury, was ist eigentlich an der Geschichte wahr, dass der Hexer in London ist? Ich hörte davon, als ich im Kittchen war, und habe Ihrem ›Boss‹ einen Brief darüber geschrieben.«

Alan erstaunte. Der Hexer gehörte einer anderen Klasse an, und obwohl die kleinen Verbrecher durch die Taten dieses Überverbrechers in Mitleidenschaft gezogen wurden, hatte er doch keinen dieser Leute mit dem Mann, den die Polizei suchte, in Verbindung gebracht.

Wieder rieb sich Sam Hackitt das Kinn.

»Ich bin einer der wenigen Leute, die ihn ohne Verkleidung gesehen haben«, grinste er. »Der Hexer, eh! Das war ein tüchtiger Kerl. Ich habe noch niemand gekannt, der sich so verstellen konnte!«

Der Sergeant hatte die nötigen Einzelheiten von Sam Hackitts Entlassungsschein notiert und gab ihm das Papier zurück.

»Wenn der Hexer auftauchen sollte, kann es sein, dass wir Sie herbestellen, Hackitt«, bemerkte Wembury.

Sam schüttelte den Kopf.

»Der wird niemals auftauchen: Er ist ertrunken. Ich glaube den Zeitungen.«

Dr. Lomond beobachtete, wie die kräftige Gestalt hinter der Tür verschwand, und schüttelte den Kopf.

»Der Überoptimist!«, sagte er. »Und der Kopf! Haben Sie ihn bemerkt, Wembury, wie flach der Schädel ist? Den möchte ich mal vermessen!«

17

Die Tage bis zum Mittwoch schienen sehr lang zu sein, und jeder schien mehr als vierundzwanzig Stunden zu haben. Am Morgen erhielt Alan einen Brief von Mary, in dem sie ihn bat, er möchte sie in einer kleinen Konditorei im Westend treffen, und Alan hatte sich schon eine Viertelstunde vor der festgesetzten Zeit eingestellt. Endlich kam sie. In dem braunen Kostüm sah sie sehr niedlich aus.

Die Konditorei war zu dieser Zeit nur wenig besucht. Er fand einen ruhigen Eckplatz, wo sie sich ungestört unterhalten konnten. Sie hatte den Kopf voll von hoffnungsreichen Plänen für die Zukunft. Maurice (er konnte es nicht leiden, wenn sie Messer beim Vornamen nannte) wollte Johnny auf einer Geflügelfarm neu anfangen lassen: Sie hatte Johnnys Gefängniszeit bis auf den Tag ausgerechnet.

»Ihm werden für jedes Jahr drei Monate nachgelassen, wenn er sich gut führt«, meinte sie. »Johnny scheint auch sehr vernünftig zu sein. In dem Brief, den ich vor einigen Tagen erhielt, schrieb er, dass er sich nichts mehr zuschulden kommen lassen wollte.«

Er zögerte, die Frage zu stellen, die ihm auf der Zunge lag, doch dann fragte er doch, und sie nickte.

»Ja, er hat auch Sie erwähnt und empfindet keinen Groll gegen Sie. Ich glaube, wenn er herauskommt, wird er mehr auf Sie hören.«

Sie erzählte ihm, sie habe so viel zu tun, dass die Zeit sehr schnell verging, schneller, als sie gedacht hatte. Maurice war sehr gut zu ihr. (Wie oft schon hatte sie das wiederholt!) Das Leben in Malpas Mansions verlief sehr ruhig. Sie konnte sich eine Hausangestellte halten.

»Es ist ein seltsames kleines Geschöpf, das darauf besteht, mir alle Schreckensgeschichten von Deptford zu erzählen«, sagte Mary lächelnd. »Als ob ich nicht genügend eigene Schrecken hätte! Ihr Lieblingsheld ist der Hexer – wissen Sie etwas über ihn?«

Alan nickte.

»Er ist der Held vieler Leute in Deptford«, bemerkte er. »Ihnen allen gefällt der Gedanke, dass jemand die Polizei überlisten konnte.«

»Er ist doch nicht etwa in England?«

Alan schüttelte den Kopf.

»Interessieren Sie sich für den Hexer?«, fuhr sie fort. »Dann kann ich Ihnen etwas erzählen – ich habe seine Frau kennengelernt.«

Seine Augen wurden bei diesen Worten ganz groß.

»Cora Ann Milton?«, fragte er ungläubig, und sie musste über den Eindruck lachen, den ihre Worte gemacht hatten.

Sie erzählte ihm von Cora Anns Besuch, gab ihm aber aus irgendeinem unverständlichen Grund nicht eine vollständige Wiedergabe der Unterhaltung. Sie deutete nicht einmal an, dass Cora Ann sie vor Messer gewarnt hatte. Als sie von dem Brief mit dem Geheimcode sprach, steigerte sich sein Interesse.

»Eben denke ich wieder daran!«, sagte sie reuevoll. »Er liegt bei mir in der Lade, und ich sollte ihn ihr zurückschicken.«

»Ein Geheimcode – das ist sehr wichtig!«, versetzte Alan. »Können Sie ihn mir morgen bringen?«

Sie nickte.

»Aber warum kam sie zu Ihnen? Sagten Sie nicht, dass es in derselben Nacht war, als Johnny festgenommen wurde?«, fragte Alan. »Haben Sie Mrs Milton seitdem wiedergesehen?«

Mary schüttelte den Kopf.

Sie gingen zusammen durch den Green Park und aßen in einem kleinen Restaurant in Soho. Es war einer der großen Tage in Alan Wemburys Leben, und nachdem er sie zur Straßenbahn begleitet hatte, schien ein Teil seiner Lebensfreude mit ihr verschwunden zu sein.

Messer hatte Mary gebeten, auf dem Heimweg nochmals bei ihm vorzusprechen, aber sie hatte sich ein Prinzip zu eigen gemacht, das ihr in Zukunft viele Dienste leistete. Sie hatte neun Uhr als die Zeit festgesetzt, bis zu der sie bei ihm arbeiten konnte, und da es schon später war, als sie New Cross erreichte, ging sie sofort nach Malpas Mansions. Maurice hatte darauf bestanden, dass sie sich ein Telefon anschaffte, und das bot ihr eine große Bequemlichkeit.

Während sie noch die Tür aufschloss, klingelte das Telefon. Sie schaltete schnell das Licht ein und eilte an den kleinen Tisch, auf dem der Apparat stand. Es war Messer, wie sie es erwartet hatte.

»Mein liebes Kind, wo sind Sie gewesen?«, fragte er mürrisch »Ich habe seit acht Uhr auf Sie gewartet.«

Sie schaute auf die Armbanduhr; es war gerade ein Viertel vor zehn.

»Es tut mir sehr leid, Maurice«, entgegnete sie, »aber ich hatte Ihnen nicht versprochen, dass ich kommen würde«.

»Sind Sie im Theater oder sonst wo gewesen?«, fragte er argwöhnisch. »Sie haben nichts darüber gesagt.«

»Nein, ich habe jemanden besucht.«

»Einen Mann?«

Mary Lenley besaß eine fast unerschöpfliche Geduld, aber seine eindringlichen Fragen erbitterten sie. Er musste es erraten haben, denn bevor sie antworten konnte, fuhr er fort:

»Verzeihen Sie meine Neugier, liebe Mary, aber ich nehme doch Vaterstelle bei Ihnen ein, solange der arme Johnny fort ist, und ich möchte wissen …«

»Ich war zum Essen eingeladen«, unterbrach sie ihn kurz. »Es tut mir leid, wenn ich Ihnen Unbequemlichkeiten bereitet habe, aber ich hatte es Ihnen doch nicht versprochen.«

Es folgte eine Pause.

»Können Sie nicht jetzt herkommen?«

Ihr »Nein« klang sehr bestimmt. »Es ist viel zu spät, Maurice. Was soll ich noch für Sie arbeiten?«

Wenn er ihr sofort geantwortet hätte, hätte sie ihm geglaubt, aber die Pause war etwas zu lang.

»Beeidigte Aussagen!«, spottete sie. »Das klingt sehr sinnwidrig um diese Nachtzeit. Ich werde morgen früh etwas zeitiger kommen.«

»Der Jemand ist doch nicht etwa Alan Wembury?«, fragte Messers Stimme.

Mary legte den Hörer nieder.

Sie ging in ihr kleines Schlafzimmer, um sich umzuziehen, während das Wasser im Kessel zu kochen begann. Der durch das geöffnete Fenster verursachte Zug schlug die Tür hinter ihr zu. Sie machte Licht und schloss nachdenklich das Fenster. Da es zu regnen drohte, hatte Mary vor dem Verlassen der Wohnung sämtliche Fenster geschlossen. Wer hatte dieses hier geöffnet? Sie schaute sich im Zimmer um, und es überrieselte sie kalt. Jemand war im Zimmer gewesen, denn eine der Schubladen im Frisiertisch war aufgebrochen. Soweit sie sehen konnte, war nichts gestohlen worden. Dann fiel ihr der Geheimcode ein – er war verschwunden! Der Kleiderschrank war auch geöffnet worden, ihre Kleider hingen nicht wie sonst. Die lange, untere Lade war ebenfalls durchsucht worden. Von wem? Nicht von einem gewöhnlichen Einbrecher, denn nichts außer dem Brief war genommen worden.

Sie ging ans Fenster zurück, öffnete es und schaute hinunter. Die steile Höhe bis zum Hof betrug fünfzehn Meter. Rechts lag der kleine Balkon an der winzigen Küche und daneben ein Aufzug, durch den die Bewohner der Malpas Mansions die Waren von den Lieferanten im Hof in Empfang nehmen konnten. Der Aufzug befand sich zur Zeit unten, und sie konnte sehen, wie sich das lange Drahtseil in dem scharfen Wind leise bewegte. Ein geschickter Mann konnte ohne übermenschliche Anstrengung zum Balkon hinaufklettern. Aber wer würde Gefahr laufen, seinen Hals zu brechen, um ihre wenigen Habseligkeiten zu durchsuchen und Cora Anns Brief zu holen?

In der Küche war eine Taschenlampe vorhanden, mit der sie eine genaue Untersuchung vornahm. Jetzt erst fand sie die noch feuchten Fußabdrücke auf dem Teppich. Zwei Schmutzspuren waren so deutlich zu sehen, dass sie sich wunderte, sie beim Eintritt nicht sofort bemerkt zu haben.

Sie machte noch eine Entdeckung: Der Frisiertisch war vollständig in Unordnung gebracht. Eine der Kleiderbürsten fand sie am Bettrand, und man hatte sie anscheinend benutzt, um Schmutz wegzubürsten, denn sie war noch nass, und die Borstenenden waren schwarz. Der kaltblütige Eindringling hatte sich auch nicht mit einer oberflächlichen Toilette begnügt, sondern die Haarbürsten benutzt, denn in den weißen Borsten hing ein grobes, schwarzes Haar. Jemand mit einem Bart, und zwar mit einem schwarzen Bart, hatte sein Äußeres vor dem Spiegel wieder in Ordnung gebracht.

Sie hörte die Glocke in der Küche klingeln, und als sie die Tür öffnete, stand der Hausmeister davor.

»Es tut mir leid, Sie zu stören, Miss. Ist jemand während Ihrer Abwesenheit in der Wohnung gewesen?«

»Darüber habe ich mich eben gewundert, Jenkins«, antwortete sie und führte ihn in das Zimmer.

»Ein Mann hat sich nämlich den ganzen Abend in der Gegend herumgetrieben«, erzählte der Hausmeister, indem er sich den Kopf kratzte, »ein Mann mit einem kleinen, schwarzen Bart. Einer der Bewohner hat ihn kurz vor dem Dunkelwerden im Hof gesehen, wie er sich den Aufzug anschaute. Die Frau nebenan sagte, dass er vorher ungefähr zehn Minuten lang an die Tür geklopft hatte, als wenn er jemand sprechen wollte. Das war gegen acht Uhr. Vermissen Sie etwas, Miss?«

Sie schüttelte den Kopf.

»Nichts Wertvolles!« Denn sie kannte den Wert nicht, den der Geheimcode des Hexers hatte.

18

Ein Mann mit einem Bart? Wo hatte sie von einem bärtigen Mann gehört? Plötzlich erinnerte sie sich der Unterhaltung mit Alan, der von Inspector Bliss gesprochen hatte! Diese Idee erschien ihr zu fantastisch.

Sie nahm das Telefonbuch und verlangte die Flanders Lane-Polizeiwache. Eine mürrische Stimme antwortete ihr. Mr Wembury war noch nicht zurückgekehrt, man erwartete ihn aber jeden Augenblick. Sie gab ihren Namen und die Telefonnummer an und bat um Wemburys Anruf. Eine Stunde später läutete das Telefon, und sie hörte Alans Stimme. Sie erzählte ihm in wenigen Worten, was vorgefallen war, und ein erstaunter Ausruf klang in ihren Ohren.

»Ich glaube nicht, dass es die Person war, an die Sie denken«, bemerkte er. »Ist es schon zu spät für mich, hinzukommen?«

»Nein, bitte«, rief sie, ohne zu zögern.

Alan war unerwartet schnell bei ihr.

»Ein Taxi«, erklärte er. »Man sieht so etwas nicht allzu oft in der High Street von Deptford, aber ich hatte Glück.«

Es war das erste Mal seit Johnnys Festnahme, dass er die Wohnung betrat. Sie führte ihn sofort in ihr Zimmer, um ihm die Beweise des unheimlichen Besuches zu zeigen.

»Bliss?«, sagte er mit gerunzelter Stirn. »Warum sollte Bliss hierherkommen? Was hoffte er zu finden?«

»Das möchte ich auch wissen.« Sie konnte wieder lächeln. Es war wunderbar, wie beruhigend Alan Wemburys Anwesenheit wirkte. »Wenn es sich um den Brief handelte, konnte er kommen und danach fragen.« Aber er schüttelte den Kopf.

»Haben Sie hier irgendetwas, was Messer gehört – irgendwelche Papiere?«, fragte er plötzlich.

Sie schüttelte den Kopf.

»Schlüssel?«, fragte er weiter.

»Aber selbstverständlich!«, antwortete sie, sich erinnernd. »Ich habe die Schlüssel zum Haus. Seine alte Köchin ist ziemlich taub, und Maurice ist nur selten auf, wenn ich komme, daher hat er mir die Schlüssel zur äußeren Tür und zur Haustür gegeben.«

»Wo bewahren Sie diese auf?«, fragte Alan.

Sie öffnete die Handtasche.

»Ich trage sie bei mir. Alan, warum sollte Mr Bliss die Schlüssel haben wollen? Ich nehme an, dass er Mr Messer zu jeder gewünschten Zeit sprechen kann.«

Aber Alans Gedanken folgten einer anderen Spur. Wusste Bliss von Cora Miltons Besuch bei Mary? Angenommen, dass er sich das Ziel gesetzt hatte, den Hexer zu finden – Alan Wembury war nicht benachrichtigt worden, dass die Hauptstelle auf eigene Faust arbeitete –, warum sollte er diesen schwierigen Weg wählen? War er hinter dem Brief her? Wo hatte er darüber etwas gehört?

»Nur ein einziger Mann kann an diesem Brief wirklich Interesse haben – und das ist der Hexer selbst«, meinte er überzeugt.

Beim Eintritt hatte er die Tür offen gelassen, und als er ins Esszimmer trat, kam der Hausmeister in die kleine Diele.

»Da, Miss!«, sagte er erregt. »Der Kerl ist wieder draußen. Soll ich die Polizei holen?«

»Welcher Kerl?«, fragte Wembury schnell. »Meinen Sie den Mann mit dem Bart?«

Augenscheinlich wusste der Hausmeister nicht, dass Alan Polizeibeamter war.

»Jawohl, Sir. Glauben Sie nicht, dass wir einen Polizisten holen sollen? Am Ende der Straße steht einer auf Posten.« Wembury flog an ihm vorbei und eilte die Treppe hinunter. In der Dunkelheit sah er auf der gegenüberliegenden Seite einen Mann stehen. Dieser machte aber keinen Versuch, sich zu verbergen, sondern stand im vollen Licht der Straßenlampe, und Alan wusste, dass Marys Annahme richtig war. Es war Bliss.

»Guten Abend, Inspector Wembury!«, lautete die kühle Begrüßung. Ohne irgendwelche Einleitung brachte Alan seine Anklage vor.

»In Miss Lenleys Wohnung ist eingebrochen worden, und ich habe Grund anzunehmen, dass Sie es waren, Bliss.«

»In Miss Lenleys Wohnung eingebrochen?« Der Hauptinspektor schien sich darüber zu amüsieren. »Sehe ich wie ein Einbrecher aus?«

»Ich weiß nicht, wie Sie aussehen, aber man hat Sie kurz vor dem Dunkelwerden im Hof beobachtet, wie Sie sich den Aufzug ansahen. Es unterliegt keinem Zweifel, dass der Mann, der Miss Lenleys Wohnung betrat, sich auf diese Weise Einlass verschaffte.«

»In diesem Fall«, sagte Bliss, »wäre es besser, dass Sie mich nach Ihrer kleinen Polizeiwache mitnehmen und dort die Anklage vorbringen. Aber bevor Sie das tun, will ich Ihnen beichten, dass ich dieses verfluchte Drahtseil hochgeklettert bin, dass ich das Fenster nach Miss Lenleys Schlafzimmer gewaltsam geöffnet und dass ich die Wohnung durchsucht habe. Was ich zu finden erwartete, habe ich nicht gefunden. Der Mann, der vor mir dort gewesen war, hatte es bereits abgeholt.«

»Ist das die Aufklärung«, fragte Wembury, als Hauptinspektor Bliss geendet hatte, »dass jemand schon in der Wohnung gewesen ist?«

»Jawohl – eine wahrheitsgemäße Aufklärung, obgleich Sie nicht davon befriedigt sein mögen. Ich bin das Seil nicht eher hochgeklettert, als bis ich gesehen hatte, wie ein anderer denselben Weg genommen und das Fenster geöffnet hatte. Es war kurz vor dem Dunkelwerden. Ihre Freunde werden Ihnen zweifellos bestätigen können, dass ich sofort die Treppe hinaufging und an Miss Lenleys Tür klopfte; da ich aber keine Antwort erhielt, entschied ich mich, mir den Zugang auf demselben Weg zu verschaffen wie der unbekannte Eindringling. Befriedigt Sie das, Mr Wembury, oder glauben Sie, dass ich als Polizeibeamter meine Befugnis überschritten habe, indem ich einen Einbrecher verfolgte?«

Wenn die Geschichte, die Bliss erzählte, auf Wahrheit beruhte, hatte seine Handlungsweise eine Berechtigung. Aber war sie wahr?

»Haben Sie vielleicht den Inhalt der Schubladen durchwühlt?«

Bliss schüttelte den Kopf.

»Nein, unser Freund ist mir hierin zuvorgekommen. Ich öffnete eine Lade, und aus dem Durcheinander schloss ich, dass mein Vorgänger die

Durchsuchung schon vorgenommen hatte. Ich glaube nicht, dass er fand, wonach er suchte. Haben Sie außerdem irgendwelche Fragen?«

»Nein«, entgegnete Alan kurz.

»Und Sie denken nicht daran, mich Ihren Vorgesetzten vorzustellen? Gut. Dann ist meine Anwesenheit vorläufig überflüssig.«

Mit einem Achselzucken drehte er sich um und ging langsamen Schrittes den Fußsteig entlang.

Alan kehrte zu Mary zurück und erzählte ihr von seiner Unterredung mit Bliss.

»Er muss die Wahrheit gesagt haben«, bemerkte er. »Selbstverständlich ist es seine Pflicht, den Einbrecher zu verfolgen. Wenn er lügt, werden wir nichts mehr darüber hören, aber wenn er die Wahrheit gesagt hat, muss er über den Vorfall Bericht erstatten.«

Als er zu der Polizeiwache zurückkehrte, war er erstaunt zu hören, dass Bliss tatsächlich über den Einbruch berichtet und genaue Zeitangaben gemacht hatte. Seinem Bericht war die Bemerkung hinzugefügt, dass Bezirksinspektor Wembury den Fall übernommen habe.

Alan stand vor einem neuen Rätsel. Wenn Bliss wahrheitsgemäß Bericht erstattet hatte, wer war der erste Mann, der das Seil emporgeklettert war? Und welchen anderen Grund hatte er, in Mary Lenleys Wohnung einzubrechen, als nach der Geheimschrift zu suchen? Es musste der Hexer gewesen sein!

Zwei Fragen tauchten am nächsten Tag vor Mary Lenley auf: Sollte sie Maurice sagen, dass sie mit Alan Wembury aus gewesen war, sollte sie ihm sagen, dass bei ihr ein Einbruch verübt worden war? Sie wusste, dass das zweite Ereignis ihn wahrscheinlich am meisten erregen würde.

Maurice war noch nicht aus seinem Zimmer heruntergekommen, als sie eintraf, und Samuel Hackitt, der in den Messerschen Haushalt eingetreten war, putzte gemächlich die Fenster. Er war vor einigen Tagen erschienen, und Mary hatte den kleinen Mann ganz gern.

»Guten Morgen, Miss!« Seine Hand bewegte sich nach der Stelle, wo sonst der Schirm seiner Mütze zu sein pflegte. »Der alte Herr ist noch im Bett. Der Herr segne seinen Schlaf!«

Mary ermunterte ihn nicht zu weiteren Aufschlüssen.

»Das ist ein komisches Haus, Miss!« Sam klopfte mit dem Hand-knöchel an eine Täfelung. »Hohl. Es gleicht eher einem Karnickelstall als einem Haus.«

Mr Messers Haus war in den Tagen erbaut worden, als Peter der Große in Deptford lebte. Sie teilte ihm diese historische Tatsache mit, doch sie machte absolut keinen Eindruck auf ihn.

»Ich habe Peter nicht gekannt. War er König? Das klingt wie eine von Messers Lügen.«

»Das ist die Geschichte, Sam!«, bemerkte sie streng, während sie ihre Schreibmaschine abstäubte.

»Morgen gehe ich zu Scotland Yard, Miss«, erzählte er. »Ich war noch niemals dort, aber ich nehme an, dass es genauso wie auf jedem anderen Polizeirevier ist – ein Stuhl, ein Tisch, ein Paar Handschellen, ein Ser-geant und fünfundvierzigtausend meineidige Lügner!«

In diesem Augenblick trat Messer ein, und Hackitts Betrachtungen wurden unterbrochen. Nachdem er seinen neuen Diener in mürrischem Ton entlassen hatte, beklagte er sich, dass er schlecht geschlafen habe.

»Wo waren Sie?«, begann er.

Sie dachte, es wäre eine gute Gelegenheit, ihm von dem Einbruch zu erzählen, erwähnte aber den gestohlenen Brief nicht. Er horchte erstaunt zu, bis sie zu Alans Unterredung mit Inspector Bliss kam.

»Bliss? Das ist seltsam!« Er stand auf, seine Augen schlossen sich, als wenn er in helles Licht schaute.

»Bliss … Ich habe ihn jahrelang nicht gesehen. Er war in Amerika. Ein tüchtiger Mensch … Bliss … hm!«

»Aber, Maurice, halten Sie es nicht für sehr merkwürdig, dass er in meine Wohnung hinaufkletterte oder dass schon jemand anders vor ihm dort gewesen war? Was glaubten sie in meiner armseligen Wohnung zu finden?«

Maurice schüttelte den Kopf.

»Ich weiß es nicht. Bliss suchte etwas in Ihrem Zimmer. Die Ge-schichte von dem anderen Mann klingt faul.«

»Aber was konnte er denn suchen?«, fragte sie eindringlich, doch Mau-rice Messer schwieg.

Bliss! Er hatte nichts in Deptford zu suchen, falls nicht …

Maurice stand vor einem Rätsel und war besorgt. Das Erscheinen eines Mannes vom Präsidium in Deptford konnte nur auf ein außerordentliches Ereignis hindeuten. In den letzten drei Monaten war im Bezirk nichts Besonderes vorgekommen, und Messer, der seine Finger in mehr Sachen hatte, als ihm seine ärgsten Feinde zutrauten, wusste, dass kein Diebstahl begangen worden war, der Scotland Yard veranlassen konnte, einen der besten Beamten mit einer unabhängigen Untersuchung zu beauftragen.

Messer nahm sein einfaches Frühstück gewöhnlich im Privatbüro ein. Wie sonst bestand es auch an diesem Morgen aus einer Tasse Kaffee, einigen Früchten und Biskuits. Er öffnete die Zeitungen, die neben ihm lagen, und schaute sie gemächlich durch. Eine Nachricht, die am Anfang einer Spalte stand, fesselte seine Aufmerksamkeit:

Aufstand im Gefängnis
Ein Sträfling rettet dem stellvertretenden Direktor das Leben

Er überflog den Artikel in aller Eile, da er einen vielleicht bekannten Namen zu finden hoffte, aber der Name des Gefangenen wurde, wie es bei solchen Fällen gebräuchlich ist, geheim gehalten. In einem Gefängnis in der Provinz war ein Aufstand ausgebrochen. Die Anführer hatten einen Wärter niedergeschlagen und ihm die Schlüssel abgenommen. Sie hätten auch den stellvertretenden Direktor getötet, wenn ihn nicht ein Sträfling mit einem Besenstiel verteidigt hätte, bis bewaffnete Wärter erschienen. Maurice spitzte die Lippen und lächelte. Er dachte nach, welche Belohnung der tapfere Sträfling erhalten würde. Wahrscheinlich eine höhere, als er verdiente.

In diesem Augenblick kam Hackitt herein, um das Frühstücksgeschirr abzuräumen. In seiner familiären Art und Weise las er über Messers Schulter den Bericht.

»Der stellvertretende Direktor ist ein sehr netter Kerl!«, sagte er. »Ich möchte wissen, was die Jungen gegen ihn hatten. Die Wärter allerdings taugen alle nichts.«

Messers Augen schauten ihn kalt an.

»Hackitt, wenn Sie Ihre Stelle behalten wollen, dürfen Sie nicht sprechen, ohne gefragt zu werden.«

»Verzeihung!«, entgegnete Hackitt gemütlich. »Ich bin von Natur aus so veranlagt.«

»Dann lassen Sie Ihre Geschwätzigkeit an jemand anderem aus!«, fuhr Maurice ihn an.

Der Mann verließ mit seinem Tablett das Zimmer, kehrte jedoch nach wenigen Minuten mit einem langen gelben Brief zurück. Messer riss ihm den Umschlag aus der Hand und überflog die Aufschrift. Der Umschlag trug den Vermerk: »Sehr eilig und vertraulich« und den Stempel von Scotland Yard.

»Wer hat das gebracht?«, fragte er.

»Ein ›Polyp‹«, antwortete Sam.

Maurice wies auf die Tür.

»Sie können gehen.«

Er wartete, bis sich die Tür hinter Hackitt geschlossen hatte. Dann öffnete er den Brief, und seine Hand zitterte, als er das gefaltete Schriftstück herauszog.

> »Sir,
>
>   ich habe die Ehre, Sie zu benachrichtigen, dass der Kommissar, Oberst Walford, C. B., Sie morgen Vormittag um halb zwölf in seinem Büro in Scotland Yard zu sprechen wünscht. Die Angelegenheit ist sehr wichtig, und der Kommissar wünscht, dass Sie der Vorladung unbedingt Folge leisten. Sollte es Ihnen nicht möglich sein, zur angegebenen Zeit zu erscheinen, so bitte ich um telefonische Nachricht.
>
>   Ich habe die Ehre usw.«

Eine Vorladung von Scotland Yard! Die erste, die Messer je erhalten hatte. Was bedeutete sie?

Er stand auf und öffnete einen kleinen Wandschrank. Aus einer Weinbrandflasche goss er einen tüchtigen Schluck in ein Glas und ärgerte sich, dass seine Hand zitterte. Was wusste Scotland Yard? Was wollten sie wissen? Seine Zukunft, sogar seine Freiheit hingen von der Beantwortung dieser Frage ab. Morgen! Gerade der Tag, an dem er die Verwirklichung gewisser Pläne beabsichtigte. Unbewusst hatte Scotland Yard für Mary Lenley einen Aufschub von einem Tag erreicht.

19

Am nächsten Morgen kam Mary auf Ersuchen des Rechtsanwaltes zeitig ins Büro und war erstaunt, dass Maurice schon aufgestanden war.

Als sie eintrat, ging er mit auf dem Rücken zusammengelegten Händen im Zimmer auf und ab.

»Ich muss nach Scotland Yard«, berichtete Messer, »und ich dachte«, er zwang sich zu lächeln, »ob Sie mich vielleicht begleiten wollten – nicht nach dem Yard«, fügte er hastig hinzu, als er die Abneigung in ihrem Gesicht gewahrte. »Sie könnten in – einer Konditorei oder sonst wo auf mich warten?«

»Aber warum, Maurice?« Diese Aufforderung kam ihr völlig unerwartet.

Fragen zu beantworten, war nicht seine starke Seite.

»Wenn Sie nicht mitzugehen wünschen, ist es nicht nötig, meine Liebe«, erwiderte er kurz, änderte aber seinen Ton sofort. »Ich möchte mit Ihnen mal über ein oder zwei Dinge sprechen – Geschäftsangelegenheiten, bei denen ich Ihre Hilfe brauchen werde.«

Er trat an ihren Schreibtisch und nahm ein Schriftstück auf.

»Hier sind die Namen und Adressen einer Anzahl von Leuten: Ich möchte, dass Sie diese Liste in Ihrer Handtasche aufheben. Die angeführten Herren sind zu benachrichtigen – ich meine, wenn es nötig sein sollte.«

Er konnte ihr nicht erzählen, dass er eine fast ruhelose Nacht verbracht hatte. Er konnte ihr auch nicht erzählen, dass die Namen, die er nach reiflicher Überlegung niedergeschrieben hatte, gewichtige Persönlichkeiten waren, die für ihn in gewissen Umständen bürgen konnten.

»Ich weiß nicht, was man von mir in Scotland Yard will«, bemerkte er mit einem Versuch, unbekümmert zu erscheinen. »Vermutlich ist es eine geringfügige Angelegenheit, die mit einem meiner Klienten zusammenhängt.«

»Schickt man oft nach Ihnen?«, fragte sie unschuldig.

Er schaute sie schnell an.

»Nein, noch niemals. Überhaupt ist es ganz außergewöhnlich, dass ein Rechtsanwalt vorgeladen wird.«

Maurice hatte kein eigenes Auto, und keine Garage in der Nähe konnte ihm einen Wagen stellen, der seinem Geschmack genügte. Ein Rolls-Royce, den ein Fuhrgeschäft des Westend ihm schickte, war das Neueste und Vornehmste, was man auftreiben konnte. Als Mary mit Messer fortfuhr, standen die Einwohner der Flanders Lane voller Bewunderung und Neid vor den Haustüren. Seine Nervosität schien eher zu – als abzunehmen, als sie Deptford verlassen hatten. Nachdem er eine Zeit lang schweigend dagesessen hatte, fragte sie ihn, ob er einen Bericht in der Zeitung gelesen hätte.

»Aufstand im Gefängnis?«, fragte er zerstreut. »Nein – ja. Warum?«

»Es ist die Anstalt, in der Johnny ist«, äußerte sie. »Es macht mir Sorge – Johnny ist so hitzköpfig, und wahrscheinlich hat er etwas Dummes angerichtet. Kann man das irgendwie ausfindig machen?«

Messer schien plötzlich Interesse zu haben.

»Ist Johnny in der Anstalt? Ich habe nicht daran gedacht. Jawohl, meine Liebe, wir können das ausfindig machen.«

Anscheinend überlegte er die ganze Zeit, denn als der Wagen über die Westminster Bridge fuhr, bemerkte er:

»Ich hoffe nicht, dass Johnny darin verwickelt ist; damit würde er sich die vorzeitige Entlassung verscherzen.«

Sie hatte diese verhängnisvolle Bemerkung noch nicht richtig verstanden, als der Wagen schon vor dem Eingang zu Scotland Yard anhielt.

»Vielleicht wollen Sie im Wagen bleiben und warten?«

»Wie lange wird es dauern?«

Mr Messer hätte viel dafür gegeben, wenn er diese Frage mit einer, wenn auch nur geringen Wahrscheinlichkeit hätte beantworten können.

»Ich weiß es nicht. Die Beamten sind sehr bequeme Leute. Sie können tun, was sie wollen.« Während er noch mit ihr sprach, sah er von der Straßenbahn einen Mann abspringen, der gemächlich über die Straße dem großen gewölbten Eingang von Scotland Yard zuschritt.

»Hackitt?«, rief er erstaunt aus. »Er hat mir nicht gesagt, dass er auch kommt. Eine halbe Stunde, bevor Sie kamen, hat er mir das Frühstück gebracht.«

Sein Gesicht zuckte, und sie war erstaunt, dass eine so geringfügige Sache einen so starken Eindruck auf ihn machen konnte.

Er nickte ihr zu und entfernte sich daraufhin, ohne sie anzusehen.

Vor dem Eingang blieb er einen Augenblick stehen. Was wusste Hackitt über ihn? Was konnte Hackitt aussagen? Als er den Mann bei sich anstellte, geschah es nicht etwa aus Mitleid, sondern weil er eine billige Arbeitskraft bekam. Vielleicht aber stand Hackitt im Sold der Polizei – ein Spitzel, der in sein Haus gesandt worden war, um in seinen Papieren zu spionieren, seine Geheimnisse aufzudecken und die verschlossenen Keller und versteckten Dachräume zu durchsuchen.

20

Mary entschloss sich, ihre Wartezeit im Wagen zu verbringen. Sie überlegte, ob Alan Wembury wohl auch im Yard zu tun habe, und im gleichen Augenblick ging er mit großen Schritten am Wagen vorbei. Als er ihre Stimme hörte, drehte er sich schnell um.

»Mary!«, rief er mit freudestrahlendem Gesicht aus. »Was machen Sie denn hier? Sind Sie mit Messer gekommen?«

»Wussten Sie, dass man ihn geladen hatte?«

Alan nickte.

»Sie haben doch nicht zufälligerweise Mr Hackitt mitgebracht?«, sagte er lächelnd, und sie schüttelte den Kopf.

»Nein, Maurice wusste nicht, dass Hackitt ebenfalls geladen war – ich glaube, das beunruhigte ihn. Was steckt eigentlich dahinter, Alan?«

Er lachte statt jeder Antwort.

Ein wunderschöner kleiner Wagen war geräuschlos am Fußsteig vor ihnen stehen geblieben. Der Chauffeur sprang ab, öffnete die Tür, eine Frau stieg aus, die einen Blick auf das Gebäude warf und dann auf den gewölbten Torweg zuging. Obgleich es noch früh am Morgen und die Straße voller Leute war, hielt sie eine brennende Zigarette in ihrer behandschuhten Hand.

»Eine etwas auffallende Dame, nicht wahr? Und eine alte Bekannte von Ihnen?«

»Mrs Milton!«, rief das Mädchen erstaunt.

»Jawohl, Mrs Milton. Ich muss jetzt hinein.« Er nahm für einen Augenblick ihre Hand in die seine und schaute ihr in die Augen. »Sie wissen doch, wo ich zu finden bin?«, sagte er mit leiser Stimme, und bevor sie die Frage beantworten konnte, war er verschwunden.

Auf die Anordnung eines Polizisten musste der Chauffeur mit ihrem Wagen etwas weiter von dem Eingang entfernt warten.

Plötzlich fühlte sie, dass irgendjemand sie beobachtete, und als sie den Kopf umwandte, schaute sie in ein Paar freundliche Augen, die unter buschigen Augenbrauen hervorsahen. Es war eine große, gebeugte Gestalt, die einen ganz ungewöhnlichen, braunen Filzhut tief im Nacken auf dem weißen Haar trug. Anscheinend wollte der Mann mit ihr sprechen. Sie öffnete die Wagentür und stieg aus.

»Sie sind Miss Lenley, wenn ich mich nicht irre. Mein Name ist Lomond.«

»Oh, Dr. Lomond!«, äußerte sie lächelnd. »Das hatte ich mir gedacht.«

»Aber mein liebes Fräulein, Sie haben mich noch nie gesehen!«

»Alan – Mr Wembury hat Sie mir beschrieben …«

Er schien darüber belustigt zu sein, denn er schüttelte sich vor Lachen.

»Neugierig scheinen Sie aber nicht zu sein, sonst hätten Sie mich gefragt, woher ich Sie kannte«, meinte er, indem er sich das Gebäude von Scotland Yard anschaute. »Ein trauriger, trüber Platz, junges Fräulein!« Er schüttelte den Kopf bedeutungsvoll. »Sind Sie etwa geschäftlich herbestellt worden?«

Während er sprach, suchte er in den Taschen. Endlich zog er eine silberne Tabaksdose heraus und begann sich eine Zigarette zu drehen.

»Ich würde Sie gern öfters treffen, Miss Lenley. Vielleicht werde ich Sie eines Tages besuchen, und dann wollen wir etwas plaudern.«

»Ich würde mich freuen, Doktor!«, entgegnete sie aufrichtig.

Ihr gefiel der alte Mann: In seinem Lächeln lag eine Fröhlichkeit und eine Jugend, die einem das Herz erwärmte.

21

Mary sah nicht, wie Hauptinspektor Bliss schnell im Steinportal von Scotland Yard verschwand. Er beachtete kaum den Gruß des wachhabenden Beamten, sondern ging eilig durch den gewölbten Gang nach dem Zimmer des Chefs. Er war ein schmächtiger Mann, mit einem Bart, blassem Gesicht und nervösen Bewegungen, der die Achtung seiner Untergebenen forderte, aber nichts auf ihre Zuneigung gab.

»Das ist Mr Bliss!«, sagte ein Polizeibeamter zu einem jüngeren Kollegen. »Gehen Sie ihm aus dem Weg! Bevor er nach Amerika ging, war er schon schlimm – aber jetzt ist er unausstehlich!«

Mr Maurice Messer, der in einem der vielen Wartezimmer saß, bemerkte ihn, als er vorbeiging. Seine Stirn legte sich in Falten. Der Gang dieses Mannes kam ihm sehr bekannt vor. Sam Hackitt, der entlassene Strafgefangene, bewegte sich im Gang in Begleitung eines Polizeibeamten auf und ab. Er kratzte sich nachdenklich die Nase und wunderte sich, wo er das Gesicht schon gesehen hatte.

Mr Bliss öffnete die Tür zum Zimmer des Chefs und trat ein. Wembury, der vor dem Doppelfenster stand und auf den Kai hinausschaute, wandte sich um und nickte. Bei jeder neuen Begegnung mit Hauptinspektor Bliss gefiel dieser ihm immer weniger.

Der Mann mit dem Bart ging an das in der Mitte stehende Pult heran, nahm ein Papier auf und las es brummend durch. Eine Ordonnanz trat ein und übergab ihm einen Brief. Er las die Adresse, bevor er ihn auf den Tisch warf, dann wandte er den Kopf und fragte in ungeduldigem Ton:

»Warum hält eigentlich der Kommissar dieses Verhör ab? Es ist doch keine Verwaltungssache. Es hat sich manches geändert, seitdem ich von hier fort bin.«

Alan wandte seine Blicke von dem Kai ab.

»Der Chef hat die Sache in Bearbeitung«, bemerkte er, »da er aber krank ist, hält Oberst Walford das Verhör ab.«

»Aber warum gerade Walford?«, brummte Bliss.

Alan war sehr geduldig. Er wusste, dass er an diesem Morgen Bliss treffen würde, und er beabsichtigte, ihn über den geheimnisvollen Besuch zu befragen, den er Malpas Mansions abgestattet hatte. Aber Bliss schien kaum aufgelegt zu sein, sich zu unterhalten.

»Das ist eine sehr wichtige Sache. Wenn der Hexer zurückgekehrt ist – und die Hauptstelle ist ziemlich sicher, dass er …«

Bliss lächelte verächtlich.

»Der Hexer!« Dann schien ihm etwas einzufallen, denn er fragte: »Wer ist der Mann, der aus dem Maidstone-Gefängnis geschrieben hat?«

»Hackitt – ein Mann, der ihn kannte.«

Bliss lachte laut.

»Hackitt! Glauben Sie, dass Hackitt etwas über ihn weiß? Man ist in ganz Scotland Yard sehr leichtgläubig geworden!«

Das ganze Benehmen des Mannes war beleidigend. Es schien, als wenn er den anderen reizen wollte.

»Er behauptete, er würde ihn erkennen.«

»Blödsinn!«, entgegnete Bliss verächtlich.

»Dr. Lomond meint …«, begann Alan, wurde aber durch das heftige Aufbrausen des bärtigen Detective unterbrochen.

»Ich will nicht wissen, was ein Polizeiarzt meint! Der Mann besitzt eine kolossale Frechheit! Er wollte mir vorschreiben, was ich zu tun hätte.«

Wembury war es etwas Neues, dass der ruhige Polizeiarzt mit dem streitsüchtigen Bliss zusammengeraten war.

»Lomond ist ein tüchtiger Mann«, beteuerte er.

Bliss blätterte in einem Buch, das auf dem Tisch lag.

»Das sagt er in seinem Buch, und es imponiert Ihnen wohl? Ich bin zwei Jahre in Amerika, dem eigentlichen Sitz dieses anthropologischen Blödsinns, gewesen. Ich habe Verrückte getroffen, die mehr wussten als Lomond. Angenommen, dass Hackitt behauptet, er kenne den Hexer, wer wird ihn noch identifizieren?«, fragte er und schlug mit dem Buch auf den Tisch.

»Sie. Soviel ich weiß, haben Sie es versucht, ihn nach der Attaman-Sache festzunehmen.«

Bliss schaute ihn scharf an.

»Ich? Ich habe den Schuft niemals gesehen. Als ich ihn greifen wollte, hatte er mir den Rücken zugedreht. Ich hatte meine Hände gerade an ihn gelegt, und – schwups!, saßen vier Zoll eines Dolchs in mir. Wer hat ihn gesehen?«

»Messer?«, meinte Alan.

Der andere runzelte die Stirn.

»Ich möchte wetten, dass Messer ihn niemals so, wie er tatsächlich ist, gesehen hat. Dazu schnupft er zu viel Koks! Der Hexer ist gewandt, das muss ich zugeben. Ich wünschte, ich hätte niemals Washington verlassen – dort hatte ich wenigstens einen ruhigen Posten.«

»Sie scheinen sich hier nicht recht glücklich zu fühlen«, bemerkte Wembury lächelnd.

»Sie hätte man dort behalten!«, brauste Bliss auf. »Mich braucht man in Scotland Yard.«

Obgleich Wembury sich ärgerte, lachte er doch.

»Ihre Manieren gefallen mir, aber Ihre Bescheidenheit nicht«, versetzte er.

Aber Bliss ließ sich nicht reizen. Er las das Titelblatt des Buches, das er in der Hand hatte, und wollte gerade eine Bemerkung über Dr. Lomond und seine anthropologischen Studien machen, als Oberst Walford eintrat.

»Meine Herren, es tut mir leid, dass Sie warten mussten«, bemerkte er heiter. »Guten Morgen, Bliss!«

»Guten Morgen, Sir!«

»Ein Brief ist für Sie angekommen«, berichtete Wembury, »und der Mann, der Ihnen von Maidstone geschrieben hat, wartet draußen.«

»Ach, Hackitt?«

»Sie glauben doch nicht etwa, dass er den Hexer kennt?«, fragte Bliss mit verächtlichem Lächeln.

»Offen gesagt, nein. Aber er kommt von Deptford. Es besteht daher eine geringe Möglichkeit, dass er die Wahrheit spricht. Lassen Sie ihn hereinkommen, Wembury! Ich will zum Oberkommissar gehen und ihm berichten, dass ich die Vernehmung abhalte.«

Als der Oberst das Zimmer verlassen hatte, sagte Bliss:

»Hackitt! Hm! Ich kenne ihn. Vor fünf oder sechs Jahren habe ich ihm achtzehn Monate für einen Einbruch verschafft. Das ist ein unverbesserlicher Lügner!«

Zwei Minuten später wurde Hackitt hereingeführt.

Mr Samuel Cuthbert Hackitt hatte die kecken Manieren des unverwüstlichen Londoners.

Alan Wembury nickte ihm lächelnd zu.

»Hallo, Mr Wembury!«, rief Sam heiter. »Sie sehen wohl und munter aus.«

Dann blickte er Alans Begleiter bedächtig an.

»Sie kennen doch Mr Bliss?«

»Bliss?« Sams Stirn legte sich in Falten. »Haben Sie sich nicht etwas verändert? Wo haben Sie Ihren Bart her?«

»Halten Sie Ihren Mund!«, fuhr ihn Bliss an, und Sam grinste.

»Das klingt Ihnen ähnlich, Sir.«

»Vergessen Sie nicht, Hackitt, wo Sie sind!«, warnte Wembury.

Die weißen Zähne des entlassenen Sträflings kamen zum Vorschein.

In diesem Augenblick trat der Kommissar ein.

»Guten Morgen, Sir!«, begrüßte ihn Sam leutselig. »Sie haben hier eine feine Gesellschaft, lauter Diebe und Mörder.«

Oberst Walford unterdrückte ein Lächeln.

»Hackitt, wir haben von Ihnen einen Brief erhalten, als Sie im Gefängnis waren.« Er öffnete die Mappe, nahm einen blauen Briefbogen heraus und las:

»Sehr geehrter Herr! Ich hoffe, dass Sie dieses wohl antrifft und dass alle lieben Freunde in Scotland Yard …«

»Ich wusste nicht, dass Bliss zurückgekehrt war«, unterbrach ihn Sam.

»Es wird hier viel über den Hexer gesprochen«, fuhr der Oberst fort, »das ist der, der in Australien ertrank. Sehr geehrter Herr! Jetzt, da er aus dem Leben geschieden ist, kann ich Ihnen viel über ihn erzählen, da ich ihn einmal, wenn auch nur für eine Sekunde, gesehen habe und weiß, wo er wohnte.«

»Ist das wahr?«

»Jawohl, Sir!«, nickte Sam. »Ich wohnte mit ihm in einem Haus.«

»Oh, dann wissen Sie, wie er aussieht?«

»Wie er aussah«, verbesserte Sam. »Er ist ja tot.«

Oberst Walford schüttelte den Kopf, und der Mann blickte ihn mit offenem Mund an. Alan bemerkte, wie sich Hackitts Gesichtsfarbe veränderte.

»Nicht tot? Der Hexer lebt? Guten Morgen, ich danke bestens.« Und er drehte sich ab, um zu gehen.

»Was wissen Sie über ihn?«

»Gar nichts!«, antwortete Hackitt mit Nachdruck. »Ich will Ihnen die Wahrheit ohne irgendwelche Flausen sagen. Einen toten Mann zu verzinken, ist etwas ganz anderes«, erklärte Sam ernst, »als einen lebendigen

Hexer zu verzinken. Darauf können Sie sich verlassen! Ich weiß etwas über den Hexer – nicht viel, nur ein bisschen. Und das kleine bisschen werde ich nicht sagen. Und warum? Ich komme gerade aus dem Knast, und Messer hat mir Beschäftigung gegeben. Ich möchte jetzt ein friedliches Leben führen, ohne von irgendjemand belästigt zu werden.«

»Seien Sie nicht verrückt, Hackitt!«, rief der Kommissar. »Wenn Sie uns helfen, können wir Ihnen auch helfen.«

Auf Sams Lippen erschien ein hämisches Lächeln.

»Können Sie mich lebendig machen, wenn ich tot bin?«, fragte er höhnisch. »Ich verzinke den Hexer nicht. Der ist mir etwas zu stark.«

»Ich glaube nicht, dass Sie überhaupt etwas wissen«, spöttelte Bliss.

»Was Sie glauben, interessiert mich nicht«, brummte der ehemalige Sträfling.

»Heraus damit – wenn Sie etwas wissen, sagen Sie es dem Kommissar! Was fürchten Sie denn?«

»Dasselbe, was Sie fürchten«, fuhr Hackitt auf. »Sie hat er einmal beinahe gegriffen! Ah! Da lachen Sie nicht. Es tut mir sehr leid, denn ich bin nur infolge eines Missverständnisses hierhergekommen. Guten Tag allerseits!« Er wollte gehen.

»Warten Sie mal!«, sagte Bliss.

»Lassen Sie ihn nur gehen!« Der Kommissar winkte, dass Sam Hackitt verschwinden sollte.

»Er hat den Hexer niemals gesehen«, bemerkte Bliss, als der Mann das Zimmer verlassen hatte.

Walford schüttelte den Kopf.

»Ich kann dem nicht beistimmen. Sein ganzes Benehmen zeigt, dass es der Fall ist. Ist Messer hier?«

»Jawohl, Sir – er ist im Wartezimmer«, antwortete Alan.

22

Wenige Sekunden später kam Maurice Messer herein. Als er das Zimmer betrat, sah er erst in auffälliger Weise auf die Uhr und dann einen der Anwesenden nach dem anderen an.

»Ich glaube, hier liegt ein Irrtum vor«, äußerte er. »Ich dachte, der Chef wollte mich sprechen.«

Walford nickte.

»Jawohl, aber leider ist er krank; ich vertrete ihn.«

»Ich bin für ein halb zwölf Uhr geladen worden, es ist jetzt«, er blickte auf seine Uhr, »zwölf Uhr neunundvierzig Minuten. Ich muss vor dem Greenwich-Polizeigericht eine Sache verteidigen. Gott weiß, was mit dem armen Teufel geschehen wird, wenn ich nicht da bin.«

»Es tut mir leid, dass Sie warten mussten«, entschuldigte sich Oberst Walford kühl. »Nehmen Sie Platz!«

Messer legte Stock und Hut auf den Tisch und setzte sich. Dabei sah er Bliss an.

»Ihr Gesicht kommt mir bekannt vor«, bemerkte er.

»Mein Name ist Bliss«, antwortete der Detective.

Also das war Bliss! Maurice wandte seine Augen von dem herausfordernden Blick des Mannes ab.

»Ich bedaure – ich dachte, ich kannte Sie.«

Messer begann seine Handschuhe auszuziehen.

»Ist es nicht etwas Ungewöhnliches, einen Anwalt nach Scotland Yard zu laden?«, fragte er.

Der Kommissar lehnte sich in seinem Stuhl zurück: Er hatte schon mit viel gerisseneren Leuten zu tun gehabt als mit Maurice Messer.

»Nun, Mr Messer, ich habe Sie vorgeladen, weil ich mit Ihnen ganz offen sprechen wollte.«

Zwischen Messers Augenbrauen erschien eine Falte.

»›Vorgeladen‹ ist ein Wort, das ich nicht gern habe, Mr …«

»Walford.«

»Oberst Walford!«, verbesserte Alan.

Der Oberst nahm einen Notizblock und las einige Zeilen. »Mr Messer«, begann er, »Sie sind Anwalt und besitzen in Deptford eine große Praxis?« Messer nickte.

»Im ganzen Süden von London gibt es keinen Dieb, der nicht Mr Messer aus der Flanders Lane kennt. Sie sind sowohl als Verteidiger von aussichtslosen Sachen – als auch … hm … als Wohltäter bekannt.«

Messer nickte abermals, als wenn er sich für das Kompliment bedanken wollte.

»Ein Mann begeht einen Einbruch und entwischt. Später wird er festgenommen, die gestohlenen Sachen werden nicht gefunden – anscheinend ist er mittellos. Und doch vertreten Sie ihn nicht nur vor dem Polizeigericht und nehmen zur Verhandlung in Old Bailey die hervorragendsten Verteidiger, sondern unterstützen auch während der Zeit, die der Mann im Gefängnis sitzt, seine Familie.«

»Aus lauter Menschenfreundlichkeit! Stehe ich – stehe ich unter Verdacht, weil ich diesen – diesen unglücklichen Leuten helfe? Ich will nicht, dass die Frauen und armen Kinder wegen der Fehler ihrer Männer und Väter büßen«, sagte Messer tugendhaft.

Bliss hatte inzwischen das Zimmer verlassen.

»Mr Messer, ich habe Sie nicht vorgeladen, um in Erfahrung zu bringen, wie viel Geld Sie jede Woche verteilen oder woher es stammt. Ich will auch nicht andeuten, dass jemand, der mit einem Gefangenen beruflich verkehrt, weiß, wo die gestohlenen Sachen versteckt sind oder als sein Agent handelt.«

»Das freut mich, Oberst!« Messer hatte nun seine Fassung wiedererlangt und war sein altes Selbst. Gefahr – Todesgefahr war im Anzug. Er musste einen kühlen Kopf behalten. »Wenn Sie etwas Derartiges geglaubt hätten, täte es mir außerordentlich …«

»Ich sagte Ihnen, dass dies nicht der Fall ist. Ich bin nicht neugierig. Manchmal unterstützen Sie Ihre Klienten nicht nur mit Geld, sondern stellen sie bei sich an?«

»Ich helfe ihnen auf diese oder jene Weise«, gab Messer zu. Der Oberst sah ihn aufmerksam an.

»Wenn zum Beispiel ein Sträfling eine hübsche Schwester hat, stellen Sie diese bei sich an. Sie haben doch jetzt eine Sekretärin, eine Miss Lenley?«

»Ja.«

»Ihr Bruder hat drei Jahre auf Informationen hin erhalten, die der Polizei durch Sie zugingen!«

Messer zuckte die Achseln.

»Es war meine Pflicht. Ich mag Fehler haben, aber meine Bürgerpflicht steht mir am höchsten.«

»Vor zwei Jahren«, fuhr Walford langsam fort, »hatte sie eine Vorgängerin, ein Mädchen, das man später ertrunken aufgefunden hat.« Er hielt inne, als ob er eine Antwort erwartete. »Haben Sie mich verstanden?«

»Ja, ich habe verstanden. Es war ein trauriger Fall. Ich bin noch nie in meinem Leben so unglücklich über etwas gewesen – niemals. Ich möchte nicht mehr daran denken.«

»Der Name des Mädchens war Gwenda Milton.« Walford sprach mit Überlegung. »Die Schwester von Henry Artur Milton – sonst auch bekannt als – der Hexer?« In seinem Ton lag etwas Bedeutungsvolles. Messer blickte den Oberst fragend an.

»Er ist der gerissenste Verbrecher, den wir je in unseren Listen geführt haben – aber auch der gefährlichste von allen.«

Zwei leichte rote Flecken erschienen auf dem Gesicht des Anwalts.

»Und er wurde niemals gefasst, Oberst – niemals!«, schrie er beinahe. »Obgleich die Polizei auf die Minute genau wusste, wann er durch Paris fuhr, ist er zwischen ihren Fingern durchgeschlüpft. Sämtliche tüchtigen Polizisten in England und sämtliche tüchtigen Polizisten in Australien haben ihn nicht verhaften können.«

Er hatte seine Stimme wieder in seiner Gewalt und war sofort höflich wie immer.

»Ich will nichts gegen die Polizei äußern. Als Steuerzahler bin ich stolz auf sie – aber es war nicht besonders geschickt, dass sie ihn entwischen ließ.«

»Man hätte ihn eigentlich fangen sollen, das gebe ich zu«, versetzte der Oberst ruhig. »Aber darauf kommt es hier nicht an. Der Hexer ließ seine Schwester in Ihrer Obhut. Ob er Ihnen sein Geld anvertraut hat, weiß ich nicht – er vertraute Ihnen aber seine Schwester an.«

»Ich habe sie gut behandelt«, wandte Messer ein. »Ist es meine Schuld, dass sie starb? Habe ich sie in den Fluss geworfen? Seien Sie doch vernünftig, Oberst!«

»Warum hat sie ihrem Leben ein Ende gemacht?«, fragte Walford ernst.

»Woher soll ich das wissen? Ich habe es mir niemals träumen lassen, dass sie Sorgen hatte. Gott soll mein Richter sein.« Der Oberst winkte ab.

»Und doch hatten sie alle Vorbereitungen für sie in einer Klinik getroffen«, sagte er bedeutungsvoll.

Messers Gesicht wurde blass.

»Das ist eine Lüge!«

»Bei der Gerichtsverhandlung ist darüber nicht gesprochen worden. Das wissen nur Scotland Yard und – Henry Milton!«

Maurice Messer lächelte.

»Wie kann er es wissen, da er tot ist. Er starb in Australien.« Es trat eine Pause ein, und dann sagte Walford:

»Der Hexer ist am Leben – er ist hier!«

Messer sprang auf, sogar seine Lippen waren weiß.

23

»Der Hexer ist hier? Ist das Ihr Ernst?«

Der Kommissar nickte.

»Das kann unmöglich wahr sein! Er würde es nicht wagen hierherzukommen. Der Hexer! Sie scherzen, Oberst.«

»Er ist hier – ich habe Sie hergebeten, um Sie zu warnen.«

»Warum mich warnen?«, fragte Messer. »Ich habe ihn nie in meinem Leben gesehen, ich weiß nicht einmal, wie er aussieht. Ich kannte das Mädchen, mit dem er herumlief – es war eine Amerikanerin. Wo ist sie? Wo sie ist, ist auch er.«

»Sie ist in London. Im Augenblick in diesem Gebäude.«

Messers Augen öffneten sich weit.

»Hier? Der Hexer würde es nicht wagen!« Dann fuhr er plötzlich mit großer Heftigkeit fort: »Wenn Sie wissen, dass er in London ist, warum fassen Sie ihn nicht? Der Mann ist wahnsinnig. Wozu sind Sie da? Um die Leute zu beschützen – um auch mich zu beschützen! Können Sie seiner nicht habhaft werden? Können Sie ihm nicht sagen, dass ich nichts über seine Schwester weiß, dass ich zu ihr gewesen bin wie ein Vater? Wembury, Sie wissen, dass ich nichts mit dem Tod dieses Mädchens zu tun hatte?«

Er hatte sich an Alan gewandt.

»Davon weiß ich nichts«, entgegnete der Detective kalt. »Ich weiß nur, dass, wenn Mary Lenley etwas zustoßen sollte, so werde ich …«

»Wollen Sie mir drohen?«, rief Messer. »Der Hexer!« Er zwang sich zum Lächeln.

»Ph! Jemand hat Sie zum Narren gehabt. Denken Sie nicht, dass ich auch davon gehört hätte? In Deptford fällt kein Vogel vom Dach, ohne dass ich es weiß. Wer hat ihn gesehen?«

»Messer, ich habe Sie gewarnt!«, sagte Walford und drückte auf einen Klingelknopf. »Lassen Sie an Ihren Fenstern Eisengitter anbringen, lassen Sie nach Dunkelwerden niemand herein, und verlassen Sie nachts das Haus nur in Begleitung von Polizeibeamten!«

In diesem Augenblick trat Inspector Bliss ein.

»Bliss – ich glaube, Mr Messer wird etwas Bewachung brauchen. Ich gebe ihn in Ihre Obhut. Wachen Sie über ihn wie ein Vater!«

Die dunklen Augen des Detective schauten den Anwalt an, als er sich erhob.

»An dem Tag, an dem Sie ihn festnehmen, will ich tausend Pfund für die Waisen der Polizei stiften«, versicherte Messer.

»So nötig brauchen wir das Geld nicht. Ich glaube, das ist alles. Es steht mir nicht zu, über irgendjemand ein Urteil zu fällen. Sie spielen ein gefährliches Spiel. Ihr Beruf gibt Ihnen den Vorteil vor anderen – Hehlern.«

»Hehler! Ich glaube, Sie wissen nicht, was Sie sagen.«

»Das weiß ich allerdings. Guten Morgen!«

Als Messer zur Tür schritt, sagte er über die Schulter zurück:

»Sie werden diese Worte bedauern, Oberst.«

Er hatte seinen Stock liegen gelassen. Bliss nahm ihn in die Hand. Der Griff war locker, und mit einer kurzen Drehung zog Inspector Bliss eine lange Stahlklinge heraus.

»Ihr Stockdegen, Mr Messer! Sie scheinen sich ziemlich gut vorzusehen«, bemerkte er mit einem spöttischen Lächeln.

Messer sah ihn verächtlich an, als er aus dem Zimmer ging.

Er ging wie im Traum den Gang entlang und dann ins Freie. Es war nicht möglich! Der Hexer war wieder in London! Alle diese Geschichten, über die er gespottet hatte, waren also wahr. Henry Artur Milton war hier, in dieser großen Stadt. Er könnte dieser oder jener Mann sein ... Er ertappte sich selbst dabei, wie er auf dem Weg zu seinem Wagen in alle Gesichter sah, die ihm begegneten.

»Ist irgendetwas nicht in Ordnung, Maurice?«, fragte Mary ängstlich, als sie ihm entgegeneilte.

»Nicht in Ordnung?« Seine Stimme klang heiser und unnatürlich, seine Augen hatten einen eigenartigen, gläsernen Ausdruck. »Nicht in Ordnung? Nein, alles ist in Ordnung. Warum? Was sollte nicht in Ordnung sein?«

Während er sprach, drehte sich sein Kopf andauernd von rechts nach links. Wer war der Mann, der ihm entgegenkam und so unbesorgt seinen Spazierstock hin und her schwang? Konnte das nicht der Hexer sein? Und der Hausierer, der vor sich einen Kasten mit Streichhölzern und Kragenknöpfen trug, ein schmutziger, abgerissener alter Mann – war das nicht eine Verkleidung, wie sie der Hexer zu bevorzugen pflegte? Bliss? Wo hatte er Bliss schon gesehen? Irgendwo … Auch seine Stimme kam ihm bekannt vor.

»Was ist denn nur geschehen, Maurice?«

Er schaute sie mit einem leeren Blick an.

»O Mary«, rief er. »Wir wollen nach Hause fahren.«

Er stieg vor ihr in den Wagen und ließ sich mit einem Seufzer in die Kissen zurückfallen.

Sie gab dem Chauffeur Anweisungen, stieg dann selbst ein und schloss die Tür.

»Aber was haben Sie denn, Maurice?«

»Nichts, meine Liebe.« Er richtete sich plötzlich auf. »Man versuchte, mich zu erschrecken … Maurice Messer zu erschrecken!« Sein Lachen kam gedrückt und vollkommen unnatürlich heraus. »Dieser Bliss war auch dabei – der Kerl, von dem Sie mir erzählt haben. Ich weiß nicht, wo ich ihn hinbringen soll, Mary. Hat Ihnen Ihr – hat Ihnen Wembury etwas über ihn erzählt?«

Sie schüttelte den Kopf.

»Nein, Maurice, ich weiß nur, was ich Ihnen gesagt habe.«

»Bliss!«, murmelte er. »Ich habe noch niemals einen Detective mit einem Bart gesehen. Früher trug man Bärte, aber jetzt ist alles glatt rasiert. Er kommt auch aus Amerika. Haben Sie Hackitt gesehen?«

Sie nickte.

»Er kam zehn Minuten vor Ihnen heraus und bestieg eine Straßenbahn.«

»Ich wünschte, ich hätte ihn gesehen. Ich möchte wissen, worüber sie ihn befragt haben.«

Er suchte in seiner Tasche nach dem kleinen goldenen Kästchen, und Mary tat, als ob sie nichts sähe. Er nahm eine Prise weißes Pulver, stäubte sich das Gesicht mit einem Taschentuch ab, und in wenigen Sekunden lachte er über sich selbst – ein ganz anderer Mensch.

»Wembury hat mich bedroht!« Sein Ton hatte sich geändert, er war jetzt wieder das allherrliche Selbst.

»Maurice, Alan hat Sie doch sicherlich nicht bedroht?«

Er nickte und wollte ihr schon den Grund sagen, als er sich eines Besseren besann. Selbst jetzt in seiner gehobenen Stimmung wünschte er nicht das Thema von Gwenda Milton zur Sprache zu bringen.

»Ich habe es selbstverständlich nicht beachtet, denn man gewöhnt sich allmählich daran, mit solchen Menschen umzugehen. Übrigens, Mary, ich habe herausbekommen, dass Johnny nicht an dem Aufstand im Gefängnis beteiligt war.«

Sie war ihm für diese Nachricht sehr dankbar und zweifelte keinen Augenblick an der Wahrheit.

»Nein, er ist darin in keiner Weise verwickelt. Der Anführer war ein Mann namens – ich habe den Namen vergessen, aber darauf kommt es nicht an. Dann, meine Liebe, habe ich über den Einbruch in Ihrem Haus nachgedacht.« Er wandte sich ihr zu. »Sie können nicht länger in Malpas Mansions bleiben; ich darf es nicht erlauben. Johnny würde mir niemals vergeben, wenn Ihnen etwas zustieße.«

»Aber wohin soll ich ziehen, Maurice?«

Er lächelte.

»Ziehen Sie in mein Haus! Ich werde das Zimmer und die Beleuchtung wieder in Ordnung bringen lassen. Sie können auch eine Angestellte halten, die nach allem sieht.«

Sie schüttelte schon den Kopf.

»Das ist unmöglich!«, erklärte sie ruhig. »Der Einbruch beunruhigt mich gar nicht, und ich bin ganz sicher, dass mir niemand ein Leid zufügen wird. Ich werde in Malpas Mansions bleiben, und ...«

»Meine liebe Mary!«, unterbrach er sie missbilligend.

»Ich bin fest entschlossen, Maurice«, betonte sie, und er schien sich ihren Worten zu fügen.

»Wie Sie wünschen. Selbstverständlich will ich nicht, dass Sie in einen Junggesellenhaushalt kommen, ich würde ihn ganz umstellen. Aber wenn Sie meine bescheidene Hütte nicht beehren wollen, müssen Sie eben nach Ihrem Gutdünken handeln.«

24

Dr. Lomond hatte viele angenehme Eigenschaften und besaß den trockenen Humor seiner Rasse. Er war heiter und witzig und verriet das Selbstvertrauen eines Mannes, der sich selbst so sehr beherrscht, dass er es wagen kann, über sich und die Wissenschaft zu spotten. Sein Benehmen gegen den Kommissar war nur so weit ehrerbietig, als es einem älteren Mann zukam, der aber im Übrigen ein ihm Gleichgestellter war.

Er blieb an der Tür stehen.

»Werde ich im Weg sein?«

»Kommen Sie nur herein!«, sagte der Kommissar lächelnd.

»Ich wollte Sie sowieso sprechen.«

»Über eine Frau?«, meinte Lomond, ohne aufzuschauen.

»Wie, zum Teufel, haben Sie das erraten?«, fragte Walford erstaunt.

»Ich habe es nicht erraten, sondern ich wusste es. Sie sind wie ein Radio – wie die meisten Leute. Und ich bin sehr empfänglich. Das ist Telepathie, eine tierische Eigenschaft, die in mir steckt.«

Bliss hörte dem Gespräch zu, seine Lippen zuckten spöttisch.

»Tierisch?«, brummte er. »Ich glaubte immer, dass Telepathie ein Zeichen von Verstand sei. Das ist wenigstens die Ansicht in Amerika.«

»In Amerika hat man viele Ansichten, die man hier nicht ernst nimmt. Telepathie ist nichts weiter als ein tierischer Instinkt, der vom Verstand unterdrückt worden ist. Was soll ich mit der Dame machen, Oberst?«

»Ich möchte, dass Sie etwas über ihren Mann zu erfahren suchen«, bemerkte Walford, und der Arzt blinzelte.

»Sollte sie etwas über ihn wissen? Wissen Frauen überhaupt etwas über ihre Männer?«

»Ich bin nicht ganz sicher, ob er tatsächlich ihr Mann ist«, warf Bliss ein.

»Um wen handelt es sich?«, fragte der Arzt.

Der Kommissar wandte sich an Wembury.

»Wie ist ihr richtiger Name?«

»Cora Ann Milton – sie ist eine geborene Cora Ann Barford.«

Nun bekam Lomond die Polizeigeschichte des Hexers zu hören. Der Kommissar öffnete ein Aktenstück.

»Die Geschichte dieses Mannes ist sehr eigentümlich und wird Sie interessieren. Erstens haben wir seiner noch nie habhaft werden können. Der Mann ist ein Mörder. So viel wir wissen, hat er sich bei keinem der Morde, deren wir ihn verdächtigen, auch nur um einen Pfennig bereichert. Wir wissen ziemlich sicher, dass er während des Krieges Offizier im Fliegerkorps war – ein sehr zurückhaltender Mann, der nur einen Freund hatte. Dieser junge Mann wurde später auf eine falsch begründete Anklage seines Obersten, Chafferis-Wisman, wegen Feigheit erschossen. Drei Monate nach Beendigung des Krieges wurde Chafferis-Wisman getötet. Wir haben den Verdacht, wissen es sogar ganz sicher, dass der Hexer der Mörder war. Er verschwand, sobald der Waffenstillstand unterzeichnet war, und nahm nicht einmal sein Entlassungsgeld in Empfang. Er hatte die Annahme jeder Auszeichnung, die ihm angeboten wurde, verweigert«, fuhr Walford fort. »Er ist auf keiner Fotografie seines Truppenteils zu finden. Wir haben nur eine Handzeichnung von ihm, die ein Steward auf einem Dampfer, der zwischen Seattle und Vancouver verkehrt, von ihm gemacht hat. Auf diesem Schiff wurde Milton getraut.«

»Getraut?«

»Auf diesem Schiff war ein Mädchen, das aus den Vereinigten Staaten geflüchtet war. Sie hatte in irgendeinem verrufenen Tanzlokal in Seattle einen Mann erschossen, der sie beleidigt hatte. Sie muss Milton anvertraut haben, dass sie in Vancouver verhaftet werden würde, denn er überredete einen Geistlichen, der an Bord des Schiffes war, sie zu trauen. Dadurch wurde sie britische Staatsangehörige und umging die Auslieferungsgesetze«, fuhr er fort. »Es war eine Sache, die an Don Quichotte erinnert. Wenn das Publikum wüsste, dass dieser Mann in England ist, würde uns das viele Unannehmlichkeiten bereiten«, meinte der Oberst. »Er hat sicherlich den alten Oberzohn ermordet, der eine südafrikanische Agentur sehr zweifelhaften Charakters hatte. Auch Attaman, der berüchtigte Halsabschneider, ist sein Opfer. Übrigens war Messer im Haus, als der Mord begangen wurde. Der Mörder verfolgte eine gewisse Methode bei jedem Verbrechen. Als er nach der Attaman-Sache fliehen musste, ließ er seine Schwester in der Obhut Messers zurück. Er wusste es nicht, dass Messer uns Nachrichten über seine Bewegungen zugehen ließ. Und Messer, ein Schuft, der er ist …«, er zuckte die Achseln.

»Der Hexer weiß es?« Lomond rückte seinen Stuhl näher zum Schreibtisch. »Erzählen Sie weiter, das ist sehr interessant!«

»Wir wissen, dass er vor acht Monaten in Australien war. Nach unseren Informationen soll er jetzt in England sein – und wenn das zutrifft, ist er nur aus einem Grund zurückgekehrt: um auf seine eigene Art und Weise mit Messer abzurechnen. Messer war sein Anwalt und trat immer mit Gwenda Milton gemeinsam auf.«

»Sie sagen, Sie hätten ein Bild von ihm?«

Der Kommissar reichte ihm eine Bleistiftzeichnung, und der Arzt rief erstaunt aus:

»Sie scherzen wohl – den Mann kenne ich doch!«

»Was?«, rief der andere ungläubig.

»Ich kenne diesen kleinen, komischen Bart, das abgemagerte Gesicht und die hübschen Augen!«

»Sie kennen ihn, das kann kaum möglich sein!«, meinte Wembury.

»Ich will nicht sagen, dass ich ihn kenne, aber ich bin ihm begegnet.«

»Wo – in London?«

Lomond schüttelte den Kopf.

»Nein. Ich habe diesen Mann vor acht Monaten in Port Said getroffen, als ich mich dort bei meiner Rückkehr von Bombay aufhielt. Ich war in einem der Hotels abgestiegen und hörte, dass in einer der schmutzigen Karawansereien im Eingeborenenviertel ein armer Europäer sehr krank daniederlag. Ich ging selbstverständlich hin und fand einen sehr kranken Mann vor. Ich glaube, er lag im Sterben.« Er zeigte auf das Bild.

»Das war dieser Mann.«

»Sind Sie sich dessen sicher?«, fragte Walford.

»Kein Mann der Wissenschaft ist sich irgendeiner Sache sicher. Er war von einem australischen Schiff an Land gekommen …«

»Das ist unser Mann!«, rief Wembury aus.

»Ist er wieder gesund geworden?«

»Ich weiß es nicht«, antwortete Lomond. »Als ich ihn sah, war er im Fieberwahn. Da habe ich auch den Namen ›Cora Ann‹ gehört. Ich habe ihn zweimal besucht. Das dritte Mal, als ich hinkam, sagte mir die Frau, der die Karawanserei gehörte, dass er während der Nacht verschwunden sei – Gott weiß, was mit ihm geschehen ist. Wahrscheinlich ist er in den Suezkanal gefallen und ertrunken. Könnte das der Hexer gewesen sein? Nein, das ist unmöglich!«

Der Kommissar schaute nochmals auf die Zeichnung.

»Es scheint beinahe so. Ich glaube nicht, dass er tot ist. Sie können uns hier helfen, Doktor! Wenn es eine Person gibt, die weiß, wo der Hexer ist, dann ist es Mrs Milton.«

»Cora Ann?«

»Doktor, ich möchte, dass Sie mit dieser Frau sprechen. Holen Sie sie herauf, Inspector!«

Als sich die Tür hinter Wembury schloss, zog er noch ein Papier aus dem Aktenstück.

»Hier habe ich die Städte, die sie auf ihren Reisen berührt hat, soweit wir dies feststellen konnten. Sie kehrte vor drei Monaten mit einem britischen Pass zurück und ist im Marlton Hotel abgestiegen.«

Lomond setzte seine Augengläser auf und las.

»Sie kam auf dem Landweg von Genua. Sagten Sie, mit einem britischen Pass? Ist sie verheiratet?«

»Darüber herrscht kein Zweifel. Er hat sie auf dem Schiff geheiratet, aber sie waren nur eine Woche zusammen.«

»Eine Woche? Also kann sie in ihn immer noch verliebt sein«, bemerkte Lomond zynisch. »Wenn mein Freund in Ägypten der Hexer ist, weiß ich ziemlich viel über diese Frau. Er sprach im Fieberwahn sehr viel, und mir fallen jetzt einige Sachen ein, die er sagte. Lassen Sie mich mal nachdenken! Cora Ann …« Er drehte sich plötzlich um. »Orchideen … jetzt habe ich's!«

25

In diesem Augenblick wurde Cora Ann hereingeführt. Sie war sehr schick gekleidet; eine Sekunde lang blieb sie stehen und schaute erst den einen, dann den anderen an.

»Guten Morgen, Mrs Milton!« Der Kommissar erhob sich. »Ich habe Sie hierhergebeten, weil mein Freund sich mit Ihnen etwas unterhalten möchte.«

Cora blickte den unscheinbaren Doktor kaum an. Ihre Aufmerksamkeit konzentrierte sich sofort auf den Kommissar mit dem soldatischen Aussehen.

»Das ist sehr nett!«, sagte sie gedehnt. »Ich bin ganz versessen darauf, mich mit jemand zu unterhalten.« Sie lächelte Wembury an. »Welches ist eigentlich zurzeit das beste Theaterstück in London? Die meisten habe ich bereits in New York gesehen, aber das ist so lange her …«

»Das beste Stück in London ist Scotland Yard, Mrs Milton«, bemerkte Lomond. »Ein Melodrama ohne Musik und mit Ihnen als Hauptdarstellerin.«

Sie betrachtete ihn zum ersten Mal.

»Das ist nicht schlecht! Was stelle ich dar?«, fragte sie.

»Augenblicklich sollen Sie mir etwas vormimen!«, fuhr der heitere Schotte fort. »Sie haben in letzter Zeit nicht viel von London gesehen, Mrs Milton – das ist wohl Ihr Name?«

Sie nickte.

»Sie waren im Ausland?«

»Ja – überall!«, antwortete sie langsam.

Lomonds Stimme klang sehr scharf.

»Und wie ging es Ihrem Mann, als Sie ihn verließen?«

Sie lächelte nicht mehr.

»Sagen Sie mal, Wembury, wer ist dieser Herr?«

»Doktor Lomond, Polizeiarzt des ›R‹ – Bezirkes.«

Die Antwort beruhigte sie.

»Wissen Sie, Doktor, ich habe meinen Mann seit Jahren nicht gesehen und werde ihn auch niemals wiedersehen. Der arme Artur ist im Hafen von Sydney ertrunken.«

Dr. Lomonds Lippen zuckten, und er nickte, als er die hell gekleidete Frau anblickte.

»Tatsächlich? Ich hätte das aus Ihrer Trauerkleidung schließen können.«

Sie war überrascht und wurde etwas unsicher.

»Ihr Mann hat dieses Land vor drei«, er wandte sich an Wembury, »oder waren es vier – Jahren verlassen. Wann haben Sie ihn zum letzten Mal gesehen?«

Cora Ann beantwortete die Frage nicht. Das war ein Mann, den man nicht unterschätzen durfte.

»Drei Monate, nachdem er in Sydney ankam, waren Sie auch dort«, fuhr Lomond fort, indem er auf das Papier schaute, das ihm Walford gegeben hatte. »Sie nannten sich Mrs Jackson und stiegen im Harbour-Hotel ab, wo Sie Zimmer Nr. 36 bewohnten. Während Sie dort waren, standen Sie mit Ihrem Mann in Verbindung.«

Cora lächelte. Sie konnte sehr sarkastisch sein.

»Sie sind tüchtig! Zimmer Nr. 36 und alles andere!« Dann fügte sie nachdenklich hinzu: »Ich sagte Ihnen, ich habe ihn niemals gesehen.«

Aber Lomond war nicht so leicht abzufertigen.

»Sie haben ihn niemals gesehen, das glaube ich. Er rief Sie telefonisch an. Sie sagten ihm, dass Sie ihn treffen wollten – war das nicht so? Ich bin dessen nicht ganz sicher.« Er machte eine Pause, aber Cora Ann antwortete nicht. »Sie wollen mir nicht antworten? Er fürchtete, dass jemand Sie beobachten könnte und dass durch Sie die Polizei auf seine Spur gebracht würde.«

»Fürchtete!«, sagte sie zurückweichend. »Woher haben Sie dieses Wort? Artur Milton fürchtete sich niemals – jetzt ist er tot!«

»Wollen Sie ihn nicht wieder zum Leben erwecken?« Er schnalzte mit den Fingern. »Erscheine Henry Artur Milton, der Melbourne mit dem Dampfer Themistokles an seinem Hochzeitstag verlassen hat – und zwar in Begleitung einer anderen Frau!«

Bis jetzt war Cora Ann sehr kühl geblieben, aber als sie den Namen des Schiffes hörte, richtete sie sich plötzlich erregt auf, und bei den letzten Worten sprang sie erzürnt hoch.

»Das ist eine Lüge! Er hatte niemals eine andere Frau.« Dann lachte sie. »Hören Sie! Das war ein schlechter Scherz von Ihnen! Ich bin dumm, dass ich mich hinreißen ließ! Ich weiß überhaupt nichts. Sie können mir nichts anhaben, und ich brauche keine einzige Frage zu beantworten. Ich kenne das Gesetz. Vergessen Sie nicht, dass ein derartiges Kreuzverhör in England nicht erlaubt ist! Jetzt gehe ich.«

Sie ging zur Tür. Wembury wartete, die Klinke in der Hand, um zu öffnen.

»Öffnen Sie, bitte, die Tür für Mrs Milton!«, sagte Lomond und fügte unschuldig hinzu: »Sie sind doch Mrs Milton?«

Bei diesen Worten drehte sie sich schnell um.

»Was meinen Sie?«

»Ich dachte, es wäre eine jener Konvenienzen, die in vornehmen Kreisen so beliebt sind«, meinte Lomond, verständnisvoll lächelnd.

Sie kam langsam auf ihn zu.

»Sie mögen ein sehr guter Arzt sein, aber Ihre Diagnose stimmt nicht!«

»Wirklich – verheiratet und alles, was drum und dran hängt?« Seine Stimme klang skeptisch.

Sie nickte.

»Erst auf dem Schiff durch einen Geistlichen getraut. Das ist doch gesetzlich? Und dann, um ganz sicher zu gehen, nochmals in der St.-Pauls-Kirche in Deptford. Ich bin dort von einem wirklichen Geistlichen getraut worden. Dabei war nichts künstlich – höchstens meine Ausstattung.«

»Also verheiratet?« Die Stimme des Schotten verriet Zweifel. »Lügner und verheiratete Männer haben ein sehr kurzes Gedächtnis – er hat es vergessen, Ihnen Ihre Lieblingsorchideen zu schicken.«

Wut sprach aus ihren Augen – eine Wut, die aus der wachsenden Furcht vor diesem alten Mann entstand.

»Was meinen Sie?«, fragte sie stockend.

»Er sandte Ihnen an jedem Jahrestag Ihrer Hochzeit Orchideen«, sagte Lomond bedächtig, und seine Augen schauten sie beständig an. »Sogar, als er sich in Australien verborgen halten musste – er in der einen Stadt, Sie in einer anderen, damit Sie nicht beobachtet und verfolgt würden –, hat er Ihnen Blumen geschickt. Aber dieses Jahr war es nicht der Fall. Er muss es vergessen haben, oder vielleicht hat er für die Orchideen eine andere Verwendung gefunden?«

Sie näherte sich ihm noch mehr.

»Das denken Sie!«, stieß sie hervor. »Das sind die Gedanken, die ein Mann wie Sie hat! Eine andere Frau? Artur dachte an niemand als an mich – das Einzige, was ihn grämte, war, dass er nicht mit mir zusammen sein konnte. Das ist es. Er hat alles aufs Spiel gesetzt, um mich zu sehen. Er ist mir in der Collins Street begegnet, aber ich erkannte ihn nicht – er hat es gewagt, nur um mich zu sehen, wie ich vorüberging.«

»Sehr anerkennenswert – aber Orchideen hat er Ihnen nicht gesandt.«

Sie winkte ungeduldig mit der Hand.

»Orchideen! Was soll ich mit den Orchideen? Ich wusste, wenn sie nicht kamen …« Sie hielt plötzlich inne.

»Dass er Australien verlassen hatte«, ergänzte Lomond. »Deshalb sind Sie in solcher Eile abgereist. Ich möchte beinahe glauben, dass Sie in ihn verliebt sind.«

»Bin ich?«, lachte sie. »Ich glaube, ich habe ihn einigermaßen gern.« Cora nahm die Handtasche auf. »Nun, das ist wohl alles.«

Sie nickte dem Obersten zu und näherte sich der Tür.

»Wollen Sie mich vielleicht festnehmen?«

»Es steht Ihnen frei, zu gehen, wenn Sie es wünschen, Mrs Milton«, bemerkte Walford.

»Schön!«, sagte Cora Ann und verbeugte sich. »Guten Morgen allerseits!«

»Liebe ist blind.« Die verhasste Stimme des Inquisitors hielt sie fest. »Sie trafen ihn und haben ihn nicht erkannt! Sie wollen uns doch nicht weismachen, er wäre so gut verkleidet gewesen, dass er sich am hellen Tag in die Collins Street wagen konnte – o nein, Cora Ann, das glauben wir nicht!«

Sie war beinahe am Ende ihrer Selbstbeherrschung angelangt. Sie zitterte vor Wut, als sie sich wieder ihrem Peiniger zuwandte.

»In der Collins Street? Er würde in der Regent Street spazieren gehen – am hellen Tag oder bei Mondschein. Er würde es wagen! Wenn er wollte, käme er nach Scotland Yard – der Löwenhöhle –, und kein Haar würde ihm gekrümmt werden. Sie könnten alle Eingänge bewachen, und doch würde er ein und aus gehen. Sie lachen – lachen Sie nur, lachen Sie –, aber er würde es tun …«

Bliss war hereingekommen.

Wenn sie an dem Arzt vorbeigesehen hätte, würde sie ihn erblickt haben. Alan Wembury sah nur, wie ihr Gesicht weiß wurde, er sah sie schwanken und fing sie in seinen kräftigen Armen auf.

26

Keine Frau ist in diesem aufgeklärten Zeitalter so unschuldig, dass sie nicht weiß, mit welchen Lastern Männer und Frauen täglich in Berührung kommen. Mary Lenley hatte bei Maurice Messer jedes Stadium durchgemacht. Erst hatte sie zu ihm das absolute Vertrauen, das ein Vermächtnis ihrer Kindheit war, und dann erkannte sie den richtigen Charakter des Mannes. Sie war weder erschrocken, noch fühlte sie sich unglücklich, als sie die wirkliche Bedeutung von Gwenda Miltons Schicksal begriff.

Es war eigentümlich, dass ihr niemals in den Sinn kam, ihr drohe irgendeine Gefahr von Maurice. Sie waren immer gute Freunde gewesen. Ihr früherer Verkehr war so eigenartig vertraut gewesen, dass sie niemals argwöhnte, dass der Puls von Maurice Messer schneller zu schlagen anfing, wenn er sie sah. Sein Anerbieten, ihr das Zimmer im oberen Stockwerk zur Verfügung zu stellen, hatte sie lediglich als eine Freundschaft seinerseits aufgefasst. Ihre Weigerung, dieses Anerbieten anzunehmen, entsprang hauptsächlich ihrer Unabhängigkeitsliebe und ihrer Abneigung, eine Gastfreundschaft anzunehmen, die vielleicht lästig werden konnte. Hinter allem aber lag die instinktive Abneigung einer Frau, sich einem Mann zu sehr zu verpflichten. Als sie zwei Tage nach der Besprechung in Scotland Yard am Morgen zur Arbeit kam, war das Haus voller Arbeiter, die am großen Fenster einen neuen Fensterrahmen anbrachten.

»Wir wollen ein Gitter anbringen, Miss«, erklärte ihr einer der Arbeiter. »Hoffentlich werden wir Sie nicht stören.«

Mary lächelte.

»Wenn das der Fall ist, werde ich in einem anderen Zimmer arbeiten.«

Warum Gitter vor die Fenster? Soweit sie sehen konnte, waren nur wenige Wertsachen vorhanden, obgleich Mr Messers Tafelsilber eines der schönsten war. Hackitt wurde niemals müde, über das Silber zu sprechen: Es fesselte ihn.

»Jedes Mal, wenn ich die Milchkanne putze, fürchte ich mich vor neun Monaten«, sagte er zu ihr, und die Erwähnung des Gefängnisses brachte sie auf Scotland Yard.

»Ja, Miss«, meinte Sam, »ich habe mit dem Oberkommissar gesprochen – es ist doch komisch, dass die Polypen nichts herausfinden können, ohne sich an unsereinen zu wenden!«

»Worüber wollte er Sie sprechen, Hackitt?«

»Nun, Miss«, Sam zögerte, »es war über einen Freund von mir, einen Herrn, den ich früher kannte.«

Mehr wollte er nicht sagen. Sie wusste nicht, was sie davon denken sollte. Bei der ersten Gelegenheit fragte sie Messer, was der entlassene Sträfling meinte, aber auch er wich der Frage aus.

»Sie werden guttun, meine Liebe, mit Hackitt nicht so viel zu reden«, riet er ihr. »Der Mann ist ein Lügner. Er würde sonst was sagen, um jemandem einen Schrecken einzujagen. Haben Sie etwas von Johnny gehört?«

Sie schüttelte den Kopf. Ein Brief wäre an diesem Morgen fällig gewesen, und da er nicht eingetroffen war, fühlte sie sich enttäuscht.

»Warum lassen Sie das Gitter anbringen, Maurice?«

»Um schlechte Menschen fernzuhalten«, sagte er leichthin. »Ich sehe es lieber, wenn sie durch die Tür kommen. Es ist abends hier sehr einsam«, fuhr er fort. »Mary, können Sie sich vorstellen, was für ein einsamer Mensch ich bin?«

»Warum gehen Sie nicht mehr aus?«, schlug sie vor.

Er schüttelte den Kopf.

»Das ist gerade das, was ich – augenblicklich nicht tun möchte«, antwortete er. »Ich wäre dankbar, wenn irgendjemand mir abends Gesellschaft leistete. Meine liebe Mary, ich will nicht wie die Katze um den heißen Brei herumgehen, aber ich würde mich freuen, wenn Sie einige Abende hier bei mir zubrächten.«

»Es tut mir leid, Maurice, aber das kann ich nicht«, antwortete sie. »Ich weiß, dass diese Worte nach allem, was sie für mich getan haben, sehr undankbar klingen. Aber sehen Sie nicht ein, wie unmöglich das ist?«

Er sah sie mit halb geschlossenen Augen an und fasste ihre Weigerung nicht als endgültig auf.

»Wollen Sie nicht einen Abend zum Essen kommen? Ich will Ihnen die wunderbarste Sonate vorspielen, von der je ein Komponist geträumt hat! Es ist langweilig, mir selbst vorzuspielen«, fuhr er fort, ohne ihr Gelegenheit zur Antwort zu geben. »Denken Sie nicht, dass Sie es über Ihr Herz bringen könnten, eines Abends herzukommen?«

Es war wirklich kein Grund vorhanden, warum sie es nicht tun sollte, und doch zögerte sie.

»Ich will es mir überlegen«, meinte sie.

An diesem Nachmittag wurde Mr Messer ein ganz ungewöhnlicher Fall übertragen. Ein betrunkener Motorradfahrer war auf der Fahrt festgenommen worden. Sie wollte gerade nach Hause gehen, als Mr Messer in großer Eile zurückkam.

»Gehen Sie noch nicht, Mary! Ich möchte noch an Dr. Lomond einen Brief über diesen bedauernswerten Gefangenen schreiben. Lomond hat in seinem Bericht gesagt, dass der Mann betrunken war, aber ich will seinen eigenen Arzt hinzuziehen, und der alte Schotte soll bei der Untersuchung zugegen sein.«

Er diktierte ihr den Brief, den sie niederschrieb und ihm zur Unterschrift brachte.

»Wie kann ich das Schreiben Dr. Lomond zustellen?«, fragte er und blickte sie an. »Würden Sie etwas dagegen haben, ihm den Brief zu bringen? Es ist kein Umweg für Sie – er wohnt in Shardeloes Road.«

»Das tue ich gern«, sagte Mary lächelnd. »Ich würde mich freuen, den Doktor wiederzutreffen.«

»Wieder? Wann haben Sie ihn das letzte Mal gesehen?«, fragte er schnell.

Sie erzählte ihm von der kurzen Unterhaltung, die sie vor Scotland Yard gehabt hatte. Messer biss sich auf die Lippen.

»Das ist ein gerissener alter Teufel!«, äußerte er nachdenklich. »Ich würde mich nicht wundern, wenn er mehr Gehirn hätte als ganz Scotland Yard zusammengenommen. Lächeln Sie ihn recht freundlich an, Mary, denn ich möchte sehr gern, dass ich meinen Klienten von der schweren Anklage frei bekomme.«

Mary fragte sich, als sie das Haus verließ, welchen Einfluss ein freundliches Lächeln haben könnte, um die Diagnose des Arztes zu ändern. Sie nahm ganz richtig an, dass der Polizeiarzt nicht der Mann war, sich von äußeren Eindrücken beeinflussen zu lassen.

Dr. Lomonds Zimmer lagen in einem kleinen, finster aussehenden Haus, in einer noch finstereren kleinen Straße. Die Wirtin, die auf das Klopfen antwortete, führte Mary in ein Wohnzimmer, das aus dem Viktorianischen Zeitalter stammte. Hier saß in einem höchst unbequemen Lehnstuhl der Doktor, ein offenes Buch lag auf seinen Knien, und eine stahlumränderte Brille saß auf seiner Nasenspitze.

»Nun, nun, meine Liebe!«, sagte er, indem er das Buch zuschlug und sich vorsichtig erhob. »Was führt Sie zu mir?«

Sie übergab ihm den Brief, den er öffnete und las.

Zwischendurch stieß er halblaut Wörter hervor, die, wie sie annahm, nicht für sie bestimmt waren.

»Ah ... von Messer ... der Schuft ... wegen des Betrunkenen ... ich dachte es mir! Er war betrunken und ist betrunken, und alle berühmten Ärzte aus der Harley Street können ihn nicht nüchtern machen ... Sehr gut, sehr gut!«

Er faltete den Brief zusammen und steckte ihn in die Tasche. Dann schaute er Mary über die Gläser freundlich an.

»Hat er Sie zum Boten gemacht? Wollen Sie sich nicht setzen, Miss Lenley?«

»Danke schön, Doktor, aber ich muss schleunigst nach Haus.«

»Das ist gut! Und Sie würden weise handeln, wenn Sie in Ihrer Wohnung blieben.«

Sie wusste nicht, was sie veranlasste, es dem Arzt zu erzählen. Aber ehe sie sich darüber klar wurde, was sie sagte, hatte sie schon die Hälfte der Geschichte vom Einbruch erzählt.

»Inspector Bliss?«, fragte er nachdenklich. »Er war der Mann – ja, ich habe davon gehört. Alan Wembury hat es mir erzählt. Das ist ein ganz netter Junge, Miss Lenley!«, fügte er hinzu und blickte sie verschmitzt an. »Ich will Ihnen etwas sagen. Sie wundern sich, warum Bliss in Ihre Wohnung eingedrungen ist? Ich weiß es nicht und kann es nicht mit aller Genauigkeit behaupten, aber ich bin Psychologe, und ich wäge gesunde Möglichkeiten gegen exzentrische Impulse ab. Das klingt Ihnen wie Griechisch und ist auch für mich beinahe Griechisch, Miss Lenley. Bliss stieg in Ihre Wohnung ein, weil er dachte, dass Sie etwas besitzen, das er sehr gerne haben wollte. Und wenn ein Polizeibeamter irgendetwas unbedingt braucht, wagt er alles Mögliche. Sie haben nichts vermisst?«

Sie schüttelte den Kopf.

»Nichts als einen Brief, der mir nicht gehörte. Er wurde von Mrs Milton bei mir verloren. Ich nahm den Brief und legte ihn in eine Lade. Das war alles, was verschwunden war.«

Er rieb sich das stoppelige Kinn.

»Konnte Inspector Bliss wissen, dass der Brief bei Ihnen war? Und wenn das der Fall war, warum nahm er an, dass es wohl wert sei, hierfür den Hals zu wagen? Und wenn er ihn fand, was hat er entdeckt?«

Lomond schüttelte den Kopf.

Er begleitete sie bis zum Ausgang und blieb am oberen Ende der Treppe stehen, um ihr zuzuwinken. Dabei hing ihm die unvermeidliche Zigarette im Mundwinkel unter dem weißen Schnurrbart.

27

Eine unangenehme Veränderung war in Maurice Messer seit seinem Besuch in Scotland Yard vorgegangen: Er trank sehr viel. Die Weinbrandflasche stand niemals fern von seinem Tisch. Am Morgen sah er alt und krank aus. Manchmal kam er nach dem Frühstück in das große Zimmer, setzte sich an das Klavier und fing zu Marys Leidwesen an, stundenlang zu spielen. Und doch spielte er wunderbar. Er hatte den Anschlag eines Meisters und das Gefühl eines Begeisterten. Manchmal glaubte sie, dass er umso besser spielte, je betäubter er war. Er saß am Klavier, seine Augen starrten ins Leere, und er schien nichts zu sehen und zu hören. Mary musste lange warten, bevor sie von ihm eine verständige Antwort auf ihre Fragen bekam.

Er fürchtete sich vor allem Möglichen, sprang beim leisesten Geräusch auf und wurde durch ein unerwartetes Klopfen an der Tür in einen panikartigen Schrecken versetzt. Hackitt, der im Haus schlief, wusste allerhand düstere Geschichten anzudeuten, die während der Nacht vorkamen. Einmal fand er Messers Tisch voll Weinbrandflaschen, die alle, bis auf eine, leer waren.

Zwei Tage, nachdem die Arbeiter Messers Haus verlassen hatten, hörte Alan Wembury im Dienstzimmer, wie das Telefon läutete und der diensthabende Sergeant den Anruf beantwortete.

»Für Sie, Mr Wembury!«, rief der Sergeant, und Alan nahm ihm den Hörer aus der Hand.

Es war Hackitt, und seine Stimme klang aufgeregt.

»Ich weiß nicht, was mit ihm los ist. Aber seit heute Morgen drei Uhr hat er einen Teufelsspektakel gemacht. Können Sie nicht einen Arzt herbringen, Mr Wembury?«

»Was ist mit ihm geschehen?«, fragte Alan.

»Ich weiß es nicht – er hat sich in sein Schlafzimmer eingeschlossen und schreit wie ein Verrückter.«

»Ich komme gleich«, erwiderte Alan und legte den Hörer in dem Augenblick nieder, als Dr. Lomond aus dem Zellenhaus zurückkam.

Das war der zweite Fall von Delirium, zu dem der Doktor während dieser Nacht gerufen wurde.

»Es kann das Trinken sein, vielleicht aber auch Rauschgift«, äußerte Lomond, während er sich langsam die baumwollenen Handschuhe anzog. »Ich werde Sie begleiten, vielleicht kann ich eine Gerichtsverhandlung vereiteln!«

Eine Viertelstunde später stand Wembury vor der schwarzen Tür und drückte auf den Klingelknopf. Die Tür wurde von Hackitt sofort geöffnet, der nur mit Hemd und Hose bekleidet war. Auf seinem Gesicht war der Ausdruck wirklicher Sorge.

»Was soll das bedeuten, Sam?«, fragte Wembury ernst. »Die Polizeiwache nach einem Polizeiarzt anzurufen? Warum haben Sie nicht Messers eigenen Arzt benachrichtigt?«

»Ich weiß nicht, wer sein Arzt ist, und er hat Tod und Teufel geschrien. Ich wusste nicht, was ich mit ihm anfangen sollte.«

»Ich will mit ihm sprechen«, meinte Lomond. »Wo ist sein Zimmer?«

Sam ging an eine Tür und öffnete sie.

Dr. Lomond stieg die Treppe empor. Bald verklangen seine Schritte.

»Sie hatten Angst, dass man Sie verdächtigen würde, wenn er stürbe?«, fragte Wembury. »Das ist eben das Schlimme, wenn man einen schlechten Ruf hat, Hackitt!«

Er nahm ein silbernes Tablett vom Tisch – Messer hatte überraschend gutes Silber. Sam war ein aufmerksamer Zuschauer.

»Ist das nicht mächtig schwer?«, fragte er mit beruflichem Interesse. »Das würde sich gut verkaufen lassen. Was könnte ich dafür bekommen?«

»Ungefähr drei Jahre«, erklärte Alan kalt, und Mr Hackitt schloss die Augen.

»Hören Sie, Mr Wembury«, fragte er plötzlich, »was macht Bliss in Ihrem Bezirk?«

»Bliss? Sind Sie sich dessen sicher, Sam?«

»Ich kenne sein Gesicht zu genau, um mich zu irren. Seitdem ich hier bin, treibt er sich hier herum.«

»Warum?«

»Ich weiß es nicht«, beteuerte der entlassene Sträfling. »Gestern habe ich ihn oben versteckt gefunden.«

»Mr Bliss?«, fragte Wembury erstaunt und ungläubig.

»Ich fragte ihn: Was machen Sie hier?«, fuhr Sam mit Nachdruck fort. Wembury schüttelte den Kopf.

»Sie lügen!«

»Gut!«, entgegnete Sam entrüstet. »Ihr hängt ja alle zusammen wie die Kletten.«

Lomonds Schritte ertönten auf der Treppe, und bald darauf trat er ins Zimmer.

»Ist er wieder ruhig, Doktor?«, fragte Wembury.

»Messer? Himmel, ja. Ein tüchtiger Kerl. Messer – das ist eine alte englische Familie. Sie kamen beinahe mit dem Eroberer herüber – aber der Eroberer verlor den Krieg.« Lomond roch an der Flasche, die auf dem Tisch stand, und Wembury nickte.

»Das ist das Gift, das ihn tötet.«

Lomond roch nochmals.

»Das ist schottischer Whisky! Das ist das beste Gift, das ich kenne. Das und Kokain, Wembury! Das wird Messers Ende sein.«

Er schaute sich im Zimmer um.

»Wembury, das ist ein sehr seltsames Büro.«

»Ja«, bemerkte Alan trocken, »und manche seltsamen Sachen mögen in diesem Zimmer passiert sein. Hat man Gitter vor den Fenstern angebracht?«, fragte er, sich an Sam wendend, und der Mann nickte.

»Jawohl, Sir! Wozu sollen die dienen?«

»Um den Hexer fernzuhalten!«

Sam Hackitts Gesicht wurde eine Studie.

»Den Hexer!«, sagte er erstaunt. »Dazu sind sie also da? Ich gebe meine Stellung auf. Ich wunderte mich schon, warum er die Gitter anbringen ließ und warum er verlangte, dass ich hier im Haus schlafe.«

»Oh – Sie fürchten also den Hexer?«, fragte Lomond voller Interesse, aber auch mit kaum merkbarem Spott, und Wembury kam Sam zu Hilfe.

»Seien Sie nicht albern, Hackitt! Alle fürchten den Hexer.«

»Ich möchte nicht für hunderttausend Pfund nachts in diesem Haus bleiben«, sagte Sam inbrünstig, und der Doktor lächelte.

»Das ist eine ganze Masse Geld für einen zweifelhaften Dienst!«, bemerkte er trocken. »Lassen Sie uns einen Augenblick allein, Mr Hackitt!«

Er schloss selbst die Tür hinter dem beunruhigten Sam.

»Kommen Sie hinauf und schauen Sie sich Messer an!«, sagte Lomond, und Alan folgte ihm die Treppe hinauf. »Er ist noch am Leben«, fügte Lomond hinzu, als sie in der Tür standen.

Messer lag auf dem zerwühlten Bett, er atmete schwer, sein Gesicht hatte eine purpurne Farbe, und seine Hände hielten krampfhaft die seidene Steppdecke fest.

28

Es folgte eine Stunde schwerer Arbeit, während der Alan ein- oder zweimal Sam Hackitts leise Schritte auf der Treppe hörte. Als er wieder herunterkam, war es beinahe sieben Uhr. Sam hatte, wie gewöhnlich, seine grüne Schürze um, hatte einen Eimer vor sich und ein Waschleder in der Hand, mit dem er fleißig das Fenster putzte, wobei er aber durch das Gitter behindert wurde.

»Wie geht es ihm, Sir?«, fragte er.

Alan antwortete nicht. Er stand vor der geheimnisvollen Tür mit den Riegeln, die niemals geöffnet wurde.

»Wohin führt diese Tür?«

Sam Hackitt schüttelte den Kopf. Das war eine Frage, die ihn schon oft beunruhigt hatte, und er hatte sich selbst die Freude einer Untersuchung versprochen, wenn er das erste Mal allein im Haus sein sollte.

»Ich weiß es nicht, ich habe sie niemals offen gesehen. Vielleicht bewahrt er hier sein Geld auf.«

Alan schob den Riegel zurück und versuchte die Tür zu öffnen. Sie war verschlossen, und er drehte sich um:

»Ist hierzu ein Schlüssel vorhanden?«

Sam zögerte. Er hatte den Wunsch eines jeden Diebes, so dumm wie nur möglich zu erscheinen.

»Ja, ein Schlüssel ist da«, antwortete er endlich. »Er hängt über dem Kaminsims. Ich weiß es zufällig, weil …«

»Weil Sie ihn versucht haben«, sagte Alan und ging.

Dr. Lomond kam jetzt herunter und betrachtete nochmals das Zimmer, das in Messers Haushalt sowohl Büro als auch Salon war.

Sam beobachtete den Arzt mit größtem Interesse.

»Wembury ist draußen«, erzählte er mit der Familiarität, die Leuten seines Schlages zu eigen ist. »Ich nehme an, dass er wartet, um Miss Lenley zu sehen.«

Der Doktor blickte sich um.

»Wer ist Miss Lenley?«

»Oh, das ist unser Schreibmaschinenfräulein«, versetzte Sam, und Lomonds Augenbrauen hoben sich voller Interesse.

»Ist sie nicht die Schwester eines Mannes, der im Gefängnis sitzt?«

»Jawohl, Sir – von Johnny Lenley. Er hat drei Jahre bekommen, weil er eine Perlenkette geklaut hatte.«

»Also ein Dieb?« Er ging zum Klavier hinüber und öffnete es.

»Ein Gentlemandieb!«, erklärte Sam.

»Spielt sie Klavier?« Der Arzt schlug leise eine Taste an.

»Nein, Sir – er.«

»Messer?« Lomonds Stirn legte sich in Falten. »Oh, ich habe davon gehört!«

»Er spielt gut«, sagte Sam verächtlich. »Ich habe Musik sehr gern, aber die Sachen, die er spielt ...«, er summte ein paar Töne von Chopins Nocturno, »das kann einen verrückt machen!«

Die Haustürglocke ertönte, und der frühere Sträfling verließ das Zimmer. Dr. Lomond saß mit den Händen in den Taschen auf dem Klaviersessel und setzte seine Betrachtung des Zimmers fort. Während er so umherschaute, geschah etwas Seltsames. Über der Tür, im Schnitzwerk versteckt, leuchtete plötzlich ein rotes Licht auf. Das war ein Signal, aber von wem? Während er noch hinstarrte, ging das Licht aus. Lomond schlich auf den Fußspitzen an die Tür und horchte. Er konnte aber nichts hören.

Da kam Hackitt mit einem halben Dutzend Briefen.

»Die Post –«, begann er und erblickte Lomonds Gesicht.

»Hackitt«, fragte der Arzt sanft, »wer ist außer Ihnen und Messer noch im Haus?«

Er schaute ihn argwöhnisch an.

»Niemand. Die alte Köchin ist krank.«

»Wer bereitet Messers Frühstück?«

»Ich«, erwiderte Sam nickend.

Lomond schaute zur Zimmerdecke hinauf.

»Was ist über diesem Zimmer?«

»Die Rumpelkammer.« Hackitts Verlegenheit nahm zu. »Was ist los, Doktor?«

Lomond schüttelte den Kopf.

»Ich dachte nur – nichts weiter.«

»Wollen Sie die Rumpelkammer sehen, Doktor?«

Lomond nickte und folgte dem Mann die Treppe hinauf, an Messers Zimmer vorbei, in einen kleinen Raum, der voll von Möbeln stand. Kaum hatten sie das Zimmer verlassen, als Wembury mit Mary Lenley eintrat.

»Sie werden mir noch einen schlechten Ruf verschaffen«, meinte Mary lächelnd. »Ich dürfte Sie eigentlich nicht Alan nennen, wenn Sie beruflich da sind! Dann müsste ich Inspector Wembury sagen.«

»Es würde mir leid tun, wenn Sie mich nicht mit Alan anredeten.«

Sie lachte leise auf.

»Seien Sie nicht dumm! Himmel, welche Menge Briefe!«

Nur einer von allen interessierte sie: Er war in Maurice Messers zierlicher Handschrift mit Bleistift adressiert. Anscheinend war der Inhalt so interessant, dass sie Alan Wemburys Anwesenheit vergaß. Er bemerkte, wie ihr blasses Gesicht sich rötete und ihre Augen aufflackerten. Sein Herz sank.

Er konnte nicht wissen, dass Messer seine Einladung zum Abendessen wiederholt hatte und dass die Röte auf Marys Wangen durch Ärger verursacht wurde.

»Mary«, sagte er.

Sie sah von dem Brief auf.

»Ja.«

Wie sollte er sie warnen? Den ganzen Morgen hatte er in seinem Geist dieses wichtigste aller Probleme zu lösen gesucht.

»Fühlen Sie sich hier wohl?«, fragte er verlegen.

»Wie meinen Sie das?«, fragte sie ihrerseits.

»Ich meine – nun, Messer hat nicht den besten Ruf. Weiß Ihr Bruder, dass Sie noch hier arbeiten?«

Sie schüttelte den Kopf, und ein Schatten flog über ihr Gesicht.

»Nein – ich wollte ihm keine Sorgen bereiten. Johnny schreibt manchmal so seltsam in seinen Briefen.«

Alan seufzte tief.

»Mary, Sie wissen, wo ich zu finden bin?«

»Ja, Alan, Sie haben mir das schon einmal gesagt!«, meinte sie erstaunt.

»Nun – nun, Sie können nicht wissen, welche Schwierigkeiten eintreten mögen. Ich möchte – ich wünschte – nun, ich möchte gern, dass Sie das Gefühl haben, wenn mal etwas Unangenehmes geschieht …«, er sprach ganz unzusammenhängend.

»Unangenehmes?«

»Und wenn Sie – nun, in Not sein sollten«, fuhr er verzweifelt fort. »Sie wissen, was ich meine? Nun, wenn irgendjemand – wie soll ich mich ausdrücken? … Wenn irgendjemand Sie belästigen sollte, dann möchte ich, dass Sie zu mir kommen. Wollen Sie das tun?«

»Alan! Sie werden sentimental!«

»Ich bedauere.«

Er griff nach der Tür, als sie ihn beim Namen rief.

»Sie sind aber doch ein lieber Mensch!«, flüsterte sie sanft.

»Nein, ich glaube, ich bin ein verdammter Esel!«, sagte Alan mürrisch und schlug die Tür hinter sich zu.

29

Nach Messers Haus führte ein Weg, der nur drei Menschen bekannt war. Einer von diesen, hoffte Maurice, war tot. Der zweite war zweifellos im Gefängnis – Johnny. Und der dritte? Der Anwalt schob den Gedanken beiseite. Messers Grundstück hatte sich einstmals bis an das Ufer eines schmutzigen Baches ausgedehnt. Auch jetzt noch stand ein kleines, baufälliges Lagerhaus auf einem mit Unkraut bewachsenen Platz, der zu Messers Anwesen gehörte, obgleich er von dem Haus in der Flanders Lane durch einige schmutzige Gebäude und winklige Gassen getrennt war.

An diesem Morgen kam am Kanalufer ein junger Mann entlang, der sich vorsichtig umschaute, ob er beobachtet würde. Dann öffnete er mit einem Schlüssel das verwitterte Tor und betrat den öden Platz.

Derselbe Schlüssel, der die äußere Tür geöffnet hatte, öffnete auch die Tür zum Haus, und der Fremde verschwand im Innern, verschloss die Tür hinter sich und stieg dann eine Wendeltreppe hinab, die erst vor wenigen Jahren erbaut worden war.

Am Ende der Treppe begann ein mit Ziegelsteinen ausgelegter niedriger Gang. Obgleich keine Lampe brannte, fand der Ankömmling, nachdem er einige Schritte vorwärts gegangen war, eine kleine Nische, in der Messer vier Taschenlampen für seinen eigenen Gebrauch aufbewahrte.

Messer hoffte, dass bald ein geschätzter Gast diesen Weg benutzen und so von den Männern, die das Haus bewachten, nicht gesehen würde. Er selbst hatte ihn nämlich Mary Lenley gezeigt.

Der Mann schritt jetzt vorwärts, indem er das Licht der Taschenlampe vor sich scheinen ließ. Nach wenigen Minuten wandte sich der Weg plötzlich nach links und endete in einem Keller, von dem eine mit Teppichen ausgelegte Treppe aufwärts führte. Der Eindringling stieg vorsichtig und leise die Stufen hinauf. Als er sie halbwegs zurückgelegt hatte, bemerkte er, wie eine Stufe bei seinem Schritt nachgab, und er lächelte. Er wusste, dass es eine Vorrichtung war, durch die eine Warnungslampe in Messers Zimmer aufleuchtete.

Dann erreichte er eine lange Täfelung und horchte. Er hörte Stimmen: Messers und Mary Lenleys! Er runzelte die Stirn: Mary hier? Er glaubte, Mary hätte die Arbeit aufgegeben.

Er legte das Ohr an die Täfelung und horchte.

»Meine Liebe«, sagte Messer, »Sie sind – wunderbar. Wenn man sieht, wie Ihre Finger über die alte Schreibmaschine eilen, so ist es, als wenn man einen Schmetterling beobachtet, der von Blume zu Blume fliegt!«

»Sie sind albern, Maurice!«, bemerkte Mary.

Messer hatte sich an das Klavier gesetzt, und es erklangen leise Töne, dann hörte der Eindringling wieder Marys Stimme und das Geräusch eines kleinen Kampfes.

Messer hatte Mary bei den Schultern ergriffen und zog sie an sich, als er, an ihr vorüberblickend, plötzlich eine Hand um die Tür greifen sah.

Er sah nur das, und im nächsten Augenblick stürzte er mit einem Schreckensschrei aus dem Zimmer.

Mary blieb vor Furcht wie angewurzelt stehen. Weiter und weiter kam die Hand zum Vorschein. Dann öffnete sich die Täfelung, und ein junger Mann trat ins Zimmer.

»Johnny!«

Im nächsten Augenblick lag Mary schluchzend in den Armen ihres Bruders.

30

»Johnny – warum hast du mir nicht mitgeteilt, dass du zurückkommst? – Das ist eine wunderbare Überraschung! Ich habe dir heute Morgen noch geschrieben!«

Er hielt sie in seinen ausgestreckten Armen und sah ihr ins Gesicht.

»Mary, was machst du in Messers Büro?«, fragte er ruhig. Etwas in seinem Ton ließ sie erschauern.

»Ich arbeite für ihn. Du wusstest es doch, Johnny, bevor du weggingst.«
Ihre Hände umfassten sein Gesicht. »Es ist wunderbar, dich wiederzusehen – wunderbar! Lass dich anschauen! Armer Junge, hast du eine
sehr schlimme Zeit durchgemacht?«

»Nicht allzu schlecht«, erwiderte Johnny gleichmütig, dann fügte er
hinzu: »Warum hast du hier weitergearbeitet? Ich hatte doch Maurice
Geld gegeben und ihm gesagt, ich wolle nicht, dass du hier arbeitest. Das
waren die letzten Worte, die ich ihm in Old Bailey sagte.«

»Davon weiß ich nichts, Johnny«, sagte sie bestürzt.

Der Bruder nickte.

»Jetzt verstehe ich«, meinte er.

»Du bist mir doch nicht böse, Johnny?« Sie blickte ihn mit Tränen in
den Augen an. »Ich kann es kaum glauben, dass du hier bist. Ich habe
gedacht, dass du noch lange nicht wiederkämest.«

»Meine Strafe ist mir erlassen worden«, erklärte ihr Lenley. »Ein
halbwahnsinniger Sträfling griff den stellvertretenden Direktor an, und
ich warf mich dazwischen. Ich dachte nicht daran, dass die Behörden
für mich mehr tun würden, als einige Tage der Strafe zu streichen.
Gestern aber, zur Mittagszeit, ließ der Direktor mich rufen und teilte
mir mit, dass ich für den Rest meiner Strafe Bewährungsfrist erhalten
sollte.«

Mary hatte die Hände auf die Schultern ihres Bruders gelegt, und ihre
ernsten Augen blickten ihm forschend ins Gesicht.

»Du hast doch jetzt mit diesem schrecklichen Leben Schluss gemacht?«, fragte sie leise. »Wir wollen irgendwohin außerhalb Londons
ziehen. Ich habe mit Maurice darüber gesprochen. Er hat mir seine Hilfe
zugesagt, dich auf den graden Weg zu bringen. Johnny, du hättest niemals
die schwere Strafe erhalten, wenn du seinem Rat gefolgt wärst.« Johnny
Lenley biss sich auf die Lippen.

»Hat dir das Messer gesagt?«, fragte er ruhig. »Mary, liebst du
Maurice?«

»Er ist gut gegen mich gewesen«, entgegnete sie.

»Das verstehe ich, Liebling«, nickte er, »aber wie gut ist er gewesen?«
Er fasste sie an den Schultern und schüttelte sie sanft. Sein hartes Gesicht
nahm einen weichen Ausdruck an, und aus seinen grauen, tief liegenden

Augen schaute wieder der alte sorgende Blick, den sie immer geliebt hatte.
»Eins steht fest, du wirst hier nicht mehr arbeiten!«

Er beobachtete, wie sie, ohne zu antworten, zu ihrem Schreibtisch zurückkehrte. Dann entdeckte er Hackitt und winkte ihm mit dem Kopf.

»Sam, was ist los?«

Mr Hackitt zuckte die Achseln.

»Ich bin erst seit einigen Tagen hier. Sie sind ja kein kleiner Junge, Johnny. Haben Sie jemals gesehen, dass ein Tiger mit einem Kaninchen liebenswürdig umgeht? Mehr weiß ich nicht.«

Lenley nickte bedächtig.

Sein erster Weg war zum Anwalt gewesen, um mit ihm abzurechnen. Dann sollten ihn London und die Flanders Lane nicht mehr sehen. Er würde schon ein Arbeitsfeld finden, wo er in Frieden und Ruhe leben könnte.

Er stand an der Tür und sprach leise mit Sam. Jetzt kehrte der Anwalt ins Zimmer zurück. Seine Augen sahen nur das Mädchen und ihre fliegenden Finger, die sich auf den Tasten bewegten. Er trat an sie heran und legte die Hand auf ihre Schulter.

»Meine Liebe, verzeihen Sie mir! Ich bin furchtbar nervös und bilde mir allerhand seltsame Sachen ein.«

»Maurice!«

Der Anwalt drehte sich schnell um, und sein Gesicht wurde blass.
»Sie«, rief er mit heiserer Stimme. »Aus dem Gefängnis entlassen? – Ich dachte …«

Johnny Lenley lächelte verächtlich.

»Zwei Jahre zu früh, was? Es tut mir leid, Sie zu enttäuschen, aber es geschehen noch Wunder, sogar im Gefängnis – und ich bin eins davon.«

Der Anwalt riss sich mit großer Anstrengung zusammen.

»Mein lieber Junge«, er streckte ihm seine zitternde Hand entgegen, aber Lenley schien sie nicht zu sehen –, »wollen Sie sich nicht setzen? Das ist ein erstaunliches Ereignis! Also Sie waren hinter der Wandtäfelung … Hackitt, geben Sie Mr Lenley etwas zu trinken … Das wird Ihnen guttun …«

Hackitt bot ihm einen Trunk, aber Johnny schüttelte den Kopf.

»Maurice, ich möchte mit Ihnen sprechen.« Er sah Mary bedeutungsvoll an, und sie verließ das Zimmer.

»Wie sind Sie zur Entlassung gekommen?«, fragte Messer und goss sich aus der bereitstehenden Flasche ein.

»Der Rest meiner Strafe ist mir erlassen worden«, meldete Lenley kurz. »Ich dachte, Sie hätten darüber in der Zeitung gelesen.«

Der Anwalt runzelte die Stirn.

»Oh! Waren Sie der Kerl, der das Leben des Direktors rettete? Ich erinnere mich, darüber gelesen zu haben – tapferer Junge!«

Er versuchte, Herr der Lage zu werden. Es waren schon andere polternd zu ihm ins Büro gekommen und gezähmt gegangen.

»Warum haben Sie zugegeben, dass Mary für Sie weiterarbeitete?«

Messer zuckte die Achseln.

»Weil ich es mir nicht leisten kann, wohltätig zu sein, mein lieber Junge«, entgegnete er ruhig.

»Ich hatte Ihnen doch beinahe vierhundert Pfund gegeben«, Lenleys Stimme klang ernst und unversöhnlich, »den Erlös aus meinen ersten – Diebstählen.«

»Sie sind doch gut verteidigt worden?«

»Ich kenne das Honorar«, erklärte ihm Lenley ruhig. »Warum haben Sie Mary das Geld nicht ausgezahlt?«

Der Anwalt setzte sich wieder und zündete sich eine Zigarre an. Er sprach nicht, bevor das Streichholz bis an seine Fingerspitzen abgebrannt war.

»Ich will es Ihnen sagen. Ich habe mich um Sie gesorgt, Johnny, ich habe Sie gern und habe mich immer für Sie und Ihre Familie interessiert. Ich war der Meinung, dass ein Mädchen, das allein lebt und keine Arbeit hat, sich unglücklich fühlen muss. Ich dachte, ich würde Ihnen und ihr einen größeren Gefallen erweisen, wenn ich ihr Arbeit gäbe, um ihren Geist zu beschäftigen – das sehen Sie doch ein? Ich empfinde ein väterliches Interesse für das Mädchen.«

Er schaute in Johnnys herausfordernde Augen, seine Blicke senkten sich.

»Wollen Sie Ihre väterlichen Tatzen an sich halten, wenn Sie mit ihr sprechen, Maurice?«

»Mein lieber Junge!«, wandte der andere ein.

»Hören Sie zu!«, fuhr Lenley fort. »Ich kenne Sie ziemlich genau. Ich kenne Sie schon lange Ihrem Ruf nach und durch unsere persönliche

Bekanntschaft. Ich weiß genau, was hinter diesem väterlichen Interesse steckt. Wenn irgendetwas vorgefallen ist, wie bei Gwenda Milton, werde ich den Weg um neun Uhr morgens auf mich nehmen!«

Messer warf den Kopf zurück.

»Eh?«, kam es aus seiner heiseren Kehle.

»Von der Zelle an den Galgen!«, fuhr Lenley fort. »Und ich werde mich leichten Herzens auf die Falltür stellen. Sie verstehen mich doch?«

31

Der Anwalt stand langsam auf. Maurice Messer war alles andere, aber kein Feigling, wenn er eine Gefahr erkannt hatte.

»Sie wollen den Weg um neun Uhr morgens auf sich nehmen?«, wiederholte er mit einem Hohnlächeln. »Das ist sehr hübsch ausgedrückt. Aber nicht meinetwegen. Ich werde den Bericht im Bett lesen.«

Er ging ans Klavier, setzte sich hin, und seine Finger bewegten sich schnell über die Tasten. Sanft klangen die wehmütigen Töne eines traurigen, herzzerreißenden Stückes, »Tod eines Kosaken«, das Maurice Messer liebte.

»Ich habe diese Berichte immer im Bett gelesen«, fuhr er während des Spiels fort, »sie beruhigen mich. Johnny, besuchen Sie das Kino?

›Der verurteilte Mann verbrachte eine schlaflose Nacht und berührte das Frühstück nicht. Festen Schrittes und schweigsam bestieg er das Schafott. Ein elendes Ende eines Lebens, das vielversprechend angefangen hatte.‹

Gehängte Männer sehen hässlich aus.«

»Ich habe Ihnen gesagt, Maurice – wenn etwas vorfällt, erwische ich Sie noch vor dem Hexer.« Johnnys Stimme zitterte vor unterdrückter Leidenschaft.

»Hexer!«, der andere lachte. »Vertreten Sie auch diese närrische Annahme? Das ist heiter.«

Am vergitterten Fenster stand ein Mann und starrte ins Zimmer – sein bärtiges Gesicht drückte er dicht daran.

»Der Hexer ist in London, das wissen Sie!«, erklärte Lenley. »Wie nahe er bei Ihnen ist, das weiß allerdings nur Gott!«

Der Lauscher entfernte sich plötzlich, als wenn er es gehört hätte. Aber in diesem Augenblick hatte Maurice Messer keinen Gedanken für den Hexer.

Die Musik fesselte ihn.

»Ist das nicht herrlich?«, fragte er leise. »Gibt es in der Welt eine Frau, die das Herz und die Seele eines Mannes so bezaubern kann wie dies – gibt es eine Frau, die ebenso viel wert ist wie die göttliche Harmonie eines Meisters?«

»Höchstens Gwenda Milton?«, brummte Lenley.

Die Musik hörte plötzlich auf, Messer sprang auf und wandte sich wütend zu Lenley.

»Zum Teufel mit Gwenda Milton und mit Gwenda Miltons Bruder – lebendig oder tot!«, brüllte er.

Er ergriff das Glas Whisky, das er auf das Klavier gestellt hatte, und leerte es in einem Zuge.

»Denken Sie, dass ich sie auf dem Gewissen habe? Ebenso wenig wie Sie oder jeder andere schwächliche, weinende Narr, dessen Seele mit Selbstmitleid durchtränkt ist. Sie tun sich leid, mein lieber Junge! Sie weinen über Ihr eigenes Elend!«

Plötzlich änderte sich sein Ton.

»Ach! Warum ärgere ich mich? Warum sind Sie so niederträchtig? Johnny, ich will mich nicht mit Ihnen zanken. Was wollen Sie eigentlich?«

Als Antwort nahm der Besucher ein kleines Paket aus der Tasche und öffnete es. Darin lag, sorgfältig in Watte verpackt, ein kleines, mit Steinen besetztes Armband.

»Ich weiß nicht, was ich noch von Ihnen zu bekommen habe; aber das kommt dazu.«

Messer nahm das Armband und trug es ans Licht.

»Oh, das ist das Armband – und ich wunderte mich schon, was Sie damit angefangen hätten.«

»Ich habe es auf meinem Weg hierher abgeholt – ich hatte es bei einem Freund gelassen. Das ist alles, was ich für meine drei Jahre erhalten habe«, sagte er bitter. »Drei Diebstähle, und nur an dem einen habe ich etwas verdient!«

Maurice zupfte sich nachdenklich an der Oberlippe.

»Sie meinen Ihre zweite Heldentat: die kleine Sache in Camden Crescent?«

»Ich will darüber nicht sprechen«, sagte Johnny ungeduldig. »Das ist für mich schon lange erledigt. Das Gefängnis hat mich geheilt. Bei der Camden-Crescent-Sache ist übrigens der Mann, den Sie mir zur Hilfe mitgaben, mit dem Zeug durchgebrannt. Sie selbst haben mir das damals gesagt.« In diesem Augenblick reifte ein Plan in Messers Gehirn.

»Ich habe Sie belogen«, bemerkte er langsam. Dann fuhr er in vertraulichem Ton fort: »Unser Freund ist niemals damit durchgebrannt.«

»Was?«

»Er hat es versteckt. Er erzählte es mir, bevor ich ihm zur Reise nach Südafrika verhalf. Ich habe es Ihnen nicht gesagt, weil ich nach der Darnleigh-Sache nichts damit zu tun haben wollte. Ich hätte ein halbes Dutzend Leute haben können, um die Sachen zu holen, aber ich traute ihnen nicht.«

Lenleys Gesicht verriet Unentschlossenheit, seine Mundwinkel senkten sich.

»Lassen Sie die Sachen, wo sie sind«, sagte er, aber es klang nicht sehr überzeugend.

Messer lachte. Es war sein erstes natürliches Lachen an diesem Tag.

»Sie sind ein Narr. Sie haben Ihre Zeit abgesessen, und was haben Sie davon? Das!«

Er hob das Schmuckstück hoch. »Wenn ich Ihnen dafür zwanzig Pfund gebe, dann beraube ich mich. Hinter dem Wasserbehälter liegt Zeug, das achttausend Pfund wert ist – es gehört Ihnen, wenn Sie es holen. Und dann, Johnny, Sie haben dafür bezahlt!«

»Bei Gott, das habe ich!«, erwiderte der andere zwischen den Zähnen. »Ich habe dafür richtig und gut bezahlt.«

Messer überlegte schnell. In diesen wenigen Sekunden machte er neue Pläne.

»Drehen Sie es heute Abend!«, schlug er vor, und Lenley zögerte wieder.

»Ich will es mir überlegen. Wenn Sie versuchen, mich zu verzinken ...« Messer lächelte wieder.

»Mein lieber Junge, ich versuche, Ihnen und damit Ihrer Schwester einen Gefallen zu erweisen.«

»Wie ist die Hausnummer? Ich habe es vergessen.«

Messer kannte die Nummer ganz genau, er vergaß nichts.

»Siebenundfünfzig. Ich will Ihnen die zwanzig Pfund für das Armband gleich geben.«

Er öffnete einen Schreibtisch und entnahm ihm eine Kassette.

»Das wird für den Anfang langen.« Lenley war immer noch unentschlossen; keiner wusste das besser als der Rechtsanwalt. »Wenn ich die Sachen hole, will ich den vollen Wert, oder ich suche mir einen anderen Hehler.«

Das war ein Wort, das den Anwalt wütend machte.

»Hehler? Johnny, wie können Sie so etwas sagen ...«

»Sie sind recht empfindlich, Messer!«, lachte der junge Mann.

»Das ist der Dank dafür, dass ich euch helfe ...« Die Stimme des Anwalts zitterte. »Sie wollen sich einen anderen Hehler suchen? Da ist der Zwanziger.« Er warf das Geld auf den Tisch. Lenley zählte und steckte es in die Tasche. »Sie wollen also auf das Land ziehen? Ihre kleine Schwester mitnehmen? Sie fürchten mich also doch?«

»Ich würde es bedauern, wenn man mich um Ihretwillen hängen sollte«, sagte Johnny Lenley, indem er aufstand.

»Sie würden es lieber sehen, wenn der Hexer gehängt würde? Denken Sie, dass er hierher zurückkommen wird, wo ihn der Galgen erwartet? Er ist doch nicht wahnsinnig!«

Er schaute sich schnell um. Die Tür, die zu seinem Zimmer führte, öffnete sich.

Es war Dr. Lomond. Hackitt hatte ihn in die Rumpelkammer gelassen und vergessen, dass er im Haus war.

Der Doktor kam in das Zimmer, blieb aber beim Anblick des jungen Mannes stehen.

»Hallo – ich bedauere. Störe ich eine Besprechung?«

»Kommen Sie herein, Doktor – kommen Sie herein! Das ist ein Freund von mir, Mr Lenley.«

Zu Messers Erstaunen nickte der Arzt. »Ja. Ich habe mich eben mit Ihrer Schwester etwas unterhalten. Sie sind eben – vom Lande zurückgekehrt, nicht wahr?«

»Ich bin eben aus dem Gefängnis zurückgekehrt, wenn Sie das meinen«, erwiderte Lenley und wollte gehen.

Seine Hand lag schon auf der Türklinke, als die Tür schnell aufgerissen wurde und das weiße Gesicht Hackitts erschien. Er ging zu Messer und senkte die Stimme. »Jemand möchte Sie sprechen.«

»Mich? Wer ist es?«

»Der Name ist mir nicht genannt worden«, keuchte Sam. »Ich sollte Ihnen sagen, dass es ein Bote des Hexers ist.«

Messer fuhr zurück.

»Der Hexer!«, sagte Lomond energisch. »Führen Sie ihn herein!«

»Doktor!«

»Ich weiß, was ich tue«, betonte der Arzt.

»Doktor! Sind Sie verrückt? Angenommen – angenommen …«

»Schon gut!«, antwortete Lomond kurz.

32

Bald öffnete sich die Tür, und eine gut gekleidete schlanke Dame erschien, in deren Augen ein boshaftes Lächeln leuchtete.

»Cora Ann!«, keuchte Messer.

»Wie Sie sagen! Habe ich euch alle erschreckt?« Sie nickte verächtlich. »Hallo, Doktor!«

»Hallo, kleine Frau! Sie haben mir Herzklopfen verursacht.«

»Auch erschrocken?«, spottete sie. »Messer, ich möchte mit Ihnen sprechen.«

Sein Gesicht war immer noch blass, aber er hatte die Panik niedergekämpft, die der Name des Hexers hervorgerufen hatte.

»Jawohl, meine Liebe. – Johnny!« Er sah ihn scharf an. »Wenn Sie etwas brauchen, mein lieber Junge, dann wissen Sie, wohin Sie zu gehen haben«, sagte er, und Johnny verstand. Er verließ das Zimmer, indem er nochmals einen neugierigen Blick auf den unerwarteten hübschen Ankömmling warf.

»Hinaus!«, rief Messer Hackitt zu, als wenn er ein Hund wäre, aber der kleine Mann blieb stehen.

»Den Ton können Sie sich ersparen, Messer. Ich höre sowieso hier auf.«

»Sie können zum Teufel gehen!«, brummte Messer.

»Und das nächste Mal, wenn man mich greift, nehme ich einen anderen Anwalt!«, sagte Sam laut.

»Das nächste Mal, wenn man Sie greift, werden Sie sieben Jahre erhalten«, war die Entgegnung.

»Deshalb will ich ja einen anderen Anwalt.«

Lomond und Cora Ann waren interessierte Zuhörer.

»Das hat man davon, wenn man dem Abschaum hilft!«, meinte Messer, nachdem sein Diener verschwunden war.

Der Arzt verließ das Zimmer, sagte aber, dass er noch einmal zurückkommen würde. Maurice wartete, bis sich die Tür hinter dem alten Mann geschlossen hatte, dann begann er:

»Nun – meine liebe Cora Ann, Sie werden immer hübscher. Und wo ist Ihr Mann?«

Sie blickte sich im Zimmer um.

»Also das ist Ihr Liebesnest?« Sie sah den Rechtsanwalt verächtlich an.

»Ich habe Gwenda niemals gekannt – ich wünschte aber, es wäre der Fall gewesen. Wenn Artur mir nur ebenso sehr vertraut hätte wie Ihnen! Ich hörte vom Selbstmord des armen Kindes, als ich nach Australien unterwegs war, und kam von Neapel mit dem Flugzeug zurück.«

»Warum haben Sie nicht telegrafiert? Wenn ich das gewusst hätte …«

»Messer – Sie sind ein armseliger Lügner!«

Sie ging an die Tür, durch die der Doktor verschwunden war, öffnete sie und lauschte. Dann kam sie zu Messer zurück, der sich hingesetzt hatte und eine Zigarre anzündete.

»Hören Sie zu – dieser schottische Arzt wird gleich zurückkommen.« Ihre Stimme sank zu einem leisen Flüstern. »Warum gehen Sie nicht fort – verlassen Sie das Land – gehen Sie irgendwohin, wo man Sie nicht finden kann – nehmen Sie einen anderen Namen an! Sie sind ein reicher Mann – Sie können es sich leisten, dieses Loch zu verlassen!«

Maurice lächelte wieder.

»Sie versuchen wohl, mich zu erschrecken, damit ich England verlasse?«

»Sie zu erschrecken versuchen!« Die Verachtung in ihrer Stimme hätte jeden anderen Mann beleidigt. »Er wird Sie schon erwischen, Messer! Das befürchte ich. Daran denke ich nachts im Bett, es ist schrecklich! Schrecklich!«

»Mein liebes Kind«, er versuchte ihre Wangen zu streicheln, aber sie wich zurück, »sorgen Sie sich nicht um mich!«

»Sie? Wenn ich Sie mit meinem kleinen Finger vor der Hölle retten könnte, würde ich es nicht tun! Verlassen Sie England – Artur möchte ich retten und nicht Sie! Gehen Sie fort – geben Sie ihm keine Gelegenheit, Sie zu töten!«

Maurice lachte sie an.

»Ah! Wie geistreich! Er selbst kann sich nicht zurückwagen, daher hat er Sie nach England geschickt, um mich von hier wegzulocken!«

Coras Augen schlossen sich halb.

»Wenn Sie getötet werden, wird es hier sein! Hier in diesem Zimmer, wo Sie das Herz seiner Schwester gebrochen haben! Sie Schuft! Sie Dummkopf!«

Er schüttelte den Kopf.

»Aber kein so großer Dummkopf, dass ich in die Falle ginge. Angenommen, Ihr Mann wäre noch am Leben: In London bin ich sicher – in Argentinien würde er auf mich warten. Wenn ich nach Australien käme, würde er auf mich warten, und wenn ich in Cape Town an Land ginge … Nein, nein, liebe Cora Ann, mich können Sie nicht fangen!«

Sie wollte noch etwas sagen, aber die Tür öffnete sich, und Dr. Lomond erschien.

»Nun, sind Sie mit Ihrer Unterhaltung fertig, Cora Ann?«, fragte Lomond, und trotz ihrer Angst lachte sie.

»Hören Sie, Dr. Lomond, nur meine besten Freunde dürfen mich Cora Ann nennen!«, wies sie seine Vertraulichkeit zurück.

»Und ich bin der beste Freund, den Sie jemals gehabt haben«, versicherte der Arzt.

Messer nickte zustimmend.

»Sie weiß nicht, wer ihre besten Freunde sind. Ich wünschte, Sie würden sie davon überzeugen.«

Er hatte das unangenehme Gefühl, in seinem eigenen Haus ein Eindringling zu sein, der nicht erwünscht war. Das Erscheinen Mary Lenleys bot ihm eine Entschuldigung, in sein kleines Büro zu gehen, wo er nicht gesehen wurde, aber doch alles hören konnte.

»Ich freue mich, wenn ich Sie treffe, Cora Ann«, bemerkte der Arzt. Sie lachte.

»Sie sind komisch.«

»Ich habe ein Lächeln, das für das Auge einer Witwe passt«, sagte Lomond, lächelte aber nicht.

Sie warf ihm einen schnellen Seitenblick zu.

»Vergessen Sie dieses Witwenzeug! Es gibt Zeiten, in denen ich beinahe wünschte, dass ich eine Witwe wäre – nein, das ist nicht wahr –, aber dass Artur und ich uns niemals begegnet wären.«

»Artur war wohl ein schlechter Kerl?«, fragte er teilnahmsvoll. Sie seufzte.

»Der beste in der Welt – aber kein Mann, der geheiratet haben sollte.«

»Eine andere Art Männer gibt es nicht«, betonte Lomond. »Sie liebten ihn sehr?«

Sie zuckte die Achseln.

»Nun, das lässt sich nicht so einfach beantworten.«

»Sie können das nicht sagen? Liebe, junge Frau, Sie sind alt genug, um sagen zu können, wo Ihr Herz ist.«

»Manchmal ist es bei mir im Mund«, erwiderte sie, und er schüttelte den Kopf.

»Sie armes Kind! Und doch sind Sie ihm nach Australien gefolgt?«

»Das tat ich allerdings. Aber derartige Flitterwochen rauben einem die ganze Herrlichkeit der Ehe. Um das zu wissen, braucht man kein Arzt zu sein.«

»Warum lassen Sie ihn nicht fallen, Cora Ann? Ihr Herz wird sich ganz abnutzen, wenn es andauernd in Ihrem Mund liegt.«

»Ihn vergessen?« Lomond nickte. »Glauben Sie, dass er es wünscht, dass ich ihn vergesse?«

»Ich weiß es nicht«, äußerte Lomond. »Ist irgendein Mann dessen wert, was Sie leiden? Früher oder später wird man ihn fassen. Der lange Arm des Gesetzes wird sich ausstrecken und ihn festnehmen, und der große Fuß des Gesetzes wird ihn ins Gefängnis stoßen.«

Sie schaute sich nach Messer und Mary Lenley um, und ihre Stimme klang sehr ernst.

»Hören Sie, Dr. Lomond, wenn Sie es wissen wollen – mein Hexer ist in Gefahr, aber ich fürchte die Polizei nicht. Soll ich Ihnen etwas sagen?«

»Ist es für meine Ohren geeignet?«, fragte er.

»Das soll meine Sorge sein!«, antwortete sie sarkastisch. »Ich will gegen Sie offen sein, Doktor. Ich habe ein Gefühl, dass es auf der ganzen Welt nur einen Mann gibt, der Artur Milton fangen wird – und der Mann sind Sie!«

33

Lomond blickte ihr in die Augen.

»Sind Sie verrückt?«, fragte er.

»Warum?«

»Ein hübsches Mädchen wie Sie – hängt sich an einen Schatten – der schönste Teil ihres Lebens wird vergeudet.«

»Was Sie nicht sagen!«

»Sie wissen ganz genau, dass es so ist! Es ist ein Hundeleben. Wie schlafen Sie?«

»Schlafen!« Sie hob verzweifelt die Arme. »Schlafen!«

»Ja, schlafen. In einem Jahr werden Sie einen Nervenzusammenbruch haben. Hat das einen Wert?«

»Was wollen Sie eigentlich?«, fragte sie atemlos.

»Soll ich Ihnen etwas sagen? Ich möchte nur wissen, ob Sie es vertragen werden?«

Sie schaute ihn aufmerksam an.

»Wäre es nicht eine gute Idee, wenn Sie fortgingen und den Hexer vergäßen? Verstoßen Sie ihn aus Ihren Gedanken! Suchen Sie sich ein anderes – Interesse!« Er lachte. »Sie halten mich wohl für verdreht? Aber ich denke nur an Sie. Ich denke an alle jene Stunden, die Sie auf ihn warteten – das Herz in Ihrem Mund.«

Sie sprang plötzlich auf.

»Hören Sie, was wollen Sie eigentlich von mir?«, wiederholte sie schwer atmend.

»Ich schwöre Ihnen …«

»Sie sind ein Mann – ich weiß jetzt, was für ein Mann Sie sind. Ich habe mich in die Hölle gesetzt, und dort will ich bleiben!«

Sie hob ihre Handtasche vom Tisch auf.

»Ich habe Sie gewarnt«, betonte Lomond traurig.

»Mich gewarnt, Dr. Lomond! Wenn Artur Milton sagt: ›Ich bin deiner überdrüssig – du bist erledigt‹ – dann will ich gehen. Meinen Weg – nicht Ihren Weg. Sie haben mich gewarnt? Das ist eine teuflische Warnung, und ich nehme sie nicht an!«

Bevor er antworten konnte, war sie aus dem Zimmer.

Messer hatte sie beobachtet und kam jetzt langsam auf den Arzt zu.

»Ich glaube, Sie haben Cora Ann schlimm zugesetzt.«

»Ja«, nickte Lomond, indem er nachdenklich seinen Hut nahm.

»Frauen sind eigenartig«, bemerkte Messer. »Ich möchte beinahe glauben, dass die Frau Sie gern hat, Doktor.«

»Denken Sie das?« Lomonds Benehmen und Stimme verrieten Zerstreutheit. »Ich will machen, dass ich fortkomme – habe mich lange genug hier aufgehalten.«

Messers Kopf war jetzt wieder ganz klar. Johnny war eine Gefahr … Er hatte gedroht, und ein Mann wie er würde seine Drohung erfüllen, wenn nicht … Würde er verrückt genug sein, in dieser Nacht nach Camden Crescent zu gehen? Von Johnny wanderten seine Gedanken zu Mary. Seine Liebe zu dem Mädchen war emporgeschossen wie ein tropisches Gewächs. Jetzt, da es den Anschein hatte, dass sie ihm genommen werden könnte, war sie für ihn begehrenswert geworden. Er setzte sich an das Klavier, und bei den ersten Tönen kam Mary herein.

Anfangs bemerkte er sie nicht, und erst ihre Stimme brachte ihn in die Wirklichkeit zurück.

»Maurice …«

Er blickte sie an, ohne sie zu sehen.

»Maurice.«

Das Klavierspiel hörte auf.

»Maurice, Sie werden sich selbst sagen müssen, dass ich nicht mehr bei Ihnen arbeiten kann, seitdem Johnny zurück ist!«, sagte sie.

»Das ist Unsinn, meine Liebe!« Seine Stimme klang väterlich, in einem Ton, in dem es ihm gelang, große Wirkung zu erzielen.

»Er ist misstrauisch«, bemerkte sie, und er lachte.

»Misstrauisch! Ich wünschte, er hätte Grund, misstrauisch zu sein!«

»Sie wissen, dass ich nicht bleiben kann«, erklärte sie verzweifelt.

Er stand auf, trat zu ihr und legte ihr die Hände auf die Schulter.

»Seien Sie nicht töricht! Jeder würde denken, dass ich ein Aussätziger oder sonst was bin. Welcher Unsinn!«

»Johnny würde mir nie verzeihen.«

»Johnny, Johnny!«, fuhr er auf. »Wollen Sie Ihr Leben von Johnny regiert wissen, der vielleicht sein halbes Leben im Gefängnis verbringen wird?«

Sie blickte ihn erstaunt an.

»Wir wollen die ganze Sache so betrachten, wie sie ist«, fuhr er fort. »Es hat keinen Zweck, sich selbst zu täuschen. Johnny ist ein heruntergekommener Mensch. Sie wissen es nicht, meine Liebe, Sie wissen es nicht. Ich habe versucht, es vor Ihnen zu verbergen, aber es war sehr schwer.«

»Es vor mir verbergen – was?« Ihr Gesicht war blass geworden.

»Nun …« Sein Zögern war nur geheuchelt. »Was denken Sie, was der Junge, kurz bevor er festgenommen wurde, getan hat? Ich bin sein bester Freund gewesen, wie Sie das selbst wissen, und doch, nun – er hat unter einen Scheck über vierhundert Pfund meinen Namen gesetzt.«

Sie schaute ihn entsetzt an: »Urkundenfälschung!«

»Welchen Zweck hat es, das Kind beim Namen zu nennen?« Er holte aus seinem Schlafrock eine Brieftasche heraus, der er einen Scheck entnahm. »Ich habe den Scheck hier. Ich weiß nicht, warum ich ihn aufbewahre, oder was ich mit Johnny tun soll.«

Sie versuchte, den Namen auf dem länglichen Papier zu erkennen, aber es gelang ihr nicht. Es war aber tatsächlich ein Scheck, den er mit der Morgenpost erhalten hatte, und die Geschichte über die Fälschung hatte er sich in diesem Augenblick ausgedacht. Solche Einfälle waren für Maurice Messer immer sehr vorteilhaft gewesen.

»Können Sie ihn nicht vernichten?«, fragte sie zitternd.

»Ja, das könnte ich.« Sein Zögern war gekünstelt. »Aber Johnny ist rachsüchtig. Zur Selbstverteidigung muss ich das Ding behalten.« Er steckte den Scheck wieder ein. »Ich werde ihn selbstverständlich nie benutzen«, sagte er leichthin. Dann fuhr er in seinem sanften Ton fort. »Ich möchte mit Ihnen über Johnny und alles andere sprechen. Jetzt kann ich es aber nicht, man wird ja immer gestört. Kommen Sie zum Abendessen, wie ich es Ihnen schon einmal gesagt hatte!«

Sie schüttelte den Kopf.

»Sie wissen, dass ich es nicht kann. Maurice, Sie wollen doch nicht, dass die Leute über mich reden wie über Gwenda Milton.«

Bei diesen Worten drehte der Anwalt sich um, sein Gesicht war vor Wut verzerrt.

»Großer Gott! Soll mir das andauernd am Hals hängen? Gwenda Milton, eine Halbblöde, die nicht genug Hirn hatte, um zu leben! Gut – wenn Sie nicht kommen wollen, tun Sie es nicht! Warum soll ich mir den Kopf Johnnys wegen zerbrechen? Warum?«

Sie war über seine plötzliche Heftigkeit erschrocken.

»O Maurice, Sie sind unverständig. Wenn Sie absolut wollen, dass ich …«

»Es kümmert mich wenig, ob Sie wirklich wollen oder nicht«, brummte er. »Wenn Sie denken, dass Sie ohne mich auskommen können, versuchen Sie es! Ich falle weder vor Ihnen noch vor irgendeiner anderen Frau auf die Knie. Gehen Sie aufs Land – aber Johnny wird nicht mit Ihnen gehen, das können Sie mir glauben!«

Sie fasste ihn am Arm, sie war aus Furcht vor der versteckten Drohung wie betäubt.

»Maurice – ich will alles tun, was Sie wünschen – das wissen Sie.«

Er blickte sie eigenartig an.

»Kommen Sie um elf Uhr!«, sagte er. »Wenn Sie eine Anstandsdame brauchen, dann bringen Sie einfach den Hexer mit!«

Er hatte kaum ausgesprochen, als dreimal vorsichtig angeklopft wurde. Maurice Messer schrak zusammen, und seine zitternde Hand griff nach dem Mund.

»Wer ist da?«, fragte er heiser.

Eine tiefe männliche Stimme antwortete ihm.

»Ich möchte Sie sprechen, Messer.«

Messer ging zur Tür und riss sie auf. Das düstere Gesicht von Inspector Bliss starrte ihm entgegen.

»Was …machen Sie hier?«, keuchte der Anwalt.

Bliss' weiße Zähne schimmerten beim Lächeln.

»Ich beschütze Sie vor dem Hexer – wache über Sie wie ein Vater«, entgegnete er rau. Seine Augen wanderten zu dem bleichen Mädchen hinüber. »Denken Sie nicht, Miss Lenley – dass auch Sie etwas Bewachung brauchen?«

Sie schüttelte den Kopf.

»Ich fürchte den Hexer nicht«, versetzte sie. »Er würde mir nichts zuleide tun.«

Bliss lächelte bedeutungsvoll.

»Ich denke nicht an den Hexer«, bemerkte er, und seine drohenden Augen wandten sich Maurice Messer zu.

34

Die Rückkehr Johnny Lenleys war ein Ereignis, das Maurice Messer in die größte Verlegenheit versetzte. Wenn ihm früher Johnnys Benehmen nicht passte, hasste er es jetzt. Die versteckte Drohung Gwenda Miltons wegen konnte ihn verrückt machen. Gerade zu der Zeit, wo seine Träume sich zu verwirklichen schienen, wo ihm Mary Lenley in die Hände fallen sollte, tauchte dieses neue Hindernis auf.

Das Gefängnis hatte Johnny ernster und älter gemacht. Er war als Schwächling fortgegangen und kam zurück als ein nachdenklicher und gefährlicher Mann, der vor nichts zurückschrecken würde – wenn er etwas erführe. Vorläufig war noch nichts geschehen. Messer lächelte. Noch nicht …

In seinen Handlungen mit anderen Männern war Messer kein Feigling. Allen Gefahren, die er erkannte, trat er entgegen. Er wäre ohne Weiteres vor Johnny Lenley hingetreten und hätte ihm seinen schimpflichen

Plan auseinandergesetzt – wenn er Marys sicher gewesen wäre. Und trotzdem brachte ihn eine Tür, die sich langsam öffnete, ohne dass er wusste, wer dahinter stand, an die Grenze der Hysterie.

Am Nachmittag, als er und Mary allein waren, trat er an sie heran und legte, während er hinter ihr stand, die Hände auf ihre Schultern. Er fühlte, wie sie zusammenzuckte, und das erheiterte ihn.

»Sie haben doch nicht vergessen, was Sie heute Morgen versprachen?«, fragte er.

Sie entwand sich seinem Griff und drehte sich ihm zu.

»Maurice, ist das mit dem Scheck wahr? Sie haben nicht gelogen?«

Er nickte langsam.

»Wir sind allein. Können wir nicht jetzt darüber sprechen? Ist es denn nötig, dass ich heute Abend komme?«

»Sehr nötig!«, erwiderte Messer kühl. »Um Gottes willen, Mary, betrachten Sie die Sache vernünftig! Sie müssen doch das sehen, was tatsächlich ist, und nicht das, was Sie wünschen. Ich muss mich gegen Johnny – schützen, und ich fürchte solche«, beinahe hätte er gesagt »Esel«, aber er besann sich, »jungen Leute mit unberechenbarem Temperament.«

Er sah, wie ihr Busen sich hob und senkte, und freute sich, dass er in ihr Furcht erregt hatte.

Wie einfältig die Frauen waren, sogar die gescheiten Frauen! Er hatte schon längst aufgehört, über ihre große Vertrauensseligkeit erstaunt zu sein.

Leichtgläubigkeit war eine Schwäche der Menschen, die er nie verstehen konnte.

»Aber, Maurice, ist das nicht jetzt eine gute Gelegenheit? Niemand wird Sie unterbrechen … Sie sind doch hier stundenlang allein mit Ihren Klienten! Erzählen Sie mir von dem Scheck, und wie er dazu kam, ihn zu fälschen. Ich möchte es genau wissen.«

Er breitete die Arme aus, als wenn er um Hilfe rufen wollte.

»Sie sind doch ein richtiges Kind, Mary! Wie können Sie nur denken, dass ich jetzt in der Stimmung dazu bin! Halten Sie Ihr Versprechen, meine Liebe!«

Sie blickte ihn an.

»Maurice, ich will ganz offen sein.«

Was wird jetzt kommen?, dachte er. Aus ihrer Stimme klang neue Entschlossenheit, aus ihren Augen schaute neuer Mut. Sie war nicht mehr das ängstliche und erschrockene Mädchen vom Morgen, und das setzte ihn für eine Sekunde in Erstaunen.

»Soll ich wirklich heute Abend kommen? Nur um über den Scheck, den Johnny gefälscht hat, zu sprechen?«

Er war durch die Bestimmtheit der Frage so überrascht, dass er für den Augenblick nicht antworten konnte.

»Aber selbstverständlich!«, entgegnete er nach einer Weile. »Nicht nur über die Fälschung, sondern auch über viele andere Sachen muss ich mit Ihnen sprechen, Mary. Wenn Sie wirklich aufs Land wollen, müssen wir Wege und Mittel finden. Sie können nicht ohne Weiteres nach Devonshire oder sonst wohin fliegen. Ich will mir von einem meiner – von einem Hausagenten, den ich vertrete, Prospekte holen. Diese können wir zusammen durchsehen ...«

»Maurice, ist das wahr? Ich will es wissen. Ich bin kein Kind mehr.«

»Mary«, begann er, »ich habe Sie sehr gern ...«

»Bedeutet das – dass Sie mich lieben?«

Diese kaltblütige Frage nahm ihm den Atem.

»Bedeutet das, dass Sie mich lieben, dass Sie mich heiraten wollen?«, fragte sie.

»Aber selbstverständlich!«, stammelte er. »Ich habe Sie sehr gern. Aber Heirat ist eine der Verrücktheiten, die ich bis jetzt vermieden habe. Bedeutet die Ehe etwas, meine Liebe? Einige Worte, die von einem bezahlten Diener in der Kirche gemurmelt werden?«

»Dann wollen Sie mich also nicht heiraten, Maurice?«, fragte sie ruhig. »Habe ich das richtig verstanden?«

»Selbstverständlich, wenn Sie wünschen ...«

Sie schüttelte den Kopf.

»Ich liebe Sie nicht – und will Sie nicht heiraten! Was wollen Sie eigentlich von mir?«

Sie stand in seiner Nähe, und im nächsten Augenblick lag sie, sich wehrend, in seinen Armen.

»Ich will Sie – Sie!«, keuchte er, schwer atmend. »Mary, in der ganzen Welt ist keine Frau wie Sie ... Ich bete Sie an ...«

Sie raffte alle ihre Kräfte zusammen und riss sich von ihm los.

»Ich verstehe!« Sie konnte kaum die Worte hervorbringen. »Ich dachte mir das! Maurice, ich werde heute Nacht nicht kommen.«

Messer sprach nicht. Er konnte sie nur ansehen, seine Augen brannten. Einmal hob er die Hand, um seine zitternden Lippen zu verbergen.

»Ich will, dass Sie heute hierherkommen.« Seine Stimme war kaum vernehmbar. »Sie sind gegen mich offen gewesen, auch ich will gegen Sie offen sein. Ich will Sie – ich will Sie glücklich machen. Ich will Ihnen die Angst und Furcht nehmen, die Ihr Leben verdunkelt. Ich will Sie aus Ihrem kläglichen Heim herausholen. Sie wissen doch, was mit Ihrem Bruder geschehen ist? Er ist mit Bewährungsfrist entlassen worden. Er hat noch zwei Jahre und fünf Monate abzusitzen. Wenn ich eine Anklage wegen Fälschung gegen ihn vorbringe, wird er sieben Jahre bekommen – und die Zeit, die er noch nicht abgesessen hat. Neun und ein halbes Jahr … Sie verstehen doch, was das bedeutet. Wenn Sie ihn wiedersehen, werden Sie über dreißig Jahre alt sein.«

Er sah sie wanken und fasste sie am Arm, doch sie befreite sich von seiner Hand.

In ihrem todbleichen Gesicht las er Zustimmung.

»Gibt es keinen anderen Weg, Maurice?«, fragte sie leise. »Kann ich Ihnen keinen Dienst erweisen? Ich würde als Ihre Wirtschafterin, als Ihre Magd arbeiten – ich würde Ihnen eine gute Freundin sein, und was auch geschehen möge, ich würde Ihnen treu helfen.«

Messer lächelte.

»Sie werden theatralisch, meine Liebe, und das ist Blödsinn. Hat es Zweck, über ein kleines Abendessen und eine kleine … hm … freundliche Unterhaltung so viel Aufhebens zu machen?«

Sie sah ihn ruhig an.

»Wenn ich es Johnny sagte …«, begann sie langsam.

»Wenn Sie es Johnny sagten, käme er her und würde noch theatralischer sein, und ich würde der Polizei telefonieren, und das wäre das Ende Johnnys. Sie verstehen mich doch?« Sie nickte stumm.

35

Um fünf Uhr sagte ihr Messer, dass sie nach Hause gehen könne. Der Abendbesuch wurde nicht wieder erwähnt, und sie eilte aus dem Haus in die dunkle Straße. Über Deptford lag ein leichter Nebel. Angenommen, sie würde zu Alan gehen? Kaum war ihr der Gedanke gekommen, so ließ sie ihn fallen. Sie musste sich selbst retten. Wenn Johnny zu Hause gewesen wäre, hätte sie es ihm wahrscheinlich erzählt, wenn er nicht in ihrem vergrämten Gesicht gelesen hätte, dass irgendetwas Ungewöhnliches vorgefallen war.

Aber Johnny war nicht da. Er hatte auf dem Tisch einen Zettel zurückgelassen, der besagte, dass er einen Bekannten in der Stadt aufsuchen wollte.

Als sie in ihr Zimmer gegangen war, kam ihre kleine Hausangestellte und meldete, dass ein Herr sie zu sprechen wünsche. »Ich will niemand sehen. Wer ist es?«

»Ich weiß es nicht, Miss. Er hat einen Bart.«

Sie ging schnell durch das Esszimmer in die kleine Diele.

»Ich glaube, Sie kennen mich nicht?«, meinte der Mann an der Tür. »Mein Name ist Bliss.«

Ihr Herz bebte. Warum war dieser Mann von Scotland Yard gekommen? Hatte Maurice ihn geschickt?

»Bitte, kommen Sie herein!«

Er trat in das Zimmer. Eine Zigarette hing in seinem bärtigen Mund, und er nahm nur langsam den Hut ab, als wenn es ihm widerstrebte, ihr auch diese Höflichkeit zu zollen.

»Ich hörte, dass Ihr Bruder gestern – oder war es heute – aus dem Gefängnis entlassen worden ist?«

»Gestern«, sagte sie. »Er ist heute Morgen nach Hause gekommen.«

Zu ihrem Erstaunen erwähnte er nichts weiter über Johnny, sondern nahm eine Morgenzeitung aus der Tasche und faltete sie so, dass eine Spalte auf der Vorderseite zu sehen war. Sie las die Anzeige, auf die sein Finger zeigte.

X 2 Z 1/2 L Ba 4T. QQ 57 g.
LL 418 TS. A79Bf.

»Was bedeutet das?«, fragte sie.

»Das möchte ich gerade wissen«, bemerkte Bliss, indem er sie mit seinen dunklen Augen ansah. »Es ist entweder eine Botschaft des Hexers an seine Frau oder von der Frau an den Hexer, und sie ist in einem Code verfasst, der vor einiger Zeit in Ihrer Wohnung verloren wurde. Ich möchte, dass Sie mir diesen Code zeigen.«

»Es tut mir leid, Mr Bliss«, sie schüttelte den Kopf, »aber der Code ist mir ja doch gestohlen worden, ich dachte von …«

»Sie dachten von mir?« Ein grimmiges Lächeln kräuselte seine Lippen. »Sie haben also die Geschichte nicht geglaubt, die ich erzählt habe, dass ein Mann in Ihre Wohnung hinaufgeklettert ist und dass ich ihm gefolgt bin? Miss Lenley, ich habe Veranlassung, zu glauben, dass der Code aus Ihrer Wohnung nicht gestohlen wurde, sondern immer noch hier ist, und dass Sie wissen, wo er sich befindet.«

Obgleich diese Worte beleidigend klangen, hatte sie doch das Gefühl, dass er sie nur auf die Probe stellen wollte.

»Der Code ist nicht hier!«, entgegnete sie ruhig. »Ich habe ihn an demselben Abend vermisst, an dem der Einbruch geschah.«

Sie war sich nicht klar darüber, ob sein seltsamer Blick Erleichterung oder Zweifel bedeutete.

»Ich muss Ihnen glauben, was Sie sagen«, fuhr er fort und faltete die Zeitung zusammen. »Wenn Ihre Aussage wahr ist, hat den Code niemand anderer als der Hexer oder seine Frau.«

Mary war verwirrt.

»Selbstverständlich, falls nicht die Person, die Sie in mein Zimmer steigen sahen …«

»Meine Annahme ist, dass es der Hexer selbst war«, meinte Bliss, der sie während der ganzen Unterredung nicht aus den Augen gelassen hatte. »Fürchten Sie den Hexer, Miss Lenley?«

Trotz ihrer Sorgen lächelte sie.

»Selbstverständlich nicht. Warum sollte ich ihn auch fürchten? Ich habe ihm nichts zuleide getan, und so viel ich über ihn weiß, ist er nicht der Mann, der irgendeiner Frau etwas Böses zufügen würde.«

Wieder dieses eigenartige Lächeln.

»Ich freue mich, dass Sie von diesem Schuft eine so gute Meinung haben«, entgegnete er. »Ich bedauere, dass ich Ihrer Ansicht nicht zustimmen kann. Wie gefällt Ihnen Messer?«

Jedermann stellte an sie diese Frage; das begann ihr auf die Nerven zu fallen. Er schien es zu bemerken, denn, ohne auf ihre Antwort zu warten, fuhr er schnell fort: »Miss Lenley, Sie müssen auf Ihren Bruder aufpassen! Er ist ein ziemlich törichter junger Mann.«

»Das denkt auch Maurice Messer.« Etwas in ihr trieb sie, diese Antwort zu geben.

»Denkt er das wirklich?« Die Antwort schien ihn zu belustigen. »Das ist alles? Es tut mir leid, dass ich Sie gestört habe.«

Er ging an die Tür, doch drehte er sich nochmals um.

»Aber Wembury ist ein netter Kerl? Etwas ungestüm, aber sonst sehr nett.«

Wieder wartete er die Antwort nicht ab, sondern schloss die Tür hinter sich. Als sie diese wieder öffnete, sah sie, wie er durch die Eingangstür verschwand. Sie selbst musste ihre Wohnung wieder verlassen, denn die Läden schlossen um sieben Uhr, und sie hatte nur abends Zeit, ihre Einkäufe zu besorgen.

Mit einem Körbchen am Arm ging sie in die High Road und kaufte ein. Als sie nach einer Stunde nach den Malpas Mansions zurückeilte, sah sie einen Mann vor sich hergehen. Er trug einen grauen Überzieher, und sie erkannte an dem schlurfenden Gang und den gebeugten Schultern sofort, wer es war. Sie wollte an ihm vorbeigehen, ohne zu sprechen, doch Dr. Lomond redete sie an.

»Es ist schön, ein Mädchen mit einem Körbchen zu sehen, aber die Eier, die Sie gekauft haben, sind nicht so gut.«

Sie war erstaunt und musste über seine Worte lachen. Es war das erste Mal an diesem Tag, dass sie für einen Augenblick ihre Sorgen vergaß.

»Ich wusste nicht, dass ich unter Polizeiaufsicht stehe«, erklärte sie.

»Es ist sehr eigentümlich, dass das nur wenige Leute wissen«, versetzte er trocken. »Ich habe Sie im Eierladen beobachtet, Kleine, Sie haben einen sehr vertrauensvollen Charakter. Diese frisch gelegten Eier, die Sie gekauft haben, stammen aus Methusalems Zeiten.« Im Lichtschein eines Ladenfensters sah er ihr betroffenes Gesicht und musste lachen. »Ich möchte Ihnen sagen, Miss Lenley, ich bin ein sehr guter Beobachter. Ich beobachte Eier, Schädel, Kinnbacken, Nasen, Augen und Detectives! War Mr Bliss unangenehm? Oder war es nur ein Anstandsbesuch?«

»Wussten Sie, dass Mr Bliss mich aufgesucht hat?«, fragte sie verdutzt. Der alte Mann nickte.

»Er interessiert mich! Er ist geheimnisvoll, und geheimnisvolle Dinge haben für einen einfachen alten Mann wie mich große Anziehungskraft.«

Sie verabschiedete sich und kam zu gleicher Zeit wie Johnny nach Hause. Er war in sehr guter Laune, scherzte über ihre Einkäufe und sprach trübe Vorahnungen über deren Wirkungen auf seine Verdauung aus. Dann sagte er etwas, das ihr Herz erfreute.

»Dieser Wembury ist gar kein übler Kerl. Das erinnert mich übrigens, dass ich nach Flanders Lane gehen müsste, um mich dort zu melden.«

Die Worte waren ihr peinlich.

»Du hast doch Bewährungsfrist, Johnny. Wenn etwas geschehen sollte … Ich meine, wenn du wieder töricht sein solltest, müsstest du dann den Rest der Strafe absitzen?«

»Wenn ich wieder töricht bin?«, fragte er scharf. »Was meinst du?« Dann fuhr er gleichgültig fort: »Du bist jetzt töricht, Mary. Ich will von nun an ein anderes Leben führen.«

»Aber wenn es der Fall wäre …«

»Selbstverständlich müsste ich mit der neuen Strafe auch den Rest der alten absitzen. Aber da ich nicht, wie du sagtest, töricht sein werde, können wir das außer Acht lassen. Ich nehme an, dass dich Messer heute Abend nicht mehr braucht? Ich hoffe, dass du in ein oder zwei Wochen mit ihm fertig sein wirst. Ich sehe es nicht gern, dass du dort arbeitest, Mary!«

»Ich weiß es, Johnny, aber …«

»Jaja, ich verstehe schon. Du hast doch niemals abends gearbeitet?« Darauf konnte sie wahrheitsgemäß mit »Nein« antworten.

»Das freut mich. Du wirst gut daran tun, Maurice nur während der Bürostunden zu sehen.«

Er brannte sich eine Zigarette an und blies eine Rauchwolke in die Luft, indem er sich die Lüge überlegte, die er ihr sagen musste.

»Ich werde heute Abend vielleicht spät nach Hause kommen. Ein Herr, den ich kenne, hat mich gebeten, mit ihm in Westend zu speisen. Das macht dir doch nichts aus?«

Sie schüttelte den Kopf.

»Nein. Um welche Zeit wirst du zurück sein?«

Er dachte einige Sekunden nach.

»Nicht vor Mitternacht – vielleicht auch etwas später«, antwortete er.

Mary atmete schneller.

»Ich – ich werde vielleicht auch spät nach Hause kommen, Johnny. Ich bin eingeladen. Es ist eine Familie, deren Bekanntschaft ich gemacht habe.«

Würde er sich täuschen lassen? Anscheinend ja, denn er nahm die Geschichte dieser sagenhaften Gesellschaft hin, ohne zu fragen.

»Amüsiere dich, so viel du kannst, Kleine!«, rief er auf dem Weg nach seinem Zimmer, während er seinen Rock auszog. »Ich glaube, es wird keine so schöne Gesellschaft sein wie in den alten Tagen auf Lenley Court. Aber warte, bis wir aufs Land kommen, dann wollen wir zur Jagd reiten – ein oder zwei Pferde halten …«

Er war in seinem Schlafzimmer angelangt, und sie hörte nicht den Schluss seiner bunt ausgemalten Pläne.

Johnny verließ das Haus um acht Uhr, und sie setzte sich nieder, um zu warten. Wie würde der Tag enden? Und was würde Alan darüber denken – Alan, für den sie etwas Heiliges und Besonderes war? Sie schloss die Augen, als wenn sie irgendeine schreckliche Erscheinung nicht sehen wollte. Dann beobachtete sie, wie sich der Minutenzeiger der kleinen amerikanischen Uhr viel zu schnell weiterschob, und sie wurde sich dessen bewusst, dass die Stunde ihrer höchsten Prüfung erst kommen würde.

36

Der Nebel, der über Deptford lag, hatte sich weit über das Land ausgedehnt. Eine Stunde, nachdem Mary ihre Unterhaltung mit Johnny beendet hatte, fuhr ein starker Zweisitzer schnell durch den Nebel, der die Landschaft verbarg. Zwischen Hatsield und Welwyn bog er in eine Straße ein, die nur von Lastfuhrwerken benutzt wurde. Während des Krieges war hier ein Flugplatz gewesen, aber das Gebäude hatte so oft den Besitzer gewechselt, dass die Reihe der jeweiligen Eigentümer ziemlich lang war.

Nun verdunkelte der Insasse die Lichter und ging schnell zu dem Schuppen. Er hörte einen Hund bellen und den Anruf eines Mannes.

»Sind Sie es, Oberst?«

Der Ankömmling bejahte.

»Ich habe die Maschine in Ordnung gebracht, aber Sie werden heute Nacht nicht nach Paris fliegen können. Der Nebel ist sehr dicht, und ich habe eben mit dem Flugplatz in Cambridge gesprochen. Von dort wurde mir gemeldet, dass einer ihrer Flugzeugführer aufgestiegen sei und dass der Nebel 660 m hoch ist und sich bis über den Kanal erstreckt.«

»Das ist famos«, meinte der Mann, der sich »Oberst Dane« nannte, fröhlich. »Das Fliegen im Nebel ist meine Spezialität!«

Der Aufseher des Schuppens brummte, dass jedermann seinen eigenen Geschmack habe, und ging mit einer schwach leuchtenden Laterne voraus. Unter Anwendung aller Kräfte schob er die breite Tür zurück, und beim Schein seiner Laterne wurden der Propeller und der Rumpf eines Flugzeuges sichtbar.

»Das ist ein schöner Kasten, Oberst!«, sagte der Aufseher bewundernd. »Wann denken Sie zurückzukehren?«

»In einer Woche«, antwortete der andere.

Sein Mantelkragen war hochgeschlagen, und es war unmöglich, mehr als ein Paar scharfe Augen zu sehen.

»Ja, ein schöner Kasten«, fuhr der Aufseher fort, »ich habe ihn den ganzen Nachmittag ausprobiert.«

Der Aufseher war früher Mechaniker bei einer Fliegerabteilung gewesen, und gegenwärtig hatte er den Schuppen und das kleine Landhaus gepachtet, in dem er wohnte. Außerdem war er zur Zeit der am besten bezahlte Flugzeugmechaniker in England.

»Die Polizei war heute hier, Sir«, berichtete er. »Sie haben herumgeschnüffelt und wollten wissen, wer der Eigentümer sei. Ich sagte, dass es ein ehemaliger Fliegeroffizier sei, der eine Fliegerschule gründen wollte. Ich habe oft darüber nachgedacht, wer Sie sein könnten.«

Der Mann, der »Oberst« genannt wurde, lachte.

»An Ihrer Stelle würde ich nicht zu viel nachdenken, Green!«, meinte er. »Sie werden bezahlt, um an nichts anderes als an die Maschine und an den nötigen Betriebsstoff zu denken!«

»Ich hatte mir schon allerhand Möglichkeiten ausgedacht«, äußerte der unerschütterliche Green. »Ich dachte, dass Sie vielleicht Rauschmittel nach dem Kontinent schmuggeln, und wenn Sie das tun, geht es mich nichts an.« Dann fuhr er ganz unzusammenhängend fort: »Haben Sie von dem Hexer gehört, Sir? Da steht etwas heute Abend in der Zeitung.«

»Der Hexer? Wer, zum Teufel, ist der Hexer?«

»Das ist ein Kerl, der sich verkleidet. Die Polizei ist schon seit Jahren hinter ihm her.«

Green war ein Mann, der die Polizeiberichte auswendig wusste und die Daten der Verurteilung und Hinrichtung jedes Mörders in den letzten zwanzig Jahren angeben konnte.

»Er war bei den Fliegern, wie man sagt.«

»Ich habe niemals von ihm gehört«, versetzte der Oberst. »Bleiben Sie mal draußen, Green!«

Er ging in den Schuppen und nahm mithilfe einer hellen Taschenlampe eine genaue Untersuchung des Flugzeuges vor.

»Ja, es ist alles in Ordnung!«, bemerkte er, als er von der Maschine heruntersprang. »Ich weiß noch nicht, um welche Zeit ich starten werde, aber wahrscheinlich während der Nacht. Nehmen Sie das Flugzeug hinter die Garage, sodass es dem langen Feld zugekehrt ist! Sie haben doch den Boden in Ordnung gebracht, damit der Abflug ohne Hindernis vor sich geht?«

»Den Boden habe ich vollständig glatt gemacht«, meldete Green selbstzufrieden.

»Gut.«

»Oberst Dane« nahm aus seiner Tasche ein flaches Bündel Banknoten und zählte ein Dutzend Scheine ab, die er seinem Mechaniker gab.

»Da Sie so verflucht neugierig sind, mein lieber Freund, will ich es Ihnen sagen. Ich beabsichtige heute Abend mit einer Dame durchzubrennen – das klingt doch sehr romantisch?«

»Die Frau eines anderen?«, fragte Green, der einen Skandal witterte.

»Ja, das ist sie«, gab der Oberst ernst zur Antwort. »Wenn ich Glück habe, werde ich entweder heute Nacht um zwei Uhr oder morgen Nacht um zwei Uhr hier sein. Je dichter der Nebel, umso besser gefällt es mir. Gepäck wird keins dabei sein, denn ich will so viel Betriebsstoff wie möglich mitführen.«

»Wo soll es hingehen, Oberst?«

Der »Oberst« lachte. Ihn schien heute Abend alles zu amüsieren.

»Vielleicht Frankreich oder Belgien oder Norwegen oder die Nordküste von Afrika oder die Südküste von Irland – wer kann das wissen? Ich kann Ihnen nicht sagen, wann ich zurückkehre, aber bevor ich fortfliege, werde ich Ihnen genug Geld dalassen, dass Sie ein ganzes Jahr bequem leben können. Wenn ich in zehn Tagen nicht zurück bin, würde ich Ihnen raten, die Garage zu vermieten, Ihren Mund zu halten, und mit einigermaßen gutem Glück werden wir uns wiedersehen.«

Er nahm seinen Weg nach dem Wagen zurück, und Green, der neugierig wie jeder andere war, versuchte vergeblich sein Gesicht zu erblicken. Nicht ein einziges Mal hatte er seinen seltsamen Arbeitgeber gesehen, der ihn bei Nacht angenommen und nur bei Nacht besucht hatte, und jedes Mal bei einem Wetter, das einen langen Regenmantel oder einen dicken Ulster verlangte.

Green stand immer unter dem Eindruck, dass sein Arbeitgeber einen Bart trug, und bei späteren Zeugenaussagen hielt er an dieser Meinung fest. Ob er Bart trug oder glatt rasiert war, hatte er aber infolge des hochgeschlagenen Kragens nicht sehen können – auch jetzt nicht, wo er den »Obersten« zu seinem Wagen begleitete.

»Da wir gerade vom Hexer sprachen …«, begann Green.

»Ich habe nicht davon gesprochen«, entgegnete der andere kurz, als er in den Wagen stieg. »Folgen Sie meinem Beispiel, Green! Ich weiß über den Kerl nur, dass er sehr gefährlich ist – gefährlich auch, nach ihm zu forschen, und noch gefährlicher, über ihn zu sprechen. Denken Sie nur an Flugzeuge, die sind weniger tödlich!«

Und in wenigen Sekunden war das Schlusslicht seines Wagens verschwunden.

37

Sam ging eines Tages nach West-London und betrachtete in einem großen Schaufenster viele Bücher, die auf bunten Umschlägen das wunderbare Leben in den Prärien Kanadas priesen. Obgleich Landwirtschaft niemals ein Beruf war, der ihn anzog, wurde er doch von diesem Augenblick an einer ihrer enthusiastischen Pioniere. Aber um Kanada zu erreichen, war Geld nötig, und zur Erwerbung von Landbesitz war noch mehr Geld nötig. Sam Hackitt setzte sich kaltblütig hin, um das Problem der Reisekosten und des Unterhaltes zu lösen. Er hatte genug Geld gespart, um für die Überfahrt zu bezahlen, aber doch nicht genug, um die Einwanderungsbehörden zu befriedigen. Sam entschied sich in Anbetracht seines dauernd gespannten Verhältnisses zu Mr Messer dafür, dass es nichts schaden würde, wenn er sich zu einigen tragbaren und verkäuflichen Andenken an seinen Arbeitgeber verhülfe.

Das, was Sam am meisten begehrte, war eine kleine schwarze Kassette, die Messer gewöhnlich in der zweiten Lade seines Schreibtisches aufbewahrte. Der Anwalt hatte infolge seiner eigenartigen Besucher gewöhnlich eine große Summe Geld im Haus, und nach dieser lechzte Sams Seele am meisten. In den letzten beiden Tagen hatte er nicht einmal Gelegenheit gehabt, die Kassette zu sehen. Mit der Rückkehr Johnnys und seiner eigenen plötzlichen Entlassung – Messer hatte ihm allerdings als eine besondere Gnade erlaubt, bis zum Ende der Woche zu bleiben –, war eine neue Krise entstanden.

Er hatte nichts gegen Mary Lenley, doch fühlte er an diesem Tag einen bitteren Groll gegen sie, als er sie bei seinem sechsten Versuch, in das Zimmer zu gehen und die Kassette zu stehlen, beim Zudecken ihrer Schreibmaschine fand.

»Sie wollen uns verlassen, Hackitt?«, fragte sie.

»Ja, Miss, ich kann Messer nicht länger ertragen. Sie freuen sich wohl, dass Ihr Bruder zurückgekommen ist, Miss?«

»Ich bin sehr froh. Wir wollen aufs Land ziehen.«

»Wollen Sie Landwirtschaft betreiben, Miss?«, fragte Sam mit Interesse.

Sie seufzte.

»Ich glaube, wir werden keine guten Landwirte abgeben.«

»Ich dachte, selbst eine Landwirtschaft anzufangen«, versetzte Sam. »Ich habe etwas Erfahrung, da ich in Dartmoor auf dem Felde gearbeitet habe.«

»Wollen Sie in England damit anfangen?«, fragte sie.

Sam hustete.

»Ich weiß es noch nicht genau, Miss, aber ich dachte ins Ausland zu gehen, dort sind die Betriebe größer.«

»Sam, Sie sind im Kino gewesen!«, argwöhnte sie, und er grinste.

»England ist nicht das Land für einen Mann, den die Polizei nicht leiden kann«, meinte er. »Ich will ins Ausland und ein neues Leben beginnen. Hören Sie zu, Miss«, er trat an sie heran und flüsterte vertraulich, »Sie kennen doch den alten Messer seit Jahren?«

Sie nickte.

»Ich nehme an, dass Sie über ihn nicht mehr wissen, als dass er Anwalt ist. Denken Sie nicht, dass es besser wäre, wenn Sie noch ein anderes Fräulein als Hilfe hätten?«

Sie schaute ihn freundlich an: Er meinte es gut. »Für zwei ist nicht genügend Arbeit da«, bemerkte sie.

Er nickte schlau.

»Doch, Miss, Sie arbeiten zu viel – seien Sie etwas weniger fleißig!«

»Aber warum denn? Das wäre doch nicht ganz ehrlich?«, antwortete sie lächelnd.

»Vielleicht wäre es nicht ehrlich, aber sicherer«, sagte er blinzelnd. »Ich hoffe, Sie fühlen sich nicht beleidigt, aber wenn ich eine Schwester hätte, würde ich sie mindestens eine halbe Meile von Messers Haus entfernt vorbeiführen.«

Er bemerkte, wie sich der Ausdruck in ihrem Gesicht änderte, entschuldigte sich und verließ das Zimmer.

Für Sam blieb nur ein Weg offen: Das Stahlgitter vor dem Fenster war ein wirksames Hindernis für den Durchschnittsdieb, aber Sam stand über dem Durchschnitt. Außerdem hatte er am Morgen beim Fensterputzen eine Vorrichtung an dem Schloss angebracht, die ihm seine Arbeit erleichtern würde.

Wenn Alan Wembury das Gitter sorgfältig untersucht hätte, wäre ihm ein Stück Stahldraht aufgefallen, das kunstvoll um einen der Stäbe geschlungen und so im Schloss befestigt war, dass man es mit einem kräftigen Ruck öffnen konnte. Es war eine sinnreiche Einrichtung, und Sam war sehr stolz darauf.

Am selben Abend, nachdem Alan Wembury gegangen war, kauerte Sam am Haus. Er hatte Alan kommen und gehen hören. Das Kauern war sehr unangenehm, denn Nebel und feiner Regen wechselten miteinander ab, und er wurde bis auf die Knochen durchnässt. Er hörte Messer im Zimmer auf und ab gehen und mit sich selbst sprechen, er hörte das Klappern von Gabel und Messer, und Sam fluchte. Messer hatte sich dann an das Klavier gesetzt – wahrscheinlich würde er stundenlang dabeibleiben. Aber anscheinend war Messer in einer üblen Laune, denn die Musik hörte auf, Sam hörte das Knarren eines Stuhles und nach einer Weile ein tiefes, regelmäßiges Atmen. Der Anwalt schlief, und Sam wartete nicht länger. Ein schneller Ruck, und das Gitter war offen. Das Schiebefenster hatte er mit Fett eingeschmiert, sodass es geräuschlos hochging.

Messer saß am Klavier und schlief mit weitgeöffneten Augen – ein unangenehmer Anblick. Sam schaute sich nicht erst um, sondern ging auf den Fußspitzen durch das Zimmer und drehte das Licht aus.

Das Feuer im Kamin war fast niedergebrannt, aber er fand durch Betasten die Lade, schob einen Stahlhaken in das Schloss und zog. Die Lade öffnete sich, und er griff hinein. Die Kassette hatte er sofort gefunden, aber da waren noch andere Wertsachen. Der kleine Wandschrank neben dem unbenutzten Büfett enthielt wertvolles Silbergeschirr. Er ging zum Fenster, hob eine Handtasche herein und füllte sie, bis nichts mehr hineinging. Dann nahm er die Tasche und schlich leise zum Fenster zurück. Als er beinahe an der geheimnisvollen Tür angelangt war, hörte er ein leises Knacken und blieb wie angewurzelt stehen.

Er bewegte sich verstohlen, die eine Hand ausgestreckt, eine instinktive Bewegung bei allen, die in der Dunkelheit arbeiten. Plötzlich legte sich eine kalte Hand um sein Handgelenk.

Er biss die Zähne zusammen, unterdrückte einen Aufschrei und riss sich mit einem schnellen Ruck los. Wer war es? Er konnte nichts sehen, hörte nur ein schnelles Atmen und stürzte zum Fenster. In einer Sekunde war er draußen, und in der nächsten lief er über den Hof. Todesfurcht hatte ihn erfasst.

Für diese kalte, geisterhafte Hand gab es nur eine Erklärung: Der Hexer war zu Messer gekommen!

38

Alan Wembury war zeitig am Abend einer eiligen Aufforderung, Messer zu besuchen, gefolgt.

»Es tut mir leid, Sie gestört zu haben, Inspector ...«

Zum ersten Mal in seinem Leben wusste Messer nicht, wie er fortfahren sollte. »Die Tatsache ist ... Ich muss eine sehr unangenehme Pflicht erfüllen – sehr unangenehme Pflicht. Um Ihnen die Wahrheit zu sagen – ich hasse es, das zu tun.«

Alan wartete schweigend.

»Es handelt sich um Johnny. Sie verstehen doch meine Lage, Wembury? Ich stehe unter Verdacht – allerdings ungerechterweise –, aber das Polizeipräsidium verdächtigt mich.«

Was würde nun kommen? Das sah dem Messer gar nicht ähnlich, den er kannte, und daher war Alans Erstaunen begreiflich.

»Ich darf keine Gefahr laufen«, fuhr der Anwalt fort. »Vor einigen Wochen hatte ich es wegen Mary – Miss Lenley – gewagt. Aber jetzt darf ich es nicht. Wenn ich von einem beabsichtigten oder geplanten Verbrechen erfahre, bleibt mir nur ein Weg offen: die Polizei zu benachrichtigen!«

Jetzt verstand Alan Wembury. Aber er schwieg immer noch. Maurice ging im Zimmer auf und ab. Er fühlte sich einem ihm gewachsenen Gegner gegenüber, er kannte die Verachtung des anderen Mannes, und daher hasste er ihn.

»Sie verstehen mich doch?«, fragte er.

»Nun?«, bemerkte Alan, den die Vorrede anekelte. »Welches Verbrechen will Lenley begehen?«

Messer seufzte tief.

»Ich glaube, Sie wissen, dass die Darnleigh-Sache nicht Johnnys erste war. Vor ungefähr einem Jahr beging er den Einbruch bei Miss Bolter. Erinnern Sie sich?«

Wembury nickte. Miss Bolter war eine sehr reiche, exzentrische alte Jungfer. Sie hatte an der Grenze von Greenwich ein Haus, das ein wahrhaftes Lager von alten Schmuckstücken war. Ein Einbruch war verübt worden, und die Diebe waren mit einer Beute im Wert von achttausend Pfund entkommen.

»War Lenley dabei beteiligt? Ist das die Information, die Sie uns geben wollen?«

»Ich sage nur, was ich gehört habe«, rief Maurice hastig. »Meine Information geht dahin, dass die Juwelen niemals aus dem Haus kamen. Sie werden sich erinnern, dass die Diebe gestört wurden.«

Alan schüttelte den Kopf.

»Ich weiß immer noch nicht, worauf Sie hinauswollen«, meinte er.

Messer blickte sich um und senkte die Stimme.

»Aus einer seiner Bemerkungen schließe ich, dass er heute Nacht nach Camden Crescent gehen will, um die Schmuckstücke zu holen! Er hat sich von mir den Schlüssel zum Nebenhaus geborgt, das zufällig mein Eigentum und unbewohnt ist. Meine Annahme ist, dass die Beute auf dem Dach von Nr. 57 verborgen liegt. Ich mache den Vorschlag – mehr will ich nicht tun –, dass Sie heute Nacht einen Beamten dort hinschicken.«

»Ich verstehe!«, sagte Alan ruhig.

»Glauben Sie nicht, dass ich Johnny schaden will – lieber würde ich mir die rechte Hand abhacken lassen. Aber ich muss meine Pflicht tun – ich stehe auch schon in Verdacht.«

Alan Wembury ging schweren Herzens nach seinem Büro zurück.

Er konnte nichts tun. Messer würde dem Polizeipräsidium berichten, dass er die Information gegeben hatte. Johnny Lenley zu warnen, würde Ruin, Schande, wahrscheinlich schimpfliche Entlassung aus dem Dienst bedeuten.

Er gab einem Beamten den Auftrag, sich auf dem Dach in Camden Crescent zu verbergen.

Binnen einer Stunde erhielt er Bericht. Er stand nachdenklich vor dem Feuer, als das Telefon läutete. Der Sergeant nahm den Hörer auf.

»Hallo!« Mechanisch schaute er auf die Uhr, um die Zeit des Anrufes in sein Buch einzutragen. »Was ist los?« Er deckte den Hörer mit der

Hand zu. »Der Nachtwächter von Cleavers berichtet, dass sich ein Mann auf dem Dach in Camden Crescent aufhält.«

Alan dachte einen Augenblick nach.

»Ja, selbstverständlich. Sagen Sie ihm, er soll sich nicht beunruhigen. Es ist ein Polizeibeamter.«

»Auf dem Dach in Camden Crescent?«, fragte der Sergeant ungläubig.

Alan nickte, und der Beamte wandte sich an den Unbekannten am anderen Ende.

»Das ist in Ordnung. Es ist einer unserer Leute ... Was? Er kehrt den Schornstein ... Ja, wir verwenden immer Polizeibeamte, um Schornsteine zu kehren, und dazu benutzen wir die Nacht.«

In diesem Augenblick trat Johnny Lenley, dem Sergeant zunickend, in das Dienstzimmer.

»Ich will mich melden«, sagte er.

Er nahm einige Papiere aus der Tasche und legte sie auf das Pult.

»Mein Name ist Lenley. Ich bin Strafgefangener mit Bewährungsfrist.«

Jetzt erblickte er Wembury und ging zu ihm hinüber, um ihm die Hand zu reichen.

»Ich hörte, dass Sie zurück sind, Lenley. Ich gratuliere Ihnen.«

»Ja, ich bin gestern entlassen worden«, berichtete Johnny. »Ihre Schwester hat sich wohl gefreut, Sie wiederzusehen?«

»Ja«, entgegnete er kurz.

»Ich möchte eine Stellung für Sie suchen, Johnny«, bemerkte Alan. »Ich glaube, es wird mir gelingen, das Rechte für Sie zu finden.«

Johnny Lenley lächelte.

»Strafgefangenen-Fürsorge?«, fragte er. »Nein, ich danke. Oder denken Sie an die Heilsarmee? Papier sortieren für zwei Pence den Zentner? Ich will keine Hilfe, ich möchte allein gelassen sein.«

Es herrschte eine Stille, die nur vom Kratzen der Feder des Sergeant unterbrochen wurde.

»Wohin gehen Sie heute Abend?«, fragte Alan. Der junge Mann musste unter allen Umständen gewarnt werden. Er dachte an Mary Lenley, die zu Hause auf ihren Bruder wartete. Johnny Lenley sah ihn erstaunt an.

»Ich gehe nach dem Westen zu. Warum wollen Sie das wissen?«

Alan wandte sich an den Sergeant: »Wie weit ist es von hier nach Camden Crescent?«

Er sah, wie Johnny stutzte. Ihre Blicke trafen sich.

»Keine zehn Minuten zu Fuß«, antwortete der Sergeant.

»Das ist doch nicht weit?«, sagte Alan zu dem entlassenen Sträfling. »Ein Weg von nur zehn Minuten von Camden Crescent nach der Polizeiwache!«

Johnny antwortete nicht.

»Ich habe im Westen zu tun«, fuhr Alan fort. »Wollen Sie mich begleiten? Ich würde gern etwas mit Ihnen besprechen.«

Johnny betrachtete ihn argwöhnisch.

»Nein«, entgegnete er ruhig. »Ich habe mich verabredet.«

Alan nahm ein Buch und blätterte langsam darin. Ohne die Augen zu erheben, fuhr er fort:

»Ich zweifle, ob Sie wissen, wen Sie treffen werden! In Ihren jungen Jahren haben Sie Leichtathletik getrieben – Sie waren doch Läufer? Ich kann mich erinnern, dass Sie Preise gewonnen haben!«

»Ja, einen oder zwei«, antwortete Johnny erstaunt.

»An Ihrer Stelle«, Alan schaute immer noch nicht von dem Buch auf, »würde ich laufen und immer wieder laufen, bis ich zu Hause wäre!«

Johnny kehrte Wembury den Rücken zu, ging zur Tür.

»Gute Nacht, Lenley – falls ich Sie nicht wiedersehen sollte!«, rief Wembury.

Johnny drehte sich schnell um.

»Erwarten Sie, mich wiederzusehen?«, fragte er. »Heute Nacht noch?«

»Ja!«

Das Wort war nachdrücklich gesprochen. Es war die äußerste Warnung, die er im Einklang mit seiner Pflicht machen konnte. Johnny Lenley entfernte sich mit einem Achselzucken.

39

Lomond war eine Stunde später gekommen und verfluchte das Wetter, als Anwalt Messer das Dienstzimmer betrat. Der Übergang von der dunklen

Straße in den hell erleuchteten Raum blendete ihn für den ersten Augenblick. Er starrte den Arzt an.

»Der Mann der Heilkunde und der Mann des Gesetzes!«, sagte er heiser und schlug sich auf die Brust. »Mein lieber Doktor, das ist beinahe eine historische Begegnung!«

Er wandte sich Alan zu.

»Hat man ihn abgefasst? Ich dachte nicht, dass er dumm genug wäre, die Sache zu riskieren. Aber es ist besser, dass er weg ist, mein lieber Wembury. Es ist viel besser.«

»Sind Sie hierhergekommen, um das zu erfahren? Sie hätten sich die Mühe sparen können, indem Sie telefonierten«, bemerkte Alan ernst.

»Nein, deshalb bin ich nicht gekommen.« Er blickte über seine Schulter hinweg. Der Polizist, der vor der Tür stand, war zum Sergeant herangetreten und wisperte ihm etwas zu. Sogar der Doktor schien sich dafür zu interessieren. »Hackitt ist davongelaufen und hat mich allein gelassen – der verfluchte Feigling! Allein im Haus! Das fällt mir auf die Nerven, Wembury. Jedes Geräusch macht mich verrückt, das Knarren des Stuhles, das Stück Kohle, das im Kamin hinunterfällt, das Klappern der Fenster ...«

In der Dunkelheit der Tür erschien eine Gestalt. Niemand sah sie. Inspector Bliss schaute einen Augenblick in das Dienstzimmer und verschwand wieder.

Der Polizist am Pult bemerkte ihn gerade im letzten Augenblick und ging zur Tür. Der Sergeant und der Arzt folgten ihm langsam.

»Jedes Geräusch lässt mich aufschrecken, Wembury. Mir ist, als ob ich vor meinem Schicksal stünde.«

Seine Stimme war ein Flüstern.

»Ich fühle es jetzt – als wenn in diesem Zimmer, mir ganz nahe der Tod stände! O Gott, es ist schrecklich – schrecklich!«

Plötzlich wankte er, und Alan Wembury fing ihn auf.

»Was hat er denn?«, fragte er Sergeant.

»Alkohol, Nerven und – na, Sie wissen ja«, antwortete der Doktor lakonisch. »Bringen Sie ihn in das Zimmer des Inspector, Sergeant, in einigen Minuten wird er sich erholt haben!«

Dann ging er an die Ausgangstür und schaute in die Nacht hinaus.

»Was gibt's, Doktor?«, fragte Alan.

»Da ist er schon wieder!« Lomond deutete auf die dunkle Straße.

»Wer denn?«

»Seitdem Messer kam, beobachtet er die Wache«, erklärte Lomond, als er in das Dienstzimmer zurückkehrte und einen Stuhl an das Fenster zog. »Mir schien es Bliss zu sein«, fuhr er fort, indem er sich eine Zigarette drehte. »Er hat mich nicht gern – warum, weiß ich nicht.«

»Kennen Sie jemand, den er gern hat – außer Bliss?«, brummte Wembury. »Ich habe heute Nachmittag im Klub eine eigenartige Geschichte über ihn gehört. Ich traf einen Herrn, der ihn in Washington kannte – einen Arzt. Er schwört, dass er Bliss in der Nervenabteilung eines Hospitals in Brooklyn gesehen hat.«

»Wann war das?«

»Das ist eben das Sinnwidrige. Er sagt, vor vierzehn Tagen.«

Wembury lächelte.

»Er ist seit Monaten zurück.«

»Kennen Sie Bliss sehr gut?«

»Nein«, erwiderte Wembury. »Ich kenne ihn erst näher, seitdem er von Amerika zurückgekehrt ist. Vom Ansehen war er mir bekannt – er ist viel älter als ich, aber ich bin ja auch sehr schnell befördert worden. Er war Unterinspektor, als ich noch Wachtmeister war – Hallo!«

Ein Mann kam in das Dienstzimmer und ging an das Pult des Sergeant. Es war Inspector Bliss.

»Ich brauche einen Revolver!«, rief er kurz.

»Bitte …« Carter starrte ihn an.

»Ich brauche einen Revolver«, wiederholte Bliss scharf.

Wembury lächelte boshaft.

»Das ist in Ordnung, Sergeant – Hauptinspektor Bliss von Scotland Yard wünscht einen Revolver. Wozu brauchen Sie ihn?«

Bliss lächelte ihn verächtlich an.

»Geht es Sie was an?«

»Aber sehr!«, entgegnete Wembury ruhig, als der Sergeant die Waffe brachte. »Dies ist mein Bezirk.«

»Ist ein Grund vorhanden, warum ich ihn nicht haben sollte?«, fragte der Mann mit dem Bart.

»Nicht der geringste!«, versetzte Wembury, und als der andere zur Tür ging: »An Ihrer Stelle würde ich über den Empfang der Waffe quittieren. Sie scheinen die Vorschriften vergessen zu haben, Bliss.«

Bliss kehrte mit einem Fluch zurück.

»Ich bin zu lange aus diesem verdammten Land fort gewesen, das wissen Sie ja.«

»Guten Abend, Mr Bliss«, ließ sich Lomond hören.

Es schien, als wenn Bliss erst jetzt die Anwesenheit des Polizeiarztes bemerkte.

»Guten Abend! Haben Sie den Hexer erwischt?«

»Nein, ich habe den Hexer nicht erwischt, aber ich glaube, dass ich meine Hand auf ihn legen könnte.«

Bliss sah den anderen argwöhnisch an.

»So? Haben Sie eine bestimmte Annahme?«

»Nein, aber eine Überzeugung, sogar eine sehr ausgesprochene Überzeugung«, antwortete Lomond.

»Lassen Sie sich von mir einen Ratschlag geben! Überlassen Sie die Polizeiarbeit den Polizisten! Artur Milton ist ein gefährlicher Mann. Haben Sie kürzlich seine Frau gesehen?«

»Nein – Sie?«

Bliss drehte sich um.

»Nein, ich weiß nicht einmal, wo sie wohnt.«

Das Gesicht des Arztes nahm einen harten Ausdruck an.

»Dann gebe ich Ihnen Ihre Worte zurück: Artur Milton ist ein gefährlicher Mann! Lassen Sie Cora Ann in Frieden!«

Mit einem verächtlichen Achselzucken ging Bliss hinaus und schlug die Tür hinter sich zu.

40

Carter wusste nicht, was er denken sollte.

»Ist es nicht merkwürdig, Sir, dass er die Vorschriften der Polizeiwachen nicht kennt?«

»Alles, was Mr Bliss betrifft, ist merkwürdig«, rief Alan erbost.

Ein Polizist kam herein und flüsterte Inspector Wembury etwas zu.
»Eine Dame möchte mich sprechen? Wer ist sie?«, fragte Wembury
zurück.

»Cora Ann Milton«, sagte Lomond mit seinem unheimlichen Instinkt.

Cora Ann trat ein. Ihr Benehmen verriet Herausforderung und Gleich-
gültigkeit.

»Doktor, Ihr Buch, in dem Sie Ihre Verabredungen notieren, scheint
nicht ganz in Ordnung zu sein.«

»Heiliger Himmel! Ich hatte Sie ja zum Essen eingeladen!«, rief der
Arzt aus. »Ich bin hierher gerufen worden und habe nicht einen Augenblick mehr an unsere Verabredung gedacht.«

Cora Ann blickte sich mit Widerwillen um.

»So sieht also eine Polizeiwache aus!« Sie schaute Wembury an. »Wo
ist Ihr Maskenkostüm? Alle anderen sind in Uniform.«

»Die ziehe ich nur zu Gesellschaften an«, bemerkte er lächelnd. Sie
schauderte.

»Wie können Sie es nur hier aushalten?«, und zu Lomond gewendet:
»Und nun, Doktor? Ich habe noch nicht gegessen …«

In ihrem Ton lag eine gewisse Verzweiflung. Es war, als wenn sie einen
letzten Versuch machte … Wozu? Alan stand vor einem Rätsel.

»Ich würde Sie gern begleiten, Cora Ann, aber …«, begann Lomond.

»Aber, aber!«, höhnte sie. »Hören Sie, Doktor, Sie brauchen für das
Essen nicht zu bezahlen!«

Er grinste.

»Das wäre allerdings ein Anreiz, aber ich habe noch zu arbeiten.«

Ihr Gesicht zeigte plötzlich einen verstörten Ausdruck.

»Arbeiten!«, lachte sie verächtlich und ging mit einem Achselzucken
zur Tür. »Ich weiß, was Sie arbeiten nennen. Sie versuchen, Artur Milton
an den Galgen zu bringen. Und das nennen Sie arbeiten! Gut.«

»Wohin gehen Sie jetzt, kleine Frau?«, fragte der alte Arzt besorgt.

Sie blickte ihn an und lächelte bitter.

»Ich glaube, ich werde Abendbrot essen und dann eine Musikstunde nehmen. Ich habe einen Freund, der ausgezeichnet Klavier spielt. Guten Abend!«

Lomond schaute ihr gedankenvoll nach.

Tramp! Tramp! Tramp!

Alans scharfe Ohren erkannten sofort die gemessenen Schritte: Es war die eigenartige Gangart eines verhafteten Mannes. Er seufzte tief auf, als ein Polizist in Zivil, der Johnny Lenley am Handgelenk führte, hereinkam. Eine Einleitung wurde nicht gemacht.

»Ich bin Kriminalwachtmeister Bell«, meldete der Mann. »Heute Abend war ich laut Befehl auf dem Dach Nr. 57, Camden Crescent, als ich diesen Mann durch eine Falltür im Haus Nr. 55 auf das Dach klettern sah. Ich bemerkte, wie er sich hinter dem Wasserbehälter in Nr. 57 zu schaffen machte, und nahm ihn fest. Ich beschuldige ihn des Einbruchs in geschlossene Räumlichkeiten.«

Lenley blickte zu Boden. Er schien an den Vorgängen keinen Anteil zu nehmen, bis er endlich die Augen erhob und Wembury anblickte.

»Danke schön, Wembury!«, sagte er. »Wenn ich wenigstens das Gehirn eines Kaninchens gehabt hätte, wäre ich nicht hier.«

Carter tauchte die Feder in die Tinte.

»Wie ist Ihr Name?«, fragte er automatisch.

»John Lenley.«

»Ihre Adresse?«

»Ohne Adresse.«

»Ihr Beruf?«

»Ich bin Sträfling mit Bewährungsfrist«, erwiderte Johnny ruhig.

Der Sergeant legte die Feder nieder.

»Durchsuchen Sie ihn!« Johnny breitete die Arme aus, während der Beamte in seine Taschen griff und alles, was er vorfand, auf das Pult legte.

»Wer hat mich verzinkt, Wembury?«

Alan schüttelte den Kopf.

»Das brauchen Sie mich nicht zu fragen. Sie wissen es ganz genau!«

»Können Sie eine Erklärung geben, warum Sie auf dem Dach von Nr. 57, Camden Crescent, waren?«, fragte der Sergeant.

Johnny Lenley räusperte sich.

»Ich wollte etwas holen, das hinter dem Wasserbehälter versteckt sein sollte. Es war aber nicht da. Das ist alles. Wer hat mich verzinkt? Sie brauchen es mir nicht zu sagen, weil ich es weiß. Geben Sie auf meine Schwester Obacht, Wembury, sie wird es nötig haben, und ich vertraue Ihnen mehr als jedem anderen Mann ...«

Gerade diesen Augenblick wählte Mr Messer, um zu erscheinen. Er starrte verstört Johnny Lenley an, und dieser lächelte.

»Hallo, Maurice!«, sagte er ruhig.

»Nun – nun – das ist – ja Johnny!«, stammelte er. »Sind Sie wieder leichtsinnig gewesen, Johnny?« Verzweifelt hob er die Hände. »Welches Unglück! Ich werde am Morgen auf dem Gericht sein, mein Junge, um Sie zu verteidigen.« Er wankte an das Pult des Sergeant. »Wenn er etwas zu essen haben will, geben Sie es ihm! Ich komme dafür auf«, rief er laut.

»Messer!« Das Wort klang wie Stahl. »Hinter dem Wasserbehälter war nichts!«

»Ich weiß nicht, wovon Sie sprechen, mein Junge«, stotterte er. Lenley nickte grinsend.

»Ich bin für Sie zu schnell herausgekommen. Ich habe Ihre kleinen Pläne über den Haufen geworfen, Messer! Sie Schweinehund!«

Bevor es Wembury klar wurde, was geschah, hatte Johnny den Anwalt gepackt. Im nächsten Augenblick kämpften vier Männer auf dem Fußboden.

Während des Kampfes ging die Tür zum Dienstzimmer auf, und Inspector Bliss erschien. Er stand einen Augenblick still, dann warf er sich mit einem Sprung ins Handgemenge. Bliss war es, der den jungen Mann zurückstieß. Dann wandte er sich dem niedergeworfenen Messer zu.

»Ist er verletzt?«, fragte er.

Johnny, bleich vor Wut, starrte den Anwalt an.

»Ich wünschte, ich hätte ihn getötet!«, keuchte er.

Bliss sah ihn ernst an.

»Seien Sie nicht so selbstsüchtig, Lenley!«, sagte er ruhig.

Als Alan Wembury die Polizeiwache verließ, hatte er nur einen Gedanken: Mary musste benachrichtigt werden. Er verwünschte John Lenley wegen seiner unvernünftigen Narrheit, aber wenn er an Maurice Messer dachte, kannte seine Wut keine Grenzen. Der niederträchtige Verrat dieses Mannes war geradezu unmenschlich.

Er stieg die Steintreppe von Malpas Mansions empor und klopfte an die Tür von Marys Wohnung. Eine innere Tür wurde geöffnet, und dann sagte eine Stimme:

»Bist du es, Johnny? Ich dachte, du hättest einen Schlüssel.«

»Nein, Mary, ich bin es.«

»Alan!« Sie trat einen Schritt zurück und griff mit der Hand ans Herz. »Ist etwas vorgefallen?«

Ihr Gesicht zuckte vor Angst. Er antwortete nicht, bis er die Tür hinter sich geschlossen hatte und ihr ins Zimmer gefolgt war.

»Ist etwas vorgefallen?«, fragte sie wieder. »Johnny?«

Er nickte. Sie sank auf einen Stuhl und bedeckte die Augen mit den Händen.

»Ist er ... festgenommen worden?«, flüsterte sie.

»Ja«, erwiderte Alan.

»Wegen der – Fälschung?« Sie sprach mit einer Stimme, die kaum hörbar war.

»Wegen der Fälschung?« Er starrte auf sie nieder. »Ich weiß nicht, was Sie meinen.«

Sie wandte ihm ein bleiches, verwirrtes Gesicht zu.

»Ist es nicht wegen Urkundenfälschung?«, fragte sie verwundert, und als sie ihren Irrtum einsah, setzte sie hinzu: »Wollen Sie vergessen, dass ich das gefragt habe, Alan?«

»Selbstverständlich will ich es vergessen, meine liebe Mary! Ich weiß nichts von einer Urkundenfälschung. Johnny wurde festgenommen, weil er in verschlossene Räumlichkeiten eingedrungen war.«

»Wegen Einbruchs – o mein Gott!«

Er legte sanft seine Hand auf ihre Schulter.

»Sie müssen den Kopf hochhalten, Mary. Die ganze Sache wird noch eine Aufklärung finden. Ich kann nicht verstehen, warum Johnny so wahnsinnig war. Ich habe alles getan, um ihn zu warnen. Ich glaube, es gibt noch eine kleine Möglichkeit für ihn. Wenn ich Sie verlassen und erst noch mit Messer gesprochen habe, will ich einen meiner Freunde, einen Rechtsanwalt, aufsuchen und ihn um Rat fragen. Ich wünschte, Johnny hätte Messer nicht angegriffen.«

»Er hat Messer geschlagen? Er muss verrückt sein! Maurice hat ihn in seiner Gewalt ...!« Sie hielt plötzlich inne.

Alan schaute sie mit forschenden Augen an.

»Fahren Sie fort!«, meinte er sanft. »Maurice hat ihn in seiner Gewalt?« Und als sie nicht antwortete, fragte er: »Denken Sie an die Fälschung?«

Sie sah ihn vorwurfsvoll an.

»Alan, Sie versprachen …«

»Ich habe nichts versprochen«, versetzte er lächelnd, »aber ich will Ihnen eines versichern: Alles, was Sie sagen, sagen Sie zu Alan Wembury, dem Menschen, und nicht zu Alan Wembury, dem Polizeibeamten. Mary, meine Liebe, Sie haben Sorgen – lassen Sie sich von mir helfen!«

Sie schüttelte den Kopf.

»Ich kann nicht, ich kann nicht! Maurice ist so rachsüchtig, und er wird Johnny nie vergeben. Und er war so nett, wollte uns ein kleines Landgut verschaffen.«

Es lag Alan auf der Zunge, ihr die Wahrheit über den Verrat zu sagen, aber die straffe Disziplin der Polizei triumphierte. Das erste und letzte Gebot der Kriminalpolizei war, niemals den Anzeiger zu verraten.

Sie hatte den Kopf in die Hände gestützt, und ihre Augen waren geschlossen. Er dachte, sie würde ohnmächtig werden, und legte seinen Arm um ihre Schultern.

»Mary, kann ich Ihnen nicht helfen?« Seine Stimme klang heiser.

»Es ist mir einerlei, als was Sie mich ansehen: als Sohn Ihres früheren Angestellten, als Inspector Wembury, den Polizeibeamten, oder nur als Alan Wembury – der Sie liebt.«

Sie bewegte sich nicht und machte auch keinen Versuch, sich von den sie umfassenden Armen zu befreien.

»Jetzt habe ich es gesagt und freue mich«, fuhr er atemlos fort. »Ich habe Sie von Kindheit an geliebt. Wollen Sie mir nicht alles sagen, Mary?«

Da sprang sie plötzlich auf. Ihre Augen hatten einen wilden Blick, ihr Mund stand offen.

»Ich kann nicht, ich kann nicht!«, rief sie abgebrochen. »Rühren Sie mich nicht an, Alan! Ich bin Ihrer nicht wert. Ich dachte, ich brauche es nicht zu tun, aber ich muss … um Johnnys willen.«

»Was haben Sie vor?«, fragte er ernst, aber sie schüttelte den Kopf.

»Alan, ich weiß, dass Sie mich lieben … und ich freue mich … ich freue mich sehr! Sie wissen doch, was das bedeutet? Eine Frau würde das nicht sagen, wenn sie nicht das Gleiche empfindet. Aber ich muss Johnny retten … ich muss!«

»Wollen Sie mir nicht sagen, um was es sich handelt?«

Sie schüttelte den Kopf.

»Ich kann nicht. Das ist einer der harten Wege, den ich allein, ohne Hilfe, gehen muss.«

Aber er ließ sich nicht beruhigen.

»Ist es Messer?«, fragte er. »Bedroht er Sie?«

Sie schüttelte müde den Kopf.

»Ich will darüber nicht sprechen, Alan. Was kann ich für Johnny tun? Ist es wirklich eine ernste Anklage – ich meine, wird er wieder Zuchthaus bekommen? Denken Sie, dass Messer ihn retten könnte?«

In diesem Augenblick dachte Alan an nichts anderes als an dieses einsame, gemarterte und gebrochene Mädchen. Seine Arme umschlangen sie, er presste sie an seine Brust und küsste ihre kalten Lippen.

»Alan, bitte, nicht!«, murmelte sie, und er ließ sie frei.

Er selbst zitterte, als er zur Tür schritt.

»Ich werde schon dahinterkommen – um Johnnys und Ihretwillen«, murmelte er zwischen den Zähnen. »Wollen Sie hierbleiben, damit ich Sie erreichen kann? Ich werde in einer Stunde zurück sein.«

Sie konnte sein Vorhaben erraten und rief ihn zurück, aber er war schon verschwunden.

Messers Haus war in Dunkelheit gehüllt, als Alan in der Flanders Lane anlangte. Der Polizeibeamte, der vor der Tür stand, konnte nichts weiter berichten, als dass er leises Klavierspiel in einem der oberen Zimmer gehört hatte.

Der Polizist besaß die Schlüssel zur Außen- und auch zur Eingangstür. Alan trat ins Haus. Als er die Treppe hinaufging, klangen ihm die Töne einer »Humoreske« entgegen.

Er klopfte an die Tür zu Messers Zimmer.

»Wer ist da?«, fragte eine schleppende Stimme.

»Wembury. Öffnen Sie!«, antwortete Alan ungeduldig.

Er hörte, wie der Rechtsanwalt unwillig brummte, dann ging die Tür auf. Das Zimmer lag in Dunkelheit gehüllt, bis auf das Licht, das eine Stehlampe am Klavier verbreitete.

»Nun, was hat der junge Halunke zu sagen?«, fragte Maurice. Er hatte viel getrunken, und der Raum roch stark nach Alkohol.

Ohne eine Aufforderung abzuwarten, schaltete Alan das Licht ein, und der Anwalt blinzelte ihn ungeduldig an.

»Ich will kein Licht haben. Was erlauben Sie sich?«, brummte er.

»Ich will Sie sehen«, entgegnete Wembury, »und ich möchte, dass Sie mich sehen.«

Messer starrte ihn erstaunt an.

»Nun?«, fragte er endlich. »Sie wollten mich sehen? Sie scheinen von meinem Haus Besitz ergriffen zu haben, Mr Wembury. Sie gehen ein und aus, wie es Ihnen gefällt. Nach Ihrem eigenen Willen schalten Sie das Licht ein und aus. Vielleicht werden Sie sich jetzt herablassen, mir Ihr Benehmen zu erklären.«

»Ich bin hergekommen, um über eine Fälschung Auskunft zu erhalten.«

Er bemerkte, wie Maurice zusammenfuhr.

»Eine Fälschung? Was meinen Sie?«, fragte Maurice Messer ruhig zurück.

»Sie wissen ganz genau, was ich meine. Was ist das für eine Fälschung, von der Sie Mary Lenley erzählt haben?«

»Ich verstehe wirklich nicht, wovon Sie sprechen.« Maurice Messer war kein Narr. Wenn Mary die Geschichte von dem gefälschten Scheck nicht erzählt hätte, würde dieser Polizeibeamte eine derartige Frage nicht gestellt haben. Wembury hatte wenig gehört, aber viel erraten – wie viel, das wollte Messer gern wissen.

»Mein lieber Mann, Sie kommen mitten in der Nacht her und stellen Fragen über Fälschungen«, fuhr er geläufig fort. »Erwarten Sie wirklich, dass ich nach dem, was heute Abend passiert ist, noch über solche Sachen Auskunft erteilen will? Ich habe in meinem Leben mit so vielen Fälschungen zu tun gehabt, dass ich kaum weiß, welche Sie meinen.«

Seine Augen schweiften unbewusst nach einem kleinen runden Tisch, der in der Mitte des Zimmers stand und mit einem weißen Tuch bedeckt war. Alan fragte sich, was das Tuch verbarg. Es konnte Messers Abendmahlzeit sein, oder es konnte – nur für einen Augenblick ließ er seine Aufmerksamkeit ablenken.

»Messer, Sie haben irgendeine Drohung gegen Mary Lenley ausgesprochen, und ich will wissen, was es war. Sie haben von ihr etwas verlangt, was sie nicht tun will. Was es ist, weiß ich nicht, aber ich kann es erraten. Ich warne Sie ...«

»Als Polizeibeamter?«, spottete Maurice.

»Als Mann«, betonte Alan ruhig. »Gegen das Verbrechen, das Sie beabsichtigen, gibt es kein Rechtsmittel, aber ich kann Ihnen sagen, dass es Ihnen leid tun wird, wenn Mary Lenley ein Haar gekrümmt wird.«

Die Augen des Anwalts waren halb geschlossen, als wollte er seine Unruhe verbergen.

»Man darf wohl annehmen, dass das eine persönliche Bedrohung ist?«, sagte er, und obgleich er den Versuch machte, unbekümmert zu erscheinen, zitterte seine Stimme. »Bedrohte Leute leben lange, Inspector Wembury, und ich bin mein Leben lang bedroht worden, und nichts ist daraus geworden. Der Hexer droht mir, Johnny droht mir – ich lebe von Drohungen.«

Die Augen Wemburys glänzten wie polierter Stahl.

»Messer«, sagte er sanft, »wissen Sie, wie nahe Sie dem Tode sind?«

Messers Mund öffnete sich vor Schrecken, und er starrte den jungen Mann entsetzt an.

»Vielleicht nicht durch meine Hände, auch nicht durch des Hexers Hände, auch nicht durch John Lenleys Hände, aber wenn das, was ich glaube, wahr ist, und wenn mein Verdacht über die Gemeinheit wahr ist, die Sie heute Abend auszuführen beabsichtigen, können Sie sicher sein, Maurice Messer – wenn es dem Hexer misslingt, werde ich Sie erwischen!«

Messer schaute ihn eine lange Zeit an, und dann zwang er sich zu lächeln.

»Bei Gott, Sie sind in Mary Lenley verliebt!«, rief er, indem er heiser lachte. »Das ist der beste Witz, den ich seit Jahren gehört habe!«

Alan hörte sein spöttisches Lachen noch, als er die Treppe hinunterging, und sein Echo klang ihm noch in den Ohren, als er die Flanders Lane entlangging.

Er suchte einen befreundeten Anwalt auf, und seine Unterhaltung mit diesem Herrn war sehr befriedigend.

42

Alan Wembury kehrte in das Büro zurück und sah auf die Uhr. Er war zwei Stunden fort gewesen.

»Ist Mr Bliss da gewesen?«, fragte er.

»Jawohl, Sir. Er war einige Minuten da und wollte einen der Gefangenen in der Zelle sehen«, berichtete Carter.

Alan horchte auf.

»Wen?«, fragte er.

»Den Lenley. Ich habe ihm den Schlüssel gegeben.«

Welches Interesse hatte der Mann von Scotland Yard an Johnny? Wembury stand vor einem Rätsel.

»Oh – blieb er lange?«

»Nein, Sir. Ungefähr fünf Minuten.«

Alan schüttelte seinen regennassen Hut am Kamin ab.

»Sonst was vorgefallen?«

»Nein, Sir. Ein verhafteter Betrunkener hat viel Scherereien gemacht. Ich musste an Dr. Lomond telefonieren – er ist jetzt bei ihm. Haben Sie übrigens das unter Lenleys Papieren gesehen? Ich habe es erst gefunden, nachdem Sie fort waren.«

Er nahm eine Karte vom Pult und gab sie Wembury, der Folgendes las:

»Anbei der Schlüssel. Sie können hingehen, wenn Sie wollen – Nr. 57.«

»Das ist ja Messers Handschrift.«

»Jawohl, Sir«, nickte Carter, »und Nr. 57 gehört Messer. Ich weiß nicht, welchen Einfluss das auf die Anklage gegen Lenley haben wird.«

Alan erinnerte sich alles dessen, was sein befreundeter Anwalt gesagt hatte.

»Dem Himmel sei Dank! Nun kommt Lenley heraus! Es war doch so, wie ich es mir dachte! Messer muss sehr betrunken gewesen sein, als er das schrieb – sein erster Fehler.«

Wembury war kein Jurist, aber die Verhaftung war auf Messers Grundstück erfolgt. Johnny Lenley selbst war auf Messers Aufforderung dort gewesen – es konnte also kein Einbruch sein.

Der Anwalt war der Besitzer des Hauses.

»Ist ein Schlüssel dabei?«, fragte er.

»Jawohl, Sir.« Carter überreichte den Schlüssel. »Er hat ein Etikett mit Messers Namen.«

Alan seufzte erlöst auf.

»Bei Gott! Und doch bin ich froh, dass Lenley hier ist. Wenn ich jemals Mordabsichten in den Augen eines Mannes gesehen habe, war es in den seinen!«

Carter stellte eine Frage, die ihm den ganzen Abend durch den Kopf gegangen war.

»Lenley ist doch nicht etwa der Hexer«, fragte er, und Alan lachte.

»Das ist eine alberne Frage. Ausgeschlossen!«

Während Wembury sprach, hörte er seinen Namen rufen, und Lomond kam vom Gang hergelaufen, der zu den Zellen führte.

»Was ist los?«, fragte Alan schnell.

»In welche Zelle haben Sie Lenley getan?«

»Nr. 8 – am äußersten Ende«, erwiderte Carter.

»Die Tür steht weit offen, und die Zelle ist leer!«

Carter stürzte aus dem Zimmer. Alan nahm den Telefonhörer vom Pult des Sergeant auf.

»Zum Teufel, Lomond, er wird hinter Messer her sein.«

Carter kehrte eilig ins Zimmer zurück.

»Er ist tatsächlich entflohen. Die Türen zur Zelle und zum Hof sind offen.«

»Rufen Sie zwei meiner Leute, Carter!«, befahl Wembury, und dann war die Verbindung mit der gewünschten Nummer hergestellt.

»Scotland Yard? … Verbinden Sie mich mit dem wachhabenden Beamten … Hier Inspector Wembury. Nehmen Sie Folgendes zur Weitergabe an alle Polizeiwachen auf:

Es wird um die Festnahme von John Lenley gebeten, der während der Nacht von der Flanders-Lane-Polizeiwache entflohen ist. Alter 24, Größe 1,87 m, dunkles Haar. Bekleidet mit ...«

»Blauem Kammgarnanzug«, ergänzte Carter.

»Er ist Strafgefangener mit Bewährungsfrist«, fuhr Wembury fort. »Wollen Sie das, bitte, weitergeben? Danke schön!«

Er legte den Hörer nieder, als ein Detective hereinkam.

»Gehen Sie nach den Malpas Mansions! Dort wohnt Lenley bei seiner Schwester. Beunruhigen Sie die junge Dame nicht, aber wenn Sie ihn dort vorfinden, bringen Sie ihn mit!«

Nachdem der Mann gegangen war, schritt Alan im Dienstzimmer auf und ab. Das war eine neue Gefahr für Messer. »Wie, zum Teufel, ist er entwischt?«, fragte Wembury.

»Darüber habe ich meine eigenen Ansichten«, antwortete Lomond. »Wenn Sie Inspector Bliss zu nahe an einen Gefangenen heranlassen, wird dieser sehr leicht entwischen.«

Mit diesem geheimnisvollen Ausspruch entfernte er sich, musste aber an der Tür warten, um Sam Hackitt vorbeizulassen. Und Hackitt kam nicht aus freien Stücken, denn er wurde von einem Detective und einem Beamten in Uniform begleitet.

»Guten Abend, Mr Wembury! Schauen Sie, was man mit mir gemacht hat! Warum veranlassen Sie nicht, dass man aufhört, mir andauernd nachzustellen?«, fragte er mit zitternder Stimme.

»Was ist los?«, entgegnete Alan gereizt.

»Ich traf diesen Mann in Deptford Broadway«, meldete der Detective, »und fragte ihn, was er in der Handtasche habe. Er weigerte sich, die Tasche aufzumachen, und versuchte davonzulaufen. Ich nahm ihn fest.«

»Das ist eine Lüge!«, sprach Sam dazwischen. »Reden Sie die Wahrheit und leisten Sie vor Zeugen keinen Meineid! Ich sagte einfach, wenn Sie die Tasche wollen, dann nehmen Sie sie.«

»Seien Sie ruhig, Hackitt!«, befahl Wembury. »Was ist in der Tasche?«

»Hören Sie zu!«, fiel Sam hastig ein. »Ich will Ihnen alles erzählen. Um Ihnen die Wahrheit zu sagen, ich habe sie gefunden. Sie lag an der Mauer, und ich sagte zu mir selbst: ›Ich möchte wissen, was das wohl ist?‹ – weiter nichts.«

»Und was sagt die Tasche dazu?«, fragte der skeptische Carter.

Die Tasche »sagte« viele belastende Sachen. Das Erste, was zum Vorschein kam, war die Geldkassette. Sam hatte keine Zeit gefunden, sie wegzuwerfen. Der Sergeant öffnete sie, entnahm ihr ein dickes Bündel Banknoten und legte es auf den Tisch.

»Die Geldkassette des alten Messer.« Sams Stimme klang erschrocken und erstaunt. »Wie ist die hierhergekommen? Das ist ein Geheimnis, wie Sie es lieben, Mr Wembury! Das müssten Sie für Ihre Geschichten in den Sonntagszeitungen aufheben: ›Seltsame und geheimnisvolle Entdeckung einer Geldkassette!‹«

»Da ist nichts Geheimnisvolles dabei«, entgegnete Alan. »Sonst noch etwas?«

Ein Silbergerät nach dem anderen wurde zum Vorschein gebracht.

»Das ist Pech!«, meinte Sam philosophisch. »Sie haben mir die schönsten Flitterwochen verdorben, die mir je in Aussicht gestanden hätten – das haben Sie getan, Wembury. Wer hat mich verzinkt?«

»Name?«, fragte Carter förmlich.

»Samuel Cuthbert Hackitt.«

»Wohnung?«

Sams Gesicht verzog sich.

»Buckingham Palace«, antwortete er sarkastisch.

»Keine Adresse? Wo haben Sie zuletzt gearbeitet?«

»Als Zimmermädchen! Wissen Sie, Mr Wembury, was Messer mir für vier Tage bezahlt hat? Zehn ›Eier‹! Das ist gemein! Ich würde nicht in das Haus gehen – es spukt dort …«

Das Telefon läutete, und Carter antwortete:

»Es spukt dort?«

»Ja, in Messers Zimmer. Ich wollte gerade mit dem Zeug fort, als ich fühlte, wie eine kalte Hand sich auf mich legte. Kalt! Nasskalt wie die Hand eines toten Mannes! Ich stürzte ans Fenster und sprang hinaus!«

Carter bedeckte den Hörer mit der Handfläche.

»Atkins ist am Telefon, Sir – der Posten vor Messers Haus. Er meldet, dass Messer auf sein Zimmer gegangen ist. Atkins kann keine Antwort von ihm erhalten.«

Alan ging schnell an das Telefon.

»Hier ist Wembury. Sind Sie im Haus? ... Sie können nicht hinein? Erhalten keine Antwort? ... Sie können überhaupt keine Antwort erhalten? Ist eins der Fenster erleuchtet? Sie sind sicher, dass er im Haus ist?« Carter bemerkte, wie sich sein Gesicht veränderte.

»Was gibt's? Der Hexer ist heute Nacht in Deptford gesehen worden? Ich komme sofort.«

Er legte den Hörer nieder.

»Ich weiß nicht, inwieweit diese kalte Hand mit kalten Füßen zusammenhängt, Hackitt, aber Sie werden mich nach Messers Haus begleiten. Bringen Sie ihn mit!«

Mr Hackitt widersprach laut, musste sich aber fügen.

Aus seiner Rocktasche nahm Wembury einen Revolver, entsicherte ihn und ging schnell auf die Tür zu.

»Hals- und Beinbruch, Sir!«, wünschte Carter.

43

Das Auto war von keinem Nutzen – der Nebel lag so dicht, dass sie sich den Weg an den Gartenzäunen und Häusern entlang fühlen mussten. Alan überholte den Doktor und bat ihn mitzukommen. Der Weg führte durch den schlimmsten Teil von Flanders Lane – durch den die Polizei nur zu zweit ging.

Vor ihnen leuchtete ein rotes Licht auf und noch eins. Sie erblickten einen alten, schmutzigen Mann, der sich über ein brennendes Koksfeuer bückte: einen Nachtwächter. Für einen Augenblick erhob sich sein hageres Gesicht, und Lomond erschrak.

»Wer sind Sie?«, fragte er.

»Ich bin der Nachtwächter. Die Flanders Lane ist eine unheimliche Gegend. Die ganze Nacht hat sich eine Frau hier herumgetrieben«, berichtete er.

»Eine Frau?«, fragte Wembury.

»Ich dachte, es wäre ein Gespenst – man sieht hier Gespenster – und hört sie.«

In einem der Häuser, die man in der Dunkelheit nicht sehen konnte, schrie jemand auf.

»In der Flanders Lane schreien sie immer«, sagte der alte Nachtwächter düster. »Sie leben in ihren Kellern wie die Tiere – einige von ihnen kommen niemals heraus. Sie sind dort unten geboren und sterben dort unten.«

In dem Augenblick fühlte Lomond, wie eine Hand seinen Arm berührte.

»Wer sind Sie?«, fragte er hastig.

»Um des Himmels willen – gehen Sie nicht weiter!«, flüsterte es.

»Cora Ann!«, rief er erstaunt.

»Dort ist der Tod – der Tod!« Coras Stimme klang leise und eindringlich. »Ich möchte Sie retten. Kehren Sie um, kehren Sie um!«

»Wollen Sie mich einschüchtern, Cora Ann?«

Im nächsten Augenblick war sie verschwunden. Der Nebel lichtete sich, und sie sahen die Straßenlampe vor Messers Haus.

Atkins erwartete sie unter dem Glasdach des Eingangs.

»Ich wollte nicht die Tür einschlagen, bevor Sie kamen. Ich konnte nichts weiter hören als das Klavierspiel. Ich ging hinter das Haus und sah, dass in seinem Zimmer Licht brannte.«

»Kein Geräusch?«

»Nein – nur das Klavierspiel.«

Alan eilte ins Haus. Ihm folgten der gefesselte Hackitt und sein Begleiter mit Atkins und dem Arzt. Er stieg die Treppe empor und klopfte laut. Es kam keine Antwort. Er schlug mit der Faust gegen die Tür und rief den Namen des Rechtsanwaltes, aber alles blieb still.

»Wo ist die Wirtschafterin?«, fragte er.

»In ihrem Zimmer, Sir. Wenigstens war sie vor wenigen Stunden dort. Aber sie ist taub.«

»Geben Sie mir irgendeinen Schlüssel – ich kann die Tür öffnen«, sagte Hackitt.

Sie standen schweigsam da, während er an dem Schloss arbeitete. In wenigen Sekunden gab es nach, und die Tür öffnete sich.

Nur eine große Stehlampe brannte und ein geisterhafter Schein fiel auf Messers gelbes Gesicht. Er war im Frack und saß vor dem Klavier, seine Hände hielt er vor sich gestreckt, der Kopf war auf die Brust gesunken. »Gott sei Dank!«, sagte eine zitternde Stimme. Es war Hackitt. »Niemals hätte ich gedacht, dass ich den alten Knacker noch lebend sehen würde!«

Alan blickte auf den Kronleuchter.

»Schalten Sie das Licht ein!«, befahl er. »Doktor, versuchen Sie mal, ob Sie ihn nicht zu sich bringen können!«

»Hackitt, wo standen Sie, als Sie die Hand fühlten?«, fragte Alan.

Hackitt ging an eine Stelle, die der Tür beinahe gegenüberlag. Zwischen der Tür und einem kleinen Sofa stand ein kleiner gedeckter Tisch, den Wembury beim Eintritt sofort bemerkt hatte. Mary war also nicht gekommen.

»Ich stand hier«, erklärte Hackitt, »die Hand war dort.«

Er zeigte auf die geheimnisvolle Tür, und Wembury bemerkte, dass sie verriegelt und geschlossen war und dass der Schlüssel an der Wand hing. Es war unmöglich, dass irgendjemand ohne Messers Hilfe von dort in das Zimmer gekommen war.

Dann wandte er seine Aufmerksamkeit dem Fenster zu. Die geblümten Vorhänge waren zugezogen. Hackitt bemerkte das sofort, denn als er entfloh, waren sie nur halb zugezogen, und Fenster und Gitter standen offen.

»Es ist jemand da gewesen«, sagte er mit Nachdruck. »Ich bin sicher, dass der Alte sich nicht bewegt hat. Ich habe das Gitter offen gelassen.«

Die Tür, die zu Marys kleinem Arbeitszimmer führte, war verschlossen. Das Gleiche war mit der zweiten Tür der Fall, die nach Messers Schlafzimmer führte. Alan schaute nochmals auf die Riegel und war überzeugt, dass sie am Abend nicht berührt worden waren. Das Zimmer war sehr staubig. Der Teppich war schon seit Wochen nicht ausgeklopft worden und jeder Schritt musste eine Staubwolke hervorbringen.

Atkins bearbeitete auf Anweisung des Arztes den schlafenden Messer, indem er ihn ständig schüttelte. Wembury stand an dem gedeckten Tisch und betrachtete ihn nachdenklich.

»Abendbrot für zwei«, meinte er, hob eine Champagnerflasche auf und sah sie sich an: Cordon Rouge 1911.

»Er erwartete jemand«, sagte Dr. Lomond verschmitzt, und als Wembury nickte, fügte er hinzu: »Eine Dame!«

»Warum eine Dame?«, fragte Wembury gereizt. »Männer trinken auch Wein.«

Der Arzt bückte sich und hob eine kleine silberne Schale hoch, die mit Süßigkeiten gefüllt war.

»Aber sie essen selten Schokolade«, bemerkte er, und Wembury lächelte gereizt.

»Sie werden noch ein guter Detective werden.«

Unter der Serviette war ein kleines Etui aus Maroquinleder. Lomond öffnete es; auf dem Samt funkelten und strahlten die Diamanten.

»Ist er der Mann, der solche Geschenke seinen – Freunden geben würde?«, fragte er lächelnd.

»Ich weiß es nicht«, war Wemburys kurze, verärgerte Antwort.

»Geben Sie Obacht!«, flüsterte Hackitt.

Messer bewegte sich. Sein Kopf wandte sich andauernd von einer Seite zur anderen, und seine Augen öffneten sich. »Hallo!«, ächzte er heiser, »gebt mir etwas zu trinken!«

Er tastete nach einer unsichtbaren Flasche.

»Ich glaube, Messer, Sie haben für diese Nacht genug getrunken. Raffen Sie sich zusammen, denn ich habe mit Ihnen zu sprechen.«

Messer schaute ihn blöde an.

»Wie spät ist es?«, fragte er langsam.

»Halb eins?« Er erhob sich wankend. »Ist sie hier?«, fragte er, sich am Tisch festhaltend.

»Wer soll hier sein?«, fragte Wembury kühl.

Messer schüttelte den schmerzenden Kopf.

»Sie sagte, dass sie kommen würde«, murmelte er. »Sie hat es fest versprochen … um zwölf Uhr. Wenn sie es wagt, mich zum Narren zu halten …«

»Wer ist ›sie‹, Messer?«, fragte Wembury.

Der Anwalt lächelte blöde.

»Niemand, den Sie kennen. Geben Sie mir etwas zu trinken!«

Der Mann war immer noch halb betäubt und wusste nicht, was um ihn herum vorging. Dann erblickte er in seinem berauschten Zustand Hackitt.

»Sie sind zurückgekommen? Nun, Sie können wieder gehen!«

»Hören Sie, was er sagt?«, fragte der aufmerksame Hackitt. »Er zieht seine Anklage zurück!«

»Vermissen Sie Ihre Geldkassette nicht?«, fragte Wembury.

»Was?« Der Anwalt wankte an das Schubfach und öffnete es. »Fort!«, rief er heiser. »Sie haben sie mir genommen!« Er deutete mit zitterndem Finger auf Sam. »Sie elender Dieb!«

»Nur Ruhe!«, rief Wembury, als er die wankende Gestalt festhielt. »Wir haben Hackitt festgenommen, und morgen früh können Sie dann die Anklage gegen ihn vorbringen.«

»Er hat meine Kassette gestohlen!«, jammerte Messer in seiner trunkenen Wut. »Er hat die Hand gebissen, die ihn fütterte.«

Mr Hackitt lächelte.

»Mir gefällt das, was Sie füttern nennen!«, entgegnete er verächtlich. »Das Essen war nicht weit her!«

Aber Messer hörte nicht zu.

»Gebt mir etwas zu trinken!«

Wembury fasste ihn am Arm.

»Können Sie sich nicht vergegenwärtigen, was das bedeutet?«, fragte er. »Der Hexer ist in Deptford.«

Aber er hätte mit einem Holzklotz sprechen können.

»Das ist gut!«, bemerkte Messer mit trunkener Würde und versuchte auf die Uhr zu schauen. »Raus mit Ihnen! Ich erwarte Besuch.«

»Ihr Besuch hat nur wenig Möglichkeiten hereinzukommen. Alle Türen zu diesem Zimmer sind verschlossen, mit Ausnahme der einen, vor der Atkins steht. Und die Türen werden verschlossen bleiben.«

Messer murmelte etwas, stolperte und wäre gefallen, wenn Wembury ihn nicht am Arm erfasst und auf einen Stuhl gesetzt hätte.

»Der Hexer!« Messer saß mit in die Hände gestütztem Kopf da. »Er muss ziemlich gerissen sein, um mich zu erwischen. Ich kann heute Abend nicht denken, aber morgen werde ich es Ihnen sagen, Wembury, wo Sie ihn fassen können. Sie sind doch ein tüchtiger Detective?« Er lachte blöde. »Kommen Sie, wir wollen zusammen eins trinken!«

Er hatte kaum ausgesprochen, als zwei oder drei Lichter im Kronleuchter erloschen.

»Wer war das?«, fragte Wembury, während er sich schnell umdrehte. »Hat jemand den Schalter berührt?«

»Nein, Sir«, antwortete Atkins, der an der Tür stand.

Hackitt stand am Fenster, das er aufmerksam betrachtete.

»Ich wundere mich, wer die Vorhänge zugezogen haben mag, Mr Wembury«, flüsterte Hackitt unruhig. »Ich möchte darauf schwören, dass es nicht der Alte war. Als ich ihn verließ, schlief er, auch Sie konnten ihn ja nicht telefonisch erreichen.«

Er schob den Vorhang zurück und starrte in ein blasses, bärtiges Gesicht, das dicht an der Fensterscheibe war, aber sofort in der Dunkelheit verschwand.

Auf Hackitts Schreckensruf eilte Alan an das Fenster.

»Was war das?«

»Ich weiß es nicht. Ein Mann, glaube ich.«

Gefahr drohte.

»Versuchen Sie den Mann zu erwischen!«, rief Alan.

Er hatte die Worte kaum über die Lippen gebracht, als alle Lichter im Zimmer erloschen.

»Bewegt euch nicht!«, flüsterte Alan. »Bleibt ruhig stehen! Atkins, haben Sie den Schalter berührt?«

»Nein, Sir!«

»Hat einer von den anderen den Schalter berührt?«

Alle antworteten mit »Nein«.

Das rote Licht über der Tür leuchtete auf.

Klick!

Jemand hatte das Zimmer betreten!

»Atkins, bleiben Sie bei Messer – tasten Sie sich am Tisch entlang, bis Sie ihn finden. Seid alle ruhig!«

Wer es auch sein mochte, er war jetzt im Zimmer. Alan hörte das unruhige Atmen und die Bewegung eines leisen Schrittes auf dem Teppich. Er wartete. Plötzlich erschien ein Lichtschein. Nur einen Augenblick war der helle Kreis auf der Geldschranktür sichtbar und dann wieder verschwunden.

Er rührte von einer Taschenlampe her, und jemand schien am Geldschrank zu hantieren. Alan bewegte sich immer noch nicht, obgleich er in der Lage gewesen wäre, dem Eindringling den Rückzug abzuschneiden.

Jetzt schlich er sich vorwärts, beide Arme ausgestreckt und angespannt lauschend. Plötzlich ergriff er jemand und hätte ihn vor Schreck und Erstaunen beinahe wieder losgelassen.

Eine Frau! Sie wehrte sich wie wahnsinnig.

»Wer sind Sie?«, fragte er heiser.

»Lassen Sie mich los!«, flüsterte eine aufgeregte und unkenntliche Stimme.

»Nein«, rief er, stieß mit dem Knie gegen die scharfe Ecke des Sofas und ließ die Frau einen Augenblick los.

Als er wieder zugreifen wollte, fasste er ins Leere.

Dann hörte er eine – tiefe, dröhnende und drohende Stimme.

»Messer, ich bin gekommen, um Sie ...«

Man hörte ein Husten – ein langes würgendes Husten ...

»Macht Licht!«

Während Wembury dies ausrief, hörte er, wie eine Tür zuflog.

»Brennt ein Streichholz an! Hat keiner von euch eine Taschenlampe?«

Als die Lichtstrahlen aufleuchteten, blickten sie sich erstaunt an. Kein Unberufener war im Zimmer. Die Türen waren verschlossen, verriegelt und nicht berührt worden. Der Schlüssel hing noch an der Wand.

Alans Augen wanderten an den Wänden entlang und wurden durch einen Anblick gebannt, der sein Blut erstarren ließ.

Mit seinem eigenen Stockdegen an die Wand gespießt, hing Maurice Messer da – tot!

Von irgendwo außerhalb des Zimmers ertönte ein Lachen: ein langes, anhaltendes, höhnisches Lachen. Die Männer lauschten und schauderten, und sogar Dr. Lomonds Gesicht wechselte die Farbe.

44

Es war eine Stunde vergangen, seitdem man Messers Körper entfernt hatte, und Dr. Lomond machte sich einige Notizen.

»Ich werde Mr Wembury aufsuchen«, erklärte er dem wartenden Wachtmeister. »Meine Handtasche lasse ich hier.«

»Mr Wembury sagte, dass er zurückkommen werde, Sir, falls Sie warten wollen«, versetzte Harrap. »Er durchsucht das Haus.«

Lomond hörte ein Geräusch, ging an die Tür, die zu Messers Zimmer führte, und öffnete sie. Alan Wembury kam die Treppe herab.

»Es gibt drei Gänge zum Haus. Zwei habe ich gefunden«, berichtete er. Atkins, der einige der unteren Räumlichkeiten durchsucht hatte, kehrte soeben zurück.

»Sind Sie fertig?«, fragte Wembury.

»Jawohl, Sir. Messer ist wirklich ein Hehler gewesen.«

Alan nickte langsam.

»Ja, ich weiß es. Ist Ihre Ablösung gekommen?«

»Jawohl, Sir.«

»Gut. Sie können gehen. Gute Nacht, Atkins!«

Lomond schaute Wembury aufmerksam an. Er wartete, bis der Mann fort war, dann zog er einen Stuhl an den gedeckten Tisch heran.

»Wembury, mein Junge, Sie scheinen Sorgen zu haben – ist es wegen Miss Lenley?«

»Ja – ich habe sie inzwischen aufgesucht.«

»Selbstverständlich war sie es, die zu jenem ungelegenen Zeitpunkt ins Zimmer kam!«

Alan starrte ihn an.

»Lomond, ich will Ihnen etwas sagen. Was heute Abend passiert ist, wird wahrscheinlich meine Polizeiaufbahn ruinieren – und doch kümmere ich mich nicht darum. Ja, es war Mary Lenley.«

Der Arzt nickte ernst.

»Das nahm ich an«, versetzte er.

»Sie war gekommen, um einen Scheck zu holen, den Lenley nach Aussagen Messers gefälscht hatte.«

»Wie gelangte sie ins Zimmer?«, fragte Lomond.

»Das wollte sie nicht sagen – sie ist vollständig zusammengebrochen. Wir haben ihren Bruder festgenommen, und obgleich ich ganz sicher bin, dass er freikommen wird, will sie es nicht glauben.«

»Armes Kind! Und doch, mein Junge, wünsche ich Ihnen einen glücklichen Ausgang und alles andere«, sagte Lomond ernst.

»Glücklichen Ausgang? Doktor, Sie sind Optimist.«

»Das bin ich. Ich verliere niemals die Hoffnung. Sie haben also den jungen Lenley festgenommen? Das Lachen, das wir hörten – hu!«

Wembury schüttelte den Kopf.

»Das war nicht Lenley. Mit dem Lachen ist nichts Geheimnisvolles verbunden – es war einer der Bewohner aus der Flanders Lane, der nach Hause ging – betrunken, wie gewöhnlich. Der Polizist vor der Tür sah und hörte ihn.«

»Es klang, als wenn es im Haus gewesen wäre«, bemerkte Lomond mit einem Schauder.

»Nun, die Arbeit des Hexers ist vollbracht, jetzt droht wohl keinem mehr Gefahr …«

»Wer kann das wissen …?«, begann Wembury und hob den Kopf lauschend empor.

»Was war das? Es klang, als wenn sich jemand im Haus bewegte«, meinte Lomond. »Das ist mir vorhin schon einmal aufgefallen.«

Alan stand auf.

»Im Haus ist niemand außer uns und meinen Leuten. Wachtmeister!«

Harrap kam herein.

»Jawohl, Sir.«

»Ist einer von Ihnen oben?«

»Nicht, dass ich wüsste, Sir.«

Wembury ging an die Tür, öffnete und rief: »Ist jemand dort?« Alles blieb still. »Warten Sie hier! Ich werde selbst nachsehen.«

Er blieb lange fort. Als er zurückkam, war sein Gesicht bleich und verzerrt.

»Gut, Wachtmeister, Sie können gehen«, befahl er kurz, und fügte, als der Mann gegangen war, hinzu: »Oben stand ein Fenster offen – eine Katze muss hereingesprungen sein.«

Lomonds Blicke verließen Alans Gesicht nicht.

»Wembury – Sie haben irgendetwas oder irgendjemand oben gesehen«, sagte er bestimmt.

»Sie sind wohl Gedankenleser!« Alans Stimme klang heiser. »Vielleicht«, erwiderte der andere langsam. »In diesem Augenblick denken Sie an Inspector Bliss!«

Wembury antwortete nicht. Es klopfte an die Tür, und der Wachtmeister trat ein.

»Es ist mir eben berichtet worden, dass ein Mann über die Mauer geklettert ist«, meldete er.

Wembury bewegte sich nicht.

»Aha! ... Wie lange ist das her?«

»Ungefähr fünf Minuten.«

»War das die Katze?«, fragte Lomond sarkastisch, aber wieder blieben seine Worte unbeantwortet.

»Haben Sie ihn gesehen?«, fragte Alan.

»Nein, Sir; es geschah, als ich hier oben war«, antwortete Harrap. »Sie werden verzeihen, Sir, aber meine Ablösungszeit ist längst vorbei.«

Wembury fuhr ihn ungeduldig an.

»Schon gut, schon gut. Sie können gehen!«

Nachdem der Mann gegangen war, herrschte Schweigen in dem stillen Raum.

Jetzt hörte man sehr deutlich ein Geräusch – schleichende Schritte im oberen Zimmer.

»Wembury, das ist keine Katze!«

Die Nerven Alan Wemburys waren dem Zerreißen nahe. »Verdammt!«, rief er. »Ich weiß nicht, was es ist! Lassen Sie mich in Ruhe, Doktor! Ich habe genug von dem verwünschten Haus hier...«

»Ich auch«, nickte Lomond. »Ich gehe nach Hause.« Er stand langsam auf. »Späte Nachtstunden werden noch mein Tod sein.«

»Trinken Sie noch etwas, bevor Sie gehen!« Alan schenkte mit zitternder Hand Whisky ein.

Keiner der beiden sah das bärtige Gesicht des Inspector Bliss am Fenster, noch hörten sie, wie der Mann von Scotland Yard geräuschlos hereinkam.

»Wissen Sie, Doktor«, bemerkte Alan, »ich hasse den Hexer nicht so sehr, wie ich müsste.«

Lomond sah ihn mit erhobenem Glas fragend an.

»Es gibt in Wirklichkeit keine Menschen, die durch und durch schlecht sind – mit Ausnahme von Messer –, genauso, wie es keine Menschen gibt, die durch und durch gut sind«, sagte er schließlich.

»Ich will Ihnen etwas sagen, Lomond«, Alan sprach langsam, »ich kenne den Hexer.«

»Kennen Sie ihn – wirklich?«

»Ja, ganz genau.« Und er fügte mit Nachdruck hinzu: »Ich bin verdammt froh, dass er Messer getötet hat.«

Bliss beobachtete die beiden hinter dem Vorhang des Alkovens hervor.

»Warum? Ist er Mary Lenley zu ... hm ... nahe getreten?«, fragte Lomond.

»Gott sei Dank, nein – aber sie ist nur durch ein großes Glück gerettet worden. Lomond, ich – kann Ihnen sagen, wer der Hexer ist.«

Bliss kam aus seinem Versteck hinter der Gardine hervor und schlich, den Revolver in der Hand, an Lomond heran.

»Sie können mir also sagen, wer der Hexer ist?«, fragte der Arzt.

Eine Hand streckte sich aus und griff nach seinem Hut.

»Sie!«, erklang die Stimme von Bliss. »Ich habe Sie endlich – Henry Artur Milton.«

Lomond sprang zurück.

»Was zum Teufel ...?«

Er war nicht länger der grauhaarige Arzt. Ein großer, gut aussehender Mann von fünfunddreißig Jahren stand an seiner Stelle.

Alan erkannte kaum seine eigene Stimme.

»Hände hoch! ... Keine Bewegung, oder ...«

»Durchsuchen Sie ihn!«, rief Bliss, und Alan trat an den »Arzt« heran. Der Hexer lachte.

»Bliss also! Sie sind der Mann, der behauptete, dass ich Sie vor drei Jahren zu erstechen versuchte, als Sie mich festnehmen wollten.«

»Das ist auch der Fall«, bemerkte Bliss.

»Das ist eine Lüge! Ich trage niemals ein Messer bei mir. Das wissen Sie ganz genau.«

Bliss' Zähne zeigten sich in einem frohlockenden Grinsen.

»Ich weiß, dass ich Sie erwischt habe, Hexer – das ist die Hauptsache. Sie kamen also von Port Said und haben dort einen Kranken gepflegt? Damals in Scotland Yard wurde Ihre Frau vor Schrecken ohnmächtig, als sie merkte, dass mein Verdacht sich auf Sie richtete.«

Henry Artur Milton lächelte verächtlich.

»Sie schmeicheln sich selbst, mein lieber Junge, meine Frau war nicht erschrocken, weil sie Sie sah, sondern weil sie mich erkannte!«

»Diese Port-Said-Geschichte war gut«, sagte Bliss. »Sie trafen dort einen kranken Menschen – einen Dr. Lomond, einen heruntergekommenen Mann, der seit Jahren verschwunden war. Er starb, und Sie bemächtigten sich seiner Papiere.«

»Ich habe ihn auch gepflegt – und sogar sein Begräbnis bezahlt«, fügte Milton hinzu.

»Sie haben versucht, mich hier zu verdächtigen! Sie waren es, der Lenley aus der Zelle herausließ!«

Der Hexer nickte lächelnd.

»Stimmt! Das Beste, was ich jemals getan habe.«

»Sehr gerissen!«, gab Bliss zu. »Das muss ich Ihnen lassen. Ihre Stelle als Polizeiarzt haben Sie erhalten, indem Sie einen Minister beschwatzten, dessen Bekanntschaft Sie auf dem Schiff machten ...«

Der Hexer schüttelte sich.

»›Beschwatzen‹ ist ein hässliches Wort. ›Schmeicheln‹ ist besser. Ja, ich war froh, den Posten zu erhalten – ich habe vier Jahre Medizin studiert – in Edinburgh ...«

»Nun, jetzt habe ich Sie!«, rief Bliss triumphierend. »Ich beschuldige Sie des vorsätzlichen Mordes an Maurice Messer.«

»Bliss ...«, mischte sich jetzt Alan ein.

»Ich habe diese Sache in Händen, Wembury«, erklärte Bliss bissig. »Wenn ich Ihren Rat brauche, werde ich Sie fragen – wer ist das?«

Er hörte Schritte auf der Treppe. Im nächsten Augenblick lag Cora in den Armen ihres Mannes.

»Artur! Artur!«

»Zurück, Mrs Milton!«, rief Bliss.

»Ich habe es dir gesagt – ich habe es dir gesagt – o Artur!«, schluchzte sie.

Bliss versuchte sie fortzureißen.

»Zurück! Haben Sie nicht verstanden?«

»Einen Augenblick, bitte!«, rief der Hexer und wandte sich seiner Frau zu: »Cora Ann, du hast es nicht vergessen?« Sie schüttelte den Kopf.

»Du hast mir etwas versprochen, erinnerst du dich?«

»Ja – Artur«, antwortete sie stockend.

Bliss' Verdacht war sofort erweckt, und er riss die Frau zurück.

Sie wandte ihm ihr bleiches Gesicht zu.

»Sie wollen ihn mit sich nehmen und ihn einsperren«, rief sie wild, »wie ein wildes Tier hinter eiserne Gitter, wie ein Ungeheuer – und nicht wie einen Menschen. Das wollen Sie! Sie wollen ihn lebendig begraben, sein Leben vernichten. Denken Sie vielleicht, dass ich das zulassen werde! Denken Sie, ich werde hier stehen und zusehen, wie er lebendig eingemauert wird …?«

»Sie können ihn nicht vom Galgen retten«, war die raue Antwort.

»Kann ich es nicht, kann ich es nicht?«, schrie sie. »Ich will Ihnen beweisen, dass ich es kann!«

Bliss sah zu spät den Revolver, und bevor er ihn ihr entreißen konnte, krachte ein Schuss. Der Hexer brach auf einem Sofa zusammen.

»Sie Scheusal! – Wembury!«, schrie Bliss. Alan kam ihm zu Hilfe, entwand ihr den Revolver, und im gleichen Augenblick sprang der Hexer zur Tür und schlug sie hinter sich zu.

»Mein Gott! Er ist fort!«, brüllte Bliss und öffnete die Kammer des Revolvers. »Platzpatronen! Ihm nach!«

Wembury eilte an die Tür, sie war verschlossen.

Cora lachte.

»Schlagen Sie die Türfüllung ein!«, brüllte Bliss. »Der Schlüssel steckt an der anderen Seite.« Dann wandte er sich an die Frau: »Sie lachen? Ich werde Ihnen schon etwas zum Lachen geben!«

Mit einem Krach gab die Türfüllung nach, und im nächsten Augenblick eilte Wembury die Treppe hinab.

»Sie sind gerissen, Mr Bliss, sehr gerissen!«, gellte Coras triumphierende Stimme. »Aber der Hexer hat Sie dorthin gebracht, wo er Sie haben wollte.«

»Das denken Sie!«, knirschte Bliss zwischen den Zähnen und rief nach dem Wachtmeister, der unten in der Diele stand.

»Draußen wartet auf ihn ein Wagen«, höhnte Cora, »und eine neue Verkleidung, die er unten im Zimmer versteckte. Und zehn Meilen von hier ein Flugzeug, und er fürchtet sich nicht, im Nebel aufzusteigen!«

»Sie habe ich, meine Dame!«, knirschte Bliss. »Und wo Sie sind, wird auch er sein. Ich kenne den Hexer! Wachtmeister!«, rief er.

Ein Polizist kam herein.

»Ich bin Inspector Bliss von Scotland Yard. Lassen Sie die Frau nicht außer Sicht oder Sie verlieren Ihren Rock!«

Er lief hinaus und schloss die Tür ab. Cora stürzte ihm nach und hämmerte mit den Fäusten dagegen. Mutlos ließ sie den Kopf sinken – und dann sah sie, wie der Polizist die Täfelung an einer Wand beiseiteschob, wie ein schmaler dunkler Gang sich zeigte. Und dann fielen Helm und Umhang des Polizisten zu Boden und die Arme des Mannes umfassten sie.

»Schnell, Cora!«, rief er und wies nach dem Geheimgang. »Komm, Liebste!«

Er küsste sie und schob sie durch die Täfelung, die sich unhörbar hinter ihnen schloss. Niemand sah den Hexer wieder, weder in dieser Nacht noch in den vielen Nächten, die dieser folgten.

Der Zinker

1

Es war eine stürmische Nacht. Regen und Schnee wurden vom Wind durch die Straßen gepeitscht. Kein normaler Mensch mochte sich während dieses Wetters auf Putney Common herumtreiben. Der eisige Wind drang durch Kleider, Mäntel und Handschuhe. Es war so dunkel, dass Larry Graeme trotz der Straßenlaternen seine elektrische Taschenlampe nehmen musste, wenn er eine Straße überqueren wollte, sonst wäre er über die Bordsteine gestolpert.

In seinem langen Regenmantel und seinen Gummischuhen fühlte er sich ganz behaglich, obwohl ihm der große Regenschirm eher ein Hindernis als ein Schutz war. Als plötzlich ein Wirbelwind einsetzte und der Schirm umschlug, nahm er ihn herab und rollte ihn ein. »Ein bisschen Regen ins Gesicht ist gut für den Teint«, sagte er vergnügt zu sich selbst.

Er schaute auf das leuchtende Zifferblatt seiner Armbanduhr. Es fehlten nur noch ein paar Minuten bis halb, und der »Große Unbekannte« war pünktlich auf die Minute – niederträchtig, gemein, aber pünktlich. Larry hatte mit dem »Großen Unbekannten« schon früher Geschäfte gemacht, hatte sich aber geschworen, es nie wieder zu tun. Der Mann drückte die Preise, aber er hatte stets Geld, und wenn man an ihn verkaufte, so war das Risiko gleich null. Larry hatte sich vorgenommen, ihn dieses Mal den vollen Preis zahlen zu lassen, er wollte keinen Einwand, kein Wenn und Aber gelten lassen. Die van Rissik-Diamanten hatten ihren genauen und bekannten Wert. Alle Zeitungen waren voll von dem kühnen Raub, die Versicherer hatten den Wert der einzelnen Schmuckstücke in genauen Zahlen in die Zeitung gesetzt, und es bestand nicht der geringste Zweifel darüber, wie viel die Steine bringen würden, wenn sie im offenen Markt verkauft würden. Wegen der Größe der Sache hatte Larry die übliche Geheimannonce aufgegeben:

> »In der Gegend von Putney Common (in der Richtung nach Wimbledon) wurde am Donnerstag, abends um 10:30, eine kleine, gelbe Handtasche verloren. Inhalt fünf Briefe, die nur Wert für den Eigentümer haben.«

Die »gelbe Handtasche mit fünf Briefen« war die Ankündigung für den »Großen Unbekannten«, dass ihm Juwelen angeboten wurden. Eine »braune Handtasche« bezeichnete Pelzwaren, eine »weiße Handtasche« zeigte an, dass der Annoncierende Banknoten hatte, die er veräußern wollte. Die »fünf Briefe« besagten, dass sich der Wert der angebotenen Ware in einer fünfstelligen Zahl ausdrückte.

Und es war Donnerstagabend halb elf. Larry wartete in der Richmond Street. Der Wind trug den Klang der Kirchenglocken zu ihm herüber, die eben halb schlugen. »Pünktlich auf die Minute«, murmelte Larry vor sich hin. Er sah hinten in der Straße zwei dunkle Lichter erscheinen, die heller und heller wurden, je näher sie kamen. Plötzlich leuchteten die Hauptlampen auf, und der Mann an der Ecke des Bürgersteiges stand in einem hellen Lichtkegel.

Der Wagen fuhr langsamer und hielt direkt neben Larry. Von der Karosserie des Autos lief das Regenwasser herunter. Aus dem Innern des Coupes erklang eine etwas raue Stimme.

»Nun?«

»Guten Abend.«

Larry strengte sich an, die Gestalt im Innern zu erkennen. Er war sich darüber klar, dass ihm seine Taschenlampe in dieser Situation wenig nützen würde, da der »Große Unbekannte« wahrscheinlich eine Maske trug. Aber –

Plötzlich fiel sein Blick auf die Hand, die auf der Ecke des Wagenschlags ruhte. Er bemerkte, dass der dritte Finger einen gespaltenen Nagel hatte, und dass eine doppelte weiße Narbe quer über das erste Gelenk lief. Die Hand wurde schnell zurückgezogen, als ob der andere den prüfenden Blick gesehen hätte.

»Ich möchte etwas verkaufen – gute Gelegenheit. Haben Sie die Zeitung gelesen?«

»Handelt es sich um die van Rissik-Sache?«

»Wie Sie sagen. Wert zweiunddreißigtausend Pfund – macht hundertzweiunddreißigtausend Dollars, alles leicht zu verkaufen. Madame Rissik hat all ihr Geld in Steinen angelegt, aber nicht in französischem Schmuck, der blendend aussieht und keinen Wert hat. Ich will fünftausend mindestens haben ...«

»Zwölfhundert«, hörte er die Stimme aus dem Innern. »Dabei bezahle ich Ihnen schon zweihundert mehr als ich ursprünglich beabsichtigte.«

Larry atmete schwer.

»Mein Angebot ist vernünftig ...«, begann er wieder.

»Haben Sie die Sachen hier?«

»Nein, ich habe sie nicht hier.« Da er diese Worte aber so stark betonte, wusste der Mann im Wagen, dass Larry log. »Und ich werde die Sachen auch nicht eher bringen, als Sie geschäftsmäßig mit mir sprechen. Ein jüdischer Juwelier in Maida Vale hat mir schon dreitausend geboten und wird wahrscheinlich noch höher gehen. Aber ich würde Ihnen die Sachen lieber verkaufen – das Risiko ist geringer. Sie verstehen, was ich meine?«

»Ich werde Ihnen fünfzehnhundert geben – das ist mein letztes Wort«, sagte der Mann im Wagen. »Ich habe das Geld hier, und Sie tun gut daran, es anzunehmen.«

Larry schüttelte den Kopf.

»Ich halte Sie nur auf«, sagte er höflich.

»Sie wollen also nicht verkaufen?«

»Wir vergeuden beide nur unsere Zeit«, erwiderte Larry. Aber noch bevor er zu Ende gesprochen hatte, war der Wagen bereits wieder angefahren, und das rote Schlusslicht verschwand in der stürmischen Nacht, ehe er die Wagennummer richtig sehen konnte.

Larry zündete seine Zigarre aufs Neue an und ging zu dem kleinen Auto, das er in der einen Ecke des Platzes zurückgelassen hatte.

»Shylock dreht sich heute Nacht im Grab um«, sagte er halblaut zu sich selbst.

Kaum eine Woche später trat Larry Graeme aus dem Fiesole-Restaurant in der Oxford Street heraus. Niemand, der ihn sah, hätte ihn für etwas anderes als einen smarten Stadtmann in mittleren Jahren gehalten, der gerne gut aß und den Komfort des Lebens liebte. Die Gardenie, die er im Knopfloch trug, nickte vergnügt und schien anzuzeigen, dass er in guter Stimmung war. Er hatte auch allen Grund, zufrieden zu sein, denn die Juwelen der Mrs van Rissik waren gut verkauft, und niemand in dem weiten Umkreis Londons wusste etwas von seiner Tat, denn er arbeitete allein.

Als er auf dem Bürgersteig stand und auf ein Auto wartete, trat plötzlich ein großer, stämmiger Mann an ihn heran und nahm ihn liebenswürdig am Arm.

»Hallo, Larry!«

Die lange, graue Asche an Larrys Zigarre fiel plötzlich aus keinem ersichtlichen Grund zu Boden – dies war aber auch das einzige Zeichen seiner plötzlichen Verwirrung.

»Hallo, Inspector!«, sagte er mit dem liebenswürdigsten Lächeln. »Freue mich, dass ich Sie wieder mal treffe!«

Larry sagte das so natürlich, dass es überzeugend klang. Er hatte sich, ohne den Kopf zu bewegen, blitzschnell umgesehen und drei andere Herren in der Nähe erkannt, die denselben Beruf wie Inspector Elford ausübten. Er nahm deshalb sein Schicksal mit philosophischer Ruhe hin, stieg mit den Detectives in das Auto und rauchte und plauderte mit großer Ruhe, bis der Wagen durch die enge Einfahrt von Scotland Yard bog und vor der Cannon Row-Polizei-Station hielt.

Die Verhandlungen und Feststellungen dauerten nur kurze Zeit. Auf Larry Graemes dunklem Gesicht lag ein leichtes Lächeln, und er hörte schweigend zu, als ihm die Anklage vorgelesen wurde.

»Ich wohne in Claybury Mansions Nr. 98«, sagte er dann. »Es wäre sehr liebenswürdig, wenn Sie mir einen anderen Anzug von dort besorgten, denn ich möchte nicht gerne vor dem Untersuchungsrichter wie ein Oberkellner erscheinen. Inspector Elford, ist es nicht möglich, dass ich Barrabal sprechen könnte, von dem ich so viel gehört habe? Man sagt, dass er sehr scharf ist. Ich kenne ein oder zwei Leute, denen ich es besorgen möchte!«

Elford glaubte, dass wenig Aussicht dazu vorhanden wäre, den geheimnisvollen Polizeioffizier zu sprechen, aber als sich die Stahltür hinter Larry geschlossen hatte, ging er hinüber in das Zentralgebäude und suchte Chief Inspector Barrabal in seinem Büro auf, der mit einer Pfeife im Mund ruhig vor seinem Schreibtisch saß. Er war gerade mit einigen Schriftstücken beschäftigt, die von der Geheimregistratur herübergeschickt worden waren.

»Wir haben Larry festgenommen, Mr Barrabal«, sagte Elford. »Er möchte Sie gerne sprechen – ich sagte ihm aber, dass es wahrscheinlich unmöglich sei. Aber Sie wissen ja, wie diese Leute sind.«

Der Chief Inspector lehnte sich in seinen Stuhl zurück und zog die Stirn kraus.

»Wie, der hat nach mir gefragt? Ich scheine also schon offiziell bekannt zu werden!«, meinte er halb vorwurfsvoll. Elford musste laut lachen.

Man sprach allgemein in Scotland Yard darüber, dass Barrabal, durch den schon so viele Leute unerwartet vor Gericht gestellt wurden, niemals auf der Zeugenbank erschien und beinahe unbekannt war. Selbst den Zeitungsreportern, die sich nur mit der Berichterstattung über Verbrechen abgaben, bedeutete er nicht mehr als ein Name. Schon seit acht Jahren saß er in dem länglichen Raum im dritten Stockwerk zwischen Stößen von Akten. Er prüfte und verglich kleine Beweisstücke, die die Missetaten so manches klugen Menschen ans Licht brachten. Er entdeckte seinerzeit das System, nach dem der Holländer Goom arbeitete, der Bigamist und Mörder war. Und doch war er Goom niemals persönlich gegenübergetreten. Eine Verlustanzeige in einer Londoner Zeitung, die er mit einem Artikel in einer unbekannten deutschen Zeitschrift in Verbindung brachte, hatte die Brüder Laned lebenslänglich ins Zuchthaus gebracht, obwohl sie die schlauesten und vorsichtigsten Erpresser waren, die es jemals gegeben hatte.

»Ich will unseren Freund besuchen«, sagte er schließlich und stieg in die dunkle Zelle, um den missmutigen Larry Graeme zu sprechen, der in seinem eleganten Gesellschaftsanzug mit der welken Gardenie im Knopfloch eine etwas sonderbare Figur machte.

Larry, der viele Polizeibeamte in England und in Amerika kannte, begrüßte ihn mit etwas gezwungenem Lächeln.

»Ich freue mich, Ihre Bekanntschaft zu machen, Herr Chief Inspector. Sie haben mich mit den gestohlenen Sachen geschnappt. Mein Fall wird Ihnen auch keine große Mühe machen – in meinem Koffer im Shelton-Hotel finden Sie genug, um mich zehnmal zu überführen. Zu große Vertrauensseligkeit ist immer meine Schwäche gewesen.«

Barrabal antwortete nicht, sondern wartete auf die Frage, die unvermeidlich kommen musste.

»Wer hat mich angezeigt, Chief Inspector? Ich möchte nur dieses eine wissen, dann will ich auch mit Pauken und Trompeten ins Gefängnis einziehen. Ich muss wissen, wer der Zinker ist, der mich verpfiffen hat.«

Barrabal sprach noch immer nicht.

»Ich kenne nur drei Leute, die es sein könnten – «, Larry zählte sie an den Fingern her, »ich möchte keine Namen nennen. Da ist erstens der Mann, der die Sachen gekauft hat – der hält dicht. Nr. 2 ist schlecht auf mich zu sprechen, aber der ist jetzt in Frankreich. Und dann ist noch drittens der Kerl mit dem gespaltenen Nagel da, der mir fünfzehnhundert für die Sache geboten hat, die doch mindestens zwölftausend wert ist. Aber der konnte mich doch unmöglich kennen.«

»Na, wenn Sie so behandelt worden sind, dann verzinken Sie doch selbst! Wer ist denn der Kerl mit dem gespaltenen Nagel?«

Larry grinste.

»Mögen solche Leute andere verzinken, denen es Spaß macht. Ich bin zu smart dazu. Ich stelle eine sonderbare Frage an Sie, das weiß ich wohl. Es hat noch niemals einen Polizeibeamten gegeben, der einen Zinker preisgab, der andere verpfiff.«

Er sah den Chief Inspector erwartungsvoll an, und Barrabal nickte.

»Sie glauben also, dass einer von den drei Hehlern Sie angezeigt hat. Sagen Sie mir die drei Namen, und ich gebe Ihnen mein Wort, dass ich Ihnen den richtigen bestätige, wenn Sie ihn nennen.«

Larry sah ihn scharf an, schüttelte dann aber den Kopf.

»Ich kann doch nicht zwei verraten, um einen zu packen! Niemand weiß das besser als Sie, Barrabal.«

Der Chief Inspector strich nachdenklich über seinen kleinen, schwarzen Schnurrbart.

»Ich habe Ihnen eine Chance gegeben«, sagte er dann. »Vielleicht besuche ich Sie morgen noch einmal, bevor Sie ins Untersuchungsgefängnis gebracht werden. Sie würden schließlich nur gut daran tun, wenn Sie mir im Vertrauen die drei Namen angeben würden.«

»Ich muss erst die Nacht noch darüber schlafen«, erwiderte Larry.

Barrabal ging langsam zu seinem Büro zurück, schloss den Stahlschrank auf, nahm einen eisernen Kasten heraus und öffnete ihn. Er enthielt zahlreiche maschinengeschriebene Papierstreifen, die offensichtlich alle mit derselben Maschine geschrieben waren. Manchmal standen nur ein paar Zeilen darauf, zuweilen waren es lange Berichte. Jeder Zettel enthielt eine anonyme Anzeige. Irgendwo in London lebte ein Mann, der die Hehlerei in ganz großem Maßstab betrieb und Agenten in jedem Distrikt der Stadt haben musste. Bei jeder schmutzigen Sache hatte er die Hand im Spiel, und diese kleinen Papierblätter waren die Rache dafür, dass die Diebe ihre Beute nicht ihm, sondern anderen verkauft hatten.

Er nahm den obersten Bogen auf.

»Larry Graeme hat die Juwelen der Mrs van Rissik geraubt. Er verschaffte sich während einer großen Gesellschaft als Aushilfsdiener Eintritt in ihr Haus. Er verkaufte die Steine an Moropolos, einen griechischen Juwelier in Brüssel. Nur die eine Diamanten-Sternbrosche, die in Graemes Koffer im Shelton-Hotel liegt, wollte Moropolos nicht kaufen, weil sie aus rötlichen Diamanten bestand. Er fürchtete, dass sie zu leicht erkannt werden könnte.

P. S. Die Sternbrosche befindet sich in dem Geheimfach des Koffers.«

Keine Unterschrift. Es war dasselbe Papier wie all die anderen anonymen Anzeigen, die nach Scotland Yard gekommen waren.

Chief Inspector Barrabal strich seinen dunklen Schnurrbart wieder und schaute aus halb geschlossenen Augen auf das Blatt.

»Zinker, ich werde dich fassen!«, sagte er dann halblaut zu sich selbst.

2

Zwei Jahre und sechs Monate waren vergangen, seitdem Larry beinahe dankbar sich vor dem Richter verneigte, denn er hatte für sein Vergehen eine weit höhere Strafe als drei Jahre Zuchthaus erwartet. Die Blätter im Park färbten sich bunt und herbstlich. Zwei Menschen gingen langsam auf dem guterhaltenen Weg spazieren, der den breiten Fahrweg zwischen Marble Arch und Hydepark Corner einsäumt. Die Sonne strahlte, aber es blies ein scharfer Wind aus Osten, und es lag eine Kälte in der Luft, die den kommenden Winter anzeigte.

Captain Leslie war etwas über vierzig Jahre alt und von starker, stämmiger Gestalt, ein wenig über mittelgroß. Unter sein schwarzes Haar mischte sich leichtes Grau, sodass der erste Eindruck, den man von ihm hatte, korrigiert wurde, denn sein glattes, jugendliches Gesicht ließ ihn kaum zwanzig Jahre erscheinen.

»Man muss eben sehen, wie man im Leben durchkommt«, meinte er. »Stellen sind jetzt nicht mehr so leicht zu haben wie vor dem Krieg, und außerdem ist es ja ein wirklich guter Posten.«

Beryl Stedman schüttelte den Kopf.

»Es ist nicht das Richtige für Sie, Captain Leslie«, antwortete sie zögernd und fuhr dann schnell fort: »Aber noch etwas anderes kann ich nicht verstehen. Ich möchte Sie aber nicht beleidigen, wenn ich es Ihnen sage ...«

»Ich bin nicht so leicht beleidigt«, sagte er. »Nur los!«

Es wurde ihr schwer, die rechten Worte zu finden.

»Frank erzählt, dass Sie im Geschäft wenig beliebt sind, und das kann ich nicht begreifen – aber bitte, sagen Sie ihm nicht, dass ich mit Ihnen darüber gesprochen habe. Ich weiß, dass es ein Vertrauensbruch ist, aber ...«

Er nickte.

»Ich bin wenig beliebt – verflucht wenig. In mancher Beziehung bin ich ein sonderbares Gegenstück zu Ihrem Verlobten, Miss Stedman.«

Obgleich diese Worte nichts Gutes besagten, konnte man doch keine Bitterkeit, keinen Vorwurf oder irgendwelche Selbstbemitleidung daraus entnehmen.

»Frank Sutton hat es heraus, sich die Verehrung seines Personals zu sichern. Es macht mir direkt Spaß, zu sehen, wie ihn seine Leute begrüßen. Man könnte fast sagen, dass sie vor ihm auf den Knien liegen, wenn er des Morgens im Geschäft erscheint …«

»Aber das ist nicht hübsch von Ihnen«, warf sie ein.

»Ich habe nicht die Absicht, unliebenswürdig zu sein«, antwortete er schnell. »Es ist nur amüsant – lehrreich ist ein besserer Ausdruck. Wenn Frank Sutton seine Leute bitten würde, für ihn eine ganze Woche die Nächte durchzuarbeiten, glaube ich sicher, dass sie es noch als große Gnade ansehen! Wenn ich sie aber fünf Minuten nach Geschäftsschluss dabehalten würde, gäbe es Revolution und Aufruhr!«

Er lachte leise in sich hinein.

»Nur einer von den ganzen Leuten hat mich gern – ein gewisser Tillman. Er ist erst seit vierzehn Tagen im Büro, und ich bin auch nicht ganz sicher, ob das Interesse, das er an mir nimmt, so ganz ohne Hintergedanken ist. Und dann ist da noch …«

Aber er hielt plötzlich ein.

»Nun, wer bewundert Sie denn sonst noch?«, fragte sie ironisch. Er lächelte.

»Ich weiß nicht – Suttons Sekretärin ist ganz nett zu mir. Ich möchte sagen, sie kommt mir stets freundlich entgegen. Vielleicht ist sie auch schon so lange in den Diensten Frank Suttons, dass ihr seine ewige Güte und Freundlichkeit langweilig geworden sind.«

»Jetzt werden Sie aber wirklich schrecklich.«

»Ich weiß es.« Er sagte das aber so lustig, dass auch sie lachen musste.

Für jede Frau lebt irgendwo in der Welt ein Mann, den sie nur zu treffen braucht, um ihn zu verstehen und von ihm verstanden zu werden. Es brauchen weder lange Bekanntschaft noch lange Unterhaltungen vorauszugehen. Wenn sie einander begegnen, sind sie sofort vertraut miteinander, und alle anderen Menschen werden nebensächlich. Es ist so, als ob zwei lang getrennte Teile plötzlich wieder vereinigt würden.

Als John Leslie die Braut seines Chefs das erste Mal sah, hatte er ein glückseliges Gefühl der Erleichterung und Erlösung, als ob er endlich das gefunden hätte, was sein Unterbewusstsein schon immer suchte und wonach er sich sehnte.

Sie war sehr hübsch, und er freute sich an ihrem schönen Anblick. Ihre zarte, schlanke Gestalt hatte mehr die ruhige Schönheit eines Veilchens als einer prachtvoll im Wind sich wiegenden Narzisse. Graue Augen belebten ihr Gesicht, das durch seine rosenzarte Frische entzückte. Sie hatte einen munteren und fröhlichen Charakter und fast immer schwebte ein glückliches Lächeln um ihre schön geschwungenen Lippen. Leslie war bestürzt, als er erfuhr, dass sie verlobt war und bald heiraten würde.

Frank Sutton war ein stattlicher, junger Mann in den besten Jahren. Er besaß eine unbeugsame Energie und stand in dem Ruf, ein unermüdlicher Arbeiter zu sein, aber trotz seiner vielen Erfolge war er persönlich liebenswürdig. In seinen Geschäftsräumen in Calford Chambers wurde fleißig gearbeitet, denn er war ein Exporteur, der keinen Auftrag verschmähte, wenn er auch noch so klein war.

Erfolgreiche Leute mit unbeugsamer Energie sind selten bei ihren Angestellten beliebt, aber Frank Sutton wurde von seinen Leuten vergöttert. Sein wohlwollendes Lächeln, mit dem er seine Leute bei Erfolgen aufmunterte und bei Misserfolgen tröstete, gewann ihm alle Herzen. Wenn er durch die Geschäftsräume ging, übertrug er etwas von seiner Tatkraft auf sein Personal, und wenn er jemandem die Hand gab, so war es für den Betreffenden ein neuer Ansporn.

»Ja … er ist ein sehr interessanter Mann«, sagte John Leslie. Die Anerkennung der Tüchtigkeit Mr Suttons kam jedoch nicht aus vollem Herzen. Aber Beryl sah im Augenblick in seinen Worten nichts anderes als eine Bestätigung ihrer eigenen Ansichten und Gefühle.

»Ich wünschte, er wäre nicht ganz so vollkommen.« Sie seufzte leise. »Kennen Sie übrigens einen Mann namens Barrabal, einen höheren Polizeioffizier von Scotland Yard?«, fragte sie dann plötzlich.

John Leslie nickte.

»Nicht direkt, niemand kennt ihn genau, aber ich habe viel von ihm gehört. Sein Name wurde neulich viel in der Zeitung genannt. Warum fragen Sie?«

»Frank sprach gestern Abend über ihn. Er fragte Mr Friedman, ob er ihn nicht kenne. Frank hat nämlich die Meinung«, sie zögerte eine Sekunde, und die Hast, mit der sie dann den Satz vollendete, sagte ihm, dass sie sich wieder auf verbotenem Gebiet befand, »es sind nämlich ein

oder zwei Pakete im Geschäft verschwunden, aber das wissen Sie ja ...
und Frank beabsichtigte, Mr Barrabal zu benachrichtigen. Oder haben
Sie nichts davon erfahren?«

»Ich wusste es bis jetzt noch nicht«, antwortete Leslie nachlässig.
»Aber ich glaube kaum, dass Barrabal auf die Anzeige hin irgendetwas
unternehmen würde. Er gehört nicht zu den Leuten, die ihre Zeit damit
vergeuden, geringe Diebstähle aufzuklären. Soweit ich von ihm gehört
habe, ist er nicht der Mann, der kleinen Dieben als rächende Nemesis
erscheint – aber sehen Sie, dort kommt jemand, der böse auf mich ist.«

Es kamen ihnen zwei Herren entgegen, beide groß, obgleich Lew
Friedman durch seine gebeugte Haltung etwas kleiner erschien. Er
war ein Mann mit harten Gesichtszügen, einer Adlernase, großem ge-
raden Mund und starkem harten Kinn. Man sah ihm an, dass er sich
schwer im Leben herumgeschlagen hatte. Der Mann an seiner Seite
war jung, schön, blondhaarig und hatte blaue Augen. Er lächelte, als
er Beryl und John Leslie sah und zeigte dabei zwei Reihen tadellos wei-
ßer Zähne. Aber Mr Friedman teilte seine Liebenswürdigkeit in keiner Weise. Er zog die Stirn kraus und schaute von der jungen Dame
auf ihren Begleiter.

»Ich dachte, du wärst bei Mrs Morden zu Tisch geladen, Beryl«, sagte
er dann schroff.

»Ich traf Captain Leslie in Oxford Street«, erklärte sie schnell.

»Natürlich zufällig? Es ist gut.«

Es schien ihm aber gar nicht gut zu dünken, sein scharfer Ton widersprach seinen Worten.

»Sie haben scheinbar nicht übermäßig viel zu tun, Leslie?«

»Nicht besonders viel«, antwortete dieser kühl.

»In meinem Geschäft hat sich noch niemand totgearbeitet«, lächelte
Frank Sutton. Er schien in keiner Weise erstaunt zu sein, dass er seine
Braut in Begleitung seines ersten Geschäftsführers fand. »Jeder, der einen
kleinen Spaziergang machen will, hat Zeit dazu – nicht wahr, Leslie?«
Er sah Beryl lächelnd an. »Lass dich nur nicht von dem alten Lew einschüchtern, Beryl! Er ist manchmal etwas fantastisch und bildet sich
immer ein, dass die Leute versuchen, mit seinem kleinen Liebling durchzubrennen!« Er stieß den Älteren mit dem Ellenbogen an und lachte.

Mr Friedman war durchaus nicht belustigt. Es entstand eine peinliche Pause, aber Sutton fasste Mr Leslie unter den Arm.

»Sie brauchen mich jetzt nicht mehr, Lew, und ich bin ebenso sicher, dass auch Leslie hier nicht mehr nötig ist.«

Leslie versuchte einen Blick Beryls zu erhaschen, aber aus irgendeinem Grund war sie eingeschüchtert. Gleich darauf schritt er neben seinem Chef den Weg zurück, den er gekommen war. Mr Sutton war sehr gesprächig und äußerst liebenswürdig. Er erzählte ihm weitschweifig, welche engherzigen Vorurteile doch die alten Leute im Allgemeinen hätten.

»Das Merkwürdige dabei ist, dass Lew Friedman Sie ganz gern hat – das heißt, wenn Sie allein sind. Aber er scheint anzunehmen, dass Sie eine Art Don Juan sind. Ich nehme ihm nicht einmal die Bemerkung über Beryl übel. Denn Friedman ist nun einmal, wie alle alten Leute, argwöhnisch, und es hat keinen Zweck, gegen die Eigenheiten des Alters anzukämpfen.«

Leslie nahm sich eine Zigarette aus einem silbernen Etui und drückte sie zurecht. Ein schwaches Lächeln spielte um seinen empfindsamen Mund.

»Haben Sie selbst denn nichts dagegen, wenn ich Miss Stedman gelegentlich treffe?«

Es war merkwürdig, dass er nicht einmal den Versuch machte, sich zu entschuldigen oder von der Harmlosigkeit eines Zusammenseins mit der Braut seines Chefs zu versichern.

Frank Sutton zuckte die Achseln.

»Großer Gott, nein, ich habe nichts dagegen! Ich sehe die Sache nämlich so an. In den letzten zehn Jahren haben Sie infolge unglücklicher Umstände keine Gelegenheit gehabt, hübsche Frauen zu sehen, und ich glaube, dass Ihnen der Anblick eines schönen Mädchens ganz gut tut. Sie haben doch nichts dagegen, wenn ich einmal offen mit Ihnen darüber spreche?«

Als Leslie den Kopf schüttelte, fuhr er fort:

»Sie sind für mich eben ein Experiment – ich mache stets Experimente. Die meisten sind unglücklich für mich ausgegangen. Ich möchte Sie heilen – ich will nicht sagen, ich möchte Sie bessern, denn das klingt pedantisch. Halbe Maßnahmen liegen mir nicht, ich führe eine Sache stets ganz durch.«

Selbst das schärfste Ohr hätte keine Bevormundung in seinem Ton finden können. Er sprach ruhig und natürlich.

»Beryl ist schön. Es ist ganz klar, dass ich das so empfinden muss. Aber auch andere objektiv urteilende Menschen müssen der Ansicht sein. Ich bin auch kein türkischer Pascha, der glaubt, dass Frauen in der Gegenwart anderer Männer nur verschleiert gehen dürfen. Meiner Meinung nach kann ein Mädchen nicht genug Männer kennenlernen. Das habe ich auch dem alten Lew gesagt. Aber er ist eben ein ganz altmodischer Mensch ...«

Er sprach weiter in dieser Weise, bis sie zur Oxford Street kamen. Dort wartete sein Wagen auf ihn, und auch auf dem ganzen Weg zum Büro verbreitete er sich noch über dieses Thema.

Die Büroräume der Firma Frank Sutton & Co. nahmen drei Stockwerke in einem Eckhaus in der Nähe des Middlesex Hospitals ein. Die Straße lag gerade in keiner vornehmen Umgebung, es war eine Geschäftsstraße, die mit der Oxford Street parallel lief. Mr Sutton hatte sich hier vor sechs Jahren ganz klein niedergelassen und besaß nun ein gut gehendes, blühendes Exportgeschäft. Seine Filialen waren über die ganze Welt verstreut. Ein großer Warenspeicher in der Nähe der East India Docks gehörte ihm. Im Gegensatz zu den meisten Exporteuren, die sich darauf beschränkten, in einem Spezialgebiet zu handeln, befasste sich Frank Sutton mit allen Arten von Geschäften, und kein Auftrag war ihm zu klein.

Er sprach gerade über die große Ausdehnung seiner Geschäfte, als sie den breiten Korridor entlang gingen, auf dem die verschiedenen Türen zu den Büros lagen.

»Sie haben hier bei mir eine große Chance, Leslie. Wenn Sie die Sache nur mit der nötigen Energie und Umsicht anpacken ...«

Aber plötzlich änderte er seinen Ton und sah ihn scharf an.

»Aber Sie müssen mir gegenüber offen sein, Leslie!«

John Leslie sah ihm gerade in die Augen, ohne irgendwie erstaunt zu sein.

»Ich verstehe Sie nicht ganz«, sagte er dann.

»Und ich verstehe Sie nicht«, erwiderte Frank ruhig. »Ich möchte gern mehr von Ihnen wissen, als ich jetzt weiß. Wo bringen Sie Ihre Nächte zu? Was treiben Sie außerhalb meines Geschäftes? Ich habe ein großes Risiko auf mich genommen, als ich Sie engagierte. Lew Friedman weiß das noch gar nicht. Sie verstecken irgendetwas vor mir, und ich möchte gern wissen, was.«

Leslie antwortete nicht und schaute einen Augenblick zu Boden.

»Ich dachte, Sie wüssten genug von mir«, begann er dann lachend. »Aber da Sie so furchtbar neugierig sind, muss ich Ihnen ja wohl meine interessante Liebhaberei beichten. Ich kaufe nämlich Dinge sehr billig ein und verkaufe sie teuer. Und wenn ich freie Zeit habe, so benütze ich sie dazu, andere Leute zu verzinken.«

3

Frank Sutton sah seinen Begleiter verblüfft und erstaunt an.

»Sie kaufen Dinge billig ein und verkaufen sie teuer?«, wiederholte er langsam. »Und Sie benützen Ihre freie Zeit dazu, andere zu verzinken? Das kann ich nicht verstehen.«

»Das glaube ich«, sagte John Leslie lächelnd. »Sie hatten eben nicht meine Erziehung!«

Frank wechselte ebenso schnell, wie er ernst geworden war, den Ton der Unterhaltung wieder und schien fröhlich und vergnügt.

»Sie sind mir ein Rätsel. Ich glaube, ich habe noch niemals einen solchen Menschen wie Sie gesehen.«

»Das ist schade«, antwortete Leslie kühl.

»Ich will nicht einmal fragen, was das heißen soll, dass Sie andere verzinken. Es klingt so, als ob es etwas recht Nichtswürdiges wäre.«

Leslie war nicht beleidigt.

»Ich bin nichtswürdig«, bekannte er dann. »Und zwar in solchem Maß, dass ich dem guten Mr Lew Friedman vollkommen recht gebe. Wenn ich an Ihrer Stelle wäre, Mr Sutton, und Sie wären an meiner, dann würde ich Ihnen sicher verbieten, mit Miss Beryl Stedman zusammen zu sein. Und wenn ich Frank Sutton wäre, dann würde ich wahrscheinlich John Leslie sein Gehalt auszahlen und ihm die Tür weisen. Sie handelten nicht sehr klug – Sie verzeihen meine Offenheit – als Sie mich überhaupt engagierten und in Ihre Dienste nahmen. Unter Tausenden junger Kaufleute, die sich vorwärtsarbeiten, wäre keiner, der das Risiko auf sich nähme, mich zu engagieren. Und nicht einer unter einer Million von Männern würde mir erlauben, ein hübsches Mädchen wie Beryl Stedman zu treffen. Sie sind in Ihrer Weise auch ganz einzigartig!«

Frank lachte darüber, als ob er sich seiner sonderbaren Handlungsweise voll bewusst wäre.

»Möglicherweise ist es nicht sehr klug von mir«, sagte er. Dann fragte er plötzlich: »Wie macht sich eigentlich dieser Tillman?«

»Ich sehe ihn nicht viel. Warum möchten Sie das wissen?« Leslie machte einige Schritte vor seiner Bürotür halt. Frank Sutton strich sich nachdenklich das Kinn.

»Ich weiß nicht, er ist ebenso merkwürdig und sonderbar wie Sie. Ich war eigentlich etwas argwöhnisch, aber seine Zeugnisse und Empfehlungen waren in bester Ordnung. Es wäre mir sehr lieb, wenn Sie mir Ihre Meinung über ihn sagten.«

»Wenn Sie ihn in irgendeinem Verdacht haben, wäre es doch das Beste, ihn sofort zu entlassen«, sagte Leslie kurz.

»Gutmütigkeit ist immer meine Schwäche. Der arme Kerl suchte eine Stelle, und so engagierte ich ihn. Ich möchte ihn jetzt nicht gern auf die Straße setzen, nur weil mir sein Gesicht nicht sympathisch ist.«

Jemand rief Sutton vom anderen Ende des Ganges aus, und mit einer Handbewegung ging er fort. Leslie hörte noch, wie er sich mit dem andern unterhielt und liebenswürdig lachte, dann verschwand er in einem Seitengang.

Leslie ging zu seiner Bürotür, öffnete vorsichtig und leise und trat ein. Es war ein gut eingerichtetes Büro, in dem besonders ein großer Geldschrank auffiel, der in die Wand eingelassen war. Außer seinem eigenen großen Pult stand noch ein kleinerer Schreibtisch in dem Raum, denn der erste Geschäftsführer teilte das Zimmer mit der Privatsekretärin Frank Suttons.

Als Leslie eintrat, war sie nicht in dem Raum – aber jemand anders war da. Ein Mann neigte sich über seinen Schreibtisch und durchsuchte anscheinend die Papiere. Leslie beobachtete einige Augenblicke die schlanke Gestalt und lächelte in sich hinein.

»Haben Sie irgendetwas verloren, Tillman?«

Der Angesprochene fuhr schnell herum. Auf seinem hageren, braunen Gesicht war die plötzliche Bestürzung zu sehen. Er stand im mittleren Alter und hatte eisengraues Haar.

»Ja, ich habe eine Rechnung verlegt.«

Er strich sich mit der Hand über Mund und Schnurrbart. Das war auch das einzige sichtbare Zeichen seiner Verlegenheit. Seine Stimme klang klar und gefasst.

»Wie lange sind Sie schon in der Firma tätig, Tillman?«

Der andere schaute zur Decke, als ob er dort die Antwort auf die Frage ablesen wollte.

»Einen Monat«, antwortete er dann.

Leslie nickte.

»Und in dieser Zeit habe ich Sie nun schon zweimal dabei überrascht, dass Sie meine Papiere durchsuchen. Ich glaube nicht, dass wir noch lange zusammen arbeiten weiden.«

Tillman schaute ihn an, und es schien fast so, als ob ein Lächeln um seine Lippen spielte. Er gehörte zu den Leuten, die niemals laut lachen.

»Es täte mir leid, das zu glauben«, antwortete er dann. »Tatsächlich hoffte ich, Captain Leslie, dass wir besser miteinander bekannt würden.«

Leslie schaute schnell die Papiere durch, die auf dem Tisch lagen, es war nichts von besonderer Bedeutung dabei, und die Schubladen, in denen er Dokumente von Wichtigkeit aufhob, waren fest verschlossen. Leslie hielt es für besser, das Thema der Unterhaltung zu ändern.

»War jemand hier?«

Tillman sah ihn nicht an. Das war auch eine seiner Eigentümlichkeiten. Er hatte die Gewohnheit, wie geistesabwesend aus dem Fenster zu starren.

»Ja«, sagte er dann. »Ein Mr Graeme war hier – Mr Larry Graeme.«

Tillman sah vorsichtig von der Seite zu Leslie hinüber und bemerkte, wie sich dessen Gesichtszüge verhärteten.

»Graeme?«, fragte er scharf. »Was wollte denn der?«

»Ich vermute, dass er Sie sprechen wollte«, antwortete Tillman, der noch dauernd aus dem Fenster hinausschaute. »Es schien etwas sehr Dringendes zu sein.«

Zum ersten Mal sah Tillman wieder zu Leslie hinüber, und wieder huschte ein Lächeln über seine Züge. Leslie war bestürzt und runzelte die Stirn.

»Graeme sagte, dass er um sechs Uhr wiederkommen wollte«, fuhr Tillman fort und beobachtete den Geschäftsführer scharf. »Nach allem, was er sagte – er war nicht gerade sehr zurückhaltend –, vermute ich, dass er eben aus dem Gefängnis entlassen worden ist. Haben Sie ihn gekannt?«

»Oberflächlich«, antwortete Leslie heiser, und plötzlich fuhr er Tillman an: »Was, zum Teufel, bilden Sie sich denn ein, dass Sie mich hier ausfragen?«

Er wies Tillman mit einer Kopfbewegung aus dem Zimmer, und als dieser sich nicht gerade eilig der Tür zuwandte, fügte er hinzu:

»Tillman, Sie scheinen sich nicht darüber klar zu sein, aber ich dulde unter keinen Umständen, dass Sie hinter mir herspionieren. Wenn ich Sie noch einmal dabei ertappe, dass Sie sich so stark für meine Korrespondenz interessieren, werde ich Sie am Kragen packen und aus dem Büro hinauswerfen! Haben Sie mich verstanden?«

Einen Augenblick schien es, als ob Tillman sich selbst so weit vergessen würde, laut zu lachen. Aber sein Gesicht wurde wieder ernst.

»Das würde eine sensationelle Erfahrung für mich bedeuten«, sagte er. Im nächsten Augenblick war er draußen.

Leslie schaute düster hinter ihm her, aber dann wurde er sich der merkwürdigen Lage bewusst und lachte leise vor sich hin.

Suttons Sekretärin war diesen Nachmittag nicht im Dienst, und er hatte das Zimmer für sich allein. Obgleich genügend Arbeit auf ihn wartete, setzte er sich doch nicht an den Schreibtisch. Alle paar Minuten ging er zum Fenster und beobachtete die Straße. Als die Dunkelheit hereinbrach und die ersten Straßenlaternen entzündet wurden, entdeckte er den Mann, den er suchte. Er konnte ihn deutlich unterscheiden. Mr Larry Graeme stand unter einer Laterne, Zigarre im Mund, die Hände in den Taschen. Immer wieder kehrte Leslie zum Fenster zurück, aber Graeme verließ seinen Platz nicht.

4

Larry Graeme war ein Dieb, der seine Geschäfte allein, ohne die Hilfe anderer Leute, durchführte. Trotzdem hatte er mehrere Freunde. Als er an einem rauen Februarmorgen aus Dartmoor entlassen wurde, ging er sofort zu seiner Wohnung in Southwark, die er vollständig in Ordnung fand. Sie lag in einem großen Häuserblock, einige hundert Meter von Dower Street entfernt. Es wohnen dort sehr angesehene, wohlhabende Leute, und selbst der große Barrabal wusste nichts von diesem Heim, sonst hätte er vermutet, dass in einem verschlossenen Kasten unter dem Bett eine respektable Geldsumme verborgen war.

Mr Graemes Wirtin war schon an seine häufige Abwesenheit gewöhnt. Da er aber eine Hypothek auf dem Haus hatte (er war nämlich ein sparsamer Mann und hatte sein Geld in verschiedener Weise gut angelegt), war es nicht möglich, seine Wohnung an einen anderen Mieter zu vergeben.

Sie begrüßte ihn gleichgültig, und er ging in die kleine Wohnung, wo er alles so wiederfand, wie er es verlassen hatte. Nicht einmal eine Zigarre war aus der Zedernholzkiste auf dem Kamin verschwunden.

Im Augenblick interessierte er sich aber weniger für das Geld unter seinem Bett als für seine Browningpistole und die Schachtel eng gepackter Patronen, denn er war mit einem Entschluss aus dem Gefängnis zurückgekehrt. Die Zeit der Gefangenschaft war ungewöhnlich gefährlich für ihn gewesen, denn er war zu alt für das Gefängnis geworden. Er hatte diesmal viel ausgehalten und hatte viel nachgegrübelt. Das sah Larry Graeme eigentlich gar nicht ähnlich, denn er war sonst ein ruhiger, philosophisch veranlagter Mensch. Man hatte ihn im Waschhaus des Gefängnisses beschäftigt und durch den Klatsch, den er dort hörte, war sein glühender Hass immer wieder aufs Neue angefacht worden.

Im Waschhaus begegnete er einem Mann, der auch aufgrund einer anonymen Anzeige des »Großen Unbekannten« zu zehn Jahren verurteilt worden war. Niemand außer Larry wusste von dem gespaltenen Nagel, und dieses kostbare Geheimnis behielt er auch für sich. Es tat ihm jetzt leid, dass er Barrabal davon erzählt hatte.

Der Aufenthalt im Zuchthaus quälte ihn diesmal sehr. Die Gefängniswärter waren wenig liebenswürdig, man hatte ihn zweimal abgefasst, wie er sich Tabak verschaffen wollte, und alle anderen Gefangenen, mit Ausnahme des einen Mannes im Waschhaus, waren ihm fremd.

Er kam nach London zurück und grübelte, dachte und grübelte. Er dachte an gespaltene Fingernägel, an den Zinker und an seine Browningpistole.

Er hatte einen Anhaltspunkt: den gespaltenen Nagel am dritten Finger. Dazu kam noch etwas anderes. Der Zinker kaufte in großem Maßstab gestohlene Automobile und führte seine Geschäfte durch Zwischenhändler in Soho. Larry beobachtete nun Soho und traf in der Regent Street durch Zufall die junge Dame, die den Mann mit dem gespaltenen Fingernagel manikürte. Sie kannte auch die doppelte weiße Narbe auf dem ersten Gelenk.

»Ich weiß seinen Namen nicht«, sagte sie. »Aber ich habe gesehen, wie er öfter in ein Büro in der Mortimer Street ging. Ich wohne in der Nähe der Tottenham Court Road und komme immer an der Stelle vorbei. Das wäre aber ein merkwürdiges Zusammentreffen, wenn Sie durch mich Ihren Bruder wiederfinden sollten.«

»Da haben Sie recht«, antwortete Larry. Der lang verlorene Bruder war der Deckmantel, unter dem er seine Erkundigungen einzog. Diese junge Dame hatte eine sehr gute Beobachtungsgabe, und obwohl Larry niemals mit Bewusstsein den Zinker gesehen hatte, hätte er ihn doch ohne Zweifel wiedererkannt, nachdem sie ihm sein Äußeres beschrieben hatte.

Er durchsuchte die Umgebung der Mortimer Street und beobachtete genau alle Leute, die in das Büro Mr Frank Suttons gingen oder herauskamen. Er hatte sich in den letzten Tagen mit zwei Angestellten etwas angefreundet. Der letzte Zweifel war verschwunden, als er an dem Abend in dem dichten Nebel stand, einen kleinen Revolver in einer Tasche, in einer andern ein Paket Eisenbahn- und Schiffsfahrkarten, mit denen er nach einem Hotel im Schwarzwald gelangen wollte, wo er gewöhnlich einen Erholungsurlaub zubrachte, wenn ihm der Boden Englands zu heiß wurde.

Die Angestellten verließen das Büro, eine lange Reihe von Männern und Frauen kamen aus der Tür für Angestellte und verschwanden in der dunklen Nacht.

Kurz vor sechs Uhr kam Sutton noch schnell in das Büro John Leslies, und während er seine Handschuhe anzog, erteilte er seinem Geschäftsführer noch ein Dutzend Aufträge, und dann ging auch er für den Abend fort.

Leslie wartete, bis er seine Schritte nicht mehr im Gang hörte und schaute noch einmal zum Fenster hinaus. Er konnte den Beobachter unten in dem immer dicker werdenden Nebel nicht mehr sehen.

Er ging zum Schreibtisch, schloss eine Schublade auf, nahm einen kleinen Revolver heraus und ließ ihn in seine Tasche gleiten. Dann zog er seinen Mantel an, knöpfte ihn zu, ging leise hinaus und schloss die Tür geräuschlos.

An dem andern Ende des Ganges lag ein Büro, das scheinbar leer war, denn man konnte durch die Mattscheiben der Tür kein Licht sehen. Aber trotzdem war jemand dort – Mr Tillman stand auf einem Stuhl und beobachtete durch einen Schlitz des Oberlichtes, wie sein unmittelbarer Vorgesetzter fortging. Dann eilte er hinter ihm her in den dichten Nebel hinein ...

Larry Graeme hatte sich von seinem Posten auf der gegenüberliegenden Seite der Straße entfernt und stand gegen die Fassade gelehnt, als er plötzlich eine Gestalt aus der dunklen Türöffnung des Gebäudes auf sich zukommen sah. Als der Mann an ihm vorüber war, warf Larry seine Zigarre fort und ging hinterher.

»Sie – heda!«, sagte er und klopfte dem andern auf die Schulter.

Der Mann drehte sich um und sah ihn forschend an.

»Ach so, das sind Sie, Graeme? Ich sah Sie ...«

»So, Sie haben mich gesehen?« Larrys Stimme war leise, aber es zitterte tödliche Wut in ihr.

»Nun hören Sie, was ich Ihnen zu sagen habe und passen Sie gut auf. Jetzt habe ich Sie endlich, Sie Zinker, Sie, und ich werde Sie dahin bringen, wo ...«

Er sah nur noch den roten Feuerstrahl, fühlte für den Bruchteil einer Sekunde einen plötzlichen Todesschmerz und fiel zu Boden. Zehn Minuten später wurde er von einem Polizisten gefunden.

Und nur Inspector Barrabal wusste oder vermutete, durch wessen Hand er den Tod gefunden hatte.

5

Mr Josua Harras trat in das Büro des »Postcourier« und setzte sich mit einem müden Seufzer an den Schreibtisch des Redakteurs. Er war schon sechzig Jahre alt und hatte einen kahlen Kopf. Aber er sah sanft und mild aus, und seine Gesichtszüge verrieten eine außerordentliche Güte. Sommer und Winter trug er denselben Strohhut, und er hatte eine ganz merkwürdige Art, die Knöpfe seines rehfarbenen Regenmantels zu verwechseln. Wenn man ihn ansah, konnte man glauben, er sei ein netter, ruhiger, alter Hausmeister, der sich zur Ruhe gesetzt hatte. Selbst ein fähiger Physiognom hätte weit vorbeigeraten und sicherlich nicht die Beschäftigung Mr Harras' erkannt. Es gab in ganz London keinen Reporter, der besser mit allen menschlichen Verbrechen Bescheid wusste als dieser gutmütig dreinschauende Mann.

Er hing seinen Schirm an den Rand des Schreibtisches (Mr Field ärgerte sich nicht wenig darüber) und tastete unsicher von Tasche zu Tasche, bis er eine zerdrückte Zigarette fand, die er anzündete.

»Das war wieder ein Mord«, sagte er dann nüchtern.

Der grauhaarige Mr Field sah ihn vorwurfsvoll unter seinen buschigen Augenbrauen an und zog unwillig seine Mundwinkel zusammen, sodass sich seine kurzen, weißen Schnurrbarthaare sträubten.

»Glaubten Sie denn, es sollte eine Hochzeit sein?«

Aber Josua war über sarkastische Bemerkungen erhaben.

»Es wurde zweimal aus nächster Nähe mit einem Revolver auf ihn geschossen. Wahrscheinlich war die Pistole mit einem Schalldämpfer versehen. Er hieß Larry Graeme und wurde am Montag voriger Woche aus dem Gefängnis in Dartmoor entlassen.«

Er zündete sich seine Zigarette zum zweiten Mal an. Das Interesse des Redakteurs war erwacht.

»Graeme?«, fragte er. »Ich entsinne mich auf den Mann. Er hat doch die van Rissik-Diamanten geraubt?«

Josua nickte so bedeutungsvoll, dass man fast denken konnte, er bewundere Larry Graemes Heldentat.

»Barrabal ist der Ansicht, dass Graeme damals verzinkt wurde.«

»Verzinkt?« Field schaute Harras scharf an. »Sie haben Barrabal gesehen? Das ist eine Geschichte für sich.«

Josua schüttelte den Kopf.

»Ich habe Barrabal nicht persönlich gesprochen, ich habe mit ihm telefoniert. Er hat mir ein oder zwei Winke gegeben, die sehr brauchbar sein könnten …«

»Aber sagen Sie mal, was wollten Sie eigentlich damit sagen, ›er ist verzinkt worden‹? Meinen Sie etwa, dass das der Mann getan hat, der unter dem Namen ›Der Zinker‹ bekannt ist?«

Josua nickte wieder.

»Ja, das war der Mann, den ich den ›Zinker‹ getauft habe«, verbesserte er höflich. »Er ist noch nicht allgemein unter diesem Titel bekannt.«

Er schaute den Redakteur nachdenklich an und spitzte seine Lippen, als ob er pfeifen wollte. Mr Field sah seinen Reporter an und dachte bei sich, dass er niemals in seinem Leben einem Mann begegnet sei, dessen Äußeres so wenig seinem Beruf entsprach. Irgendetwas kindlich Unbeholfenes haftete Josua Harras an. Wenn man ihn unentschlossen an der Seite eines Fußgängersteiges stehen sah, war man versucht, ihn höflich an der Hand zu nehmen und ihn durch den brandenden Verkehr auf die andere Seite zu bringen. Er war ein guter, lieber, alter Mann, den jedes Durchschnittskind als Onkel gewählt hätte, wenn es unter einer Anzahl von Leuten hätte wählen dürfen. Er hätte auch der Sekretär irgendeiner wohltätigen Gesellschaft sein können. Aber selbst die ausschweifendste Fantasie hätte Mr Harras in keinem Augenblick seinen richtigen Beruf zuerteilt, und man hätte nicht geahnt, dass er im Augenblick sehr feinfühlend zwischen drei Theorien wählte, die diesen geheimnisvollen Mord erklären konnten.

»Barrabal ist ein sonderbarer Mann«, fuhr er fort und schüttelte den Kopf, als ob er ihm deshalb einen Vorwurf machen wollte. »Er ist so geheimnisvoll, und das ist doch ganz gegen alle Traditionen von Scotland Yard. Gewöhnlich erzählen sie einem alles, was sie wissen, und das ist meistens nicht der Rede wert, und sie verschweigen alles, was sie vermuten, und das ist noch viel weniger wert. Aber dies nur nebenbei: Ich fühle, dass ich mit meinen Jahren allmählich findiger werde. Wie David Garrick Sir Josua Reynolds gegenüber bemerkte …«

»Wir wollen nun aber bei den lebenden Verbrechern bleiben«, sagte Field unruhig. »Was hat Barrabal Ihnen denn gesagt, und was finden Sie so Besonderes an ihm?«

Josua suchte in seinen vielen Westentaschen herum – er hatte nicht weniger als sechs – und schließlich fand er ein Stück Papier, auf das er einen Namen und eine Adresse gekritzelt hatte.

»Mr Barrabal gab mir den Rat, ich möchte diesen Mann aufsuchen und ihn interviewen. Er hat mir auch einige interessante Tatsachen über ihn mitgeteilt.«

Mr Field setzte seinen Klemmer auf und las:

»Captain John Leslie – wer ist denn das?«

Josua nahm das Papier wieder zurück, faltete es und steckte es in die Tasche, aus der er es genommen hatte.

»Das ist eben das Geheimnis, das ich dringend zu lösen wünsche.«

Und dann steckte er seine Zigarette zum dritten Mal an.

»Es ist eine ganz große Sache im Gang, und ich ärgere mich zu Tode, dass sie das ›Journal‹ vor uns haben wird! Ich habe so eine Ahnung, dass sie ihren tüchtigsten Mann schon seit drei Wochen hierfür angesetzt haben. Sie entsinnen sich, Mr Field, dass ich Ihnen damals schon sagte …«

Mr Field wollte jedoch nicht an einen Fehler erinnert werden.

»Aber es gibt doch keinen Reporter im ganzen Zeitungsviertel, dem Sie nicht ruhig einen Vorsprung von drei Wochen gestatten könnten, Josua«, sagte er liebenswürdig, und Josua Harras strahlte sichtlich, denn er war Komplimenten zugänglich.

Der Mord selbst bot, abgesehen von seinen merkwürdigen Neben-umständen wenig Aussicht für einen Kriminalreporter. Larry Graeme war eben ein international bekannter Dieb, er wurde im Nebel erschossen, und es war ebenso natürlich, dass die Zeitungen die Vermutung aus-sprachen, dass irgendein Streit die Ursache des Verbrechens war. Die Tat war in dem Viertel geschehen, das zwischen Tottenham Court Road und Charlotte Street liegt. Dort wohnten viele Fremde, und manche von ihnen waren der Polizei recht verdächtig. Hier befanden sich auch un-zählig viele kleine Klubs, bekannte und heimliche, in denen bestimmte Leute ihre Schlupfwinkel hatten oder in Dachstuben hausten. In die-ser Gegend tagte auch ein Klub von Anarchisten, und in Scotland Yard waren schon manche dieser verwegenen Existenzen verhört worden, die schon früher mit der Polizei wegen Gewalttätigkeit, Körperverletzung oder Totschlags in Berührung gekommen waren.

Es war bemerkenswert, dass sich keiner der beiden Angestellten der Firma, mit denen sich Graeme angefreundet hatte, bei der Polizei meldete und erzählte, dass er sich an einem Mann rächen wollte, der einen gespaltenen Nagel hatte. Sie identifizierten aller Wahrscheinlichkeit nach nicht das Opfer dieses Mordes mit dem freundlichen Fremden, der sie ausgiebig bewirtet hatte.

In solchen Fällen kommt die Polizei sehr leicht in eine Sackgasse. Es waren keine Zeugen bei dem Mord zugegen, und obwohl zwei Leute dumpfe Explosionsgeräusche gehört hatten, waren sie doch dem Schall nicht weiter nachgegangen und hatten auch nicht nachgeforscht. Der Mörder war unbehelligt im Nebel entkommen. Und selbst der sonst unausbleibliche Zeuge, der einen großen, dunklen Mann am Tatort gesehen hatte, meldete sich nicht.

»Es muss ganz in der Nähe deines Büros gewesen sein, Frank.«

Beryl schaute von ihrer Zeitung auf. Sie saßen in der Bibliothek.

Frank nickte.

»Direkt an der Ecke. Es muss passiert sein, kurz nachdem ich nach Hause ging. Der Pförtner sagt, dass er den Schuss einige Sekunden nach Leslies Weggang hörte.«

Lew Friedman, der in einem tiefen Klubsessel am Feuer saß, hob den Kopf.

»Nachdem Leslie gegangen war?«, fragte er schnell.

»Der Pförtner war nicht ganz sicher, ob es Leslie oder der neue Angestellte Tillman war. Sie waren einige Sekunden nacheinander fortgegangen. Ich selbst kann kaum einen Häuserblock weit gewesen sein, als der Schuss fiel – ich traf nämlich einen Herrn auf der Straße und sprach mit ihm – aber trotzdem habe ich nichts gehört«.

Lew Friedman zog die Lippen zusammen.

»Larry Graeme – der Name kommt mir doch bekannt vor? Aber vermutlich nehmen diese Leute jede Woche einen anderen Namen an. Kennt ihn jemand im Büro?«

Frank schüttelte den Kopf.

»Armer Kerl!«, sagte Lew mit einer etwas rauen Anteilnahme. »Sehr leicht möglich, dass er sich mit einem von der Bande überworfen hat, und dass sie ihn so beiseitebrachten.«

Die große Bibliothek von »Hillford« – so hieß nämlich das schöne Haus Friedmans in der Nähe von Wimbledon Common – war ein Raum, in dem man träumen konnte. Das Licht drang nur gedämpft durch die Fenster herein und spielte auf kostbar getäfelten Wänden, denn Lew besaß im Gegensatz zu den meisten Menschen, die sich selbst emporgearbeitet haben, einen sehr feinen Geschmack. Er hatte sich in Hillford ein stilvolles Heim eingerichtet und hatte es nicht zu einem Museum für teure, alte Möbel und allerlei unnützen Tand gemacht.

Beryl faltete die Zeitung zusammen, seufzte leicht und lehnte sich in ihren Stuhl zurück.

»Das muss doch ein schreckliches Leben sein«, sagte sie. Lew sah sie fragend an. »Ich meine das Leben, das Einbrecher, Diebe und solche Leute führen. Die vielen Gefahren, denen sie sich aussetzen ...«

»Raub und Diebstahl sind noch verhältnismäßig saubere Dinge.« Lews Stimme war beinahe scharf und als ob er seine schlecht angebrachte Bemerkung einsah, lachte er etwas kindisch, »Ich wollte sagen, dass sie noch einigermaßen anständig sind, im Verhältnis zu anderen Verbrechen. Ich habe neulich von einem Menschen gehört, der ein Geschäft aus Bigamie machte – es soll ein gebildeter Mann gewesen sein, der in allen Ländern der Welt arbeitete. Ein Bekannter aus Pretoria erzählte mir alles von ihm und sagte, dass er ihn im Zentralgefängnis dort gesehen hatte.«

»Das ist aber doch fürchterlich!«, rief Beryl mit entsetztem Gesicht.

»Vielleicht ist es nicht so schlimm wie du glaubst.« Lew streifte die Asche seiner Zigarre ab. »Dieser Mensch hatte folgendes Schema: Er suchte mit reichen, jungen Damen in den Kolonien bekannt zu werden, gab sich als der Sohn einer großen, englischen Adelsfamilie aus, hielt um die Hand des betreffenden Mädchens an, suchte alles Geld an sich zu ziehen, das er irgendwie bekommen konnte, und verschwand dann am Hochzeitstag mit der Mitgift. Er soll ein faszinierender, hübscher, junger Mann gewesen sein, und er soll sich fast immer mit jungen Damen befasst haben, die schon verlobt waren.«

»Das klingt ja ganz nach unserem Freund John«, sagte Frank lässig und lachte, als er das Entsetzen in Beryls Augen las. »Ich habe es nicht so gemeint. Obgleich du mir doch zugeben musst, dass Leslie ein faszinierender Mensch ist.«

»Willst du damit sagen, dass er mich fasziniert hat?«

»Euch beide«, sagte Lew Friedman vorwurfsvoll.

Frank sah auf die Uhr, die auf dem Kamin stand.

»Es ist Zeit, dass ich gehe.« Er erhob sich.

»Es ist merkwürdig mit euch, ich habe noch nie zwei Verlobte in der Welt gefunden, die sich so wenig füreinander interessieren!«

Er ging mit Frank Sutton zur Tür und wartete mit ihm unter der großen Unterfahrt auf das Auto, das vorfahren sollte.

»Ich würde derartige Späße nicht machen, wenn ich an Ihrer Stelle wäre, Frank. Meine kleine Beryl ist sehr empfindlich für eine gewisse Art von Humor.«

»Aber ich schwöre Ihnen ...«, protestierte Frank.

Lew klopfte ihm auf die Schulter.

»Natürlich haben Sie es nicht so gemeint, aber Sie müssen das nicht tun. Ich verstehe mit Frauen besser umzugehen als Sie, mein Junge. Ein Liebhaber sollte niemals eine junge Dame in die Lage bringen, einen andern Mann verteidigen zu müssen.«

Friedman wartete, bis der Wagen abgefahren war und ging dann zur Bibliothek zurück. Beryl stand vor dem Kamin, hatte die Hände auf dem Rücken und schaute in die Flammen.

»Lass es dich nicht verdrießen, mein Liebling«, sagte er und füllte seine kurze Pfeife, die er gewöhnlich gegen Abend rauchte.

»Frank ist manchmal etwas rau.«

»Ja, das ist er, aber er ist wirklich vornehm und – ein ehrenhafter Mann.«

Sie drehte sich um.

»Was willst du damit sagen? Wer ist denn nicht ehrenhaft?«

Er machte eine Pause, bevor er antwortete und sprach dann sehr langsam.

»John Leslie zum Beispiel ist nicht ehrenhaft. Ich glaube, es ist gut, wenn du jetzt erfährst, dass Leslie dreimal wegen Hehlerei im Gefängnis saß.«

6

Sie starrte ihn mit großen Augen an, und ihr Gesicht wurde bleich, Sie konnte es nicht glauben.

»John Leslie – ist ein früherer Sträfling?«

Er nickte langsam.

»Setz dich hin«, sagte er ruhig, und sie gehorchte. »Wie lange kennen wir einander nun schon, Liebling?«

Sie stutzte bei dieser unerwarteten Frage.

»Warum in aller Welt fragst du das? Ich kann mich auf keinen anderen Vater besinnen.«

»Weißt du …«, Lew Friedman begann im Zimmer auf und ab zu gehen und rauchte dabei aus seiner kleinen Pfeife, hielt aber die Augen auf den Teppich gesenkt. Nach einer Weile blieb er vor ihr stehen. »Weißt du eigentlich, wie du in meine Obhut kamst, mein Kind?«

»Ja«, sagte sie erstaunt. »Du warst der Kompagnon meines Vaters, Onkel Lew, und du hast mich zu dir genommen, nachdem er starb.«

Er schaute sie ernst an.

»Ja, das stimmt«, sagte er nach einer Weile. »Dein Vater und ich waren Kompagnons, wir arbeiteten zusammen – wir beraubten dieselbe Bank.«

Sie blickte entsetzt zu ihm auf.

»Das ist böse, nicht wahr? Aber es ist die reine Wahrheit. Du hättest es doch früher oder später erfahren müssen. Ich möchte nicht, dass du eines Tages alles über deine Eltern allein herausfindest, und so habe ich mich entschlossen, es dir zu sagen. Bill Stedman und ich waren Bankräuber in Südafrika. Deine Mutter starb an gebrochenem Herzen, als sie dahinterkam. Die Ärzte gaben der Krankheit einen anderen Namen, aber es stimmt, sie hatte nicht mehr den Willen, zu leben. Sie starb fünf Jahre danach, nachdem Billy erschossen wurde, als er und ich in die Standard Bank in Port Elizabeth einbrachen. Er wurde dabei getötet und ich wurde zu fünf Jahren Zuchthaus verurteilt, die ich in Breakwater absaß. Als ich wieder herauskam, war deine Mutter gerade eine Woche tot. Sie hatte einen Brief an mich geschrieben, in dem sie mich bat, mich deiner anzunehmen. Du warst damals erst viereinhalb Jahre alt.«

Beryl war vollständig starr vor Schrecken. Sie sah sich aufgeregt in dem kostbar eingerichteten Raum um und als ob er ihre Gedanken lesen könnte, fügte er schnell hinzu:

»Jeder Pfennig, den ich jetzt besitze, ist ehrenhaft erworben, Beryl. Ich habe in Johannesburg Spitzen geklöppelt und habe durch Rennwetten ein wenig Geld gemacht. Dafür kaufte ich mir Prenner Diamantaktien – zuerst nur fünfhundert, als sie auf dreißig Schilling standen. Als sie dann stiegen, kaufte ich mir von dem Bankkredit neue hinzu, und als ich dann schließlich verkaufte, kam ich mit zweihunderttausend Pfund heraus.«

»Warum – warum erzählst du mir das gerade jetzt?«, fragte sie atemlos. »Und was hat dies mit … mit John Leslie zu tun? Ach, Onkel Lew, ich kann nicht glauben …«

»Hättest du jemals gedacht, dass ich ein Dieb war und dass dein Vater auch ein Räuber war?«, fragte er dann. Sie schüttelte nur schweigend den Kopf.

»Das ist unglaublich. Ich weiß es. Und auch John Leslie ist ein alter Verbrecher. Frank nahm ihn in sein Geschäft auf, um ihm die Möglichkeit eines Wiederaufstiegs zu geben. Leslie wurde durch einen Gefängnisdirektor empfohlen, den Frank kennengelernt hatte.«

»Aber er muss unschuldig gewesen sein – es ist nicht anders möglich.« Lew schüttelte den Kopf.

»Ein Mann kann einmal unschuldig verurteilt werden, aber nicht dreimal«, sagte er mit unfehlbarer Logik. »Leslie ist kein schlechter Mensch – ich mag ihn sogar gern. Es ist ein guter Kern in ihm – aber Beryl, ich möchte, dass du dir keine romantischen Ideen seinetwegen in den Kopf setzt. Frank ist ein guter Mensch, ein sehr guter Charakter, wie er nur einmal unter Tausenden vorkommt. Ich gebe gern zu, dass er nicht so faszinierend ist wie Mr John Leslie, aber er hat einen guten Charakter. Alle Leute mögen ihn gern, und ich danke Gott auf meinen Knien, dass wir damals diese Schifffahrt nach Madeira machten und ihn an Bord trafen.«

Sie antwortete nichts darauf. Sie hatte Frank gerne, aber sie fühlte irgendwie ihr Geschick mehr mit John Leslie verbunden als mit dem hübschen, jungen Kaufmann, den sie heiraten sollte.

»Wir müssen sehr dankbar sein«, sagte Lew ernst. »Ich möchte es noch erleben, dass du dich mit einem so guten Mann verheiratest, und nicht fürchten müssen, dass irgendein faszinierender Herumtreiber deine Gunst erwirbt und du nachher wegen seiner Untaten an gebrochenem Herzen stirbst. Ich habe für dich gelebt, liebe Beryl – ich habe alles aufgegeben, was das Leben für mich hätte anziehend machen können, ich habe nicht einmal geheiratet, aber schließlich bist du nicht daran schuld, denn ich habe mehr die Veranlagung zum Junggesellen ...«

Sie unterbrach ihn plötzlich.

»Es ist schrecklich, dass ein Mann wie ...«

Er lachte plötzlich rau, aber trotz der ernsten Aussprache schien er nicht schlecht gelaunt zu sein.

»Das ist nun wieder richtige Frauenlogik«, sagte er. »Du denkst nicht einmal an deinen Vater, nicht an den armen Lew und die fünf Jahre, die er in Breakwater hat abbrummen müssen. Deine Gedanken sind nur bei diesem Leichtfuß.«

Sie errötete, da sie sich plötzlich bewusst wurde, dass die Anklage stimmte.

»Es ist wirklich nicht recht von mir. Weiß Frank darum?«

»Du meinst von deinem Vater und mir? Nein, und er braucht das auch nie zu wissen. Aber er weiß natürlich, wie es um Leslie steht.«

»Natürlich!«, wiederholte sie mechanisch. »Wann – wie sind sie denn eigentlich zusammengekommen?«

»Frank sandte ihm einen Brief, als er noch im Gefängnis war, in Wandsworth, glaube ich – er schrieb ihm, dass er gehört hätte, John Leslie sei ein tüchtiger Geschäftsmann und er fragte ihn, ob er bei seiner Entlassung nicht bei ihm vorsprechen wollte, um eine Stellung bei ihm anzunehmen. So kam denn Leslie eines Tages zu ihm. Frank machte einen Versuch mit ihm und fand, dass er ein sehr guter Organisator war. Und als Franks letzter Geschäftsführer dumme Geschichten gemacht hatte – Frank hat wirklich mit seinen Angestellten in der Beziehung Pech – gab er Leslie die Stellung und zeigte sich ihm gegenüber sehr großzügig.«

Sie musste sich zur Begeisterung zwingen, als sie jetzt sprach, und war sich selbst böse, dass sie nicht aus voller Überzeugung redete.

»Ich liebe Frank, das weißt du, Onkel Lew. Er ist mir sehr teuer und doch sehne ich mich nicht danach, ihn zu heiraten. Ich könnte geradeso gut irgendeinen anderen Mann heiraten«, fügte sie zögernd hinzu.

Sie lächelte müde.

»Bist du denn nicht sehr zufrieden mit mir, dass ich ihn heirate?«

Er legte seinen Arm um ihre Schulter und zog sie an seine Seite.

»Mein Liebling, es ist der Mann, den ich für dich ausgewählt habe«, sagte er schlicht. »Ich habe Frank die Möglichkeit gegeben, vorwärtszukommen. Ich habe ihm Geld geliehen, um ein Geschäft zu gründen. Da ist weiter kein Geheimnis dabei. Ich sagte mir, wenn dieser Mann die Probe besteht und gut vorwärtskommt, dann werde ich ihm auch eine Frau beschaffen. Und er hat sich aufs Beste bewährt, Beryl. In ganz London gibt es kein Geschäftshaus, das so wie Franks in den letzten sechs Jahren in die Höhe gekommen ist. Nun?«, wandte er sich an den Diener, der eingetreten war.

»Draußen wartet ein Herr, der Sie sprechen möchte.«

»Was, um diese Stunde?«, fragte Lew stirnrunzelnd. »Wer ist es denn?«

Er nahm die Karte von der Schale und hielt sie nahe an die Augen, da er kurzsichtig war.

»Mr Josua Harras vom ›Postcourier‹. Wer, zum Teufel, ist denn das?«, wandte er sich erstaunt an Beryl. Aber sie konnte sich auch nicht erklären, warum der Reporter einen Besuch machte.

Lew ging in den Vorraum hinaus und fand dort den liebenswürdigen Mr Harras, der mit allen Zeichen des Interesses und der Begeisterung eine Radierung bewunderte, die über dem Kamin hing.

»Das ist ein echter Zorn«, sagte er enthusiastisch. »Welche Lichteffekte! Was für eine Bewegung liegt doch in dieser Zeichnung! Ein großer Meister!«

Er schaute sanft auf Mr Friedman, als ob er nicht nur darauf wartete, dass dieser mit ihm übereinstimmte, sondern auch noch sein Urteil abgeben sollte.

»O ja«, sagte Lew Friedman geduldig. »Aber Sie sind doch nicht hierhergekommen, um mit mir über Radierungen zu sprechen?«

Mr Harras machte ein enttäuschtes Gesicht.

»Nein. Allerdings, deswegen bin ich nicht gekommen. Aber wie sonderbar – ich habe alles um mich her vergessen, als ich dieses Kunstwerk sah. Ich bin gekommen, um Sie zu fragen, ob Sie einen Herrn mit Namen …«, er strich sich das Kinn, zog die Stirn kraus, fasste in seine

Westentasche und zog den zerknitterten Papierstreifen heraus,»John Leslie kennen.«

Es war einer seiner Tricks, die Blicke achtlos von einem Gegenstand zum andern schweifen zu lassen, und dann plötzlich sein Gegenüber zu fixieren. Er schaute nach dieser Frage plötzlich Mr Friedman an und verstand das so meisterlich, dass Lew im Augenblick ganz verdutzt war.»Ich kenne ihn – ich habe ihn sozusagen mal getroffen«, verbesserte er sich dann.»Aber warum wollen Sie das wissen?«

»Können Sie mir etwas von ihm erzählen?«, fragte Josua mit einer sanften Stimme und ließ dabei den Kopf so demütig hängen, dass man seine Bitte kaum abschlagen konnte.

»Ich weiß sehr wenig von ihm, aber Mr Sutton wird Sie zweifellos mit ihm bekannt machen, er kann Ihnen auch Verschiedenes über ihn erzählen, Mr John Leslie ist nämlich sein Geschäftsführer.«

»Das weiß ich«, murmelte Josua.»Ich habe lange herumfragen müssen, bis ich das herausbrachte. Aber was nun die Vergangenheit dieses Mr Leslie betrifft …«

»Darüber weiß ich nichts«, sagte Friedman bedauernd. Er erinnerte sich seiner eigenen Vergangenheit und lehnte sich gegen dieses Ausfragen auf. ›Du sollst nicht ausplaudern‹, ist das älteste und heilig gehaltenste Gebot unter Verbrechern, und auch seine jetzige geachtete Stellung entband ihn nicht von dieser Verpflichtung.

»Das tut mir sehr seid«, sagte Josua, und seine ganze Haltung drückte Entschuldigung aus.»Ich dachte, es wäre möglich, dass Sie mir doch wenigstens etwas von ihm erzählen könnten. Inspector Barrabal, den ich ja nicht persönlich kenne, mit dem ich aber manchmal durchs Telefon spreche, sagte, dass Sie mir möglicherweise bei meinen Nachforschungen helfen könnten.«

»Wie meinten Sie – Barrabal?«, fragte Lew böse.»Ach so, das ist der – der Detective, über den man in letzter Zeit so viel spricht. Da können Sie Barrabal meine Grüße überbringen und ihm mitteilen, dass ich nichts von Leslie weiß, und auch wenn ich etwas wüsste, es ihm nicht verraten würde.«

»Handelt es sich um Mr Leslie?« Beryl war in der Tür der Bibliothek erschienen und hatte diese Frage gestellt.

»Dieser Reporter möchte etwas über ihn erfahren.« Er schaute Josua scharf an, »Sie sind eigentlich sehr alt für einen Zeitungsmann.«

Mr Harras kümmerte sich nicht um diese verletzenden Worte, sondern lächelte die junge Dame mit geradezu engelhafter Güte an.

»Alt und tüchtig«, sagte er. »Das ist ein sehr großer Vorteil, den die Jahre bringen – Zunahme an Verstand und Tüchtigkeit!«

»Was wollten Sie denn über Mr Leslie wissen?«, fragte Beryl.

»Alles!« Dabei machte Josua eine einladende Handbewegung. Es mochte auch sein, dass er mit dieser Geste die ganze Welt umfassen wollte, und darum bat, ihm gegenüber die Siegel aller Geheimnisse zu öffnen. »Da ist doch diese unglückliche Geschichte in Mortimer Street passiert. Ein Mann namens Larry Graeme, wurde dort tot aufgefunden, und es ist doch ganz natürlich, dass wir alle möglichen Angaben über die Personen sammeln, die uns bei unseren Nachforschungen nach den Verbrechern unterstützen könnten, die diese Tat begangen haben.«

Trotz seiner etwas dramatischen Worte war doch der Ton seiner Sprache schlicht und einfach. Er sprach mehr wie ein Kind, das die Rede des Antonius an der Leiche Caesars hersagt.

»Ist Captain Leslie …«, begann sie, aber Lew brachte sie durch einen Blick zum Schweigen.

»Wir wissen hier nichts von Leslie«, sagte er dann ablehnend, »und Sie haben Ihre weite Fahrt umsonst gemacht.«

»Nicht ganz umsonst«, sagte Josua mit einer höflichen, kleinen Verbeugung zu Beryl und mit diesem Kompliment wandte er sich zum Gehen.

Als er die Straße hinunterging, um zu seinem dort wartenden Wagen zu kommen, schüttelte er den Kopf und machte sich selbst Vorwürfe.

»Nun hast du vierzehn Schilling für Wagenfahrten ausgegeben, Josua, und wenn du nun deine Kostenrechnung einreichst und sie dir im Büro vorhalten, dass weiter nichts herausgekommen ist, als dass du Mr Lew Friedmans Fingernägel betrachtest hast, dann sitzt du schön in der Patsche, besonders wenn man noch bedenkt, dass der Fingernagel, den du gern gesehen hättest, sorgfältig in einer Kappe verborgen war!«

Josua stieg in den Wagen, lehnte sich zum Fenster hinaus und gab dem Kutscher Anweisung.

»Fahren Sie über Barnes und Hammersmith zurück – ich glaube, dann kommt die Fahrt einen halben Schilling billiger.«

7

Obgleich Josua Harras und Inspector Barrabal sich niemals persönlich getroffen hatten, standen sie doch dauernd in Briefwechsel miteinander. Ihre Bekanntschaft hatte begonnen, als Josua so tadellos über den Mord in Edmonton berichtet hatte und alle Indizien so meisterlich zusammenfügte, dass Scotland Yard den größten Nutzen daraus ziehen konnte. Mr Barrabal hatte ihm damals einen sehr liebenswürdigen Brief geschrieben. Zweimal hatte Josua sogar den Versuch gemacht, den Chief Inspector aufzusuchen, aber zweimal war er abgewiesen worden: Barrabal war der scheueste Mann, der jemals ein Polizeirevier verwaltet hatte. Aber es muss zugegeben werden, dass er nur zwei Jahre im Außendienst war, dann wurden seine besonderen Fähigkeiten erkannt und sie brachten ihm eine Rangerhöhung, sodass er das Aktendepartement von Scotland Yard zur Verwaltung erhielt. Aber auch dann ließ er sich nicht sprechen.

Eines Abends spät saß er in seinem Büro in New Scotland Yard. Vor ihm lag ein maschinengeschriebenes Aktenstück, das sechs Seiten lang war, und in dem ausführlich über die Ermordung Larry Graemes berichtet wurde. Aber das Schriftstück sagte ihm nichts Neues, er wusste schon alles, was darin stand, und er selbst hatte fast alles herausgebracht.

Inspector Elford trat ein. Barrabal hatte die Stirn mit der Hand gestützt und arbeitete zum sechsten Mal den Bericht durch.

»Ich habe die Wohnung Larry Graemes gefunden«, sagte Elford. »Er hatte einige Zimmer am Trinity Square, Borough.«

»Haben Sie die Wohnung durchsucht?«, fragte der andere, ohne aufzuschauen.

»Ja, aber es war nicht viel da. Er hatte alles weggeschafft und seine Habseligkeiten in zwei große Koffer verpackt, an dem Tag, an dem er ermordet wurde. Die Billets nach Deutschland hatte er sich von Cooks Reisebüro beschafft und wie Sie ja wissen, fanden wir die beiden Koffer bei der Gepäckaufbewahrung der Victoria Station.«

Barrabal lehnte sich in seinen Stuhl zurück, streckte die Arme aus und gähnte.

»Was für ein dummer Mensch und was für unnötige Sachen er da angestellt hat. Er war eigentlich der Letzte, von dem ich solche Dummheiten erwartet hätte.«

»In der letzten Zeit soll er im Gefängnis sehr nervös gewesen sein. Haben Sie den Bericht des Gefängnisdirektors über ihn gelesen? Ich habe schon öfter gesehen, dass Leute wie er solche Dinge anstellen. Sie haben ihn doch an dem Abend gesprochen, als er verhaftet wurde, und Sie haben ihn dann am nächsten Morgen noch einmal verhört?«

Chief Inspector Barrabal nickte.

»Was hat er Ihnen denn am Morgen noch gesagt?«

»Er war sehr gesprächig, aber er hat mir nur eines mitgeteilt, das interessant war.« Barrabal war wie gewöhnlich wenig mitteilsam.

Elford strich seinen Bart und ging zu dem Fenster, das nach dem Themseufer hinaus lag.

»Ich habe das gewöhnliche gelbe Kuvert gesehen mit der Bemerkung ›Privat‹ und ›Vertraulich‹, das heute um acht Uhr auf Ihrem Schreibtisch lag, als ich hereinschaute«, bemerkte Elford. »War es wieder eine neue Denunziation vom ›Zinker‹?«

»Ja, eine recht umfangreiche«, entgegnete Barrabal, »und obendrein noch eine sehr interessante.«

Er ging zum Geldschrank, nahm eine Kassette heraus und zeigte seinem Assistenten das Papier.

»Sie ist auf derselben kleinen Remington-Reiseschreibmaschine geschrieben, und es ist auch wieder dasselbe Papier.« Elford, der kurzsichtig war, hielt das Papier dicht unter die Stehlampe auf dem Tisch.

»Drei Diamantenbroschen, vier Smaragd- und Diamantenringe, sieben Ohrringe (Diamanten), die aus dem Raub von Berners Juwelenladen stammen, sollen heute Abend verschoben werden. Morgen wird weitere Nachricht kommen, wo man sie finden kann.«

»Das bedeutet also«, sagte Barrabal, »dass der ›Zinker‹ ein Angebot gemacht hat, um die gestohlenen Sachen zu kaufen, dass dieses Angebot aber bisher noch nicht angenommen wurde, und er glaubt auch nicht, dass man dieses Angebot annimmt. Aber er steht noch in Unterhandlung.

Und sollten die Gegenstände in seinen Besitz kommen, werden wir nichts mehr von der Sache hören. Wir haben schon mehrere solcher Fälle erlebt, dass ein Dieb, der zuerst ablehnte, zu verkaufen, nachher doch seine Meinung änderte.«

Barrabal arbeitete noch eine ganze Stunde lang, bevor er das Büro verließ, schlug den Kragen in die Höhe und ging in die dunkle Nacht hinaus.

Am Themseufer sah er einen Mann an einem Laternenpfahl stehen, und als er sich nach links wandte, um am Ufer entlangzugehen, trat der Müßiggänger einen Schritt auf ihn zu. Obgleich Barrabal sein Gesicht nicht sehen konnte, wusste er doch, dass der Mann ihn ansah, und er senkte seine Nase, bis sie unter dem aufgeschlagenen Kragen verschwand. Es hatte den Anschein, als ob der Fremde sprechen wollte, aber augenscheinlich änderte er seine Absicht und entfernte sich plötzlich. Trotzdem aber hatte Barrabal ihn erkannt. Als er sich umsah, bemerkte er, dass der Mann quer über die Straße nach der Westminster Bridge verschwand. Barrabal wandte sich sofort wieder um und ging in das Gebäude. Er hatte das Glück, einen Detective Sergeant zu treffen, der gerade aus der Cannon-Row Polizeistation herauskam. Sie eilten zusammen über die Straße, und plötzlich sah Barrabal den Mann wieder.

»Verfolgen Sie ihn«, sagte er kurz, »ich möchte wissen, wo er wohnt und was sein Beruf ist. Sie können mir telefonisch morgen um 7:30 in meine Privatwohnung Bericht erstatten.«

Die Aufgabe des Detectives war verhältnismäßig leicht. Am Südufer der Themse stieg der Mann, der Scotland Yard beobachtet hatte, in eine Straßenbahn. Der Detective, der sicher war, dass man ihn nicht erkannt hatte, folgte ihm. Bei einer Straßenkreuzung der Elephant und Castle Street hielt der Wagen an und als der Sergeant seinen Mann noch ruhig in einer Ecke in der Nähe der Tür sitzen sah, wandte er sich wieder der Lektüre seiner Abendzeitung zu. Als der Wagen in Gang kam, schaute er wieder auf und zu seinem Erstaunen war der Mann verschwunden.

Im nächsten Augenblick sprang er ab und schaute sich um, aber er konnte nichts mehr von dem Mann entdecken und fluchte laut. Als er noch an der Schwelle des Bürgersteiges stand und zögerte, zupfte ihn jemand am Ärmel. Er sah sich um.

»Hallo, Harras«, sagte er und erkannte den Zeitungsreporter, der ein häufiger Besucher in Scotland Yard war. »Haben Sie …«

»Der Herr, nach dem Sie suchen«, unterbrach ihn Mr Harras höflich, »ist gerade in das Innere der Erde verschwunden. Wie soll ich mich nur ausdrücken – wie ein Irrwisch – mit anderen Worten«, sagte Mr Josua Harras vergnügt, »er ist mit der Untergrundbahn weitergefahren.«

»Kennen Sie ihn denn?«

Mr Harras nickte.

»Ich kenne ihn oberflächlich und unter gewöhnlichen Umständen bin ich ganz gut Freund mit ihm. Aber gerade jetzt hat er mich etwas geärgert.«

»Wer ist es denn?«, fragte Sergeant Brown.

Mr Harras neigte sich ihm zu, als ob er nicht verstanden hätte.

»Woher wussten Sie denn, dass ich ihn verfolgte?«, fragte der erstaunte Beamte.

»Weil ich auch hinter ihm her war«, sagte Mr Harras ruhig. »Ich bin nämlich gleich nach Ihnen auf die Elektrische gesprungen und bin erstaunt, dass Sie mich nicht sahen.«

Er schien in keiner Weise unangenehm dadurch berührt, dass seine Verfolgung so bald beendet war. Er selbst ging nach ein paar Minuten zur Eisenbahnstation und schaute besorgt auf die Stationsuhr, als er den Zug bestieg.

Frank Sutton hatte eine Sekretärin, die jeden Abend in einem Restaurant in Haymarket speiste und dann gewöhnlich ins Kino ging, und dann noch einmal in einem billigeren Lokal in der Coventry Street etwas aß. Miss Milly Trent besuchte mit Vorliebe die Filmtheater. All das hatte Josua Harras durch langwierige und heimliche Beobachtung herausgebracht. Es war seine Erfahrung, dass gutmütig ausschauende Männer im Alter von sechzig Jahren mit höflichen Manieren viel leichter die Bekanntschaft von Fremden machen als jüngere Leute. Aber obgleich er bis Mitternacht wartete, erschien Miss Trent doch nicht.

Wie sie am nächsten Morgen John Leslie erzählte – der sich aber wenig darum kümmerte – war sie in der Premiere einer Operette gewesen. Sie schwatzte gewöhnlich, wenn sie des Morgens die Korrespondenz öffnete, und Leslie hatte sich angewöhnt, sich den Anschein zu geben, zuzuhören und doch nichts zu hören.

Sie war vierundvierzig Jahre alt, eine gefällige Erscheinung, hatte hübsche Augen, einen zarten Teint und natürliches, rötliches Haar. Sie musste früher einmal eine hervorragende Schönheit gewesen sein, dachte Leslie, und Millie hatte auch öfter derartige Bemerkungen gemacht.

»Ich wundere mich, dass Sie abends gar nicht ausgehen, Captain Leslie. Ich begegne Ihnen niemals im Westen.«

»Wie?« Er schaute von seiner Korrespondenz auf.

»Ich sagte, dass ich mich wundere, dass Sie nicht öfter abends ausgehen. Vermutlich haben Sie viel Sinn für Familie?«

»Ich habe Ihnen doch schon mindestens ein Dutzend Mal gesagt, dass ich nicht verheiratet bin«, erwiderte er kurz und fuhr in der Lektüre der Briefe fort.

»Aber trotzdem können Sie doch sehr häuslich veranlagt sein«, gab sie etwas gereizt zurück. »Wenn es für einen Junggesellen ebenso einsam und trostlos ist wie für eine – nun ja, für eine alte Jungfer – dann muss ich Sie bemitleiden. Ich habe jeden schlechten Film gesehen, der in diesen letzten Monaten von Hollywood herüberkam, manchmal habe ich sie mir sogar zweimal angesehen. Ich würde viel lieber zu Hause in meiner kleinen Wohnung sitzen und mit jemandem sprechen oder zuhören, wie mir jemand etwas erzählt.«

»Dann kaufen Sie sich ein Radio«, sagte er, ohne aufzusehen, sonst hätte er wohl gemerkt, dass sie ein böses Gesicht machte.

»Wenn Sie glauben, dass Sie der Einzige sind, der mir diesen Rat gegeben hat, dann irren Sie sich«, sagte sie spitz. »Das hat mir Mr Sutton auch gesagt, als ich ihm neulich erzählte, wie schrecklich langweilig es in London ist.«

Leslie legte seinen Brief auf den Tisch.

»Wie lange sind Sie eigentlich schon mit Mr Sutton bekannt?«

Sie schaute zur Decke.

»Vierzehn Jahre bin ich in seinem Geschäft. Ich war schon bei ihm, als er ein Schnittwarengeschäft in Rio de Janeiro führte. Und vorher war ich auch schon in seinen Diensten in Leeds. Damals lebte sein alter Vater noch – der alte William Sutton.«

Es war das erste Mal, dass sie ihm etwas über die Entwicklung der Firma Sutton mitteilte.

»Eine gute, alte Familie, nicht wahr? Sie mögen Sutton auch sehr gern?«

Sie zuckte die schön geschwungenen Schultern.

»Ich möchte nicht gerade sagen, dass ich ihn liebe. Ich habe ihn gern. Chefs sind im Allgemeinen persönlich wenig freundlich oder wenn sie es sind, dann bleiben sie nicht lange Ihre Vorgesetzten, wenn sie klug sind.«

Er musste lächeln.

»Er ist zwei Jahre älter als ich. Das würden Sie kaum für möglich halten. Er sieht so furchtbar jung aus und ist in mancher Beziehung auch das reinste Kind. Jeder kann ihn übers Ohr hauen. Er horcht auf jede Erzählung von Missgeschick, und muss schon Tausende auf diese Art verloren haben.«

Eine lange Pause trat ein, aber dann fing sie wieder an zu sprechen.

»Kennen Sie Remington Mansions? Es liegt in der Nähe der Harrow Road. Ich habe dort eine Wohnung im Erdgeschoss. Sie ist sehr hübsch, und ich bin besonders zufrieden, weil ich dort keinen Portier habe, der sich um mein Kommen und Gehen kümmert.«

Er schaute ihr jetzt voll ins Gesicht.

»Das klingt ja ganz ermunternd für jemand, der Sie heimlich besuchen wollte«, sagte er mit gewissem Nachdruck, und sah, wie sie rot wurde. Einen Augenblick schaute sie ihn wütend und bösartig an. Aber dann verbarg sie ihre Erregung unter einem nervösen Lachen.

»Sie sind doch ein merkwürdiger Mann«, sagte sie mit leichter Betonung des letzten Wortes.

Ein paar Minuten später verließ sie den Raum, und John Leslie lachte leise vor sich hin.

Aber trotzdem war ihm Millie Trent ganz sympathisch. Es war irgendetwas an ihr, das ihn anzog, eine gewisse raue Herzlichkeit und Geradheit, die allerdings viele böse Seiten verdecken mochte. Doch hielt er sie im Allgemeinen für aufrichtig.

Er beeilte sich bei seiner Arbeit, denn es war Donnerstag und am Donnerstagnachmittag ging Beryl Stedman gewöhnlich nach Hyde Park Crescent, um eine Gesangsstunde zu nehmen. Es war dann ihre Gewohnheit, vom Marble Arch nach Queen Ann's Gate zu Fuß zu wandern. Sie hätte auch einen viel kürzeren Weg gehen können und überhaupt diesen ganzen Spaziergang unterlassen können, denn sie hatte genügend Bewegung, da sie jeden Tag Golf spielte. Aber seit einiger Zeit erschienen ihr diese Spaziergänge ganz besonders reizvoll.

Er wartete an der Seite des Weges. Die herbstlichen Blätter wurden vom Wind über den Boden getrieben, als er sie mit schnellem Schritt quer über die Straße auf sich zukommen sah. Ihr Gruß war nicht mehr so fröhlich und heiter wie früher, sondern formeller, und er war bestürzt.

»Haben Sie irgendetwas Unangenehmes erlebt? Haben Sie einen Streit gehabt?«

»Sie meinen mit Onkel Lew?« Sie schüttelte den Kopf. »Er ist immer sehr lieb zu mir, ich habe niemals Auseinandersetzungen mit ihm.«

»Ich dachte, er hätte das Unschickliche meines Betragens erwähnt.«

Sie sah ihn sonderbar an.

»Er hat es wohl erwähnt, er hat mir von Ihnen sogar eine ganze Menge Dinge erzählt, die ich lieber nicht erfahren hätte.«

Wenn Sie erwartet hatte, dass ihre Anklage ihn irgendwie berühren würde, hatte sie sich geirrt.

»Das klingt ja ganz merkwürdig«, sagte er kühl. »Was hat er Ihnen denn erzählt?«

Lange Zeit antwortete sie ihm nicht und dann überschlug sich ihre Stimme, als sie zu reden begann.

»Ich wünschte, ich hätte es von Ihnen erfahren – nicht, dass es an unserer Freundschaft etwas geändert hätte. Aber sagen Sie, warum haben Sie das getan, warum? Ein Mann wie Sie!«

»Ach so, Sie meinen meine unglückliche Vergangenheit?« Es lag etwas Ironie in seinem Ton, und sie fühlte sich dadurch betroffen.

»Ich wünschte, Sie würden nicht so sprechen«, sagte sie dann atemlos. »Onkel Lew sagte mir, dass Sie hier in England im Gefängnis gesessen haben. Ist das wahr?«

Er nickte.

»Ja, das stimmt – ich war auch in anderen Ländern im Gefängnis, zum Beispiel in Südafrika – sagen Sie das nur Mr Friedman«, antwortete er etwas hart. »Und glauben Sie nur nicht, dass ich das Opfer von Intrigen war. Ich bin selbst schuld an jeder Stunde, die ich im Gefängnis saß.«

Schweigsam gingen sie eine Weile nebeneinanderher.

»Es tut mir sehr leid, dass ich Ihnen solche Unannehmlichkeiten bereitet habe, und dass ich ein schlechter Mensch bin«. Er sagte dies mit so milder, sanfter Stimme, wie sie es noch niemals von ihm gehört hatte. »Und doch möchte ich Sie bitten, mir – zu vertrauen. Ich weiß, dass es eine große Bitte ist.«

»Sie meinen, dass Sie jetzt ein ordentliches Leben führen?« Sie sah ihm voll ins Gesicht.

»Ja, ich führe jetzt ein ordentliches Leben«, stimmte er zu. Sie legte ihren Arm in den seinen und sagte nichts, aber er fühlte einen leichten Druck, und das süße Geheimnis dieser Augenblicke ließ ihm fast den Atem vergehen. Sie fühlte, wie sein Arm zitterte.

»Ich bin so froh«, sagte sie dann. »Und – und – ich muss Ihnen etwas sagen, John.«

Nur mit Mühe brachte sie die Worte hervor. Sein Herz krampfte sich zusammen, denn er wusste, was jetzt kommen würde.

»Ich werde heiraten ... schon nächste Woche«, sagte sie. »Ist das nicht – ist das nicht entsetzlich?«

8

Wenn auch noch der leiseste Schatten eines Zweifels bestanden hätte, so wusste er jetzt, dass er dieses Mädchen liebte, und diese Erkenntnis erschütterte ihn. Was war er doch für ein sonderbarer Mensch! Er hatte es doch die ganze Zeit gefühlt, aber er hatte sich diese Tatsache immer verheimlichen wollen.

»Heiraten ... schon nächste Woche«, wiederholte er mechanisch. »Das ist sehr schnell.«

Sie sahen sich an und mussten doch lachen.

»Onkel Lew wollte es so. Er fragte mich heute Morgen und natürlich – ich konnte nicht nein sagen, ich konnte nichts dagegen haben. Er sagte mir, dass er schon wochenlang darüber nachgedacht hatte und vor zwei Tagen einen besonderen Erlaubnisschein besorgt hätte.«

»Eine besondere Erlaubnis?«

Sie nickte.

»Ja, die Trauung soll vor dem Standesamt geschlossen werden. Frank wollte ja lieber eine kirchliche Trauung, einen Gottesdienst mit Chorgesang und öffentlichem Empfang und dergleichen ... aber Onkel Lew war dagegen. O John, er war so gut zu mir – Sie wissen nicht, was er alles für mich getan hat.«

Er sah, dass ihr die Tränen in die Augen kamen und war erstaunt.

»Meinen Sie, weil er die Hochzeit für Sie arrangiert hat?«

Aber sie schüttelte ungeduldig den Kopf.

»Nein, ich meine die Zeit, als ich noch ein Kind war. Er hat sich doch immer um mich gesorgt – die Opfer, die er meinetwegen gebracht hat ...«

Und dann fuhr sie plötzlich sprunghaft fort und es kam etwas rein Menschliches zum Vorschein:

»Sie haben mir noch nicht einmal gratuliert!«

»Ja, das weiß ich«, sagte John Leslie nachdenklich. »Heiraten! Großer Gott!«

Sie waren jetzt in Green Park. Ihr Arm ruhte noch in dem seinen, und sie ging ganz dicht neben ihm.

»Sicher werde ich glücklich werden«, sagte sie dann. »Frank ist so gut und so vernünftig ... in allen Dingen ...«

Sie sagte das, aber Leslie schien es, dass sie sich durch ihre Worte selbst überzeugen wollte.

»Heiraten wie diese gehen meist sehr glücklich aus ... ich vermute, dass fast alle Ehen so wie meine geschlossen werden. Die Frauen kennen den Mann, den sie heiraten, doch erst ... wenn sie mehrere Jahre mit ihm gelebt haben. Ich hätte es auch nicht gern, wenn ich meinen Mann abgöttisch liebe ... all solche Sachen enden meistens unglücklich.«

»Was Sie da sagen, ist reiner Unsinn.«

»Ich weiß, dass es nicht richtig ist, was ich sage. John, ich bin so unglücklich, ich möchte am liebsten nicht heiraten, aber es ist nun einmal der Herzenswunsch von Onkel Lew. Wenn er mich jetzt noch einmal fragen würde, so würde ich ihm sagen, dass ich überhaupt niemand heiraten will. Aber nun habe ich ihm mein Versprechen gegeben.«

»Hat er Ihnen denn noch etwas Besonderes erzählt?«

Sie nickte. »Von sich selbst und Ihrer Vergangenheit.«

»Ich würde mich an Ihrer Stelle nicht so sehr um die Zukunft sorgen, Beryl«, sagte er, und seine Stimme klang überraschend ruhig. »Eine Woche hat sieben Tage, und das ist eine lange Zeit!«

Aber sie widersprach.

»Wir wollen uns doch nicht täuschen. Ich werde heiraten, nichts wird das verhindern – nichts – nichts!«

»Aber sieben Tage sind doch eine ganze Menge Tage«, wiederholte er.

Sie nahm ihren Arm aus dem seinen.

»Wir wollen nicht mehr darüber sprechen. Sehen Sie …«, sie zeigte auf die andere Seite, »drüben ist der merkwürdige Mann, der neulich abends zu uns kam und alles über Sie wissen wollte.«

»Wen meinen Sie damit? Dort gehen so viele Leute«, sagte er gleichgültig.

Sie zeigte auf den unansehnlichsten Mann in dem rehfarbenen, abgetragenen Mantel.

»Er ist ein Reporter vom ›Postcourier‹, ich habe seinen Namen im Augenblick vergessen.«

»Harras«, sagte er, »Josua Harras, ein bekannter Kriminalberichterstatter!«

»Kennt er Sie?«, fragte sie plötzlich unruhig.

Er schüttelte den Kopf.

»Ich hoffe nicht. Harras kümmert sich nicht besonders um Leute, die kleine Vergehen hinter sich haben. Sie müssen schon etwas ganz Außerordentliches getan haben, wenn er sich für sie begeistern soll. Aber das muss man ihm lassen, ein Bluthund ist immer noch ein zahmer Schoßhund, verglichen mit Josua Harras.«

Wenn Mr Harras sie erkannt hatte, ließ er sich davon nichts merken. Er war scheinbar vollständig in Gedanken versunken, als er den Weg entlang ging. Er hatte die Hände auf dem Rücken und war vornüber geneigt. Seine Blicke waren auf den Boden gerichtet und nicht einmal die Flüche und bösen Bemerkungen der Fußgänger, mit denen er zusammenstieß, konnten ihn aus seinen Träumen wecken.

»Was wollte er denn über mich wissen? Ich hatte keine Ahnung, dass man sich für mich interessieren könnte.«

Sie konnte ihm nichts Genaues sagen, sie hatte nur ein paar Fragen gehört, die Harras stellte, und Lew hatte nicht mit ihr darüber gesprochen. Er begleitete sie bis zur Haltestelle und dort verabschiedete er sich. Sie sprachen nicht mehr über seine Vergangenheit, und obwohl sie sich fest vorgenommen hatte, mit ihm über seine Zukunft zu sprechen, fand sie doch nicht den Mut dazu. Während sie auf ihre Bahn wartete, las sie zum ersten Mal ein Wort, das in ihrem späteren Leben eine große Rolle spielen sollte. Es war eine große Zeitungsüberschrift: »Wer ist der Zinker?« Sie kaufte ein Exemplar, weil ihre Neugierde erwacht war.

Es war das »Journal«, das verbreitetste und rücksichtsloseste der Morgenblätter. Sie hatte sich aber nicht träumen lassen, dass der Zinker irgendwie im Zusammenhang mit dem Mord in der Mortimer Street stehen könnte.

Zu ihrem großen Erstaunen wurde die Geschichte des Zinkers mit dem Mord an Larry Graeme in Verbindung gebracht. Sie las, bis plötzlich ein Absatz sie so aufregte, dass sie Herzklopfen bekam.

»Unser Sonderberichterstatter meldet, dass die Polizei der Ansicht ist, dass der Mord von einem gefährlichen Hehler begangen wurde, der in der ganzen Verbrecherwelt unter dem Namen ›Der Zinker‹ bekannt ist. Es ist ein Mann, der seine eigenen Leute, die mit ihm zusammenarbeiten, verrät und betrügt. Die Polizei wurde seit langer Zeit durch Denunziationen unterstützt, sodass sehr viele Verbrecher, darunter auch der ermordete Larry Graeme, verhaftet werden konnten. Der Zinker, der diese geheimen Anzeigen gemacht hat, muss ein Aufkäufer gestohlenen Gutes sein, der auf ganz großer Basis arbeitet. Es ist dies der Kanal, durch den alles gestohlene Gut aus den großen Einbrüchen und Raubüberfällen außer Landes kommt. Obgleich die Polizei keinen Anhalt hat, wer es sein könnte, so steht es doch ziemlich fest, dass es ein Mann ist, der bereits selbst schwere Strafen hinter sich hat, sowohl in England als auch in Südafrika. Scotland Yard hat die Polizeibehörde in Johannesburg gebeten, die nötigen Fotografien und Fingerabdrucke eines Mannes zu senden, der unter vielen fremden Namen auftritt und auch eine ganze Anzahl Heiratsschwindeleien begangen hat. Wegen eines solchen Falls wurde er in Pretoria zu zwei Jahren Gefängnis verurteilt. Wenn diese Unterlagen ankommen, steht zu erwarten, dass nicht nur dieser Erzverbrecher entdeckt, sondern auch mit ihm in einer Person der Mörder Larry Graemes unschädlich gemacht wird.«

Südafrika? Hatte John Leslie nicht gesagt, dass er auch in Südafrika …
Sie stieg in Wimbledon aus und fühlte sich elend. Sie sagte sich selbst, dass es unmöglich sei. Aber erst vor zwei Tagen hatte Lew Friedman ihr die unmöglichen Tatsachen mitgeteilt, dass ihr Vater ein Dieb und ihr Pflegevater ein früherer Zuchthäusler war.

Nach dem Tee las Lew die Zeitung, die sie mit nach Hause gebracht hatte. Auch er kam zu dem Absatz, der sie so aufgebracht hatte. Er las langsam Zeile für Zeile, aber plötzlich ließ er das Blatt sinken.

»Hast du vom Zinker gelesen?«, fragte er.

Sie nickte und fürchtete, was jetzt kommen würde. Aber offensichtlich sah Lew keinen Zusammenhang zwischen dem Artikel und John Leslie.

»Ist das wahr, und dieser Zinker ist wirklich derselbe große Verbrecher, dann wird es mich nicht erstaunen, wenn Barrabal ein Unglück zustößt.«

»Warum sollte Mr Barrabal ein Unglück zustoßen?«, fragte sie.

»Weil er den Fall bearbeitet und weil er nach allem, was man von ihm hört, der tüchtigste und begabteste Detective ist, der jemals in Scotland Yard arbeitete. Ich bin gespannt, wer von den beiden schlauer ist.«

Lew Friedman hatte eine Ahnung von den Dingen, die da kommen sollten. Am selben Abend saß Mr Barrabal in seinem Büro, nachdem er eine harte Tagesarbeit hinter sich hatte. Es wurde ihm ein bescheidenes Abendbrot auf einem Tablett gebracht, das aus Tee und Toastschnitten bestand. In Scotland Yard gab es eine Kantine, aber er war sehr empfindlich in Bezug auf seinen Tee, und er hatte nach einem kleinen Restaurant in der Nähe von Scotland Yard geschickt und sich das Abendessen holen lassen.

Der Bote brachte das Tablett, setzte es auf einen kleinen Tisch, und schenkte den Tee ein. Barrabal starrte abwesend auf den Tee und nahm mit seiner Gabel ein kleines, dreieckiges Stückchen Toast. Direkt über ihm brannte eine sehr helle Lampe, und als er auf die Schnitte sah, entdeckte er, dass etwas auf der Butter schimmerte. Sofort legte er sie wieder nieder.

Einige Sekunden später telefonierte er in einer sehr ernsten Angelegenheit an das Westminster Hospital, und infolge dieser Unterredung wurde das Tablett sorgfältig in einem Wagen zu dem Laboratorium des Hospitals hinübergebracht. Barrabal wartete im Ärzteraum und rauchte eine Zigarre, bis der Chemiker eintrat.

»Ich habe nur eine oberflächliche Untersuchung gemacht und kann Ihnen die Mengen noch nicht angeben, aber zweifellos handelt es sich um Arsenik, das über den Toast gestreut wurde. Im Tee hat sich nichts nachweisen lassen. Morgen bin ich in der Lage, auch die genauen Mengen zu nennen.«

»Das ist alles, was ich wissen will«, sagte Barrabal. Dann ging er nach Scotland Yard zurück und klingelte nach seiner Sekretärin. »Wenn jemand nach mir fragt«, sagte er zu der erstaunten Dame, »so sagen Sie, bitte, dass ich tot bin. Aber nein, warten Sie einen Moment ...«

Er setzte sich und schrieb eilig. Am nächsten Morgen brachten die Zeitungen eine Mitteilung, dass Chief Inspector Barrabal von Scotland Yard schwer erkrankt sei und sich im Hospital befinde. Der Artikel endete:

»Wahrscheinlich wird Chief Inspector Barrabal seine Arbeiten im Polizeipräsidium erst nach mehreren Wochen wieder auf nehmen können. In der Zwischenzeit wird Inspector Elford ihn vertreten.«

»Nichts ist sicherer«, sagte Barrabal zu Elford, der sich wenig wohl fühlte, »als dass man einen Angriff auf Sie machen wird, und ich wäre sehr überrascht, wenn Sie Ende nächster Woche noch am Leben sind.«

»Sagen Sie mir doch etwas Angenehmeres«, bat Elford.

9

Niemand mochte den Geschäftsführer Frank Suttons eigentlich leiden. Er war ein großer Organisator, und er wusste sofort, wo etwas nicht stimmte. Und da es sich gewöhnlich um Angestellte handelte, so machte ihn seine Tätigkeit nicht beliebter. Aber um ihm gerecht zu werden, was er auch immer für Fehler haben mochte – die Angestellten hatten sehr viele entdeckt – kümmerte er sich durchaus nicht um die Stimmung der anderen, die durch seine rigorose Tätigkeit bei der Firma Sutton & Co. geschaffen wurde. Geheimnisvollerweise hatte sich das Gerücht verbreitet, dass Leslie eine dunkle Vergangenheit hatte. Möglicherweise verwechselte man hier auch Verschiedenes, denn ein früherer Geschäftsführer und andere Leute in führenden Stellungen hatten die Firma unter wenig ehrenvollen Umständen verlassen müssen, als entdeckt wurde, dass sie Gefängnisstrafen hinter sich hatten. Sicher lag der Fehler bei Frank Sutton, wie Friedman ihm freundlich sagte.

»Mein Junge, Sie stecken voll von abenteuerlichen Torheiten, und die kosten Sie eine Menge Geld. Es wird noch die Zeit kommen, da Sie einsehen werden, dass es unmöglich ist, einen alten Verbrecher dadurch zu bekehren, dass man ihm die Möglichkeit gibt, ein neues Leben zu beginnen.«

Frank sah es denn auch stets im Augenblick ein.

»Ich möchte den Leuten wenigstens die Möglichkeit offen lassen. Ich bin überzeugt, dass ich in der nächsten Zeit einem armen Kerl wieder auf die Beine helfen werde.«

Er berichtete Lew, dass das Experiment, das er mit John Leslie gemacht hatte, zu seiner größten Zufriedenheit ausgefallen sei.

»Er ist bei dem Personal zwar nicht gern gesehen, aber das liegt an seinem besonderen Temperament. Er greift streng durch, arbeitet hart und meiner Meinung nach ist er absolut vertrauenswürdig.«

Bei den Angestellten dachte man freilich anders hierüber. Man glaubte gerade das Gegenteil. Plötzliches Schweigen herrschte in den Büroräumen, wenn er eintrat, und besonders die jungen Angestellten gaben sich den Anschein des größten Fleißes und eifriger Tätigkeit, wenn sie ihn nur kommen hörten.

An dem Morgen, als die Zeitungen die plötzliche Erkrankung des Inspector Barrabal meldeten, kam Tillman ein wenig verspätet ins Büro. Das hätte eine recht unangenehme Sache für ihn werden können, wenn der Portier seine Pflicht getan hätte. denn die Durchsicht seines Morgenberichtes gehörte zu den Pflichten des ersten Geschäftsführers. Aber der Portier war ein bequemer Mann – wie die meisten Angestellten Frank Suttons.

Tillman klopfte an die Tür des Geschäftsführers und trat ein. Es war sein Amt, die Briefe zu sortieren. Miss Trent saß schon an ihrem Pult, aber Mr Leslie war noch nicht gekommen.

»Heute Morgen kommen Sie aber spät, Tillman.« Bei diesen Worten sah sie ihn scharf an. Aber Mr Tillman war in keiner Weise verlegen. Dafür, dass er nur zur Probe angestellt war, nahm er sich viele Freiheiten heraus, und sein Verhalten gegenüber dieser Frau, die ihn doch sehr schädigen konnte, war erstaunlich frei und ungezwungen.

»Zeit ist doch nur ein ganz relativer Begriff«, sagte er, als er sich mit der Korrespondenz zu tun machte. »Überlegen Sie doch einmal, dass in diesem Augenblick in China die Gewinne für die Rennen ausgezahlt werden, die um ein Uhr mittags abgeschlossen sind, und dass die Leute von den Gesellschaften gestern Abend in New York gerade eben zu Bett gehen. Wissen Sie, was Oliver Lodge sagt ...«

»Es interessiert mich durchaus nicht, was Ihre Freunde sagen«, erwiderte Miss Trent böse, und Tillman grinste.

»Der Brummbär Leslie ist heute Morgen auch ein wenig spät daran«, bemerkte er.

Sie protestierte nicht gegen seine Vertraulichkeit, sondern ermunterte ihn durch ihr Schweigen in seinen Angriffen gegen Leslie.

»Er war heute Morgen schon hier – in der Frühe. Er scheint auch nie zu schlafen. Haben Sie schon jemals von einem Mann mit Namen Barrabal gehört?« Sie schaute bei dieser Frage nicht von dem Brief auf, den sie gerade las.

Tillman wandte sich plötzlich um.

»Wie meinen Sie?«, fragte er. »Sagten Sie eben Barrabal? Ja, ich habe schon von ihm gehört. Aber warum fragen Sie mich?«

»Er ist krank, er liegt im Sterben«, sagte Millie Trent.

Tillman lachte still für sich. Er freute sich über Späße und Witze, die meistens andere nicht verstanden.

»Wenn er tot ist, werden wir ihm einen Kranz senden«, sagte er. »Er war ein Beamter, der viel für das öffentliche Wohl getan hat – er wird sehr vermisst werden.«

»Kennen Sie ihn?«

Sie las noch immer in ihrem Brief und suchte ihren Worten den Klang zu geben, als ob ihr die Unterhaltung sehr gleichgültig sei.

»Nein, ich kenne wenig Leute von der Polizei.«

Auf dem Gang hörte man einen Schritt und ein Geräusch an der Tür. Tillman richtete sich auf und schaute erwartungsvoll nach der Tür, als sie sich öffnete. Aber es war nur ein Bürodiener mit einer Karte, die er Millie Trent überreichte. Sie las.

»Mr Leslie ist noch nicht hier«, sagte sie dann, »aber sagen Sie doch dem Herrn, er soll nähertreten. Ich möchte gern einmal sehen, wie so ein Zeitungsreporter aussieht.«

»Ein Zeitungsreporter?«, stieß Tillman hastig hervor, als der Bote das Zimmer verlassen hatte.

Er nahm die Karte auf, die sie auf den Tisch gelegt hatte.

»Mr Josua Harras.«

»Harras!«

Tillman war zum ersten Mal, seit sie ihn kannte, verstört. Sein hageres Gesicht wurde noch länger.

Mit dem Büro war ein kleiner Raum verbunden, in dem Leslie manchmal Besuche empfing, und hierhin verschwand Tillman mit langen Schritten.

»Möchten Sie ihn denn nicht auch ansehen?«, fragte Millie Trent erstaunt. Aber bevor sie ihre Frage beendet hatte, war Tillman schon verschwunden, und in der nächsten Sekunde trat Josua Harras ein. Er verbeugte sich linkisch vor ihr, und sein unsicheres Auftreten stimmte sie ihm gegenüber freundlich.

»Möchten Sie Mr Leslie sehen? Er ist nicht im Büro, aber er muss jeden Augenblick kommen. Wollen Sie nicht Platz nehmen?«

Josua setzte sich gemächlich nieder.

»Ich vermute, dass Mr Sutton in der Stadt ist.«

Millie sagte ihm, dass Mr Sutton immer in der Stadt im Allgemeinen im Büro, aber gerade im Augenblick ausgegangen sei. Sie erzählte ihm auch, dass er ein sehr geschäftiger Mann sei und sich nicht so viel freie Zeit nehmen könne wie gewisse andere Leute. Offenbar wusste Harras, wen sie damit meinte.

»Mr Leslie muss ein sehr netter Mensch sein«, sagte er. Er sprach aber so leise, als ob er sich mit sich selber unterhielte. »Ich habe ihn doch schon vorher gesehen, ich weiß bloß nicht mehr, wo.«

Millie verzog verächtlich den Mund.

»Sie gehen scheinbar nicht viel in Gesellschaft«, sagte sie etwas ironisch. Josua schüttelte den Kopf.

»Nein, das tue ich nicht. Ich verbringe die meiste Zeit meines Lebens, das muss ich gestehen, in der recht ungesunden Luft der Gerichtsräume. Ich gehe fast zu allen Sitzungen der Strafkammer – Verbrechen und Verbrecher, das ist nun mal meine Liebhaberei. Manche Leute sammeln Briefmarken, andere züchten Angorakatzen, aber ich sammle Kriminalfälle.«

Miss Trent war plötzlich interessiert, sie konnte sich sehr wohl vorstellen, wo er Mr Leslie vorher getroffen hatte.

»Ich wusste eigentlich nicht, dass Leslie ein netter Mensch ist, er ist manchmal recht ungenießbar, müssen Sie wissen«, entgegnete sie ihm ein bisschen spitz. Sie erinnerte sich an die vielen bösen Bemerkungen, die er ihr gegenüber gemacht hatte.

»Ach, das hatte ich noch nie gehört«, sagte Harras lächelnd, »Aber das eine Gute hat er doch an sich, wenn ich mir eine Bemerkung erlauben darf: Bei der Auswahl seiner Sekretärinnen beweist er einen sehr guten Geschmack«.

Sie sah ihn wegen dieser Schmeichelei verwundert an. Aber trotzdem musste sie lächeln. Vielleicht gehörte es zu den Erfahrungen, die Mr Harras bei Gericht in dem Umgang mit Menschen gemacht hatte, dass ein deutliches Kompliment den Leuten am meisten schmeichelt und einer gewissen Art von Damen am liebsten ist.

»Gott sei Dank bin ich nicht seine, sondern Mr Suttons Sekretärin«, antwortete sie.

Mr Harras seufzte.

»Mit manchen Menschen ist furchtbar schwer umzugehen.«

»Leslie ist nicht nur schwierig«, sagte Millie aufgebracht, »er ist ein ganz unmöglicher Mann.«

Harras zog die Lippen kraus, wie er gewöhnlich zu tun pflegte.

»Das tut mir sehr leid«, sagte er dann ernst.

Sie hatte den Eindruck, als ob im Moment die Tatsache, dass Mr Leslie ein ganz unmöglicher Mensch sei, seine Gedanken so vollständig ausfüllte, dass er an nichts anderes dachte.

»Wollen Sie ihn sprechen? Sie sind doch Journalist?«

Harras schüttelte den Kopf.

»Nein, Berichterstatter«, sagte er traurig. »Früher war ich auch Journalist. Aber als ich dann eine feste Anstellung bekam, habe ich diesen Beruf aufgegeben.«

Während er nun mit dem Ausdruck größter Aufmerksamkeit Millie zuzuhören schien, achtete er auf das schwache Knarren von Schuhen vor der Tür. Und das sagte ihm, dass jemand draußen stand. Die obere Hälfte der Tür war mit Fenstern versehen, draußen im Gang brannte Licht. So konnte er, wenn auch nur schwach, einen Schatten sehen, als er unbemerkt dorthin blickte. Plötzlich stand er auf.

»Ach, entschuldigen Sie«, sagte er sanft, »ich kann Zug nicht vertragen.«

In Anbetracht seines Alters und seiner sonst langsamen Bewegungen, ging er mit überraschender Schnelligkeit zur Tür und riss sie auf. Draußen stand Tillman mit gebeugtem Kopf und halb geschlossenen Augen.

»Verzeihung«, sagte Mr Harras höflich, »Sie wollten wohl gerade ins Zimmer kommen?«

Aber Tillman hatte sich schon umgedreht und ging schnell den Korridor entlang. Mr Harras schloss die Tür wieder mit einem zufriedenen Lächeln.

»Wer war das?«, fragte Millie. »War die Tür nicht geschlossen?«

»Ich habe sie jetzt fest zugemacht.«

»Haben Sie nicht mit Tillman gesprochen? Was wollte er?«

»Wie? Tillman?« Josua lächelte.

»Kennen Sie den auch?«

Er schüttelte den Kopf.

»Es ist ziemlich anmaßend, wenn ein Mann sagt, dass er andere Leute kennt. Ich habe den Herrn schon früher gesehen. Möglicherweise habe ich auch ein paar Worte mit ihm gesprochen.«

Anscheinend hatte das Auftauchen des geheimnisvollen Tillman einen sonderbaren Eindruck auf Mr Harras gemacht. Er blinzelte schnell mit den Augen wie jemand, der plötzlich in helles Licht gesehen hat.

»Das ist aber sehr merkwürdig«, sagte er dann. Auch Millie Trents Neugierde war erwacht, und plötzlich kam ihr ein Gedanke.

»Ich sehe schon, was Sie meinen. Mr Sutton macht auch mit ihm ein Experiment. Sicherlich haben Sie ihn auf der Anklagebank in Old Bailey gesehen!«

Aber Josua schüttelte den Kopf.

»Sicherlich habe ich ihn in Old Bailey gesehen«, sagte er und wählte seine Worte sehr sorgfältig, »aber nicht auf der Anklagebank, nein, ganz bestimmt nicht!«

10

Die Ankunft John Leslies hinderte sie an weiteren Fragen. Er kam schnell in das Zimmer, sah Harras und hielt überrascht an, dann schloss er die Tür hinter sich und ging zu seinem Pult. Josua erhob sich von seinem Sitz und ging hinter ihm her. Eine Sekunde lang standen sie sich Auge in Auge gegenüber, aber das Gesicht Leslies zeigte keine Freundlichkeit.

»Wollen Sie mich sprechen?«, fragte er kurz.

»Ja, ich möchte Sie gerne sprechen.«

Leslie blickte auf die Sekretärin.

»Ein paar Augenblicke«, fügte Josua hinzu, »in einer Sache, die das öffentliche Interesse angeht.«

Es war sonderbar, dass Leslie ihn nicht fragte, ob das Interview vertraulich sein sollte, er schien das als selbstverständlich anzunehmen.

»Gut, Miss Trent«, sagte er. Das war seine gewöhnliche Art, sie hinauszuschicken, und sie wurde rot.

John Leslie konnte den Teufel in ihr losmachen. Es gab Augenblicke, in denen sie ihn am liebsten ermordet hätte, zu anderer Zeit fand sie ihn wieder sehr erträglich.

»Ich glaube, ich kann noch nicht gehen, Mr Leslie«, sagte sie schroff. »Ich habe eben noch alle diese Briefe durchzusehen ...«

»Lesen Sie sie irgendwo anders«, sagte Leslie.

Josua Harras beobachtete sie und sah, dass ihre Hände vor Wut zitterten, als sie die Korrespondenz aufnahm und nahezu aus dem Zimmer rannte. Es bestand scheinbar keine Liebe zwischen Mr Suttons Sekretärin und Mr Suttons energischem Geschäftsführer. Diese Tatsache merkte er für die Zukunft vor, denn ein positives Wissen um Antagonismus ist manchmal nützlicher als ein Wissen um Freundschaft.

Er übergab seine Karte Leslie, der einen Blick darauf warf und sie auf den Tisch fallen ließ.

»Nehmen Sie Platz, Mr Harras«, sagte er dann. Als Josua der Einladung gefolgt war, fuhr er fort: »Nun, worüber wollen Sie mich sprechen? Ich war nicht Zeuge bei dem Mord – ich vermute, dass Sie deswegen kommen – ich hörte nicht einmal die abgegebenen Schüsse, und überhaupt kann ich Ihnen nichts sagen, was ein Reporter für wert halten würde, in sein Notizbuch zu schreiben.«

Josua hustete.

»Ich möchte Sie in einer ganz besonderen Angelegenheit sprechen, in der Tat, ich wüsste nicht, dass ich jemand schon einmal in so verwickelten Umständen gesprochen hätte.«

Der Schatten eines Lächelns zeigte sich in John Leslies Augen, er amüsierte sich vielleicht über den schüchternen Reporter.

»Sie können mich nicht ärgern«, sagte er. »Wenn Sie das denken, fehlgeschossen! Es ist also nicht wegen des Mordes?«

»Nein.« Josua hustete wieder. »Die Sache ist so, Mr Leslie. Ich bin auf der Spur einer Reportage – einer ganz anderen Sache, und doch mag sie sehr gut mit dem Verbrechen in Zusammenhang stehen, an das wir beide denken. Wir bekamen eine Mitteilung, dass es einen Mann in London gibt – ich will nicht sagen einen Meisterverbrecher, weil das ein Ausdruck ist, der nicht zum ehrlichen Journalistenton gehört. Aber es besteht, wollen wir sagen, eine sehr mächtige Verbrecherorganisation. Es ist wichtig, dass ich dahinterkomme, weil uns das ›Journal‹, eine ernste Konkurrenz, in ein oder zwei geringeren Punkten schon geschlagen hat. Nach unserer Information ist dieser brillante Verbrecher ...«

»Sie haben sensationelle Artikel gelesen«, sagte Mr Harras, »ausgenommen die Wetterberichte.« Er kicherte. »Ist das nicht gut?«, meinte er.

Leslie betrachtete den Mann neugierig.

»Sie sehen nicht wie ein Reporter aus«, sagte er. Josuas Lächeln wurde breiter.

»Kein Reporter sieht so aus«, sagte er. »Darin sind Reporter Musikern und bedeutenden Literaten über, denn sie erscheinen niemals als das, was sie wirklich sind.«

»Warum sind Sie eigentlich zu mir gekommen?«, fragte Leslie ungeduldig. »Bilden Sie sich ein, dass ich etwas von Hehlern weiß?«

Josua biss sich auf die Lippen. Es war eine heikle Angelegenheit, und er kam nun zu dem empfindlichsten Teil seiner Aufgabe. Während der ganzen Zeit, die er mit Leslie sprach, hatte er angestrengt darüber nachgedacht, wo er ihn früher schon gesehen hatte.

Wenn die Berichterstatter in Old Bailey auf die Verhandlung einer Mordsache warten oder wenn sonst ein wichtiger Strafprozess beginnt, werden manchmal vorher kleinere Fälle verhandelt und abgemacht, ohne dass sie das Interesse der wartenden Zeitungsleute erregen, und möglicherweise hatte er John Leslie unter solchen Umständen dort auf der Anklagebank gesehen. Harras hatte sich damals wahrscheinlich den Mann mit dem harten, glatt rasierten Gesicht nur oberflächlich angesehen, und die Erinnerung daran war schwach.

»Ich möchte Ihnen gegenüber ganz offen sein, Mr Leslie, oder muss ich Captain Leslie sagen?«

»Das ist mir ganz gleich.«

»Vor einigen Tagen kam ich mit Inspector Barrabal in Berührung«, fuhr Harras fort und sah, wie Leslie die Stirn kraus zog. »Ich schrieb ihm in dieser Angelegenheit, und er antwortete mir, dass es gut wäre, wenn ich Sie deswegen aufsuchte.«

»Warum denn nun ausgerechnet mich?«

Josua zögerte, aber Leslie half ihm.

»Er hat Ihnen vielleicht gesagt, dass ich früher eine Gefängnisstrafe abgesessen habe und deswegen wohl vertraut bin mit allem, was in der Verbrecherwelt passiert?«

»Ich danke Ihnen«, sagte Mr Harras erleichtert.

»Und dann mag er vielleicht auch erzählt haben, dass ich etwas intelligenter bin als die Durchschnittsverbrecher, und dass ich Sie vielleicht auf die Spur dieses großen Hehlers bringen könnte?«

»Ich bin Ihnen zu großem Dank verpflichtet«, murmelte Harras.

»Aber da täuscht sich Barrabal, das kann ich nicht«, sagte Leslie entschlossen. »Wenn Sie Barrabal wieder sehen oder mit ihm sprechen, dann bestellen Sie ihm von mir ...«

»Sprechen Sie gut von dem Toten«, murmelte Harras. »Er ist zwar noch nicht tot, aber die Zeitungen bringen sehr alarmierende Nachrichten über seinen Gesundheitszustand. Wäre es nicht möglich, Captain Leslie, dass Sie mir wenigstens einen leisen Wink geben könnten, wie ich mit dem Zinker in Berührung kommen könnte?«

Leslie schüttelte den Kopf.

»Nein, das kann ich nicht.«

Josua erhob sich.

»Ich werde Barrabal nicht sehen, weil niemand ihn zu sehen bekommt.«

Er wandte sich zur Tür, die zum Gang führte und starrte wie abwesend vor sich hin.

»Wenigstens hat ihn noch niemand gesehen, der irgendwie im öffentlichen Leben steht. Es tut mir sehr leid, dass Sie mir nichts sagen können. Nun muss ich jemand anders suchen, der mir weiterhilft. Mr Leslie, ich werde ganz London durchsuchen, bis ich den ›Zinker‹ irgendwie ausfindig mache. Ich habe ein Gefühl, dass die Geschichte vom ›Zinker‹ die größte Sache wird, die wir jemals gedruckt haben.«

Er sah Leslie scharf an, als er sprach, aber der Geschäftsführer zuckte mit keiner Wimper.

»Sie imponieren mir«, sagte er dann trocken. »Wenn es irgendwie in meinen Kräften läge, würde ich Ihnen gerne dazu verhelfen, einen guten Artikel zu verfassen. Die Tatsache, dass es mir unmöglich war, Ihnen behilflich zu sein, wird mich noch schlaflose Nächte kosten.«

Aber gegen ironische Bemerkungen war Josua vollständig gefeit.

»Können Sie mir wirklich keinen Fingerzeig über den Zinker geben?«
Leslie unterdrückte mit Mühe ein Gähnen.

»Dieser Zinker existiert wohl nur in der wildwuchernden Fantasie von
Zeitungsleuten.« Josua ließ den Kopf sinken.

»Ich hoffe, dass ich Sie nicht gestört habe.«

»Mich stört so leicht nichts«, antwortete John, als er sich an seinen
Schreibtisch setzte und die Schriftstücke durchsah, die er zu erledigen
hatte.

»Schade, Sie haben meine Erwartungen nicht erfüllt. Ich hatte von
Ihnen gehört, dass Sie wohl imstande wären, mir auf die Spur Ihres
Freundes zu helfen – wenn ich sage, Ihr Freund, dann spreche ich natürlich symbolisch. Er ist natürlich auch mein Freund für Lebenszeit, wenn
ich eine gute Artikelserie über ihn schreiben kann.«

Leslie schaute wieder auf.

»Sagen Sie mir, träumen Sie eigentlich alle diese Dinge?«

»Ich träume niemals«, antwortete Josua geduldig. »Ich bin sehr vernünftig, außerdem bin ich Junggeselle.«

Er machte eine Pause.

»Man sagt, dass der Zinker, wenn er nicht im Gefängnis sitzt, seine
Schiebungen dadurch verdeckt, dass er ein großes Geschäft führt – sei es
als Inhaber oder als Geschäftsführer.«

Harras wartete, dass Leslie etwas hierauf erwidern würde.

»Hat Barrabal Ihnen das alles erzählt? Er scheint ein sehr mitteilsamer
Mann zu sein. Guten Morgen, Mr …«

»Harras«, sagte Josua mit zufriedenem Lächeln. »Guten Morgen,
Mr Leslie.«

Wieder wandte er sich halbwegs zur Tür, drehte sich aber um, anstatt
hinauszugehen.

»Sie haben interessante Angestellte hier«, sagte er dann langsam, »und
wenn es auch nicht meine Sache ist, so fühle ich mich doch berechtigt,
Ihnen einen Rat zu geben. Sie haben hier einen Angestellten namens
Tillman. Der Himmel möge mich davor bewahren, dass ich irgendwas
gegen ihn sage, aber…«

John Leslie sah ihn an.

»Ich danke Ihnen für die Warnung – wenn es eine Warnung sein sollte. Ich bin über Tillman vollkommen im Bilde. Ich habe ihn heute Morgen schon zur Rede stellen müssen.«

Eine halbe Stunde, nachdem der Zeitungsberichterstatter gegangen war, diktierte Leslie in das Diktafon, das neben seinem Tisch stand, Antworten auf die Briefe, die er am Morgen bekommen hatte. Er war ein schneller und fähiger Arbeiter, und sein knapper und gewöhnlich klarer Stil befähigte ihn, die Morgenpost in kürzester Zeit zu erledigen. Als er damit fertig war, nahm er die »Times«, die auf seinem Tisch lag, und schaute sie schnell durch. Den Artikel, in dem über Chief Inspector Barrabal berichtet wurde, las er mehrere Male. Er stand an hervorragender Stelle.

Niemand wusste besser als John Leslie, dass Barrabal diesen Augenblick nicht nur sehr gesund, sondern auch sehr tätig war. Wieder schlug er die erste Seite der Zeitung auf und begann die Abteilung der Zeitung durchzulesen, in der die Verlustanzeigen gemeldet wurden. Plötzlich hielt er inne, als er eine einfache Annonce las:

»Verloren!

Am Freitagabend 10:30 wurde eine grün-weiße Brieftasche verloren, die vier oder fünf Banknoten enthielt. Vermutlich wurde sie halbwegs auf Fitzjohns Avenue verloren.«

Er las diese Annonce sorgfältig Wort für Wort, dann faltete er die Zeitung wieder zusammen und legte sie auf den Tisch. Um halb elf Uhr am Freitagabend würde jemand warten, um Juwelen, Diamanten und Smaragde zu veräußern, die einen Wert von einer vier- bis fünfstelligen Zahl hatten. Vor kaum einer Woche war wieder ein großer Einbruch in Roehampton passiert, und Diamanten und Smaragde waren unter der Beute gewesen. Als sein Blick auf den Kalender fiel, sah er, dass heute Freitag war. Er ging früh zum Mittagessen und war zwei Stunden vom Büro abwesend. Als er zurückkam, hörte er, dass Frank Sutton nach ihm gefragt hatte.

»Es war nichts Besonderes«, erklärte Millie Trent, die ungewöhnlich liebenswürdig war. »Mr Sutton hat zwei Eintrittskarten für die Boxkämpfe im National Sporting Club, und er möchte gern wissen, ob Sie wohl mit ihm dorthin gehen würden.«

»Er kann beide Karten für sich benützen«, sagte Leslie. Aber Millie war in ihrer augenblicklichen Stimmung nicht verletzt wie gewöhnlich.

»Mr Sutton sagte, dass die Vorstellung erst kurz vor zehn beginnt.« Leslie schüttelt den Kopf.

»Um die Zeit habe ich etwas anderes zu tun«, sagte er wohlgefällig zu sich selbst.

11

Es war wieder eine so stürmische Nacht wie damals, als Larry Graeme den »Zinker« in Putney Common getroffen hatte. Es regnete und stürmte, der Wind fegte die engen Straßen entlang, hob die Schieferplatten von den Dächern und brach Äste von starken Bäumen.

Fitzjohns Avenue ist eine lange Straße, in der nur reiche Leute wohnen. Sie führt von St. Johns Wood nach Heath, steigt stark an, und Automobile können nur langsam hinauffahren. Um halb elf geht in dieser breiten Straße bei solchem Wetter niemand spazieren, aber der Insasse des Wagens, der um diese Zeit dort entlang fuhr, hatte scheinbar Muße und beeilte sich keineswegs.

Das Auto fuhr in geringem Tempo die abschüssige Straße in der Nähe des Bürgersteigs hinunter. Der Wagen bewegte sich geräuschlos. Der Mann am Steuer schaute angestrengt durch das offene Fenster zu seiner Linken. Plötzlich sah er, was er suchte. Eine große Gestalt stand im Schatten eines der kleinen Bäume, die die Straße entlang gepflanzt waren. Sonst war niemand zu sehen. Der Wagen fuhr noch langsamer, aber der Fahrer stoppte nicht vollständig ab, als er in die Nähe des Mannes kam.

»Guten Abend«, sagte der Wartende auf dem Bürgersteig. »Ich möchte ein kleines Geschäft mit Ihnen abschließen …«

Nun hatte der Mann im Auto eine untrügliche Kenntnis von allem, was in der Verbrecherwelt vorging und wusste genau, wer den Raub in Roehampton ausgeführt hatte. Es waren die Holländer, und der Mann, der stets für sie verhandelte, war Jan Bryel. Er hatte schon öfter mit ihm zu tun gehabt. Aber der Mann, der ihn jetzt ansprach, war Engländer.

»Ich weiß nicht, was Sie wollen«, sagte der »Zinker«, und während er sprach, nahm er ganz heimlich und leise von einem Haken eine kleine, aber sehr kräftige Lampe.

»Seien Sie doch nicht komisch«, sagte der Fremde. »Sie wissen doch genau, was ich will …«

Plötzlich fiel ein heller Lichtschein in sein Gesicht, nur einen Augenblick lang, aber der Mann im Auto hatte ihn sofort erkannt. Bevor der überraschte Mann wahrnahm, was vorging, fuhr der Wagen geräuschvoll an. Plötzlich sprangen drei Leute auf, die sich hinter einer niedrigen Gartenmauer verborgen hatten, aber es war zu spät. Auf dem abschüssigen Weg fuhr der Wagen mit einer Geschwindigkeit von nahezu 100 km davon. Zwei Polizisten liefen auf die Mitte der Straße, drehten ihre Signallampen an und konnten im letzten Augenblick knapp zur Seite springen. Der Kotflügel des Wagens erfasste den einen noch am Mantel und warf ihn um. Polizeipfeifen schrillten hinter dem Wagen her. Der Führer verlangsamte seine Fahrt und bog in eine Seitenstraße ein. Beinahe wäre der Wagen umgeschlagen, er fuhr nur noch auf zwei Rädern …

»Wir haben ihn also doch glücklich verfehlt«, sagte Elford traurig.

»Haben Sie wenigstens die Nummer erkannt, Sergeant?«

»Ich habe wohl eine Nummer gelesen«, sagte der vorsichtige Beamte. »Es war ein kleiner Panhard-Wagen …«

»Wir hätten einen Tank hier haben müssen«, sagte Elford ärgerlich.

»Hatten Sie denn einen angefordert?«, fragte der einfältige Sergeant.

Elford gab ihm eine grobe Antwort.

Drunten am Fuß des Hügels hielten sie eine schnelle Beratung mit dem Inspector des Polizeireviers ab, dem die Aufgabe zugefallen war, den Wagen aufzuhalten, wenn er sich davonmachen sollte. Das Auto war noch in der Avenue Road gesehen worden und fuhr jetzt wahrscheinlich mit größter Geschwindigkeit durch Camden Town. Die Beamten unten am Fuß des Hügels hatten nur eine leere Tafel ohne Nummer hinten an dem Wagen bemerkt. Scheinbar konnte der Führer von seinem Sitz aus durch einen einfachen Handgriff seine Wagennummer verdecken. Die Polizei hatte schon die Hoffnung aufgegeben, noch irgendetwas von dem Flüchtling zu erfahren, als eine Meldung von Holloway Road ankam, dass ein Wagen, der der Beschreibung entsprach, die bereits an alle Polizeistationen durchgegeben war, einen Unglücksfall auf den Trambahnschienen gegenüber von Holloway Prison gehabt hatte. Er war gegen einen Laternenpfahl gefahren und vollständig zertrümmert worden. Niemand hatte den eigentlichen Zusammenstoß beobachtet, aber ein Polizeibeamter hatte den Lärm gehört und war dorthin geeilt. Er hatte aber nur die Trümmer des Wagens gefunden, die mitten auf der Straße lagen. Der Führer selbst war, wenn auch schwer verletzt, entkommen. Wenigstens hatte man ihn nirgends mehr gesehen oder gefunden.

Ein Polizeiwagen brachte Elford zu der Stelle, wo die Überbleibsel des Gefährts lagen. Es musste ein kleiner Luxuswagen gewesen sein. Schon hatte sich eine Anzahl von Neugierigen angesammelt, die sich nicht durch das unfreundliche Wetter abhalten ließen.

»Wahrscheinlich werden Sie herausfinden, dass der Wagen gestohlen war«, erklärte Barrabal, als ihm Elford telefonisch Nachricht gab. Es stellte sich auch später heraus, dass sich seine Vermutung bestätigte. Es war ein Wagen, der vor neun Monaten aus Worcester verschwunden war.

Elford führte eine genaue Untersuchung des Wageninnern durch, fand aber nur zwei wichtige Dinge. Das erste war ein kleines, braunes Kuvert, das auf der Klappe den Namen einer Depositenkasse der Midland Bank zeigte, und das zweite war eine kleine, zusammengeklappte Karte von London, die auf Leinen aufgezogen war. In der einen Ecke war die Etikette des Buchhändlers aufgeklebt. Das konnte vielleicht ein Anhaltspunkt sein. Aber später fand man etwas noch viel Wichtigeres. Die Karte hatte jemand als Schreibunterlage gedient, der einen harten Bleistift gebrauchte. Und bei genauer Betrachtung sah man die Eindrücke auf der Oberfläche.

Zunächst konnte man sie nicht entziffern. Elford steckte die Karte ins Kuvert und brachte sie nach Scotland Yard, wo sie dem betreffenden Sachverständigen übergeben wurde, der eine Stunde später Chief Inspector Barrabal und seinem Assistenten einen fotografischen Abzug vorlegte, der eine Schrift zeigte, die verschiedene Lücken aufwies. Zu erkennen war:

»Können Sie mich treffen …Park von 3:30 bis … sehr dringend. J. L.«

Barrabal sah von der Fotografie zu Elford auf.

»J. L.«, sagte er nachdenklich. »Wer könnte das wohl sein?«

»Wäre es nicht möglich, dass es John Leslie ist?«, fragte John Elford.

Barrabal schaute wieder auf den noch nassen Abzug.

»Allem Anschein nach ist es John Leslie«, wiederholte er. »Und wahrscheinlich wurde das Schreiben an Miss Beryl Stedman adressiert. Was für ein Verbrecher!«

Aber es war doch merkwürdig, dass Barrabal im Augenblick gar nicht an John Leslie dachte.

12

Am nächsten Morgen erschien John Leslie mit einer verbundenen Hand im Büro. Aber obwohl Millie Trent geduldig wartete, dass er ihr irgendetwas von seinem Unfall erzählen sollte, war er schweigsam, und als sie ihn schließlich fragte, was mit seiner Hand geschehen sei, sagte er nur gereizt »nichts«. Später ließ er sich dann dazu herbei, ihr zu erzählen, dass er sein Rasiermesser am Morgen auf die linke Hand habe fallen lassen, während er sich rasierte. Merkwürdigerweise hatte es den Handrücken verwundet.

Sutton war wie gewöhnlich sehr liebenswürdig, aber sein Geschäftsführer erzählte ihm nichts über seine Verletzung.

»Es ist aber ein sehr merkwürdiger Unfall, den Sie gehabt haben«, bemerkte Millie.

»Wie meinen Sie das?«, fragte Leslie ärgerlich.

Daraufhin schwieg Millie Trent. Es war eine wunderbare Tatsache, dass Sutton seiner Sekretärin gegenüber manchmal keine Liebenswürdigkeit zeigte. Es gab sogar Augenblicke, in denen die Art und Weise, mit der er sie behandelte, selbst Leslie auf die Nerven fiel. Sutton war zuweilen rau, sogar verletzend in Gegenwart dritter Personen zu ihr, und es war merkwürdig, dass sie seine Zurechtweisungen stets geduldig ertrug.

An diesem Tag war Leslie besonders liebenswürdig zu den Angestellten, und das hatte auch seinen Grund. Er speiste mit Beryl Stedman zu Mittag. Es war etwas Heimliches bei dieser Verabredung, mehr noch als bei ihren früheren Begegnungen.

»Ich bin mir selbst böse, dass ich es tat, aber ich habe Onkel Lew eine garstige Lüge erzählt«, sagte sie reuevoll, als sie mit ihm durch die Pendeltür eines Restaurants in Piccadilly ging.

»Ich sollte mir auch Vorwürfe machen, dass ich meinen guten Chef betrüge«, begann er. Aber als sie ihn vorwurfsvoll ansah, unterbrach er sich. »Es tut mir leid«, sagte er fast bescheiden. »Warum ich in Ihrer Gegenwart immer etwas gegen Sutton sage, mag der Himmel wissen!«

Sie glaubte den Grund zu kennen, aber sie sprach nicht darüber. Er konnte nur wenig essen, und es schien ihm nicht gut zu gehen. Sie dachte, dass seine Verwundung an der Hand ihn schmerzte, aber er versicherte ihr, dass dies nicht der Fall sei.

»Sie sind heute so anders – beunruhigt Sie etwas?«

Es dauerte lange, ehe er eine Antwort auf ihre Frage fand.

»Ja, ich sorge mich um Sie und Ihre Heirat.«

Sie versuchte ein wenig verlegen, die Unterhaltung in andere Bahnen zu lenken. Sie war aufgeregt, und ihr Herz schlug schneller, denn sie ahnte instinktiv, was kommen würde.

»Ich lasse es nicht zu, dass Sie Frank Sutton heiraten«, erklärte er. Seine Worte waren scharf betont.

»Aber mein lieber John«, sie schüttelte hilflos den Kopf, »wie schrecklich ist es doch, dass Sie wieder davon anfangen ... das müssen Sie nicht tun.«

»Sie können unmöglich Frank Sutton heiraten, ein wie liebenswürdiger Mann er auch immer sein mag und ein wie guter Gatte er zu werden verspricht.«

Es war ihm bitterernst, und sie sah einen Ausdruck in seinen Augen, den sie vorher noch nie wahrgenommen hatte.

»Aber – warum denn nicht?«

Er wollte sprechen, aber er fand die richtigen Worte nicht, und er scheute sich, etwas zu sagen, als ihm die Größe des Wagnisses klar wurde, das er unternahm.

»Es ist nicht nur ein Grund, es sind viele Gründe.« Er versuchte, einen unbefangenen Ton zu finden und seinen Ausführungen möglichst die Bitterkeit zu nehmen. »Sie sind einfach zu gut für irgendeinen Mann.«

»Aber warum?«

Auf der einen Seite war er bange, sie zu sehr erschreckt zu haben, aber noch mehr fürchtete er, dass sie Zweifel an seiner Aufrichtigkeit haben könnte, und so wurde er einsilbig und schweigsam.

»Sie können sich noch immer nicht an den Gedanken gewöhnen, dass ich heirate?«

»Nein, Sie sollen niemand heiraten«, platzte er heraus. »Wenn es nicht Frank Sutton wäre – und Gott weiß, wie sehr ich es hasse, dass Sie ihn heiraten werden – selbst wenn er in jeder Beziehung der beste Mann der Welt wäre, möchte ich Sie nicht aufgeben!«

Er sah, wie sie blass wurde und wie ihre Lippen die Worte flüsternd wiederholten.

»Ich liebe Sie«, sagte er.

In diesem Augenblick musste er sich unwillkürlich umdrehen. Lew Friedman beugte sich drohend über ihn. Ein zorniger Ausdruck lag in den Augen des alten Mannes, und er konnte sich nur mit Mühe beherrschen.

13

Leslie war die Ruhe selbst. Kein Muskel seines Gesichts rührte sich unter diesem hasserfüllten Blick.

»Wollen Sie nicht vielleicht Platz nehmen?«, fragte er im Unterhaltungston. »Wie geht es Ihnen?«

Lew Friedman antwortete nicht. Er zog einen Stuhl vom Nebentisch heran und setzte sich.

»Wir kommen gleich zum Dessert – soll ich etwas für Sie bestellen?«

»Ich möchte nur ein paar Worte mit Ihnen sprechen«, sagte Friedman mit rauer Stimme.

Es schien so, als ob er Beryl nicht ansehen wollte, und als er es schließlich doch tat, lag ein so schwerer Vorwurf in seinem Blick, dass ihr die Tränen nahe waren.

»Es tut mir so leid, Onkel Lew …«

»Es ist schon gut, mein Liebling.« Er streichelte ihre Hand. »Die Geschichte, die du mir da erzählt hast, ist eine ganz entschuldbare Lüge. Du wolltest diesen Herrn treffen, und es ist ja ganz natürlich, dass du's mir nichts sagen wolltest. Wir wollen die Sache vergessen.«

Die nächsten fünf Minuten waren sehr ungemütlich. Leslie aß in aller Gemütsruhe eine Pampelmuse und zeigte nicht die geringste Eile. Er sprach in leichtem Konversationston über ganz nebensächliche Dinge. Beryl saß steif in ihrem Stuhl. Sie schwieg und wartete auf die Auseinandersetzung, die unweigerlich kommen musste. Schließlich war Leslie mit dem Essen fertig, und als ob sie das nur abgewartet hatte, erhob sie sich schnell von ihrem Platz und gab ihm die Hand zum Abschied. Sie wandte sich an Lew, nahm ihn am Arm und führte ihn ein wenig beiseite.

»Du wirst doch nicht böse mit ihm sein? Ich bin an der ganzen Sache schuld – es war mein Plan.«

Er klopfte ihr auf die Schulter.

»Ich werde sehr liebenswürdig sein – sorge dich nur nicht darum. Als ich euch beide zuerst sah, war ich allerdings sehr böse, und ich wäre in meinem Ärger vielleicht ausfallend gegen ihn geworden, aber dieser kühle Teufel ist beherrschter als ich. Glaube mir, es wird zu keiner schlimmen Auseinandersetzung kommen.«

Er begleitete sie nicht bis zur Tür, sondern wartete nur, bis sie außer Sehweite war. Dann stellte er seinen Stuhl so, dass er John Leslie direkt gegenüber saß.

»Mein junger Freund, ich habe Ihnen etwas zu sagen.«

Leslie lehnte sich in seinen Stuhl zurück, wischte seine Lippen behutsam mit der Serviette und zündete sich darauf eine Zigarette an.

»Je weniger Sie mir sagen, desto besser ist es, wenn Sie in dem Ton mit mir sprechen. Ich bin sehr feinfühlig in Dingen, die mich eventuell beleidigen könnten.«

Lew biss sich auf die Lippen, als ob er die harten Worte unterdrücken wollte, die ihm auf der Zunge lagen.

»Sie wissen doch, dass meine Nichte verlobt ist und in den nächsten Tagen einen anständigen, ehrenwerten, einwandfreien Mann heiraten wird?« Er betonte jedes Wort.

»Ich habe so etwas gehört, aber es wäre mir angenehmer, wenn Sie seinen Anstand und seine Ehrenhaftigkeit nicht so sehr betonen würden. Es sieht fast so aus, als ob Sie mir einen Vorwurf machen wollten und als ob ich das Gegenteil wäre, und das dürfte doch beleidigend für mich sein.«

Lew Friedman schwieg eine Weile, um seinen Ärger zu verwinden.

»Sie wissen aber, dass sie verlobt ist und heiraten wird, und das sollte Ihnen doch genügen. Sie verstehen doch, was ich meine?«

Leslie nickte.

»Sie wissen auch, dass sie Sie gern hat – ich spreche frei heraus, wie Mann zu Mann – sie liebt Sie und sie würde für nichts das Glück ihres Lebens opfern, das ich lange für sie vorbereitet habe. Sie wird folgen, selbst wenn es zur Hölle ginge.«

Leslie schüttelte langsam den Kopf.

»Ich wünschte, es wäre so.«

»Wenn Sie das nicht wissen, dann sind Sie eben ein Narr«, fuhr Lew Friedman auf. »Ich werde Ihnen etwas sagen, Leslie. Bevor ich mit ansehen muss, dass sie ihr Lebensglück verscherzt und unglücklich wird, weil sie einen Mann wie Sie heiratet, eher schieße ich Sie über den Haufen, wie Sie dasitzen. Das ist keine Redensart – verlassen Sie sich darauf, es ist die reine Wahrheit. Und wenn es Ihnen gelingen sollte, das Mädchen zu überreden, Frank Sutton aufzugeben und sich mit Ihnen zu verbinden, würde ich Ihnen bis zum Ende der Welt folgen und seien Sie versichert, ich werde Sie finden. Glauben Sie etwa, dass ich scherze?«

Leslie streifte die Asche seiner Zigarette ab und lachte leise.

»Ich glaube schon, dass Sie es sehr ernst meinen, und ich bewundere Sie deswegen. Möglicherweise werde ich es ebenso mit Frank Sutton machen – wenn ich der Überzeugung bin, dass er sie unglücklich macht.«

Lew sah ihn durchdringend an, als ob er versuchte, seine Gedanken zu lesen.

»Leslie, ich will ganz offen mit Ihnen sein. Ich möchte, dass Sie ihre Stellung bei Sutton aufgeben und über See gehen. Und ich möchte, dass Sie heute noch abreisen! Ich will Ihnen zweitausend Pfund geben – das ist genug, um damit von vorn anzufangen. Ich weiß alles von Ihnen, Leslie – Sie sind ein früherer Verbrecher, und ich wiederhole Ihnen gegenüber nur das, was ich Beryl auch schon gesagt habe. Ich habe früher auch mal unter ähnlichen Verhältnissen gelebt wie Sie. Ich kenne das Leben, das Sie führen, weil ich es früher nicht besser machte. Ich möchte lieber wissen, dass Sie beide stürben, bevor ich erlaubte, dass mein Mädchen unglücklich würde, und wie ihre Mutter vor Kummer stirbt. Leslie, ich kann Sie gut leiden – ich will ganz ehrlich mit Ihnen sein, Sie sind ein Mann, und ich hoffe, Sie sind ein anständiger Mann. Ich weiß, dass ich nicht umsonst an Ihre Ehrenhaftigkeit appelliere. Ich werde Ihnen den Scheck gleich geben, die Banken schließen nicht vor drei. Sie können England noch heute Abend verlassen …«

Captain John Leslie schüttelte den Kopf.

»Ich werde nichts Derartiges tun«, sagte er schnell. »Sie können mich für keine Geldsumme aus England herausbringen, und zwar aus einem sehr guten Grund. Aber wenn es nun einmal sein muss, will ich eine Art von Vertrag mit Ihnen machen. Ich werde Ihnen das Versprechen geben, keinen Versuch zu machen, Beryl bis zu dem Vorabend ihrer Hochzeit zu sehen. Wann wird die stattfinden?«

»Nächsten Donnerstag«, antwortete Friedman, nachdem er einen Augenblick nachgedacht hatte.

»Gut. Erlauben Sie mir dann, dass ich Mittwochabend in Hillford vorspreche?«

Lew Friedman zögerte, aber schließlich gab er nach. Dass er keine Bedingungen an seine Zusage knüpfte, war ein Umstand, der einem Mann von Leslies Erfahrung eigentlich hätte verdächtig vorkommen müssen.

»Was Ihre zweitausend Pfund anbetrifft, so behalten Sie das Geld ruhig. Sie sind ein lieber Mensch. Ich habe schon manchen vornehmen Juden getroffen, aber Sie sind von allen der Beste. Halten Sie sich an unsere Abmachung, und ich werde mich auch streng daran halten. Ich werde Beryl nicht vor Mittwochabend sehen.«

Er hatte das Restaurant kaum verlassen, als Friedman an Frank Sutton telefonierte. Die beiden sprachen etwa zehn Minuten miteinander, und die Unterhaltung endete zur vollsten Zufriedenheit Lew Friedmans. Er hatte seinen Wagen vor dem Lokal warten lassen und fuhr nach Wimbledon zurück.

Beryl war in ihrem Zimmer, als er zu Hause ankam, aber später erschien sie zum Tee. Sie war in Sorge, aber ihre Bedenken wegen Friedmans Haltung bei dem Gespräch mit Leslie waren verschwunden, als er sie ebenso freundlich wie sonst begrüßte.

»Meine liebe Beryl, du bist doch ein kleines, nichtsnutziges Mädchen«, sagte er, als er ihr den Tee eingoss. Es gehörte zu seinen Eigentümlichkeiten, zu glauben, dass er allein den Tee zu bereiten verstände. »Solche Flunkerei! Ich muss mich wirklich für dich schämen!«

Aber bevor sie sich bei ihm entschuldigen konnte, fuhr er fort:

»Ich habe eine kleine Unterhaltung mit dem Jungen gehabt – ich habe ihn sogar gern. Es ist etwas in seinem Charakter, das mich trotz seiner dunklen Vergangenheit anzieht. Ich bilde mir natürlich keinen Augenblick ein, dass Frank ihn bessern wird. Aber wenn ich jemals die Absicht hätte, einen verdorbenen Menschen zu bessern, wäre Leslie der Erste, mit dem ich den Versuch machen würde.«

Die Unterhaltung war ihr sehr unangenehm. Das Einzige, woran sie nicht denken wollte, war die böse Vergangenheit Leslies.

»Warst du sehr hart zu ihm?«, fragte sie.

»Nein, im Gegenteil, ich war sehr liebenswürdig. Ich habe ihm sogar ein paar tausend Pfund angeboten, damit er ein eigenes Geschäft anfangen könnte, aber er hat es abgelehnt.«

Ihr Herz schlug schneller.

»Was sollte er denn dafür tun? Welche Bedingung hast du ihm gestellt?«

Er setzte seine Tasse nieder.

»Ich verlangte von ihm, dass er das Land verlassen und dir und Frank Ruhe lassen sollte.«

Ein langes Schweigen folgte.

»Er weigerte sich nicht nur, das Geld zu nehmen, sondern er lehnte auch alles andere ab, was ich sonst von ihm verlangte. Ich konnte ihn nur dazu bringen, dass er mir versprach, dich bis zum Vorabend deiner Hochzeit nicht wieder treffen zu wollen.«

Sie wusste schon, dass er unweigerlich mit lauter Stimme sprach, wenn er ihr irgendetwas Wichtiges mitzuteilen hatte.

»Also morgen ist der Tag vor deiner Hochzeit, Beryl – ich möchte, dass du Frank am Sonnabendvormittag heiratest.«

Er sah, dass sie blass wurde und nervös zusammenzuckte und fuhr schnell fort.

»Du weißt, wie ich hierüber denke – ich möchte, dass es schnell vorüber ist. Ich habe Frank telefonisch gesprochen, und er sträubt sich ebenso wie du, die Hochzeit schon so früh zu feiern, denn er hatte alle seine Vorbereitungen getroffen, um am Donnerstag zu reisen. Aber er ist in der glücklichen Lage, dass er sein Geschäft verlassen kann, wann er es gerade wünscht – willst du mir nun diesen Wunsch erfüllen, Beryl?«

»Ich soll also wirklich schon übermorgen heiraten?«

Er nickte und sah sie unverwandt an. Er konnte den Kampf nachfühlen, der in ihr vorging. Und als sie dann plötzlich »Ja« sagte, seufzte er erleichtert auf.

»Es ist auch für Leslie besser. Ich meine, wenn er dich ehrlich liebt, ist es besser, dass er erfährt, die ganze Sache ist vorüber. Es wird für dich leichter sein und für ihn.« Er klopfte ihr liebevoll auf den Arm.

»Vielleicht hast du recht«, sagte sie mechanisch. Gleich darauf ging sie hinauf in ihr Zimmer. Was sollte sie tun? Sollte sie an John Leslie telefonieren? Und wenn sie telefonierte – was konnte sie ihm sagen – was konnte sie tun? Sie wurde ja nicht gegen ihren Willen verheiratet, sie würde ja nicht einmal einen Mann heiraten, den sie nicht mochte. Sie mochte Frank Sutton so gern wie irgendwen – mit Ausnahme des dunklen, energischen John. Frank liebte sie auch – er hatte es ihr ja gesagt. Sie durfte sich ja selbst die Wahrheit nicht eingestehen, sie durfte nicht einmal über ihre Gefühle nachdenken und ihr eigenes Herz prüfen. Es blieb ihr nichts anderes übrig, als die Zähne zusammenzubeißen und dem Unvermeidlichen entgegenzusehen. Und doch erschien ihr die Zukunft düster und traurig. Sie setzte sich nieder. Das Herz tat weh.

Sie hörte, wie Franks Wagen ankam, aber es dauerte eine geraume Zeit, bis sie zur Bibliothek hinunterging, um ihn zu begrüßen. Als sie die Türklinke herunterdrückte, hörte sie Lews Stimme.

Mr Friedman las sehr viele Zeitungen und hatte, wie viele andere Leute, die Angewohnheit, alles was er las, als erstklassige Information weiterzugeben, als ob er diese Nachrichten durch eigene Nachforschungen herausgebracht hätte.

»Die Polizei ist der Ansicht, dass es der Wagen des ›Zinkers‹ war. Er muss auf den Schienen der Straßenbahn ausgerutscht sein, als er mit dieser Höllengeschwindigkeit fuhr. Es ist das größte Wunder, dass der Mann nicht dabei getötet wurde. Man nimmt an, dass er sich irgendwie verletzt haben muss, und man hat in allen Hospitälern nachgeforscht … An den Glassplittern waren Blutspuren zu sehen. Möglicherweise hat er sich an der Hand geschnitten.«

Sie stand steif und starr und hielt immer noch den Türgriff fest, denn im Augenblick erinnerte sie sich an John Leslies verbundene Hand.

14

Lew Friedman sah Beryls verstörtes Gesicht, aber er hatte eine andere Erklärung dafür.

»Komm herein, mein Liebling, Frank möchte mit dir sprechen!«

Frank war auch etwas aufgeregt, wie es ihr schien, und es fiel ihm schwer, seine Nervosität zu erklären, nachdem Lew Friedman mit unnötiger Eile das Zimmer verlassen hatte.

Sie hatte ein böses Gewissen und glaubte, dass Lew ihm von dem gemeinsamen Mittagessen mit John Leslie erzählt hatte (aber dieses war nicht der Fall, wie sich später herausstellen sollte).

Er ging mehrere Male aus dem Zimmer, weil er wirklich etwas hörte oder weil er glaubte, das Telefon läute. Er erwartete einen wichtigen Anruf, wie er ihr sagte.

»Wollen wir nicht in den Garten gehen?«, fragte er verlegen, nachdem sie sich so viel nichtssagende Dinge gesagt hatten, dass es selbst Beryl zu viel wurde.

Auf der Rückseite des Hauses lag eine große, geräumige Steinterrasse, auf der sie auf und ab gingen.

»Was sagst du zu der Änderung des Hochzeitstermins?«, fragte er schließlich, »Ich war zuerst gar nicht damit einverstanden.«

»Warum denn nicht?«

Er sah sie schnell an, denn er war im Zweifel, ob ihre Frage ironisch gemeint war. Er wusste nie recht, was er von ihr halten sollte, obgleich er sie jetzt schon fünf oder sechs Jahre kannte. Die Zeit ihrer Verlobung war ungewöhnlich gleichgültig, ohne große Liebesszenen verlaufen. Es war ein langsames Hineingleiten in die Ehe, wie es Lew, bevor sie in das Zimmer kam, gesagt hatte.

»Ich möchte offen mit dir reden, Beryl. Wir beide haben uns doch gern, und was mich betrifft – ich liebe dich sehr. Der Tag, an dem ich dich heiraten werde, wird der glücklichste meines Lebens sein. Aber deshalb behalte ich doch die Augen offen. Ich weiß, dass du dich nicht sehr nach der Ehe sehnst, und ich vermute, dass Lews Beschleunigung des Hochzeitstermins dich sehr bestürzt haben wird. Es ist nun aber einmal ein ganz persönlicher Wunsch von ihm. Ich versuchte, es ihm auszureden, und ich kann mir auch gar nicht denken, warum in aller Welt er die Hochzeit so plötzlich haben will.«

Scheinbar hatte Lew ihm doch nichts von John Leslie gesagt, und sie war ihm dankbar dafür.

»Ich hatte mich schon mit meinen ganzen Plänen so eingerichtet, dass wir Donnerstag fahren würden und obgleich dies ja eigentlich nicht viel zu sagen hat, so muss ich doch jetzt ungewöhnlich viel arbeiten, um alle wichtigen Angelegenheiten bis dahin zu erledigen. Dazu kommt noch eine andere Schwierigkeit: Lew dringt darauf, dass ich niemand im Büro sage, wann die Trauung stattfinden soll. Der Himmel mag wissen, weshalb er wieder diesen merkwürdigen Wunsch hat. Sag mir doch, bitte, wie du über die ganze Sache denkst?«

Sie hatte schon sehr viel darüber nachgedacht, aber sie war noch zu keinem endgültigen Resultat gekommen, das ihm oder ihr hätte helfen können.

»Ich habe schließlich zugestimmt«, sagte sie. Sie schämte sich fast für diese lahme Ausdrucksweise, die sie ihm gegenüber gebrauchte, aber für ihr Leben hätte sie nichts anderes erdenken oder sagen können.

Er legte ihren Arm in den seinen, und sie waren einander noch so fremd, dass selbst diese kleine Vertraulichkeit sie abstieß. Vielleicht fühlte er es, denn er löste plötzlich seinen Arm wieder.

»Ich denke, es wäre das Beste, wenn wir nach Schottland führen. Ich weiß dort ein wirklich hübsch gelegenes Hotel im Hochland, und ich habe Zimmer für nächsten Donnerstag dort belegt.«

Wieder kam ihnen zum Bewusstsein, dass sie sich beide noch sehr fremd gegenüberstanden. Mit einer gewissen Bestürzung dachte sie daran, dass sie noch niemals darüber gesprochen hatten, wo sie ihre Flitterwochen verbringen wollten, und sie musste sich zwingen, mit Interesse zuzuhören.

»Schottland ist ebenso gut wie irgendein anderer schöner Platz.« Ihre Antwort war so kühl, dass er zunächst nichts antworten konnte.

Immer noch gingen sie auf dem mit Steinplatten belegten Platz auf und ab.

»Lew ist außergewöhnlich großzügig gewesen. Er sorgt für dich in der freigebigsten Art und Weise. Er gibt mir einen Scheck über zwanzigtausend Pfund, um mein Geschäft zu vergrößern. Wenn ich meine eigenen Neigungen verfolgen könnte, dann würde ich am Sonnabend ein großes Freudenfest in meiner Firma veranstalten und die ganze Geldsumme unter den Angestellten verteilen. Ich möchte wetten, dass der arme Leslie seinen Anteil gut gebrauchen könnte.«

Er lachte hierüber, aber seine freudige Stimmung fand kein Echo bei ihr. Sie war froh, dass sie Onkel Lews Stimme schelten hörte, dass sie an einem so kalten Nachmittag so lange im Freien blieb.

Frank blieb nicht zum Abendessen, wofür sie ihm sehr dankbar war. Sobald sie konnte, ging sie auf ihr Zimmer und öffnete den zierlichen Damenschreibtisch. Dann begann sie einen Brief an John Leslie zu schreiben. Aber da sie sehr müde war, konnte sie nicht die richtigen Worte finden, die sie ihm gern geschrieben hätte, und nachdem sie zum vierten Mal vergeblich einen Brief angefangen hatte, ging sie wieder zu Onkel Lew in die Bibliothek hinunter.

Sie wollte über eine bestimmte Sache Gewissheit haben, und sobald sich die Gelegenheit bot, fragte sie:

»Hast du Frank von Leslie erzählt?«

Er nahm seinen Klemmer ab und legte die Zeitung auf die Knie.

»Ich sagte immer nur das, was er zu wissen braucht, nämlich, dass Leslie mir versprochen hat, dich vor dem Vorabend deiner Hochzeit nicht zu sehen.«

»Hat er gefragt, warum du Leslie das Versprechen abgenommen hast?«

»Nein, er weiß nicht, warum ich so sehr gegen deine Freundschaft mit John Leslie bin, und ich hatte auch nicht die Gelegenheit, die Sache mit ihm zu besprechen.«

Sie war über seine Antwort etwas beunruhigt.

»Frank erzählte mir, dass er nicht verstände, warum du darauf dringst, dass er niemand im Büro die Zeit unserer Trauung mitteilen soll.«

Onkel Lew lächelte.

»Dann ist er wirklich weit dümmer als ich annahm«, sagte er gut gelaunt. Mit dieser für Beryl etwas merkwürdigen Feststellung endete die Besprechung dieses Punktes.

Als sie in die Halle trat, stand der Diener an der Haustür und sprach mit dem Telegrafenboten. Er drehte sich um, als er hörte, dass die Bibliothekstür aufging.

»Hier ist ein Telegramm für Mr Sutton«, sagte er. »Wollen Sie es an sich nehmen, gnädiges Fräulein?«

Zuerst wollte sie das Telegramm zu Onkel Friedman hineinschicken, aber dann nahm sie das Formular doch und riss es auf. Sie vermutete, dass die Nachricht vielleicht mit dem telefonischen Anruf zusammenhing, den er erwartete.

Sie las:

»Kabinen reserviert für Jacksons. Pacific.«

Sie ging damit zu Onkel Lew in die Bibliothek. Er schüttelte darüber den Kopf.

»Möglicherweise hat Frank die Kabinen für einen seiner Kunden belegt. Ich könnte es mir sonst nicht erklären. Ich werde aber das Telegramm telefonisch zu seinem Büro durchgeben.«

Sie ging auf ihr Zimmer und vergaß Jacksons, Frank, sein Geschäft und alles, als sie sich wieder daran machte, und zum fünften Mal versuchte, an John Leslie zu schreiben.

15

Das »Journal« war eine hervorragende Zeitung mit einem guten Stab von Mitarbeitern, und der Inhaber des Blattes war die vielleicht glänzendste Erscheinung der Pressewelt, was er auch offen und gern zugab. Wenn die Zeitung manchmal einen Misserfolg hatte, so lag dies sicher nur an einem Mangel von Ausdauer und Konsequenz. Am Montagmorgen erschien die Nachricht von einem großen, weltbewegenden Ereignis, am Dienstagmorgen war die ganze Angelegenheit, die mit riesengroßen Buchstaben am Kopf der Zeitung prangte, längst wieder vergessen, und ein anderes, noch größeres und noch welterschütterndes Ereignis hatte die Nachricht von gestern vollständig verdrängt und in den Schatten gestellt. Gewöhnlich handelte es sich dabei um etwas ganz anderes, möglichst Entgegengesetztes von der Sensation des vorigen Tages.

Aber in einem Punkt war die Zeitung sehr konsequent, nämlich in ihren Berichten und Artikeln über den ›Zinker‹. Das war eine Geschichte, die die Redaktion nicht fallen ließ, und es verging kaum ein Tag, an dem nicht einige kluge Bemerkungen über diesen Mann in der Zeitung erschienen, sei es über die Ausdehnung und die Gewinne, die er durch seine Schiebungen machte oder über seinen ungeheuren Reichtum. Stets waren diese Artikel glänzend aufgemacht.

Der einzige Mann, der sich über die Ausdauer des »Journals« ärgerte, war Mr Field, der Redakteur des »Postcourier«.

»Die werden uns noch in den Schatten stellen, Harras«, sagte er verärgert am nächsten Morgen. »Sehen Sie sich einmal wieder diesen Artikel an, dagegen sieht der ›Postcourier‹ und Sie mit Ihren Artikeln wie gefrorener Käse aus.«

Mr Harras seufzte und suchte verstohlen in seinen vielen Taschen nach einer Zigarette, und als er keine fand, nahm er eine aus dem Kasten, der auf dem Tisch des Redakteurs stand.

»Gefrorener Käse …«, begann er.

»Also nun nehmen Sie, bitte, die Sache nicht wörtlich!«, fuhr ihn Field an. »Gehen Sie gleich nach Scotland Yard und bestehen Sie darauf, Barrabal zu sprechen.«

Mr Harras seufzte wieder.

»Der besteht noch energischer darauf, dass er keinen Besucher vorlässt, und wenn ich darauf bestehe, in sein Büro zu kommen, so ist es dasselbe, als ob ich verlange, an die frische Luft gesetzt zu werden. Gegen höhere Gewalten und dergleichen zu kämpfen ist nutzloser Unsinn.«

»Das ›Journal‹ sagt …«, fing Field wieder an und reichte ihm die Zeitung über den Tisch. Aber Mr Harras schloss abwehrend die Augen.

»Ich bin sehr erstaunt, dass Sie solch eine schlechte Zeitung lesen. Sie geben dadurch Ihren jüngeren Reportern ein böses Beispiel.«

»Kennen Sie den Leopardenclub?«, fragte Field plötzlich ohne besondere Veranlassung.

»Ich kenne den Club nicht nur, ich bin sogar dort Ehrenmitglied, die Gesellschaft ist herzlich schlecht, aber das Bier umso besser. Aber warum fragen Sie mich danach?«

Field musste lange nachdenken, bevor ihm klar wurde, aus welcher Gedankenverbindung heraus er die Frage gestellt hatte.

»O ja, jetzt fällt es mir ein: Jemand sagte neulich im Presseclub, dass das Lokal der gemeinste Treffpunkt in London ist. Da dachte ich mir gleich, ob man nicht irgendwie etwas Interessantes erfahren könnte, wenn man dort auf die Jagd nach guten Neuigkeiten ginge.«

»Redet immer von Jagd«, brummte Mr Harras vor sich hin, »Man sieht daraus, dass der Mensch sich in den besten Kreisen bewegt – ich habe aber bereits das Versteck durchsucht«, sagte er dann laut. »Obgleich ich viele Füchse aufgetrieben und gesehen habe, Mr Field, so habe ich doch noch nicht den Fuchs gefangen, den ich haben will. Auch bin ich nicht so ganz sicher, ob es nur ein Fuchs ist. Nichts ist so unangenehm, als wenn man einen Fuchs jagt und plötzlich einen Tiger findet«.

»Also dann besuchen Sie Barrabal«, meinte Mr Field.

Aber Harras dachte nicht daran, Mr Barrabal aufzusuchen. Er ging wieder zum Büro Frank Suttons. Es lag ihm sehr daran, diesen mürrischen Tillman einmal zu sprechen, und warum er ein Interview mit Tillman einer Unterredung mit Barrabal vorzog, werden wir gleich sehen.

Eines stand bei Josua Harras fest: Barrabal hätte ihm auch nicht sagen können, was Tillman wusste.

Der vorzügliche Reporter vom ›Postcourier‹ hätte, selbst wenn er alle näheren Umstände gekannt hätte, in keinem günstigeren Augenblick in Mr Frank Suttons Büro eintreffen können.

Manchmal war Miss Trent ein wenig schwierig zu behandeln. John Leslie sah, als er an dem Morgen ins Büro trat, dass irgendetwas diesen hübschen Zankteufel in Harnisch gebracht hatte. Millie musste in ihrer schlechtesten Stimmung sein, das hatten auch schon die jüngeren Angestellten und die Büroboys entdeckt. Gewöhnlich versparte sie die Ausbrüche ihrer schlechten Stimmung für Untergebene, und nur selten ließ sie den Geschäftsführer etwas merken. Aber diesen Morgen war er kaum in die Tür getreten, als sie ihn bereits anfuhr:

»Sie haben ja heute nicht Ihren hübschen Verband um, Captain Leslie!«

Er schaute auf seine Hand – eine dünne, rote Narbe lief quer über den Handrücken.

»Der Verband ist nicht mehr nötig«, sagte er gleichgültig. Es sah ihm ganz ähnlich, dass er in der besten Stimmung war, wenn sie sich ärgerte. »Etwas Jodtinktur und eine gute Heilhaut haben die Sache bald wieder in Ordnung gebracht. Brauchen Sie die Schlüssel zum Geldschrank?«

Sie kam nämlich gewöhnlich morgens zu ihm, um gewisse Bücher aus dem Schrank herauszunehmen, in die die Korrespondenz eingetragen wurde. Zu seinem größten Erstaunen antwortete sie »Nein«.

Lange arbeiteten sie schweigend an ihren Tischen, und jeder grübelte über Dinge nach, die mit den Briefen, Fakturen und anderen Schriftstücken, die sie bearbeiteten, nichts zu tun hatten.

»Gehen Sie zu der Hochzeit?«, fragte sie plötzlich unerwartet.

Er schaute auf.

»Zu welcher Hochzeit? Ach, Sie meinen zu Suttons Trauung? Ich glaube nicht, dass ich hingehe.«

»Sind Sie eingeladen worden?«

Es war etwas Bösartiges in ihrem Ton, und er sah sie aufmerksam an. Die meisten Frauen sehen nicht gut aus, wenn sie schlechter Laune sind, aber Millie Trent war eine jener sonderbaren Persönlichkeiten, denen Wut und Groll teuflische Anziehungskraft verleihen. Sie war schon hübsch genug, wenn sie ruhig war, aber in Erregung sah sie fast schön aus.

»Sie strahlen ja heute Morgen vor Zorn, was haben Sie denn?«, neckte er sie.

»Es ist ein bisschen Temperament wert, von Ihnen ein Kompliment zu bekommen«, erwiderte sie lachend. »Ich habe Sie gefragt, ob Sie zu der Hochzeit eingeladen sind.«

»Ich werde niemals zu Hochzeiten eingeladen«, sagte er gut gelaunt.

»Dann will ich Sutton sagen, dass er Ihnen eine Karte schicken soll«, meinte sie, und wieder sah er dieses böse Lächeln.

»Sie gehen natürlich nicht hin?«

»Warum natürlich?«, fuhr sie auf.

Er stieß einen Stuhl vom Tisch zurück, steckte seine Hände tief in die Hosentaschen und legte seinen Kopf auf die eine Seite, eine Haltung, die ihm eigentümlich war, wenn er jemand anklagte. Für einen Augenblick zitterte sie.

»Ich kam gestern Nacht spät ins Büro«, sagte er bedeutungsvoll, und dieser Angriff nahm ihr für einen Augenblick den Atem.

»Sie waren gestern noch spät hier? Was hat das mit mir zu tun?«

»Sie waren auch spät hier. Und nach dem besonderen Geruch der ägyptischen Zigaretten war auch Frank Sutton gestern Abend hier.«

»Nun ja, warum sollte er nicht hier sein? Und warum sollte ich nicht hier sein?« Ihre Stimme zitterte vor Wut. »Ich bin seine Sekretärin, verstehen Sie? Ist dabei vielleicht irgendetwas Unrechtes?«

Er antwortete nicht darauf.

»Wie lange kennen Sie Frank Sutton schon? Jahrelang, nicht wahr? Sie müssen ein sehr hübsches Mädchen gewesen sein, als Sie zuerst in seine Dienste traten.«

Sie war bleich und zitternd aufgesprungen.

»Was, zum Teufel, wollen Sie damit sagen?«, stieß sie hervor.

Aber wenn sie glaubte, ihn verwirren zu können, täuschte sie sich.

»Ich meine«, sagte er langsam, »dass Sie hier an zwei Nächten in der Woche zusammentreffen und dafür scheint mir kein Grund vorzuliegen. Ich kenne das Geschäft hier sehr gut, und es ist keineswegs für einen verlobten Mann notwendig, seine Sekretärin heimlich in seinem Büro zu treffen …«

»Vermutlich denken Sie, man müsste sich heimlich in einem Restaurant treffen, nicht wahr?« Ihre Stimme überschlug sich vor Wut. »Oder in dem Park, wenn das Mädchen mit einem anderen verlobt ist ... hinter seinem Rücken sich an sie heranmachen und sie ihm abspenstig zu machen versuchen? Ist das nicht Ihre Meinung?«

Aber er ließ sich nicht aus der Fassung bringen.

»Ich spreche nicht über mich, ich spreche über Sie. Und ich spreche mit Ihnen zu Ihrem eigenen Vorteil. Ich weiß zufällig etwas über Frank Suttons Privatleben. Wenn Sie glauben, dass Sie die einzige Frau sind, die er nach den Bürostunden hier trifft, sind Sie im Irrtum.«

Er glaubte, sie würde sich auf ihn stürzen. Ihr Gesicht war nicht mehr schön, es wurde so von Wut entstellt, dass er sie kaum noch erkannte.

»Sie Lügner! Sie Lügner!«, schrie sie. »Hier ist niemand sonst ... Ich meine, er sieht hier sonst niemand ... Sie nichtswürdiger Dieb! ... Er hat Sie aus dem Schmutz gezogen, hat Sie aus der Gefängniszelle aufgenommen und Ihnen eine ehrenhafte Stellung gegeben – Sie Dieb!«

Sie hielt an, um Atem zu holen, und er benützte diese Pause des Schweigens.

»Ich werde Ihnen etwas sagen – vielleicht interessiert es Sie, dass Frank Sutton im Begriff ist, sich zu verheiraten, oder er denkt es wenigstens, und zwar mit einer guten Frau. Er mag so gut sein, wie alle Leute sagen, so unschuldig wie er aussieht. Aber wenn er nicht so ist, und wenn Beryl Stedman irgendetwas zuleide geschieht, müssen Sie sich nach einem neuen Liebhaber umsehen, meine Beste, denn ich werde ihm das Leben nehmen, und wenn ich einbrechen müsste, um ihn zu holen!«

Sie konnte ihn nur noch sprachlos anstarren. In ihrem Gesicht arbeitete es, ihre Hände zitterten. In diesem Augenblick kam Frank Sutton herein. Er warf einen Blick auf seine Sekretärin, dann auf Leslie und schien zu erraten, was vorgefallen war.

»Hallo, hallo!«, sagte er scharf und wandte sich an Miss Trent. »Was gibt es hier? Haben Sie wieder einen Ihrer Wutanfälle? Was war es, Leslie?«

John Leslie zuckte die Schultern.

»Miss Trent ist ein wenig schwierig.«

Sie versuchte wieder zu sprechen, rannte dann aber ohne ein Wort aus dem Zimmer und warf die Tür hinter sich zu.

»Mein lieber Junge«, Franks Stimme war besorgt, aber es war ein vergnügter Schimmer in seinen Augen, »warum streiten Sie sich mit meiner Millie?«

Leslies Lippen zogen sich zusammen.

»Ihre Millie! Das vermutete ich, und das war die Ursache! Wirklich, ich sagte ihr, sie sollte nicht spät nachts mit Ihnen ins Büro gehen, wenn sie Wert auf ihren guten Namen legt.«

Frank brach in unbändiges Gelächter aus.

»Das haben Sie getan?«, sagte er erstaunt. »Großer Gott, ich bewundere Ihren Mut!«

»Und dann sagte ich ihr etwas, was nicht wahr sein mag, aber sie forderte mich heraus, und ich wollte sie zurechtweisen.« Aber Captain Leslie erklärte nicht, welcher Art die Herausforderung gewesen war.

»Um Gottes willen, lassen Sie sie laufen!«, sagte Frank noch immer lächelnd. »Sie ist ein Teufel, wenn die Wut sie packt. Arme, alte Millie! Wie dumm Sie sind, Leslie! Natürlich ist sie hier – nicht nur letzte Nacht, sondern Dutzende von Nächten! Ich will mein Geschäft nach meiner Heirat vergrößern, und das kann ich nicht ohne viel Privatarbeit tun. Wenn der Plan in Ordnung ist, sollen Sie ihn sehen. Arme, alte Millie!«, sagte er noch einmal und schüttelte den Kopf, aber es war ein breites Grinsen auf seinem Gesicht, als er das Zimmer verließ.

Gewöhnlich wandte sich Leslie der Zeitung zu, wenn er seine Arbeit beendet hatte. Sie wurde ihm jeden Morgen hereingebracht, und er studierte einzelne Spalten sorgfältig. Er fand diese Beschäftigung besonders beruhigend nach diesem kleinen Morgensturm. Die Verlustspalte zeigte nichts Nützliches, aber auf der Seite für häusliche Nachrichten fand er zwei wichtige Dinge.

Es gab zu jener Zeit in London vier internationale Banden von Juwelenräubern. In Wirklichkeit waren es nur drei von Wichtigkeit, wie er wusste: die holländische Bande, die für die letzte Sensation verantwortlich war, und zwei gemischte amerikanische und englische Gesellschaften, die schon häufig gefasst worden waren. Es war die letzte Heldentat einer der letzteren – die seine Aufmerksamkeit auf sich zog. Ein Halsschmuck im Wert von 8000 Pfund war Lady Creethorne gestohlen worden, während die Familie speiste. Es war nach dem Zeitungsbericht ein sehr altmodisches Schmuckstück, vor ungefähr achtzig Jahren verfertigt, aber die Diamanten waren gut.

Die zweite Nachricht war zwei Zeilen lang und setzte die Welt davon in Kenntnis, dass Inspector Barrabal sich langsam erholte.

Der Diebstahl war vor zwei Tagen geschehen und auf Forderung der Polizei geheim gehalten worden. Nun wurde eine Fotografie des Halsbandes veröffentlicht und eine lange Beschreibung jedes einzelnen großen Steines gegeben, aber diese flog er nur durch.

Er hatte die Zeitung zusammengefaltet, stand am Fenster und starrte auf die Straße, wie er in jener Nacht hinausstarrte, als Larry Graeme ermordet wurde. Millie Trent kam zurück. Niemand, der sie ansah, würde den Zankteufel erkannt haben, der das Zimmer vor einer knappen halben Stunde verlassen hatte. Sie grüßte John Leslie mit einem entschuldigenden Lächeln.

»Es tut mir leid, dass ich meine Ruhe verlor, Captain Leslie. Ich hoffe, dass Sie mir verzeihen. Ich fühle mich heute nicht besonders wohl und alles macht mich nervös, Sie waren aber auch schwierig.«

»Das tut mir leid«, sagte Leslie lächelnd.

»Es gefällt keiner Frau, wenn man Anspielungen und Beschimpfungen auf ihren Charakter macht.« Sie sprach sehr schnell und war scheinbar wieder normal, denn Geschwätzigkeit war ein Kennzeichen für ihre gut gelaunten Momente. »Ich bitte um Entschuldigung für alles, was ich über Miss Stedman sagte. Sie kommt in ein paar Minuten ins Büro, und es wäre mir nicht lieb, wenn Sie ihr sagen würden ...«

»Sie kommt ins Büro?«, fragte er ungläubig. »Wissen Sie das sicher?«

Sie nickte. Er sah ihr schnelles, flüchtiges Lächeln nicht.

»Sie ist in der Stadt, und Mr Sutton bat sie, heraufzukommen – sie und Mr Friedman.«

Das war die letzte Neuigkeit in der Welt, die Leslie erwartet hatte. Wenn er versprochen hatte, Beryl nicht wiederzusehen, erwartete er doch wenigstens, dass sie sehr sorgfältig von dem Geschäftshaus ferngehalten würde.

»Wann kamen Sie in der letzten Nacht, Captain Leslie? Wir gingen nicht vor halb zwölf.«

»Ungefähr um drei viertel zwölf, fünf Minuten nachdem Sie gegangen waren.«

»Warum in aller Welt kamen Sie noch einmal zum Büro?«, fragte sie mit freundlicher Bosheit. »Sicherlich sind Sie doch nicht in eine Liebesaffäre verwickelt – seien Sie nicht böse.«

»Das bin ich nicht«, sagte Leslie kühl. »Ich kam auf meinem Weg vom Theater vorbei, um noch eine Arbeit mitzunehmen. Warum wollen Sie das wissen?«

»Ach, ich habe nur so gefragt.«

Suttons Glocke rief sie, und sie entfernte sich und war einige Minuten fort. Als sie zurückkehrte, war sie von einem schlanken, mageren Herrn mit großem schwarzen Schnurrbart begleitet, für den die Bezeichnung »Polizeibeamter« von seinen quadratischen Schuhen bis zu seinem sorgfältig gebürsteten Haar wie geschaffen war.

»Dieser Herr möchte Sie sprechen.« Dann kam Frank Sutton herein.

»Ich sage Ihnen«, sagte er in einem Ton tiefer Teilnahme, »dieser Mann hat eine außergewöhnliche Geschichte – dieser Beamte, meine ich, Sergeant Valentin von Marylebone.«

»Sergeant Valentin, C. I. D.« verbesserte der andere bestimmt. »Ich möchte Sie ein paar Dinge fragen, wenn es Sie nicht stört, Captain Leslie.« Er sah sich um, »Ich weiß nicht, ob diese junge Dame hierbleiben soll.«

»Es ist besser«, sagte Sutton, »wenn das richtig ist, was Sie mir sagten.«

»Es ist wahr«, murmelte der Beamte.

Er war sehr ernst und verkörperte in seiner Person in diesem Augenblick alle Majestät des Gesetzes.

»Ich hatte eine gewisse Klage, Captain Leslie – nebenbei, ich weiß zufällig einiges aus Ihrer früheren Laufbahn.«

»Natürlich, da Sie ja ein Detective Sergeant sind, wissen Sie alles«, sagte John Leslie kühl.

»Ich forsche einem Diebstahl nach, der in Park Lane 804 begangen wurde, wobei der Diamantenhalsschmuck der Lady Creethorne gestohlen wurde. Nach meiner Information ist dieses Schmuckstück in Ihrem Besitz.«

Leslie sah ihn fest an.

»Was Sie nicht sagen!«, sagte er.

»Ich brauche Ihnen wohl nicht mitzuteilen, dass der Mann, der den Halsschmuck gestohlen hat, heute Morgen verhaftet wurde – wenigstens einer der Leute. Er sagte, dass er gestern Nacht um elf Uhr den Schmuck einem Mann gab, den alle den ›Zinker‹ nennen.«

»Captain Leslie war um drei viertel zwölf hier.« Es war Millie Trent, die diese Information gab, und sie versuchte nicht, ihre unverhüllte Befriedigung darüber in ihrem Ton zu verbergen.

»Um drei viertel zwölf? Nun ja, das würde Ihnen viel Zeit geben. Der Schmuck wurde übergeben um 11 Uhr am Themse-Kai. Der Empfänger zahlte dem Mann neunhundert Pfund dafür in amerikanischen Banknoten. Der Mann ist jetzt im Gewahrsam der Polizei. Nach meiner Information waren Sie der Empfänger.«

»Ihre Information passt wie die Faust aufs Auge«, sagte Leslie. »Wollen Sie mich durchsuchen?«

Der Polizeibeamte sah ihn nachdenklich an.

»Sie kamen ein Viertel vor zwölf hierher.« Er sah sich in dem Raum um. »Wer hat den Schlüssel zu dem Geldschrank?«

»Ich habe ihn.«

»Hat sonst noch jemand einen Schlüssel?«

»Niemand«, sagte Millie Trent prompt.

»Nicht so hitzig!«, warf Sutton ein. »Ich habe auch irgendwo einen Schlüssel. Ich benütze ihn niemals, aber – Sie haben den Schlüssel gewöhnlich in Ihrem Besitz, Mr Leslie?«

»Captain Leslie«, verbesserte der andere. »Ja, hier ist er.«

Er nahm seinen Schlüsselbund heraus und löste einen langen Schlüssel von dem Ring. Der Detective nahm ihn aus seiner Hand, steckte ihn ins Schloss und öffnete die beiden Türen des Geldschranks. Auf der Rückseite waren drei Stahlregale, die leer waren, mit Ausnahme einiger Geschäftsbücher und –

Eingewickelt in Seidenpapier zog er einen Gegenstand ans Licht. Frank Sutton stieß einen verwirrten Ruf aus, als das Papier entfaltet wurde; denn in der Hand des Polizeibeamten lag das Diamantenhalsband der Lady Creethorne und strahlte im Sonnenlicht.

Frank sprang zur Tür und stieß sie auf.

»Lew!«, rief er heiser. Lew Friedman und Beryl traten in das Zimmer.
»Lew, hier liegt ein schrecklicher Irrtum vor. Sie haben Leslie angeklagt,
dass er der ›Zinker‹ ist! Weil er dies in der Hand hatte.« Er zeigte auf das
glänzende Ding in der Hand des Sergeant.

»Sind Sie von Scotland Yard?«

Es war Leslies feste Stimme. Er allein war gelassen, als ob er ein leiden-
schaftsloses Interesse an dem Missgeschick anderer zeigte.

»Das tut nichts, woher ich komme«, der Sergeant sagte das würdevoll.
»Ich muss Sie bitten, mich zur Marlborough Street zu begleiten.«

»Wie wäre es mit einem Wagen?«, fragte Leslie, »Mir ist das Gehen
verhasst.«

Totenblass sah Beryl Stedman auf den Mann, der steif an dem Tisch
stand. John Leslie wandte sich um und begegnete ihrem Blick, lächelte
und schüttelte den Kopf.

»Ich bin der ›Zinker‹«, sagte er leichthin. »Ist das nicht eine erstaunliche Neuigkeit?«

Sie antwortete nicht, hörte nicht einmal das letzte Wort seines Satzes
und begriff kaum den Sinn. Plötzlich gaben ihre Knie nach, und Lew
konnte gerade noch seinen Arm um sie legen, bevor sie ohnmächtig
wurde.

16

Beryl konnte sich nur sehr ungenau an die Heimfahrt erinnern. Lew erzählte ihr, dass sie sich sofort wieder erholte, nachdem er sie in den Wagen
gebracht hatte. Sie saß jetzt in einem tiefen Armsessel in der Bibliothek
in Wimbledon. Ein kühler Luftzug, der durch das offene Fenster kam,
streifte ihr Gesicht.

»Nicht heute, nicht heute«, sagte sie heftig.

»Mein Liebling«, hörte sie die Stimme von Onkel Lew, der aus weiter Ferne zu sprechen schien. Aber so viel wusste sie, dass er sehr aufgeregt und beleidigt war. Auch wusste sie, dass sie die Ursache dazu
gegeben hatte, »Frank glaubte, es wäre das Beste … so wie die Dinge
nun einmal liegen. Ich möchte, dass du aus diesen ganzen Unannehm-

lichkeiten herauskommst ... Frank hat alles arrangiert ... Standesamt 2 Uhr ...«

Dann hörte sie, wie er aufhörte zu sprechen. Jetzt verstand sie ihn deutlich.

»Mein Liebling, höre doch einmal vernünftig zu.« Bei diesen Worten schüttelte er sie sanft an der Schulter. Als sie auf ihren Schoß blickte, sah sie, dass sie einen langen, violetten Kasten in ihren zitternden Händen hielt, der mit prachtvollem, violettem Sämischleder überzogen war. Die goldenen Linienverzierungen waren fein ausgearbeitet. Und dann sah sie auch das schöne kleine Schloss. Sie öffnete den Kasten, ohne an etwas Bestimmtes zu denken und starrte auf die Perlen. Onkel Lew erklärte ihr, dass dies ihr Hochzeitsgeschenk sei, aber der Sinn der Worte drang nicht zu ihrem Verständnis durch.

»Ich habe heute Morgen die Trauung festgesetzt«.

Nun verstand sie allmählich, worum es sich handelte.

»Heute Morgen – bevor John verhaftet wurde?«

Er nickte.

»Ja, ich bin froh, dass ich es tat.«

»Aber doch nicht heute!«, sagte sie, indem sie plötzlich wild auffuhr. »Du meinst doch nicht, dass heute die Trauung sein soll, Onkel Lew? Zuletzt sagtest du mir doch, dass es am Sonnabend sein sollte.«

»Heute – ich glaube, es ist besser so.«

Er war hartnäckig wie jemand, der fest entschlossen ist, eine unangenehme Sache zu erledigen. Einen Augenblick widersprach sie noch, aber dann trat sie den Tatsachen nüchtern entgegen. John Leslie saß im Gefängnis ... er war der Zinker – ein Hehler gestohlenen Gutes, ein schlechter Charakter, der die Leute, die ihr Vertrauen in ihn setzten, schmählich betrog. Sie wurde ganz krank bei diesem Gedanken. Sie streckte ihre Hand aus, und Lew Friedman half ihr beim Aufstehen, denn sie fühlte sich noch recht schwach.

»Nun gut«, sagte sie schwer atmend, »ich will ihn heiraten – wann du willst. Auch heute ... es ist doch gleich, an welchem Tag.«

Man brachte das Essen, aber sie konnte nichts zu sich nehmen. Lew ließ eine Flasche Champagner öffnen, aber sie nahm nur einen ganz kleinen Schluck. Als Frank kam, der betroffen und ängstlich aussah, war sie wieder sie selbst, obwohl sie noch zitterte.

»Wo soll es sein?«, fragte sie.

Sie wunderte sich nicht einmal über ihre eigene Ruhe. Hochzeit war gleich Tod – ein schrecklicher Gedanke, aber man musste ihn ertragen. Er sagte ihr, dass er Vorbereitungen getroffen hätte, dass die Trauung im Standesamt von Wimbledon stattfinden könnte. Sie glaubte, alles im Traum zu hören – einem fürchterlichen Traum, gegen den sie sich beim Erwachen wehren könnte.

Sie fuhren zusammen in Mr Friedmans Auto, und zehn Minuten später fand sie sich vor einem Pult, das von einem Geländer umgeben war, hinter dem ein bärtiger Mann saß. Irgendjemand sagte etwas von Zeugen.

»Bringen Sie den Chauffeur herein«, sagte Lew ungeduldig.

»Warten Sie!«

Er eilte aus dem Zimmer hinaus. Er konnte seinen Wagen nicht sehen: Ein Polizist hatte beanstandet, dass er vor der Tür des Standesamtes hielt, und hatte ihn in eine Seitenstraße geschickt, um dort zu warten. Aber er traf jemand anders, an den er sich nur dunkel erinnern konnte, einen Mann von dunkler Gesichtsfarbe und mit einem kleinen, schwarzen Schnurrbart.

»Ach«, sagte er, »sind Sie nicht Mr Tillman?«

Der andere zeigte lächelnd seine weißen Zähne.

»Ja, das ist mein Name.«

»Kommen Sie, bitte, mit mir.« Lew Friedman nahm ihn am Arm. »Wir brauchen einen Zeugen für die Trauung meiner Nichte. Haben Sie etwas dagegen?«

»Durchaus nicht«, entgegnete Tillman vergnügt.

Aber selbst in diesem Augenblick hatte Beryl, der sonderbar zumute war, den Eindruck, dass ihr zukünftiger Gatte sehr unangenehm berührt wurde, als er seinen Angestellten sah. Sie besann sich auch darauf, dass er von Tillman nicht sehr viel hielt.

»Wir wollen schnell machen«, sagte Lew ungeduldig und schaute unruhig nach der Tür.

Sie hatte ein Gefühl, als ob Lew Friedman fürchtete, dass selbst im letzten Augenblick John Leslie noch hereintreten und die Trauung verhindern könnte. Als sie darüber nachdachte, musste sie trotz allem lächeln.

Es war alles schon vorüber, ehe die Zeremonie überhaupt begonnen zu haben schien.

Sie unterschrieb das Protokoll mit zitternder Hand. Jetzt war sie Mrs Frank Sutton, für ihr ganzes Leben an den gutmütigen Mann gebunden, der neben ihr stand und zärtlich ihren Arm hielt.

Sie gab Mr Tillman die Hand – er hatte einen harten Griff, sie staunte darüber. Sie konnte es wohl verstehen, dass er jemand recht unsanft anfassen konnte.

»Ich möchte Ihnen noch nicht gratulieren, Mrs Sutton«, sagte er. »Ich werde meine Glückwünsche auf einen geeigneteren Augenblick verschieben.«

Mrs Sutton?

Der Name schien ihr wie ein Faustschlag ins Gesicht und doch war eigentlich gar kein Grund vorhanden, warum sie sich dadurch beleidigt fühlen sollte. Sie war mit einem Mann von gutem Charakter verheiratet – und der Mann, den sie liebte, war ein verabscheuungswürdiger Verbrecher und saß jetzt hinter Schloss und Riegel – Sie schloss ihre Augen, um das Bild, das vor ihr auftauchte, zu verscheuchen. Als sie sie wieder öffnete, konnte sie nichts sehen, weil Tränen ihren Blick trübten.

Keine Braut hat wohl jemals das Standesamt mit seinen mausgrau gestrichenen, langweiligen Wänden trauriger verlassen als Beryl. Das Leben war so freudlos, so grau, und die Welt erschien ihr wie eine traurige Wüste –

»Glaubst du, dass dir Schottland gefallen wird?« Frank Sutton sprach diese Worte zu ihr, aber auch er schien nervös zu sein.

»Es wird mir gut gefallen.«

Beryl Sutton glaubte fast, dass eine andere Frau diese Worte gesprochen hatte.

17

Man hatte den »Zinker« gefangen. Eine Abendzeitung brachte die Nachricht – aber sehr vorsichtig.

»Ein Mann wurde in der Marlborough-Polizeistation eingeliefert, den man mit dem Raub in Park Lane in Verbindung bringt.«

Das klang sehr einsilbig und mehr stand nicht in der Zeitung.

Mr Josua Harras hatte sich gerade nicht auf die Treppenstufen gesetzt, die zur Marlborough-Polizeistation führten. Das würde von der bösen Polizeimannschaft als tadelnswert empfunden worden sein, selbst wenn es jemand getan hätte, der so gut mit den Behörden stand wie Josua Harras. Aber er beobachtete den Eingang genau und lief die Marlborough Street auf und ab wie ein Irrwisch. Er knöpfte seinen Mantel abwechselnd auf und zu – das tat er immer, wenn er in großer Erregung war – und dabei war die eine Seite immer etwas höher als die andere. Zufällig war er gerade wieder vor dem Eingang der Polizeistation angelangt, als Inspector Elford mit seinem Wagen dort hielt und ausstieg.

»Hallo, Josua«, sagte er freundlich. »Ich habe gerade heute Morgen mit Barrabal über Sie gesprochen – oder vielmehr er sprach mit mir.

Er hat eine sehr hohe Meinung von Ihnen, und ich wäre nicht überrascht, wenn Sie die Zusammenhänge dieser ganzen Geschichte eher heraus hätten als irgendeiner Ihrer Kollegen!«

»Wer ist denn dieser Leslie?«, fragte Harras und deutete mit seinem Kopf nach der großen Türöffnung der Polizeistation.

»Das haben Sie nicht gewusst? Er war der Geschäftsführer von Frank Sutton. Wir haben ihn mit dem gestohlenen Gegenstand geschnappt, mein Lieber.«

Er schien sehr vergnügt zu sein und zweifellos hatte er auch allen Grund dazu.

»Ist Leslie tatsächlich der – Zinker?«

»Es würde mich nicht sehr überraschen«, entgegnete Elford, »Aber ich kann Ihnen heute Abend mehr darüber erzählen.«

Josua beobachtete noch immer die Polizeistation. Nach einer halben Stunde kam Elford allein heraus, pfiff vergnügt vor sich hin und ging nach der Regent Street zu. Dabei wirbelte er seinen Schirm und schien sehr gut aufgeräumt zu sein, wie eben nur ein Polizeibeamter sein kann, der jemand hinter Schloss und Riegel weiß, der sicher nicht unter zehn Jahren davonkommen wird.

»Wird Barrabal zur Station kommen?«, fragte Josua, als er ihn eingeholt hatte.

»Der war schon vor einer Stunde hier. Er hat Leslie sehr eingehend verhört.«

Plötzlich blieb er stehen und schaute Harras an.

»Sie sollen eine Reportage von mir kriegen, Harras, die größte, die Sie jemals in Ihrem Leben bekommen werden. Kennen Sie Miss Beryl Stedman?«

Harras nickte.

»Nun gut, ich glaube sicher, dass Sie an dem Tag, an dem sie heiratet, einen der interessantesten Morde erleben werden, die jemals begangen wurden!«

»Um Himmels willen«, rief Mr Harras erschrocken. Er eilte mit der Nachricht von Leslies Verhaftung zu seinem Büro zurück. Field kam ihm auf halbem Weg im Zimmer entgegen.

»Kennen Sie Miss Beryl Stedman?«, fragte er. Er wusste allerdings nicht, dass er jemand anders diese Frage nachbetete.

»Ich kenne sie – aber warum fragen Sie mich denn?«

»Sie hat heute Nachmittag geheiratet. Gehen Sie sofort nach Wimbledon und sehen Sie, ob Sie aus der Geschichte etwas machen können.«

Mr Harras nahm seinen Strohhut ab und wischte sich die Stirn.

»Geheiratet?«, fragte er mit düster und hohl klingender Stimme. »Das ist ja furchtbar!«

Aber er dachte im Augenblick nicht mehr an die Verheiratung, sondern nur noch an den interessanten Mord, den er erleben sollte.

Mr Tillman war nicht nach Wimbledon eingeladen worden, aber nichtsdestoweniger erschien er doch – das war so seine Angewohnheit. Als Millie Trent eilig mit einem Mietauto ankam, fand sie ihn in der Eingangshalle sitzend. Er hatte seine Hände auf die Knie gelegt und schien zu schlafen.

»Was tun Sie denn hier, Tillman?«, fragte sie aufgeregt. »Es hat Ihnen doch niemand den Auftrag gegeben, hierher zu kommen.«

»Mich lädt überhaupt niemand irgendwohin ein«, sagte Tillman traurig. »Das ist das Schlimmste dabei, wenn man ein gewöhnlicher Untergebener ist. Ich zweifle nicht, dass Sie in Ihrer hohen Stellung als Vertraute des Direktors der Ansicht sind, dass ich ein Gast bin, der nicht auf dieses glückliche Hochzeitsfest passt.«

»Ich wäre sehr froh, wenn Sie nicht so lange Reden halten würden«, fuhr sie ihn an.

»Ich bin aber mit großen Reden eingeladen worden«, sagte Tillman vergnügt. »Ich brachte nämlich einen Brief für Mr Sutton und erfuhr dabei, dass er zum Standesamt gegangen war. Ich nahm mir also ein Mietauto und kam gerade zurecht, um als Zeuge bei dieser romantischen Trauung zu fungieren. Ich wurde dann zum Essen eingeladen, und so bin ich eben hergekommen.«

»Wer hat Sie denn eingeladen?«, fragte sie.

»Das habe ich selbst tun müssen«, sagte er ruhig. »Niemand hat sonst daran gedacht, und so musste ich eben dieses Versehen wiedergutmachen. Mr Friedman fand meine Hilfe ganz annehmbar. Er war allerdings im Zweifel, ob ich mit den Dienstboten oder mit den Herrschaften essen sollte. Aber da haben wir dann einen Kompromiss geschlossen, dass ich eine Schüssel mit den Überresten in der Bibliothek essen dürfte.«

Sie war entsetzt über seine Redseligkeit.

»Ich habe Sie früher niemals so viel sprechen hören!«

»Da sind Sie aber zu kurz gekommen«, sagte er.

»Auf wen warten Sie denn hier eigentlich?«

»Auf Mr Friedman. Ist doch merkwürdig, er ist der Eigentümer des Hauses und hat hier zu befehlen. Alle Leute kann er in der Halle seines schönen Vestibüls sitzen lassen und selbst die vertraute Sekretärin des Direktors hat hier an seinen Anordnungen nichts zu ändern!«

Sie war nicht ganz sicher, ob Tillman sich über sie lustig machte, und das war auch der Grund für ihre Erregung.

»Wo ist Mr Sutton?«

»Er ist noch nicht zurückgekommen.«

»Wie – er ist noch nicht zurückgekommen?«, fragte sie ungläubig.

»Er musste aus irgendeinem Grund zur Stadt. Das Telefon läutete, nachdem er gegangen war, und ich ging an den Apparat. Es war eine fast poetische Nachricht, die für ihn kam. Vielleicht können Sie sie ihm selbst mitteilen?«

Millie Trent sah einen ganz anderen Tillman vor sich. Er hatte sich vollständig verändert. Im Büro war er ja vielleicht manchmal schwer zu behandeln, aber doch mehr oder weniger respektvoll ihr gegenüber. Er hatte sich doch wenigstens gut betragen, und niemals vorher hatte er ihr gegenüber so von oben herab gesprochen. In einer gnädigen Laune hatte sie ihm gestattet, mit ihr als seinesgleichen zu sprechen. Aber seine jetzige Anmaßung machte sie wütend. Da sie aber wegen der Telefonbotschaft neugierig war, sagte sie nichts weiter.

»Was war das denn für eine Nachricht?«, fragte sie stirnrunzelnd.

Er nahm ein ledergebundenes Notizbuch aus seiner Tasche und blätterte darin herum.

»Die ›Empress‹ fährt mit der Morgenflut ab«, sagte er mit Nachdruck. »Haben Sie jemals schon so eine poetische Nachricht gehört?«

»Die ›Empress‹ fährt mit der Morgenflut ab.« Sie zog die Stirn kraus, als sie nachdenklich die Worte wiederholte. »Ich werde es ihm ausrichten. Würden Sie so gut sein, mir das Blatt Papier mit der Nachricht zu geben?«

»Um Ihnen einen Gefallen zu tun, werde ich Ihnen das ganze Buch geben«, sagte er gnädig. Sie konnte ihn nicht ausstehen, wenn er so großspurig sprach.

Gleich nachdem sie verschwunden war, erschien Friedman unten. Er hatte verschiedene Telegramme aufgesetzt, und Mr Tillman hatte liebenswürdigerweise zugesagt, an diesem Tag als Aushilfskraft tätig zu sein.

»Sie können die Telegramme nehmen und zum Büro zurückgehen – hier haben Sie fünf Pfund ...«

Mr Tillman hob abwehrend die Hand.

»Nein, ich danke Ihnen, Sie haben sich meiner so gut erinnert, Mr Friedman, daran werde ich voraussichtlich mein ganzes Leben denken. Und wenn es Sie nicht stört, möchte ich hierbleiben, bis die jungen Leute fort sind.«

»Nun gut«, sagte Lew. »Waren Sie am Telefon im Büro – ist noch etwas über Leslie bekannt geworden?«

Tillman schüttelte den Kopf.

»Nichts, man liest nur in den Abendzeitungen, dass Barrabal den Fall in der Hand hat. Aber dies«, lächelte er, »bezweifle ich.«

Lew schaute ihn misstrauisch an.

»Warum sagen Sie das?«, fragte er. »Was wissen Sie über Barrabal?«

»Wer weiß irgendetwas über irgendwen?«, war die ausweichende Antwort. »Aber ein Mann in dieser Stellung, ein Mann, der nicht wahnsinnig darauf erpicht ist, in die Öffentlichkeit zu kommen, wird sich kaum mit Leslie befassen. Das ist weiter nichts als eine logische Schlussfolgerung.«

Dann kam er wieder auf den Punkt zurück, von dem er ausgegangen war.

»Wenn es Sie nicht stört, möchte ich hierbleiben, Mr Friedman. Vielleicht kann ich noch irgendwie nützlich sein.«

»Es ist gut«, sagte Lew, nachdem er einen Augenblick nachgedacht hatte. »Sie können wiederkommen, aber ich weiß wirklich nicht, was ich mit Ihnen anfangen sollte. Sie können sich im Billardzimmer amüsieren, wenn Sie wollen – spielen Sie?«

Tillman erwiderte ohne große Begeisterung, dass er ein wenig mit den Bällen umgehen könne und machte sich dann auf den Weg. Ein paar Minuten wanderte Lew Friedman ziellos von Zimmer zu Zimmer, ging dann, nachdem er zögernd an dem Treppenfuß gestanden hatte, nach oben, und klopfte an Beryls Tür. Es war eigentlich eine kleine Zimmerflucht, Wohnzimmer und Schlafzimmer, verbunden durch eine Bogenöffnung.

Sie saß an dem breiten Fenstersitz und schaute in den Garten hinaus, als er hereinkam.

»Wie geht es dir, Liebling?«

»Und wie geht es dir, Liebling?« Es war tapfer von ihr, ihn zu necken, obwohl ihr Herz so schwer war und das Leben ihr öde und trostlos erschien.

Er setzte sich an ihre Seite und nahm ihre Hand.

»Es wird schon alles gut werden. Ich möchte dir etwas sagen, was dir Freude machen wird.«

Sie sah ihn teilnahmslos an. Es gab so wenig Dinge, die ihr in diesem Augenblick Freude machten.

»Ich habe meinen Anwalt beauftragt, den tüchtigsten Mann zu engagieren, um unseren unglücklichen Freund zu verteidigen«, sagte er und sah, wie ihre Augen aufleuchteten und sich dann mit Tränen füllten.

»Wie lieb von dir, Lew!«, sagte sie leise. »Und wie ähnlich dir das sieht!« Sie drückte seine Hand. »Scheint es nicht unmöglich, dass ein Mann wie – John Leslie – so unaussprechlich – gemein sein soll? Ich denke, das hat mich so verletzt – nicht, dass er«, sie zögerte, »ein Dieb ist, sondern dass er … ein Verräter ist. Das ist das Entsetzlichste. Menschen vertrauen ihm, und er verrät sie, wenn es in seine Zwecke passt.«

Ihre nachdenklichen Augen streiften über den Garten, dann sah sie ihn wieder an.

»Ich kann es nicht glauben«, sagte sie.

Er war erstaunt.

»Du glaubst es nicht? Aber, meine Liebe, er gab doch zu, der ›Zinker‹ zu sein – du hast es doch gehört?«

Sie schüttelte den Kopf.

»Nein, ich erinnere mich jetzt – ich erinnere mich an den Sarkasmus in seiner Stimme. Es war seine Art, anderer Leute Meinung über ihn anzunehmen. Wo ist mein – Mann? Das klingt entsetzlich sonderbar, nicht wahr?«

»Er ist in die Stadt gegangen«, beeilte sich Lew zu erklären. »Du siehst, mein Liebling, dass alles in solcher Eile angesetzt war, und er hat so viel zu tun, da Leslie weg ist. Frank muss Ersatz für ihn suchen.«

Es regnete, ein feines, durchdringendes Geriesel kam von den schweren Wolken. Es würde die ganze Nacht regnen … wenn sie auf dem Weg nach Schottland war … wenn John Leslie sich auf seinem rauen Lager hin- und herwarf. Sie schloss die Augen. Mit seinem schnellen Spürsinn wusste Lew sofort, woran sie dachte.

»Denke doch nicht immer wieder daran«, sagte er und fügte ein wenig lustig hinzu, um sie auf andere Gedanken zu bringen: »Mein Liebling, weißt du, wie viel du mich heute gekostet hast? Ein kleines Vermögen! Du weißt doch, wie ungern wir Juden Geld ausgeben.«

Sie streckte ihre Hand aus und streichelte sein Knie.

»Sprich, bitte, jetzt nicht davon.«

»Vierzigtausend Pfund«, sagte er pathetisch. »Und das noch ohne deine Ausstattung. Ich habe Frank einen Scheck über zwanzigtausend gegeben.

Er sandte auch gleich seine Sekretärin damit zur Bank. Er ist ein kluger Kopf, dieser Frank. Er zeigte mir den Plan, wie er sein Geschäft erweitern will. Er wird noch Millionär werden.«

So versuchte er sie durch sein Geplauder zu zerstreuen. Plötzlich unterbrach sie ihn und zeigte aus dem Fenster.

»Wer ist das?«

Von ihrem Sitzplatz aus konnte sie über den Zaun des Gartens auf die Straße sehen. Eine etwas gedrückte Gestalt stand dort auf der Straße in einem alten, abgetragenen Strohhut und einem rehfarbenen Regenmantel und schaute zu dem Haus hinauf.

»Ach, sieh einmal, das muss doch der merkwürdige Reporter vom ›Postcourier‹ sein!«

»Armer Mensch, es sieht fast so aus, als ob er im Regen umkommt. Hole ihn doch herein und gib ihm etwas Tee, Onkel Lew. Er ist sicher gekommen, um wegen der Hochzeit Erkundungen einzuziehen.«

Sie sprach sehr lebhaft, und er wunderte sich über ihre Anteilnahme. Aber so schlau er auch war, vermutete er doch nicht, dass sie Mr Harras nur hereinholen wollte, um ihn zu sprechen und ihn nach den neuesten Nachrichten über Leslie auszufragen. |

Lew ging die Treppe hinunter und schickte einen Diener hinaus, um den Reporter ins Haus zu bitten. Josua war allerdings vom Regen durchweicht, aber das machte ihm scheinbar gar nichts aus. Er betrachtete seinen Strohhut und erklärte dann, dass er ihn schon fünf Winter getragen hätte, und dass er auch noch weitere fünf Winter aushalten würde. Jemand musste sich um ihn gekümmert haben, denn alle Knöpfe seines Mantels saßen in den richtigen Knopflöchern.

»Ich kann Ihnen nicht viel sagen. Nur das eine, das Sie wahrscheinlich schon selbst wissen, dass Mr Sutton verheiratet ist. Wenn Sie irgendwelche Einzelheiten erfahren möchten, so können Sie sich an Tillman wenden, der wird Ihnen alles erzählen.«

»Tillman!«

Es war schwer zu unterscheiden, ob Josua entsetzt über diese Nachricht war oder ob er sich so stark für Tillman interessierte. Seine Stimme klang merkwürdig hohl.

»Ist er hier? Um Gottes willen!«

Beryl unterbrach die Unterhaltung. Sie nahm Josua am Arm und führte, ja zog ihn beinahe in ein kleines Zimmer, das auf die Halle mündete. Sie war so gut gelaunt, dass Lew Friedman dankbar über Harras' Ankunft war. Aber plötzlich begriff er, warum sie sich so für den Reporter interessierte, und er ließ die beiden in dem Zimmer allein.

Sie fragte ihn denn auch schon, bevor Onkel Lew außer Hörweite war, nach Leslie.

»Nein, ich habe Captain Leslie nicht gesehen«, antwortete Josua.

»Mr Harras«, sagte sie eindringlich, »würden Sie mir einen sehr großen Gefallen tun? Würden Sie zur Stadt zurückgehen und Geld für ihn mitnehmen? Es wäre ja möglich, dass er irgendwie Extrabeköstigung bekommen könnte. Vielleicht könnten Sie ihn auch sprechen und ihm sagen, dass Mr Friedman einen tüchtigen Anwalt für ihn engagieren will? Aber ich möchte nicht …, dass Sie ihm sagen, dass ich schon verheiratet bin. Das wird er früh genug erfahren. Würden Sie das für mich tun?«

Josua strich sich nachdenklich über die Stirn.

»Ich werde natürlich alles tun, was in meinen Kräften steht, aber man wird mir nicht gestatten, ihn zu sprechen, denn Sie können sich ja wohl vorstellen, dass Leute in meiner Stellung niemals zu Gefangenen gelassen werden. Das ist einer von den Nachteilen eines Zeitungsreporters, dass er die interessantesten Verbrech… – Gefangenen nicht persönlich sprechen darf.«

»Aber vielleicht wäre es möglich, ihm eine kleine Nachricht durch Sie zukommen zu lassen? Würden Sie dann so gut sein und zurückkommen und mir mitteilen, was Sie ausgerichtet haben?«, fragte sie schnell. »Vielleicht hat er mir auch eine Botschaft zu senden.«

Sie öffnete ihre kleine Handtasche, nahm ein Bündel Banknoten heraus und wollte sie ihm alle geben.

»Wenn Sie mir eine geben, genügt es vollkommen. Ich werde das Geld dem Inspector übergeben. Soviel ich weiß, ist es sehr wohl möglich, dass man den Untersuchungsgefangenen kleine Annehmlichkeiten gewährt. War Mr Tillman bei Ihrer Trauung zugegen?«

Sie nickte.

»Ja, er war sogar Trauzeuge. Kennen Sie ihn?«

Josua schaute sie entgeistert an.

»Ja, ich habe von ihm gehört«, sagte er dann nach einer Pause. »Aber Sie haben ihm doch hoffentlich nichts über Captain Leslie gesagt?«
»Ich?«, fragte sie erstaunt. »Nein, warum meinen Sie? Würde er ihm irgendwie helfen können?«
Aber er überhörte die Frage.
»Wenn ich an Ihrer Stelle wäre, Miss Stedman« (sie freute sich, dass er ihren Mädchennamen nannte), sagte er mit etwas leiser, aber rauer Stimme, »würde ich mit niemand über Captain Leslie sprechen. Sie könnten ihn fragen ... nein, es ist sogar besser, Sie fragen ihn nicht. Es fällt mir schwer, Ihnen das zu sagen, aber ich weiß, dass Sie den Captain gern haben und da fühle ich, dass es im Interesse aller Parteien ist ... Sie begreifen mich doch?«
Sie nickte.
»Nun ja, ich werde Ihren Auftrag ausführen«, sagte Josua triumphierend. »Aber Sie verstehen, ich habe nichts über Tillman gesagt.«

18

Harras hatte sich entfernt, ehe Tillman von seinem Gang zurückkam. Beryl schaute den Angestellten Frank Suttons nun mit ganz anderen Augen an. Er war scheinbar ein fähiger Mensch. Er sah nicht geradeaus, als ob man ihn dadurch unterstützen müsse, dass man ihm eine Chance gab. Er hatte etwas von der Geschmeidigkeit eines Tigers in seinen dunklen Augen und in seinem scharfen Blick lag etwas Fragendes. Seine ganze Erscheinung hatte etwas äußerst Lebendiges und Bewegliches.

Sie hatte Zeit genug, ihn zu beobachten, denn Frank war noch nicht aus der Stadt zurückgekommen. Onkel Lew schien Tillman die Verwaltung des Hauses überlassen zu haben.

Millie Trent, die eine große Aktentasche voll Banknoten mitgebracht hatte, nahm das Wohnzimmer für sich allein in Anspruch. Beryl mochte sie nicht leiden, und es belustigte sie, die Abneigung zwischen Franks Sekretärin und Mr Tillman zu beobachten. Wenn die beiden sich begegneten, schienen sie einander anzufahren. Aber um Tillman Gerechtigkeit widerfahren zu lassen – die Ausbrüche des Ärgers waren eigentlich nur auf Millie Trents Seite. Tillman saß dauernd unten in der Halle, und das schien sie zu ärgern.

»Können Sie denn keinen anderen Sitzplatz hier im ganzen Haus finden?«

»Ich würde es auch vorziehen, im Wohnzimmer zu sitzen, wenn Sie das nicht mit Beschlag belegt hätten«, antwortete Tillman prompt.

Als sie ein andermal durch die Halle ging, sagte Tillman gerade: »Noch kein Anruf?«

»Was wollen Sie damit sagen – noch kein Anruf?«, fragte Millie.

»Sie erwarten doch einen telefonischen Anruf, und der ist noch nicht gekommen«, antwortete er kühl.

»Kümmern Sie sich um Ihre eigenen Angelegenheiten!«

Beryl hörte dies alles durch die offene Tür der Bibliothek und war froh, dass sie dadurch eine Ablenkung hatte. An ihre Lage und Verheiratung wollte sie überhaupt nicht denken.

Am äußersten Ende der Halle war ein Telefon angebracht, und Tillman hatte scheinbar recht, als er eben seine Vermutung aussprach, denn so oft er sich bei dem Klingeln des Apparates erhob, um ihn zu bedienen, eilte Suttons Sekretärin aus dem Wohnzimmer und kam noch früher als er bei dem Telefon an.

Diesmal telefonierte Frank Sutton, dass er bereits auf dem Weg nach Wimbledon sei.

»Welche Freude«, murmelte Tillman herausfordernd, als sie an ihm vorüberging. Sie wandte sich nervös um.

»Ich wünsche nicht, mich mit Ihnen zu unterhalten«, sagte sie böse.

»Ganz auf meiner Seite! Wissen Sie, ich bin der Preis, den man nicht gewinnen kann!«

»Sie werden Ihre gute Stellung verlieren«, fuhr sie ihn an. Beryl hörte ihn lachen.

»Ist gerade nicht so eine gute Stelle, wie Sie sich einbilden! Ich bin es müde, lange Zahlenreihen von Ziffern zu addieren, die nichts besagen und nicht existierende Exportwaren bezeichnen sollen.«

Beryl zog die Stirn kraus und erwartete eine scharfe Erwiderung, aber zu ihrem Erstaunen sagte Millie Trent nichts und warf nur krachend die Tür des Wohnzimmers zu.

Aber nach einigen Minuten hörte sie schon wieder Millies Stimme, die jetzt in einem viel freundlicheren Ton mit Tillman sprach. »Was meinen Sie denn eigentlich mit nicht existierenden Exportwaren?«, fragte sie ihn.

»Alle Exportartikel existieren für mich nicht, es sei denn, dass ich sie sehen kann. Zahlen sagen mir gar nichts, ich kann mir nichts darunter vorstellen, ich bin nämlich ein krasser Materialist. Ich muss wirklich die Ballen und Kisten sehen oder sie sind nicht für mich vorhanden, wie ich Ihnen ja eben schon sagte.«

»Sie sind ein dummer Mensch!«

Die beiden sprachen nicht mehr miteinander, bis Frank Sutton erschien.

»Hallo, Tillman, was, zum Teufel, treiben Sie denn hier?«

»Ich bin hier im Amt, Sir.«

Frank lachte.

»Ich werde Sie in den nächsten Tagen zum Geschäftsführer machen.«

»Da sei Gott vor«, sagte Tillman mit einem frommen Wunsch. Sutton sah dies als einen großen Witz an, denn er lachte übermäßig, als er zu Beryl ins Zimmer trat.

»Ich habe einen ganz schrecklichen Nachmittag verlebt, mein Liebling.« Er setzte sich an ihre Seite und legte seinen Arm um ihre Schulter. »Du hast keine Ahnung, was für ein furchtbarer Aufstand im Büro war. Glücklicherweise weiß Miss Trent im Geschäft alles, sodass sie in der Lage ist, mich zu vertreten. Zum Überfluss hat noch einer meiner Kunden, der gerade keinen sehr guten Ruf genießt, darauf bestanden, dass ich ihn bei Leopards treffen soll.«

»Bei Leopards?« Lew Friedman war hinzugetreten und fragte erstaunt. Sie meinen doch nicht etwa den Leopard-Club?« Er halte ein Lächeln auf dem Gesicht.

Frank nickte.

»Großer Gott!«

»Kennen Sie ihn?«, fragte Frank.

Beryl konnte nicht unterscheiden, ob ihn diese Frage ärgerte, oder ob er nur erstaunt war.

»Nun … ja«, sagte Lew zögernd. »Ich kenne den Inhaber, er ist ein alter Soldat, er heißt Anerley. Ich habe ihm früher einmal mit Geld ausgeholfen – aber das ist schon lange her.«

Frank war neugierig geworden.

»Sind Sie in letzter Zeit einmal im Club gewesen?«

Offensichtlich wollte Lew nicht direkt antworten.

»Ich habe Anerley in Johannesburg in Südafrika nach dem Krieg getroffen, er ist in mancher Beziehung ein guter Kerl, obgleich er ein schrecklicher Raufbold sein kann. Dann traf ich ihn vor ein paar Jahren wieder hier. Er hatte die Möglichkeit, Leopards zu kaufen – der Club war damals in einer unangenehmen Lage und war von der Polizei aufgehoben worden. Bill glaubte, dass er infolge seines Militärdienstes die Konzession zurückerhalten könnte, und darin hatte er sich auch nicht getäuscht.«

Aber Frank ließ nicht locker.

»Sind Sie kürzlich dort gewesen?«

Wieder wich Lew aus.

»Es mag zwanzig Jahre her sein, dass ich zum ersten Mal dort war. Der Club liegt in der dritten Etage, das stimmt doch? Man fährt in einem Fahrstuhl hinauf – dann erinnere ich mich an einen sehr brauchbaren Feuer-Notausgang, den man benützen konnte, wenn die Polizei den Club revidierte. Das kam beinahe jede zweite Woche vor.«

Beryl war es ganz recht, dass die beiden sich über dieses Thema unterhielten. Unter keinen Umständen wollte sie etwas über ihre Trauung oder ihre Hochzeitsreise hören.

»Ja, es ist gerade kein sehr repräsentables Lokal«, sagte Lew.

Plötzlich erinnerte er sich an das Telegramm, das gestern Abend gekommen war. Möglicherweise war es auch ihm recht, dass die Unterhaltung auf ein anderes Gebiet kam.

»Ich kann das Telegramm nicht finden«, sagte er, indem er den Bibliothekstisch absuchte, »Aber es stand ungefähr drin: ›Kabinen für Jacksons belegt. Pacific‹.«

»Kabinen belegt für wen?«

Friedman hörte die heisere Stimme Millie Trents und sah sich erstaunt um. Er bemerkte gerade, wie sie zur Tür hereinkam, und ihre Haltung war zum Mindesten etwas beunruhigend.

»Das hat nichts mit Ihnen zu tun«, sagte Frank unhöflich. »Ich brauche Sie jetzt noch nicht, Miss Trent.«

Friedman hatte den Eindruck, dass sie furchtbar erregt war, und dass sie sich sehr zusammennahm, um ihre Haltung zu bewahren.

»Ich bin im Wohnzimmer, wenn Sie mich wünschen«, sagte sie und ging wieder hinaus.

»Das ist doch eine merkwürdige Frau!«, meinte Lew ernst.

Frank zuckte die Schultern.

»Sie ist vierzehn Jahre in meinen Diensten«, sagte er verdrießlich. »Sie ist manchmal ein wenig schwierig.«

»Ja, das scheint mir auch so zu sein«, entgegnete Lew schroff.

»Wollen wir eine Partie Billard zusammen spielen?«, fragte Frank, als Beryl in ihr Zimmer zurückgegangen war. »Ich bin nervös, ich muss mich beruhigen.«

»Das ist gerade nicht die richtige Stimmung zum Billardspiel.«

Friedman blieb stehen und lauschte, bis er hörte, dass die Tür zu Beryls Zimmer sich oben geschlossen hatte.

»Was haben Sie mit der Frau?«

»Ich mit der Frau?« Frank schien wie vom Donner gerührt bei der Frage. »Sie meinen doch nicht etwa Millie Trent?«

»Doch, ich meine Millie Trent.«

»Was ich mit ihr …? Aber um Himmels willen, Sie bilden sich doch nicht etwa ein …«

»Ich bilde mir gar nichts ein. Ich frage Sie nur«, sagte Lew bestimmt, »ich sage Ihnen das, Frank, wenn irgendwelche – Freundschaft zwischen Ihnen und Miss Trent besteht, so ist das heute zu Ende! Ich kenne die Männer und weiß, dass selbst die Besten von ihnen sich mit den unmöglichsten Frauen kompromittieren. Wenn das der Fall war und Sie Geld brauchen, um sie loszuwerden, dann gebe ich es Ihnen. Aber das kann ich Ihnen sagen, Beryls Glück ist das Erste und das Letzte, was meine Handlungen bestimmt.«

Frank nahm ihn liebenswürdig am Arm.

»Mein lieber Lew, ich würde Ihnen böse sein, wenn es anders wäre. Es war heute für Sie und Beryl ein schrecklicher Tag – ach, ich wünschte, ich könnte diesem Leslie aus der Patsche helfen!«

»Das sieht Ihnen wieder einmal ganz ähnlich«, sagte Lew lächelnd, als sie zusammen in das Billardzimmer gingen. Frank sah, als sie die Halle verließen, dass Tillman noch auf seinem Posten saß.

»Brauchen Sie eigentlich diesen Menschen noch?«

»Er bat mich, ihn hier zu lassen. Er kann noch gute Dienste leisten.«

»Ich wüsste aber wirklich nicht wie«, lachte Frank, als er sich ein Queue auswählte.

Kaum hatten sie fünf Minuten gespielt, als Friedman sich wieder an die wütende Sekretärin erinnerte.

»Ach, lassen Sie die warten«, sagte Frank sorglos. »Ich habe noch eine ganze Menge schrecklicher Geschäftspapiere durchzusehen – dazu ist immer noch Zeit.«

Miss Trent war aber nicht die Frau, die sich in Geduld fasste. Zweimal erschien sie an der Tür des Billardzimmers, und ihre bösen Gesichtszüge verrieten nichts Gutes.

19

Dann kam das Essen! Jedes Wort der Unterhaltung erschien unnatürlich und gekünstelt. Frank war sichtbar mit seinen Nerven zu Ende, und nach einer Weile steckte er auch Onkel Lew mit seiner Unruhe an.

Das Essen wollte kein Ende nehmen. Endlich war man beim Dessert und beim Kaffee angelangt, als der Diener hereinkam und Mr Josua Harras meldete. Beryl erhob sich sofort von ihrem Platz.

»Ich glaube, er will mich sprechen«, erklärte sie, als sie das Speisezimmer eilig verließ.

Aber Onkel Lew sah überall Gefahren. Kaum war sie in der Halle, als er auch schon hinter ihr her war. Zu seinem Erstaunen war Tillman verschwunden, und der Einzige außer dem Diener in der Halle war Josua Harras. Sein Strohhut war durch den Regen noch unansehnlicher geworden.

»Nun, Mr Harras?«, fragte Friedman. »Was bringen Sie für Nachrichten? Gute oder schlechte?«

Er öffnete die Tür zur Bibliothek und half dem Reporter beim Ausziehen des Mantels. Beryl durchschaute seine Absicht: Wenn Harras irgendwelche Nachrichten von Leslie für sie brachte, so sollte sie sie nicht erhalten. Im ersten Augenblick wurde sie zornig über diese Bevormundung, aber dann kam wieder das Bewusstsein der Hoffnungslosigkeit ihrer Lage über sie. Es war ja alles nicht wichtig. Was konnte es auch helfen?

Zu ihrem Erstaunen kam aber Friedman selbst darauf zu sprechen.

»Haben Sie irgendeine Botschaft von Leslie?«

Josua hustete verlegen.

»Nein«, sagte er dann sehr vorsichtig. »Ich habe keine direkte Botschaft von Captain Leslie – für niemand.«

Lew brummte zufrieden.

»Das ist gut …«

»Also ich habe keine Botschaft«, wiederholte Josua, »denn ich traf niemand an, dem ich meinen Auftrag bestellen konnte. Tatsächlich ist Captain Leslie auf Bürgschaft wieder freigelassen worden.«

Man konnte die Bestürzung in Lews Zügen sehen.

»Was, auf Bürgschaft freigelassen?«, fragte er ungläubig. »Ein Mann, der früher im Gefängnis gesessen hat und nun wegen eines schweren Verbrechens verdächtigt ist … auf Bürgschaft freigelassen!«

»Ich selbst bin auch sehr darüber erstaunt«, sagte Josua. »Ich sagte zu dem diensttuenden Inspector, dass das ein außergewöhnlicher Fall sei.«

»Er sitzt also nicht mehr gefangen?«, fragte Beryl. »Gott sei Dank!«

»Er sitzt nicht im Gefängnis, nicht einmal in Untersuchungshaft in Marlborough Street, wo doch die Leute vorläufig sistiert werden. Er ist weder in seiner Wohnung noch im Büro. Tatsächlich weiß ich nicht, wo ich ihn finden sollte.«

Die letzten Worte hatte er in wachsender Erregung gesprochen.

Sutton war den anderen gefolgt und hatte auch die sonderbare Nachricht vernommen, die einen erstaunlichen Eindruck auf ihn machte. Er war blass geworden, und seine Augen lagen tief.

»Leslie ist freigelassen?«, fragte er heiser. »Da hat man Ihnen nicht die Wahrheit gesagt!«

»Ich irre mich nicht«, sagte Josua vorwurfsvoll. »Entweder weiß ich etwas oder ich weiß etwas nicht. Ich berichte nur Tatsachen, und Captain Leslie ist auf Bürgschaft entlassen worden. Es ist ein ganz merkwürdiges Vorkommnis, wie ich auch dem Inspector vom Dienst sagte …«

»Ja, ja«, sagte Lew ungeduldig. »Wir wissen schon, was Sie dem Inspector vom Dienst gesagt haben. Aber wann wurde er entlassen?«

»Wahrscheinlich nach dem Besuch des Inspector Barrabal. Aber es ist noch nicht sicher, ob Barrabal ihn überhaupt persönlich aufgesucht hat«, fuhr Josua gereizt fort, »oder ob Mr Elford, dessen Unzuverlässigkeit ein öffentlicher Skandal in Scotland Yard ist, mich hinters Licht geführt hat. Die einzige feststehende Tatsache ist, dass Leslie Marlborough Street verließ und mit einem Mietauto mit unbekanntem Ziel davonfuhr.«

Ein tiefes, peinliches Schweigen folgte dieser entschiedenen Erklärung.

»Außerordentlich!«, sagte schließlich Onkel Lew. Er konnte nur mit Mühe sprechen. Er schaute auf die Uhr und nickte. »Aber ich denke nicht, dass es irgendwie wichtig sein könnte. Möchten Sie etwas trinken, Mr Harras?«

Der Reporter nahm die Einladung gern an.

»Gehen Sie ins Wohnzimmer, ich werde Tillman zu Ihnen schicken.«

»Ich muss aber doch sagen«, bemerkte Harras, als er mitten in der Halle stand, »dass der Inspector vom Dienst auf der Marlborough Station sagte, dass seiner langen Diensterfahrung nach …«

»Da hat der Mann sicher recht«, sagte Lew ungeduldig und nötigte Harras ins Wohnzimmer, wo er Millie Trent traf, die aber jemand anders erwartet hatte. Es fiel ihr schwer, die Fassung zu bewahren.

»Was wünschen Sie?«, fragte sie unfreundlich.

»Eine kleine Erfrischung«, meinte Josua und rieb seine Hände vor Erwartung.

Auf dem Tisch standen schon eine Flasche mit Whisky, ein Siphon Sodawasser und Gläser. Scheinbar hatte sich Miss Trent schon vorher gestärkt.

»Was wollen Sie denn?«, fragte sie wieder.

»Ich habe jetzt die Pflichten, die früher der Gott Merkur hatte«, antwortete er mit einer leichten Verbeugung. »Also mit anderen Worten: Ich überbringe Nachrichten, sowohl gute wie schlechte.«

Sie wurde aufmerksam.

»Was für schlechte Nachrichten bringen Sie denn?«

Mr Harras war ungewöhnlich mitteilsam. Er meinte, was für den einen eine gute Botschaft wäre, könnte dem anderen eine schlechte sein und umgekehrt.

»Also, um Gottes willen, schwatzen Sie nicht so viel. Was ist passiert?«

Er sah sie nachdenklich an.

»Captain Leslie ist auf Bürgschaft aus dem Gefängnis entlassen worden.«

Sie zuckte zusammen und trat zurück, als ob sie einen Schlag ins Gesicht bekommen hätte.

»Das kann ich nicht glauben«, rief sie. Aber in dem Augenblick kam Tillman ins Zimmer, und sie konnten das Gespräch nicht fortsetzen.

»Geben Sie dem Herrn etwas zu trinken«, sagte sie und eilte aus dem Zimmer.

Tillman ging wieder zur Tür, die Millie offen gelassen hatte und schloss sie vorsichtig.

»Was haben Sie hier zu tun?«, fragte er. Seine Stimme war unhöflich, fast befehlend. »Sie vergeuden nur Ihre Zeit in Wimbledon.«

Josua lächelte harmlos.

»Ich glaube, dass ich dasselbe hier tue wie Sie. Ich führe eine kleine Privatnachforschung durch und suche allerhand Tatsachen herauszubringen. Und wissen Sie, das ist so meine Lebensbeschäftigung. Und wenn der Aufenthalt in Wimbledon Ihnen gut genug erscheint, so ist es sicher ein erwünschter Jagdgrund für mich. Vielleicht wissen Sie nicht ...«

»Oh, ich weiß schon«, unterbrach ihn Tillman und schenkte den Whisky ein.

Als Tillman das tat, meinte Harras:

»Ich habe Sie gleich wiedererkannt, als ich Sie jetzt sah – wenn ich einmal ein Gesicht gesehen habe, vergesse ich es nicht wieder.«

Er nahm das Glas aus Tillmans Hand und betrachtete es.

»Also, auf das Wohl der glücklichen Braut«, sagte er. »Das heißt, wenn sie glücklich ist.«

Tillman sah ihn unfreundlich an.

»Ich bin neugierig, ob Sie mich kennen. Ich habe zwar eine Idee, dass wir uns irgendwo getroffen haben …«

»Ich sah Sie damals bei der Verhandlung des Mordprozesses Corthurst – ich sah Sie bei Gericht«, murmelte Josua, »damals in Chelmsford vor drei Jahren, es mögen auch vier gewesen sein … es gibt dort ein sehr gutes Bier im Roten Löwen.«

»Ich war gespannt, ob Sie mich wiedererkennen würden und hoffte, dass es nicht der Fall sein würde.«

Er schenkte jetzt auch für sich Whisky und Sodawasser ein und trank in kleinen Zügen.

»Sie trugen damals keinen Schnurrbart«, sagte Harras nachdenklich. »Aber ich vergesse den Gang eines Mannes niemals. Sie kennen doch meine Methoden, Watson?«

»Wie?«, fragte Tillman, der seinen Ohren nicht traute. »Ich mag vielleicht nicht Tillman heißen, aber sicherlich heiße ich nicht Watson.«

»Dann kennen Sie auch meine Methoden nicht«, sagte Harras ruhig. »Das tut mir leid.«

Tillman nahm sein Glas ab.

»Nehmen Sie noch ein Glas?«

»Tut mir sehr leid«, murmelte Mr Harras. »Jemand hat mich doch heute Nachmittag schon gefragt, ob ich Sie schon früher gesehen hätte. Wer war es doch gleich … ach richtig, Millie Trent. Sie werden entlassen. Ich vermute, das wissen Sie auch schon.«

Sie lachten beide.

»Ich freue mich schon auf die Kündigung«, sagte Tillman trocken.

Josua schaute sich um, dann rückte er näher zu dem andern.

»Würden Sie mir nicht erzählen, was Sie entdeckt haben? Aber ich sehe es Ihrem Gesicht schon an, dass Sie mir nichts sagen wollen.« Es trat eine Pause ein, dann fuhr Harras fort: »Vielleicht kann ich Ihnen aber etwas Neues erzählen – Captain John Leslie ist wieder freigelassen worden.«

Er sagte dies mit etwas besonderer Betonung, aber auf den anderen machte es kaum großen Eindruck. Tillman lachte nur leise.

»Das hatte ich mir gleich gedacht. Ich wäre sehr erstaunt gewesen, wenn das nicht geschehen wäre.«

Er hörte ein Geräusch in der Halle, öffnete die Tür und schaute hinaus. »Das Gepäck wird fortgeschafft«. Dann trat er zur Seite und ließ Beryl ins Zimmer treten.

Sie ging gleich auf Josua zu.

»Mr Harras«, sagte sie leise zu ihm, »wenn ich einen Brief an die Redaktion des ›Postcourier‹ schicke, werden Sie ihn dann bekommen?«

Josua lächelte melancholisch.

»Ja, schreiben Sie ›Privat‹ darauf, dann wird er vorher nur zweimal geöffnet.«

Sie wollte ihm noch mehr sagen, aber Lew Friedman, der sie nicht aus den Augen ließ, war auch ins Zimmer gekommen.

»Nun, Mr Harras …«, er schien guter Laune zu sein, »ich weiß nicht, was wir Ihnen sonst noch an Neuigkeiten erzählen könnten. Ich habe nichts besonders Sensationelles mehr für Sie.«

Josua schien das durchaus nicht recht zu sein.

»Sie brauchen mir nur etwas zu erzählen, wir machen in unserem Bericht die Sache schon sensationell auf.« Dabei sah er Lew Friedman listig und verschlagen an. »Seit zehn Jahren haben wir keine richtige Sensation mehr in der Zeitung gehabt – wissen Sie, wie damals die Polizei den Leopard-Club aushob und mehrere ältere Herren durch den Feuer-Notausgang flüchten mussten!«

Es war interessant, Lews Gesicht zu beobachten, aber schließlich lachte er.

»Donnerwetter, Sie haben aber ein gutes Gedächtnis für Gesichter. Kamen Sie damals zusammen mit der Polizei?«

»Nein, ich kam etwas früher. Aber ich drückte mich auch, bevor man mich erkannte – da kann ich mich daraus besinnen, wie ich mit Ihnen zusammen durch den Notausgang davoneilte!«

Lew Friedman lachte noch immer.

»Das waren damals tolle Tage im Leopard-Club. Merkwürdig, ich sprach doch gerade heute Abend zu Mr Sutton über den Club. Er ist noch Mitglied, es soll jetzt besser dort zugehen, wie er mir erzählt«.

Beryl war gegangen und auch Tillman hatte sich auf merkwürdige Weise aus dem Raum gedrückt, sodass die beiden allein waren.

»Ach, es geht auch heute noch hoch her«, sagte Harras. »Man hat jetzt einen neuen Notausgang gebaut, der viel größer ist – da können sich vier zu gleicher Zeit aus dem Staub machen.«

Sie gingen in die Halle und trafen dort Frank Sutton. Irgendwo im Hintergrund wartete Millie Trent, die böse und grimmig dreinschaute. Sutton schien nicht gerade erfreut zu sein, als er den Zeitungsreporter sah.

»Sie geben doch der Presse keine Information, Lew?«, fragte er schnell.

»Ich meine wegen der Trauung? Was werden Sie von der Hochzeit berichten?«, fragte er Harras.

»Nichts«, entgegnete Josua. »Man wird wahrscheinlich einige Zeilen über Sie in der ›Wimbledon Gazette‹ schreiben, aber das große Herz Londons, der ›Postcourier‹, wird durch dieses glückliche Ereignis nicht weiter beunruhigt – höchstens erscheint unter der Rubrik ›Trauungen in Wimbledon‹ eine kurze Notiz. Das sind allerdings keine wirklichen Neuigkeiten. Solche Standesamtsnachrichten sind unvermeidlich wie der jährliche Regenfall.«

Das friedliche Gespräch wurde plötzlich unterbrochen. Ein Diener erschien im Flur.

»Nun?«, fragte Friedman.

»Es wünscht Sie jemand zu sprechen, mein Herr – Captain Leslie!«

Ein tiefes Schweigen herrschte einige Augenblicke. Harras beobachtete Sutton unausgesetzt und bemerkte, wie er die Farbe wechselte.

»Führen Sie ihn herein«, sagte Lew Friedman barsch.

20

»Aber …«, begann Frank.

Lew brachte ihn mit einer Handbewegung zur Ruhe.

»Führen Sie ihn nur herein – es wäre besser, wenn Sie jetzt gingen, Harras.«

Der Zeitungsreporter verließ das Haus ohne Protest.

Wieder trat ein langes Schweigen ein, und dann kam John Leslie langsam herein und sah von einem zum andern.

»Nun?«, fragte Mr Friedman.

»Ich möchte Mr Sutton sprechen.« Leslies Stimme klang hart und drohend.

»Nun wohl, Sie können ihn jetzt sprechen«, sagt Friedman laut. »Ich ließ Sie hereinkommen, Leslie, weil ich Ihnen traue, aber Sie dürfen nicht heftig werden. Sie wissen, ich bin auch noch hier.«

»Was sind Sie für ein guter Mensch, Friedman. Ich habe es Ihnen schon einmal gesagt. Ich habe eine höllisch gute Meinung von den Juden, seitdem ich Sie getroffen habe.«

Friedman nickte nur kurz.

»Schon gut – aber machen Sie keinen Spektakel. Sie können sehr froh sein, dass Sie heute Abend frei umherwandern können. Die Zeit und die Anwendung der Gesetze haben sich doch etwas geändert.«

Leslie schaute Sutton scharf an.

»Die Strafen sind dieselben geblieben – Zuchthaus für Hehler und große Unannehmlichkeiten für Zinker.«

Friedman war auf dem Posten und passte genau auf. Er wollte unter allen Umständen jeden Lärm oder Streit vermeiden.

»Ich dachte, die Polizei hätte solche Zinker gerne«, sagte er gut gelaunt.

Leslie nickte.

»Ja, aber nur eine. Man nützt und presst sie aus und dann eines Tages sagt sich die Polizei, wir haben alle Nachrichten Zeit lang, die wir von dem Menschen kriegen konnten, wir wollen ihn jetzt festsetzen, das heißt, wenn bekannt ist, wer er ist.«

»Hören Sie, Leslie«, begann Lew. »Ich möchte etwas für Sie tun. Können Sie mit tausend Pfund geschäftlich etwas anfangen?«

»Ich trage Ihnen nichts nach, Leslie«, sagte Sutton, aber sein Geschäftsführer unterbrach ihn.

»Wenn Sie jemals etwas Gutes für mich getan haben, so ist das längst ausgeglichen.«

Dann wandte sich Leslie langsam zu Friedman.

»Nun möchte ich Ihnen einen Rat geben. Wenn Sie ein paar tausend Pfund übrig haben, dann schenken Sie sie Sutton, damit er dieses Land so schnell wie möglich verlassen kann. Morgen in aller Frühe geht ein Dampfer nach Kanada ab – es ist noch reichlich Zeit, den Anschlusszug zu erreichen.«

Lew Friedman seufzte tief.

»Sie wollen also keine Vernunft annehmen!«

Leslie zeigte auf den todblassen Sutton.

»Sie wissen, doch, was für einen Schwiegersohn Sie bekommen? Das ist der ›Zinker‹ – der größte Schuft in London!«

Friedman schüttelte lächelnd den Kopf.

»Das ist ein ganz gemeiner Kerl, der mehr arme Teufel ins Gefängnis gebracht hat als irgendein Polizeibeamter. Der könnte froh sein, wenn er mit heiler Haut davonkommt.«

»Hat er Sie denn ins Gefängnis gebracht?«, fragte Friedman.

»Nein, dafür bin ich selbst verantwortlich«, erwiderte Leslie rau. »Das ist ganz meine Schuld«.

»Sehen Sie, Leslie«, versuchte Lew wieder das Unwetter zu beschwören. »Ich möchte nicht mit Ihnen streiten. Sie sind Sutton böse wegen einer ganz anderen Sache, wir wollen keine Namen nennen, ich weiß, wie es Ihnen ums Herz ist. Mein Mitgefühl ist ganz mit Ihnen, aber ich bin für das Glück eines Menschen verantwortlich.«

»Ich auch!«, unterbrach ihn Leslie schnell. »Sutton, wenn Sie Beryl Stedman heiraten, bei Gott, ich bringe Sie um!«

Er ging auf Frank zu, aber Friedman trat zwischen die beiden.

»Sie sind rasend vor Wut!«, beschwor er ihn. »Sie wissen nicht mehr, was Sie tun! Nehmen Sie sich in Acht! Bis zu einem gewissen Grad lasse ich mit mir reden, aber das ist zu stark, Leslie! Ich habe doch hier im Haus auch noch etwas zu sagen!«

Zum ersten Mal sah er Leslie in furchtbarer Wut. Sein Gesicht war weiß und verbissen.

»Lassen Sie doch Sutton selber sprechen – hat er denn keinen Mund? Müssen Sie ihn die ganze Zeit betun wie ein Kindermädchen?«, fragte Leslie zornig.

Sutton lachte gezwungen.

»Sorgen Sie sich bloß nicht um mich, ich kann mich schon um meine eigene Sache kümmern!«

»So? Können Sie das?«, fragte Leslie sarkastisch. »Sie haben sich allerdings um sich selbst gekümmert, seitdem Sie dieses betrügerische Geschäft begannen. Sie haben nur für sich selbst gesorgt, als Sie mich für

Ihre Pläne opferten, so wie Sie Ihre früheren Geschäftsführer geopfert haben!«

»Sie sind ein verfluchter Lügner!«, schrie Sutton. Lew Friedman schüttelte hilflos den Kopf.

»Also, nun beruhigen Sie sich doch und gehen Sie fort, Leslie!«

»Ein Schwindelgeschäft mit gefälschten Büchern«, rief Leslie, »Ihre eigentliche Arbeit tun Sie nur in Ihrem kleinen Auto und im Leopard-Club!«

Er sah, wie Friedman aufhorchte und erstaunt aufschaute.

»Dort treffen Sie die lichtscheuen Menschen und kaufen ihnen die Diamanten ab – ich warne Sie, Sutton.«

Lew hörte ein Geräusch im oberen Flur, ging schnell zur Tür und öffnete sie.

»Also, jetzt ist Schluss«, sagte er. »Machen Sie, dass Sie hinauskommen!« Aber Leslie hörte nicht.

»Lassen Sie von Ihrem Heiratsplan, Sutton! Halten Sie sich an Ihre alten Verbündeten!«

Friedmans Hand fiel schwer auf seine Schulter.

»Gehen Sie schleunigst durch den Garten«, sagte er dringend, »Leslie, tun Sie es mir zuliebe – dort draußen ist ein Nebeneingang für das Dienstpersonal, um die Ecke des Hauses.«

John war unschlüssig.

»Ich bitte Sie dringend darum!«

»Nun gut«, nickte der andere, »Miss Stedman kommt wohl?«

Er ging zum Fenster, öffnete es und blieb einen Augenblick stehen.

»Sie wissen nicht, was ich für Sie tue, Sutton«, sagte er noch, dann verschwand er im Dunkeln.

Sutton atmete schwer. Aber als er nach dem Fenster gehen wollte, zog ihn Friedman zurück.

»Bleiben Sie«, sagte er böse. »Als Leslie hier war, war es Zeit, ihm entgegenzutreten. Nehmen Sie sich jetzt zusammen, wenn Beryl kommt.«

»Haben Sie gehört, was er sagte?«, fragte Frank Sutton atemlos. »Er hat mich angeklagt, mein Gott, was der Mensch für einen Mut hat ...«

Lew drückte seinen Arm, dass er stöhnte. Beryl war mit ihrer Handtasche ins Zimmer getreten und ging zu dem Schreibtisch. Sie sahen, wie sie sich niedersetzte. Dann zog sie die Schublade auf, scheinbar suchte sie nach irgendwelchen Briefen oder Schriftstücken, um sie zu zerstören. Sie war schon vollständig für die Reise gekleidet, und Friedman sah tiefe Trauer in ihrem Gesicht.

»Kann ich dir irgendwie helfen, mein Liebling?«, fragte er ein wenig heiser.

»Nein, ich möchte das lieber allein tun, wenn du nichts dagegen hast.« Onkel Lew seufzte erleichtert auf. Sie hatte also nicht gehört, dass Leslie dagewesen war.

»Du hast noch sehr viel Zeit, Beryl. Es sind mindestens noch drei Stunden, bis der Zug fährt.«

Sie nickte, nahm ein Stück Schreibpapier und wartete. Sutton verstand, dass sie allein sein wollte.

»Kannst du das nicht bis später lassen, Beryl?«, fragte er, und innere Erregung war in seiner Stimme zu erkennen. Er war nervös und ungeduldig, und es gelang ihm nicht, seinen alten, harmlosen Unterhaltungston zu finden.

»Kommen Sie mit«, sagte Lew und nahm ihn am Arm. »Wir wollen hinausgehen und Tillman fortschicken. Dann sind wir allein im Haus, ohne Angestellte und Zeitungsreporter.«

»Ich dachte, Beryl sollte wissen«, begann Sutton. Er hatte seine Fassung vollständig verloren.

»Halten Sie den Mund«, flüsterte Lew dringend. »Was wollen Sie ihr sagen? Sie sind wohl nicht ganz bei Verstand!«

Bevor Frank Sutton sprechen konnte, hatte er ihn aus dem Zimmer geschoben und die Tür hinter sich geschlossen. Beryl blieb allein im Zimmer. Sie schaute erstaunt hinter ihnen her und wunderte sich. Was wollte ihr Sutton mitteilen, und was sollte sie nicht wissen? Aber dann zuckte sie die Achseln und tauchte die Feder ein. Es war das sechste Mal, dass sie zu schreiben versuchte, und diesmal musste es ihr gelingen. Sie war froh und dankbar, dass der Mann, den sie liebte, wieder in Freiheit war, mit diesem Gedanken konnte sie wenigstens von hier scheiden.

Sie schrieb einige Zeilen, hielt wieder an, las das Geschriebene durch und hatte den Wunsch, den Brief zu zerreißen, aber sie widerstand der Versuchung. Als sie wieder ein paar Worte geschrieben hatte, hörte sie, wie das Fenster von draußen geöffnet wurde und schaute erschrocken auf.

Einen Augenblick wollte sie ihren Augen nicht trauen, aber dann sprang sie mit einem leisen Schrei auf, und im nächsten Augenblick lag sie schluchzend in John Leslies Armen. Er zog die zitternde Gestalt dicht an sich und flüsterte ihr zusammenhanglose Worte zu.

»O mein Lieber, mein Lieber!«, seufzte sie. »Haben sie dich freigelassen?«

Er sah nach der Tür. Es kam kein Geräusch aus der Halle von draußen.

»Ja, ich bin frei. Sie waren doch nicht ganz sicher, dass ich schuldig bin.«

»Ich habe mir so viel Sorgen gemacht, ich war so unglücklich. Ich war gerade dabei, dir einen Brief zu schreiben. Ich wollte ihn an Mr Harras schicken, damit er ihn dir geben sollte.«

Seine Augen waren noch immer auf die Tür gerichtet.

»Ist es möglich, dass jemand kommen kann?«, fragte er.

Sie schüttelte den Kopf.

»Nein, sie sind ins Billardzimmer gegangen.«

Leise machte sie sich aus seiner Umarmung frei und ging zur Tür, öffnete sie und lauschte. Sie hörte das Aneinanderstoßen der Billardkugeln, dann schloss sie die Tür fest zu. Ein ganz kleiner Riegel war innen an der Tür angebracht. Sie zögerte einen Augenblick, dann schob sie ihn vor.

»Miss Trent ist hier, aber augenblicklich ist sie in der Bibliothek. Ach, John, du weißt nicht, wie glücklich du mich gemacht hast!«

Er hielt sie in einiger Entfernung von sich und schaute sie an.

»Dass ich gekommen bin?«

Sie nickte.

»Ja, dass ich dich noch einmal sehen kann – und zwar in Freiheit.«

Aber dann sagte sie mit einem bedeutungsvollen Lächeln: »Du bist ja ein so schrecklicher Mann, wie konntest du das bloß tun, John? Es hat mich so tief verletzt.«

Er hielt sie an den Schultern fest und sah sehnsüchtig in ihre Augen.

»Ein Mann wie ich muss viele Dinge tun. Beryl, lass mich dir etwas sagen.«

Sie wusste, was kommen würde und versuchte, sich von ihm freizumachen, aber er hielt sie in seinen starken Armen.

»Ach nein, bitte, sage es nicht!«

»Ich muss es sagen … ich habe es schon früher gesagt – ich – ich liebe dich! Und ich kann dich ohne Kampf dem andern nicht lassen.«

Sie schüttelte traurig den Kopf.

»Ich muss«, sagte er leidenschaftlich. »Ich würde den Verstand verlieren, wenn ich es dir nicht sagte. Beryl, was du auch tun magst, wen du auch heiraten magst, diesen Mann kannst du nicht heiraten!«

Er las die Verzweiflung in ihrem Gesicht, und sein Herz stand still.

»Ich habe ihn geheiratet«, sagte sie tonlos, und er ließ seine Hände sinken.

21

»Du hast ihn geheiratet?«, fragte er starr vor Schrecken. »Du scherzt nur!«

Sie schüttelte den Kopf.

»Geheiratet – wann?«

Sie sagte ihm alles.

»Wir hatten eine Sonderlizenz. Es sollte eigentlich erst morgen sein, aber Onkel Lew wünschte, dass es vorbei sein sollte, weil – nun weil das heute Morgen passiert ist, John. Er weiß …, dass ich dich liebe.«

Verheiratet! Sie sah, wie tödlicher Hass und Mordlust in seinen Blicken aufleuchteten, als er sich zur Tür wandte, und sie hing sich an seinen Arm.

»Tu es nicht, tu es nicht – was hast du vor?«

»Ich will mit Frank Sutton abrechnen«, sagte er wild.

»Nein – nein – John!«

Sie hielt ihn verzweifelt zurück und legte ihre Arme um seinen Hals.

»Um Gottes willen, lass es! Es ist für dich ebenso schlimm wie für mich, und mich wirst du ganz unglücklich machen. Fühlst du denn das nicht? Weißt du nicht, was du mir damit antust? Ich bin jetzt erst zur Wirklichkeit erwacht … ich dachte, ich kenne dich und deinen Charakter, und das Zusammensein mit dir war so schön. Aber jetzt erst lerne ich dich kennen …«

Sie weinte still an seiner Brust. Aller Hass in ihm verschwand, er machte sich Vorwürfe und sagte es ihr. Plötzlich fasste sie sich wieder und machte sich von ihm frei.

»Ich liebe dich, das ist wahr«, sagte sie mit leiser Stimme. »Es hat keinen Zweck, dass wir uns belügen und sagen, es wäre nicht so. Wenn ich das tun würde, was ich gern möchte, würde Onkel Lew der Schlag rühren ... ich muss mich mit dem Leben abfinden.«

Er schüttelte langsam den Kopf.

»Liebe Beryl, verliere nicht den Mut. Wir alle ... müssen uns damit abfinden. Wann fährst du?«

Sie trocknete ihre Tränen.

»Ein paar Minuten nach zehn von King's Cross«, sagte sie teilnahmslos. »Aber John, du wirst doch nichts unternehmen oder etwas sagen?«

»Also ein paar Minuten nach zehn.« Er nickte.

»Aber du wirst doch nichts unternehmen, dich und mich unglücklich zu machen? John, warum antwortest du mir nicht?«

Er sprach halb in Gedanken.

»Du hast geheiratet – diesen Halunken! Ich hätte ihn geschont, wenn er das nicht getan hätte!«

Seine Worte ängstigten sie, aber sie hörte plötzlich schnelle Fußtritte die Treppe herunterkommen.

»Geh schnell in den Garten, es kommt jemand, bitte, bitte, geh – bitte geh!«

Sie hob das Gesicht zu ihm und küsste ihn. Als er durch das Fenster verschwunden war, eilte sie zu der Tür, zog den Riegel geräuschlos zurück und setzte sich wieder an den Schreibtisch. Kaum hatte sie Platz genommen, als Millie Trent hereinkam. Sie trug eine große Aktenmappe und hatte scheinbar die Absicht, das Haus zu verlassen, denn sie hatte den Hut aufgesetzt und einen langen Regenmantel angezogen. Als sie Beryl sah, war sie erstaunt.

»Ach, ich wusste nicht, dass Sie hier sind, Miss – Mrs Sutton – ich bin sehr erschrocken«, sagte sie ein wenig verlegen.

»Möchten Sie Mr Sutton sehen?«

Millie nickte.

»Ich habe schon den ganzen Nachmittag versucht, ihn zu sprechen.«

Ihre Stimme klang schrill und fremd, und hätte Beryl sie besser gekannt, so hätte sie gewusst, dass Millie Trent halb wahnsinnig vor Wut war.

»Er geht jedes Mal ins Billardzimmer, wenn ich versuche, ihn zu sprechen«. Dann fügte sie fast verzweifelt hinzu: »Ach, würden Sie so gut sein, ihn zu bitten, dass er mit mir spricht, Miss – Mrs Sutton?«

Beryl erhob sich.

»Ja, ich will ihn gern rufen.«

»Ich danke Ihnen sehr.« Es trat eine Pause ein, dann fragte sie: »Ich muss Sie jetzt natürlich ›Gnädige Frau‹ nennen?«

Beryl zog die Lippen kraus.

Millie Trent hörte, wie sie Frank an der Tür des Billardzimmers beim Namen rief und legte ihre Mappe auf den Schreibtisch. Sie setzte sich in den Stuhl, in dem Beryl vorher gesessen hatte. Ärgerlich schaute sie auf die paar Zeilen, die Beryl geschrieben hatte und las sie.

Scheinbar musste Frank Sutton jetzt gehorchen. Er kam schnell in den Raum und schloss die Tür hinter sich.

»Hast du das gesehen?« Sie zeigte ihm den Brief.

Er nahm ihn aus ihrer Hand und las:

»Mein lieber John, ich werde Dich nicht wiedersehen, aber ich möchte Dir doch sagen, dass ich niemals vergessen werde ...«

»Mein lieber John? Damit ist doch Leslie gemeint!«

»Du brauchst keine Angst zu haben, sie wird ihn schon wiedersehen«, sagte Millie grimmig. Die ganze Atmosphäre war geladen. Er fühlte es und wurde noch nervöser.

»Wo hast du das Geld?«, fragte er.

Sie öffnete die Mappe und nahm drei dicke Pakete amerikanischer Banknoten heraus.

»Hundertundzweitausend Dollars«, sagte sie dann. »Als ich Friedmans Scheck einlösen wollte, wäre ich beinahe zu spät gekommen. Ich kam gerade noch einige Minuten vor Schluss.«

»Hast du das andere Geld nach Rom geschickt?«

Sie nickte.

»Es ist nur schade, dass du das Geschäft nicht verkaufen konntest.«

»Es ist wirklich schade«, antwortete er. Ihre Unterhaltung hatte sich bis jetzt nur um gleichgültige Dinge gedreht, aber die Explosion musste kommen.

»Wo wird mich dein Wagen abholen?«, fragte sie. Bei diesen Worten sah sie ihn nicht an, sondern spielte mit dem Brieföffner, der auf dem Schreibtisch lag.

»Wie? – ach, du meinst meinen Wagen? Ja, der wird dich an der Ecke der Lower Regent Street erwarten. Du hast Anschluss mit dem Dampfer nach Havre.«

»Du meinst, ich soll allein nach Havre fahren? Kommst du denn nicht mit?«

»Ich erreiche dich in Southampton. Du wirst Geld gebrauchen.« Er zog einige Banknoten aus dem Bündel heraus und gab sie ihr. Sie steckte sie in ihre Handtasche.

»Du willst dann später nach Southampton kommen?« Plötzlich ließ sie die Maske fallen. »Die ›Empress‹ verlässt London morgen früh mit der Flut!«

Er starrte sie entsetzt an.

»Ich weiß nicht, was du meinst!«

»Du hörst, die ›Empress‹ verlässt London morgen früh mit der Flut, du verräterischer Hund!« Ihre Augen schossen wütende Blitze. »Hör gut zu, du ›Zinker‹, du! Ich habe deinetwegen viel aushalten müssen, ich habe für dich im Gefängnis gesessen, ich habe dir bei deinen schmutzigen Geschäften geholfen, und ich habe zugesehen, wie du fünf verschiedene Mädchen heiratetest – aber die hast du jedes Mal an der Kirchentür verlassen.«

Er biss sich die Lippen, aber er antwortete nicht.

»Ich habe dich bei all deinen Schiebungen unterstützt, bei den vielen Hehlereien und bei dem Verzinken! Jede Anzeige, die du der Polizei geschickt hast, habe ich für dich mit der Maschine schreiben müssen! Ich habe deine Diamanten nach Antwerpen und Paris gebracht, und oft habe ich lebenslängliche Zuchthausstrafe für dich riskiert!«

»Ich weiß gar nicht, was du von mir willst«, sagte er mit zitternder Stimme. »Was ist denn nur los, Millie?«

Sie sprachen beide so erregt, dass sie nicht sahen, wie eine Gestalt aus dem Dunkel auftauchte und sich in der schattigen Fensternische verbarg. Es war John Leslie, der vorgebeugt lauschte. Ein grimmiges Lächeln verzerrte seine Züge.

»Ich will dir sagen, was ich denke«, fuhr Millie Frank an, »Du schickst mich nach Southampton – glaubst du, dass ich in die Falle gehe? Wo gehst du hin? Du fährst mit Beryl nicht nach Schottland – du bringst sie nach Kanada! Du hast Schiffsbilletts auf den Namen Jackson besorgt! Der Zug, der Anschluss an den Dampfer hat, verlässt Euston Station ungefähr zur selben Zeit wie der Zug nach Schottland. Ich habe dir bei den anderen Verbrechen der Bigamie geholfen, weil du die betrogene Braut an der Kirchentür verlassen hast, nachdem du den Scheck ihres Vaters in der Tasche hattest. Aber diesmal helfe ich dir nicht!«

»Willst du ruhig sein!«, fuhr er sie zornig an. »Du verrücktes Ding! Wenn du nicht schweigst, hört man uns!«

»Die werden es schon bald genug erfahren! Du wirst mit Beryl nicht nach Kanada fahren, und du wirst auch nicht nach Schottland mit ihr fahren – merke dir das, du ›Zinker‹! Ich bin deine Frau, deine einzige, rechtmäßig angetraute Frau, und du gehst jetzt mit mir nach Southampton oder ich werde Tillman aufsuchen!«

»Tillman?«

»Ja – da staunst du?« Sie lachte rau. »Du weißt scheinbar nicht, wer Tillman ist, aber ich habe eine Ahnung«.

Er zitterte wie Espenlaub, und sein Gesicht war kreidebleich.

»Du bist wahnsinnig, Millie, du wirst mich doch nicht so elend verraten, das kannst du nicht …«

»Wirst du mit mir fahren?«

Der »Zinker« war an schnelle Entschlüsse gewöhnt, und seine Gedanken rasten, um einen Ausweg zu finden.

»Der Zug geht erst nach zehn Uhr«, sagte er eindringlich, »Wir wollen die Sache in Ruhe besprechen. Hier ist das unmöglich. Wir wollen uns im Leopard-Club treffen, genau in einer Stunde!«

Er sah den Zweifel und das Misstrauen in ihren Augen und bot all seine Überredungskunst auf, sie umzustimmen.

»Du hast doch jede Sicherheit. Wenn ich nicht zum Leopard-Club kommen sollte, so kannst du mich doch an der Bahn abfassen. Da hast du doch noch zwei Stunden Zeit, mich zu fangen, wenn ich mein Versprechen nicht halten sollte.«

»Ich sage dir aber ...«, begann sie.

Plötzlich hielt er seine Hand vor ihren Mund.

»Ruhig, man kann dich in der Halle hören«, zischte er.

Die Tür zu der Halle stand offen. Er eilte quer durch den Raum und schloss sie. Als er zurückkam, sah er, dass er gewonnen hatte.

»Also im Leopard-Club in einer Stunde. Ich schwöre dir, Millie, dass du mich falsch beurteilst. Ich habe nicht die Absicht, dich ...«

»Du lügst«, sagte sie ruhiger. »Aber ich will dir noch eine Gelegenheit geben, es wieder gutzumachen. Wenn du nicht in sechzig Minuten im Leopard-Club bist, warte ich auf der Station in Euston mit zwei Polizisten auf dich, um dich verhaften zu lassen. Und ich habe genug Beweismaterial, um dich auf Lebenslänglich nach Dartmoor zu bringen. Alle Leute sollen es wissen, John Leslie und Friedman ...«

»Ruhe!«

Er öffnete die Tür leise und schaute hinaus, dann eilte er durch die Halle zur Haustür und verschwand mit ihr im Dunkel.

Er sagte ihr, dass sein Wagen am Ende der kleinen Straße wartete.

»Ich werde mich bei Friedman entschuldigen und dann zur Stadt kommen. Nimm du den Wagen bis zur Station Wimbledon. Dort kannst du ein Mietauto nehmen – aber Millie, du meinst doch das nicht wirklich, was du da eben gesagt hast? Du wirst doch deinen alten Kameraden nicht ins Gefängnis ...«

»Du kannst sicher sein, das werde ich!«, stieß sie hervor. »Und du kannst froh sein, wenn du nur ins Gefängnis kommst!«

»Was willst du damit sagen?«

»Was ich damit sagen will?« Sie trat ganz dicht an ihn heran und sah ihm fest in die Augen. »Sollte es John Leslie zuerst erfahren, dann dreht er dir noch heute Abend das Genick um!«

22

Mr Josua Harras ging früh am Abend zur Redaktion zurück. Der Redakteur Field fiel buchstäblich über ihn her. Er dachte, der Reporter könne ihm für die erste Abendausgabe einen glänzenden Artikel schreiben. Aber er wusste nur zu gut, dass aus ihm so leicht nichts herauszukriegen war, wenn er ihn nicht scharf anfasste. Harras war nämlich ein merkwürdiger Mann, wie man sie häufiger in Fleet Street trifft. Er sammelte gierig Nachrichten und Neuigkeiten, aber er war schwer dazu zu bringen, etwas zu schreiben. Es schien so, als ob er seine Schätze ängstlich als sein persönliches Geheimnis hütete.

Harras konnte nur mit viel Mühe dazu gebracht werden, in der letzten Minute etwas zu schreiben, obwohl alle seine Taschen mit kleinen Zetteln vollgestopft waren, auf denen lauter wichtige Nachrichten standen, die allerdings nur er und kein anderer lesen konnte.

Mr Field hatte alle Minen springen lassen, um ihn zum Schreiben zu bringen.

»Ein Zeitungsartikel ist wie ein Zusammensetzspiel«, meinte Josua geheimnisvoll. »Dabei kann man lange sitzen und alle Teile aneinanderreihen. Man mag ja sogar schon eine Idee haben, wie die ganze Sache aussieht – aber bevor man nicht jeden Stein an seine richtige Stelle gesetzt hat ...«

»Halten Sie mir gefälligst keine Vorlesungen über Zeitungsartikel«, sagte der Redakteur am Ende seiner Geduld. »Ich muss von Ihnen einen Artikel haben, einen Artikel! Er braucht ja nicht einmal richtig geschrieben zu sein – ich habe hier jemand, der das für Sie besorgt. Schreiben Sie, was Sie wollen. Der Stil braucht auch nicht gut zu sein, auch das können wir hier richten. Aber wir brauchen den Inhalt, nachher werden wir daraus schon einen schönen Artikel machen. Sie müssen uns die Tatsachen geben! Einen Artikel von einer halben Spalte!«

Josua schaute ihn düster und ärgerlich an.

»Nein, Mr Field, nicht eine halbe Spalte«, sagte er dann mit Würde. »Hören Sie, drei Spalten lang, aber das kann ich Ihnen jetzt noch nicht geben, ich muss doch erst noch alle möglichen Dinge zusammenbringen. Den Rest der Geschichte werde ich im Leopard-Club erfahren.«

»Was ist denn das für eine Spelunke?«, fragte Field.

»Sie haben das Ding richtig bezeichnet, es ist wirklich eine Spelunke. Ich bin zwar Ehrenmitglied dort, aber das Lokal ist doch manchmal sehr brauchbar, und diese Geschichte scheint dort ihre Fortsetzung zu haben. Ich weiß zwar noch nicht, was passieren wird. Ich kann nicht in die Zukunft sehen, aber wenn nicht etwas ganz Großes dabei herauskommt, will ich nicht Harras heißen.«

Field war nicht gerade sehr erbaut von dieser Mitteilung.

»Es ist wohl unnötig, dass ich Sie daran erinnere, dass ich Ihren Artikel bis spätestens zehn hier haben muss. Also, wenn Sie keine Zeit haben, ihn zu schreiben, dann sagen Sie ihn durchs Telefon an. Wenn Sie nicht telefonieren können, schicke ich Ihnen einen Mann, dem Sie die Sache diktieren. Das ›Journal‹ …«

»Zum Teufel mit dem ›Journal‹«, sagte Josua kaltblütig, dann fluchte er noch, was man diesem gutmütigen Mann nicht zugetraut hätte.

Josua hatte, wie alle guten Reporter, eine wertvolle Gabe. Er besaß einen feinen Spürsinn für wichtige Ereignisse, und er hatte zu seiner größten Genugtuung festgestellt, dass sein großer Rivale vom »Journal« die Sache noch nicht von der richtigen Seite angefasst hatte.

Nachdem er die Redaktion des »Postcourier« verlassen hatte, ging er zunächst zu den Geschäftsräumen der Firma Frank Suttons. Gewöhnlich blieben zwei oder drei Angestellte, die bis spät in den Abend arbeiteten, im Geschäft. Dies war heute umso wahrscheinlicher, als das Ende des Halbjahres mit den Bilanzen und Abrechnungen viel Arbeit brachte. Vom Portier hörte er zu seiner Befriedigung, dass ein Abteilungsleiter mit zwei anderen Herren vom Rechnungsbüro noch an der Arbeit seien.

»Sagen Sie mir doch, Mr Harras«, fragte ihn der Portier, »was ist das eigentlich für eine Geschichte mit Leslie? Ich habe doch heute Vormittag gehört, dass er verhaftet wurde – aber er war doch heute Nachmittag hier – ich habe gesehen, wie er in höchsteigener Person die Treppe zum Büro hinaufging«.

Das Letztere war für Josua eine große Neuigkeit.

»Wie lange war er denn oben im Büro?«, fragte er.

»Ungefähr eine halbe Stunde. Wie mir der Abteilungsleiter sagte, kam er, um seine Papiere zu holen.«

»War heute Nachmittag noch jemand anders hier?«

Der Portier zeigte ihm seinen Rapport. Josua fand, dass Millie Trent kurz nach drei gekommen war, ebenfalls Frank Sutton, aber nur auf einen Augenblick. Er war sofort wieder gegangen.

»Sutton?« Josua war aufs Äußerste überrascht.

»Er kam nur herein und ist sofort wieder verschwunden«, sagte der Portier.

Harras ging die Treppe hinauf zu den erleuchteten Büros, wo die Leute noch an der Arbeit waren. Der Abteilungsleiter kannte ihn nicht und kümmerte sich nicht um ihn. Als er aber hörte, dass er ein Berichterstatter war, sagte er ihm, dass er Überstunden machte, um die BombayAbrechnungen fertigzustellen. Die Sutton-Compagnie exportierte eine große Zahl von gebrauchten Automobilen dorthin, und der Abteilungsleiter hatte seit einigen Tagen den Auftrag erhalten, alle Rechnungen auszustellen und möglichst alle Außenstände einzutreiben, oder bei der Bank gegen Barzahlung zu verpfänden. Die Summe sollte zu Frank Suttons Disposition stehen.

»Es ist aber ganz ausgeschlossen, dass wir vor Mitternacht mit der Aufstellung fertig sind. Wenn Tillman wenigstens mitgearbeitet hätte, könnten wir um zehn Uhr fertig sein. Aber der ist erst vor einer halben Stunde gekommen und hat sich nicht um die Arbeit gekümmert. Ich begreife den Menschen nicht!«

»Ist Tillman jetzt im Büro?«, fragte Harras schnell.

»Wenn er hier wäre, würde er mit uns arbeiten«, sagte der andere verärgert. »Ich habe Mr Sutton schon gesagt …«

»Wie merkwürdig«, unterbrach ihn Josua, »dass ein Mann an seinem Hochzeitstag gezwungen ist, sich ums Geschäft zu kümmern!«

»Mr Sutton fühlte sich nicht wohl, er hatte Kopfschmerzen«, erklärte der Abteilungsleiter. »Sutton litt manchmal daran und hatte in seinem Büro eine verschlossene Hausapotheke, von der er sich ein Mittel geholt hatte.«

»Ich muss sagen, dass ich heute Nachmittag und Abend mehr über ihn erfahren habe, als ich jemals wusste«, sagte der Abteilungsleiter. »Er war sehr mitteilsam. Ich vermute, dass Sie gekommen sind, um sich einige Angaben über Leslie zu holen?«

Josua war tatsächlich nicht mit dieser Absicht gekommen, aber er nahm diese Erklärung gern an, sagte aber auch, dass er sich sehr für Frank Sutton und seine Kopfschmerzen interessiere. Er könne sich keine schlechtere Beigabe für die Flitterwochen denken.

»Ich wusste auch nicht, dass er sich nicht wohl fühlte, bis er es mir sagte«, erklärte der andere. Mr Harras horchte auf, denn gerade das wollte er ja wissen.

Der Abteilungsleiter sprach noch länger über Sutton und erzählte von seiner außerordentlichen Liebenswürdigkeit, von seiner Höflichkeit und seiner Sorge für das Personal.

»Leslie war im Vergleich zu ihm ein rücksichtsloser, rauer Mensch. Die jungen Damen, die hier im Büro arbeiten, haben einen kleinen Club. Sie kaufen Blumen für Suttons Schreibtisch und haben immer etwas getan, um sein Büro auszuschmücken.«

Harras hatte noch nie Mr Suttons Privatbüro gesehen und fragte, ob er nicht einmal diesen Raum sehen könnte. Er brauchte es für einen Artikel, den er schreiben wollte.

»In der jetzigen Zeit, in der ein so gespanntes Verhältnis zwischen Arbeitgebern und Angestellten besteht, kann die Welt nicht genug von Leuten erfahren, die ihre Angestellten menschlich behandeln«, meinte er.

Er sagte auch, es wäre vielleicht gut, wenn man eine fotografische Aufnahme von dem Büro machen könnte, ein solches Vorbild eines Chefs müsste in der Zeitung rühmlich erwähnt werden.

»Wenn das herauskommt, werde ich aber aufgehangen«, sagte der andere, indem er die Schlüssel aus seiner Tasche zog. Er führte Mr Harras den dunklen Gang entlang und öffnete eine Tür.

Es war ein sehr schöner Raum. Ein großer, prächtig geschmückter Schreibtisch stand in der Mitte des Zimmers und ein kostbarer, weicher Teppich bedeckte den Fußboden. Direkt hinter dem Sessel Suttons war ein kleiner Mahagonischrank an der Wand befestigt. Josua überschaute schnell das Büro, betrachtete den schönen Kamin, glitt mit der Hand über die Polster der Lehnstühle und bewunderte die prachtvollen Samtvorhänge an den Fenstern. Scheinbar in Gedanken, versuchte er die Tür der Hausapotheke zu öffnen, aber sie war verschlossen.

»Bitte, berühren Sie nichts«, bat der andere.

»Es ist ein sehr schönes Büro, und alles so sauber und geschmackvoll eingerichtet!«, murmelte Josua. »Ein reiner Palast!«

Auf dem Schreibtisch lagen keine Schriftstücke, nur ein zusammen-geknittertes Stück weißen Papiers. Der Papierkorb war vollständig leer. Josua hatte entdeckt, dass eine Firmenaufschrift und ein rotes Siegel auf dem Papier war. Er hatte nur einen flüchtigen Blick auf diesen geöffneten Umschlag geworfen, und es war ihm klar, dass Mr Sutton irgendeine medizinische Packung geöffnet hatte, und dass das die Umhüllung war. Er wollte unter allen Umständen wissen, was für ein Medikament Sutton genommen hatte.

»Können Sie mir vielleicht sagen, wie man diese Vorhänge zuzieht?«, fragte er.

Der andere zeigte es ihm und wandte sich dabei der seidenen Schnur zu, die in den Falten des Vorhangs verborgen war.

»Wenn man hieran zieht.« Die Vorhänge des Fensters schlossen sich. Bevor er wieder geöffnet hatte und sich nach seinem Besucher umdrehte, war das kleine Stück Papier von der Schreibtischplatte verschwunden und in Mr Harras' Tasche gewandert, wo es bei all den vielen anderen Papieren lag.

Josua bedankte sich und ging den Gang zurück. Als er an Leslies Büro vorbeikam, hielt er an und versuchte, ob die Tür offen war. Zu seinem größten Erstaunen war sie nicht verschlossen. Aber noch größer war seine Überraschung, als er das Licht in dem Zimmer andrehte. Der Kamin war ganz mit Papierasche und angebranntem Papier gefüllt. Die Tür zu dem Geldschrank stand weit offen, und der Schlüssel steckte noch im Schloss.

»Sieh einmal an!«, sagte Josua.

Er schaute in den Schrank hinein, der vollständig leer war. Nicht ein einziges Blatt Papier lag darin. Die drei Schubladen, die er aufzog, waren ebenfalls leer. Nachdenklich schloss er die Schranktür zu und legte den Schlüssel auf Leslies Tisch. Jemand hatte die Absicht gehabt, sehr schnell fortzugehen und keine Spuren zu hinterlassen. Aber was hatte er vernichten wollen?

Er suchte in der Asche herum, fand zunächst nichts, schließlich aber fischte er ganz hinten einige Blätter heraus, die nur halb verbrannt waren.

Sie waren mit Maschine geschrieben, aber der größere Teil war vernichtet. Auf dem einen Blatt las er:

»John Leslie, ein früherer Sträfling in ...
lange Zeit verdächtig gemacht ...
Diamantcollier, das Eigentum von L ...
Schrank in seinem Büro.«

Das zweite Blatt war ein Durchschlag. Die beiden Schriftstücke wiesen die gleichen Schreibfehler auf. Er faltete sie sorgsam und steckte sie in seine Brieftasche.

Also hier war das Büro des »Zinkers«, denn Elford hatte ihm einst auf besondere Erlaubnis Barrabals hin eine der typischen Mitteilungen des »Zinkers« gezeigt, die er nach Scotland Yard schickte.

Er schaute nach der Uhr. Es war nun Zeit, etwas zu Abend zu essen – Josua hasste es, seine Mahlzeiten in Eile und Hast einzunehmen, besonders, wenn er nachher noch einen Artikel schreiben sollte, dessen Schluss er noch nicht kannte. Er wünschte, dass sich die Ereignisse schnell entwickeln möchten, denn das »Journal« fiel ihm mit seinen Nachrichten allmählich auf die Nerven.

Er ging in ein kleines Restaurant in der Nähe des Empire Theatre, wo er gewöhnlich speiste. Als er seinen Regenmantel und seinen Strohhut abgelegt hatte, schlug er sich alle Sorgen aus dem Kopf und freute sich nur auf das Essen, das ihm gut munden sollte.

Jetzt erinnerte er sich auch wieder an Suttons Kopfschmerzenpulver und ging aus dem Lokal zur Garderobe, um seine Taschen zu durchsuchen.

Als er gefunden hatte, was er suchte, kehrte er zu seinem Tisch zurück.

Er glättete das Papier und sah, dass es kein Pulver gewesen sein konnte, wie er ursprünglich annahm, sondern eine kleine Flasche. Die Firma, die das Mittel herstellte, und der Name des Mittels standen darauf. Darunter standen drei Kreuze und quer darüber noch einmal warnend: »Gift!«

Josua pfiff vor sich hin, denn dieses Medikament war ihm als eins der stärksten Narkotika bekannt, über die die medizinische Wissenschaft verfügte. Es war ein Rauschgift, das in der Verbrecherwelt in Aufnahme gekommen war.

Der Kellner brachte Josua die Suppe, aber er erhob sich vom Tisch.

»Lassen Sie ruhig die Suppe stehen und etwas kalt werden.« Dann ging er zur Telefonzelle.

Er kannte viele bedeutende Ärzte, die ihm gern einen Gefallen taten. Der Erste, den er anrief, war nicht zu Hause, aber beim zweiten Versuch hatte er Glück und sprach einen der bedeutendsten Spezialisten der Hauptstadt.

»Hier ist Harras vom ›Postcourier‹. Ich möchte gern von Ihnen wissen, welche Wirkung diese Droge hat?« Er wiederholte den Namen, den er auf dem Papier las und hörte, wie der Doktor lachte.

»Sind Sie gerade wieder einem neuen Verbrechen auf der Spur? Das Mittel ist geruch- und geschmacklos, und wenn Sie einen halben Teelöffel davon nehmen, fühlen Sie gar keine Wirkung, bis Sie dann eine plötzliche, heftige Bewegung machen, zum Beispiel hastig die Hand heben oder Ihren Kopf schnell drehen, dann verlieren Sie plötzlich die Besinnung, als ob Ihnen jemand den Kopf mit einer eisernen Keule eingeschlagen hätte. Und dann sind Sie stundenlang bewusstlos. Wenn Sie aufwachen, fühlen Sie die heftigsten Schmerzen – aber warum wollen Sie denn das wissen?«

»Ich schreibe gerade einen Artikel«, log ihn Josua an, »Ich will ihm die Überschrift geben: ›Soll man seine Braut vergiften?‹«

23

Als Beryl Stedman das Wohnzimmer verließ und die Treppe hinaufging, hatte sie zuerst die Absicht, sich in ihr Zimmer zurückzuziehen. Sie schloss die Tür hinter sich zu, wartete dann einen Augenblick und versuchte, ihre Gedanken zu ordnen. Ihr Kopf schmerzte furchtbar, und sie fühlte eine merkwürdige Schwäche in den Knien. Kurz nachdem sie das Zimmer betreten hatte, glaubte sie Lews Stimme zu hören, die von unten heraufrief. Aber sie antwortete absichtlich nicht. Sie hatte jetzt noch ein paar Stunden für sich, und es war vielleicht die letzte Zeit, die ihr selbst gehörte.

Ein kleiner Ankleideraum stieß an ihr Schlafzimmer, und sie hatte dieses sehr behaglich mit allem Luxus ausgestattet. Dorthin ging sie. Ein bequemer, großer Diwan stand dort in dem Raum. Zuerst wandte sie sich noch einmal zur Tür, die zum Schlafzimmer führte, schloss auch diese und zog dann noch den schweren Vorhang vor der Tür zu. Sie fiel beinahe auf das Lager, und ihr Kopf versank in den weichen Kissen. Sie wollte sich über ihre Lage klar werden.

John Leslie war frei ... und sie war verheiratet. In einigen Stunden würde sie mit Frank Sutton auf dem Weg nach Schottland sein ... Jetzt war sie Mrs Frank Sutton. Sie wiederholte diese Worte fast ein Dutzend Mal für sich und versuchte, sich über diese Tatsache klar zu werden. Aber es erschien ihr nicht so, als ob sie verheiratet sei. Irgendwo da unten war ein dunkler Garten, und der Mann, den sie liebte, wartete dort, und sein Herz war so leer und so freudlos wie das ihre.

Sie versuchte sich zu erheben, zum Fenster zu gehen und hinauszuschauen. Vielleicht konnte sie ihn sehen. Aber sie war von einer solchen Müdigkeit befangen, dass sie kein Glied rühren konnte. Es war ihr, als wäre sie gestorben. Ihre Gedanken und ihr Bewusstsein verließen sie, und sie fiel in einen traumlosen Schlaf.

Sie hörte nicht einmal, wie Onkel Lew sie vom Nebenzimmer aus rief, sie hörte auch nicht, wie sein Auto davonfuhr ...

Das Klatschen der Regentropfen gegen das Fenster weckte sie auf, und sie erhob sich schnell. Das Zimmer war dunkel, aber sie erinnerte sich daran, dass es schon dunkel war, als sie eingetreten war. Sie hatte kein Licht gemacht, sondern sich nach dem Diwan getastet ... Wie lange mochte sie geschlafen haben? Es schien unglaublich, dass sie nach all der Aufregung überhaupt hatte schlafen können.

Sie erhob sich steif und zitterte, denn sie fror. Sie tastete sich langsam die Wand entlang bis zum elektrischen Schalter und drehte das Licht an. Dann sah sie auf die Uhr auf dem Tisch – es war halb zehn. Schon so spät! Ihr Zug ging um 10:20. Sie nahm die Uhr und hielt sie ans Ohr, es war kein Irrtum, sie ging. Auch ihre Armbanduhr zeigte dieselbe Zeit. Was mochte sich ereignet haben?

Sie ging in ihr Schlafzimmer, öffnete die Tür und trat heraus. Unten hörte sie den Diener mit dem Dienstmädchen sprechen.

»Ich habe nicht gesehen, dass sie weggegangen ist. Als ich sie zuletzt sah, hatte sie einen Hut auf ... sie ging umher wie eine Schlafwandlerin. Vielleicht denkt Mr Friedman, dass sie dem Menschen nachgelaufen ist.« Sie hielt es für das Beste, sich zu melden. Die Dienerschaft war sehr erstaunt.

»Sind Sie es, gnädiges Fräulein? Großer Gott, Sie haben uns furchtbar erschreckt!«

Sie ging die Treppe halb hinunter.

»Was ist geschehen? Wo ist Mr Friedman?«

»Ich weiß es nicht. Ich glaube, er ist ausgegangen, um Sie zu suchen, gnädiges Fräulein. Er war sehr aufgeregt.«

»Vielleicht ist sie dem Menschen nachgelaufen«, sagte sie leise vor sich hin.

»Hat Mr Friedman gedacht, ich wäre fortgegangen? Hat er telefoniert?«

»Nein, gnädiges Fräulein.«

Die Großvateruhr in der Halle schlug im Augenblick halb.

»Ist das halb zehn?«

»Jawohl. Ihre Koffer sind schon vor einigen Stunden zur Bahn gebracht worden.«

Der Diener wartete auf weitere Befehle und Anordnungen, aber sie sagte nichts.

»Ich wusste nicht, was ich mit dem Handgepäck machen sollte, gnädiges Fräulein.«

Ihre beiden Lederkoffer standen in der Halle. Sie sah, dass der Diener wartete, um sie fortzubringen und stand unschlüssig, eine Hand auf dem Geländer. Dann schaute sie nachdenklich zur Haustür.

»Ist Mr Sutton zurückgekommen?«

»Nein, gnädiges Fräulein – gnädige Frau.« Plötzlich schien ihm die Änderung einzufallen.

»Ist Mr ...«, sie zögerte, »Leslie hier gewesen?«

»Nein, gnädige Frau, er ist auch nicht wiedergekommen, es ist außer der Dienerschaft niemand im Haus. Soll ich nach einer Droschke telefonieren?«

»Warum?«

Die Frage des Dieners war wohl berechtigt, denn ihr Platz war an der Seite ihres Gatten – wie alltäglich und gewöhnlich das klang! Sie hatte das neulich in einer Operette gehört, als sie mit Onkel Lew eine Premiere besuchte.

»Ach ja, bitte«, sagte sie verlegen. »Es ist wohl besser, dass Sie eine Droschke holen. Sind die beiden Wagen unterwegs?«

»Ja, gnädige Frau, außer Ihrem kleinen Zweisitzer ist kein Auto in der Garage.«

Anscheinend zog er gar nicht die Möglichkeit in Betracht, dass sie mit ihrem eigenen Wagen ausfuhr. Eine Dame, die nach Schottland reiste, um ihre Flitterwochen dort zu verleben, wüsste doch mit ihrem Zweisitzer am Bahnhof nichts anzufangen. Aber zu seinem größten Erstaunen ging sie sofort auf seine Bemerkung ein.

»Bringen Sie mir bitte meinen Wagen«, sagte sie plötzlich.

Der Diener verschwand. Zehn Minuten später fuhr der kleine Wagen vor.

»Ich habe das Verdeck und die Seitenteile hochgeschlagen«, sagte der Mann. »Es regnet fürchterlich. An Ihrer Stelle würde ich mich warm anziehen.«

Sie musste darüber lächeln.

»Sie glauben wohl, Sie müssen Onkel Lew vertreten?«, fragte sie, und ihre Fröhlichkeit steckte die anderen an, obgleich es schwer war, den Grund ihrer plötzlichen Aufheiterung zu erkennen. Ihr wäre es nicht schwer gefallen, es zu erklären, wenn sie ehrlich gegen sich gewesen wäre. Sie war glücklich, weil sie nun der Abreise nach Schottland entging. Was nun auch immer geschehen mochte, die Reise wurde aufgeschoben … vielleicht bis morgen?

»Wenn Mr Friedman anläutet, dann sagen Sie ihm, dass ich in meinem Ankleideraum eingeschlafen war und dass es mir sehr leid tut. Mr Sutton können Sie dasselbe sagen. Dann sagen Sie, bitte, Mr Friedman, dass ich nach London fahre …«, plötzlich hielt sie inne. Warum wollte sie denn nach London fahren? Sie musste sich wenigstens selbst Rechenschaft darüber ablegen. Ja, sie wollte Leslie aufsuchen. Ihn musste sie finden. Was dann geschehen sollte, wusste sie nicht, sie sorgte sich auch nicht darum. Sie hatte nur den einen Wunsch – da zu sein, wo Frank Sutton sie nicht finden konnte. Sie dachte gar nicht daran, dass sie dadurch Onkel Lew sehr bekümmern würde. Im Augenblick war sie sehr selbstsüchtig und fühlte sich dabei wohl. Die ganze Welt drehte sich jetzt um ihr eigenes Glück und um ihre eigenen Empfindungen.

Sie musste wohl noch schlafen, wenigstens ihr moralisches Verantwortungsgefühl – dieser Gedanke kam ihr, als sie in den Wagen stieg, der Motor ansprang und sie auf der Straße nach London davonfuhr. Selbst der heftige Regen und der kalte Nachtwind konnten sie nicht zur Erkenntnis der hässlichen Wirklichkeit bringen. Sie fühlte, dass sie nur sich selbst verantwortlich sei. Dann kam ihr aber doch, trotz ihrer natürlichen Sorglosigkeit, die dunkle Erinnerung, dass gewisse schwierige Fragen ihrer Zukunft nicht gelöst waren. Onkel Lew und ihre sonstigen Pflichten waren ihr aber fast gleichgültig geworden. An Frank dachte sie überhaupt nicht mehr. Aber auch der Gedanke an ihn hätte sie nicht zurückgehalten, wenn sie sich klar darüber geworden wäre, wie sie ihm gegenüber fühlte.

Wenn sie ihn hasste, wäre ihre Handlungsweise erklärlich gewesen. Und wenn sie ihn liebte, hätte er ihr leid tun können. Aber kein Gedanke an ihn bedrückte sie. Sie hasste ihn weder, noch liebte sie ihn. Er war ihr ebenso gleichgültig wie Tillman, Harras und andere Leute, an die sie sich erinnern konnte. Er mochte eine interessante Persönlichkeit sein, mit der sie irgendwie verbunden war, aber ein solches Band schien ihr im Augenblick leicht lösbar.

In dieser Stimmung und Verfassung kam sie nach London.

Ihr Wagen hielt vor dem düster aussehenden Häuserblock in Bloomsbury, in dem John Leslie wohnte. Was sie eigentlich tat, darüber war sie sich selbst nicht klar. Sie dachte nicht daran, was aus diesem Besuch werden sollte, welche Folgen er haben konnte. Als sie London näher und näher kam, wuchs ihre Fröhlichkeit aus einem ihr selbst unbekannten Grund. Sie hatte genügend Geld bei sich und wenn nötig, wollte sie die Nacht in einem Hotel zubringen. Ein Entschluss stand bei ihr fest: sie wollte nicht nach Wimbledon zu Frank Sutton zurückkehren.

In dem großen Mietshaus in Bloomsbury war ein Portier, der gleichzeitig auch Mitbesitzer des Gebäudes war. Er schüttelte den Kopf, als sie ihm ihr Anliegen mitteilte.

»Captain Leslie kommt sehr selten hierher, meist nur zum Schlafen«, sagte er zu ihrer Überraschung. »Ich habe ihn seit Mittwoch nicht gesehen.«

»Ist er letzte Nacht hier gewesen?«

»Nein, die letzten zwei oder drei Nächte nicht.«

»Aber, was macht er denn mit seiner Post?«

»Seine Briefe kommen nicht hierher«, erwiderte er lächelnd.

Sie war über diese Nachrichten sehr erschrocken, denn sie hatte auf alle Fälle geglaubt, Leslie hier zu treffen. Sie hatte nie daran gezweifelt, dass sie ihr Ziel erreichen würde.

»Er ist bei der Firma Sutton & Co. angestellt, ich kann Ihnen die Adresse geben.«

»Danke, die kenne ich«, sagte sie eilig. »Vielleicht ist er dorthin gegangen.«

Obgleich dies sehr unwahrscheinlich war, konnte sie wenigstens dort nachfragen. Als sie dort hinkam, konnte ihr der Portier nur berichten, was er auch dem Zeitungsreporter gesagt hatte.

»War es Mr Harras?«, fragte sie schnell. Das war jemand, der ihr helfen konnte, und es war merkwürdig, dass sie überhaupt nicht an ihn gedacht hatte. Sie ging nicht zum Büro hinauf, sondern fuhr wieder in die Stadt. Zehn Minuten später traf sie Redakteur Field im Wartezimmer des »Postcourier«.

»Habe ich die Ehre mit Miss Stedman?«, sagte er, als er nähertrat. »Sind Sie die Dame, die heute heiratete?«

»Ja, die bin ich«, antwortete sie ein wenig kleinlaut. »Aber ich bin noch nicht so ganz an meinen neuen Namen gewöhnt.«

»Es tut mir leid, das Harras nicht hier ist«, sagte Field höflich. Er war ein Mann, der trotz seiner grauen Haare und seiner Jahre weibliche Schönheit zu schätzen wusste. Auch Redakteure haben manchmal solch menschliche Züge. »Ich wüsste auch nicht, wo sie ihn jetzt finden könnten, es sei denn ...«, er schüttelte den Kopf bedauernd. »Vielleicht ist er in einem Club. Es ist aber ein nicht gerade sehr vornehmes Lokal – der Leopard-Club – ich möchte Ihnen nicht raten, dorthin zu gehen, Mrs Sutton. Ich kann ihn ja anrufen.«

Er ging hinaus und kam nach fünf Minuten wieder.

»Er ist noch nicht da. Aber wenn Sie mit meinem Büro in Verbindung bleiben, können wir Ihnen vielleicht später telefonisch sagen, wo Sie ihn finden können.«

Sie wusste nicht recht, was sie tun sollte. Harras hatte ja nur den einen Nutzen für sie, dass er ihr behilflich sein konnte, John Leslie zu finden. Vielleicht konnte ihr Field das auch sagen, aber er schüttelte nur den Kopf, als sie ihn danach fragte.

»Nein, ich weiß nur, was in den Zeitungen stand –, dass er heute verhaftet wurde. Ist er mit Ihnen befreundet, Mrs Sutton?«

»Ja«, sagte sie leise. »Er ist ein guter Freund von mir.«

»Er wurde auf Bürgschaft aus der Haft entlassen, das ist merkwürdig. Barrabal hat es veranlasst – aber warum Barrabal das getan hat …«

Als er sich aber plötzlich daran erinnerte, dass der heillose Verbrecher, von dem er sprach, doch zugleich ihr Freund war, suchte er die Unterhaltung auf ein anderes Gebiet zu bringen, doch hatte er sich gleich darauf in noch viel unangenehmerer Weise festgefahren.

»Ich wäre nicht erstaunt, wenn Sie Mr Leslie in dem Club finden würden. Die haben so merkwürdige Mitglieder …« Hier konnte er nicht mehr weiter, aber sie war nicht in der Stimmung, darüber nachzudenken. Die Möglichkeit, dass sie ihn vielleicht dort sehen könnte, ließ ihr Herz höher schlagen.

»Könnte ich meinen Wagen hierlassen? Ich sah viele Autos in der Seitenstraße warten.«

Mr Field erkundigte sich telefonisch beim Portier und sagte, es sei möglich. Sie hatte ihren Entschluss gefasst. Nachdem sie ihren Wagen zwischen zwei großen Zeitungslieferautos eingestellt hatte, ging sie zur Fleet Street, fand einen ein Taxi und gab dem Chauffeur ihr neues Ziel an.

»Zum Leopard-Club, gnädiges Fräulein?«, stotterte der Mann.

»Wissen Sie nicht, wo er liegt?«

»Doch, das weiß ich schon, und ich weiß auch, was das für ein Club ist«, sagte er grinsend: »Nun gut, ich bringe Sie schon hin.«

Es regnete so heftig, dass sie bis auf die Haut durchnässt war, aber das fühlte sie nicht. Der Wagen fuhr durch Kingsway und bog dann in eine enge Straße ein. Durch die regenbeschlagenen Fenster sah sie zwei Menschen rennen und hörte trotz des Ratterns der Autodroschke das Schrillen von Polizeipfeifen. Plötzlich erfasste sie ein fürchterliches Gefühl; sie riss die Wagentür auf und sprang hinaus.

»Warten Sie hier!«, rief sie dem Chauffeur zu und lief die enge Straße hinunter.

Wo der Leopard-Club lag, wusste sie nicht, sie sah nur eine Menschenmenge in der Nähe und wusste instinktiv, dass sich etwas Schreckliches ereignet hatte. Die Fußtritte der vielen vorwärtseilenden Leute wurden durch die nervenerschütternden Trillerpfeifen der Polizisten übertönt.

Plötzlich fasste sie jemand am Arm und hielt sie an. Sie schaute in das schmale Gesicht Mr Tillmans.

»Wo wollen Sie hin, Miss Stedman?«, fragte er rau.

Sie starrte ihn wild an.

»Ich weiß es nicht, es ist etwas geschehen ...« Sie konnte kaum sprechen, so schwer ging ihr Atem.

»Es ist etwas passiert, da haben Sie recht. Aber es wäre besser, wenn Sie nicht dorthin gingen.«

Zwei Polizisten kamen in eiligem Lauf die Straße entlang.

Als sie nach der Richtung hinsah, bemerkte sie einen Auflauf von Leuten um den Eingang eines Gebäudes. Und dann fing jemand schrecklich an zu schreien. Sie hielt sich die Ohren zu, um das Fürchterliche nicht zu hören.

Tillman ließ sie einen Augenblick los, und einem plötzlichen Impuls folgend, stürzte sie vorwärts. Sie hörte, wie er sie zurückrief, aber sie kümmerte sich nicht darum. Jetzt war sie mitten in dem Menschenhaufen und sah eine Frau, die wild schrie und um sich schlug. Zwei Polizisten brachten sie fort.

Es war Millie Trent!

»Mörder, Mörder! ...« Sie hörte ihre verzweifelten Schreie. »Er ist tot? Leslie hat ihn gemordet!«

Beryl sank zurück. Sie wäre zu Boden gefallen, wenn Tillmans starke Arme sie nicht gehalten hätten.

Tot? Frank Sutton war tot? Plötzlich kam ihr zum Bewusstsein, dass sie, die noch vor ein paar Stunden Braut war, jetzt Witwe geworden war – John Leslie hatte sein Versprechen gehalten.

24

Von Zeit zu Zeit wurde der Leopard-Club in den Polizeiberichten erwähnt. Aber seit einiger Zeit war er respektabel geworden und es verkehrten dort trotz seines zweifelhaften Charakters bessere Leute. Im letzten Jahr war er sogar ein modernes Lokal geworden. Die jungen Leute der besten Gesellschaft, die ihren Damenbekanntschaften einmal einen Einblick in die Verbrecherwelt Londons geben wollten, bestellten einen Tisch im Leopard-Club, tanzten nach den Klängen des Saxofons, der Geige und der Schlagzeuge, und verbrachten eine etwas gefährliche Nacht dort.

Der Leopard-Club lag wie so mancher andere seiner Art in den Obergeschossen eines großen Gebäudes von Shaftesbury Avenue. In Verzeichnissen war er als ein gesellschaftlicher Club und als Restaurant eingetragen. Außer dem etwas engen Speisesaal und einer noch etwas weniger bequemen Tanzdiele gab es auch noch Speisezimmer und Räume, wo die Mitglieder ihre Gäste privat einladen konnten.

Mr William Anerley, der zugleich Eigentümer und Portier war, nannte das größte dieser Zimmer den Sitzungssaal. Er annoncierte in den Zeitungen und hatte auch eine Annonce im Club angeschlagen, dass der Raum von Direktoren von Gesellschaften zur Abhaltung von Aktionärsversammlungen und dergleichen gemietet werden könne. Aber es ist nichts davon bekannt, dass jemals eine solche Versammlung dort stattgefunden hat.

Merkwürdige Vorgänge ereigneten sich im Leopard-Club. Aber die schlimmsten Dinge, die die Polizei interessiert hätten, waren aufs Strengste verboten. Wenn die Polizeistunde vorüber war, wurde nichts mehr ausgeschenkt, und die Mitglieder durften auch nicht spielen, das heißt, der Eigentümer durfte nichts davon wissen. Es wurden überhaupt nur harmlose Spiele gespielt. Dass Mitglieder sich Zimmer mieteten und dort heimlich ein Spiel auflegten, und dass man nicht nur im Sitzungssaal, sondern auch in anderen Zimmern heimliche Rendezvous hatte, war sicher. Aber Bill Anerley konnte mit gewissem Stolz auf die Akten weisen, wonach das Komitee verschiedene Herren ausgeschlossen hatte, die die Regeln des Clubs nicht befolgten.

Dieses Komitee war rechtmäßig zusammengesetzt, aber da die Sitzungen gewöhnlich um ein Uhr morgens stattfanden, wenn die meisten Mitglieder zu ›Bett waren‹ und ein Paragraf der Satzungen bestimmte, dass eine rechtsgültige Sitzung abgehalten werden könnte, wenn zwei Mitglieder zugegen seien, so wurden die Geschäfte des Leopard-Clubs von Mr Anerley und seinem jungen, noch etwas linkischen Sohn Jim geführt, der außer seiner aufreibenden Tätigkeit als Komiteemitglied noch den Lift bediente, in dem die Mitglieder und ihre Freunde zum Club hinauffuhren.

Bill gab sich betreffend des Charakters des Lokals oder der sozialen Stellung der Mitglieder keinen falschen Ansichten hin, und als er einmal einen Herrn ostentativ von der Mitgliederliste gestrichen hatte, der einen jungen, unerfahrenen, wohlhabenden Mann mitbrachte, den er und seine Freunde beim Spiel rupfen wollten, hatte Anerley seiner Überzeugung in kurzen, knappen und scharfen Worten Luft gemacht.

»Nennen Sie dies einen Club für Gentlemen?«, fragte das beleidigte Mitglied.

Der große Bill schaute ihn mit seinen blauen Augen verächtlich an.

»Wenn dies wirklich ein Club für Gentlemen wäre, Harry, dann hätte Ihr Name wahrscheinlich überhaupt nicht auf der Liste gestanden.«

Jim hatte ihn früher einmal während der toten Jahreszeit gefragt, wo denn wohl die Mitglieder ihre Sommermonate zubrächten. Bill hatte seine Augen von dem Rechnungsbuch, in das er Eintragungen machte, überhaupt nicht erhoben.

»Manche von ihnen gehen nach dem Lido in Italien, mein Junge, manche gehen auch nach Ostende, und einige gehen auch ins Gefängnis nach Dartmoor – das hängt ganz davon ab.«

Mr Anerley war ein Mann mit harten Gesichtszügen und einem großen Kinn. In seinem Charakter hatte er nur einen freundlichen Zug und das war merkwürdigerweise eine fast zärtliche Zuneigung zu zwei Menschen. Einer von ihnen war ihm ganz aus dem Gesichtskreis entschwunden, und er wusste nichts mehr von ihm. Es war seine Lieblingsgeschichte, die er seinem Sohn erzählte, wenn nichts im Club zu tun war und keine Gäste kamen.

»Er hat mich immer Waldemar genannt, ich habe ihn damals in dem Granattrichter in Frankreich auf Höhe 60 getroffen, wir haben dort drei Tage zusammen zugebracht. Er war Offizier, ich war Gemeiner ... er nannte mich immer Waldemar. ›Hallo, Waldemar‹, sagte er, wenn eine Granate über uns platzte, ›die hätte uns beinahe geschnappt.‹ Er hat mir dann das Bein verbunden, und ich verdanke ihm mein Leben. Und er gab mir das Wasser zu trinken, das seine Portion war. Ich gäbe tausend Pfund darum, ihn einmal wiederzusehen. Wäre ich nur damals rechtzeitig von dem Autobus heruntergekommen. Du besinnst dich doch noch?«

Im verflossenen Juli hatte er mit Jim auf dem Verdeck eines Autobusses eine Spazierfahrt gemacht und unterwegs plötzlich seinen verehrten Freund erkannt. Er winkte ihm mit beiden Armen, aber er konnte sich ihm nicht bemerkbar machen. Eiligst stieg er von dem Wagen, aber alle Nachforschungen waren vergeblich. Der Unbekannte war spurlos verschwunden.

Von seinem anderen Bekannten, den er verehrte, sprach er überhaupt nicht. Aber er hätte alles für den Mann getan, der damals in der kritischen Zeit ihm das Geld gegeben hatte, dass er den Club kaufen konnte. Es war Mr Lew Friedman, vor dem er grenzenlosen Respekt hatte. Den Offizier aber verehrte er abgöttisch.

Es war drei Viertel neun und ein ruhiger Abend, sodass Anerley seinem Jungen die Erlaubnis gegeben hatte, während der frühen Abendstunden ins Kino zu gehen. Als Jim zurückkam, fand er seinen Vater tief in Gedanken.

Es hatte Auseinandersetzungen mit dem Orchester gegeben. Bill hatte an dessen Stelle ein elektrisches Grammofon in der Tanzdiele aufgestellt und die Jazzmelodien dieses Instrumentes konnte man hören, sobald sich die Tür zur Tanzdiele öffnete.

»Ist schon jemand im Ballsaal, Vater?«, fragte Jim, der in einer schlecht sitzenden Pagenuniform am Eingang zum Lift lehnte.

»Niemand, mein Junge«, erwiderte Bill, während er über seinen Klemmer sah. Seine eigene Portieruniform war eine mächtige, Respekt gebietende Komposition aus Gold und Dunkelgrün. »Es wäre besser, wenn du nicht immerzu mich mit Fragen störtest.«

Jim seufzte. Er war jung und neugierig.

»Könnten wir nicht etwas tun, um das Geschäft zu heben?«, fragte er.
Sein Vater sah ihn scharf an.

»Was meinst du denn – soll ich vielleicht ein paar Ballons kaufen und
einen Galaball in der Zeitung annoncieren?«, fragte er ironisch. »Nein,
Jim, das hat alles keinen Zweck. Alle Leute sind jetzt aus der Stadt.«

Das Tischtelefon klingelte. Er nahm den Hörer ab, es war eine aufgeregte Dame am Apparat.

»Nein, Mrs Lattit, Ihr Herr Gemahl ist nicht hier ... nein, er ist heute
nicht im Club gewesen – nein, ich habe ihn nicht gesehen – jawohl, gnädige Frau, ich werde es ihm bestellen.«

Er hängte den Hörer ein, klingelte, und ein kleiner Kellner erschien.

»Gehen Sie hin und sagen Sie Mr Lattit, dass seine Frau angerufen
hat. Er ist in Nr. 4, nein in Nr. 3. Stören Sie um Himmels willen nicht
Nr. 4, der will schlafen.«

»Wer ist denn das?«, fragte Jim.

Mr Anerley setzte den Klemmer gerade, aber das war unnötig, denn
er schaute seinen Jungen immer über die Gläser an.

»Wer ist was?«, fragte er dann.

»Wenn du es durchaus wissen willst, es ist ein Mitglied, das nicht gesehen werden will. Und wenn du mich fragst, was du der Polizei sagen
sollst, wenn sie nach ihm fragt, so hast du ein dickes Ohr, verstanden?«

Jim hatte gerade eine ungezogene Antwort auf der Zunge, aber er
konnte sie nicht mehr anbringen, denn die Liftklingel läutete und er
musste hinunter. In einer Minute war er wieder oben und brachte den
Besucher in den Vorraum.

»Guten Abend, Mr Sutton.«

Bill begrüßte den Gast sehr liebenswürdig und zuvorkommend, denn
Sutton war ein großzügiger, freigebiger Mann, der ihn manches Geld verdienen ließ, obgleich er nicht häufig kam. Er schaute sich nach Jim um,
der noch am Lift wartete. Bill gab ihm einen Wink, dass er verschwinden
sollte, und das fällt einem Liftboy ja nicht schwer.

Sutton sprach nicht, bis das Geräusch des Aufzuges verstummt war,
und Bill verstand sehr wohl, dass er einen Auftrag von ganz besonderem
Charakter erhalten sollte, denn gewöhnlich hatte Mr Frank Sutton immer
besondere Wünsche. Einmal hatte Bill sogar einen der Privaträume so

hergerichtet, dass Sutton einen Besucher sprechen konnte, ohne dass dieser sein Gesicht sah oder wusste, mit wem er sprach.

Bill Anerley forschte niemals zu genau nach Beruf oder Beschäftigung der Mitglieder. Seine ständige Redensart war, dass der Club den Interessen der Mitglieder dienen sollte. Er hatte diese Phrase wörtlich aus einer Annonce eines großen Handelshauses übernommen, aber es klang so gut und es diente auch in mancher Beziehung zur Beruhigung seines Gewissens.

Sutton war gerade nicht einer der angenehmsten Gäste, aber er war ein wohlhabender Mann, zahlte gut und musste deshalb mit Zuvorkommenheit behandelt werden.

»Ich brauche ein Zimmer – ist der Sitzungssaal frei?«

»Ja, mein Herr. Erwarten Sie jemand?«

Er hatte schon nach der Klingel gelangt, als der andere ihn am Arm fasste. Als sich Bill umdrehte, stieß er gegen den Besucher. Frank Sutton fluchte und hielt sich am Arm fest.

»Es ist gut«, sagte er dann, seufzte aber vor Schmerz auf. »Ich hatte neulich ein Unglück mit meinem Auto, ich habe mich böse geschnitten.«

Bill entschuldigte sich, aber Gutton wollte nichts davon hören.

»Sie lassen aber keinen Kellner hineinkommen. Ich möchte, dass Sie mich selbst bedienen. Ich brauche ein paar Flaschen Champagner, zwei Gläser und vor allen Dingen keine Störung.«

An diesem Auftrag war nichts Besonderes.

»Kommt eine Dame, Mr Sutton?«

Frank nickte nachdenklich.

»Ja, Sie kennen sie, sie ist schon früher mit mir hier gewesen.«

»Etwa Miss Trent?«, fragte Bill interessiert.

»Ja.«

Nun wartete Bill noch auf weitere Dinge. Er wusste, dass der wichtige Auftrag erst noch kommen sollte. Sutton hätte Jim nicht fortgeschickt, bloß um Champagner und einen Privatraum zu bestellen.

Der große Korridor lag ruhig da, nur die fernen Klänge des Grammofons kamen aus der Tanzdiele, wo erst drei Paare sich unterhielten.

»Also hören Sie, Bill. Ich bin in einer furchtbaren Verlegenheit.«

Bill nickte wohlwollend. Die meisten seiner Kunden waren dann und wann in furchtbarer Verlegenheit, und nicht nur einmal, sondern sehr häufig wurde er gebeten, sie aus schlimmen und verwickelten Situationen zu retten. Aber er war doch erstaunt, dass ein Mann wie Frank Sutton, der so reich war und so großen Einfluss besaß, in Zahlungsschwierigkeiten war – es war ihm allerdings schon zu Ohren gekommen, dass Sutton keine anständigen Geschäfte machte. Er hatte beobachtet, dass dieser große Kaufmann Konferenzen mit Leuten in seinem Sitzungszimmer abhielt, von denen Anerley bestimmt wusste, dass sie Juwelendiebe waren. Ob Sutton irgendetwas mit der Polizei hatte?«

»Also, ich will Ihnen die Sache erklären«, sagte Sutton.»Ich habe eine kleine Auseinandersetzung mit unserer Freundin. Sie sind doch ein Mann von Welt, Anerley – Sie werden verstehen, was ich meine.«

Eine kleine Auseinandersetzung? Das konnte nun vieles bedeuten. Es konnte eine Meinungsverschiedenheit sein oder auch ein regelrechter Kampf.

»Hören Sie, Bill«, fuhr Sutton fort,»ich habe mich heute verheiratet.«

»Oh!«, sagte Bill, der nicht wenig erstaunt war.

»Miss Trent, die eine liebe Freundin von mir war, hat die Sache sehr böse aufgenommen. Ich habe ihr nichts gesagt, bis alles vorüber war. Ich fahre heute Abend nach Schottland, und sie hat mir gedroht, auf den Bahnhof zu kommen und mir dort eine Szene zu machen.«

»Na, die wird doch vernünftig sein«, sagte Bill und schüttelte den Kopf.»Ich bin doch sicher, dass ein Gentleman wie Sie solch eine Sache leicht aus der Welt schaffen kann – ein paar hundert Pfund ...«

»Geld kommt nicht in Frage«, erwiderte Frank ungeduldig.»Sie verstehen nicht, was ich meine. Unglücklicherweise will Miss Trent aus dem einen oder anderen Grund mich durchaus für sich haben. Sie verstehen doch, was ich meine?«

»Ich begreife vollkommen.« Bill war gespannt, was jetzt kommen sollte. Vielleicht sollte er die aufgebrachte Millie beruhigen?

»Sie wird in einer Viertelstunde hier sein«, fuhr Sutton fort.»Ich werde eine kleine Unterredung mit ihr haben. Wenn ich dann gegangen bin ...«, er machte eine Pause und sah Bill gerade in die Augen,»dann wird sie wahrscheinlich schlafen – und ich möchte nicht, dass sie vor morgen früh, sagen wir einmal, vier Uhr, geweckt wird.«

25

Jetzt wusste Bill Anerley, um was es sich handelte und schüttelte den Kopf.

»Das ist etwas zu gefährlich, das Risiko kann ich nicht auf mich nehmen, Mr Sutton. Bedenken Sie doch einmal, wenn sie eine Anzeige bei der Polizei macht, wie stehe ich dann da?«

Sutton zuckte mit keiner Wimper.

»Aber bedenken Sie doch, wenn auch jemand eine Anzeige macht«, sagte er langsam. »Ich sehe nicht ein, dass Sie irgendwie verantwortlich sind. Und es ist doch nicht das erste Mal, dass Leute in diesem Club früh am Morgen mit Kopfschmerzen aufgewacht sind?«

»Es wäre aber das erste Mal, dass eine Dame hier des Morgens mit Kopfschmerzen aufwachte«, sagte Bill kühl. »Es tut mir leid, ich kann Ihrem Wunsch nicht nachkommen.«

»Was, das können Sie nicht? Was wird denn geschehen, wenn ich gegangen bin und Sie finden, dass die Dame in dem Zimmer schläft? Wollen Sie dann nach der Polizei schicken? Das glaube ich doch nicht, Bill! Ich hätte Ihnen ja gar nichts zu sagen brauchen. Wenn ich herausgegangen wäre und sie dort gelassen hatte, hätte ich doch nur sagen brauchen, ich komme in ein oder zwei Stunden wieder – dann hätten Sie doch geschwiegen?«

»Ich kann nicht zulassen, dass irgendjemand in meinem Club betäubt wird«, sagte Bill bestimmt. »Wenn sie Ihnen einen Krach machen will, dann kann ich mich ja ungefähr in Ihre Lage versetzen.«

Sutton holte ein Bündel Banknoten aus seiner Tasche, nahm drei und legte sie vor ihn auf den Tisch.

»Wenn sie natürlich nicht zu Schaden kommt dabei …«, meinte Bill und betrachtete das Geld vor sich. Er nahm die Banknoten mechanisch, faltete sie und steckte sie in die Tasche, »Wann werden Sie zurück sein?«, fragte er, als Sutton nach dem Fahrstuhl klingelte.

»Kurz vor oder kurz nach ihr. Lassen Sie sie, bitte, in den Sitzungssaal gehen, wenn er frei ist.«

Bill nickte.

»Wenn sie vor mir kommt, so sagen Sie ihr, dass ich nicht lange ausbleibe.«

Nachdem Sutton gegangen war, setzte sich Bill auf den hohen Stuhl hinter sein Pult und fuhr mit der Hand durch sein graues Haar. Als Jim nach oben kam, fand er ihn, wie er auf das Buch starrte, das vor ihm lag.

»Was ist los, Vater?«

»Was meinst du ... nichts ist los«, sagte Bill barsch. »Stell doch nicht immer so dumme Fragen!«

»Was hat denn dieser Herr für ein Geschäft – dieser Mr Sutton?«

»Er ist ein Gentleman«, sagte Bill schroff. Dann stand er mit einiger Anstrengung auf, kletterte von seinem Stuhl herunter, ging zu dem kleinen Weinkeller, nahm zwei Flaschen Champagner, stellte sie auf ein Tablett, dazu Gläser und einen kleinen Silberkasten mit Biskuits und brachte sie in den Sitzungssaal, ein großes, in etwas lebhaften Farben dekoriertes Zimmer. Er drehte das Licht an, schaute sich um und entzündete den Gasofen. Als er wieder auf den Gang trat, sah er einen Kellner und winkte ihn zu sich.

»Es kommt jemand hier ins Zimmer, Sie sollen da nicht aus- und eingehen. Und Adolf, wenn dieser Herr gegangen ist, wünsche ich nicht, dass Sie das Zimmer betreten, um aufzuräumen – haben Sie mich verstanden?«

»Jawohl, Sir.«

»Wenn ich Ihnen also sage, Sie sollen hier nachher nicht aufräumen«, sagte Bill, der sich von jedem Verdacht und jeder Verantwortung reinwaschen wollte, »so meine ich damit nur, dass der Herr den Raum gemietet hat bis zum Schluss.«

»Ich verstehe«, erwiderte Adolf, den solche ungewöhnliche Aufträge nicht weiter wunderten. »Ebenso Nr. 4 ...«

»Der will schlafen, das habe ich Ihnen doch gesagt«, fuhr ihn Bill an. »Den dürfen Sie nicht stören. Jedes Mitglied, das in diesem Club schlafen will, kann schlafen, solange es ihm passt.«

Bill wandte sich wieder zu seinem Pult und lehnte sich daran.

»Ich bin gespannt, Jim«, sagte er mit einer gewissen Melancholie, »was er wohl sagen würde, wenn er wüsste, was für einen Laden ich hier habe.«

»Meinst du Gott, Vater?«, fragte Jim, der sich nichts bei dieser Frage denken konnte.

»Aber du weißt doch, von wem ich immer spreche«, antwortete sein Vater betrübt, »das ist doch der Mann, der mich immer Waldemar nannte.«

»Vielleicht ist er tot. Viele Offiziere sind doch im Krieg gefallen.«

Bill sah ihn böse an. Plötzlich drang ein Geräusch erregter Stimmen vom Gang her, der zu den Privaträumen führte. Ein großer, junger Mann in Gesellschaftsanzug, mit rotem, erregtem Gesicht und zerzaustem Haar kam heraus, gefolgt von einem dicken Mann.

»Nanu, was ist denn hier los?«, fragte Bill streng.

Er brauchte nicht zu fragen, er konnte schon sehen, was es gab. Der langfingerige Walters und seine guten Freunde hatten den jungen Mr Weatherby in den letzten Stunden in einem der Zimmer »unterhalten.«

»Dieser junge Lümmel …«, begann Walters erregt.

»Sie haben eine Karte aus Ihrer Tasche genommen – das habe ich genau gesehen«, schrie der junge Mann, und Walters holte aus, um zu schlagen.

»Ruhe!«, sagte Bill mit lauter Stimme und trat dazwischen.

»Ich werde ihm das Genick …«

»Was wollen Sie denn?« Bill Anerley lächelte erbarmungslos. »Sie haben hier gar nichts zu wollen, Walters.«

»Nun, was soll das denn heißen, dass er mich hier beschuldigt?«, fragte der dicke Mann. Bill kümmerte sich aber nicht um ihn.

»Wie viel haben Sie verloren, Sir?«

»Fünfundzwanzig Pfund – das macht aber nichts …«

»Also Sie haben fünfundzwanzig Pfund verloren.« Bill hielt dem widerspenstigen Walters die offene Hand hin. »Zahlen«, sagte er kurz.

»Was wollen Sie?«, fragte Walters.

»Ich habe es Ihnen ja gesagt!« Bill Anerleys Stimme wurde hart und eindringlich. Widerstrebend und langsam zog Walters die Brieftasche, nahm fünf Banknoten heraus und gab sie Bill, der sie kritisch untersuchte. Eine gab er zurück.

»Blüte!«, sagte er.

»Wie meinen Sie?«, fragte Walters unschuldig.

»Gefälscht! Keine Widerrede!«

Walters ersetzte die gefälschte Note durch eine andere.

»Also, erledigt.« Bill faltete die Fünfpfundnoten zusammen und gab sie dem jungen Mann zurück.

»Ich danke Ihnen, Bill.« Weatherby gab dem Portier eine der Noten zurück, der sie in die Tasche steckte und die Lifttür öffnete.

»Jim, hol schnell Mr Weatherbys Hut.«

Es herrschte tiefes Stillschweigen, bis Jim zurückkehrte, der mit dem jungen Mann nach unten verschwand.

»Was soll das heißen, dass Sie Ihre Nase in alles stecken?«, fuhr Walters Bill an.

»Wollen Sie das wissen?«, fragte Bill. »Wenn das passiert, kommt eine Anzeige von der Polizei. Sorgen Sie dafür, dass es keinen Spektakel gibt und die Leute sich nicht bei mir beschweren, dann sage ich auch nichts. Sowie aber der geringste Spektakel da ist, habe ich mich um die Sache zu kümmern.«

»Geben Sie mir die fünf Pfund zurück«, forderte Walters. Bill lachte laut auf.

»Ich werde Ihnen eins unter die Nase versetzen, dass Sie genug haben«, sagte er ruhig.

»Und das soll ein Club für Gentlemen sein!«, fluchte Walters. »Ich werde die Sache dem Komitee anzeigen.«

»Das Komitee bin ich. Kommen Sie mal her!« Und als sei er durch einen Basilisken hypnotisiert, gehorchte Walters. »Gehen Sie zurück und trinken Sie Ihren Whisky«, sagte Bill kalt. »Wenn Sie aber mit mir Krach machen, dann werfe ich Sie den Lift hinunter, dass Sie Ihr verfluchtes Genick brechen.«

Walters ging schlotternd zu seinem Zimmer und zu seinen Freunden zurück.

»Schöner Club das, muss ich sagen!«, brummte er.

»Der einzige Club, in dem Sie als Mitglied aufgenommen werden konnten – oder noch im Club früherer Sträflinge von Dartmoor«, rief ihm Bill zu.

Jim hatte große Eile, wieder nach oben zu kommen, um zu sehen, wie die Sache weiterging. Er hatte schon oft solche Zwischenfälle erlebt, aber sie machten ihm immer von Neuem Spaß. Als er zurückkam, hatte auch er etwas zu melden.

»Vater, du weißt doch, der Herr, den du mir damals vom Autobus aus gezeigt hast, der Offizier, von dem du immer so viel erzählst …«

Bill nahm seinen Klemmer ab und legte ihn auf den Tisch.

»Ja – was ist mit dem?«

»Den habe ich gerade im Augenblick gesehen.«

»Wie – das ist doch nicht möglich!«

»Doch – ich habe ihn gesehen.«

»Wo?«

»Gerade vor der Tür.«

Bill Anerley schüttelte verächtlich den Kopf.

»Ach was, du Grünschnabel!«

»Doch, ich habe ihn gesehen, ich sage es dir!«, bestand Jim hartnäckig. »Er stand auf der anderen Seite der Straße, als ich den jungen Mann herunterbrachte. Ich habe ihn mir genau angesehen – ich ging gerade auf die andere Seite der Straße, aber in dem Augenblick drehte er sich um und war fort.«

Bill starrte seinen Sohn an.

»Na, was hättest du ihm denn nun sagen wollen?«

»Also, ich hätte ihn doch bestimmt gefragt: Sind Sie der Herr, der meinem Vater das Leben gerettet hat? Wenn ja, wollen Sie, bitte, einen Sprung nach oben kommen und ihn begrüßen?«

»Na, die Sprache!«, beklagte sich Jim. »Das sind nun Manieren! All das Geld, das ich für deine Erziehung zum Fenster hinausgeworfen habe!« Er sah ihn von der Seite an, »Aber es ist unmöglich, dass er es war. Du hast damals nicht genau hingesehen, als ich ihn dir zeigte!«

»Doch, ich habe ihn deutlich erkannt!«

»Er sieht vornehm aus«, sagte Bill. »Also hast du ihn dir nicht ordentlich angesehen. Ich wünschte, ich könnte ihn noch einmal sehen.« Er schüttelte den Kopf. »Was für einen Anzug hatte er denn an?«

Jim überlegte.

»Er hatte einen grauen Hut auf.«

»Und keine Hosen?«, fragte sein Vater ironisch.

»Also ich sage ja, er hatte einen grauen Hut, dazu einen dunklen Anzug und einen schwarzen Überzieher.«

Bill schüttelte wieder den Kopf.

»Das war er nicht.« Dann lächelte er in Erinnerung an frühere Zeiten.

»Du weißt doch, Jim, das Letzte, was er mir sagte, war: ›Waldemar,
wenn wir jemals aus dem Schlamassel herauskommen, dann essen wir
einmal gut im Carlton-Hotel zusammen‹!«

Jim kannte das Carlton-Hotel nicht. Ob es wohl das Lokal neben
Lyons war? Sein Vater war böse über die Frage.

»Du ziehst aber auch alles in den Dreck, was du anfasst«, sagte er.
»Selbst diesen Club würdest du noch herunterbringen, aber das ist nicht
mehr gut möglich.«

Die Liftklingel schellte. Jim fuhr nach unten, um den Gast herauszubringen. Bei seinem Anblick grinste Bill unangenehm berührt.

Mr Harras war gerade kein häufiger Besucher des Leopard-Clubs,
er war so eine Art Sturmvogel. Anerley hatte die Erfahrung gemacht,
dass irgendetwas im Anzug war, wenn dieser liebenswürdige Mann vom
»Postcourier« bei ihm erschien. Er war Ehrenmitglied des Clubs, wie
fast bei allen Clubs dieser Art. Aber Bills Devise war: »Man muss es mit
der Presse halten!«, denn er hatte die Ansicht, dass eine Zeit kommen
könnte, in der ihn der Einfluss der Zeitungen aus einer unglücklichen
Situation retten könnte.

»Guten Abend, Mr Harras«, sagte er, als er ihm die Hand gab. »Das
ist ja ein Anblick, um gesund zu werden! Seit Jahren habe ich Sie nicht
mehr gesehen – aber ich lese öfters Ihre Artikel.«

Mr Harras sah ihn düster an.

»Das merke ich auch daran, dass Sie gescheiter aussehen als das letzte
Mal, als ich hier war. Donnerwetter, der alte Platz hat sich absolut nicht
verändert«, sagte er dann und sah sich um. Er berührte die Wand.

»Auf den Bierfleck kann ich mich noch besinnen. Wer war es doch,
der damals die Flasche nach Ihnen warf?«

Bill lächelte höflich über den Witz.

»Ist irgendetwas los, Mr Harras?«, fragte er vertraulich.

Josua schüttelte den Kopf.

»Die Presse kommt immer ungefähr zur gleichen Zeit wie die Polizei.«

Aber offensichtlich war Josua Harras' ganze Aufmerksamkeit auf die Ausschmückung und Dekoration des Lokals konzentriert.

»Der Teppich ist ein bisschen mehr abgenützt«, meinte er. »Vor drei Jahren war er noch besser.« Plötzlich fragte er: »Ist jemand hier?«

»Niemand, den Sie kennen, Mr Harras. Erwarten Sie jemand?«

Harras schaute zur Decke und rieb sich das Kinn.

»Nun ja, vielleicht auch nicht. Wenn die Redaktion nach mir telefoniert, sagen Sie, bitte, dass ich nicht ...«

Bill verstand.

»Dass Sie nicht da sind – schon gut. Möchten Sie ein Zimmer haben?«

Einen Separatraum hatte Josua scheinbar früher nie genommen. Bill wunderte sich, was dieser alte, liebenswürdige Herr wohl immer in den langen Pausen denken mochte, in denen er nicht sprach. Josua berechnete sich, ob wohl die Kosten eines Privatzimmers im Leopard-Club auf seiner Spesenrechnung berechtigt seien. Dann entschied er sich dafür, dass die Zeitung das zahlen müsste.

»Ja, ich möchte ein Zimmer haben.«

Bill klingelte.

»Kommen Sie in Damenbegleitung?«, fragte Bill schalkhaft.

»Nein. Und wenn irgendwelche Skandalgesellschaften hier sind, die Krach machen, dann möchte ich mein Zimmer möglichst weit von ihnen entfernt haben.«

Der Kellner erschien an dem Vorhang, der zu dem Gang führte.

»Mr Harras hat Zimmer 9. Wünschen Sie noch irgendetwas?«

Josua bestellte Bier und wollte Ruhe haben. Dann kam ihm aber plötzlich ein Gedanke.

»Ist Mr Tillman auch Mitglied des Clubs?«

Bill zog die Stirn kraus, nahm die Mitgliederliste und suchte.

»Nein, Sir.«

»Gott sei Dank«, sagte Harras mit einem frommen Seufzer.

26

Vater und Sohn beobachteten den Zeitungsreporter, wie er durch den Gang schlürfte und in einem Zimmer verschwand.

»Der kommt doch nicht oft hierher, Vater?«

Bill schüttelte den Kopf.

»Nein – aber wenn er kommt, dann gibt's Spektakel.«

Er schaute auf die Uhr. »Geh nach unten und pass auf. Ich möchte nur wissen, wohin Sutton gegangen ist.«

Gerade als er sprach, läutete wieder die Liftklingel. Ein paar Sekunden später kam Sutton, und Jim sah, dass er sich umgezogen hatte.

»Ist die Dame schon da?«, fragte er schnell.

»Nein, mein Herr.«

Sutton war sehr erstaunt, dies zu hören.

»Wie – sie ist noch nicht gekommen?«

Bill sprach ganz leise zu ihm.

»Sie müssen aber sehr vorsichtig sein mit der ganzen Sache.«

»Sie meinen wegen des Schlafens? Machen Sie sich darüber keine Sorgen!«

Bill zuckte die Achseln.

»Alles in Ordnung, mein Herr. Sie haben mir nichts gesagt, und ich weiß von nichts.«

»Alles in Ordnung. Ach, ich wollte Sie noch etwas fragen, Anerley! Kennen Sie einen Captain Leslie?«

Bill verneinte.

»Ist er nicht Mitglied hier?«

»Nein. Wir haben viele Captains, aber keinen Leslie.«

Sutton überlegte einen Augenblick.

»Möglicherweise heißt er auch gar nicht Leslie – ich glaube bestimmt, dass er einen anderen Namen hat, und dass er sich bloß diesen Namen so zugelegt hat.«

»Möglicherweise sind die anderen auch gar nicht Captain. Wer ist es denn, Sir?«

Offensichtlich überhörte Sutton die Frage, denn Bill musste sie wiederholen.

»Leslie? Ach, das ist ein früherer Verbrecher«, sagte er dann, und Bill lachte vergnügt.

»Dann hätte er also die Qualifikation als Mitglied für diesen Club«, meinte er. »Erwarten Sie ihn?«

»Ob ich ihn erwarte?«, fragte Sutton langsam. »Ich weiß nicht, ob ich ihn erwarten soll oder ob er nicht kommt. Auf jeden Fall, wenn er hierher kommt und nach mir fragt, bin ich nicht da. Offen gesagt, Bill, er ist mein Feind, und er hat mir gedroht ...«

»Na, dann überlassen Sie ihn nur mir«, erwiderte Bill vertrauenswürdig. »Ich werde schon mit ihm fertig, wenn er nicht gerade Dempsey ist. Ich habe hier so einen alten Totschläger, der selbst einen Löwen zur Ruhe bringt.«

Er schlug seinen Rock zurück, zog ein kurzes Eisen aus der Tasche und steckte es dann wieder weg.

»Captain Leslie? Kann mich doch auf den Namen besinnen ... Wünschen Sie sonst noch etwas, Sir?«

Harras stand plötzlich in der Türöffnung. Wie lange er dort gestanden hatte, konnte Bill nicht sagen. Sutton sah in dieselbe Richtung und erschrak über den Anblick des Zeitungsmannes.

Offensichtlich war das Erstaunen auf beiden Seiten gleich groß. Mr Harras' Mund öffnete sich, und er sagte nur »Oh!«

»Ist das nicht ein merkwürdiges Zusammentreffen?«, fragte er dann ganz verwundert.

»Ich erwartete nicht, Sie hier zu treffen«, erwiderte Sutton nervös.

»Ja, ich bin selbst ganz erstaunt, dass ich hier bin. Aber das bringt mein Beruf so mit sich, wir finden uns immer auf einem Schauplatz, auf dem wir es am wenigsten vermuten.«

Harras sagte, dass er ein kleines Stück Holz haben wollte, ungefähr so lang – er zeigte es mit den Fingern – und so dick.

Bill öffnete sein Pult, suchte ein wenig nach und fand ein solches Holz.

»Geht das?«, fragte er. »Wollen Sie es für irgendeinen besonderen Zweck?«

Bill war erstaunt, als er erfuhr, dass diese vielen Vorbereitungen nur dazu dienten, eine Fliege aus dem Bierglas herauszufischen.

»Er hätte auch um einen Löffel fragen können«, lächelte Bill, nachdem der Reporter in sein Zimmer zurückgegangen war.

Sutton stand noch herum und wollte nicht in sein Zimmer gehen.

»Kennen Sie Mr Barrabal?«, fragte er.

»Sie meinen doch nicht etwa Chief Inspector Barrabal?«

Sutton nickte.

»Ich habe von ihm gehört.«

»Der ist doch noch niemals hier gewesen?«

Bill kräuselte seine Lippen, als ob er nachdächte.

»Möglich ist's schon, ich hätte ihn aber nicht erkannt. Er ist doch kein gewöhnlicher Polizeibeamter – er geht doch nicht viel aus, soviel man hört.«

Nach einer Weile ging Sutton in sein Zimmer.

Bill war aufgeregt. Er hatte das unangenehme Gefühl, dass an diesem Abend irgendetwas Ungewöhnliches passieren würde. Er wünschte, Harras möchte noch einmal zurückkommen, oder dass er Zeit hätte, zu ihm zu gehen, um ihn zu befragen. Und sein Wunsch erfüllte sich, denn eine Minute, nachdem Gutton gegangen war, kam Harras zurück und hielt das Stück Holz vorsichtig in der Hand.

»Was macht man bloß mit toten Fliegen?«, fragte er.

»Die geben Sie meinem Jungen, der sammelt sie. Sagen Sie, Mr Harras, sind Sie mit Mr Sutton befreundet?«

Josua gab niemals zu, dass irgendjemand ein Freund von ihm sei. Er antwortete also ausweichend. Aber Bill war plötzlich sprachlos, als Harras ihn fragte:

»Haben Sie unter Ihren Mitgliedern einen gewissen Captain Leslie?«

Bill Anerley starrte ihn an.

»Das ist ein merkwürdiges Zusammentreffen, Mr Harras. Sie sind schon der zweite, der diese Frage heute Abend an mich richtet.«

Josua lächelte.

»Der andere war sicher Mr Sutton.«

»Dieser Leslie ist wohl irgendein Verbrecher – nicht wahr?«, fragte Bill.

»Das ist ein etwas gewöhnlicher Ausdruck, aber möglicherweise passt er auf ihn. Welches Zimmer hat Mr Sutton?«

Aber hier stellte er Bill eine Frage, die die Regeln des Clubs brach.

»Das kann ich Ihnen unmöglich sagen, wir geben niemals Auskunft über unsere Mitglieder ...«

»Na, ich wette, er hat den Sitzungssaal«, murmelte Harras, Bill war ziemlich verdrießlich darüber. »Ich werde zurückgehen und einmal sehen, ob noch mehr Fliegen in mein Bier gefallen sind.«

»Das ist die einzige Fliege, die hier in unserem Club verkehrt«, rief Bill hinter ihm her. Aber Harras behielt doch das letzte Wort.

»Hätte ich das gewusst, dann hätte ich irgendetwas getrunken, das nicht so giftig ist wie Ihr Bier«, rief er von seiner Zimmertür zurück.

Jim war mit dem Lift wieder nach unten gefahren. Einige Minuten war Bill allein und nahm sich das Mitgliederverzeichnis vor. Er schlug den Buchstaben L auf und fuhr mit dem Finger die Liste entlang.

»Lane, Larry, Leach, Larkley, Lando ...« Er schüttelte den Kopf. Er konnte keinen Leslie finden. Der Lift kam wieder nach oben. Die Tür öffnete sich, und Jim sprang erregt heraus.

»Er ist's, Vater! Er ist's!« Er war ganz außer sich vor Erregung und zeigte mit dem Kopf auf den Herrn, der eben aus dem Lift trat.

»Er?« Plötzlich sah er das Gesicht des Besuchers und eilte mit ausgestreckten Händen auf ihn zu.

»Aber das ist doch eine ganz unerwartete Freude – kennen Sie mich nach all diesen Jahren wieder? Ich sagte noch vorhin, ich würde tausend Pfund geben, um Sie wiederzusehen!«

Leslie zog die Augenbrauen hoch und schüttelte den Kopf.

»Ich kann mich nicht besinnen ...«

»Nicht auf den Granattrichter auf Höhe 60?«, fragte Bill ungläubig.

Plötzlich ging ein Lächeln über Leslies Gesicht.

»Großer Gott – Waldemar!«

»Waldemar!« Bill zitterte vor Freude. »Hast du's gehört, Jim? Waldemar!«

Er lachte, es kamen ihm Tränen in die Augen.

»Hier, komm, Jim, und gib dem Herrn die Hand, der deinem alten Vater das Leben gerettet hat!«

Jim machte eine linkische Verbeugung.

»Sie glauben gar nicht, wie froh ich bin. Ich danke Gott, dass ich Sie wiedergetroffen habe. Erinnern Sie sich noch, wie die Granaten angeschwirrt kamen, immer über uns weg, und wie Sie dann sagten: ›Waldemar, wenn Sie zuerst in den Himmel kommen, dann sagen Sie, dass ich auf dem Posten bin!‹ Waldemar, wie Sie mich damals genannt haben, ist für mich seit dieser Zeit ein heiliges Wort!«

Leslie lachte leise.

»Ich freue mich auch, dass ich Sie wiedersehe. Wie heißen Sie denn in Wirklichkeit?«

»Nennen Sie mich, bitte, Waldemar«, bat Bill. Leslie nickte.

»Sie sind ein wenig älter geworden – sind Sie hier Portier dieses Clubs?«

Bill hustete. Er musste das dem Herrn erklären.

»Ich will ganz offen sein. Ich bin selbst der Club. Ich kaufte ihn von einem Italiener – lieh mir das Geld von einem reichen, alten Herrn –, der neun Monate dafür bekam, das heißt, ich meine den Italiener, nicht der Herr, der mir das Geld lieh. Ich bekam die Konzession wieder – nun ja, es ist ja nicht gerade der Union-Club, wie Sie sehen, ich muss natürlich auch ein kleines Risiko auf mich nehmen, aber man will eben leben.«

Leslie schüttelte bedächtig den Kopf.

»Wenn Sie in dem Granattrichter ums Leben gekommen wären, so wären Sie als reiner Mensch gestorben«, sagte er ruhig.

»Ja, aber ich hätte Schulden hinterlassen«, erwiderte Bill, der nicht gerade sentimental war. »Sind Sie Mitglied hier im Club?«

»Nein, das bin ich nicht.«

»Nun, dann werde ich Sie schnell in die Mitgliederliste eintragen. Möglicherweise ist es auch besser, dass ich es nicht tue, denn für einen Gentleman wie Sie – darf ich vielleicht um Ihren Namen bitten – ich wollte ihn schon längst wissen.«

»Mein Name ist Leslie – Captain Leslie.«

Er sah Bills Bestürzung, konnte sich aber den Grund dafür nicht erklären.

27

»Captain Leslie?«, fragte Bill leise und erstaunt. »Aber sicher sind Sie nicht der Herr, an den ich eben dachte. Kennen Sie Mr Harras?«

»Den Zeitungsreporter? O ja, den kenne ich.«

Bill sah hilflos von ihm zu seinem Sohn.

»Jim, mach, dass du nach unten kommst!«, sagte er dann plötzlich. Als der Lift verschwand, sprach er weiter. »Ich möchte nicht zu viel vor dem Jungen sagen. Sie haben doch nichts dagegen, wenn ich noch eine kleine Frage an Sie richte? Oder wenn ich Sie etwas recht Unangenehmes frage – entschuldigen Sie, wenn ich …«

»Schießen Sie los!«, sagte Leslie. Er wusste, was jetzt kommen würde.

»Jemand hat heute Abend hier von Ihnen gesprochen.«

»Sutton?«

Es war also keine Verwechslung. Bill, der sonst ein so harter und rauer Mann war, fühlte, wie ihm das Herz schmerzte. Das war Leslie! Leslie, ein alter Verbrecher! Leslie, der Mann, den er all diese Jahre verehrt und vergöttert hatte!

»Ich vermute, dass er Ihnen erzählt hat, ich hätte früher gesessen?«

»Nun ja, so etwas Ähnliches. Es tut mir furchtbar leid, Sir.« Aber er sprach doch sehr liebenswürdig. »Sie hatten sicher ein trauriges Erlebnis – aber wir alle haben ja im Leben zu kämpfen. Es tut mir furchtbar leid für Sie.«

»Verschwenden Sie Ihr Mitleid nicht«, meinte Leslie heiter, »Es geht mir ganz gut.«

Bill wurde auch wieder fröhlicher. Das war eine gute Nachricht für ihn.

»Ja, so muss man das Leben ansehen – man darf sich nicht unterkriegen lassen – darf ich Ihnen einmal den Club zeigen, Sir? Er ist nicht gerade sehr fein. Aber unser Keller ist ebenso gut wie in manchem Club in New York.« Er lachte. »Das ist ein kleiner Scherz – die sind ja alle Abstinenzler drüben.«

»Ist Sutton hier?«, fragte Leslie.

Harras gegenüber hätte Bill unter gar keinen Umständen die Regeln des Clubs gebrochen, aber diesem Mann die Wahrheit zu sagen, war etwas ganz anderes.

»Er ist im Sitzungszimmer.«

»Das ist der Raum hier an der Ecke – ich habe einen Plan des Clubs gesehen. Ist er allein?«

»Er hat eine Flasche Wein vor sich stehen und erwartet eine Dame.«

Leslie nickte.

»Er hat mir vorhin gesagt, dass er Ihr Feind ist«, sagte Bill mit leiser Stimme. »Aber wenn er Ihr Feind ist, dann ist er auch mein Feind!«

Er nahm den Totschläger aus der Tasche und wollte ihn Leslie in die Hand drücken.

»Gehen Sie hin und hauen Sie ihm eine runter!«

Leslie gab ihm die Waffe zurück.

»Ach nein, ich will ihn ja gar nicht um die Ecke bringen.«

»Tun Sie es nur ruhig. Sagen Sie ihm einen schönen Gruß von mir, Sie hätten die Erlaubnis vom Komitee.«

»In welchem Zimmer sitzt Harras?«

»In Nr. 9 und amüsiert sich damit, Fliegen zu fangen!«

»Ich werde mal zu ihm hingehen.« Und als Bill ihn hinführen wollte, meinte er: »Ach nein, es ist nicht nötig, ich kenne mich schon aus.«

»Entschuldigen Sie.«

Leslie wandte sich zur Tür.

»Wenn es Spektakel gibt«, flüsterte Bill ihm noch zu, »dann finden Sie eine kleine Feuertreppe gerade gegenüber dem Raum 9. Sie führt hinunter ins Freie. Ich möchte heute Abend eine alte Rechnung begleichen!«

»Bei Gott, das tun Sie auch!« Der Vorhang, den Leslie hochhielt, fiel hinter ihm nieder.

Auch der Schläfer in Nr. 4 hörte ihn vorübergehen. Er öffnete die Tür ein ganz klein wenig, um ihn zu beobachten und sah, wie Leslie anhielt und in Zimmer Nr. 9 hineinging. Dann hörte er den erstaunten Gruß Mr Harras' ... die Tür schloss sich wieder und die Stimmen verklangen.

Im Sitzungszimmer wartete Sutton mit brennender Ungeduld auf die Ankunft Millie Trents. Jede Minute war kostbar. Er hatte die Absicht aufgegeben, nach Wimbledon zurückzukehren, und nachdem er sich zu dieser Änderung entschlossen hatte, telefonierte Mr Friedman an. Jeder Privatraum im Leopard-Club hatte einen Telefonanschluss, und Frank erhielt auch sofort die gewünschte Verbindung.

»Mr Friedman ist zur Stadt gefahren, Sir, ebenso Miss Beryl – Mrs Sutton wollte ich sagen.« Der Diener antwortete ihm. »Nein, Sir, ich weiß nicht, wohin. Die Koffer sind bereits zur Bahn gebracht worden.« Sutton glaubte, dass Lew und Beryl zusammen zur Station gefahren waren. Wenn er weniger ungeduldig gewesen wäre, hatte er in Erfahrung gebracht, dass die beiden Menschen, für die er sich so sehr interessierte, Wimbledon zu ganz verschiedenen Zeiten verlassen hatten und keiner etwas von dem Aufenthalt des andern wusste.

»Ich hätte ihm doch sagen sollen, dass das Handgepäck von Miss Beryl noch hier ist«, sagte der Diener zu dem Dienstmädchen, das neben ihm stand.

Sutton hatte die Champagnerflasche geöffnet, ein Glas eingegossen und getrunken. In das andere Glas tropfte er sorgfältig aus einer kleinen Medizinflasche dreißig Tropfen einer wasserähnlichen Flüssigkeit.

Er hatte dieses Mittel schon zweimal gebraucht, aber früher hatte er höchstens zwanzig Tropfen gegeben. Aber in diesem Fall durfte er nichts riskieren.

»Also Glück auf!«, sagte er, als er noch weitere zehn Tropfen hinzufügte.

Sein Besuch in der Stadt stand in Verbindung mit der Änderung seiner Pläne. Lew Friedman wäre sehr erstaunt gewesen, wenn er gewusst hätte, dass die Beschleunigung der Hochzeit nicht nur ihm so gelegen kam, sondern besonders Mr Sutton, der erfahren hatte, dass er ein falsches Datum für die Abfahrt der »Empress of India« im Kopf gehabt hatte. Sie fuhr tatsächlich mehrere Tage früher von Liverpool ab.

Den einen Mann, der die Hochzeit noch hätte hintertreiben können, hatte er energisch aus dem Weg geräumt. Es war kein Zufall, dass John Leslie gerade an diesem Morgen verhaftet wurde. Keinen Augenblick hatte Sutton auch nur im Traum daran gedacht, dass sich so etwas wie Leslies Freilassung gegen Bürgschaft ereignen könnte. Er glaubte, es würde wenigstens vierzehn Tage dauern, bis Leslie seine Unschuld beweisen könnte, und zu dieser Zeit wollte Sutton schon längst außer Reichweite sein.

Er hörte ein Klopfen an der Tür und schaute schnell auf das leere Glas, zog es ein wenig näher an das seine heran, bevor er »Herein!« sagte. Er hätte doch wissen sollen, dass Millie sich die Formalität des Anklopfens ihm gegenüber schenken würde.

Es war auch Bill Anerley, der eintrat, und Sutton schien es, als sehe er blass und verstört aus.

»Ist alles in Ordnung, Sir?« Bills Stimme klang hart. Er starrte auf Sutton, als ob er etwas Ungewöhnliches an sich hatte.

»Warum sollte nicht alles in Ordnung sein?«

Bill antwortete nicht.

»Ich wollte Sie noch fragen wegen dieses – Leslie«, begann Anerley mit leiser Stimme. »Was haben Sie ihm denn getan?«

Sutton wollte ihm fast sagen, dass ihn das nichts anginge, aber er überlegte sich, dass er eventuell doch noch Bills Hilfe in Anspruch nehmen musste, und dass es unnötig war, jetzt noch länger die Rolle eines erfolgreichen Großkaufmanns zu spielen. Er stand ja schließlich mit Anerley auf derselben Stufe. Nur war Anerley ihm darin über, dass er sich nicht allzu weit von dem Weg des Rechten entfernt hatte.

»Ich nahm ihm sein Mädel weg – und da war er natürlich wütend!«

»Ach so, das haben Sie getan!«, sagte Bill langsam. »Ja, jetzt verstehe ich. Natürlich – das erklärt alles.« Bill nickte.

»Was erklärt das?«, fragte Sutton scharf.

»Dass er Ihnen ans Leder will – haben Sie ein Schießeisen bei sich?«

»Nein«, antwortete Sutton schnell. Aber Bill wusste, dass er log.

Der Portier überschaute schnell den Tisch, sah die beiden Gläser und nickte wieder.

»All right!«

Er zog sich zurück, schloss die Tür und suchte Leslie auf. Aber Leslie war nicht im Zimmer Harras', und Bill musste die Warnung, die er ihm zukommen lassen wollte, verschieben.

Sutton schaute wieder nach der Uhr und fluchte. Er nahm eine Abendzeitung aus der Tasche und versuchte zu lesen. Aber er konnte seine Gedanken nicht sammeln. Ungeduldig goss er sich während des Lesens noch ein zweites Glas ein. Plötzlich klingelte das Telefon, und er nahm hastig den Hörer ab. Es war Millie. Sein Gesicht wurde rot vor Ärger, als er erfuhr, dass sie immer noch nicht im Haus war.

»Was, zum Teufel, hältst du mich so lange auf?«, fragte er wild. »Ich bin schon so spät daran … sag nichts am Telefon, komm zu mir herauf und sprich persönlich mit mir! Ach was, die verfluchten Detectives! Du wirst nicht beobachtet! Wo bist du denn?«

Sie befand sich in einem Restaurant gegenüber dem Leopard-Club. Das beruhigte ihn etwas.

»Also komm jetzt schnell herauf. Ich rede am Telefon nicht mit dir … ich muss dich dringend sprechen – ich muss dir auch etwas Wichtiges mitteilen.«

Er schmetterte geräuschvoll den Hörer auf den Apparat. Er war so wütend, dass er ihr am liebsten die ganze Wahrheit ins Gesicht geschleudert hätte, dass es diesmal nicht eins der kleinen Abenteuer wäre, die vor der Kirchentür endeten. Noch niemals hatte ihm das Schicksal ein so schönes und begehrenswertes Mädchen in den Weg geführt wie Beryl Stedman. Ihre Schiffskabinen waren reserviert, in anderthalb Stunden würden sie auf dem Weg nach Liverpool sein, und Monate würden vergehen, bevor Lew Friedman die wahren Zusammenhänge erfahren könnte. Aber es wäre leicht, ihn bei guter Stimmung zu erhalten, sagte sich Frank. Lew war ja argwöhnisch gegen Millie Trent – es war ja nur notwendig, dass Sutton ihm vom Schiff aus schrieb und ihm erklärte, dass er sich statt für Schottland für Kanada entschlossen hätte, weil er die Beziehungen zu seiner alten Sekretärin vollständig lösen wolle. Millie würde vernünftig sein. Er hatte sie schon öfter in diesen Wutanfällen gesehen. Aber es wäre sehr leicht möglich gewesen, dass sie tatsächlich zur Station gekommen wäre und allerhand Unheil angerichtet hätte, wenn er ihr freie Hand gelassen hätte. Aber morgen früh … wenn sie sich der unvermeidlichen Tatsache gegenüber sah …

Sutton lächelte vor sich hin. Er schätzte den Groll einer eifersüchtigen Frau nicht gerade sehr hoch ein. Millie hatte sich schon öfter so verhalten, ohne eigentlich dazu berechtigt zu sein. Mit ihr würde er schon fertig werden.

Er schaute auf. Vom Gang her klangen Stimmen, dann wurde es plötzlich wieder ruhig. Er nahm die Zeitung auf und versuchte, im Sportteil zu lesen. Er fürchtete sich allmählich doch etwas vor der Unterhaltung mit Millie, und er brauchte seine ganze Kraft. Ein guter Schluck Wein würde das Beste sein. Er nahm das zweite Glas und trank es in einem Zuge aus. Dann hörte er ein Geräusch und blickte auf.

Leise öffnete sich die Tür, immer weiter – eine Hand mit einer Pistole erschien – Frank sah niemand, aber ein Instinkt, der sicherer war als irgendwelche Vernunft, ließ ihn plötzlich aufspringen. Einen Augenblick lang starrte er auf die Mündung der Pistole und auf das kreidebleiche Gesicht des Mannes, das sich jetzt in der Tür zeigte. Dann wollte er nach seiner Pistole an der Hüfte fassen ...

Aber er hörte den Schuss nicht mehr, der jetzt fiel, auch sah er nicht das Aufzucken der Flamme, die aus dem Schalldämpfer schlug ... Er fiel schwer zu Boden.

Nach einer Pause öffnete sich die Tür ganz weit. John Leslie trat herein und hielt eine rauchende Pistole in seiner Hand. Er sah auf die liegende Gestalt, ließ die Waffe in seine Tasche gleiten und drehte den Mann auf die andere Seite. Er warf nur einen Blick auf das verzerrte Gesicht ...

»Zinker«, sagte er dann laut, »du wirst niemand mehr verzinken!«

28

Captain Leslie hielt es nicht für ratsam, auf dem Weg, den er gekommen war, das Gebäude wieder zu verlassen. Stattdessen eilte er die kleine Feuertreppe hinunter. Unten stand die Tür weit offen, sodass er gleich ins Freie kam. Auf diese Weise vermied er ein Zusammentreffen mit Millie Trent, die eben aus dem Lift heraustrat.

Bill Anerley hatte im Korridor zuerst nur ein merkwürdiges Geräusch und dann einen Fall gehört.

Er schaute auf und wischte sich die nasse Stirn mit dem Taschentuch ab. Mit zitternden Fingern wandte er die Blätter seines Tagebuchs um. Leslie hatte den andern sicher niedergeschlagen ... er hatte ihm eine tüchtige Tracht Prügel versetzt ... das war alles nicht so schlimm ... Sutton hatte ihm ja das Mädchen weggenommen ... da war es ganz recht, wenn er eins über den Schädel bekam.

»Guten Abend, Fräulein.« Bills Stimme klang heiser, und sein Gesicht war blass.

»Wo ist Sutton?«, fragte Millie Trent.

»Sutton?« Er fuhr mit der Hand an das Kinn. »Ach so, Sie meinen Mr ... Mr Sutton?«

»Sie wissen ganz genau, wen ich meine«, sagte sie argwöhnisch. »Was fehlt Ihnen denn?«

»Nichts. Ich werde gehen und Sie melden.«

»Machen Sie sich keine Mühe, ich kenne den Weg genau, er ist doch im Sitzungszimmer, nicht wahr?«

Sie wollte an ihm vorbeigehen, aber er trat ihr in den Weg.

»Was hat denn das zu bedeuten?« Ihre Stimme zitterte leise, als sie sprach.

»Es ist besser, dass ich ihm sage, dass Sie kommen.«

»Ist jemand bei ihm?«, fragte sie schnell.

»Nein.« Bill brüllte beinahe.

Sie stemmte beide Hände in die Hüften, betrachtete ihn und nickte langsam.

»Ich weiß, was hier vorgeht. Hören Sie, Anerley – haben Sie irgendeinen Auftrag bekommen, der mich betrifft?«

Er war offensichtlich froh über diesen kurzen Aufschub.

»Ich weiß nicht, was Sie meinen, Miss Trent. Ich habe nur den Auftrag, Sie in das Zimmer zu führen.«

»Hat er Ihnen nicht gesagt, dass Sie eine besondere Flasche Wein für mich bringen sollten – sehen Sie, ich weiß es.«

»Natürlich ist eine Flasche Wein von Mr Sutton bestellt. Es wäre doch merkwürdig, wenn das nicht so wäre.«

Sie lachte hart.

»Vermutlich hat er Ihnen nicht gesagt, was Sie tun sollen, wenn Sie später in den Sitzungssaal kommen, mich am Tisch schlafend finden und Sutton ist fort! Hat er Ihnen darüber keine Verhaltungsmaßregeln gegeben?«, fragte sie drohend.

Bill schluckte verlegen, er war über die unerwartete Frage bestürzt.

»Nun, ich verstehe alles, ich werde Ihnen aber die Mühe ersparen, mich aufwecken zu müssen. Wenn Sutton das Haus verlässt, gehe ich mit ihm. Dieser alte, verrückte Kerl«, sagte sie verächtlich. »Er denkt, er könnte mir eine Falle stellen!«

»Ich weiß überhaupt nicht, was Sie wollen. Sie müssen nicht unbegründet derartige Anschuldigungen machen – dies ist hier ein angesehener Club …«

»Ah, ich weiß schon Bescheid über den Club, und Sie wissen von gar nichts«, sagte sie ironisch. »Sie würden nichts verzinken, was hier passiert!«

Bill neigte sich vor und sah sie wütend an.

»Wenn irgendetwas in London verzinkt wird, dann sind Sie doch daran schuld, und der da drin«, rief er böse.

Sie schaute sich nach dem Liftboy um.

»Wo ist der Herr, den Sie vor Kurzem herausgebracht haben? Ich habe den Clubeingang drüben vom Restaurant aus beobachtet. War das nicht Leslie?«

»Ich weiß nicht, wen Sie meinen!«

»Sie lügen! Und ich gebe Ihnen jetzt den Auftrag, Bill Anerley, sofort Inspector Barrabal zu rufen, wenn ich in einer Viertelstunde nicht aus dem Zimmer herauskomme. Wenn Sie das nicht tun, werde ich eine Anzeige bei der Polizei erstatten, dass Ihnen das Geschäft für immer gelegt wird!«

»Eine Dame vom Scheitel bis zur Sohle«, sagte Jim, als sie verschwunden war.

Bill sagte nichts. Er wartete … wartete weiter. Plötzlich hörte er einen schrillen Schrei und winkte schnell seinen Sohn zu sich. Er war heiser, als er zu ihm sprach, denn er wusste, dass dies das Ende des Leopard-Clubs bedeutete.

»Geh auf die Straße, such einen Polizisten und bring ihn hierher. Und wenn sie mich verhaften, gehst du zur Mutter und sagst ihr, dass nichts passiert ist, worüber sie sich aufregen muss. Sag ihr nur, dass ich heute Abend bei Waldemar bin – dann wird sie schon alles verstehen.«

29

Als Beryl wieder zu sich kam, saß sie in dem Auto. Später erfuhr sie, dass der Chauffeur fürchtete, dass sie mit dem Fahrgeld durchbrennen könnte und ihr nachfuhr. Er hatte dann geholfen, sie in den Wagen zu tragen. Ein Herr stand mit einem halb gefüllten Wasserglas an der offenen Tür und an ihrer Seite saß eine Frau. Sie hatte sie nie gesehen, sie war ihr ganz fremd. Es war eine auffällig geschminkte Dame, die falschen Schmuck trug. Sie war aus dem Dunkel aufgetaucht und war vom Schicksal bestimmt, ihr diese kurze Hilfe zu leisten. Dann verschwand sie wieder spurlos aus ihrem Leben.

»Ich danke Ihnen vielmals, es geht mir wieder besser«, sagte Beryl erschöpft, Ihre Gedanken wirbelten durcheinander. »Haben sie – haben sie ihn gefangen …«

»Den Mörder werden sie niemals fangen – das war der Kerl, den sie heute Morgen verhaftet haben und der dann später auf Bürgschaft entlassen wurde. Ich wette, dass Barrabal sich am liebsten selbst den Kopf abreißen möchte, dass er das getan hat.«

Sie wunderte sich, wer so zu ihr sprach und erkannte jetzt den Polizisten. Selbst diese Beamten können aus der Schule plaudern, und es gibt keine größere Indiskretion für einen Polizisten, als in der Öffentlichkeit einen hohen Beamten von Scotland Yard zu kritisieren.

»Wo soll ich Sie hinfahren, Fräulein?«, fragte der Chauffeur.

Sie versuchte nachzudenken. Ihren Wagen hatte sie doch irgendwo gelassen …

»Bringen Sie mich zur Redaktion des ›Postcourier‹.«

Sie sah nicht, wie die fremde Dame fortging, sie dankte ihr nicht. Sie war schon halbwegs nach Fleet Street gefahren, als sie sich bewusst wurde, wie unhöflich sie gewesen war. Als sie beim »Postcourier« ankam, schickte sie ihre Karte hinauf, und diesmal kam Field zu ihr herunter. Bevor sie ihn noch fragen konnte, hatte er sie schon angesprochen.

»Waren Sie im Leopard-Club, als der Mord verübt wurde?«

Sie schüttelte den Kopf.

»Nein …ich wartete draußen – es war furchtbar!« Sie zitterte und bedeckte die Augen mit der Hand, als ob sie die bösen Bilder abweisen wollte, die sich ihr aufdrängten.

»Haben Sie Harras gesehen?«

Sie schüttelte wieder den Kopf.

»War er dort?«

»Er ist bestimmt dort gewesen, und wenn er nicht betrunken ist und nur die Hälfte von dem wahr ist, was er uns durchs Telefon gesagt hat, dann haben wir die größte Reportage, die jemals zu meinen Lebzeiten in meiner Zeitung veröffentlicht wurde. Haben Sie Barrabal gesehen? Kennen Sie ihn?«

»Sie meinen den Polizeibeamten? Nein, der einzige Bekannte, den ich traf, war Tillman.«

»Ach –!« Er sah sie entgeistert an. »Sie haben Tillman gesehen – ach nein, der war auch da? Ich möchte nur wissen, ob Harras das geahnt hat. Er hat es vorhin nicht erwähnt, als er mit mir sprach.«

Aber dann wurde er sich plötzlich ihrer Lage bewusst.

»Mein gnädiges Fräulein, wo werden Sie von hier aus hingehen?«, fragte er freundlich. »Sind Sie selbst von Wimbledon hierhergefahren?« Sie nickte. »Sicherlich können Sie in der Verfassung nicht allein zurückfahren, Sie sehen sehr mitgenommen aus!«

»Meine Gedanken sind etwas verwirrt«, sagte sie und lächelte matt. »Und ich möchte auch gar nicht nach Wimbledon fahren. Hat jemand nach mir gefragt?«

Es war gar kein Grund vorhanden, warum jemand ausgerechnet in der Redaktion des »Postcourier« nach ihr fragen sollte. Sie sah auch sofort die Nutzlosigkeit dieser Frage ein.

»Sagen Sie mir, bitte, haben Sie den … den Mann gefangen, der Mr Sutton getötet hat?«

Sie sah, wie plötzlich ein anderer Ausdruck in sein Gesicht kam. Er war bestürzt, und es tat ihm leid. Dunkel wurden ihm die Zusammenhänge klar. Jetzt erst erkannte er, dass er zu der Witwe des ermordeten Mannes sprach.

»Es tut mir furchtbar leid, Mrs Sutton«, begann er leise. Aber sie unterbrach ihn.

»Ich bin deshalb nicht besorgt, ich kümmere mich nicht so sehr darum – ich weiß, dass das schrecklich klingt, aber ich fühle wirklich keine große Trauer. Haben Sie den Mörder gefangen? Wie wurde Sutton ermordet?«

»Er ist erschossen worden – Harras hörte den Schuss – vorausgesetzt, dass er nicht geträumt hat. Man hat einen starken Verdacht, und ich glaube, die Polizei sucht auch schon nach dem Mann. Aber gefangen haben sie ihn noch nicht.«

»Meinen Sie – Captain Leslie?«

»Ja, Harras hat allerdings nur gerüchtweise davon gesprochen.«

Aber jetzt wurde Mr Field ungeduldig. Er war schon viel zu lange aus seinem Büro fort. Der Druck musste fertig werden und der ausführliche Bericht Harras' wurde erwartet.

»Ich glaube, Sie müssen jetzt nach Wimbledon zurückkehren – ich habe einige jüngere Herren hier im Büro, die Auto fahren können. Würden Sie gestatten, dass einer von ihnen Sie nach Hause zurückbringt?«

Sie überlegte.

»Ja, ich glaube, das ist das Beste«, sagte sie dann. »Ich muss irgendwo sein, wo man mich finden kann.«

Er verschwand nach oben, kehrte aber bald mit einem rothaarigen jungen Mann zurück.

»Dieser Herr wohnt auch in Wimbledon. Sie tun ihm einen großen Gefallen, wenn Sie gestatten, dass er Sie nach Hause fährt.«

Es war sehr liebenswürdig von dem Chefredakteur, dass er die Entscheidung aus ihren Händen nahm.

»Ich hätte eigentlich schon längst nach Hause gehen sollen«, sagte ihr Begleiter, als sie im Wagen saßen. »Aber das ist eine viel zu interessante Reportage, um sie ...«

Scheinbar wollte er irgendetwas Unangenehmes über Harras sagen, aber er besann sich, und Beryl, die nichts von den Intrigen in der Redaktion einer Zeitung wusste, zitterte.

Für diesen Mann war die größte Tragödie nur eine Reportage. Ihre Heirat, der Tod ihres Mannes, die Jagd und die Gefangennahme John Leslies ... alles war nur eine Reportage, irgendetwas Interessantes, das von Tag zu Tag durch die Zeitungen gezerrt wurde, bis die »Geschichte« mit dem Artikel endete, der die Hinrichtung John Leslies beschreiben würde.

Sie empfand eine starke Abneigung gegen diesen jungen Mann, der sie durch die regnerische Nacht fuhr. Aber glücklicherweise war er nicht so sehr an Kriminalfällen interessiert. Später sprach er viel über Fußballspiel und anderen Sport, bis der Wagen vor der Einfahrt von Hillford hielt. Sie hatte ihrem Begleiter kaum gedankt, als sich die Haustür öffnete.

»Sind Sie es, gnädiges Fräulein?«, fragte der Diener Robert. »Mr Friedman ist zurückgekommen … ich habe ihm alles genau bestellt. Und dann ist von einer Zeitungsredaktion aus telefoniert worden – vom ›Journal‹ …«

Sie eilte schnell an ihm vorbei und trat in die Bibliothek. Lew Friedman stand vor dem Kamin. Er hatte die Arme auf das Gesims gelegt, und sein Kopf ruhte auf den gefalteten Händen. Als sich die Tür öffnete, drehte er sich schnell um. Sie war entsetzt über sein Aussehen. Sein Gesicht war grau und alt, es hatte sich vollkommen verändert, seitdem sie ihn zuletzt gesehen hatte.

Er ging unsicher auf sie zu, wie ein blinder Mann, und nahm sie in seine Arme.

»Meine liebe Beryl«, sagte er mit gebrochener Stimme, »Gott sei Dank, dass du wieder zu Hause bist!«

»Onkel Lew!« Sie schaute ihm ins Gesicht. »Weißt du, was passiert ist?«

Er antwortete nicht.

»Frank Sutton ist tot«, flüsterte sie.

Aber er starrte sie nur an, ohne zu sprechen.

»Onkel Lew, weißt du, wer ihn getötet hat? … Ich muss es dir sagen … morgen werden es alle Zeitungen bringen … John Leslie hat ihn ermordet!«

Er senkte den Kopf und schaute sie unter seinen buschigen Augenbrauen an.

»John Leslie hat ihn getötet – wer hat dir das gesagt?«, fragte er heiser.

»Alle Leute wissen es … ich war dabei …«

»Im Leopard-Club?«, fragte er atemlos.

»Nein, draußen auf der Straße. Ich bin dorthin gefahren, um Mr Harras zu sehen, aber als ich ankam, hatte man schon entdeckt, dass … der Mord begangen war. Ach, Onkel Lew, es war schrecklich – schrecklich!«

»Aber woher weißt du denn, dass es John Leslie getan hat?«

»Ich hörte, wie sie es rief – Millie Trent. Sie schrie furchtbar.« Sie schloss schaudernd die Augen. »Solange ich lebe, werde ich mich an diesen Schrei erinnern.«

»Wo war sie denn?«

»Man brachte sie aus dem Club, aber sie schrie die ganze Zeit, dass John Leslie ihn ermordet hat.«

Er legte seine beiden Hände auf ihre Schultern und sah sie an.

»Das war eine grässliche Lüge. Der Mann, der ihn ermordete, war nicht John Leslie – und wenn es nötig ist, so trete ich als Zeuge vor Gericht auf und beschwöre, dass er unschuldig ist!«

30

Suttons Angestellte hatten das Büro verlassen. Der Nachtportier saß schläfrig in seiner Loge, als John Leslie schnell die Straße entlangkam, das Haupttor aufschloss und eintrat. Auf dem Treppenhaus waren alle Lichter ausgelöscht, nur eine kleine, schwache Birne brannte in einem oberen Geschoss und gab genügend Licht, dass der Nachtwachmann seine Rundgänge machen konnte.

Leslie ging direkt zu seinem alten Büro und wollte die Tür aufschließen. Zu seinem größten Erstaunen fand er sie offen. Er ging hinein und drehte das Licht an. Kleine Wasserbäche rieselten von seinem langen, schwarzen Regenmantel herunter. Er legte ihn über die Lehne eines Stuhls. Als er den Schlüssel auf seinem Schreibtisch liegen sah, runzelte er die Stirn. Jemand musste kurz vor ihm hier gewesen sein. Er schaute auf den Kamin, und die Aschenroste der verbrannten Papiere erzählten ihm ihre seltsame Geschichte. Wer hatte denn diese Überbleibsel noch durchsucht? Merkwürdigerweise hatte er gleich den richtigen Mann im Verdacht, denn er hatte keine geringe Meinung von den Fähigkeiten Josua Harras'. Aber es befand sich noch eine kleine Geheimschublade in dem untersten Schubfach seines Schreibtisches, die er mit einem besonderen Schloss hatte versehen lassen. Darin stand ein schwerer, eiserner Kasten, den er auf den Tisch stellte und mit einem Schlüssel öffnete. Er enthielt viele Papiere, und als er den Deckel abhob, fielen zwei oder drei auf seine Schreibunterlage. Er kehrte den ganzen Kasten um, drehte die Tischlampe an und begann die einzelnen Dokumente genau zu durchsuchen, die er während der ganzen Zeit seiner Tätigkeit hier gesammelt hatte.

Einige der Papiere waren ohne große Bedeutung, aber zwei zeugten von Tragödien. Es waren Urkunden, die in einem Fall die Verheiratung von Henry Wighton, in dem anderen von Rudolf Stahl anzeigten. Diese beiden Decknamen hatte sich Frank Sutton früher zugelegt. Er hatte in Kapstadt und in Bristol geheiratet – diese Stadt ist ja der bevorzugte Aufenthalt aller englischen Verbrecher, die sich der Bigamie schuldig machen. Die zweite Urkunde studierte er lange Zeit. Mr Rudolf Stahl hatte Gwendolyn Alice – der dritte Name war ihm sehr geläufig, denn es war sein eigener – geheiratet. Die junge Dame, deren Namen die flüchtige Hand des Beamten geschrieben hatte, war seine eigene Schwester. Er war damals in Frankreich gewesen und hatte den Bräutigam nicht persönlich kennengelernt. Auch wusste er nichts von der ganzen Geschichte, bis er später hörte, dass er sie verlassen hatte. Dann erfuhr er von ihrem Onkel, dass die Hälfte des bescheidenen Vermögens, das seine Schwester besaß, diesem unbekannten Stahl übergeben worden war. Es war nicht einmal eine so große Tragödie, wie sie leicht hätte werden können, dachte er mit Genugtuung, als er die Urkunde zusammenfaltete. Herzen, besonders junge Herzen, brechen nicht so leicht, und nach dem unvermeidlichen Prozess, in dem sie von dem Mann geschieden wurde, der nicht einmal ihr Gatte war, hatte sie einen Rechtsanwalt in Neuseeland geheiratet und durch diese Geschichte war er auf die Spur des »Zinkers« gekommen.

Unter den Papieren befand sich auch ein kleiner Notizblock, der vollständig stenografiert war. Er bewies zur Genüge, wie geeignet Millie Trent für ihre Stellung als Sekretärin war. Es war nicht die gewöhnliche Kurzschrift, die in Handelskreisen gebräuchlich war, und es hatte monatelang gedauert, bevor er sie entziffern konnte. Dieses Tagebuch der Verbrechen reichte über viele Jahre.

Der »Zinker« war ein reicher Mann, der sein Geld auf etwa zwölf Banken untergebracht hatte. Das waren alle die Summen, die er durch seine Verbrechen gewonnen hatte. Merkwürdigerweise war eins der Papiere ein Zeitungsausschnitt aus einem Polizeijournal, das war insofern interessant, als es das einzige authentische Bild enthielt, das Frank Sutton ähnlich war.

»Jan Stefenson, vermutlich schwedischer Nationalität, gesucht und steckbrieflich verfolgt wegen Bigamie und versuchten Mordes ...«

Hier folgte die Beschreibung, die manche merkwürdigen Irrtümer enthielt. Die Eitelkeit von Verbrechern ist sprichwörtlich, und er wunderte sich nicht, dass Sutton und seine Frau dieses schwer belastende Dokument aufgehoben hatten, denn am Ende der Beschreibung standen die Worte:

»spricht mehrere Sprachen, sieht ausgezeichnet aus, ein vernünftiger, ja ein tüchtiger Geschäftsmann.«

Diese kleine, schmeichelhafte Bemerkung hatte sie dazu veranlasst, den Zeitungsausschnitt aufzuheben. Leslie legte alle Papiere wieder in den Kasten zurück und verschloss ihn, denn er wollte ihn mit sich nehmen. Schon am Nachmittag hatte er das tun wollen, aber er hatte den Schlüssel nicht bei sich gehabt, da er ihm von der Polizei abgenommen worden war, als man seine Taschen durchsucht hatte. Er sah sich noch einmal im Zimmer um, als er plötzlich Schritte auf dem Gang hörte. Der Besucher war wohl mit der Örtlichkeit nicht vertraut, denn ab und zu blieb er stehen, und Leslie konnte sich vorstellen, wie er die Schilder an den Bürotüren las. Plötzlich hielten die Schritte vor seiner eigenen Tür. Die Klinke wurde heruntergedrückt, und die Tür öffnete sich langsam. Es war Bill Anerley. Er trug einen Mantel, der bis zum Kinn zugeknöpft war und unter dem die goldbeborderten Beinkleider seiner Portieruniform hervorschauten. Er nahm seine Kappe ab und schloss die Tür hinter sich. Er musste schnell gelaufen sein, denn er war ganz atemlos.

»Nun, mein Freund?« Leslie war erstaunt und belustigt zugleich.

Aber Bill war nicht zum Scherzen aufgelegt. Er machte ein trauriges Gesicht, und die Tränen traten ihm in die Augen.

»Ich habe alles Mögliche versucht, Sie zu finden. Einer der Polizisten hat mir gesagt, dass Sie hier eine Anstellung hatten.« Bill sprach sehr schnell und vorwurfsvoll. »Aber warum versäumen Sie denn hier Ihre Zeit, Captain? Sie müssen doch machen, dass Sie fortkommen! Jetzt ist nicht die Zeit, hier herumzusitzen, wo alle Leute nach Ihnen suchen!«

»Das meine ich auch«, sagte Leslie und zwinkerte mit den Augen. »Sie glauben, dass man mich verfolgt? Wie kam es denn überhaupt, dass mein Name genannt wurde?«

Bill schüttelte verzweifelt den Kopf.

»Diese Millie, die Kanaille, sie hat ihn der Polizei verraten! Ich habe mich weggestohlen, und ich hatte Glück. Ich schickte meinen Jungen hinunter, um die Polizei zu rufen, und bevor ich mich recht besinnen konnte, war der ganze Club voll von Beamten. Ich hatte niemals gedacht, dass es so viele Polizisten gäbe!«

Er steckte die Hand in die Tasche und nahm einen Pack Banknoten heraus.

»Hier ist etwas, was Sie brauchen können: zweiundachtzig Pfund, die Tageskasse.«

Er schob ihm das Geld zu, aber Leslie rührte sich nicht.

»Aber wozu denn, Waldemar?«, sagte er sehr liebenswürdig. »Was soll ich damit?«

Bill schaute ihn verwundert an.

»Ich habe es so gerne, wenn Sie mich Waldemar nennen.« Er schob ihm das Geld noch näher zu. »Ich wünschte, es wären Hunderte, aber Sie können damit außer Landes kommen.«

Leslie gab ihm das Geld zurück und schüttelte den Kopf.

»Nein, Waldemar, alter Junge, ich danke dir.« Er klopfte Bill auf die Schulter. »Ich habe viel Geld, so viel Geld, wie ich im Augenblick brauche.«

Bill war zufrieden.

»Gott sei Dank. Ich will damit nicht etwa sagen, dass ich Ihnen nicht gerne gebe, was ich habe.« Dann drängte er: »Captain, vertrödeln Sie nicht hier Ihre Zeit – Millie ist verrückt vor Wut, sie hat eine Anzeige bei der Polizei gemacht, sodass Sie in kürzester Zeit in große Verlegenheit kommen.«

»Wo ist sie denn?«, fragte Leslie, aber darüber konnte Bill keine Auskunft geben.

»Sie ist zuerst auf die Straße gelaufen, und dann kam der Polizeiarzt. Sie haben Sutton dann zum Hospital geschafft. Warum Sie einen Toten dorthin gebracht haben, mag Gott wissen. Ihnen mache ich aber gar keinen Vorwurf«, fügte er schnell hinzu, »das müssen Sie ja nicht denken. Aber Captain, halten Sie sich doch bloß nicht länger hier auf – Sie wissen doch etwas Besseres zu tun, als sich hierher zu setzen! Sie können doch schnell nach Harwich oder nach einem anderen Hafen fahren – worauf warten Sie denn noch?«

Leslie saß noch immer vor dem Schreibtisch, in dem einen großen Schreibsessel, der in dem Zimmer stand. Er reckte sich behaglich in dem Stuhl.

»Ich warte darauf, dass etwas geschieht, Waldemar«, sagte er merkwürdig vergnügt.

»Das wird sehr bald sein«, sagte Bill düster. »Drei Sonntage nach Ihrer Verurteilung, das wissen Sie doch auch.«

Leslie sprang plötzlich auf, neigte den Kopf vor und lauschte. Es kam jemand den Gang entlang.

»Es sieht so aus, als ob wir noch eine unruhige Nacht haben werden – gehen Sie dort durch, Waldemar.« Er zeigte auf die Tür, die zu dem kleinen Vorraum führte. »Sobald sie hereinkommen, drücken Sie sich durch die andere Tür!«

Er reichte ihm die Hand.

»Also viel Glück, Captain!« Bills Stimme war heiser.

»Wenn Sie vor mir in den Himmel kommen …«, begann Leslie.

»So werde ich oben sagen, dass Sie auf dem Posten sind«, sagte der Mann leise. Er hatte das Zimmer verlassen, ehe Leslie die Tür öffnete, die zum Gang führte.

Er sah einen Mann, der einen langen Regenmantel trug und ihn mit einem ironischen Lächeln begrüßte.

»Tillman – was wünschen Sie? Sind Sie gekommen, um Ihr Gehalt abzuholen?«

Tillman schaute sich forschend im Raum um.

»Wo ist Miss Stedman?«, fragte er.

»In Wimbledon vermutlich. Ich werde Ihnen aber auch sagen, wo sie bestimmt nicht ist – sie ist nicht auf der Reise nach Schottland.«

Tillman schüttelte den Kopf.

»Sie ist von Wimbledon fort.« Bei diesen Worten sah er Leslie argwöhnisch an. »Haben Sie sie nicht gesehen?«

»Wie – sie hat Wimbledon verlassen?« Leslie war sehr erstaunt. »Wer hat sie begleitet? Wer hat Ihnen das erzählt?«

Tillman setzte sich erst in aller Seelenruhe auf den Schreibtisch, bevor er antwortete. Voraussichtlich wollte er nicht so bald wieder gehen. »Sie hat mit Ihnen zusammen das Haus verlassen«, sagte Tillman kühl. »Wenigstens vermutete es die Dienerschaft, die es mir erzählte. Ich habe sie seitdem gesehen, und wenn sie nicht mit Ihnen fortgegangen ist, warum war sie denn dann vor dem Leopard-Club, als – wie soll ich gleich sagen – diese unglückliche Geschichte passierte?«

Leslie wurde aufmerksam.

»Ist das Ihr Ernst? Miss Stedman war doch nicht vor dem Leopard-Club? Woher wissen Sie denn das?«

»Ich habe sie dort gesehen – ich war gerade auf meinem Weg zum Club. Ich hatte dort etwas zu tun. Leider kam ich etwas zu spät, denn die Polizeipfeifen schrillten schon, als ich auf der Bildfläche erschien. Dann sah ich plötzlich Miss Stedman, ich habe sie in einen Wagen gebracht, bevor ich in den Club ging. Aber es ist sehr leicht möglich, dass sie nichts davon weiß.«

Leslie atmete schwer.

»Darf ich Sie dann vielleicht fragen«, er war sehr höflich, »was in Wimbledon passiert ist, dass Miss Stedman von zu Hause fortging?«

»Ich wünschte, ich könnte es Ihnen genau sagen. Ich weiß nur, dass kurz nachdem Sie von dort weggingen, Miss Stedman – oder Mrs Sutton nicht aufzufinden war. Das Letzte, was ich dort beobachtete, war, dass Mr Friedman in fürchterlicher Wut im Garten auf und ab lief, seinen Wagen bestellte und fürchterliche Rache schwur – wahrscheinlich waren seine Drohungen gegen Sie gerichtet.«

»Das wird wohl stimmen. Und was geschah dann?«

»Das ist alles, was ich weiß, bis ich die junge Dame vor dem Leopard-Club sah. Ich komme direkt von dort her.«

Er sagte das mit einer besonderen Betonung. Leslie sah ihn an.

»Ich interessiere mich nicht dafür, woher Sie kommen und wohin Sie gehen.«

»Wirklich nicht? Ich sage Ihnen doch, dass ich im Leopard-Club war, kurz nachdem der Mord begangen wurde.«

»Ach so«, sagte Leslie gleichgültig.

Tillman wartete einen Augenblick.

»Das scheint Sie gar nicht zu interessieren?«

»Wirklich nicht besonders.«

»Interessiert es Sie auch nicht, zu erfahren, dass Sutton ermordet wurde?«

»Nein, durchaus nicht. So etwas Ähnliches musste ja kommen.«

Tillman nickte.

»Ich glaube, ich habe das schon heute Morgen von Ihnen gehört.«

John Leslie ging mit den Händen in den Hosentaschen auf ihn zu.

»Sagen Sie mir, wer, zum Kuckuck, sind Sie denn eigentlich?«

»Das tut nichts zur Sache«, antwortete Tillman lächelnd. »Können Sie mir aber sagen, wer Sutton ermordet hat?«

Leslie zuckte die Achseln.

»Das sollen der Richter und die Geschworenen entscheiden«, erwiderte Leslie. »Glauben Sie denn, man zahlt den Leuten fünfzehntausend Pfund im Jahr für nichts? Die sollen sich auch anstrengen! Soll ich jetzt, obwohl ich doch verhältnismäßig wenig von der Sache weiß, eine Entscheidung fällen, die nur nach langer und eingehender Untersuchung gefällt werden kann?«

Tillman lachte.

»Sie sind wirklich ein kaltblütiger Teufel!«

»Haben Sie nichts zu tun?«, fragte Leslie höflich.

»Doch – sehr wichtige Dinge sogar.«

»Dann möchte ich Sie nicht von Ihrer Arbeit abhalten.«

Tillmans Blick fiel auf Leslies Hand. Quer über die Rückseite lief die rote Narbe der Wunde, die er sich damals bei dem Unglücksfall zugezogen hatte. Aber er sah auch noch etwas anderes dort – einen dünnen, roten Streifen.

»Was haben Sie an Ihrer Hand?«, fragte er.

Leslie sah sich die Hand aufmerksam an, nahm sein Taschentuch und rieb sie ab.

»Das ist ein Streifen Blut – ich habe mich gestoßen. Das jagt Ihnen wohl einen Schauer über den Rücken?«

»Sie waren heute Abend im Club. Man hat Sie gesehen, als Sie aus dem Nebeneingang auf die Straße traten. Haben Sie dort einen Bekannten getroffen?«

Leslie lachte vergnügt.

»Ich möchte nur wissen, warum ich Ihnen diese verdammt neugierigen Fragen beantworten soll. Der einzige Bekannte, den ich dort gesehen habe, war Mr Josua Harras.«

Tillman machte große Augen.

»Harras?«, fragte er dann ungläubig. »Der war im Club?«

»Ja, er war dort.«

»Er war wirklich drinnen, als der Mord passierte?«, fragte Tillman überrascht.

»Das muss ich wohl annehmen – aber diese Nachricht scheint Sie ja sehr zu beunruhigen?«

Einen Augenblick verlor Tillman die Fassung.

»Warum sollte ich mich denn darüber aufregen, dass ein Zeitungsreporter …«

»Aber ich weiß, weshalb Sie so aufgeregt sind, mein Freund«, sagte Leslie gleichgültig, »Sutton hat leider versäumt, sich genauer nach Ihnen zu erkundigen, als er Sie anstellte. Aber ich habe es getan. Ich bin in solchen Dingen verflucht neugierig.«

Tillman hatte sich wieder gefasst.

»Frank Sutton ist tot«, sagte er. »Erst heute hat er geheiratet …«

»Er hat an verschiedenen Tagen geheiratet, aber das gehört nicht hierher. Was wünschen Sie nun? Es wäre besser, wenn Sie jetzt nach Hause gingen. Hier sind Sie mir nur im Weg.«

Bei diesen Worten öffnete er die Tür.

»Das Dienstmädchen sagte, dass Mrs Sutton Ihnen heute Abend nachging, und sie sagte die Wahrheit.«

»Also gute Nacht!«

»Ich hoffe, Sie wiederzusehen«, sagte Tillman verwirrt.

»Ich nicht.«

Seine Schritte waren kaum verhallt, als schon wieder eine Störung kam, Leslie erkannte sofort diese schnellen Schritte, lief zur Tür, riss sie auf, und Beryl fiel ihm in die Arme.

»O John, mein lieber John!«, rief sie atemlos.

»Woher kommst du denn?«

»Von Wimbledon – nein, nicht allein … Onkel Lew wartet draußen im Wagen. Er sagte, dass er heraufkommen würde, wenn du ihn sprechen möchtest.«

»Was, Lew ist draußen im Wagen? Warst du heute Abend im Leopard-Club? Weißt du, was passiert ist?«

»Ja. Ist es wahr, John, dass er tot ist?«

Leslie nickte.

»Ja, Sutton ist erledigt. Es tut mir deinetwegen furchtbar leid.«

Sie nahm all ihre Kräfte zusammen, um eine Frage an ihn zu richten. Er sah, welche Anstrengung es sie kostete, und half ihr.

»Du möchtest mich fragen, wo ich war, als er erschossen wurde?«

Sie nickte.

»Du hast es doch nicht getan … nein, du hast es nicht getan, John … Antworte mir … wer hat ihn ermordet?«

John Leslie sah sie nicht an.

31

»Wer ihn auch immer getötet hat, Frank Sutton verdiente den Tod«, sagte er streng. »Der Galgen wartete auch noch auf den Mörder des armen Larry Graeme. Meine liebe Beryl, es ist mir nicht leicht, dir die Sache zu erklären, und ich möchte dir doch nichts Unwahres sagen. Setz dich, bitte, hin, mein Liebling, du siehst sehr blass aus. Warum bist du denn heute Abend noch von Wimbledon fortgefahren? Man sagte mir, dass du gleich nach mir das Haus verlassen hast!«

»Das stimmt nicht«, sagte sie ungeduldig. »Ich ging in mein Ankleidezimmer und bin unglücklicherweise dort eingeschlafen. Onkel Lew hat mich gesucht, aber er konnte mich nicht finden. Er hatte nicht vermutet, dass ich dir nachgelaufen bin, im Gegenteil, er bildete sich ein, ich hätte alle Gemeinheiten von Frank Sutton erfahren und wäre deshalb von zu Hause fortgelaufen. Als ich dann später aufwachte und zu mir kam, waren alle fort, und ich bin nur ausgefahren, um … um dich zu suchen. Sag mir doch, was du mir eben sagen wolltest …«

»Ich möchte aber doch gern wissen, warum du mich aufsuchen wolltest.« Er saß auf der Lehne des Schreibsessels, in den er sie gesetzt hatte, und hatte seinen Arm um sie gelegt.

»Meine Gedanken waren nicht ganz klar. Ich hatte nur den einen Wunsch, dich wiederzusehen. Deshalb fuhr ich zu deiner Wohnung und dann zur Redaktion des ›Postcourier‹. Und dort vermuteten sie, dass du vielleicht im Leopard-Club sein könntest. So bin ich dorthin gekommen.«

Sie schauderte.

»Meine arme Beryl«, sagte er und zog sie an sich. »Ich wünschte – aber Wünsche nützen im Allgemeinen nicht viel.«

»Aber sage mir doch, dass du es nicht getan hast!« Sie war sehr erregt, »Onkel Lew schwört, dass du unschuldig bist. Du hast ihn doch nicht erschossen – du hättest ihn doch nicht kaltblütig ermorden können, John?«

»Du solltest nicht hier oben sein«, flüsterte er. »Ich werde dich zu Friedman hinunterbringen. Er hätte dir nicht erlauben sollen, heraufzukommen.« Dann sagte er plötzlich zärtlich zu ihr: »Ich liebe dich über alles, Beryl! Wie gerne hätte ich dich vor all diesem bewahrt!«

Aber sie war beharrlich und unnachgiebig.

»Aber du bist dessen nicht fähig. Ich weiß bestimmt, dass du es nicht getan hast! Und wenn du es wirklich getan hast, dann müssen dich ganz entsetzliche Gründe dazu bestimmt haben.«

Er nickte langsam.

»Ja, es waren wirklich schwerwiegende und ganz entsetzliche Gründe … ich möchte jetzt nicht darüber sprechen. Alles, was ich getan habe, war vergebliche Mühe. Ich habe die größten Anstrengungen gemacht, deinen Namen rein zu halten und dir dieses Schreckliche zu ersparen. Und es wäre mir auch geglückt – wenn er dich nicht gerade heute geheiratet hätte.«

Sie machte sich von ihm frei, stand auf und sah ihn hilflos und gebrochen an. Und doch machte sie noch einen letzten Versuch, den Tatsachen mutig entgegenzutreten.

»Ich bin jetzt ganz vernünftig – wirklich. Was willst du nun anfangen? Du solltest keine Minute hier länger warten. Brauchst du Geld?«

»Es ist ganz erstaunlich, wie alle Leute mir Geld geben wollen«, sagte er lächelnd. »Selbst der alte Waldemar.«

»Waldemar?«

»Du kennst ihn nicht – er heißt eigentlich Anerley – ein alter Soldat, den ich in Frankreich kennenlernte«.

»Weiß er, was geschehen ist?«

»Er vermutet etwas. Ich wünschte, Beryl, ich könnte dir alles erzählen«, sagte er in plötzlicher Erregung. »Es ist wirklich schrecklich! Ich bin ein Narr! Und ich versuchte doch, so klug zu sein – ja, er weiß Bescheid ... er glaubt, dass er etwas weiß. Er ist der Portier vom Leopard-Club. Der arme, alte Waldemar!«

»Der arme, alte Waldemar!«, wiederholte sie tonlos und verzweifelt.

»Denke doch endlich an dich selbst!«

»Das tue ich ja.«

Man hörte Schritte auf dem Gang. Sie dachte, dass man ihn bis hierher verfolgt hätte und wurde plötzlich totenblass.

»Ist das nicht die Polizei?«

»Geh schnell in dieses Zimmer.« Er zeigte nach der Tür, durch die Anerley das Büro verlassen hatte. »Geh entweder hinunter zu Onkel Lew oder bleibe ruhig dort.«

Sie eilte lautlos zur Tür, drehte den Schlüssel um und schob den Riegel vor – gerade noch zur rechten Zeit, denn die Türklinke wurde niedergedrückt. Es rüttelte jemand heftig, und eine schrille, hasserfüllte Stimme rief Leslies Namen.

»Das ist Millie Trent«, flüsterte er.

Er beugte sich nieder, küsste sie und zeigte auf die andere Ausgangstür. Dann wartete er noch, bis sie gegangen war und zog dann den Riegel zurück. Millie Trent fiel beinahe in das Zimmer.

Ihr Haar war aufgelöst, ihre Augen erschienen unnatürlich groß in dem totenblassen Gesicht. Sie stand hochaufgerichtet da und zeigte mit dem Finger auf ihn.

»Schuft! Mörder!«, rief sie mit einer Stimme, die sich überschlug.

Sie hatte keinen Mantel an, ihre Bluse war ganz vom Regen durchnässt, und ihre grauseidenen Strümpfe waren mit Schmutz bespritzt.

»Nun?«, sagte er trocken und hart. Seine Kälte raubte ihr die letzte Besinnung.

»Mörder … Verfluchter Hund! Sie haben ihn umgebracht! Vorher haben Sie schon gesagt, dass Sie es tun wollten … Sie haben ihn niedergeschossen, Sie wagten nicht, ihn zu stellen! Aber Sie haben ihn heimtückisch erschossen wie einen Hund!«

»Wie einen tollen Hund«, sagte er fest. »Er war auch nichts Besseres!« Sie wollte wiedersprechen, brach aber in ein furchtbares Schluchzen aus. Dann riss sie ihre Handtasche auf, aber bevor sie schießen konnte, hatte er sie am Handgelenk gepackt, und die Pistole fiel auf die Erde.

»Sie unglaublicher Schuft!«, schrie sie. »Aber Sie werden noch am Galgen dafür hängen! Ich werde Sie verzinken, ich gehe zur Polizei – Barrabal wird Sie schon fassen, ich fürchte mich gar nicht vor Ihnen, Sie schlechter Kerl – ich habe jemand mitgebracht, der Ihren Namen noch in den Schmutz ziehen soll!«

»Seien Sie ruhig und halten Sie den Mund!« Er drückte sie in den Stuhl und einen Augenblick war sie zu erschöpft, um sich erheben zu können. »Was sind Sie nur für eine Frau?«, fragte er schroff. »Sie haben jahrelang mit ihm zusammen gestohlen und Verbrechen begangen, Sie haben ihm bei all seinen Schwindeleien geholfen, Sie haben ihm beigestanden, als er die Herzen junger Mädchen brach und junge, unschuldige Menschen ruinierte, Mrs Sutton!«

»Das lügen Sie – er ist niemals mit ihnen weggegangen – glauben Sie denn, ich hätte das mit angesehen? Mrs, Sutton! Wussten Sie denn, dass wir verheiratet waren?«

Er nickte.

»Ich versuchte, Ihnen das Geständnis heute Morgen abzuringen – ich beleidigte Sie, bis Sie drauf und dran waren, es mir zu gestehen!«

Plötzlich sprang sie auf, lief zur Tür und riss sie auf:

»Ich gehe jetzt zur Polizei und sage, wo man Sie finden kann! Man sucht schon nach Ihnen …«

»Man wird auch nach Ihnen suchen!«, antwortete er.

Sie kam wieder zurück, trat ihm dicht gegenüber und sah ihn an.

»Glauben Sie denn, dass mir was daran liegt, was mit mir jetzt noch geschieht? Sie werden Sie fassen, Leslie! Ich kann schon für mich sorgen, ich brauche keine Hilfe, Sie alter Verbrecher! Zuchthäusler! Gemeiner Hund! Ach, wie ich Sie hasse! Aber ich werde Sie schon kriegen!«

Leslie bückte sich, nahm die Pistole auf und legte sie auf den Tisch. »Ist das der Revolver, mit dem Ihr Herr Gemahl Larry Graeme erschossen hat?«, fragte er ironisch.

»Er hat ihn in Selbstverteidigung getötet!«, fuhr sie ihn wütend an. »Man hat doch auch in Graemes Hand einen Revolver gefunden. Ja, er hat ihn erschossen – er hätte auch Sie niedergeknallt, wenn er das gewusst hätte! Und wenn es mir auch das Leben kosten sollte, ich will Sie an den Galgen bringen, Leslie – Sie haben Frank Sutton kaltgemacht ...«

»Das ist nicht wahr!«

Beryl war leise ins Zimmer getreten und stand plötzlich der wütenden Frau gegenüber.

»Ach, Sie sind bei ihm, das hätte ich ja vermuten können – daran hätte ich doch denken müssen!«

»Ich bin den ganzen Abend mit ihm zusammen gewesen«, sagte Beryl.

»Waren Sie auch im Leopard-Club mit ihm?«, schnaubte Millie Trent, aber bevor Beryl antworten konnte, sprach John Leslie.

»Nein, dort war sie nicht mit mir.«

Millie Trent sah Beryl mit wutverzerrtem Gesicht an.

»Ach, Sie möchten den Namen Ihres Schatzes nicht gern hineinbringen? Aber trösten Sie sich, Sie werden ebenso in den Schmutz gezogen wie er, Beryl Sutton!«

»Es ist schon Schande genug, den Namen zu tragen«, sagte Beryl.

»Für mich war er gut genug«, rief Millie mit einer merkwürdigen Inkonsequenz.

»Warum haben Sie ihn dann nicht geführt?«, fragte Leslie scharf. »Ich will es Ihnen sagen: weil Sie auf jedes schmutzige Verbrechen ausgingen, das Ihnen Geld brachte. Unterbrechen Sie mich nicht! Fast in allen Gefängnissen Englands sitzen Leute, die durch Ihre Verzinkerei dorthin gebracht wurden. Mein Vorgänger in diesem Büro hat fünf Jahre Zuchthaus bekommen, weil er sich etwas zu sehr nach Suttons Geschäften erkundigte. Er wusste nicht, dass er auf eine Anzeige Suttons hin nach Dartmoor kam – er wusste nicht, dass Sutton der ›Zinker‹ war und dass Sie, Millie Trent, ihn denunziert haben. Wenn Sutton zehnmal ermordet wäre, dann hätte er noch lange nicht für all das Elend gebüßt, für das er verantwortlich war.«

»Aber Sie gemeiner Kerl haben ihn ermordet!«, schrie sie wieder auf-
schluchzend. »Das ist alles, was mich angeht! Sie sollen dafür büßen!«

»Zeigen Sie mich doch ruhig an«, sagte er plötzlich. »Gehen Sie doch
auf die Straße und holen Sie einen Polizisten!« Er schlug die Tür hinter ihr zu und wandte sich an Beryl.

»Bist du denn von Sinnen?«, fragte sie atemlos. »Das kannst du doch
nicht bei klarem Verstand tun! Du hast sie fortgehen lassen – denkst du
denn nicht daran ...«

»Ich möchte nur wissen, wer mit ihr gekommen ist – ich habe so eine
dunkle Idee, dass ich ihn kenne.«

Er öffnete die Tür und schaute den schlecht beleuchteten Gang entlang. Einige Schritte entfernt lehnte Josua Harras an der Wand. Er war
ganz verwirrt und hatte eine zerdrückte Zigarette zwischen den Zähnen.

32

»Treten Sie doch näher, Harras! Haben Sie die nette junge Dame hier-
herbegleitet?«

»Sie hat mich mitgeschleppt«, sagte Harras traurig. »Sie ist wirklich
eine energische Frau, die meisten Frauen leiden an überschüssiger Kraft.«
Plötzlich sah er Beryl und begrüßte sie durch eine Verbeugung. »Ich
fürchte, dass man mich nicht erwartet hat und dass ich störe.«

»Sie kommen meistens unerwartet, Mr Harras«, sagte Leslie, und Josua
lächelte, als ob man ihm ein großes Kompliment gemacht hätte.

»Ich bin überall und nirgends. Die arme Frau«, fügte er hinzu, »ich
muss im Moment an diese unglückliche Person denken, die vor ein paar
Sekunden diesen Raum verlassen hat.«

Er schaute an seinem regennassen Mantel herunter und schien sich an
dem Anblick zu erfreuen.

»Es ist doch eine merkwürdige Tatsache, dass interessante Morde gewöhnlich in regnerischen Nächten begangen werden, wenn man eine
Droschke weder um Geld noch gute Worte haben kann. Ich kann mich
genau besinnen, dass in einer solchen Nacht Crippen seine Frau ermordete und sie in einem Kohlenkeller einscharrte.« Er lächelte gut-

mütig. »Es war wirklich ein ganz amüsanter Fall – in mancher Beziehung. Nebenbei bemerkt hat man den Club geschlossen.«

»Wie – den Leopard-Club?«

Harras nickte.

»Das war ein unnötiger und willkürlicher Akt der Polizei. Glücklicherweise hat man die Bar zuletzt geschlossen. Aber das hatte auch seinen guten Grund. Denn ich stand dort mit dem Inspector, der die ganze Sache unter sich hatte. Wirklich ein netter Wunsch, aber es ist schade, er trinkt nur Limonade und Sodawasser. Ja, es ist ein glücklicher Zufall gewesen, dass ich Augenzeuge von dieser – wie soll ich gleich sagen – von dieser Tragödie war.«

John Leslie trat einen Schritt zurück, und Beryl glaubte, dass er erbleichte.

»Ja, ich war Augenzeuge und war auch wieder nicht Augenzeuge«, sagte Josua und fixierte Leslie scharf. »Ich sah nur, wie jemand einen Schuss abfeuerte, und doch will ich nicht schwören, dass ich die Person, die schoss, erkannt habe. Denken Sie doch mal, jemand hätte ihn erkannt, und man würde ihm den Prozess wegen Mordes machen! Was hat das für juristische Konsequenzen? Ich bin kein Rechtsgelehrter, aber ich frage Sie, was passiert, wenn jemand in Selbstverteidigung einen andern tötet? Miss Trent hat mich darüber den ganzen Weg über ausgefragt. Ich glaube aber, sie versuchte nur, die Ermordung Larry Graemes zu entschuldigen. Aber solche Fragen können Zeitungsleute eben nicht entscheiden.«

»Ich möchte Sie etwas fragen, Harras – werden Sie den Namen Miss Stedmans in Ihrem Bericht erwähnen?«

»Es ist unmöglich, ihn zu verschweigen – nach allem, was geschehen ist!«

»Aber die Sache kann doch mit ihrer Verheiratung enden, soweit Sie in Frage kommen?«

Josua nickte.

»In meinem Bericht jedenfalls, Mr Leslie. Aber nun ist noch die viel schwierigere Frage da, wie wird der Polizeibericht aussehen?«

Es trat eine Pause ein.

»Tillman hat Sie gesehen!«, sagte Leslie.

»Tillman!« Josua Harras' Stimme war schrill. »War Tillman dort?«

»Er war vor dem Leopard-Club und hat Miss Stedman dort gesehen.«

»Wie – er war draußen und hat Miss Stedman dort gesehen – das ist sehr unangenehm – aber sind Sie auch sicher, dass er nur draußen war? Sie selbst haben ihn doch nicht etwa gesehen oder sogar gesprochen?«, fragte er eifrig.

Leslie konnte ihn darüber beruhigen.

»Gott sei Dank.«

Plötzlich drehte sich Leslie unvermittelt zu Beryl um und sagte energisch, fast grob:

»Komm jetzt mit mir zum Wagen herunter und fahr nach Hause nach Wimbledon«.

»Aber ...«, begann sie.

»Ich muss darauf bestehen, ich muss allein sein, nachdem ich dich nach Wimbledon gebracht habe. Ich muss alles überdenken, und ich möchte Mr Harras diese Nacht noch einmal sprechen. Außerdem muss ich noch Mr Tillman sehen«, setzte er grimmig hinzu. »Ich habe den Eindruck, dass Tillman recht unangenehm werden kann.«

»Er ist ein außerordentlich liebenswürdiger Mensch«, unterbrach ihn Josua. »Das heißt, das sage ich nicht von ihm in seiner beruflichen Eigenschaft, sondern nur als Privatmann. Aber ich glaube, Sie werden sich schon mit ihm verständigen können.«

»Wir wollen sehen«, antwortete Leslie.

Als sie hinunterkamen, fanden sie Lew Friedman in einer Ecke des Wagens zusammengekauert. Er begrüßte Leslie nur kurz und sprach kaum ein Wort während der ganzen Rückfahrt. Auch mit Beryl sprach er nicht, er hielt nur ihre Hand in der seinen. Leslie versuchte eine Unterhaltung in Gang zu bringen, aber es gelang ihm nicht.

Er war herzlich froh, als sie in Hillford ankamen.

In der Atmosphäre seines eigenen Heims wurde Friedman wieder natürlicher. Die Ereignisse der Nacht hatten ihn furchtbar mitgenommen, und zum ersten Mal bemerkte Beryl, wie alt er aussah.

»Kommst du noch zur Bibliothek oder gehst du schlafen?«

Sie schüttelte den Kopf.

»Ich habe ja schon im Voraus geschlafen, Onkel Lew«, sagte sie ruhig. »Und ich weiß wirklich nicht, ob es besser gewesen wäre, wenn ich es nicht getan hätte.«

»Gott sei Dank, dass du geschlafen hast«, erwiderte Onkel Lew heiser. Er öffnete die Tür der Bibliothek, und sie gingen alle hinein.

Bis Robert mit dem Tee erschien, wurde nicht gesprochen, Onkel Lew goss sich reichlich Kognak in seinen Tee und trank ihn in einem Zug aus.

»Das hat gut getan«, sagte er, als er sich wieder in seinem alten Lehnstuhl niederließ und seine zitternden, erfrorenen Hände an den Kamin hielt. »Großer Gott, was war das für eine Nacht!«

»Wissen Sie, Friedman …?«

»Sie meinen über Sutton – ja, ich weiß alles.« Er drehte sich plötzlich zu Leslie um. »Haben Sie es ihr erzählt?«

»Ich sagte ihr, dass Sutton tot ist.«

»Haben Sie ihr auch gesagt, dass er … was er war?«

»Nein«, entgegnete Leslie und sah ihn erstaunt an. »Was war er denn? Ich verstehe nicht, was das heißen soll.«

»Er war der ›Zinker‹«, sagte Lew hart, »ja, er war noch gemeiner. Beryl, mein Liebling, du erinnerst dich, dass wir eines Abends von einem Mann redeten, gerade hier in der Bibliothek, der sich ein Vergnügen aus der Bigamie machte?«

Sie nickte.

»Ja, ich entsinne mich gut – du sagtest damals, dass Raub noch eine anständige Sache im Vergleich dazu sei, und ich wunderte mich darüber. Dann erzähltest du uns von diesem schrecklichen Menschen – ach, es war doch nicht …«

»Frank Sutton«, sagte Onkel Lew. »Als ich das erfuhr, dachte ich, ich verliere den Verstand!«

»Woher wissen Sie denn das, Friedman?«, fragte Leslie. Schon den ganzen Abend war er begierig, zu erfahren, wie Friedman zu dieser Kenntnis gekommen war.

»Ich hörte heute Stimmen im Wohnzimmer – und um die Wahrheit zu sagen, ich war wegen gewisser Dinge argwöhnisch geworden, die ich zwischen Sutton und Millie Trent beobachtet hatte. Ich hörte, wie sie beide zusammen sprachen und vermutete, dass sie miteinander stritten. Ich war ein wenig bestürzt. Unter gewöhnlichen Umständen hätte ich natürlich niemals gelauscht. Aber da dein Glück auf dem Spiel stand, Beryl ...« Er nahm ihre Hand in die seine und drückte sie, dass es sie schmerzte. »Ich dachte nur an dein Glück und an deine Zukunft und an nichts anderes. Ich musste herausbringen, in welchem Verhältnis er zu dieser Frau stand. Ich öffnete die Tür ein wenig – dann hörte ich die ganze schreckliche Geschichte! Da wurde mir klar, dass ich meinen Liebling mit dem ›Zinker‹ verheiratet hatte, einem Verbrecher, einem Hehler und einem Menschen, der noch Schlimmeres verbrochen hatte. Und es wurde mir zur Gewissheit, dass er schon verheiratet war – seine anderen Bräute hatte er immer vor der Kirchentür verlassen.«

Seine Stimme überschlug sich beinahe.

»Dann begriff ich, dass er dich nicht verlassen wollte. Wie ich das hörte, wurde ich rasend, und es ist mir jetzt noch ein Wunder, dass ich nicht gleich hineinging und ihn erwürgte. Ich wünsche jetzt, ich hätte es getan. Aber der Gedanke an dich, die du oben im Zimmer warst und das Schreckliche noch nicht wusstest, hielt mich davon ab und brachte mich zur Vernunft. Ich ging nach oben, um dich zu sehen und es dir zu sagen. Nicht nur deshalb, sondern auch weil ich bei dir Trost suchen wollte. Du weißt, dass ich zu dir kam und du mich beruhigen konntest, wenn ich früher diese Anfälle von Jähzorn hatte. In deinem Zimmer fand ich dich nicht. Wäre ich nun bei Verstand gewesen, hätte ich an die Tür deines Ankleidezimmers geklopft. Aber plötzlich kam mir der verrückte Gedanke, dass du alles von Sutton erfahren hättest, und ich lief fort, ging in mein Zimmer und zog mich um, denn ich trug noch meinen Gesellschaftsanzug. Und einen Augenblick lang vergaß ich in meiner Sorge um dich alles über Sutton. Als ich nach unten kam, hatte er das Haus verlassen, aber ich wusste, wo ich ihn treffen würde. Ich dachte nicht daran, nach dem Büro zu fahren. Hätte ich das getan, so hätte ich ihn dort gefunden. So fuhr ich denn woanders hin.«

Jetzt wurde ihr manches klar. Sie erhob sich und sah ihn entsetzt an. Ihre Augen waren starr vor Schrecken.

»Warst du im Leopard-Club?«, fragte sie.

Er nickte.

»Ja, dorthin ging ich. Ich kenne Anerley. Ich habe ihm einmal geholfen, als es ihm nicht gut ging. Er ist ein alter Soldat, den ich während des Krieges unten in Südafrika getroffen habe. Ich war schon lange nicht mehr im Leopard-Club gewesen, aber heute Abend ging ich hin.«

»Dann waren Sie also der Schläfer in Nr. 4?«, fragte Leslie lächelnd.

Lew nickte.

»Ich hatte nur die eine Absicht, mit Frank Sutton abzurechnen. Niemand außer Anerley hatte mich gesehen, als ich in den Club kam. Sein Sohn war bei meiner Ankunft nicht da. Anerley war sehr erstaunt, mich zu sehen. Ich sagte ihm, dass ich mich nicht wohl fühle und schlafen möchte, und dass er niemand etwas von meiner Anwesenheit mitteilen solle. Zufällig bekam ich gerade ein Zimmer, das neben dem Sitzungssaal lag, den Sutton mietete. Ich hörte, wie Frank kam, und da ich an der dünnen Tapetenwand lauschte, wusste ich auch um das Gespräch, das er am Telefon führte. Ich öffnete die Tür, er sah mich, sprang auf, wollte seinen Revolver ziehen, und ich feuerte.«

»Du hast ihn getötet – das warst du – du?« Sie sah ihn mit weit aufgerissenen Augen an. »Du?«, flüsterte sie wieder. »Du hast ihn getötet, Onkel Lew?«

Er nickte langsam, und sein Kopf sank auf seine Brust.

»Ja, ich habe es getan, und es tut mir nicht leid. Ich werde deshalb vor Gericht stehen. Wenn jemals ein Mann den Tod verdiente, so war es Frank Sutton!«

Sie sah Leslie an.

»Du wusstest es schon die ganze Zeit?«

»Ja, er wusste es«, sagte Onkel Lew. »Gerade im Augenblick, als ich abdrückte, fühlte ich, wie jemand mir auf den Arm schlug. Ich drehte mich um – und sah Leslie. Er nahm mir die Pistole aus der Hand und brachte mich schnell zu einer kleinen Treppe, die ins Freie führt, und die die Kellner sonst benützen. Niemand hat mich gesehen. Als ich nach unten kam, musste ich die Tür, die zur Straße führt, aufriegeln. Nur Anerley selbst öffnet und schließt sie.«

»Oh, Onkel Lew!« Sie kniete an seiner Seite, nahm seine große Hand in die ihre und ihr Kopf ruhte an seinem Arm. Sie schluchzte und lachte wie jemand, der von Sinnen ist.

Es dauerte lange, bevor die beiden sie beruhigen konnten. Dann entfernte sich Leslie.

»Er will Tillman aufsuchen«, erklärte ihr Lew.

»Tillman? Wer ist denn das? Was ist er denn?«

Aber diese Frage konnte ihr Onkel Lew nicht beantworten. Er hatte noch eine schwere Pflicht zu erfüllen. Er wartete, bis der Arzt, den er rief, gekommen war, und nachdem er ihn wieder bis zur Haustür begleitet hatte, schickte er nach seinem Chauffeur.

»Sie sollen mich zum Polizeirevier Bow Street bringen«, sagte er. »Ich komme nicht wieder her. Sie fahren dann wieder nach Wimbledon zurück und halten sich zu Miss Beryls Verfügung.«

Er ordnete noch eine halbe Stunde lang seine Angelegenheiten, dann bestieg er den Wagen und fuhr im schnellsten Tempo zur Stadt. Kaum war er fort, als das Telefon heftig läutete.

Die Uhren der Stadt schlugen halb zwei, als sein Auto vor dem düsteren Portal des Polizeireviers hielt. Lew Friedman stand noch eine Weile im Regen, um seinem Chauffeur die letzten Anweisungen zu geben.

»Warten Sie nicht«, sagte er noch einmal grimmig. »Es wird vielleicht sehr lange dauern, bevor Sie mich wieder abholen, Johns. Sehen Sie morgen früh zu Captain Leslie und besprechen Sie sich mit ihm. Dann können Sie sich entscheiden, ob Sie in meinen Diensten bleiben wollen oder nicht.«

Er blieb stehen, bis der Wagen verschwunden war. Dann stieg er festen Schrittes die vier Stufen hinaus und ging zu dem Wachtmann an der Tür.

»Ich möchte den diensttuenden Inspector sprechen«, sagte er, und der Beamte führte ihn in das hell erleuchtete Zimmer.

»Mein Name ist Lewis Friedman«, sagte er.

»Ach, ich kenne Sie sehr gut, Mr Friedman«, lächelte der Inspector. »Was kann ich für Sie tun? Haben Sie irgendetwas verloren?«

»Nein, ich bin gekommen, um mich der Polizei zu stellen, weil ich einen Mord begangen habe«, sagte Lew Friedman ruhig. »Ich habe ungefähr um 9:30 auf einen Mann geschossen und ihn getötet, der unter dem Namen Frank Sutton bekannt ist, bekannter wahrscheinlich unter dem Namen ›Der Zinker‹. Ich habe ihn im Leopard-Club getötet.«

Ein anwesender Detective Inspector sah ihn verwundert an.

»Sie sind unschuldig«, sagte er dann und lachte plötzlich. »Ich fürchte, Mr Friedman, Sie haben auf den roten Wein gesehen, der im Zimmer verschüttet war, und ihn für Blut gehalten.«

»Aber ich erkläre noch einmal, dass ich ihn ermordet habe!«

Der Inspector schüttelte den Kopf.

»Und ich versichere Sie, dass Sie sich irren – ich komme eben vom Middlesex-Hospital, wo Sutton liegt, der eigentlich Stahl heißt. Er ist nicht einmal verwundet worden.«

Lew wollte seinen Ohren nicht trauen und hielt die Hand an die Stirn. Sutton lebte noch?

»Träume ich denn?«, fragte er heiser. »Aber wenn ich doch nicht ... auf ihn geschossen habe ... warum liegt er denn im Hospital?«

»Er liegt dort, weil er nach seiner eigenen Aussage einen für eine Freundin vorgesehenen Schlaftrunk aus Versehen selbst erwischte. Mit anderen Worten, er liegt dort an Rauschvergiftung. Und wenn die Aussagen seiner Freundin wahr sind, dann wird er in sechs Wochen wahrscheinlich am Galgen hängen.«

33

Mr Field hätte eigentlich sein Büro um sechs Uhr abends verlassen sollen. Zeitungsleute können sich aber niemals an festgesetzte Zeiten binden, sie werden häufig durch dringende Umstände, die nun einmal ihr Beruf mit sich bringt, stundenlang zurückgehalten, wenn sie schon längst nach Hause in den Schoß ihrer Familie zurückgekehrt sein sollten. Aber Redakteure machen eine Ausnahme. Sie können immer ihren bestimmten Zug nach Hause nehmen, sie gehen unbekümmert, pünktlich nach der Uhr, selbst während eines Erdbebens, heim.

Es war aber schon drei Uhr morgens, und Mr Field saß immer noch in Hemdsärmeln an seinem Schreibtisch, die Zigarre zwischen den Zähnen. Hinter der Brille glänzten seine Augen zufrieden, obgleich er entsetzlich müde war.

Vor ihm lag eine Nummer des »Journal«, noch feucht von der Presse. Wie es ihm gelungen war, so schnell einen Abzug von dem Konkurrenzblatt zu bekommen, war sein Geheimnis und das seines Vertrauensmannes. Ihm gegenüber, in dem heiligen Redakteurssessel, saß Josua

Harras, vor dem ein Pergamentpapier mit Schinkenbrötchen lag. Ein großes Glas Bier stand daneben.

»Das sind wunderbare Erlebnisse im Leben eines Mannes«, sagte Field, der um diese frühe Morgenstunde philosophische Anwandlungen hatte. »Sie bekommen zum Beispiel von einer jungen Dame die erste verstohlene Aufmunterung ...«

»Das ist mir niemals passiert«, protestierte Josua, mit vollem Mund.

»Aber ich spreche doch nicht von Ihnen, sondern von ansehnlicheren Leuten. Und dann möchte ich die Freude damit vergleichen, die ein Krieger empfindet, wenn er seinen Feind besiegt hat.« Mr Field nahm einen Schluck aus seinem Glas, »Aber alles das lässt sich nicht vergleichen mit der Genugtuung, die man empfindet, wenn man die Zeitung von gegenüber liest.«

»Sie meinen um die Ecke«, sagte Harras, der nun einmal für absolute Genauigkeit war.

»Oder meinetwegen um die Ecke – und wir haben sie geschlagen.«

»Ich habe sie geschlagen«, brummte Harras.

»Sie sind einer aus dem großen Heerhaufen in diesem Augenblick. Wenn ich Sie nicht angestachelt und durch Beleidigungen aufgehetzt hätte – denn von Natur aus sind Sie so furchtbar träge –, dann hätten Sie die Reportage nie bekommen. Aber das muss ich anerkennen, Harras, Sie haben die ganze Sache schneller aufgegriffen als irgendein anderer Mann im ganzen Zeitungsviertel. Diese Kerle ...«, dabei zeigte er auf die harmlose Nummer des »Journal«, »haben ihren besten Mann seit Wochen auf die Geschichte gehetzt. Sie haben aber unter seiner Nase nur ein wenig umhergeschnüffelt und haben ihm vollständig das Lebenslicht ausgeblasen. Und der allergrößte ...«, er hielt einen Augenblick ein, um ein Wort zu suchen.

»Triumph ...«, vollendete Josua.

»Verdienst wollte ich sagen, ist Ihre Entdeckung, dass der ›Zinker‹ noch am Leben war. Das war Ihr Meisterstück!«

»Beweis höchster Genialität!«, sagte Josua.

Das Tischtelefon summte, und Field nahm lässig den Hörer ab.

»Ich interessiere mich jetzt nicht dafür«, sagte er. »Ich will schlafen.«

Der Portier unten hatte angerufen. Field grinste vergnügt, als er weiter zuhörte.

»Na gut, lassen Sie ihn heraufkommen«.

Er hängte ein und sah Harras an.

»Einer Ihrer Freunde möchte Ihnen gratulieren.«

Mr Harras interessierte sich nicht besonders für die Gratulationen seiner Freunde. Aber er ahnte doch etwas von der Bedeutung dieses Besuchs. Und als sich die Pendeltür öffnete und »Tillman« eintrat, huschte ein breites Grinsen über sein mageres Gesicht. Er erhob sich, um seinen großen Konkurrenten zu begrüßen, denn Arthur Tillman Johns vom »Journal« wurde seit vielen Jahren für den größten Kriminalberichterstatter im Londoner Zeitungsviertel angesehen.

»Ich nehme vor Ihnen meinen Hut ganz tief ab, Sie alter Spürhund«, sagte er und drückte Josuas Hände. »Ich habe gerade einen von Ihren ersten Abzügen gestohlen.«

Field versuchte vergeblich, die Nummer des »Journal« unter den Tisch verschwinden zu lassen.

»Seien wir ruhig, Sie sind nicht der einzige korrupte Einfluss hier im Zeitungsviertel, Field – aber Ihre Reportage ist ganz großartig. Harras – wunderbar! Wir werden noch eine zweite Ausgabe machen und dort so viel wie möglich von Ihnen abdrucken. Aber Sie waren der Erste im ganzen Lande, was nicht gerade sehr gut für den Ruf des ›Journal‹ ist. Nebenbei bemerkt, haben Sie eigentlich unseren Freund Leslie gesehen?«

Mr Harras sah auf die Uhr.

»Er hat mir fest versprochen, noch hierherzukommen, um mich zu sprechen, bevor er nach Hause geht. Deswegen bin ich überhaupt noch hier. Wunderbarer Kerl! Er hat doch die Stellung bei dem ›Zinker‹ nur deshalb bekommen, weil er sich als früherer Sträfling ausgab – Sutton wollte bloß Verbrecher um sich haben – deshalb engagierte er doch auch Leslie. Scotland Yard hat aber seine Gefängnispapiere gefälscht.«

»Aber warum hat ihn denn dieser verrückte Sergeant von Bow Street nicht erkannt?«, fragte Tillman Johns.

»Wer kennt ihn denn überhaupt? Als er verhaftet wurde und dem Inspector mitteilte, wer er war, kam Elford von Scotland Yard und ließ ihn frei.«

»Wer ist er denn eigentlich?«, begann Tillman Johns.

In diesem Augenblick trat Leslie unerwartet ein. Es gehörte zu seiner Art, an Portiers und Torwärtern vorbeizukommen, ohne sie um ihre Erlaubnis zu fragen. Als er eintrat, reichte er Harras die Hand.

»Meine herzlichste Gratulation – der Artikel liest sich so, als ob er vollständig wahr wäre, obgleich er der Wahrheit nicht ganz entspricht!« Josua strahlte, dann wandte er sich an Field.

»Mr Field, darf ich Ihnen Chief Inspector Barrabal von Scotland Yard vorstellen?«

Die beiden Männer drückten sich die Hände über den Schreibtisch des Redakteurs hinweg.

»Sehr erfreut«, sagte Field.

»Ganz meinerseits«, erwiderte John Leslie Barrabal.

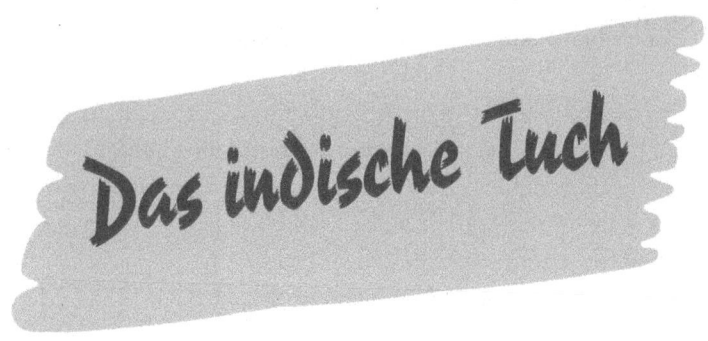

Das indische Tuch

1

Ein amerikanischer Diener ist an sich ein Widerspruch. Selbst Brooks gab das dem Butler Kelver gegenüber zu, obwohl er dadurch seine eigene Existenzberechtigung verneinte. Seine große, kräftige Gestalt kam in der schmucken Livree gut zur Geltung; sein Haar war grau und dünn. Aus seiner Westentasche schaute stets ein angebrochenes Paket Kaugummi hervor.

Auch sein Kollege Gilder passte nicht zu dem Haushalt des Schlosses Marks Priory. Die beiden waren für ihren Beruf nicht besonders begabt und lernten anscheinend auch nichts dazu. Trotzdem waren sie nette Leute und benahmen sich den anderen Dienstboten gegenüber immer sehr höflich.

Man hatte sie im Allgemeinen gern, wenn man Gilder auch ein wenig fürchtete. Seine hagere Erscheinung mit dem eingefallenen, durchfurchten Gesicht wirkte etwas düster, außerdem besaß er unheimliche Körperkräfte.

John Tilling, einer der Parkwächter, bekam das zu spüren. Auch er war groß und stattlich, aber rotblond und von jähzornigem Temperament. Wilde Eifersucht beherrschte ihn, denn seine hübsche junge Frau ging gern ihre eigenen Wege.

Mrs Tilling hatte zum Beispiel einen Pferdeknecht aus dem Dorf kennengelernt, der ein rotes, grobes Gesicht hatte, nach Stall und Bier roch und sie auf seine plumpe Art liebte. Aber in ihrer Fantasie wurde er zu einem verwunschenen Prinzen und sie zu einer befreiten Prinzessin.

Das war jedoch ein alter Skandal. Später entwickelte sie größeren Ehrgeiz und ließ sich mit höhergestellten Leuten ein; allerdings wusste ihr Mann nichts von alledem.

Eines Nachmittags hielt er Gilder an, der gerade von dem alten Klosterfeld herüberkam.

»Entschuldigen Sie!«, sagte Tilling höflich, aber mit einem drohenden Unterton in seiner Stimme. »Sie sind in letzter Zeit einige Male in meinem Haus gewesen, während ich unterwegs in Horseham war.«

Er fragte nicht, er stellte eine Tatsache fest.

»Gewiss«, erwiderte der Amerikaner langsam. »Mylady gab mir den Auftrag, wegen der letzten Eiersendung nachzufragen, die ihr in Rechnung gestellt wurde. Sie waren damals nicht zu Hause, deshalb kam ich am nächsten Tag noch einmal.«

»Und da war ich wieder nicht da«, entgegnete Tilling, dessen Gesicht sich rötete.

Gilder sah ihn nur lächelnd an. Er ahnte nichts von den Liebesabenteuern der Mrs Tilling, denn der Dorfklatsch interessierte ihn nicht.

»Das stimmt. Sie waren irgendwo im Wald.«

»Aber meine Frau haben Sie getroffen und mit ihr Tee getrunken!«

Gilder wurde ärgerlich. Er lächelte jetzt nicht mehr, und sein Blick wurde hart.

»Worauf wollen Sie hinaus?«

Plötzlich packte ihn der Parkwächter am Rock.

»Bleiben Sie von meinem Haus fort ...«

Weiter kam Tilling nicht, denn der amerikanische Diener nahm ihn behutsam am Handgelenk, drehte seine Hand und machte sich frei.

Wäre Tilling ein schwaches Kind gewesen, so hätte er nicht weniger Widerstand leisten können.

»Tun Sie das nicht wieder. Ja, ich habe Ihre Frau gesehen und habe auch Tee mit ihr getrunken. Für Sie mag sie eine schöne Frau sein, aber für mich besteht sie nur aus zwei hübschen Augen und einer Nase. Merken Sie sich das!«

Er bog Tillings Unterarm mit einem Jiu-Jitsu-Griff leicht nach hinten.

Der Parkwächter taumelte zurück, und es machte ihm große Mühe, sich auf den Beinen zu halten. Er war ein langsam denkender Mann, den unmöglich zwei Gemütsbewegungen zu gleicher Zeit beherrschen konnten. Deshalb zeigte er sich in diesem Augenblick nur erstaunt.

»Sie kennen Ihre Frau besser als ich«, erklärte Gilder, während er sich zu seiner vollen Größe aufrichtete. »Vielleicht beurteilen Sie ihren Charakter richtig, aber wenn Sie Verdacht auf mich haben, dann täuschen Sie sich gewaltig.«

Als er nach einer Besorgung beim Apotheker vom Dorf zurückkam, fand er Tilling beinahe an derselben Stelle, an der er ihn vorher verlassen hatte.

Der Parkwächter war nicht mehr aufsässig und machte Gilder keine weiteren Vorwürfe, in gewisser Weise versuchte er sogar, sich bei dem Amerikaner zu entschuldigen. Man sagte Gilder nach, dass er Einfluss auf die Schlossherrin hätte.

»Es wäre mir lieb, Mr Gilder, wenn Sie die Geschichte vergessen wollten. Ich habe eine kleine Auseinandersetzung mit meiner Frau gehabt und bin sehr aufgeregt. Es kommen so viele Leute in mein Haus, aber ich glaube, dass Sie als verheirateter Mann …«

»Das stimmt schon wieder nicht. Ich bin nicht verheiratet, aber ich bin häuslich veranlagt. Und jetzt wollen wir nicht mehr über die Sache reden.«

Später erzählte er Brooks den Vorfall, und der korpulente Mann hörte ruhig zu, während er seinen Kaugummi bearbeitete.

»Haben Sie schon einmal von Messalina gehört, Gilder?«, fragte er dann. »Sie war eine Italienerin, die Frau von Julius Cäsar oder so einem ähnlichen Kerl.«

Brooks las viel, und er hatte auch ein Gedächtnis für Namen.

2

Der Herrensitz Marks Priory war schon zur Zeit der Sachsen gegründet worden, und der Westturm hatte ein hohes Alter. Die anderen Teile des Gebäudes stammten aus den verschiedensten Zeiten. Lord Willie Lebanon, der Herr von Marks Priory, ärgerte sich über das Haus, obwohl ihn der Aufenthalt hier in gewisser Weise beruhigte. Dr. Amersham hielt es für ein Gefängnis, in dem er eine unangenehme Pflicht zu erfüllen hatte, und nur Lady Lebanon sah darin den Stammsitz ihres uralten Geschlechts.

Lady Lebanon war schlank und nicht allzu groß, aber ihre tadellose Figur wirkte weder klein noch unbedeutend. Das reiche, schwarze Haar, das dem fein geschnittenen Gesicht einen reizvollen Rahmen gab, trug sie in der Mitte gescheitelt. Von Zeit zu Zeit leuchteten ihre dunklen Augen auf und verrieten einen fanatischen Charakter, obwohl sie sonst in ihrem Wesen fest, kühl und klar war. Immer schien sie sich bewusst zu sein, dass sie als Aristokratin die Pflicht hatte, zu repräsentieren; der Geist der neuen Zeit hatte sie nicht berührt. Sie hatte einen Vetter geheiratet und war erfüllt von der Bedeutung des alten Geschlechts der Lebanon.

Ihr Sohn Willie fand wenig Freude an dem Leben, das er auf Marks Priory führen musste, und langweilte sich. Obwohl er verhältnismäßig schwächlich war, hatte er mit Erfolg die Militärakademie in Sandhurst besucht. Darauf tat er als Leutnant zwei Jahre Dienst in Indien, was einen sehr guten Einfluss auf seinen Gesundheitszustand hatte. Schließlich bekam er jedoch einen schweren Fieberanfall und wurde dadurch etwas nervös und unruhig. Lady Lebanon erzählte das ihren Gästen, wenn sie sich überhaupt zu einer Erklärung herbeiließ. Unvoreingenommene Beobachter hätten vielleicht einen anderen Grund für die Nervosität des Lords finden können.

Langsam stieg er eben die große Wendeltreppe in dem runden Turm von Marks Priory hinunter, die in die große Halle führte. Er war fest entschlossen, endlich mit seiner Mutter ins Reine zu kommen. Schon oft hatte er diesen Entschluss gefasst, aber bisher niemals den Mut und die Energie aufgebracht, seine Absicht tatsächlich auszuführen.

Sie saß gerade an ihrem Schreibtisch und las ihre Briefe. Als er in die Halle trat, sah sie ihn lange und durchdringend an und brachte ihn allein dadurch schon in Verlegenheit.

»Guten Morgen, Willie.«

Ihre Stimme klang angenehm, aber es lag eine gewisse Härte darin, die auf den jungen Lord einen unangenehmen Eindruck machte.

»Kann ich einmal mit dir sprechen?«, fragte er schließlich.

Er versuchte, sich zu vergegenwärtigen, was er ihr sagen wollte. Er war das Haupt der Familie ... er war der Herr von Marks Priory in der Grafschaft Sussex ... er hatte zu befehlen und anzuordnen!

»Ja, was wünschst du, Willie?«

Sie lehnte sich in ihren Sessel zurück und faltete die schön geformten Hände.

»Ich habe Gilder entlassen«, erwiderte er unsicher. »Er benimmt sich geradezu unverschämt ... es ist überhaupt lächerlich, dass man Amerikaner im Schloss duldet, die nicht wissen, wie sie sich zu betragen haben. Es gibt doch genug englische Dienstboten, die du engagieren könntest. Brooks ist mindestens ebenso schlimm ...«

Hier ging ihm der Atem aus, aber sie wartete geduldig. Wenn sie doch nur etwas gesagt hätte oder ärgerlich geworden wäre! Er war doch tatsächlich Herr im Haus! Unglaublich, dass er nicht einmal einen Dienstboten entlassen konnte, wenn er wollte. Er hatte doch eine ganze Schwadron kommandiert, allerdings nur in Vertretung des Rittmeisters, der auf Urlaub war. Aber der Regimentskommandeur hatte lobend anerkannt, dass Willie trotz seiner Jugend seine Aufgabe ausgezeichnet durchgeführt hatte und mit den Leuten fertig geworden war.

Der junge Lord räusperte sich.

»Es macht mich doch vor den Leuten lächerlich«, fuhr er fort. »Ich meine, die Lage, in der ich mich hier befinde. Im Wirtshaus reden die Bauern darüber, und man hat mir gesagt, dass im Dorf alle darüber sprechen.«

»Wer hat dir das gesagt?«

Seine Mutter sprach sehr energisch, und bei dem metallischen Klang ihrer Stimme fuhr er erschrocken zusammen.

»Nun, die Leute erzählen, dass ich mich wie ein kleiner Junge benehme, der immer an der Schürze seiner Mutter hängt, und so weiter.«

»Wer hat das gesagt?«, fragte sie wieder. »Etwa Studd?«

Er wurde rot, denn sie hatte das Richtige getroffen. Aber er musste dem Chauffeur gegenüber sein Wort halten und durfte ihn nicht verraten.

»Studd? Um Himmels willen, nein! Ich würde doch dergleichen nicht mit einem Angestellten besprechen. Nein, ich habe es hintenherum gehört, und auf jeden Fall habe ich Gilder entlassen.«

»Es tut mir leid, dass ich ohne Gilder nicht auskommen kann. Außerdem ist es nicht angebracht, dass du einen Dienstboten entlässt, ohne dich vorher mit mir in Verbindung zu setzen.«

Er zog einen Sessel an die andere Seite des Schreibtisches und ließ sich ihr gegenüber nieder. Dann machte er einen energischen Versuch, ihr in die Augen zu schauen, aber er starrte doch nur den silbernen Leuchter an, der etwas seitwärts in gleicher Höhe mit ihrem Kopf stand.

»Allen Leuten ist es aufgefallen, wie sich diese beiden benehmen«, sagte er hartnäckig. »Sie denken gar nicht daran, mich mit Mylord anzureden. Daran liegt mir allerdings auch nicht viel, denn wir leben in einer demokratischen Zeit. Aber sie tun nichts im Haus, sie sind vollkommen unnütz und stehen nur herum. Ich habe doch recht, Mutter!«

Sie lehnte sich etwas vor.

»Du hast unrecht, Willie. Ich brauche die beiden hier, und du hast keine Ursache, voreingenommen gegen sie zu sein, nur weil sie Amerikaner sind.«

»Ich habe keine Vorurteile gegen sie …«

»Bitte, unterbrich mich nicht, wenn ich spreche, mein lieber Junge. Du musst nicht auf die Geschichten hören, die Studd dir erzählt. Er ist ein netter, umgänglicher Mensch, aber ich weiß nicht, ob er der richtige Chauffeur für Marks Priory ist.«

»Du willst ihn doch nicht etwa entlassen?«, protestierte er. »Verdammt noch mal, ich habe drei gute Kammerdiener gehabt, und jedes Mal sagtest du, sie wären nicht die richtigen Leute für mich, obwohl ich sehr gut mit ihnen auskam!« Er nahm allen Mut zusammen. »Ich glaube, dass sie nur Amersham nicht passten!«

Sie warf den Kopf leicht zurück.

»Ich richte mich nie nach Dr. Amershams Ansicht, ich frage ihn nicht um Rat und lasse mich auch nicht durch ihn leiten«, erwiderte sie scharf.

Er gab sich die größte Mühe, ihren Blick auszuhalten.

»Was macht der Doktor überhaupt im Schloss?«, fragte er. »Er lebt hier in Marks Priory, obwohl er mir unausstehlich ist. Wenn ich dir erzählte, was ich alles von ihm gehört habe …«

Er brach plötzlich ab, denn die beiden abgezirkelten, roten Flecke auf ihren Wangen waren ein Sturmsignal, das er nur zu gut kannte.

Zu seiner größten Erleichterung kam Isla Crane in die Halle. Sie hielt einige Briefe in der Hand, als sie aber Mutter und Sohn im Gespräch sah, zögerte sie. Dann wollte sie sich schnell zurückziehen, aber Lady Lebanon rief sie herbei.

Isla war vierundzwanzig Jahre alt. Sie hatte dunkle Haare, dunkle Augen und eine schlanke, anmutige Gestalt.

Willie Lebanon grüßte sie mit einem Lächeln, denn Isla gefiel ihm. Einmal hatte er über sie mit seiner Mutter gesprochen, und zu seinem größten Erstaunen hatte sie ihm keine Vorhaltungen gemacht. Isla war eine entfernte Cousine von ihm und arbeitete als Sekretärin bei Lady Lebanon. Auch auf Dr. Amersham machte sie tiefen Eindruck. Aber davon wusste Lady Lebanon nichts.

Isla legte die Briefe auf den Tisch und war zufrieden, als Mylady sie nicht zurückhielt.

»Findest du nicht, dass sie sehr schön ist?«, fragte Lady Lebanon, als die Sekretärin gegangen war.

Eine sonderbare Frage, denn seine Mutter lobte nur selten andere Menschen. Er glaubte daher, dass sie der Unterhaltung eine andere Wendung geben wollte, und das war ihm nur recht, da sein Mut und seine Energie erschöpft waren.

»Ja, sie ist fabelhaft«, entgegnete er nicht sehr begeistert, war aber gespannt, was sie nun sagen würde.

»Es ist mein Wunsch, dass du sie heiratest«, erklärte sie ganz ruhig.

Er starrte sie an.

»Warum soll ich denn Isla heiraten?«, fragte er bestürzt.

»Sie ist doch ein Mitglied unserer Familie. Ihr Urgroßvater war der jüngere Bruder deines Urgroßvaters.«

»Aber ich will doch gar nicht heiraten …«

»Rede nicht so albern, Willie. Du musst heiraten, und Isla ist in jeder Beziehung eine gute Partie. Geld hat sie zwar nicht, aber darauf kommt es auch nicht an. Sie ist aus guter Familie, das ist die Hauptsache.«

Er sah sie immer noch entsetzt an.

»Heiraten? Ich habe doch nie daran gedacht. Nein, der Gedanke ist mir schrecklich. Sie ist zwar sehr nett, aber …«

»Ich wünsche, dass du deinen eigenen Haushalt führst.«

Er dachte bei sich, dass er das schon längst tun würde, wenn sie ihn nur schalten und walten ließe.

»Wenn die Leute darüber reden, dass du dich an die Schürze deiner Mutter hängst, muss dir dieser Vorschlag doch willkommen sein. Ich möchte nicht deinetwegen mein ganzes Leben hier in Marks Priory verbringen.«

Das war allerdings eine verlockende Aussicht. Willie Lebanon atmete tief auf, dann erhob er sich.

»Natürlich muss ich einmal heiraten, aber es ist furchtbar schwer ...« Er zögerte, bevor er weitersprach. Wie würde sie sein Geständnis aufnehmen? »Ich habe versucht, mich ein wenig mit ihr anzufreunden – ja, ich habe sie vor etwa vier Wochen sogar einmal geküsst, aber sie war entsetzlich widerspenstig!«

»Das war auch nicht recht von dir, sie einfach zu küssen!«

Gilder kam in Sicht, und Willie war froh, dass die Unterhaltung unterbrochen wurde.

Gilders Livree war von einem guten Londoner Schneider angefertigt worden, aber der Amerikaner hatte eine unglückliche Figur.

Lord Lebanon wartete auf die Vorwürfe seiner Mutter, die seiner Erfahrung nach nicht ausbleiben konnten, aber sie sagte nichts über das vernachlässigte Aussehen des Dieners, sie fragte nicht einmal, wie er dazu käme, sie ohne Weiteres zu stören.

»Wünschen Sie etwas, Mylady?«, erkundigte sich Gilder.

Als sie den Kopf schüttelte, verließ er langsam die Halle.

»Wenn du ihn nur gefragt hättest, was, zum Teufel, er eigentlich wollte ...«

»Denke an das, was ich dir über Isla gesagt habe«, unterbrach sie ihn, ohne sich um seinen Protest zu kümmern. »Sie ist entzückend – und sie stammt aus unserer Familie. Ich werde ihr mitteilen, dass ich eine Heirat zwischen euch beiden wünsche!«

Er schaute sie verblüfft an.

»Weiß sie denn noch nichts davon?«

»Und was nun Studd angeht ...«, sie runzelte die Stirn.

»Du wirst ihn doch nicht entlassen? Er ist wirklich ein sehr guter Kerl, und er hat mir auch gar nichts erzählt.«

Später traf Lord Lebanon den Chauffeur in der Garage.

»Ich fürchte, dass ich Ihnen keinen guten Dienst erwiesen habe«, erklärte er schuldbewusst. »Ich sagte heute zu meiner Mutter, dass die Leute über mich klatschen …«

Studd richtete sich grinsend auf.

»Ach, darauf kommt es mir nicht an, Mylord.«

Der etwa fünfunddreißigjährige Mann hatte ein frisches, gesundes Aussehen. Früher war er Soldat gewesen und hatte in Indien gedient.

»Ich gebe die Stellung hier nicht gern auf, aber ich glaube nicht, dass ich noch lange bleiben kann. Gegen Mylady habe ich nichts, sie ist immer sehr höflich und wohlwollend zu mir. Dagegen werden Sie wie ein Sklave von ihr behandelt. Ich gehe nur wegen dieses gemeinen Kerls.«

Lord Lebanon seufzte. Er brauchte nicht erst zu fragen, wer dieser gemeine Kerl wäre.

»Wenn Mylady ebenso viel von ihm wüsste wie ich«, sagte Studd geheimnisvoll, »dann würde sie ihm das Haus verbieten!«

»Was wissen Sie denn?«, erwiderte Lebanon neugierig.

Er hatte diese Frage schon früher gestellt, aber nie eine genaue Antwort darauf erhalten.

»Wenn die Zeit kommt, werde ich auch ein paar Worte zu reden haben. Er war doch in Indien?«

»Selbstverständlich. Er fuhr hin, um mich nach Hause zu bringen, und in früheren Jahren war er drüben Regierungsarzt. Wissen Sie etwas über ihn – ich meine über seine Affären in Indien?«

»Im rechten Augenblick melde ich mich schon und sage, was ich über ihn denke«, erwiderte Studd düster.

Er zeigte auf einen Anbau an der Garage. Dort stand ein neuer Wagen, den Willie noch nie gesehen hatte.

»Die Karre gehört ihm. Wo kriegt er nur das Geld her, dass er sich so einen Wagen anschaffen kann? Der kostet doch ein paar Tausend Pfund. Und als ich den Mann damals kannte, war er pleite. Ich möchte nur wissen, woher er das Geld nimmt.«

Willie Lebanon hatte seiner Mutter schon oft dieselbe Frage vorgelegt, ohne eine Antwort darauf zu erhalten.

Der junge Lord hasste Dr. Amersham; alle Leute mit Ausnahme seiner Mutter und der beiden amerikanischen Diener hassten den kleinen, energischen Herrn, der sich etwas zu auffällig kleidete und zu viel Parfüm gebrauchte. Überall versuchte Dr. Amersham sich Geltung zu verschaffen, und wenn man dem Dorfklatsch trauen konnte, war er auch ein Schürzenjäger. Aus unbekannten Gründen flossen ihm plötzlich reichliche Mittel zu; er besaß eine schöne Wohnung in der Devonshire Street in London, hatte drei Rennpferde und lebte auch sonst auf großem Fuß. Häufig war er in Marks Priory; er kam zu jeder Tageszeit mit seinem Auto von London und brachte dann ein bis zwei Stunden im Herrenhaus zu. Und sobald er erschien, war es, als ob er nur zu befehlen hätte.

Der Arzt stieg die Treppe herunter, auf der er schon einige Zeit gestanden und gelauscht hatte. Eine Sekunde, nachdem Willie gegangen war, kam er näher und zog einen Stuhl an den Schreibtisch, an dem Lady Lebanon saß. Er nahm eine Zigarette aus seinem goldenen Etui und steckte sie an, ohne um Erlaubnis zu fragen.

Dr. Amersham blies einen Rauchring in die Luft und sah Lady Lebanon an.

»Was ist das für eine neue Idee, dass Willie Isla heiraten soll?«

»Sie haben wohl auf der Treppe gelauscht?«

»Ja. Da ich nichts erfahre, muss ich alles selbst herausfinden. Isla soll also den Jungen heiraten?«

»Warum nicht?«, fragte sie scharf.

Seine Augen waren rot und entzündet, und seine Hand zitterte, als er die Zigarette aus dem Mund nahm. Er hatte eine Gesellschaft in seiner Wohnung gegeben und nur wenig geschlafen.

»Haben Sie mich deshalb gerufen? Beinahe wäre ich überhaupt nicht gekommen. Ich hatte eine schlaflose Nacht, ein Patient …«

»Sie haben keinen Patienten gehabt«, erklärte sie ruhig. »Ich bezweifle, dass jemand in London so unvernünftig ist, Sie als Arzt zu nehmen!«

Er lächelte.

»Sie selbst haben mich doch engagiert – das genügt vollkommen. Einen so guten Patienten findet man so bald nicht wieder.«

Er lachte über diesen Scherz, aber Lady Lebanons Gesichtsausdruck blieb starr.

»Ihr Chauffeur ist wirklich nicht viel wert. Der Kerl ist ziemlich unverschämt; er hatte doch die Frechheit, mich zu fragen, warum ich mir nicht meinen eigenen Chauffeur mitbringe! Außerdem steht er auch auf etwas zu vertrautem Fuß mit Willie!«

»Wer hat Ihnen das gesagt?«, fragte sie schnell.

»Das habe ich gehört. Es gibt genug Leute in der Nähe, die mir mitteilen, was hier passiert.« Er lächelte befriedigt, denn er hatte wirklich zwei sehr gute Freunde in Marks Priory; außerdem war da die hübsche Mrs Tilling. Andererseits verehrte die Frau des Parkwächters auch den Chauffeur Studd, was Dr. Amersham zu seinem größten Missvergnügen entdeckt hatte.

»Und was sagt Isla zu der Heirat?«

»Ich habe noch nicht mit ihr gesprochen.«

»Keine schlechte Idee. Merkwürdigerweise ist mir der Gedanke noch nie gekommen. Isla … ja, eine außerordentlich gute Idee.«

Wenn sie über seine Worte erstaunt war, so zeigte sie es jedenfalls nicht.

»Außerdem ist sie eine Blutsverwandte der Lebanons. Ist es nicht schon einmal in der Geschichte der Familie vorgekommen, dass Vetter und Cousine einander unter ähnlichen Umständen geheiratet haben?« Er sah zu den dunklen Bildern auf, die an den hohen Wänden hingen. »Ich habe ein gutes Gedächtnis und kenne die Geschichte der Lebanons fast ebenso gut wie Sie.« Umständlich zog er seine Uhr heraus. »Ich wollte bald wieder zurückfahren nach London …«

»Ich möchte aber, dass Sie bleiben«, erklärte sie kurz.

»Ich habe eine Konferenz heute Nachmittag …«

»Trotzdem bleiben Sie. Ich habe ein Zimmer für Sie richten lassen. Studd muss natürlich entlassen werden; er hat Willie von dem Dorfklatsch erzählt.«

Er richtete sich plötzlich auf. Hatte am Ende Mrs Tilling etwas gesagt? »War es etwas über mich?«, fragte er schnell.

»Was sollten die Leute im Dorf denn über Sie reden?«

Er lachte ein wenig verwirrt.

Sie wusste, dass seine Heiterkeit nur vorgetäuscht war, aber sie machte keine Bemerkung darüber.

Dr. Amersham fügte sich. Er murrte zwar noch etwas, fand aber keine weitere Ausrede.

Er hatte auch gar nicht die Absicht, zur Stadt zurückzukehren; er wollte die Nacht in einem kleinen Haus in der Nähe verbringen, das er sich von einem jungen Londoner Innenarchitekten hatte ausstatten lassen. Dort hatte er eine Verabredung. Aber von alledem ahnte Lady Lebanon natürlich nichts.

»Haben Sie übrigens Studd einmal in Indien getroffen?«, fragte sie unvermittelt, als er sich zum Gehen wandte. »Er hat in Puna gedient.«

Er drehte sich rasch um; sein Gesichtsausdruck hatte sich vollständig verändert.

»In Puna?«, fragte er scharf. »Wann war das?«

»Das weiß ich nicht. Aber er hat anderen Leuten erzählt, dass er Sie dort kannte. Das wäre eine weitere Veranlassung, ihm zu kündigen.«

Dr. Amersham wollte Studd noch aus einem anderen Grund von Marks Priory entfernen, aber darüber schwieg er selbstverständlich.

3

Mr Kelver, der Butler von Marks Priory, verbrachte abends gern eine Stunde vor dem Nebeneingang und betrachtete von dort aus die Gegend. Wie schon oft überlegte er gerade wieder, ob es mit seiner Würde vereinbar wäre, jeden Abend schon um neun Uhr von seiner Herrschaft getrennt zu werden. Genau um diese Stunde schloss Lady nebenan nämlich die große Eichentür zu, die den Nordostflügel des Herrenhauses von den anderen Räumen abgrenzte.

Die Quartiere der Dienerschaft waren sehr geräumig und behaglich eingerichtet, und mit Erlaubnis Mr Kelvers konnten die Angestellten ein- und ausgehen, wann und wie sie wollten. Sie benutzten dann den Fußweg, der am Wald entlang zum Dorf hinunterführte. Aber er empfand es doch als starke Zurücksetzung, fast als Beleidigung, dass er selbst, der in hochadligen Häusern gedient hatte, auch mit den anderen Dienstboten vom Herrenhaus ausgeschlossen wurde.

Die Tür, vor der er stand, lag im Nordostflügel und war in gewisser Weise ein Privateingang für ihn selbst. Die anderen Angestellten gingen wie die Kaufleute und Lieferanten durch die kleine Eingangshalle.

Studd gegenüber sprach er sich manchmal aus, wenn er auch diesem höflichen und erfahrenen Mann niemals sein volles Vertrauen schenkte.

Der Chauffeur war gerade auf dem Weg zur Garage, bog um einen der beiden großen Ecktürme des Schlosses und blieb bei Kelver stehen. Da er etwas erhitzt aussah, dachte Kelver zuerst, Studd hätte zu viel getrunken.

»Ich habe diesem Dr. Amersham endlich einmal die Meinung gesagt«, begann Studd und zeigte mit dem Daumen über die Schulter. »Das will nun ein großer Herr und ein Doktor sein! Wenn Mylady wüsste, was ich weiß, bliebe der Kerl keine fünf Minuten länger im Haus! Der war bei der indischen Armee! Na, ich könnte etwas erzählen, wenn man mich fragte!«

»Um was handelt es sich denn?«, erkundigte sich Mr Kelver höflich. Er tat immer so, als ob er Klatsch nicht hören wollte, obwohl er sehr begierig darauf war, das Neueste zu erfahren.

»Es ist merkwürdig. Ich habe im Dorf einen komischen Mann getroffen, der mir erzählte, dass er früher in Indien gewesen wäre. Darauf lud ich ihn zu einem Glas Bier ins Wirtshaus ein. Bei der Unterhaltung habe ich nicht viel gesagt, sondern nur zugehört, aber es ist ganz klar, dass er tatsächlich dort war.«

Kelver hob den ergrauten Kopf und sah den kleinen Chauffeur von oben herab an.

»Hat Dr. Amersham sich über etwas beklagt?«, fragte er.

Studd wurde dadurch wieder an seinen Ärger erinnert.

»Es ist etwas an seiner Karre passiert, und ich sollte die Sache, in fünf Minuten reparieren. Dazu braucht man aber mindestens zwei Tage. Er meint, er hätte hier alles zu sagen, aber wir wissen doch genau, dass er nicht der Herr im Schloss ist. Was meinen Sie?«

Der Butler lachte geheimnisvoll.

»Es gibt allerhand Leute auf der Welt«, entgegnete er.

»Ich weiß nicht, ob man mit einer so flauen Ansicht durchkommt«, erwiderte der Chauffeur etwas unsicher. »Dieser Herrensitz gehört Lord Lebanon – darüber sind wir uns doch wenigstens einig?« Er hob die Hand und zählte an den Fingern ab. »Nun hören Sie einmal zu, wer hier etwas zu sagen hat: Zuerst dieser blöde Dr. Amersham, der alles kontrollieren will. Zweitens Lady Lebanon. Drittens«, er zögerte, »nennen wir einmal Miss Crane. Aber gegen die habe ich nicht das Mindeste. Und als letzter kommt Lord Lebanon!«

»Mylord ist noch jung«, erklärte Mr Kelver höflich.

Er hatte dieselbe Meinung wie Studd, aber seine Stellung legte ihm Pflichten auf, an die er sich gebunden fühlte. Mr Kelver hatte bei dem Herzog von Colbrooke gedient, und schon seit vielen Generationen hatten seine Vorfahren große Herren betreut. Daher wusste er genau, dass es ihm nicht zustand, seine Herrschaft zu kritisieren.

Plötzlich hörten die beiden schnelle Schritte auf dem Kiesweg, und gleich darauf erschien Dr. Amersham.

»Nun, Studd, haben Sie meinen Wagen fertig gemacht?«

Der Doktor hatte eine scharfe, unangenehme Stimme, und sein ganzes Auftreten reizte zum Widerspruch.

»Nein«, entgegnete der Chauffeur heftig. »Und ich mache ihn auch nicht fertig – ich gehe heute Abend aus!«

Amersham wurde bleich vor Ärger.

»Wer hat Ihnen die Erlaubnis dazu gegeben?«

»Der Einzige, der mir hier im Haus die Erlaubnis geben kann«, erwiderte Studd laut. »Lord Lebanon selbst.«

»Sie können sich eine andere Stelle suchen«, erklärte der Doktor wild.

»So, ich soll mir eine andere Stelle suchen?«, fragte Studd wütend. »Meinen Sie vielleicht, ich würde anderer Leute Namen unter Schecks schreiben?« Dr. Amersham sah plötzlich verstört aus. »Wenn ich mir eine andere Stelle suche, wird es jedenfalls eine ehrliche Beschäftigung sein! Auf keinen Fall bestehle ich einen Kameraden – merken Sie sich das, Doktor! Und was ich auch unternehme, ich werde nicht abgefasst und verhaftet, ich komme nicht vor Gericht, und mich stößt man auch nicht aus der Armee aus!«

Studd hatte drohend gesprochen, und der Arzt konnte den Blick des Mannes nicht ertragen. Er wollte ihm hart entgegnen, aber was er vorbrachte, war eigentlich keine Erwiderung auf die schweren Anklagen.

»Sie wissen zu viel!«

Amersham wandte sich rasch ab und entfernte sich.

Mr Kelver hörte die Worte, konnte aber den Zusammenhang nicht verstehen. Er war bestürzt über das Benehmen Studds und fragte sich, ob er nicht hätte vermitteln sollen. Aber fast schien es ihm, als ob Dr. Amersham seine Anwesenheit gar nicht bemerkt hätte.

»So, dem habe ich es ordentlich gegeben«, erklärte Studd triumphierend. »Haben Sie gesehen, wie er sich verfärbte? Dabei behauptet der Kerl, er wird mich entlassen!«

»Ich hätte aber doch nicht in diesem Ton mit ihm geredet, Studd«, sagte der Butler mit leisem Vorwurf.

Aber der Chauffeur war jetzt in Fahrt und achtete nicht auf Kelvers Mahnung.

»Jetzt hat er wenigstens begriffen, dass ich ihn von früher her genau kenne. Ach, ich hätte ihm noch ganz andere Dinge an den Kopf werfen können!«

Am Abend fand im Dorf ein Maskenball zu irgendeinem wohltätigen Zweck statt, und als die Dämmerung hereingebrochen war, fuhr vom Herrenhaus ein Wagen mit einem Pierrot, einer Pierrette, einer Zigeunerin und einem Inder zu dem Fest hinunter. Das farbenprächtige indische Kostüm hatte Studd gewählt, dem Mr Kelver vor der Abfahrt noch einen väterlichen Rat gab.

»An Ihrer Stelle würde ich morgen früh mit Dr. Amersham sprechen und mich entschuldigen. Wenn Sie im Recht sind, können Sie großzügig sein, und im anderen Fall ist es selbstverständlich, dass Sie sich entschuldigen.«

Dann ging Kelver in die Halle und machte noch einen letzten Rundgang, bevor er sich in den Teil des Hauses zurückzog, den die Angestellten bewohnten. Hier und dort rückte er ein Kissen zurecht; er nahm auch das leere Glas fort, das allem Anschein nach Dr. Amersham auf Myladys Schreibtisch hatte stehen lassen.

Später sah er ihn in einer der großen Fensternischen des Hauptganges bei den amerikanischen Dienern Brooks und Gilder. Sie sprachen leise miteinander und hatten die Köpfe gesenkt. Aber nicht nur Kelver sah sie, sondern auch Lord Lebanon, der in der offenen Tür seines Zimmers lehnte. Er sagte Kelver gute Nacht, als dieser vorbeiging, aber kurz darauf rief er ihn zurück.

»Steht da unten nicht der Doktor?«, fragte er, da er ein wenig kurzsichtig war.

»Ja, Mylord. Er unterhält sich mit Gilder und Brooks.«

»Zum Teufel, worüber haben die so viel miteinander zu reden? Kelver, sind Sie nicht auch der Meinung, dass dies ein sonderbares Haus ist?«

Kelver war zu höflich und kannte seine Stellung zu gut, um diese Frage zu bejahen. In Wirklichkeit hielt er den ganzen Haushalt für sonderbar genug, vor allem die beiden amerikanischen Diener. Von Anfang an war ihm klargemacht worden, dass er ihnen nichts zu sagen hätte. Außerdem brauchten die beiden nach neun Uhr nicht die Wohnräume der Herrschaft zu verlassen, sondern konnten sich frei im ganzen Haus bewegen.

»Ich sage ja immer, dass es alle möglichen Leute auf der Welt gibt.«

Willie Lebanon lächelte.

»Das stimmt, Mr Kelver«, erwiderte er liebenswürdig und klopfte dem alten Mann auf die Schulter.

Der Butler wurde ein wenig verlegen, denn so vertraulich hatte sich der Lord ihm gegenüber noch nie benommen.

4

Ein gewisser Zibriski hatte sich den etwas hochtrabenden Namen Mont Morency zugelegt. Im Allgemeinen gaben ihm die Leute weniger gut klingende Namen, wenn sie plötzlich Geldscheine besaßen, die in einer Geheimdruckerei dieses Hochstaplers hergestellt wurden. Da die Banknoten außerordentlich gut und täuschend nachgeahmt waren, machte er ein ausgezeichnetes Geschäft.

Er selbst verteilte die gefälschten Scheine nicht, er betrieb das Geschäft nur im Großen. Mehrere Druckereien arbeiteten für ihn, eine in Luxemburg, eine andere in den Hintergebäuden eines kleinen Hotels in Ostende.

Mr Briggs, einer der Agenten Zibriskis, war schon oft verurteilt worden, weil er glaubte, man könnte sich durch unehrliche Handlungen ein sorgenfreies Leben verschaffen. Seit einer Woche hatte er sich in dem Gasthaus des Dorfes Marks Thornton einquartiert und wartete darauf, dass Zibriski mit seinem schnittigen Wagen vorfahren und ihm vier Pakete Banknoten übergeben würde. Er zahlte dafür in barem Geld und verteilte dann die Scheine an andere Leute, wobei er mehr als hundert Prozent verdiente. Hätte er den Mut gehabt, das Papiergeld direkt unters Publikum zu bringen, so hätte sich sein Gewinn vervierfacht.

Zur selben Zeit, als er nach Marks Thornton kam, erschienen in einem Nachbardorf zwei unauffällig aussehende Fremde, die sich weniger für Briggs als für Zibriski interessierten.

»Ich bin ihm bis nach Marks Thornton gefolgt«, erklärte Detective Sergeant Totty. »Meiner Meinung nach wird dort aber nichts geschehen.«

»Ihre Meinung«, entgegnete Chief Inspector Tanner, »ist so unwichtig und nebensächlich, dass ich sie kaum höre. Außerdem habe ich das schon selbst gesagt, Sie reden es mir nur nach.«

»Warum verhaften wir Briggs nicht?«

Totty war verhältnismäßig klein, hielt aber viel von sich und war auch mutig und tüchtig. Tanner, ein außergewöhnlich stattlicher und großer Mann, schaute seinen Assistenten mit einem Seufzer an.

»Welche Anklage sollen wir denn gegen ihn erheben?«, fragte er. »Nicht einmal nach dem Gesetz zur Verhütung von Verbrechen könnten wir ihn in Schutzhaft nehmen. Außerdem liegt mir an Briggs gar nichts – ich will Zibriski fassen. So oft ich ihn in den Zeitungen abgebildet sehe, wie er in Nizza schönen Frauen Rosen verehrt, bekomme ich Leibschmerzen. Er ist fast allen Polizeidirektionen der Welt als einer der größten Falschgeldhändler bekannt, und trotzdem ist er nicht ein einziges Mal verurteilt worden. Heute Abend wollen wir einmal auf Erkundigung ausgehen, Totty.«

»Marks Thornton ist ein ganz nettes Dorf. Beinahe hätte ich ein Zimmer im Gasthaus dort genommen. Ein großes, altes Schloss liegt auch in der Nähe.«

Tanner nickte.

»Marks Priory – Lord Lebanon wohnt dort.«

»Sieht sehr altmodisch aus.«

»Das ist nicht weiter verwunderlich.«

Ihre Erkundungen führen nicht zum Ziel. In keinem der Dörfer, die sie besuchten, fanden sie eine Spur von Zibriski. Auch am nächsten und übernächsten Tag kam der Mann nicht, und am Ende der Woche kehrte der Chief Inspector nach London zurück. Er erhielt Nachrichten über den Verbleib der einzelnen Verbrecher und erfuhr, dass Zibriski von der Anwesenheit der Beamten auf dem Land erfahren und deshalb seinen Plan geändert hätte. Aber das war nicht richtig.

Gerade an dem Abend des Kostümballes traf Zibriski ein und erschien in dem Zimmer seines Agenten. In kürzester Zeit war der Handel abgeschlossen. Briggs verpackte die falschen Banknoten in seinem Koffer und ging dann noch aus.

Von dem Tanzvergnügen hatte er erfahren, und er hörte auch die Musik. Er stieg den Hügel hinauf, setzte sich an einem Zaundurchgang nieder, stopfte seine Pfeife und dachte vergnügt an das gute Geschäft, das er mit den Banknoten machen würde. Zibriski-Noten waren ein begehrter Artikel.

Plötzlich sah er einen Mann die Straße heraufkommen, der ein weites Gewand und einen Turban trug. Der Mond war inzwischen aufgegangen. Briggs stand auf und sah neugierig zu dem Fremden hinüber. Ein Inder! Was machte der denn hier? Aber dann erinnerte sich Briggs an den Maskenball.

Der Fremde sagte guten Abend, als er vorbeikam, und schlug dann den schmalen Pfad ein, der quer durch das Feld nach dem Herrenhaus führte. Briggs setzte sich wieder.

Nach einiger Zeit hörte der Agent einen furchtbaren Schrei, der sofort erstickt wurde. Entsetzt drehte er sich um und versuchte, das Halbdunkel mit den Blicken zu durchdringen, aber er konnte nichts sehen. Verstört zog er das Taschentuch und wischte sich die feuchte Stirn.

Kurz darauf kam jemand eilig näher, und in dem schwachen Mondlicht erkannte Briggs einen Mann mit einem braunen Spitzbart.

»Wer sind Sie?«, fragte er heiser.

»Es ist alles in Ordnung! Ich bin Dr. Amersham«, erwiderte der andere kurz.

»Wer hat denn eben geschrien?«

»Niemand – höchstens eine Eule.«

Der Arzt wandte sich ab und verschwand im Dunkeln.

Briggs war zwar erschrocken, hätte aber doch gern gewusst, was vorgefallen sein mochte. Neugierde trieb ihn vorwärts. Er ging den Feldpfad entlang und leuchtete mit einer Taschenlampe den Weg ab.

Schon wollte er wieder umkehren, als er seitlich am Weg etwas glitzern sah. Er zögerte einen Augenblick, aber dann biss er die Zähne zusammen und ging weiter.

Er fand den Mann, der kurz vorher in dem indischen Kostüm an ihm vorübergekommen war. Nun lag der Fremde still und bewegungslos hier, und um seinen Hals war ein rotseidenes Tuch geschlungen ... Er war tot ... erwürgt!

Obwohl die Züge furchtbar verzerrt waren, erkannte Briggs den Chauffeur aus dem Schloss, mit dem er im Wirtshaus bekannt geworden war.

Er fühlte den Puls und legte die Hand auf das Herz des Mannes. Dann erhob er sich und eilte zurück. Die letzte Strecke des Weges bis zum Gasthaus ging er langsam und zwang sich zur Ruhe. Das war eine Sache, die nichts mit ihm zu tun hatte. Mochte die Polizei zusehen, wie sie den Fall aufklärte, er wollte nicht in die Geschichte verwickelt werden. Und er hatte auch allen Grund, vorsichtig zu sein.

Am nächsten Morgen verließ er das Dorf in aller Frühe; eine Stunde später wurde Studd aufgefunden.

5

Briggs fühlte sich ziemlich sicher, als er Victoria Station in London erreichte, und hoffte, in der Menge untertauchen zu können. Aber als er die Sperre passierte, traten vier Herren auf ihn zu. Er wusste sofort, was das zu bedeuten hatte.

Sie nahmen ihn mit zur Polizeistation in der Bow Street und durchsuchten seinen Koffer. Kein Mensch kümmerte sich um die Behauptung, dass das Gepäckstück nicht ihm, sondern einem Unbekannten gehörte, einem gewissen Smith, für den er es nur mitgenommen hätte. Natürlich fand man die vier Päckchen gefälschter Banknoten.

»Ich habe die Scheine vorher nie gesehen«, schwor Briggs.

Später wurde er von Chief Inspector Tanner verhört.

»Dass Sie im Besitz von Falschgeld sind, ist noch das wenigste«, meinte der Beamte. »Sie waren in der vergangenen Nacht im Dorf Marks Thornton, wo ein Mord verübt wurde. Was wissen Sie davon?«

Briggs behauptete, dass er davon keine Ahnung habe. Er wäre erstaunt, dass in dieser friedlichen Gegend jemand ermordet werden könnte, erklärte er, und fragte dann, ob man eine Waffe gefunden hätte.

»Das klingt fast, als ob Sie wüssten, dass der Mann erwürgt worden ist.«

Der Chief Inspector hatte nicht den geringsten Zweifel, dass Briggs an dem Verbrechen unbeteiligt war. Aus den Akten ging hervor, dass sich der Mann nur mit Falschgeld befasste. Da es sich hier um einen alten Sträfling handelte, konnte man seinen Charakter genau beurteilen.

Tanner ahnte natürlich nicht, dass Briggs den ermordeten Chauffeur mit eigenen Augen gesehen hatte, und er trieb das Verhör auch nicht auf die Spitze. Aber unter dem Mordverdacht gestand Briggs alles ein, was das Falschgeld betraf, und sagte auch, was er von Zibriski wusste. Der Hochstapler konnte daher noch am selben Abend verhaftet werden, als er gerade den Dampfer nach Le Havre betreten wollte.

Tanner kehrte nach Scotland Yard zurück, suchte seinen Vorgesetzten auf und erkundigte sich, ob man über den Mord in Marks Thornton etwas Neues erfahren hätte.

»Nein, die Polizei dort hat nicht um unsere Hilfe gebeten. Die Leute rufen uns natürlich erst, wenn alle Spuren so verwischt sind, dass man nichts mehr finden kann. Es scheint aber ein ziemlich gewöhnliches Verbrechen zu sein; die Polizei hält es für einen Racheakt. Studd hat anscheinend ein paar üble Bekanntschaften gemacht, wirkliche Feinde hatte er wohl nicht.« Im Lauf des Abends hörte der Chief Inspector noch weitere Einzelheiten, die ihn jedoch nicht besonders interessierten. Studd sollte einen Streit mit dem eifersüchtigen Parkwächter Tilling gehabt haben, aber dieser Verdacht stellte sich bald als unbegründet heraus.

Niemand erwähnte den Namen Dr. Amershams; auch in den Berichten, die Scotland Yard erhielt, erschien er nicht. Erst eine Woche später, als sich die Lokalbehörden entschlossen, die Hilfe von Scotland Yard in Anspruch zu nehmen, hörte man etwas von dem Arzt. Tanner und Totty waren nach Marks Thornton gefahren, um den Fall genauer zu untersuchen.

Der Chief Inspector machte einen Besuch im Herrenhaus, wurde aber kühl und mit Abwehr empfangen. Beiläufig erwähnte er Lady Lebanon gegenüber Dr. Amersham.

»Er kommt manchmal hierher«, erklärte sie, »aber er war an jenem Unglücksabend nicht lange hier. Soviel ich weiß, fuhr er um zehn Uhr fort.«

Der kurze Einblick in das Leben auf Marks Priory sagte Tanner nichts. Die große Eingangshalle wurde gerade repariert; Gerüste waren an den Wänden aufgestellt, und Kelver zeigte ihm die einzelnen Steintafeln, auf denen die Familienwappen der Lebanons und ihrer Gemahlinnen eingemeißelt waren.

»Mylady ist eine Autorität auf dem Gebiet der Heraldik«, erklärte der Butler. »Sie kann die Bedeutung eines Wappens lesen, als ob es eine gewöhnliche Buchseite wäre. In diesen Dingen hat sie wirklich erstaunliche Kenntnisse. Wie Sie wissen, führt die Familie Lebanon ihren Stammbaum auf die ältesten Zeiten zurück. Der erste Lebanon wurde von König Richard I. geadelt.«

»Interessant«, entgegnete der Chief Inspector, der darin wenig bewandert war. »Was können Sie mir nun von Studd erzählen?«

Kelver schüttelte den Kopf.

»Wegen dieses Verbrechens habe ich nächtelang nicht schlafen können. Studd war ein wirklich liebenswürdiger und freundlicher Charakter.«

Wenn man Kelvers Worten trauen konnte, hatte er nichts gesehen und gehört und erst von dem Tod des Chauffeurs erfahren, als ein Polizist den Mord im Schloss meldete. Er lobte den Toten in jeder Weise und sagte, dass der Mann unmöglich einen Feind gehabt haben könnte.

Sergeant Totty hatte inzwischen die anderen Dienstboten vernommen, von ihnen aber nur dasselbe gehört.

Der Mord war bereits vor sechs Tagen geschehen, und es war schwer, neue Anhaltspunkte zu finden.

Tanner betrachtete die Fotografie Studds, dann untersuchte er das rotseidene Tuch, mit dem der Mann erwürgt worden war, und nahm es später mit nach Scotland Yard. In der einen Ecke des Gewebes war eine winzige Zinnplatte eingenäht, auf der einige Worte in Hindustani standen. Die Übersetzung ergab, dass es sich um den Namen des Fabrikanten handelte.

Der Chief Inspector sprach mit dem jungen Lord und stellte mehrere Fragen an ihn; aber Willie konnte ihm auch keine Erklärung geben. Er hatte Studd geschätzt und gern um sich gehabt, aber das hatte Tanner bereits von dem Butler erfahren. Der Tod des Chauffeurs schien Willie Lebanon sehr nahegegangen zu sein.

Die dritte wichtige Person traf Tanner, als er quer über die Felder nach dem Dorf ging und Isla Crane ihm mit schnellen Schritten entgegenkam. Sie wäre an ihm vorübergeeilt, wenn er sie nicht angehalten hätte.

»Verzeihung, Sie sind doch Miss Crane. Ich bin Chief Inspector Tanner von Scotland Yard.«

Zu seinem größten Erstaunen wurde sie bleich und sah ihn entsetzt an. In seiner Praxis war ihm dies schon öfters begegnet. Leute, die unerwartet mit der Polizei in Berührung kommen, benehmen sich sonderbar, ganz gleich, ob sie unschuldig oder schuldig sind. Aber er hatte nicht vermutet, dass eine junge, vornehme Dame in solche Erregung geraten würde.

»Ach ja, mir hat jemand gesagt, dass Sie von der Polizei sind. Sie wollen hier Nachforschungen über Studds Tod anstellen? Der arme Mann tut mir wirklich leid.«

»Sie wissen wahrscheinlich nichts über den Mord?«

»Nein.«

»Können Sie mir sonst irgendeine Aufklärung geben?«

Sie schüttelte den Kopf, noch bevor er ausgesprochen hatte, und ging schnell an ihm vorbei.

Sergeant Totty beobachtete sie, bis sie außer Sicht war, dann wandte er sich an seinen Vorgesetzten.

»Merkwürdig, was?«

»Das kann ich nicht finden. Ich habe schon viele Menschen gesehen, die sich in solchen Fällen ähnlich benommen haben. Für Leute ihres Standes muss es eine große Enttäuschung bedeuten, plötzlich mit einem Mord zu tun zu haben.«

Trotzdem war Tanner sehr nachdenklich, als er weiterging.

In der großen Säulenhalle vor dem Haupteingang von Marks Priory traf Isla Gilder, der auf einem Stuhl saß und Zeitung las.

Er stand sofort auf, als sie näher kam, und sah sie prüfend an.

»Haben Sie den Polizeibeamten gesehen?«, fragte er streng.

»Meinen Sie den Detective?«

»Ja. Hat er Sie ausgehorcht?«

Sie verstand nicht gleich, was er wollte.

»Hat er Fragen an Sie gerichtet, Miss?«

Seine tiefe Stimme beunruhigte sie.

»Ja, er fragte mich, ob ich etwas von dem Mord wüsste. Das war alles.« Sie wandte sich rasch um und ging ins Haus. Lady Lebanon saß in der großen Halle an ihrem Schreibtisch. Ganze Tage brachte sie damit zu, alte heraldische Inschriften zu studieren. Im Lateinischen war sie glänzend bewandert, und das Altenglische beherrschte sie vollendet wie wenige andere.

Als sie Isla sah, schloss sie das Buch, in dem sie gelesen hatte.

»Was gibt es denn?«, fragte sie.

Isla zitterte am ganzen Körper und konnte zuerst keine Worte finden.

»Er hat mich Verschiedenes gefragt«, sagte sie schließlich. »Ich meine Mr Tanner.«

»Ach so, der Polizeibeamte. Was denn? Hat er über Amersham gesprochen?«

Isla schüttelte den Kopf.

»Was geht denn eigentlich hier im Schloss vor?«

»Manchmal kann ich dich überhaupt nicht verstehen, Isla«, erwiderte Lady Lebanon etwas scharf. »Was soll denn hier vorgehen?«

»Wenn sie es nun herausbringen?«

Lady Lebanon richtete sich in ihrem Sessel auf.

»Ich weiß wirklich nicht, was du meinst, Isla. Was soll das heißen: ›Wenn sie es nun herausbringen?‹ Ich wünschte, du würdest dich nicht um Dinge kümmern, die dich nichts angehen.«

Isla Crane ging an diesem Abend früh zur Ruhe. Sie schlief in einem großen Prachtgemach, das bekannt war als das »Zimmer des alten Lords«. Es war ein großer, etwas düsterer Raum mit einem mächtigen Pfostenbett.

»Zum Kuckuck, warum hat sie sich so früh zurückgezogen?«

»Mach doch nicht solchen Lärm, Willie«, entgegnete seine Mutter. »Wozu sollte sie auch länger aufbleiben? Sie hat doch nichts zu tun.« Sie sah auf ihre brillantengeschmückte Armbanduhr. »Es wäre übrigens auch für dich an der Zeit, Liebling. Hast du mit Isla gesprochen?«

»Nein, ich hatte noch nicht die geringste Gelegenheit dazu, seitdem dieser schreckliche Mord passierte.« Er senkte den Kopf und lauschte.

»Da kommt ein Auto – ist das Amersham?«

»Ja.«

»Er war doch auch in der Mordnacht hier?«

Sie sah schnell auf.

»Nein. Er ist damals sehr früh fortgefahren – es muss ungefähr zehn Uhr gewesen sein.«

Er lächelte.

»Aber Mutter, ich habe doch gesehen, wie sein Wagen morgens um sieben abfuhr. Ich schaute gerade aus dem Fenster. Mir hat schon jemand erzählt, dass er noch am selben Abend fortgefahren wäre.«

»Hast du den Leuten gesagt, dass das nicht richtig ist?«, fragte sie scharf.

»Nein – warum sollte ich das tun?« Er sah zu dem Gewölbe der Halle empor und seufzte. »Das ist ein verteufelt düsteres Haus. Es graut mir bei dem Gedanken, dass ich mein ganzes Leben hier verbringen soll. Amersham will ich nicht sehen, ich gehe auf mein Zimmer.«

Die Tür öffnete sich, aber nicht Amersham trat ein, sondern Gilder, der ein Tablett mit Whisky, einem Siphon und einem Glas trug. Er goss eine geringe Menge Whisky ein und füllte das Glas mit Sodawasser, während der Lord argwöhnisch zusah.

Dann nahm Willie das Glas aus der Hand des Mannes und trank daraus. Aber erst als er es ganz geleert hatte, bemerkte er den bitteren Nachgeschmack.

»Ein merkwürdiger Whisky«, sagte er.

Das war die letzte Bemerkung, auf die er sich besinnen konnte. Vier Stunden später erwachte er mit ziemlichen Kopfschmerzen, machte Licht und sah, dass er sich in seinem eigenen Zimmer befand. Er trug seinen Schlafanzug und lag im Bett. Stöhnend richtete er sich auf, aber es drehte sich alles um ihn. Mr Gilder hatte etwas zu viel von dem Betäubungsmittel ins Glas geschüttet.

6

Lord Lebanon erhob sich, ging mit unsicheren Schritten zur Tür und versuchte, sie zu öffnen, entdeckte aber, dass sie verschlossen war. Er tastete nach dem Schlüssel, fand ihn jedoch nicht. Nur mühsam konnte er seine Gedanken ordnen. Als er wieder zu sich gekommen war, drückte er auf die Klingel neben dem Bett und wartete. Es dauerte ziemlich lange, bis Gilder die Tür aufschloss und endlich eintrat.

Dem Amerikaner musste etwas zugestoßen sein. Sein eines Auge war blutunterlaufen und blau, der Kragen seines Rockes hatte gelitten, die Weste war zerrissen. Gilder sah Willie mit düsterem Blick an.

»Wünschen Sie etwas, Mylord?«, fragte er schließlich.

Lebanon wusste, dass es den Diener große Überwindung kostete, ihn so höflich anzureden.

»Wer hat meine Tür verschlossen?«

»Ich«, entgegnete Gilder kühl und gelassen. »Ein Mann, der gestern Abend ins Schloss kam, fing eine Schlägerei an, und ich wollte verhüten, dass Sie in die Sache verwickelt würden.«

Lord Lebanon schaute ihn groß an.

»Wer war es denn?«

»Sie kennen ihn nicht, Mylord«, erwiderte Gilder kurz. »Kann ich etwas für Sie tun?«

»Geben Sie mir etwas Kühles zu trinken, was den Durst stillt. Der Whisky gestern Abend taugte nichts.«

Wenn der Diener auch den Argwohn des Lords spürte, gab er es doch nicht zu erkennen.

»Das sagte der andere Herr auch. Ich glaube, der Whisky hier in der Gegend ist überhaupt nicht besonders gut. Ich werde Mylady bitten, aus der Stadt welchen kommen zu lassen.«

»Wo ist meine Mutter?«, fragte Willie Lebanon schnell. »War sie zugegen, als ...«

»Nein, sie war in ihrem Zimmer.«

»Was ist denn passiert?«, forschte der junge Mann weiter.

Gilder schaute ihn mit einem grimmigen Lächeln an.

»Vielleicht wollen Sie es sich selbst ansehen?«

Lord Lebanon schlüpfte in seine Pantoffeln und folgte ihm den Gang entlang, dann die breite Treppe hinunter, die zur Halle führte.

Unten bemerkte er Brooks, der in Hemdsärmeln war und allem Anschein nach versuchte, wieder Ordnung zu schaffen. Ein Tisch war umgestoßen, die eine Ecke des Empire-Sofas zertrümmert; eine kleine Porzellanuhr lag in Scherben auf dem Boden, und vier elektrische Kerzen in dem großen Kronleuchter hingen beschädigt zur Seite. Willie sah sich erstaunt um.

»Wer hat das getan?«, fragte er, indem er sich bemühte, Haltung anzunehmen und den Hausherrn zu spielen.

»Ein Freund von Dr. Amersham«, erwiderte Gilder gehässig, aber Willie achtete nicht darauf.

Überall lagen Glasscherben verstreut; vermutlich war die Whiskyflasche zu Boden gestürzt und zerbrochen. Auch eins der starken Eichenpaneele war zertrümmert.

»Es sieht aus, als ob ein Wahnsinniger hier losgelassen worden wäre.«

Gilder fuhr auf, denn diese Worte erschreckten ihn.

»Ja, der Mann benahm sich so – ich meine, der Freund von Dr. Amersham.«

Es war halb vier Uhr, und im Osten graute bereits der Morgen, als sich der Lord wieder hinlegte.

Willie wusste, dass man ein Betäubungsmittel in den Whisky gemischt hatte, aber er fühlte sich so erschöpft, dass er keiner weiteren Nachforschungen fähig war.

7

Obwohl Chief Inspector Tanner in seinem Beruf praktisch und nüchtern dachte und handelte, hatte er sich den Sinn für Romantik bewahrt.

Im Augenblick beschäftigte er sich mit dem Kartenindex in der Registratur von Scotland Yard. Alle gewohnheitsmäßigen Verbrecher und Spezialisten blieben sich in ihren Arbeitsmethoden ziemlich gleich, sodass man sie in einem Index zusammenfassen konnte. Und in dieser Kartei suchte Mr Tanner nun nach den Namen der Leute, die seit Gründung dieses Indexes andere erstickt oder erwürgt hatten oder wenigstens bei einem Versuch, das zu tun, ertappt worden waren. Die meisten dieser Menschen hatte man später durch den Strang hingerichtet. Einige, die ihre Mordabsichten nicht voll hatten ausführen können, saßen noch in den Gefängnissen. Aber Mr Tanner konnte kein Verbrechen auffinden, das dem von Marks Priory ähnlich war. Es gab eine Anzahl von Männern und auch Frauen, die andere Leute mit einem Strick oder einer Schnur hatten erwürgen wollen, aber obwohl er einen nach dem anderen genauer ins Auge fasste, konnte er doch keinen Namen entdecken, der sich mit dem Verbrechen von Marks Priory irgendwie in Zusammenhang bringen ließ.

Er ging in sein Büro hinunter und fand dort Sergeant Totty, der gemütlich auf dem Stuhl seines Chefs saß.

Sergeant Totty konnte genial lügen, wenn es galt, seine eigenen Heldentaten ins rechte Licht zu setzen, und er hatte ein Vorurteil gegen gebildete Vorgesetzte, die einen gewissen Grad von Kenntnissen voraussetzten, ehe sie andere Beamte zur Beförderung zuließen.

Totty ging zum Fenster und blickte auf das belebte Themseufer hinaus. In der letzten Woche hatte es wenig Abwechslung im Dienst gegeben.

»Wer ist Amersham?«, fragte Tanner plötzlich.

»Wie?«, erwiderte Totty überrascht. »Amersham ist eine Stadt in Kent.«

»Amersham«, entgegnete Inspector Tanner geduldig, »ist eine Stadt in Buckinghamshire, aber ich rede nicht über die Stadt, sondern über Dr. Amersham.«

Totty verzog den Mund.

»Ach, Sie meinen den Kerl in Marks Priory? Der ist ein Arzt.«

»Auch das weiß man nicht genau. Er führt zwar den Doktortitel, aber es ist nicht sicher, ob er ein Doktor der Philosophie oder der Medizin ist.«

Tanner nahm sein Notizbuch aus der Tasche und blätterte darin, bis er die Eintragung fand, die er suchte.

»Dr. Amersham hat eine Wohnung in der Devonshire Street, in einem großen Haus mit vielen Einzelappartements. Die Gegend ist sehr teuer und für einen Doktor reichlich vornehm, außerdem hält der Mann auch ein paar Rennpferde. Er war in Indien, und deshalb nehme ich an, dass er Doktor der Medizin ist. Ich möchte gern wissen, was er eigentlich in

Marks Priory zu tun hat, und in welcher Beziehung er zu der Familie Lebanon steht.«

»Ist es nicht möglich, dass er den Mord begangen hat?«

»Ebenso gut könnten Sie und eine Menge anderer Leute das Verbrechen verübt haben.«

»Ich muss Ihnen noch sagen, was ich mir aufgeschrieben habe, als ich dort war.« Totty sprach jetzt dienstlich, und sein Chef horchte auf. »Die haben einen Parkwächter – einen gewissen Tilling –, der macht immer ein böses, brummiges Gesicht. Ich habe ihn dort im Gasthaus getroffen. Er hatte die Hände auf den Schanktisch gelegt; so große, harte Hände habe ich noch nie gesehen. Ich sprach mit dem Wirt darüber, und der erzählte mir, dass Tilling einmal einen Hund nur mit den bloßen Händen getötet hat.«

»Donnerwetter, das ist allerdings ein starkes Stück!«

Totty lächelte und freute sich über den Eindruck, den seine Worte hervorgerufen hatten.

»Ja, ich halte die Ohren offen. Sie denken zwar manchmal, ich wäre nicht besonders tüchtig, aber wenn etwas im Gang ist ...«

»Also, Sie sagten, der Mann hätte einen Hund erwürgt? Warum haben Sie mir das nicht schon früher mitgeteilt?«

»Ich habe leider nicht daran gedacht. Übrigens hat er auch eine Frau, die sehr hübsch sein soll. Man sagt im Dorf, dass sie zu viel nach den jungen Leuten schaut. Zwei oder drei ihrer Liebesaffären sind bekannt. Ach, da fällt mir eben etwas ein: Studd gehörte auch zu ihren Liebhabern.«

»Was haben Sie sonst noch gehört? Diesen Tilling habe ich übrigens gesehen. Er ist ein großer, düsterer Mensch, ich kann mich genau auf ihn besinnen.«

Totty sah zur Decke auf, als ob er dort etwas erfahren könnte. »Das ist alles, was ich darüber weiß. Nur noch eins: Tilling war in der Mordnacht in London. Mit dem Sohn des Gasthauswirtes war er in der Hauptstadt. Deshalb habe ich der Sache auch keine weitere Bedeutung beigelegt und mich nicht eingehender danach erkundigt.«

»Das können wir ja leicht nachprüfen. Ich werde einmal nach Thornton fahren und mich ein wenig mit der Frau unterhalten. Aber vorher möchte ich diesen Dr. Amersham sprechen.«

Er sah nach der Uhr, es war halb fünf.

»Soll ich Sie begleiten?«, fragte Totty.

»Ich glaube nicht, dass das notwendig ist. Bleiben Sie ruhig hier, und überlegen Sie sich, was Sie sonst noch alles zu berichten vergessen haben. Sie wissen doch, wohin Tilling und der Sohn des Gastwirtes gegangen sind, als sie in London waren?«

Totty klopfte langsam mit einem Finger gegen die Stirn, dann lächelte er.

»Ja, ich weiß es. Alles steht in meinem Kopf. Mein Gehirn ist so gut wie eine Kartei, ich vergesse nie etwas! Die beiden besuchten den Bruder des Gasthauswirts, der auch eine Wirtschaft in London hat. Er feierte seinen Geburtstag oder sonst eine Gelegenheit. Der junge Tom fuhr mit Tilling zur Stadt, und sie brachten die Nacht dort zu.«

»Stellen Sie fest, ob das stimmt«, erwiderte Tanner kurz.

Eine halbe Stunde später suchte er Ferrington Court auf, wo sich die Wohnung Dr. Amershams befand. Es war ein modernes, großes Gebäude.

»Dr. Amersham zu Hause?«, fragte er den Portier.

»Jawohl, er ist in seiner Wohnung. Erwartet er Sie?«

»Hoffentlich nicht«, entgegnete Tanner lächelnd.

Er war gerade in den Lift getreten, als ein Mann zur Haustür hereinstürzte und quer durch die Halle auf den Fahrstuhl zueilte. Er trug die Kleidung eines Geistlichen und hatte ein etwas bleiches Gesicht, das von vielem Studieren zeugte. Er lächelte dem Portier wohlwollend zu und grüßte Bill Tanner höflich durch Kopfnicken.

Sie fuhren beide bis zum dritten Stock, und als sich die Tür öffnete, folgte Tanner dem Geistlichen auf den Korridor hinaus. Dort sah er, dass dieser auf die Tür der Wohnung Nr. 16 zuging, die auch er aufsuchen wollte.

Ein junger Diener öffnete. Allem Anschein nach war der Geistliche hier kein Unbekannter. Der Angestellte glaubte, dass Mr Tanner in dessen Begleitung gekommen wäre.

»Ich werde dem Doktor sagen, dass Sie hier sind, Mr Hastings«, erklärte er und ließ sie dann allein.

»Ich habe es nicht sehr eilig«, sagte der Geistliche freundlich. »Ich bin der Vikar von Petersfield. Wenn es also bei Ihnen nicht zu lange dauert, will ich gern warten – mein Name ist John Hastings. Kennen Sie Petersfield?«

»Ja, ich habe davon gehört«, entgegnete Tanner liebenswürdig.

Der Vikar beugte sich zu dem Beamten vor und sprach vertraulich mit ihm.

»Ich fürchte, dass ich unserem Freund Amersham mit der Zeit auf die Nerven falle. Diesmal handelt es sich um den neuen Gemeindesaal für unseren Ort. Es ist schrecklich für mich – sieben Jahre bauen wir schon daran und haben ihn noch nicht fertigstellen können. Der Doktor war sehr freundlich ...«

Er räusperte sich, denn die Tür öffnete sich, und Dr. Amersham trat herein. Das Lächeln, mit dem er den Vikar begrüßte, schwand, als er den Chief Inspector sah.

»Guten Abend, Mr Tanner. Sie sind es doch?«

»Das ist mein Name. Sie haben ein gutes Gedächtnis.«

»Ja, geradezu fabelhaft«, stimmte Mr Hastings bei. »Ich erhielt einen glänzenden Beweis dafür, als der Doktor einmal nach Petersfield kam, um eine, wenn ich so sagen darf, wichtige Sache zu erledigen ...«

»Ich kann mich eine Viertelstunde mit Ihnen unterhalten, Mr Tanner. Wollen Sie so liebenswürdig sein und ins Wohnzimmer kommen?« Amersham hatte den Geistlichen rücksichtslos unterbrochen.

»Sie verzeihen einen Augenblick«, wandte er sich nachträglich an ihn.

Dann ging er schnell durch die offene Tür, und als der Chief Inspector eingetreten war, schloss er sie.

»Nun, Mr Tanner, hat man in dieser unangenehmen Angelegenheit etwas Neues entdeckt?«

»Nichts Wichtiges. Ich wollte Sie fragen, ob Sie mir irgendwie helfen könnten.«

Dr. Amersham sah ihn nachdenklich an, verzog den Mund und schüttelte den Kopf.

»Ich glaube nicht, dass Sie von mir etwas erfahren können. Es war schrecklich für mich und auch für Lady Lebanon – geradezu furchtbar. Dabei war Studd nicht einmal ein besonders angenehmer Mensch. Ich hatte einige Meinungsverschiedenheiten mit ihm, weil er sich sehr unverschämt benahm. Er war auch kein guter Chauffeur.«

Studd war in Wirklichkeit ein ausgezeichneter Chauffeur gewesen, aber Amersham konnte es sich nicht versagen, in diesem Augenblick schlecht über ihn zu sprechen.

»War er nicht auch ein Schürzenjäger?«

Der Doktor starrte ihn an.

»Ich weiß nicht, worauf Sie hinauswollen. Von seinem Privatleben wusste ich wenig. Spielte eine Frau dabei eine Rolle?«

Tanner lachte und schüttelte den Kopf.

»Ich weiß nicht viel mehr als Sie, aber ich habe gehört, dass er ein Verhältnis mit der Frau des Parkwächters gehabt haben soll, einer Mrs ...«

Er machte eine Pause, als ob er sich auf den Namen besinnen müsste.

»Einer Mrs Tilling – kann das stimmen?«

Der Doktor warf den Kopf zurück. Diese Andeutung verletzte seine Eitelkeit.

»Das ist unmöglich!«, entgegnete er schnell. »Mrs Tilling ist eine durchaus anständige Frau. Geradezu lächerlich, dass die ein Verhältnis mit Studd gehabt haben soll!«

»Sie ist wohl sehr hübsch?«

»Ja, ich glaube«, entgegnete Amersham kurz. »Aber Sie irren sich, wenn Sie annehmen, dass Studd in Beziehungen zu Mrs Tilling gestanden hat. Sie ist sehr zurückhaltend. Wer hat Ihnen denn eigentlich dieses Märchen aufgebunden?«

Der Inspector zuckte die breiten Schultern.

»Es ist ein Gerede, das man gelegentlich hört und sich merkt«, erwiderte er gut gelaunt. »Soviel ich weiß, ist ihr Mann sehr eifersüchtig. Ist Ihnen das auch bekannt?«

»Ihr Mann ist ein unmöglicher Mensch«, erwiderte Amersham ärgerlich. »Unvernünftig und brutal. Schon oft hat er seine Frau bedroht.«

Er fühlte, dass Tanner ihn interessiert ansah.

»Ich kenne sie natürlich nicht sehr genau«, fuhr er hastig fort. »Nur als Arzt bin ich bei ihr gewesen. Selbstverständlich hört man im Dorf allerlei, aber ich kümmere mich nicht um Klatsch.«

Tanner wusste, dass er hier den Hebel anzusetzen hatte. Darüber musste er weitere Auskunft haben. Aber Amersham war bestrebt, das Gespräch auf ein anderes Thema zu bringen.

»Ich dachte, Sie kennen sie besonders gut«, sagte Tanner in aller Unschuld,»sonst hätte ich die Frau gar nicht erwähnt.«

»Warum sollte ich sie denn genauer kennen?«, fragte Amersham kalt.

»Für mich ist sie die Frau eines Angestellten der Lady Lebanon – weiter nichts. Ich interessiere mich für die Angestellten – selbstverständlich nur als Arzt.«

»Gewiss«, pflichtete der Beamte bei.»Ihrer Meinung nach ist also das Gerede über – sagen wir einmal die Freundschaft zwischen Studd und Mrs Tilling nicht am Platze.«

»Durchaus nicht«, erklärte der Arzt mit Nachdruck.»In einem so kleinen Dorf haben die Leute natürlich weiter nichts zu tun als zu klatschen und böse Bemerkungen über ihre Mitmenschen zu machen.«

Er zwang sich zu einem Lächeln.

»Eigentlich hatte ich erwartet, dass Sie mir eine Menge Neuigkeiten über den Fall erzählen könnten. In Scotland Yard weiß man doch sonst immer so gut Bescheid.«

»Sensationen erleben wir im Allgemeinen nicht«, erwiderte der Inspector leichthin,»denn unsere Behörde ist nur eine ganz gewöhnliche Regierungsstelle. Wenn Sie von aufregenden Abenteuern hören wollen, müssen Sie zum Geheimdienst oder zur politischen Abteilung des Auswärtigen Amtes gehen. Aber ich möchte Sie jetzt nicht länger aufhalten. Ihr Freund wartet.«

Er reichte dem Arzt die Hand.

»Meinen Sie Mr Hastings? Kennen Sie ihn?«

Amersham stellte die Frage ziemlich gleichgültig, aber Tanner hörte doch die Nervosität aus dem Ton heraus. Als der Beamte den Kopf schüttelte, atmete der Doktor erleichtert auf.

»Ein interessanter Landgeistlicher«, sagte Amersham.»Ich habe ihn manchmal unterstützt, wenn er Geld für die Gemeinde brauchte. Ist es übrigens wahr, Mr Tanner, dass sich in der Mordnacht ein bekannter Verbrecher in Marks Thornton aufhielt? Ich habe davon gehört und dachte mir gleich, dass Sie dort eine wichtige Spur gefunden hätten.«

»Ich möchte Briggs nicht gerade einen bekannten Verbrecher nennen. Er ist allerdings wiederholt verurteilt worden, aber wegen anderer Dinge. Als Mörder kommt der Mann nicht in Betracht; er ist ein Fälscher. Vielleicht haben Sie ihn in Indien getroffen? Soviel ich weiß, waren Sie auch einige Zeit dort?«

Der Doktor hatte seine Gesichtsmuskeln in der Gewalt, aber er konnte doch nicht verhindern, dass er rot wurde.

»Nein, ich habe ihn niemals getroffen«, entgegnete der Arzt langsam. »Ich habe nicht einmal von ihm gehört. In Indien war ich wohl, aber das ist schon fünf oder sechs Jahre her. Damals stand ich in Regierungsdiensten, aber die Stellung war undankbar, und ich nahm meinen Abschied ... die dauernde Kursänderung der Rupie ... und dann die entsetzlichen Verhältnisse, unter denen man dort arbeiten musste ...«

Das Sprechen fiel ihm schwer, und er wusste kaum, wie er fortfahren sollte. Aber gleich darauf hatte er sich wieder in der Gewalt und zeigte lächelnd seine weißen Zähne.

»Wenn Sie glauben, dass ich Ihnen noch irgendwie behilflich sein kann, rufen Sie mich doch bitte an, Mr Tanner. Gewöhnlich bin ich hier in London, aber zwei bis drei Tage in der Woche halte ich mich in Marks Priory auf. Lady Lebanon und ich schreiben zusammen ein Buch über Heraldik. Das muss zunächst noch geheim gehalten werden, und ich hoffe, dass Sie nicht darüber sprechen, besonders nicht zu ihr, da sie sich sonst ärgern würde. Ich bin auf diesem Spezialgebiet eine Kapazität.«

Als Tanner die Wohnung verließ, dachte er über verschiedene Probleme nach. Der Portier saß in seiner Loge, lächelte ihn an und versuchte, die Aufmerksamkeit des Beamten auf sich zu lenken. Aber Tanner war zu sehr mit seinen Gedanken beschäftigt. Der Vikar hatte ihm erzählt, dass Amersham bei einer wichtigen Gelegenheit zu der Dorfkirche gekommen wäre; diesen Anhaltspunkt musste man verfolgen. Warum hatte sich der Doktor verfärbt, als Briggs erwähnt wurde? In welchen Beziehungen stand er zu diesem Verbrecher, der den größten Teil seines Lebens wegen Betrugs und Falschmünzerei im Gefängnis zugebracht hatte? Und warum hatte er mit solchem Nachdruck eine Bekanntschaft mit Mrs Tilling abgelehnt?

Die Erklärung für die letzte Frage war ziemlich einfach; wahrscheinlich hatten die beiden, wie der Dorfklatsch behauptete, tatsächlich ein Verhältnis miteinander.

Tanner trat auf die Devonshire Street hinaus und hielt nach einem Taxi Ausschau. Im gleichen Augenblick drehte sich ein Mann, der auf der anderen Seite der Straße gestanden hatte, plötzlich um und betrachtete in einem Schaufenster interessiert die medizinischen Instrumente. Da er sich aber nicht schnell genug umgewandt hatte, konnte Tanner ihn erkennen. Es war niemand anders als Tilling, und Tanner war davon überzeugt, dass der Parkwächter die Wohnung Dr. Amershams beobachtete.

8

Der Chief Inspector wollte gerade die Straße überqueren und sich Tilling nähern, als dieser davonrannte. Der Mann musste den Beamten in der Spiegelung des Schaufensters gesehen haben, denn er bog rasch in eine Seitengasse ab. Tanner folgte ihm, aber als er die Straße entlangschaute, konnte er den Parkwächter nicht mehr entdecken. Er bemerkte nur ein Taxi, das sich dem Ende der Straße näherte, und vermutete, dass Tilling in dem Wagen saß.

Als er nach Scotland Yard zurückkehrte, war sein Interesse an dem Mord von Marks Priory aufs Neue erwacht. Während er noch in seinem Büro saß, kam Totty zurück.

»Ich habe diese Angaben nachgeprüft. Sie stimmen. Tilling hat die Nacht über in dem Gasthaus in New Cut geschlafen ...«

»Sie hatten aber gar nicht Zeit genug, nach New Cut zu gehen«, entgegnete Tanner.

»So altmodisch bin ich auch nicht. Wozu gibt es denn Telefon?«

»Telefonische Anfragen sind bei polizeilichen Erkundigungen dieser Art absolut nicht am Platz«, entgegnete der Vorgesetzte streng.

»Ich kenne den Wirt persönlich sehr gut. Tilling hat dort in dem Gasthaus geschlafen und ist am nächsten Morgen zurückgefahren. Er ist übrigens ein großer Freund des jungen Tom.«

»Totty, ich gebe Ihnen jetzt einen Auftrag, wie Sie sich ihn nicht besser wünschen können. Gehen Sie nach Ferrington Court und beobachten Sie Dr. Amersham. Stellen Sie fest, ob er zu Hause ist, wann er ausgeht, wer ihn besucht und so weiter. Biedern Sie sich mit seinem Diener an – er hat einen jungen Menschen in der Wohnung. Vielleicht können Sie auch von dem Portier und den Kaufleuten brauchbare Nachrichten erhalten.« Totty stöhnte.

»Das ist aber kaum eine Aufgabe für einen Sergeanten ...«

»Sie haben wie immer unrecht, Totty. Ich würde keinen anderen damit beauftragen als Sie. Es wäre möglich, dass der Fall in Marks Priory eine ganz neue Wendung nimmt, und Sie sollen dabei sein. Aber wenn es Ihnen nicht passt, kann ich Ferraby senden, den hält niemand für einen Detective ...«

»Mich hält auch keiner dafür«, entgegnete Totty etwas lauter als notwendig. »Ich will nichts gegen Sergeant Ferraby oder einen jüngeren Beamten sagen, aber wenn Sie mir den Auftrag geben, werde ich ihn auch ausführen.«

Sergeant Ferraby war Totty ein Dorn im Auge, denn er hatte eine gute Schulbildung genossen. Außerdem konnte er sich tadellos benehmen, und alle Leute hatten ihn gern. Er hatte seine Begabung gezeigt; infolgedessen war er schnell befördert worden. Im Geheimen bewunderte Totty ihn jedoch und versuchte sogar, ihn nachzuahmen.

Als er in die Halle des großen Wohnblocks Ferrington Court trat, hatte er nicht die geringste Hoffnung, schnell mit dem Portier oder einem der Hausangestellten bekannt zu werden.

Besonders der Portier machte in seiner Uniform mit den vielen Goldtressen einen unnahbaren Eindruck.

Hätte Tanner schärfer beobachtet, so hätte er in dem Mann mit der glänzenden Livree einen früheren Polizeibeamten erkannt, einen gewissen Bould. Totty sah das auf den ersten Blick und begrüßte Bould herzlich als einen alten Freund.

»Es ist doch merkwürdig, dass Tanner mich nicht wiedererkannt hat, als er heute Nachmittag hier war«, meinte der Portier. »Worauf ist er denn aus? Doch nicht auf diesen Amersham?«

»Warum nicht? Aber wie kommen Sie denn hierher? Sie sehen aus wie ein Kinoportier.«

Bould betrachtete düster seine goldbetressten Ärmel.

»Ich weiß nicht, warum sie in einem so vornehmen, ruhigen Haus den Portier ausputzen wie einen Weihnachtsmann. Tanner ließ sich heute zur Wohnung von Amersham hinauffahren. Ich glaube, das hat mit dem Mord zu tun, der neulich auf dem Land passiert ist.«

»Was ist denn dieser Amersham eigentlich für ein Kerl?«

Bould schüttelte den Kopf.

»Er behandelt seine Dienstboten, als ob Sie Hunde wären. Ein hochnäsiger Patron! Ich könnte ein paar Dinge erzählen, wenn ich wollte«, fügte er geheimnisvoll hinzu.

Bould hatte einen kleinen Aufenthaltsraum, nahm Totty dorthin mit und bot ihm einen Stuhl an.

»Wenn Sie sich hier in die Ecke setzen, kann Sie keiner sehen, der hereinkommt. Amersham hat hier eine Gesellschaft gegeben – vor etwa zwei Monaten. Alle anderen Hausbewohner haben sich beschwert ... na, ich sage Ihnen: Weiber ... Sekt ...«

»Das glaube ich«, pflichtete Totty bei und fragte dann begierig nach weiteren Einzelheiten. Aber die interessanten Dinge waren alle hinter verschlossenen Türen passiert; Mr Bould konnte nur erzählen, was er von dem Nachtportier erfahren hatte.

»Ist Amersham zu Hause?«

»Nein. Vor einer halben Stunde ist er ausgegangen. Aber er ist bald wieder hier – er hat eine Verabredung. Eine junge Dame will ihn besuchen. Er hat mir ausdrücklich gesagt, ich soll sie ins Wartezimmer führen, wenn sie früher kommt als er. Wir haben einen wunderbaren Raum dafür – haben Sie ihn schon gesehen?«

»Nein, der interessiert mich auch nicht«, entgegnete Totty. »Wo ist denn der Diener? Heißt er nicht Joe?«

Mr Bould zwinkerte dem Sergeanten zu. »Der ist auch ausgegangen, Amersham hat ihn heute Abend schon frühzeitig weggeschickt. Ein Angestellter stört doch nur bei solchen Besuchen. Ist Tanner hinter dem Doktor her? Hat der Kerl etwas ausgefressen? Ich würde mich nicht wundern, wenn er Verschiedenes auf dem Kerbholz hätte. Verdächtig ist er mir schon immer vorgekommen ... Erstens hat er unglaublich viel Geld – das muss er von jemand auf dem Land bekommen, soviel ich erfahren habe. Außerdem schläft er nur etwa drei Nächte in der Woche hier in der Wohnung. Er gibt Gesellschaften, geht ins Theater und verjubelt Zeit und Geld.«

»Das kann ich mir vorstellen«, meinte Totty und nickte.

Plötzlich warf er dem Portier einen warnenden Blick zu und drückte sich in die Ecke. Schnelle Schritte ertönten auf dem Marmorboden der Vorhalle. Bould drehte das Licht aus und verließ seinen Raum. Im nächsten Augenblick sah Totty, dass Dr. Amersham vorüberging. Der Arzt fragte Bould etwas, dann wurde eine Tür zugeschlagen, und der Lift fuhr in die Höhe.

Gleich darauf hörte Totty andere Schritte, lugte vorsichtig um die Ecke und bemerkte eine junge Dame. Zu seinem höchsten Erstaunen erkannte er Isla Crane, die er in Marks Priory kennengelernt hatte.

Sie trug einen langen Mantel und einen kleinen schwarzen Hut, den sie tief ins Gesicht gezogen hatte. Aber Totty vergaß kaum einen Menschen, den er einmal gesehen hatte. Sie war ein wenig bleich und machte einen nervösen Eindruck.

Sie schaute nach links und nach rechts und ging schon auf die Tür der Portierloge zu, aber gerade noch rechtzeitig kam der Fahrstuhl herunter, und Bould trat auf sie zu.

»Sie wünschen doch Dr. Amersham zu sprechen?«

»Ja, bitte«, erwiderte sie leise.

Totty wartete, bis Bould zurückkehrte.

»Das ist sie«, sagte der Portier. »Sie sieht gut aus, nicht wahr? Aber alle Mädels, die herkommen, haben ein hübsches Gesicht. Wenn das meine Tochter wäre …«

Er machte ein grimmiges Gesicht. Totty entgegnete nichts darauf, denn Islas Besuch bei Dr. Amersham erschien ihm nicht so sonderbar.

Sie war die Sekretärin Lady Lebanons und brachte dem Arzt vielleicht eine Botschaft von ihrer Herrin. Ihr bleiches Gesicht und ihr nervöses Verhalten passten allerdings wenig zu dieser Theorie.

»Ist es nicht möglich, dass ich in die Wohnung schauen könnte?«, fragte Totty plötzlich.

Mr Bould wurde ernst.

Als alter Polizist fand er es selbstverständlich, dass der Sergeant mit einem Nachschlüssel in die Wohnung eindringen oder sich wenigstens in der leeren Wohnung neben den Räumen von Dr. Amersham aufhalten durfte. Von dort aus konnte Totty auf den gemeinsamen Balkon hinaustreten, der auch an der Wohnung des Arztes entlangführte. Nur ein eisernes Gitter, über das man leicht hinüberklettern konnte, trennte den Balkon in zwei Abteilungen.

Aber jetzt war Bould hier Portier und hatte über die Hausbewohner zu wachen. Dafür erhielt er doch sein Gehalt. Er konnte seine Stellung verlieren, wenn er sich etwas zuschulden kommen ließ.

»Ich weiß nicht recht, Sergeant, ob das geht«, sagte er und kratzte sich das Kinn.

Totty redete jedoch einige Zeit auf ihn ein, und schließlich fuhren sie beide mit dem Fahrstuhl hinauf.

Kaum hatte Isla Crane geklingelt, als sich die Wohnungstür des Doktors auch schon öffnete.

»Ach, treten Sie doch näher, Miss Crane.«

Dr. Amersham war in der besten Laune, sprach väterlich zu ihr und war viel freundlicher, als er sich jemals in Gegenwart von Lady Lebanon gezeigt hatte.

»Es ist außerordentlich liebenswürdig, dass Sie gekommen sind. Wollen Sie nicht ablegen?«

Aber Isla war nicht gekommen, um sich unterhalten zu lassen.

»Nein, danke. Ich kann nur ein paar Minuten bleiben. Woher wussten Sie eigentlich, dass ich in der Stadt bin?«

Amersham lächelte, als er sie ins Wohnzimmer führte.

»Ich habe mit Mylady telefoniert, und sie sagte mir, dass Sie in London wären. Sie haben doch den Abend noch frei? Hoffentlich habe ich Ihr Programm nicht verdorben. Es ist überhaupt unverantwortlich, dass Sie so viel Zeit in dem düsteren Herrenhaus von Marks Priory zubringen müssen.«

»Ich fahre morgen früh nach Stevenage, um meine Mutter zu besuchen«, entgegnete sie kurz.

Er schob ihr einen Sessel hin, aber sie setzte sich nicht.

»Lady Lebanon nannte mir das Hotel, in dem Sie logieren, und es war ein glücklicher Zufall, dass ich Sie traf, bevor Sie ausgingen.«

»Was wollen Sie denn von mir?«

Der Ton ihrer Stimme klang durchaus nicht liebenswürdig.

»Ich wollte hier keinen Freundschaftsbesuch machen«, erklärte sie kühl, als er sich vorwurfsvoll über ihr ablehnendes Wesen äußerte. »Wenn Sie mir nicht gesagt hätten, Sie wollten mich dringend wegen Lady Lebanon sprechen, wäre ich überhaupt nicht gekommen.«

»Aber Isla, wie kann man nur so abweisend und kalt sein! Darf ich Ihnen jetzt Ihren Mantel abnehmen?«

Sie trat einen Schritt zurück.

»Warum wollten Sie mich sprechen?«

Es fiel ihm außerordentlich schwer, eine Unterhaltung mit ihr zu beginnen.

»Willie Lebanon will Sie heiraten, ist Ihnen das bekannt?«

Sie antwortete nicht darauf.

»Was sagen Sie denn dazu? Sie werden Gräfin Lebanon werden und haben dann den Vortritt vor allen Baroninnen und Angehörigen des niederen Adels. Übrigens brauchen Sie Mylady nicht zu erzählen, dass ich Sie zu mir gebeten habe.«

Sie warf ihm einen schnellen Blick zu.

»Warum denn nicht, wenn es sie doch angeht?«

»Es geht sie und mich etwas an – Ihre voraussichtliche Heirat. Es wäre wirklich sehr gut für Sie, Isla. Der junge Lord wird Ihnen sofort einen Teil seines Vermögens überschreiben, vielmehr Lady Lebanon wird das tun. Ihnen scheint aber der Plan nicht zu gefallen?«

»Lady Lebanon hat mir das auch angedeutet, aber ich möchte mich nicht verheiraten. Das habe ich ihr auch klar gesagt.«

Er lachte.

»Ich glaube aber, sie hat sich aus Ihrer Absage nicht viel gemacht. Lady Lebanon ist eine Natur, die sich überall durchsetzt. Man kann sich ihr kaum entgegenstellen, wenn sie ihren Willen durchführen will.«

Er war enttäuscht, dass sie nicht antwortete, und wurde nervös. »Warum ziehen Sie nur Ihren Mantel nicht aus? Wir beide sollten doch zusammenhalten. Lady Lebanon betrachtet uns wie ein paar bessere Dienstboten. Wir bekommen unser Gehalt und müssen unsere wahren Gefühle verbergen …«

»Haben Sie mir sonst noch etwas zu sagen?«, fragte sie eisig. »Wenn nicht, dann gehe ich jetzt.«

Sie wandte sich halb um, aber bevor sie ahnte, was geschehen würde, riss er sie an sich. Er hielt sie so fest, dass sie sich nicht wehren konnte. Sie fühlte seinen Schnurrbart an ihrer Wange, und seine Augen blitzten so unheimlich, dass sie erschrak.

»Isla, niemand in der Welt kann sich mit dir vergleichen«, stieß er atemlos hervor. »Ich möchte dein Freund sein, ich will dir helfen.«

»Lassen Sie mich einen Augenblick los«, sagte sie mit erzwungener Ruhe.

Er ließ sich täuschen. Kaum hatte er den Griff etwas gelockert, als sie sich plötzlich von ihm frei machte, zu der Wand eilte und den Daumen auf einen kleinen Knopf legte, der unauffällig an der Wand angebracht war.

»Machen Sie bitte die Tür auf und gehen Sie dann in das andere Zimmer.«

Amersham atmete schnell. Er sagte nichts; er wusste, dass er im Augenblick geschlagen war. Wütend riss er die Zimmertür auf, trat in den Vorraum und schloss die Wohnungstür auf.

»Sie können gehen. Es war töricht von mir, dass ich Ihnen helfen wollte.«

Sie zeigte auf die andere Tür am Ende des Wohnzimmers.

»Aber machen Sie doch nicht solche Geschichten. Sie sind vollkommen sicher ...«

»Ich bin so lange sicher, wie ich den Daumen auf dem Knopf für Feueralarm habe«, entgegnete sie ruhig. »Und Sie wollen sich doch wohl nicht blamieren? Sie würden eine lächerliche Figur machen, wenn die Feuerwehr hierherkommt!«

Auf dem Balkon stand Sergeant Totty im Dunkeln und nickte befriedigt.

Er sah, dass sich die Wohnungstür hinter Isla schloss, und beobachtete dann die Rückkehr des Doktors in das Wohnzimmer.

»Großartig«, murmelte Sergeant Totty beifällig.

Einige Zeit ging Amersham nervös auf und ab. Dann hörte Totty, dass das Telefon klingelte. Amersham ging zum Apparat und nahm den Hörer ab. Gleich darauf runzelte er ärgerlich die Stirn, sagte etwas, was Totty nicht verstehen konnte, drehte das Licht aus und ging ins Schlafzimmer.

Totty schlich sich auf dem Balkon entlang; die Vorhänge waren von innen vorgezogen, aber es gelang ihm doch, durch einen Spalt an der Seite zu sehen. Auf diese Weise konnte er den Bewegungen Amershams folgen, der eine Schublade aufzog, einen Gegenstand herausnahm und in die Tasche steckte. Was es war, konnte Totty nicht erkennen, aber er vermutete, dass es sich um einen Browning handelte.

Im Schlafzimmer befand sich auch ein Telefonapparat. Der Doktor benützte ihn und sprach etwa zwei Minuten lang. Allem Anschein nach war es ein Haustelefon.

Der Arzt nahm seinen Mantel aus dem Kleiderschrank und legte ein weißes Seidentuch um den Hals, während Totty zu der leeren Wohnung zurückschlich. Der Sergeant war schon in der Eingangshalle, als Amersham herunterkam.

»Der Doktor geht aus«, sagte Bould. »Eben hat er mit seinem Chauffeur telefoniert. Der Wagen steht auch schon draußen. Warten Sie einen Augenblick!«

Bould ging hinaus und sprach mit dem Chauffeur.

»Amersham fährt nach Marks Priory«, flüsterte der Portier dem Sergeanten zu, als er zurückkam. »Sie sollten einmal mit dem Chauffeur sprechen – was der nicht alles von seinem Herrn erzählt! Dabei hat er den Posten noch nicht lange. Er ist in diesem Monat schon der zweite.«

Die Klingel vom Fahrstuhl unterbrach ihn. Er eilte hin und kam bald darauf mit Dr. Amersham zurück, der schnell auf die Straße trat.

Erst als das Auto abfuhr, kam Sergeant Totty aus seinem Versteck heraus.

»Ein merkwürdiger Kerl.«

»Haben Sie etwas gesehen?«, fragte Bould neugierig.

»Ja, allerhand«, entgegnete Totty geheimnisvoll.

Er ging zur nächsten Telefonzelle, um seinem Chef zu berichten.

»Ich möchte nur wissen, warum er nach Marks Priory gefahren ist«, sagte Tanner nachdenklich. »Allem Anschein nach hatte er vorher nicht diese Absicht. Wo wohnt die junge Dame?«

Totty seufzte.

»Ich kann doch nicht alles wissen«, erwiderte er dann vorwurfsvoll.

»Ein trauriges Eingeständnis«, sagte Tanner und hängte ein.

Die Telefonzelle war kaum hundert Meter von Ferrington Court entfernt. Als Totty hinaustrat, sah er einen Mann, der ihn aufmerksam beobachtete. Zuerst dachte er an einen Geheimpolizisten, aber dann erkannte er ihn plötzlich. Der Mann schien mit ihm sprechen zu wollen, denn er kam auf ihn zu.

»Sie sind doch Tilling?«, fragte Totty.

»Ja, so heiße ich«, entgegnete der Parkwächter mit tiefer Stimme. »Sind Sie nicht eben aus dem Haus dort gekommen?« Er zeigte auf Ferrington Court. »Haben Sie Dr. Amersham besucht?«

»Hören Sie mal«, erwiderte der Sergeant mit ausgesuchter Höflichkeit, »Sie wissen doch, dass ich ein Beamter der Geheimpolizei bin. Was soll das heißen, dass Sie derartige Fragen an mich richten?«

»Wer war denn die junge Dame, die ins Haus ging? Haben Sie sie gesehen?«

»Ja.«

»Und erkannt? Haben Sie sie auch in Marks Priory bemerkt? Sie ist doch nicht mit ihm fortgegangen? Ich habe nicht gesehen, wie sie das Haus verließ. Ich wollte vor allem auf den Doktor aufpassen.«

»Wer sollte denn Ihrer Meinung nach die Dame gewesen sein?«, fragte Totty diplomatisch.

»Sie kann es auf keinen Fall gewesen sein, sie ist nicht so groß, und außerdem kleidet sie sich anders. Wer war es denn?«

»Meine Tante«, entgegnete Totty kurz. »Wer soll es sonst gewesen sein?«

Plötzlich wurde Totty klar, warum Tilling all diese Fragen an ihn richtete.

»Ich werde Ihnen sagen, wer es nicht war, wenn Sie es durchaus wissen wollen – es war nicht Ihre Frau.«

»Wer hat behauptet, dass sie es gewesen sein soll? Meine Frau ist in Marks Thornton. Wohin ist er denn gefahren?«

»Meinen Sie Dr. Amersham? Nach Marks Thornton. – Jetzt erklären Sie mir aber, mein Freund, was das alles zu bedeuten hat. Warum spionieren Sie Dr. Amersham nach?«

»Kümmern Sie sich um Ihre eigenen Angelegenheiten«, fuhr ihn Tilling an.

Als er sich abwandte, packte ihn Totty am Arm und drehte ihn um.

»Höflich können Sie wenigstens zu mir sein, das kostet nichts.«

Tilling war allem Anschein nach erstaunt über die Stärke des Sergeanten, der einen Kopf kleiner war als er selbst.

»Ich bitte um Verzeihung«, lenkte er ein, »aber ich habe häusliche Sorgen und Ärger.«

»Wer hätte das nicht«, sagte Totty großzügig und ließ ihn gehen.

Er beobachtete den Parkwächter, bis er außer Sicht kam, dann ging er zu seinem Freund Bould zurück.

»Haben Sie eigentlich eine Ahnung, wohin die junge Dame gefahren ist?«

»Nach Treen's Hotel am Tavistock Square«, entgegnete der Portier. »Wenigstens hat sie dem Chauffeur diese Adresse genannt.«

Totty hatte eigentlich nicht den Wunsch, Isla Crane aufzusuchen und auszufragen, aber er hatte weiter nichts zu tun. So ging er die Straße entlang, bis er einen Autobus fand, der ihn in die Nähe von Tavistock Square brachte. Treen's Hotel war ein preiswertes, aber achtbares Haus in einer ruhigen Gegend.

Er erfuhr, dass sich Isla noch nicht zurückgezogen hatte. Sie saß im Schreibzimmer, das zugleich als Empfangssalon diente. Als Totty eintrat, schrieb sie gerade einen Brief.

»Es tut mir leid, dass ich Sie störe, Miss Crane, aber vielleicht können Sie sich auf mich besinnen. Mein Name ist Totty, ich war kürzlich in Marks Priory tätig.«

Sie sah sich nach ihm um und zuckte zusammen.

»Ach ja, ich erinnere mich«, erwiderte sie verstört. »Wollen Sie mich aus einem bestimmten Grund sprechen?«

Totty lächelte schwach, setzte sich auf einen Stuhl und legte seinen steifen Hut auf das Knie.

»Ich sah Sie zufällig, als Sie aus einem Wagen ausstiegen, glaubte dann aber, ich hätte mich getäuscht. Es kam mir merkwürdig vor, dass Sie sich in London aufhalten sollten.«

Während sie ihm zuhörte, beruhigte sie sich etwas.

»Wie geht es denn jetzt in Marks Priory?«

»Immer noch wie früher.«

»Und was macht Dr. Amersham?«, fragte er kühn.

Sie holte tief Atem.

»Den habe ich seit langer Zeit nicht mehr gesehen.«

Er lächelte sie wohlwollend an.

»Das ist aber komisch. Ich hätte einen Eid darauf leisten mögen, dass ich Sie heute aus Ferrington Court kommen sah.«

Sie richtete sich plötzlich auf.

»Ja, ich habe ihn heute Abend getroffen, aber ich dachte nicht, dass Sie das etwas anginge, Mr Totty. Haben Sie mich beobachtet?«

Er nickte.

»Ich habe Sie ins Haus und auch wieder herauskommen sehen. Soweit ich es beurteilen kann, ist Dr. Amersham seinem Charakter nach kein Mann, den man nach dem Abendessen noch aufsucht, besonders wenn er alle seine Diener fortgeschickt hat.«

Sie sah ihn bestürzt an.

»Ich danke Ihnen, Sergeant Totty. Sie haben also heute gleichsam den Schutzengel gespielt?«

Er grinste vergnügt.

»Dafür bin ich bekannt. Auch wenn Sie nicht den Feueralarm gefunden hätten, so hätte ich doch dafür gesorgt, dass Ihnen nichts geschehen wäre.«

Sie sah ihn verwundert an.

»Ich stand nämlich draußen auf dem Balkon vor dem Fenster«, erklärte er. »Wissen Sie Näheres über Dr. Amersham?«

Sie zögerte und schüttelte dann den Kopf; aber er fühlte, dass sie ihm doch Auskunft hätte geben können.

»Nein, ich kann Ihnen nichts Besonderes erzählen – höchstens, dass er mit Lady Lebanon eng befreundet ist.«

»Ist er nicht ein bisschen vergnügungssüchtig? Man spricht so allerhand über ihn in Marks Thornton – da ist doch die Frau des Parkwächters ...«

Er beobachtete sie genau. Allem Anschein nach war aber dieser Klatsch noch nicht zu ihren Ohren gekommen, denn sie schaute ihn ehrlich erstaunt an.

»Sie meinen doch nicht etwa Mrs Tilling ...? Nein, das ist unmöglich!«

Wie viel Totty von ihrer Unterhaltung mit Amersham hatte belauschen können, hätte sie zu gern gewusst. Hatte der Doktor so laut gesprochen, dass der Sergeant auch die Bemerkung über ihre Heirat gehört hatte? Jedenfalls ließ sich Totty nichts merken.

»Der Doktor ist heute Abend nach Marks Priory gefahren«, sagte er schließlich nach einer anscheinend harmlosen Unterhaltung.

Sie war offenbar erstaunt. Unschlüssig warf sie einen Blick auf den Brief, den sie halb beendet hatte.

Totty verabschiedete sich und ging nach Scotland Yard zurück. Zu seiner Überraschung hörte er von dem Polizeibeamten am Eingang, dass Tanner noch in seinem Büro wäre und nach ihm gefragt hätte.

»Schlafen Sie denn nie?«, erkundigte er sich, als er ohne Weiteres in das Zimmer seines Vorgesetzten eintrat.

»Nun, was haben Sie herausbekommen? Setzen Sie sich dorthin, nehmen Sie Ihren Hut ab, lassen Sie die Hände von dem Zigarrenkasten und berichten Sie möglichst nur Tatsachen ohne Ausschmückungen.«

»Wir haben Glück, denn Bould ist drüben als Portier angestellt.«

»Ich kann mich noch auf ihn besinnen«, meinte Tanner, nachdem der Sergeant seinen Bericht beendet hatte. »Er mag uns in Zukunft vielleicht nützlich sein. Sie haben allerdings kaum etwas entdeckt, was ich nicht schon gewusst hätte, mit Ausnahme der geplanten Hochzeit, die aber weder Sie noch mich interessiert. Tilling war also vor dem Haus? Ich habe ihn heute Nachmittag auch gesehen.«

»Der Kerl ist eifersüchtig.«

»Er hat auch allen Grund dazu. Ich glaube, wir müssen den Doktor warnen. Setzen Sie sich doch mit Bould in Verbindung und bitten Sie ihn, mir mitzuteilen, wann Amersham zurückkehrt. Ich will den Mann dann aufsuchen und mit ihm sprechen. Er muss wissen, dass er von dem eifersüchtigen Tilling bewacht wird. Der Mann soll einmal einen Hund mit den bloßen Händen erwürgt haben.«

»Er hat auch Studd erwürgt«, ergänzte Totty, aber Tanner schüttelte den Kopf.

»Das bezweifle ich. Studd wurde mit einem Tuch erwürgt, das aus Indien stammte. Wäre Tilling der Mörder gewesen, so hätte er die Tat mit seinen Händen vollbracht. Nein, unsere Untersuchungen haben uns auf eine andere Spur geführt, und zwar auf Amersham, der in Indien gelebt hat.«

Der Chief Inspector klingelte.

»Was wünschen Sie? Kann ich es für Sie besorgen?«, fragte Totty.

»Ich möchte Sergeant Ferraby sprechen. Er muss noch im Haus sein.«

»Was wollen Sie denn von ihm?«, sagte Totty vorwurfsvoll.

»Er soll Miss Crane beobachten. Wenn Sie die Sache machen wollen, können Sie es meinetwegen auch tun. Ferraby kann ihr nach Marks Thornton folgen und sehen, was er dabei beobachtet. Gleichzeitig kann er auch auf Mr und Mrs Tilling achten.«

Ferraby kam kurz darauf ins Zimmer. Er war groß und immer in guter Stimmung. Als er hörte, welche Aufgabe man ihm zugedacht hatte, freute er sich darüber.

»Kennen Sie denn die junge Dame?«, fragte Tanner überrascht.

»Ich sah sie das letzte Mal, als wir in Marks Priory waren«, erklärte der Sergeant und wurde rot. »Sie ist außerordentlich hübsch.«

Totty schüttelte vorwurfsvoll den Kopf.

»Ihre Gedanken sind nicht bei der Arbeit, mein Junge.« Das stimmte mehr, als er ahnte, denn Sergeant Ferraby hatte sich heute in seinen Gedanken ausschließlich mit Isla Crane beschäftigt. Er war jung, und auch Detectives sind Menschen.

9

Zwei Tage später begleitete Ferraby seine Schutzbefohlene nach Marks Thornton, und nur widerwillig trennte er sich an dem Parktor von ihr. Sie hatte natürlich keine Ahnung, dass sie bewacht und beschützt wurde; nicht einen Augenblick vermutete sie, dass sich ein Beamter von Scotland Yard in ihrer Nähe befand und jede ihrer Bewegungen scharf beobachtete.

Ferrabys Aufgabe war schwierig, weil Isla ihn bereits kannte und schon mit ihm gesprochen hatte. Er wartete, bis ihr Auto außer Sicht kam; erst dann fuhr er zu dem Dorfgasthaus zurück und entließ den Wagen, den er vom Bahnhof aus benützt hatte.

Als er eintrat, sah er in der sonst leeren Gaststube einen jungen Mann hinter dem Schanktisch und benützte diese gute Gelegenheit, um Tottys Bericht nachzuprüfen. Er nahm an, dass er Tom, den Sohn des Gastwirts, vor sich hatte. Aber als er ihn vorsichtig auszufragen begann, unterbrach ihn dieser plötzlich.

»Sind Sie nicht ein Beamter von Scotland Yard? Sie kamen doch mit Mr Tanner hierher? Haben Sie inzwischen etwas Neues über den Mordfall Studd herausgebracht?«

»Nein«, erwiderte Ferraby kurz; er ärgerte sich, dass man ihn wiedererkannte.

Tom wischte mit einem Tuch mechanisch die Tischplatte ab.

»An dem Abend war ich nicht hier – ich fuhr zum Geburtstag meines Onkels nach London und blieb die Nacht dort.«

»Tilling hat Sie doch begleitet?«

Der junge Mann grinste.

»So, das wissen Sie? Ja, wir sind zusammen zur Stadt gefahren, aber Tilling ist früher zurückgekommen.«

»Er ist die Nacht nicht im Gasthaus Ihres Onkels geblieben?«

»Nein. Es war kein Platz für ihn da, und außerdem ist er immer ungemütlich, wenn er getrunken hat. Mit dem letzten Zug ist er nach Hause gefahren. Der hat zu viel nachzudenken; in der letzten Zeit hat er überhaupt kein freundliches Wort für andere Leute übrig. Heute Abend war er hier, aber ich konnte nichts aus ihm herausbringen. Er brummte nur mürrisch vor sich hin. Haben Sie neue Anhaltspunkte, Mr Ferraby?«

Der Sergeant lächelte.

»Es tut mir leid, dass ich Sie enttäuschen muss. Außerdem bin ich nicht beruflich nach Marks Thornton gekommen. Ich möchte mich etwas erholen.«

Tom sah ihn argwöhnisch von der Seite an. Es erschien ihm unglaubwürdig, dass ein Detective von Scotland Yard seinen Urlaub in Marks Thornton verbringen wollte.

»Dann sind Sie vielleicht wegen der anderen Geschichte hier – ich meine die Sache mit den gefälschten Banknoten. Wie hieß der Kerl doch gleich? Wenn ich mich nicht sehr irre, war es Briggs. Der wohnte hier, als der Mord begangen wurde. In derselben Nacht hat er hier logiert. Vater und ich haben uns oft darüber unterhalten, ob er vielleicht etwas mit der Geschichte zu tun haben könnte. Er sah allerdings nicht sehr gefährlich aus. Aber wenn man die Bilder der Schwerverbrecher in der Zeitung sieht, unterscheiden sie sich eigentlich gar nicht so sehr von anderen Leuten.«

Ferraby grinste.

»Ich glaube, wir müssen Sie nächstens noch als Detective anstellen«, erwiderte er und fragte dann vorsichtig, warum Tilling denn so schlechter Laune wäre.

»Die Frau würde jeden Mann zum Trinken bringen«, erklärte Tom mit Nachdruck. »Ich kann dem armen Kerl wirklich keinen Vorwurf machen; er muss ein schreckliches Leben haben! Die Frau ist sehr hübsch. Sie war Zofe, als Tilling sie kennenlernte. Natürlich laufen ihr die Männer nach. Man sagt auch, dass der Doktor ...«

Er hielt inne.

»Meinen Sie Dr. Amersham?«

Tom schnitt ein Gesicht und machte sich wieder mit großem Eifer daran, den Schanktisch abzuwischen.

»Namen nenne ich nicht. Welchen Zweck hat es auch, all den Klatsch aufzuwärmen? Die Leute in Marks Thornton haben ein böses Mundwerk.«

Am Abend berichtete der Sergeant an Chief Inspector Tanner, und am nächsten Morgen machte er einen weiten Spaziergang, der ihn in die Nähe des Tillingschen Hauses führte.

In etwa hundert Meter Entfernung hielt er an, setzte sich auf einen niedrigen Zaun und rauchte seine Pfeife. Nachdem er ungefähr eine Stunde gewartet hatte, wurde seine Geduld belohnt. Eine Frau verließ das Haus, ging den Fußpfad entlang und trat dann auf die Straße hinaus.

Sie trug einen kleinen Korb und wollte allem Anschein nach ins Dorf gehen, um dort einzukaufen. Als sie an Ferraby vorbeikam, warf sie ihm einen schnellen Blick zu. Auf jeden Fall war sie sehr hübsch; sie kleidete sich gut und vorteilhaft, trug elegante Schuhe, seidene Strümpfe und einen entzückenden Hut. Ferraby bemerkte sogar eine kleine diamantenbesetzte Uhr an ihrem Handgelenk.

»Ach, entschuldigen Sie«, sprach er sie an. »Ist das große Gebäude dort drüben Marks Priory?«

Sie drehte sich sofort um, und Ferraby hatte den Eindruck, dass sie bestimmt erwartet hatte, von ihm angesprochen zu werden.

»Ja, das ist Marks Priory.«

Ihre Stimme klang etwas gewöhnlich, aber ihre Augen waren schön und leuchteten.

»Das ist aber nicht der Haupteingang«, sagte sie und wies mit dem Kopf auf das Tor. »Der liegt in der Nähe des Dorfes. Soll ich Ihnen den Weg zeigen?«

Sie sah ihn halb furchtsam von der Seite an.

»Das würde mir das größte Vergnügen machen.«

Er fühlte, dass er durch Höflichkeit hier viel erreichen konnte, ging neben ihr her und unterhielt sich zuvorkommend und freundlich mit ihr.

Ein- oder zweimal sah sie sich um, als ob sie erwartete, dass ihr jemand folgte. Beim zweiten Mal wandte sich auch Ferraby um.

»Hat jemand gerufen?«, fragte er.

»Ach nein«, erwiderte sie und zog die linke Schulter hoch. »Es ist nur wegen meinem Mann – ich dachte, es könnte ihm einfallen, hinter mir herzukommen. Kennen Sie das Schloss schon?«

»O ja, ich kenne dort zwei Leute.«

»Etwa Mylady?«

Sie schaute ihn argwöhnisch an, denn sie konnte sich eine Bekanntschaft zwischen einem Mann und einer Frau nicht anders vorstellen, als dass Liebe oder Zuneigung eine Rolle dabei spielten. Sosehr Lady Lebanon von allen andern Bewohnern im Dorf geachtet wurde, für Mrs Tilling war sie auch nur eine Frau.

»Ja, ich habe Mylady getroffen.«

»Kennen Sie den jungen Lord auch?«

»Heute Morgen sah ich ihn den Fahrweg entlanggehen.«

Sie warf ihm einen sonderbaren Blick zu. »Wenn Sie die Zufahrtsstraße kennen, warum fragen Sie dann nach dem Weg?«

Ferraby machte nun einen kühnen Schachzug.

»Sie wissen ganz genau, dass man einen Vorwand sucht, um eine Dame anzusprechen, die man gern kennenlernen möchte.«

Er hatte seinen Zweck vollkommen erreicht, denn sie lachte leise vor sich hin.

»Ich hatte mir das auch schon gedacht. Aber Sie bringen mich in schlechten Ruf. Die Leute reden zwar schon so viel über mich, dass es nicht mehr darauf ankommt. Kennen Sie eigentlich Dr. Amersham?«, fragte sie gleichgültig, aber er merkte sofort die Absicht und ließ sich nicht täuschen.

»Ich habe ihn einmal flüchtig gesehen.«

»Er ist ein sehr liebenswürdiger Herr und außerordentlich klug. Ich bewundere solche Leute.«

Sie sprach schnell, und obwohl sie allgemeine Redensarten gebrauchte, klangen sie aus ihrem Mund doch originell.

»Klugheit und Verstand machen immer großen Eindruck auf mich«, fuhr sie fort. »Mir liegt mehr daran, dass ein Mann einen klugen Kopf hat, als dass er gut aussieht. Was Dr. Amersham nicht alles weiß ... Ich bin immer wieder erstaunt darüber. Er ist auch viel im Ausland gewesen, und ein Arzt weiß sowieso mehr als andere Leute. Meinen Sie nicht auch, Mr ...?«

»Mein Name ist Ferraby. Ist Ihr Mann denn nicht auch klug?«

»Ach, der!«, erwiderte sie verächtlich. »Er ist ganz nett, aber er fällt mir auf die Nerven.«

Sie sprach rückhaltlos, und es war leicht zu erkennen, wie sie auf Personen und Ereignisse reagierte. Nach einer Weile blieb sie stehen.

»Hier ist der Fahrweg zum Herrenhaus, aber ich glaube, das wissen Sie ebenso gut wie ich. Bleiben Sie lange hier?«

Ferraby, eine schlanke, große Erscheinung, war ausgesprochen ihr Typ, wenn er es auch nicht wusste.

»Ein oder zwei Tage«, erwiderte er und wurde plötzlich rot.

Isla Crane kam den Weg herunter. Als sie vorüberkam, warf sie ihm einen schnellen, erstaunten Blick zu und ging weiter, ohne zu grüßen.

Dieser Blick sagte ihm zweierlei: erstens, dass sie sich an ihn erinnerte; zweitens, dass sie überrascht war, ihn in einer Unterhaltung mit der Frau des Parkwächters zu finden. Am liebsten wäre er ihr nachgeeilt und hätte ihr alles erklärt. Aber was hätte sie wohl zu einer solchen Unverschämtheit gesagt?

»Das ist Miss Crane«, erklärte Mrs Tilling, die seine Verlegenheit nicht bemerkte, »die Sekretärin von Mylady. Sie ist furchtbar hochnäsig, und dabei sagen die Leute, dass sie kein Vermögen hat und nur von dem lebt, was sie hier auf dem Schloss verdient. Wenn man sie so daherkommen sieht, könnte man glauben, sie wäre eine Königin.«

Mrs Tilling hatte so hart und böse gesprochen, dass sich Ferraby wunderte.

Plötzlich reichte sie ihm ihre kleine Hand, die in einem eleganten Handschuh steckte, und verabschiedete sich.

Er hatte die Empfindung, dass jemand am Fenster des Wirtshauses stand und sie beobachtete. Sicher war es Tom, denn als er ins Gasthaus eintrat, begrüßte ihn der junge Mann grinsend.

»Die hat sich also auch schon an Sie herangemacht? Wie die es bloß immer anstellt, dass sie sofort mit allen Leuten bekannt wird! Ich halte mich von ihr fern; ich bin verlobt, und mit meiner Braut ist in der Beziehung nicht zu spaßen.«

Tom trat hinter den Schanktisch.

»Ist es Ihnen noch zu früh für ein Glas Bier?«

»Nein, ich trinke immer ganz gern ein Glas«, log Ferraby.

Plötzlich hörte er Schritte hinter sich, und eine schwere Hand legte sich auf seine Schulter.

»Kennen Sie meine Frau?«, fragte jemand.

Ferraby drehte sich gelassen um und schaute in das dunkle Gesicht des Parkwächters, dessen Augen zornig aufblitzten.

»Wenn Sie noch einmal Ihre Hand auf meine Schulter legen«, sagte er mit Nachdruck, »dann schlage ich Ihnen mit der Faust unters Kinn. Ich kenne Ihre Frau nicht – wenn Sie Mr Tilling sind. Ich bin nur mit ihr die Straße zum Dorf entlanggegangen. Wenn Sie sonst noch etwas wissen wollen, dann fragen Sie schnell, bevor ich Sie hier hinauswerfe.«

»Ich habe ein Recht zu fragen, oder wollen Sie das bestreiten? Es soll nicht jeder Fremde meine Frau anquatschen …«

»Ich bin hier kein Fremder.« Ferraby nahm die Sache nicht mehr tragisch. »Ich bin ein Detective von Scotland Yard und habe ein Interesse daran, mich mit allen Leuten gut zu stellen.«

Tilling erschrak und sah den jungen Beamten von der Seite an. »Von Scotland Yard?«, stotterte er. »Das wusste ich nicht. Was wollten Sie denn von meiner Frau wissen?«

10

Aber noch ehe Ferraby antworten konnte, wandte sich Tilling um und verließ das Gasthaus.

»Ist das nicht ein netter Kerl?«, fragte Tom ironisch. »Aber daran ist nur die Frau schuld. Was halten Sie von ihr, Mr Ferraby?«

»Ach, sie ist reizend und wirklich sehr schön.«

Tom nickte.

»Die macht ihren Mann noch verrückt. Passen Sie auf, der stellt nächstens noch Dummheiten an. Aber dafür kann man ihn dann nicht zur Verantwortung ziehen.«

Ferraby trank nicht gern Bier am frühen Vormittag, aber vom Gastzimmer aus konnte er die Gegend ruhig beobachten. Er sah auf die Dorfstraße hinaus und hoffte, dass Isla Crane auf diesem Weg nach Hause zurückkehren würde.

Nach einer Weile bemerkte er sie auch. Hastig setzte er sein Glas nieder, trat möglichst gleichgültig auf die Straße hinaus und grüßte sie.

»Erinnern Sie sich noch an mich, Miss Crane?«

Sie lachte ein wenig.

»Ja. Sie sind Mr Ferraby. Haben wir uns nicht eben schon gesehen, als Sie mit – Mrs Tilling sprachen?«, fragte sie mit leichter Ironie. »Forschen Sie wieder die Leute aus, Mr Ferraby? Warum sind Sie überhaupt hier?«

»Ich muss eine Menge von Angaben nachprüfen. Es handelt sich diesmal um einen Mann, der hier im Gasthaus wohnte und den man verhaftete, weil er gefälschte Banknoten unter die Leute brachte.«

»Ach so!« Allem Anschein nach fühlte sie sich erleichtert. Es fiel ihm aber auf, dass sie ebenso begierig war, ihn auszufragen, wie er sie. Er begleitete sie noch ein Stück Weges, aber hundert Meter vor dem Hausportal blieb sie stehen.

»Es ist besser, wenn Sie nicht weiter mitkommen, Mr Ferraby. Sonst könnte man glauben, Sie wären nicht wegen des Mannes mit dem Falschgeld hier, sondern um den Mord in Marks Priory aufzuklären. Und das würde wahrscheinlich Mylady in große Aufregung versetzen.«

Plötzlich wandte sie sich um und sah den Fahrweg entlang. Sie besaß ein besseres Gehör als Ferraby und hatte die Schritte auf dem Kiesweg längst gehört. Gleich darauf kam ein junger Mann in Sicht, der einen leichten Flanellanzug trug und ohne Hut ging.

»Kennen Sie Lord Lebanon?«, fragte sie leise.

»Ich bin ihm schon begegnet, aber ich glaube nicht, dass er sich meiner erinnert.«

»Guten Morgen, Isla.« Der junge Mann sah ihren Begleiter neugierig und fragend an. »Ach, ich kenne Sie«, sagte er dann plötzlich und kniff die Augen zusammen, als ob er scharf nachdächte. »Sie kamen mit Mr Tanner her. Ich weiß auch Ihren Namen: Ferret … Ferraby, sehen Sie, ich habe es doch.«

»Ein glänzendes Gedächtnis, Mylord«, entgegnete die Detective.

»Das ist aber auch das einzig Gute an mir! Und selbst diese Fähigkeit macht in Marks Priory keinen Eindruck. Aber was tun Sie hier? Haben Sie die arme Isla im Verhör?« Er grinste. »Mich hat niemand ausgefragt, weder Tanner noch der merkwürdige kleine Kerl, der immer bei ihm ist – dieser Sergeant Totty. Ich muss wohl sehr dumm aussehen – hast du übrigens Amersham getroffen?«, fragte er Isla.

»Ich wusste nicht, dass der hier ist.«

»Oh, der ist im Schloss. Wir müssten eigentlich immer eine Flagge hissen, wenn er ankommt. Am besten wäre ein grüner Schädel mit zwei gekreuzten Knochen auf gelbem Feld.«

»Willie!«, sagte sie leise und vorwurfsvoll.

Er lachte nur darüber.

»Kennen Sie eigentlich unseren Freund Amersham?«, wandte er sich an Ferraby.

»Oberflächlich.«

»Das genügt auch. Es wäre selbst für einen Polizisten überraschend, wenn er ihn durch und durch kennenlernen würde. Uns fällt er hier so auf die Nerven, dass wir es kaum aushalten können.« Er sah nachdenklich auf den Detective. »Warum sind Sie eigentlich hier? Wegen dieser verdammten Mordgeschichte?«

»Mr Ferraby hat mir vorhin erzählt, dass er damit nichts zu tun hat. Es handelt sich um den Mann mit den gefälschten Banknoten, der hier im Dorf war ...«

»Ach ja, ich besinne mich auf ihn. Wo wohnen Sie denn, Mr Ferraby – unten im Gasthaus? Sie hätten doch zum Schloss kommen sollen. Ich bin sicher, dass Mylady nichts dagegen hätte einwenden können. Und ich ...«

Isla sah ihn scharf an, und er brach plötzlich ab.

»Ich glaube, dass es im Gasthaus sehr ungemütlich ist. Das ist direkt ein Schweinestall!«

»Aber Willie, es ist doch ein sehr anständiges Gasthaus«, sagte Isla mit Nachdruck.

»Und ich habe das beste Zimmer«, entgegnete Ferraby lächelnd. »Außerdem wunderbar gesunde Beine, auf denen ich schnell das Lokal verlassen kann, wenn es mir nicht mehr passen sollte.«

Der junge Lord lachte herzlich.

»Sie schlafwandeln doch nicht etwa?« Plötzlich wandte er sich verlegen an Isla. »Es tut mir leid, dass ich das gesagt habe.«

Ferraby sah zu seinem Erstaunen, dass sie dunkelrot geworden war.

»Sind Sie auf dem Weg zum Herrenhaus, Mr Ferraby? Dann begleite ich Sie.«

»Nein, Mr Ferraby ist nur mit mir gekommen und geht jetzt zum Dorf zurück.«

»Dann begleite ich Sie dorthin.«

Isla ging fort, ohne sich zu verabschieden.

»Isla, wenn du an Gilder vorbeikommst, der sich hinter den Büschen dort versteckt«, rief Lord Lebanon ihr nach, »dann sage ihm, dass ich es weiß. Er kann ruhig herauskommen und braucht sich nicht abzumühen. Ich glaube, das Gras ist sehr feucht.«

Als sie fortgingen, drehte sich Ferraby noch einmal um und sah zu seiner Verwunderung, dass Isla tatsächlich vor den Sträuchern stehen geblieben war, auf die Lebanon gezeigt hatte, und mit jemand sprach, den man nicht sehen konnte.

»Ich wusste doch, dass er dort steckt«, sagte Lord Lebanon und lachte. Dann nahm er Ferraby am Arm und ging mit ihm zusammen den Fahrweg hinunter. Da er nicht besonders groß war, reichte sein Kopf kaum an Ferrabys Schulter.

»Es gibt zwei Redensarten über einen Lord. Entweder sagt man: ›so betrunken wie ein Lord‹ oder ›so glücklich wie ein Lord‹. Betrunken bin ich noch nie gewesen, und es ist schon sehr lange her, dass ich einmal glücklich war, so lange, dass ich es beinahe vergessen habe. Sie haben wohl viel zu beobachten, Mr Ferraby? Sie müssen den Leuten nachgehen und aufpassen, was sie tun und reden? Wenn Sie nun aber selbst einmal beobachtet würden? Ach, ich kann Ihnen sagen, das ist eine langweilige Geschichte.«

»Haben Sie denn schon einmal unter Beobachtung gestanden?«, fragte Ferraby erstaunt.

Lebanon nickte heftig.

»Obwohl Isla ihn gewarnt hat, folgt er mir«, entgegnete er ruhig.

Ferraby wandte sich um und entdeckte einen großen Mann, der langsam hinter ihnen den Fahrweg entlangging. Er erkannte einen der beiden Diener von Marks Priory.

»Es ist eine sonderbare Erfahrung, aber man gewöhnt sich mit der Zeit daran. Ich muss Ihnen etwas gestehen.« Er nahm seinen Arm aus dem Ferrabys und sah zu seinem Begleiter auf. »Wissen Sie, warum ich fragte, ob Sie mit mir ins Schloss kommen wollten? Ich wollte nur den Mann ärgern, der hinter uns hergeht. Und wenn ich sage: ärgern, dann meine ich: ihm Furcht einjagen. Wenn ich mich nicht sehr irre, hat er Sie erkannt und weiß, dass Sie ein Beamter von Scotland Yard sind. Und davor ist ihm doch etwas bang. Warum, weiß ich auch nicht. Aber man braucht im Schloss nur von Scotland Yard zu reden, dann ist es gleich so, als ob man sich in der Schreckenskammer befindet. Wo liegt eigentlich Scotland Yard?«, fragte er plötzlich.

Ferraby erklärte es ihm.

»Ach so, in der Nähe des Parlaments. Ich glaube, ich kenne das Gebäude. Wenn ich in den nächsten Tagen in die Stadt komme, werde ich mich einmal ausführlich mit Ihnen und dem Beamten unterhalten, der die Untersuchung des Falles leitet; wie heißt er doch gleich – ach so,

Tanner! Ich könnte ihm Dinge erzählen, die ihm geradezu Spaß machen würden.«

Sie gingen quer über die Straße zu dem Gasthaus.

»Nachdem ich nun getan habe, worüber sich alle ärgern, werde ich Sie verlassen«, sagte der Lord.

»Worüber ärgern sich denn die anderen?«

»Dass ich mich mit einem Polizeibeamten so eingehend und ernst unterhalte. Ich habe eine Ahnung, dass Gilder besonders dazu angestellt ist, das zu verhindern. Wenn er nun heute Nacht unruhig schläft, freue ich mich wenigstens!«

Ferraby stand in der Tür des Gasthauses und sah Lebanon nach. Gilder folgte seinem jungen Herrn in respektvoller Entfernung.

11

Die Abende in Marks Priory schlichen meist in qualvoller Eintönigkeit dahin. Amersham war nach London zurückgekehrt, sodass Willie nicht einmal einen Menschen hatte, mit dem er's sich zanken konnte. In Wirklichkeit hatte er doch ein wenig Furcht vor dem Doktor; aber manchmal konnte er ihn durch irgendeine anscheinend unschuldige Bemerkung nervös und ärgerlich machen. Nachdem er das einmal erlebt hatte, ließ er keine Gelegenheit ungenützt, es zu wiederholen.

Isla hatte sich bereits zur Ruhe gelegt, und Lady Lebanon war unheimlich schweigsam. Der junge Lord fühlte, dass seine Mutter mit ihm sprechen wollte und dass die Unterredung nicht sehr angenehm für ihn werden würde. Diese Stille bedeutete meist nichts Gutes.

»Wer war der Herr, mit dem du dich heute so lange unterhalten hast, Willie?«, begann sie schließlich.

Darauf wollte sie also hinaus!

»Ach, das ist – den Namen habe ich leider vergessen. Ich habe ihn unten im Dorf getroffen.«

»Ein Polizeibeamter?«

»Ja, ich glaube«, sagte Willie äußerst gleichgültig und griff nach einer Zeitung.

»Was hast du ihm gesagt?«

»Nichts. Ich habe mir nur die Zeit vertrieben! Er wohnt in dem Gasthaus – wirklich ein netter Kerl. Er kommt von London und stellt Nachforschungen wegen des Geldfälschers an. Wenigstens hat er mir das gesagt.«

Sie biss sich auf die Unterlippe und sah ihn lange an.

»Er ist hier, um den Mord aufzuklären. Er wurde auch beobachtet, wie er mit Mrs Tilling sprach und sie ausfragte. Hoffentlich hast du nichts verraten, Willie?«

Der junge Lord lachte laut auf.

»Ich, etwas verraten! Was sollte ich denn verraten? Ich weiß doch nicht, wer den armen Studd umgebracht hat. Vielleicht habe ich eine Ahnung, aber genau weiß ich es nicht. Und wenn ich wirklich wüsste, wer es getan hat, würde ich dem Kerl eine Kugel durch die Rippen jagen – besonders wenn es der Mann ist, den ich für den Mörder halte.«

Sie sah ihn an; ihr Blick war scharf, fast hypnotisch.

»Du sprichst sehr leichtsinnig über diese Dinge, Willie. Aber hoffentlich begreifst du, wie schwerwiegend ein solcher Verdacht ist. Selbst wenn die Beamten nichts beweisen können, tragen sie vielleicht so viel Material zusammen, dass ein vollkommen Unschuldiger ins Gefängnis gesteckt wird.«

»Der Schuldige aber auch«, entgegnete Willie rücksichtslos. »Aber ich weiß gar nicht, Mutter, warum du dir darüber Sorgen machst. Man sollte fast annehmen, du wolltest verhindern, dass der Mörder Studds verhaftet wird!«

Sie richtete sich hoch auf, aber dann seufzte sie.

»Was hast du dem Detective gesagt?«, fragte sie aufs Neue.

»Nichts.«

Er stand schnell auf und warf die Zeitung auf den Tisch.

»Der Mann hat mich lange nicht so viel gefragt wie du. Ich gehe jetzt zu Bett!«

Als er sich zur Treppe wandte, sah er Gilder auf der unteren Stufe.

»Warten Sie einen Augenblick, Mylord. Ich möchte wirklich wissen, was Sie dem Polizeibeamten gesagt haben.«

»Gilder«, rief Lady Lebanon hart, »lassen Sie den Lord vorbeigehen.«

Lebanon konnte vor Zorn und Ärger nicht sprechen. Er eilte an dem Diener vorbei die Treppe hinauf.

»Gilder, das hätten Sie nicht tun sollen.«

»Es tut mir leid, Mylady«, erwiderte der Mann nicht gerade unterwürfig. »Aber dieser Detective von Scotland Yard hat mich außerordentlich beunruhigt. Ich dachte, die Untersuchung wäre zu Ende. Ich möchte nur wissen, warum sie die Sache wieder aufgegriffen haben. Es war einer von Tanners Leuten.«

Sie nickte.

»Er wohnt unten im Gasthaus. Glauben Sie, dass die Geschichte wahr ist – ich meine, dass er Nachforschungen wegen des Geldfälschers hier anstellen will? Immerhin wäre es möglich. Er muss nicht unbedingt hergekommen sein, um den Mord aufzuklären.«

Gilder schaute sie zweifelnd an.

»Ich weiß es nicht, er ist nur ein Sergeant. Wenn etwas Wichtiges im Gange wäre, würden wir sicher den Chief Inspector selbst hier sehen. Die niederen Beamten werden doch nur mit geringeren Aufgaben betraut. Ich glaube nicht, dass er sich den Kopf über Studd zerbricht.«

»Ich möchte doch erfahren, was dieser Sergeant hier in der Gegend macht. Berichten Sie mir auf jeden Fall, wann er wieder abfährt.«

Sie nahm eine Kassette aus einer Schublade ihres Schreibtisches und ging die Treppe hinauf. Sie führte ein sehr regelmäßiges Leben, dessen Verlauf nur unterbrochen wurde, wenn unangenehme Leute wie Dr. Amersham die Ruhe ihres Daseins störten.

Ferraby machte am Abend noch einen Spaziergang. Er folgte dem Weg, den er am Morgen zurückgelegt hatte, und kam schließlich wieder zu Mr Tillings Haus. In einem Fenster brannte noch Licht, und in der Nähe der Gartentür bemerkte er eine Frau, die einen dunklen Schal um die Schultern gelegt hatte und eine Zigarette rauchte.

»Ich dachte schon, dass Sie es wären«, sagte sie leise, als ob sie fürchtete, dass man sie hören könnte. »Ist es nicht furchtbar hier im Dorf? Sie müssen sich doch hier zu Tode langweilen.«

»Ach, es ist nicht so schlimm. Übrigens habe ich heute Morgen Ihren Mann getroffen – er war sehr ärgerlich auf mich.«

Sie zuckte die Schultern.

»Das ist nichts Neues. Er ist immer auf einen böse. Heute Nacht hat er Dienst auf der Nordseite des Parks, dort sind Wilddiebe gesehen worden. Wenn er tatsächlich in seinem Revier ist, dann ist er eine Dreiviertelstunde von hier entfernt.«

Plötzlich legte sie ihre Hand auf die seine.

»Es tut mir leid, dass ich Sie nicht ins Haus bitten kann. Aber würden Sie einen Spaziergang über die Felder mit mir machen?«

Er sah sie betroffen an.

»Nein, ich mache jetzt einen Spaziergang nach dem Gasthaus, und dann gehe ich zu Bett.«

Sie lachte spöttisch.

»Johnny wird Ihnen kein Haar krümmen.«

Er vermutete, dass sie mit Johnny Mr Tilling meinte.

»Ich gehe gewöhnlich abends ein wenig spazieren. Solange ich in Sehweite vom Haus bleibe, ist es auch nicht gefährlich.«

Unvermutet änderte sich ihr Benehmen wieder.

»Wer hat Studd ermordet?«, fragte sie mit harter Stimme. »Dieser gemeine Schuft!« Es klang fast wie unterdrücktes Schluchzen. »Aber ich werde ihn finden, Mr Ferraby – eher als die Beamten von der Polizei.«

»Studd muss ein guter Freund von Ihnen gewesen sein.«

»Er war mein Geliebter«, erklärte sie trotzig. »Ich sage Ihnen die Wahrheit. Er war der Einzige auf der Welt …«

Erst nach einer Weile konnte sie weitersprechen.

»Ich wollte mich von meinem Mann scheiden lassen, denn er ist wirklich nicht höflich und anständig. Dann wollte ich Studd heiraten. Bei ihm wäre ich auch ganz anders geworden, wenn er mich von diesem schrecklichen Dorf fortgebracht hätte.«

Wieder dauerte es einige Zeit, bis sie sich gefasst hatte.

»Ich wollte Ihnen das eigentlich schon heute Morgen sagen, aber ich konnte nicht. Wenn ich jemals herausbringe, wer es getan hat, dann werde ich nicht eher ruhen, als bis ich den Mörder an den Galgen gebracht habe, ganz gleich, wer er ist.«

Es klangen unverhohlene Feindschaft und wilder Hass aus ihren Worten.

»Deshalb hatte ich gehofft, Sie würden einen Spaziergang mit mir machen; deshalb habe ich aufs Sehnlichste gewünscht, dass Sie heute Abend vorbeikommen möchten. Ich habe schon zwei Stunden hier gewartet. Sie haben wohl geglaubt, ich wollte ein wenig mit Ihnen flirten? Nein, die Absicht hatte ich nicht. Ich wollte nur wissen, was Sie herausgebracht haben. Ich glaubte, das wäre leicht, aber jetzt weiß ich, dass Sie es mir doch nicht sagen, selbst wenn Sie es wissen.

Er war gerade auf dem Weg zu mir, als sie ihn umbrachten«, fuhr sie ruhiger fort. »Ich hätte ja auch zu dem Maskenball gehen können, aber ich wollte nicht, dass die Leute wieder etwas zu reden hätten, besonders da Johnny an dem Abend in London war.«

»Der kam aber mit dem letzten Zug zurück. Haben Sie das nicht gewusst?«

Sie starrte ihn ungläubig an.

»Mein Mann kam erst am nächsten Morgen. In dem Punkt irren Sie sich.«

»Er fuhr am selben Abend zurück, und zwar mit dem letzten Zug.«

»Ist das wahr?«, fragte sie langsam. »Das ist mir allerdings nicht bekannt. Nun haben Sie mir wenigstens etwas gesagt. Gute Nacht, Mr Ferraby.«

Bevor er etwas erwidern konnte, war sie im Garten verschwunden. Er sah noch, wie sie die Haustür öffnete, dann ging er zu dem Gasthaus zurück. Ihr Verhalten gab ihm neue Rätsel auf, und in Gedanken suchte er eifrig nach einer Lösung.

Er hatte nicht übertrieben, als er sein gemütliches Zimmer im Gasthaus lobte. Es war ein großer, niedriger Raum mit behaglichen Möbeln. Ein breit ausladendes Bett mit vier hohen Pfosten lud zur Ruhe ein.

Ferraby kleidete sich gemächlich aus, las noch eine halbe Stunde, öffnete dann den einen Fensterflügel und zog die Vorhänge vor.

Er war noch in dem Alter, in dem man tief und ruhig schläft, und im Allgemeinen war er zwei Minuten, nachdem er sich niedergelegt hatte, bereits entschlummert. Aber in dieser Nacht wälzte er sich lange von einer Seite zur anderen, ehe er schließlich einnickte. Seine letzte Erinnerung war, dass die Dorfuhr Mitternacht schlug.

Hässliche Vorstellungen quälten ihn in seinen Träumen. Er ging auf dem Fahrweg und sprach mit Isla Crane, aber es kam jemand hinter ihm her und warf ihm etwas um den Hals.

»Machen Sie doch keinen Unsinn«, sagte er und hob die Hände, um Luft zu bekommen.

Aber es wurde enger und drückender. Er rang nach Atem, und sein Kopf schien zu schwellen und immer größer zu werden. Verzweifelt wehrte er sich, wachte auf und fand, dass es kein Traum war, sondern dass es um Leben und Tod ging. Eine Schlinge war um seinen Hals geknüpft und zog sich immer fester zu.

Er riss daran und fiel dabei aus dem Bett. Verzweifelt zerrte er an dem Tuch, aber es rückte und rührte sich nicht. Er war schon nahe daran, das Bewusstsein zu verlieren, als er mit einer letzten Anstrengung seine Weste packte, die er über den Stuhl gehängt hatte. Hastig suchte er darin nach seinem Taschenmesser, fand es und öffnete es. Im Augenblick höchster Not gelang es ihm auf diese Weise noch, das Tuch durchzuschneiden.

Aber es war so fest geknotet, dass er große Mühe hatte, es ganz zu entfernen. Es sauste und brauste in seinen Ohren, und er wusste kaum, was er tat. Endlich hatte er sich befreit. Eine Weile lag er auf dem Boden und atmete schwer, aber die Nachtluft brachte ihn wieder zu sich.

Er hörte, dass jemand schnell den Gang entlanglief; gleich darauf wurde die Tür geöffnet, und Tom beugte sich über ihn.

»Ist hier etwas passiert?«, fragte er besorgt, knipste rasch das Licht an und stützte Ferraby. »Was ist denn geschehen?«

Gleich darauf kam auch der Gastwirt herein, und die beiden schleppten Ferraby zum offenen Fenster, sodass er sich erholen konnte.

Das Bett war fast bis zur Mitte des Zimmers gezogen worden.

Nach einigen Minuten erhob sich der Sergeant, aber seine Knie zitterten, und sein Kopf war noch ganz benommen.

»Heben Sie das für mich auf«, bat er und zeigte auf die Fetzen des roten Seidentuches. Obwohl er sich noch sehr schwach fühlte, kam ihm doch zum Bewusstsein, dass Studd mit einem ganz ähnlichen Tuch ermordet worden war. In der einen Ecke glänzte das kleine Metallschild.

Nach einer Viertelstunde hatte er sich so weit erholt, dass er eine genaue Durchsuchung des Zimmers vornehmen konnte. Das Tuch war um seinen Hals geknotet und außerdem an dem Bettpfosten befestigt gewesen. Nur ein Mann, der über außerordentliche Kräfte verfügte, konnte das fertiggebracht haben ...

Er musste durch das Fenster eingestiegen sein; die Vorhänge waren zur Seite geschlagen, und auf dem feuchten Fensterbrett fand Ferraby den Abdruck eines Schuhs. Bei weiteren Nachforschungen entdeckte man eine Leiter an dem kleinen Stallgebäude, dessen Dach sich an das Haupthaus anlehnte. Nach einiger Zeit kam auch der Dorfpolizist und notierte alles.

Bei Tageslicht durchsuchte Ferraby das Zimmer noch einmal, aber der Einbrecher hatte keine weiteren Spuren hinterlassen, und der Fußabdruck war so undeutlich, dass er nichts nützen konnte.

Der Sergeant rief Scotland Yard an und berichtete Tanner kurz, was geschehen war.

»Eigenartig«, sagte er halb entschuldigend, »dass ich nach dem Verbrecher Ausschau hielt, während er mich die ganze Zeit verfolgte.«

»Der Mann hat also mehr Erfolg gehabt als Sie«, entgegnete der Chef trocken. Dann fragte er, ob er Dr. Amersham gesehen hätte.

»Nein, der ist nicht hier. Gestern Abend ist er fortgefahren.«

»Zur Stadt ist er nicht zurückgekehrt. Ich glaube, Sie können feststellen, dass er irgendwo in der Nähe von Marks Thornton war. Forschen Sie weiter nach und kommen Sie dann hierher. Und bringen Sie vor allem die Reste des Tuches mit. Natürlich darf über den Zwischenfall nicht geredet werden; sorgen Sie dafür, dass der Wirt den Mund hält. Je weniger von der Sache bekannt wird, desto besser.«

Ferraby hatte von dem Gastwirt bereits das Versprechen erhalten, dass der Mann nichts weitersagen wollte. Der Dorfpolizist war schwieriger zu behandeln; Ferraby musste erst den Vorgesetzten anrufen, um zum Ziel zu kommen.

Als er in der Nacht nach London zurückkehrte, erfuhr er, dass Tanner aufs Land gefahren war.

12

Der Chief Inspector hatte am Nachmittag ein hübsches Dorf in Berkshire besucht. Er hätte sich sofort aufs Pfarramt in Petersfield begeben und sich bei dem liebenswürdigen Pastor John Hastings erkundigen können, aber er ging längere Zeit spazieren, besichtigte die Ruinen aus der Sachsenzeit, die den Ort berühmt gemacht hatten, sah sich auch das halb vollendete Gemeindehaus an und ließ sich dann von dem Küster die Kirche zeigen. Er erhielt sogar die Erlaubnis, die Krypta und verschiedene Andenken an die grausame Durchführung der Reformation sehen zu dürfen. Dann musste er die Kirchenbücher besichtigen, die bis in das Jahr vierzehnhundert zurückreichten. Inspector Tanner brachte einen sehr interessanten Nachmittag damit zu.

Als er nach London zurückkam, hörte er, dass Ferraby vergeblich nach ihm gefragt hatte. Die Erlebnisse der vergangenen Nacht hatten den jungen Sergeanten ein wenig mitgenommen, aber er hatte einen klaren, übersichtlichen Bericht geschrieben.

Tanner öffnete das Päckchen, das die einzelnen Stücke des rotseidenen Halstuches enthielt. In jeder Beziehung glich es dem Seidentuch, mit dem Studd ermordet worden war.

Obwohl Ferraby eine Skizze von dem Schlafzimmer mit angrenzenden Korridoren und Räumen gemacht hatte, konnte der Chief Inspector doch nur wenig Wertvolles daraus entnehmen. Aber auf der Rückseite des Berichtes fand er eine Bemerkung, die ihn sehr interessierte:

Sie hatten recht. Amersham brachte die Nacht in Cranleigh zu, das ungefähr acht Kilometer von Marks Thornton entfernt liegt. Er wohnte dort in dem Gasthaus, wo er auch sein Auto untergestellt hatte. Die meiste Zeit des Abends brachte er jedoch anderswo zu. Einzelheiten darüber berichte ich noch. Tanner schloss den Bericht in eine Schublade ein. Der Fall von Marks Priory hatte plötzlich wieder neue Bedeutung erlangt.

Obwohl Ferraby nichts davon wusste, war ein zweiter Beamter nach Marks Thornton geschickt worden, der einen anderen Punkt aufklären sollte. Es handelte sich dabei um den verstorbenen Lord Lebanon, den unter geheimnisvollen Umständen ein plötzlicher Tod ereilt hatte, während Willie Lebanon in Indien weilte.

Es wurde auch gemeldet, dass Dr. Amersham in seine Wohnung zurückgekehrt wäre. Ein anderer Detective war nach Petersfield gefahren, um die Nachforschungen des Chief Inspector Tanner fortzusetzen. Außerdem wurden eingehende Untersuchungen auf dem amerikanischen Konsulat angestellt. Um sieben Uhr abends lief in Scotland Yard die Nachricht ein, dass Dr. Amersham seine Wohnung in Ferrington Court wieder verlassen hätte, um nach Marks Priory zu fahren. Den Chauffeur hatte er zu Hause gelassen und den Wagen selbst gesteuert. Kaum hatte Chief Inspector Tanner dies erfahren, als er sich sofort mit den Überwachungsstellen der Landpolizei in Verbindung setzte. Gegen acht Uhr erhielt er die Bestätigung, dass der Doktor in südlicher Richtung davongefahren wäre. Daraufhin fuhr er sofort in einem Taxi zu Amershams Wohnung.

Diesmal hatte er einen Durchsuchungsbefehl in der Tasche. Er unterhielt sich mit Bould und zeigte ihm das Schriftstück.

»Das muss ich aber dem Doktor berichten, wenn er morgen zurückkommt.«

»Wenn Sie es diesmal vergessen wollten, täten Sie mir einen großen Gefallen. Ich verspreche Ihnen auch, alles genau wieder so zu ordnen, wie ich es vorfinde.«

Totty begleitete ihn.

Als sie erst einmal in den Räumen waren, begannen sie eine systematische, sorgfältige Durchsuchung. Viele Beweise sprachen dafür, dass der Doktor gerade kein Einsiedler und Lebensverächter war; die luxuriös ausgestattete Wohnung war mit Kunstwerken aus Indien dekoriert. Totty öffnete mit einem Dietrich den Schreibtisch, aber sie entdeckten nur wenig, was sie interessierte.

Das Bankbuch, das sie suchten, war nicht in der Wohnung. Sie fanden allerdings eine Bankabrechnung, aus der hervorging, dass der Doktor ein Konto von achttausend Pfund auf der Bank hatte. Allem Anschein nach war er auch beruflich tätig, denn in seinem Schlafzimmer fanden sie eine Ledertasche mit ärztlichen Instrumenten.

Der Inspector machte nach einer Weile eine wichtige Entdeckung. Er hatte alle Schubladen des Schreibtisches herausgezogen und ihren Inhalt durchsucht. Dabei bemerkte er, dass zwei der Schubladen bedeutend kürzer waren als die anderen. Er fühlte in die Vertiefungen, und als er an die Rückseite des Schrankes klopfte, klang es hohl. Bald darauf gelang es ihm auch, ein Brett zurückzuschieben. Er steckte die Hand in die Öffnung, fühlte etwas Weiches und holte ein Stück Zeug heraus. Als er es betrachtete, schrak er zusammen.

Es war ein rotseidenes Halstuch von derselben Größe und demselben Muster wie das Seidentuch, mit dem Studd ermordet worden war!

Er rief Totty zu sich, und auch der Sergeant stand sprachlos, als er es sah. Auch die kleine Metallplatte, die den Namen der Firma trug, fehlte nicht. Allem Anschein nach war das Tuch noch nicht benützt worden.

Die beiden Beamten schauten einander an.

»Morgen werde ich eine Frage an Dr. Amersham stellen«, sagte Tanner, »und ich glaube, es wird ihm nicht leicht werden, eine Antwort darauf zu finden.«

Zwei Angestellte in Marks Priory hassten einander. Mr Kelver, der Butler, war allerdings viel zu vornehm, seine Abneigung gegen die Zofe der Lady Lebanon zuzugeben. Miss Jackson dagegen machte aus ihrer Verachtung für den alten, würdevollen Mann kein Hehl.

Der Streit hatte schon vor langer Zeit begonnen. Miss Jackson hatte geglaubt, dem Butler einen großen Dienst zu erweisen, wenn sie ihm eine lange, skandalöse Geschichte über Lady Lebanon erzählte. Mr Kelver hatte schweigend zugehört und schließlich gesagt:

»Miss Jackson, erzählen Sie mir bitte solche Geschichten nicht. Ich interessiere mich nicht für das Privatleben meiner Herrschaft. Angehörige der Aristokratie haben gewisse Vorrechte, die Leuten in niederer Stellung gewöhnlich sonderbar vorkommen.«

»Wenn Sie mich zu den niederen Ständen rechnen, Mr Kelver ...«, hatte die Zofe hitzig erwidert.

Der Butler hatte sie nur durch eine Handbewegung zum Schweigen gebracht, aber gerade diese Geste hatte Miss Jackson tief gekränkt. Von da ab waren die beiden Feinde. Er sagte nichts darüber, aber sie ließ keine Gelegenheit vorübergehen, ihm etwas anzuhängen. Sie gehörte zu den bevorzugten Dienstboten, denn sie hatte noch Zutritt zu den herrschaftlichen Räumen, wenn alle anderen Angestellten bereits ausgeschlossen waren.

Bevor sich Lady Lebanon abends um elf Uhr zurückzog, entließ sie ihre Zofe durch die Tür, die zu dem Flügel der Dienerschaft führte, und schloss diese Tür selbst hinter ihr ab.

Die Leute in Marks Priory hatten deshalb den Eindruck, dass Miss Jackson in manche Geheimnisse eingeweiht war, von denen andere nichts wussten. Sie besaß außerdem das Vertrauen ihrer Herrin und wurde daher mit dem größten Respekt von den anderen behandelt. Nur Kelver hielt sie für niederträchtig.

An dem Abend, an dem Tanner die wichtige Entdeckung machte, saß der Butler in seinem Zimmer und las Scott. Plötzlich klopfte es, und zu seinem größten Erstaunen kam Miss Jackson zur Tür herein. Auf den ersten Blick sah er, dass sie sich aufgeregt hatte; sie war nervös und im Gegensatz zu ihrer sonst so unliebenswürdigen Art geradezu unterwürfig zu ihm. Allein die Tatsache, dass sie sein Zimmer betrat, war der beste Beweis hierfür.

»Entschuldigen Sie, Mr Kelver, dass ich Sie störe. Wir wollen Vergangenes vergessen sein lassen, denn wenn jemals ein junges Mädchen einen Freund brauchte, dann bin ich es. Und ich weiß, dass ein vornehmer Charakter wie Sie einem jungen Ding nichts nachträgt ...«

Mr Kelver lächelte innerlich über das »junge Mädchen«, aber er machte keine Bemerkung. Sie berichtete ihm nun, mit einem unglaublichen Wortschwall, was ihr zugestoßen war, und er hörte ihr freundlich zu.

Sie erzählte, dass Lady Lebanon sehr aufgeregt gewesen wäre und ihr gekündigt hätte. Ja, sie hätte sie sogar geschlagen! Kelver nahm diese Nachricht mit der größten inneren Befriedigung auf, denn eine solche Behandlung hatte er der Zofe schon öfter gewünscht. Aber er ließ sich nichts merken, zog nur die Augenbrauen hoch und nickte ernst.

»Mylady war den ganzen Tag so unvernünftig, ich konnte ihr nichts recht machen, und ich hätte ihr selbst gekündigt, wenn sie mir nicht zuvorgekommen wäre. Ich habe genug von diesem verdammten Haus ...«

»Aber Miss Jackson!«, erwiderte Kelver entsetzt.

»Es ist doch wirklich ein verdammtes Haus – hier spukt es! Ich habe Dinge gesehen, die Sie kaum glauben würden! Aber wenn ich gehe, werde ich den Leuten schon alles erzählen, darauf können Sie sich verlassen!«

»Aber meine liebe junge Freundin«, sagte Mr Kelver würdevoll und herablassend, »je weniger man darüber redet, desto schneller kommt die Sache in Ordnung. In dieser Welt gibt es die verschiedenartigsten Charaktere. Wenn wir alle gleich dächten und handelten, wäre es ja auch todlangweilig. Ich habe selbst bemerkt, dass Mylady heute in nicht gerade guter Stimmung ist. Sicher ist sie durch irgendeinen unangenehmen Vorfall aus der Fassung gebracht worden. Sie müssen den Herrschaften eben manches nachsehen.«

»Das tue ich aber nicht!«

Mr Kelver sah die Nutzlosigkeit ein, die Zofe zu besänftigen. Er warf einen Blick auf die Uhr; es war noch nicht zehn.

»Heute Abend sind Sie aber frühzeitig mit dem Dienst fertig.«

»Ich muss wieder zurück. Amersham ist bei ihr, und die beiden haben sich in den Haaren. Sie hat gesagt, dass sie nach mir klingeln würde, wenn sie mich brauchte.«

»Wollen Sie nicht eine Tasse Tee trinken, Miss Jackson? Das wäre gut zur Beruhigung Ihrer Nerven.«

»Ich würde lieber einen Whisky-Soda nehmen.«

Mr Kelver fiel es schwer, aber schließlich holte er doch eine frische Flasche aus seinem Schrank hervor.

Es gab an diesem Abend wirklich Auseinandersetzungen in Marks Priory. Dr. Amersham war um neun gekommen und nicht in der Stimmung, sich Vorwürfe machen zu lassen. Im Gegenteil, er kam in übelster Laune.

»Mylady, ich wünschte, Sie würden es sich früher überlegen, wenn Sie mich dringend sprechen wollen. Ich hatte heute Abend eine wichtige Verabredung.«

»Unsere Unterhaltung ist wichtiger als alles andere.«

Lady Lebanon saß steif in ihrem Sessel in der großen Halle. Ihre bleichen Züge waren undurchdringlich, und ihre dunklen Augen blitzten drohend.

»Wenn Sie etwas Wichtigeres haben, möchte ich das doch gern erfahren.«

Einen Augenblick schien er die Fassung zu verlieren, aber er beherrschte sich.

»Sie wollten mich wegen dieses Detectives sprechen? Wenn er so dumm und einfältig war, dass er beinahe erwürgt wurde …«

»Wer hat Ihnen das gesagt?«

»Ich habe davon gehört.«

»Von wem?«

»Gilder telefonierte mich an.«

Sie sah ihn eine Weile an, ohne ein Wort zu sprechen.

»Ich wollte Sie nicht wegen des Detectives sprechen, sondern wegen einer Angelegenheit, die Sie selbst angeht.«

Sie nahm ein Blatt Papier, das vor ihr lag.

»Heute kam eine Frau zu mir – die Kellnerin unten aus dem Dorf.«

Sein Gesichtsausdruck änderte sich.

»Ja, und was soll das?«, fragte er trotzig.

»Ist es wahr, dass Sie – sich mit ihr eingelassen haben?«

Er gab keine direkte Antwort.

»Was für ein Klatsch! Mylady, wenn Sie auf die Leute unten im Dorf hören …«

»Ich frage, ob das wahr ist? War sie eng mit Ihnen befreundet? – Ich möchte keine stärkeren Ausdrücke gebrauchen.«

»Ich lasse mich nicht von Ihnen verhören.«

»Ich habe auch verschiedene Geschichten über Tillings Frau erfahren.«

Er lachte laut auf, aber es klang nicht überzeugend.

»Sie können den ganzen Tag zuhören, wenn Sie sich um Klatschgeschichten kümmern. Aber nun im Ernst, Sie haben mich doch nicht den weiten Weg von London hergeholt, um mir Vorhaltungen zu machen, als ob ich ein kleiner Schuljunge wäre?«

Sie sah ihn wieder einige Zeit an, dann senkte sie den Blick.

»Es stimmt also, es ist alles wahr. Das ist tatsächlich hässlich und gemein. So darf es nicht weitergehen.«

Er nahm einen Stuhl und steckte sich eine Zigarre an.

»Das habe ich mir auch schon gedacht, dass es nicht so weitergeht«, entgegnete er kühl. »Ich habe mir vorgenommen, England zu verlassen und in Italien zu leben. Lange genug habe ich hier die schmutzige Arbeit für Sie getan …«

Sie warf den Kopf zurück und sah ihn hasserfüllt an. Sein gewöhnliches Benehmen war unerträglich.

»Dafür sind Sie aber auch reichlich bezahlt worden.«

Er lachte.

»Ihre Ansichten über gute Bezahlung weichen sehr stark von den meinen ab. Aber wir wollen nicht mehr darüber sprechen. Ich schlage vor, dass ich Ende des Jahres von England fortgehe. Ich werde mir eine Villa in Florenz kaufen und kann dann hoffentlich vergessen, dass es ein Marks Priory auf der Welt gibt.«

»Hoffentlich vergessen Sie auch, dass ich ein Scheckbuch besitze. Das wäre eine große Wohltat für mich.«

Er lächelte ironisch.

»Das Bankkonto haben nicht Sie, sondern Willie. Und er ist so schwach, dass er alle Schecks abzeichnet, die man ihm vorlegt. Nein, das werde ich nicht vergessen. Im Gegenteil, von diesem glücklichen Umstand lebe ich ja.«

Die Atmosphäre war elektrisch geladen. Lady Lebanon antwortete nicht, sondern klingelte.

»Wir können die Sache morgen früh weiter besprechen«, sagte sie schließlich. »Keiner von uns beiden ist im Augenblick ruhig genug, um auf die Gründe des anderen zu hören. Amersham, Sie müssen vor allem diese Liebeleien lassen. Diese Geschichten bringen mich in schiefes Licht – alle Leute wissen, dass Sie hier auf dem Schloss verkehren –, und Sie selbst machen sich dadurch direkt lächerlich. Sie sind doch auch kein junger Mann mehr.«

Diese Worte verletzten seine Eitelkeit.

»Wie alt ich bin, ist wohl gleichgültig. Übrigens bleibe ich die Nacht nicht hier, ich fahre direkt zur Stadt zurück.«

»Sie bleiben hier, sonst bekommen Sie morgen kein Geld.«

Er sah sie düster an. Als einem Mann, der eine gute Erziehung genossen hatte, waren ihm derartig peinliche Auftritte zuwider. Er nahm wohl Geld von einer Frau, aber er wollte sich das nicht ins Gesicht sagen lassen.

Ungerührt ließ sie seine scharfen Vorwürfe über sich ergehen.

»Ich habe nicht gewusst, dass Sie so gemein sein können«, erklärte sie ruhig.

»Sie werden auch noch andere Dinge einsehen lernen. Bis jetzt hat die Polizei das Schloss ja noch nicht durchsucht. Wenn es erst einmal dazu kommen sollte, geht das Feuerwerk los. Sie sind mir doch ganz und gar ausgeliefert ... Wenn Sie daran denken, werden Sie sicher wieder vernünftig. Ich gehe jetzt. Vielleicht könnte ich Inspector Tanner manches erzählen.«

»Das glaube ich nicht. Und niemand würde Ihnen glauben, wenn Sie es erzählen. Versuchen Sie es doch einmal. Sie werden sehen, dass es unmöglich ist. Und vergessen sie eins nicht, Amersham: Sie sind ebenso gut in die Affäre verwickelt wie jeder andere. Sie haben immer die Absicht gehabt, die Verwaltung von Willies Vermögen an sich zu reißen. Diesen gemeinen Plan habe ich bisher vereitelt, und ich werde Ihnen auch in Zukunft stets entgegentreten.«

Er starrte sie so wild an, dass sie glaubte, er wolle auf sie zuspringen und sie schlagen.

»Es ist gut«, erwiderte er schließlich heiser. »Alles Weitere wird sich zeigen. Ich komme nicht wieder!«

Die Tür fiel hinter ihm ins Schloss.

Bewegungslos saß Lady Lebanon in ihrem Sessel, bis sie hörte, dass er in seinem Wagen davonfuhr.

»Kann ich irgendwie behilflich sein, Mylady?«

Die Zofe stand auf der Treppe. Lady Lebanon fiel ein, dass sie nach ihr geklingelt hatte. Wie lange mochte Miss Jackson schon dort stehen, und wie viel von der Unterredung hatte sie gehört?

»Ich habe oben gewartet, bis die Haustür zugeschlagen wurde«, fuhr die Zofe fort, als ob sie die Gedanken ihrer Herrin erraten hätte.

»Es ist gut, in ein paar Minuten komme ich auf mein Zimmer.«

Plötzlich näherten sich schnelle Schritte, und Isla trat in die Halle.

»Was willst du denn hier?«, fragte Lady Lebanon scharf.

»Ach – nichts.«

Isla sprach die Wahrheit; sie sah aus, als ob sie einen Schrecken erlebt hätte.

Mit einer Handbewegung wurde die Zofe entlassen.

»Nun, was gibt es?« Lady Lebanon zeigte auf den Tisch, auf dem eine Karaffe mit Wein stand.

»Danke, ich möchte nichts trinken – wo ist Gilder?«

»Ich weiß es nicht – vermutlich in seinem Zimmer.«

»Er ist ausgegangen«, erwiderte Isla nervös und ängstlich. »Und Brooks ist auch fort. Ich sah von meinem Fenster aus, dass sie zusammen weggingen. Um Himmels willen, es wird doch nicht wieder etwas passieren!« Sie brach zusammen. Lady Lebanon achtete nicht auf sie, sondern ging schnell zur Haustür, öffnete und starrte in die dunkle Nacht hinaus. Ein paar Augenblicke später hörte sie einen Schrei, der sofort erstickt wurde. Dann herrschte wieder tiefes Schweigen wie vorher. Hochaufgerichtet blieb sie stehen, aber es war ihr, als ob sich eine eisige Hand auf ihr Herz legte. Sie ahnte, was geschehen war.

13

Briggs hatte an Tanner geschrieben, dass er wichtige Aussagen über den Mord in Marks Priory machen könnte, und der Chief Inspector hatte sich entschlossen, ihn von der Polizeistation Cannon Row nach Scotland Yard kommen zu lassen.

Mit Totty wartete er nun in seinem Büro auf die Ankunft des Mannes.

Briggs sah etwas wohler aus als bei seiner Verurteilung, machte aber ein melancholisches Gesicht. Man schloss seine Handschellen auf, außerdem durfte er auf einem Stuhl Platz nehmen und eine Zigarette rauchen. Dann sagte er, dass er sich schwach fühle, und bat um einen Kognak.

»Was die Kerle alles dabei herausschlagen!«, meinte Totty bewundernd. »Von denen kann man noch etwas lernen.«

»Also, Briggs«, begann Tanner kurz und geschäftlich, »Sie waren in der Mordnacht im Dorf Marks Thornton?«

»Jawohl.« Briggs' Stimme klang kläglich, als ob er schwer leidend wäre. »Das habe ich ja schon geschrieben. Leider kann ich der Polizei nicht in dem Maß helfen, wie ich gern möchte, denn ich bin durch meineidige Zeugen verurteilt worden, Sie mögen es mir glauben oder nicht, Mr Tanner. Ich bin so unschuldig wie ein neugeborenes Kind.«

»Davon bin ich vollkommen überzeugt«, unterbrach ihn der Chief Inspector. »Erzählen Sie uns jetzt, was Sie noch über die Sache wissen.«

Briggs wollte seinen Aufenthalt in Scotland Yard mindestens so lange hinziehen, dass er während der Zeit drei Zigaretten rauchen konnte. Er erzählte also umständlich, dass er auf dem Zaun saß, der die Felder von Marks Priory einschloss, berichtete dann, dass der Chauffeur Studd eilig an ihm vorüberkam und dass er später einen Schrei hörte …

»Gleich darauf sah ich einen Mann auf mich zukommen. Er lief und war ganz außer Atem. ›Wer ist da?‹, rief ich. ›Es ist alles in Ordnung‹, antwortete der Mann. ›Ich bin Dr. Amersham.‹«

»Stimmt das auch?«, fragte Tanner und machte sich eine Notiz. »Davon haben Sie doch in Ihrem Brief nichts geschrieben?«

»Nein, ich habe nur angedeutet, worum es sich handelte. Wenn ich ganz offen sein soll: Ich sagte mir, wenn ich alles genau schreibe, wollen Sie mich nachher nicht mehr sprechen.«

»Ach so, Sie wollten einen Tag vom Gefängnis fort. Nun gut, also was passierte dann?«

Tanner wusste rein gefühlsmäßig, ob ein Verbrecher die Wahrheit sagte oder nicht. Und Briggs' Worte entsprachen wohl den Tatsachen.

Der Mann stand auf und ging zum Schreibtisch. Er wollte seine Aussage möglichst dramatisch gestalten, besonders, da er jetzt zu einem gewissen Höhepunkt kam.

»Mr Tanner«, sagte er langsam, »ich habe ein unheimliches Gedächtnis für Stimmen, und als ich ihn reden hörte, erkannte ich ihn wieder!«

»Was, Sie hatten ihn schon vorher getroffen?«, fragte der Chief Inspector überrascht. »Wo war denn das?«

»Im Gefängnis in Puna, als uns beiden der Prozess gemacht wurde. Damals war er Offizier, und man hatte ihn verhaftet, weil er den Namen eines Kameraden unter einem Scheck gefälscht hatte. Es war allerdings ein merkwürdiges Zusammentreffen, dass wir zu gleicher Zeit im Gefängnis sein mussten. Ich hatte mich wegen einer ähnlichen Sache zu verantworten. Er ist aber so davongekommen; man hat die Sache damals vertuscht, um einen Skandal zu vermeiden.«

Tanner sah ihn ungläubig an. Sollte Dr. Amersham tatsächlich ein Fälscher sein? Entweder verwechselte Briggs den Mann mit einem anderen, oder –

»Das haben Sie wohl alles erfunden?«

»Durchaus nicht, es ist vollkommen wahr. Sie können ja nach Indien telegrafieren. Ich kann Ihnen sogar das genaue Datum geben.«

»Aber Dr. Amersham ist doch ein Mann von Bildung, und er war damals Offizier ...«

»Stimmt alles«, erklärte Briggs zornig. »Aber er hat trotzdem den Namen eines Kameraden gefälscht. Der Mann hieß Willoughby – Sie können das auch in den Akten feststellen. Ich weiß ganz genau Bescheid. Dr. Amersham wurde aus der Armee ausgestoßen. Was später aus ihm wurde, weiß ich nicht. Ich hörte nur noch, dass er unten in Madras ein Mischlingsmädchen geheiratet hätte. Auf jeden Fall war er wegen Betrugs und Fälschung angeklagt, das weiß ich genau. Er heißt Leicester Charles Amersham. Ich habe ihn sofort an der Stimme wiedererkannt.«

Die Vornamen stimmten, also konnte man Briggs' Angaben nicht ohne Weiteres ablehnen.

Noch lange, nachdem der Mann wieder abgeführt worden war, saß der Chief Inspector und stützte den Kopf in die Hände. Auch auf Totty hatte der Bericht großen Eindruck gemacht.

»Jetzt muss ich mir diesen Amersham doch einmal persönlich vornehmen«, sagte Tanner schließlich. »Das wird eine ernste Unterredung geben. Von vier verschiedenen Seiten kommen wir immer wieder auf Amersham. Ich möchte nur wissen, was er eigentlich vorhat.«

»Das kann ich Ihnen genau sagen«, erklärte Totty. »Er will den jungen Lord Lebanon umbringen.«

»Lord Lebanon? Das wäre möglich. Dass mit Amersham etwas nicht stimmt, war mir längst klar, aber ich ahnte nicht, dass er ein derartiges Vorleben hat.«

»Und warum haben die Leute auf dem Schloss amerikanische Diener?«, fragte Totty. »Das ist doch sonst nirgends Sitte. Übrigens wäre es gar nicht schwer, den jungen Lord aus dem Weg zu schaffen, denn der ist nicht sehr schlau. Das wäre der reinste Kindermord zu Bethlehem.«

In dem Augenblick trat Ferraby schnell ins Büro.

»Nun, was gibt es?«

»Wollen Sie Lord Lebanon sprechen?«

Tanner sah den Sergeanten groß an.

»Was, ist er persönlich nach Scotland Yard gekommen? Das ist allerdings merkwürdig! Bringen Sie ihn herein.«

Lebanon sah sich neugierig in dem Zimmer um, als er hereingeführt wurde, legte dann Hut, Handschuhe und Stock auf einen leeren Sessel und sah von Totty zu Tanner, als ob er unschlüssig wäre, an wen er sich zu wenden hätte.

»Sie bearbeiten doch diesen Fall?«, wandte er sich schließlich an Totty. Der Sergeant hätte das zu gern zugegeben, aber Tanner gab sofort eine eindeutige Erklärung.

Lord Lebanon schien der Anfang nicht leichtzufallen. Ängstlich schaute er nach der Tür, durch die er hereingekommen war. Ferraby hatte sich inzwischen auf einen Wink des Chief Inspector wieder entfernt.

»Ja, ich kann mich auf Sie besinnen, Mr Tanner, und auch auf Ihren Assistenten.«

Sergeant Totty richtete sich zu voller Höhe auf und wurde dem Lord vorgestellt.

»Totty? Das ist doch ein alter Name.«

»Ich stamme aus einer altitalienischen Familie«, erklärte der Sergeant. Tanner warf ihm einen wütenden Blick zu.

Der Lord sah sich wieder unruhig um.

»Würden Sie nicht einmal nachsehen, ob draußen vielleicht jemand lauscht?«

Der Chief Inspector lächelte.

»In all den Jahren, die ich schon hier Dienst tue, habe ich viele Unterredungen in diesem Raum geführt, aber auf eine solche Vermutung ist noch niemand gekommen. Das gibt es in Scotland Yard nicht.«

Tanner hätte nie gedacht, dass der Lord tatsächlich im Polizeipräsidium erscheinen würde. Ferraby hatte ihm allerdings von der Unterredung berichtet, in der der Lord seinen Besuch angekündigt hatte.

»Ich weiß nicht viel von Scotland Yard, aber ich habe gehört, dass es eine Art Gefängnis sein soll?«

Totty lächelte nachsichtig.

»Jedenfalls musste ich herkommen. Das habe ich ja schon Mr Ferraby angedeutet. Gestern Abend habe ich den festen Entschluss gefasst.«

Tanner kam plötzlich ein Gedanke.

»Haben Sie zu Hause die Erfahrung gemacht, dass Leute an Ihren Türen lauschen, Lord Lebanon?«

Willie zögerte; die Frage schien ihm peinlich zu sein.

»Nun – es ist gerade nichts Außergewöhnliches, dass ich zu Hause belauscht werde. Es wäre aber auch möglich, dass es hier passiert. Ist Mr Ferraby übrigens ein Detective?«

Tanner nickte.

»Ich will ganz offen mit Ihnen sprechen, Mylord«, entgegnete der Chief Inspector. »Obwohl Ferraby erklärte, Sie würden kommen, habe ich Sie nicht erwartet. Da Sie nun aber einmal hier sind, hoffe ich, Sie sagen mir Verschiedenes, das den einen oder anderen fraglichen Punkt des Rätsels aufklärt. Natürlich habe ich nicht das Recht, Fragen an Sie zu stellen. Aber da Sie freiwillig erschienen sind, werden Sie mir sicher helfen wollen. In Marks Priory stehen mehrere Personen in Verdacht, darunter …« Tanner machte absichtlich eine Pause.

»Meinen Sie meine Mutter?«, fragte der Lord ruhig.

Tanner nickte.

»In gewisser Weise. Sie muss natürlich bedeutend mehr wissen, als sie uns gesagt hat. Aber ich dachte eigentlich noch mehr an einen anderen – an Dr. Amersham.«

Lebanon lächelte bitter.

»Mir ist dieser Mann immer rätselhaft gewesen, und ich wundere mich nicht, dass er verdächtigt wird. Was meine Mutter angeht …« Er zögerte, weil er nach Worten suchte, um ihre Stellung richtig zu kennzeichnen. »Sie sollen alles erfahren, was ich weiß«, fuhr er schließlich fort. »Ich will es Ihnen von Anfang an erzählen. Sie sollen auch wissen, dass ich Amersham nicht ausstehen kann. Ich bin gegen ihn voreingenommen, das gebe ich gern zu.«

Der Lord setzte sich. Er sprach langsam und machte öfters Pausen, um die geeigneten Worte zu wählen.

14

»Ich will mit der Zeit beginnen, als ich noch zur Schule ging. Sehr stark bin ich niemals gewesen, und ich habe Eton auch nur zwei Jahre lang besucht. Dann wurde ich aus der Schule genommen und bekam einen Hauslehrer. Wie Sie vielleicht wissen, war mein Vater krank und schloss sich von der Außenwelt ziemlich ab. Er verbrachte sein ganzes Leben, mit Ausnahme eines Winters, in Südfrankreich, auf seinem Landsitz in Marks Priory. Aber selbst wenn ich in den Ferien zu Hause war, habe ich ihn nur selten gesehen.

Unter uns kann ich ja ruhig sagen, dass keine große Zuneigung zwischen uns bestand. Gewiss hatte ich großen Respekt vor ihm, aber das war auch alles.

Marks Priory selbst hat mir nie gefallen; schon in meinen jungen Jahren bin ich sehr ungern hingegangen. Sehen Sie, Mr Tanner, ich besitze nicht den Familienstolz, den meine Eltern haben. Für die war jeder Stein des Schlosses heilig und die Tradition wichtiger als die Heilige Schrift.

Nachdem ich die Schule verlassen hatte, brachte ich den größten Teil meiner Zeit mit meinem Lehrer in der Schweiz zu. Wir gingen auch nach Südfrankreich und Deutschland und besuchten gelegentlich englische Seebäder, zum Beispiel Torquay. Mein Vater hatte in der Armee gedient – es ist bei uns Familientradition, dass immer einer im Kavallerieregiment dient –, und so kam auch ich nach Sandhurst. Es gelang mir, die Prüfungen zu bestehen. Hervorragend waren meine Leistungen allerdings nicht, aber doch etwas über dem Durchschnitt.

Bis dahin hatte ich nur wenig von Dr. Amersham gesehen, obwohl er als Hausarzt meines Vaters regelmäßig ins Schloss kam. Ich wusste, dass er einige Jahre in Indien gelebt hatte, aber ich hatte keine Ahnung, dass er die Armee aus besonderen Gründen verlassen musste. Ich meine damit, dass die Sache nicht ganz klar lag. Der Grund war wohl in einer hässlichen Handlungsweise seinerseits zu suchen.

Er war mir immer unsympathisch. Ich kann mich darauf besinnen, dass er sich damals meinen Eltern gegenüber ziemlich unterwürfig benahm. Aber allmählich änderten sich sein Verhalten und seine Stellung. Er tat so, als ob er alles zu sagen hätte, und mischte sich in Dinge ein, die ihn nichts angingen.

Mein Regiment wurde bald nach Indien geschickt, nachdem ich als Offizier eingetreten war, und ich freute mich, dass ich von England fortkam. Mein Vater war damals schon hoffnungslos krank. Als ich später von seinem Tod erfuhr, tat es mir leid, aber nur um meiner Mutter willen. Ihn selbst habe ich eigentlich nie beklagt – ich will in diesem Punkt offen sein und mich nicht besser machen, als ich in Wirklichkeit bin.

Als das geschah, war ich in Indien, wo es mir verhältnismäßig gut ging. Die gesellschaftlichen Verpflichtungen waren etwas langweilig, aber schließlich auszuhalten. Nur schoss ich unglücklicherweise einmal auf der Jagd einen meiner Treiber an, er kam in die Schusslinie, als ich gerade auf einen Tiger anlegte. Das war ein böser Zufall.

Vielleicht wäre alles noch gut abgelaufen, sodass ich nicht nach England hätte zurückkehren müssen. Meine Mutter ist eine sehr tüchtige Frau; sie konnte die Verwaltung der Güter selbst leiten. Die Schriftstücke, die ich unterzeichnen musste, wurden mir nach Indien gesandt. Ich hätte meine Dienstzeit dort auch beenden können, aber kurz nachdem ich den Treiber angeschossen hatte, packte mich ein böses Fieber. Ich habe dann ziemlich lange gelegen – wie lange, weiß ich nicht mehr. Es muss aber wohl eine ernste Krankheit gewesen sein, denn meine Mutter schickte Dr. Amersham, damit er mich nach Hause zurückbringen sollte.

Ich merkte gleich, mit was für einem Mann ich es zu tun hatte. Er verkehrte mit niemand und verließ das Haus kaum. Ich staunte auch darüber, dass er sich auf der Reise nach Indien einen Bart hatte wachsen lassen. Es wurde wohl über ihn geklatscht, aber ich hatte nie darauf geachtet. Eine unangenehme Geschichte mit einem Mischlingsmädchen spielte dabei eine Rolle – darüber werde ich Ihnen später genauer berichten.

Ich hatte den Eindruck, dass er sich fürchtete, mit Leuten zusammenzukommen, die er von früher her kannte. Er ging auch erst nach Einbruch der Dunkelheit aus dem Haus.

Als ich dann nach England zurückkehrte, fand ich eine merkwürdige Lage vor. Amersham war der eigentliche Herr von Marks Priory, und die beiden amerikanischen Diener waren inzwischen eingestellt worden. Sonderbarerweise kannte ich sie schon von früher her. Entweder hatten sie in Amershams Diensten gestanden, oder sie waren bei meiner Mutter gewesen, bevor ich nach Sandhurst ging. Damals hatte ich nicht darauf geachtet; man merkte auch nicht viel von ihrer Anwesenheit. Aber nun waren sie Hauptpersonen geworden.

Meine Mutter hatte sich kaum verändert, aber ich fand eine neue Hausgenossin auf dem Schloss vor – Isla, die Tochter eines Vetters meiner Mutter. Eine charmante junge Dame, sehr ruhig und zurückhaltend, dabei aber gescheit und klug. Sie ist die Sekretärin meiner Mutter, nimmt aber eine viel bedeutendere Stellung ein, da meine Mutter sie sehr gern hat.« Lord Lebanon zögerte einen Augenblick. »Ich werde sie heiraten. Ich selbst habe zwar keine besondere Lust dazu, aber meine Mutter wünscht es.

Es herrschte eine eigenartige Spannung zu Hause: Amersham dirigierte alles. Die beiden amerikanischen Diener schienen ganz unabhängig zu sein, sie kümmerten sich jedenfalls kaum um andere Leute und traten unverschämt auf, allerdings niemals mir gegenüber. Sie taten, was sie wollten, und versahen ihren Dienst so schlecht, dass ein junger Mann, der bei uns im Pferdestall angestellt war, mehr geleistet hätte als die beiden.

Es stimmte also etwas nicht; es musste ein Geheimnis geben, das mir verschwiegen wurde. Ich hatte früher keine Ahnung, dass meine Rückkehr jemand unangenehm werden könnte, aber nun merkte ich, dass ich bei jeder Gelegenheit beobachtet wurde.

Meine Krankheit und meine Rückkehr schienen gewisse Pläne umgestoßen zu haben. Was man im Schilde führte, wusste ich allerdings nicht. Man fürchtete wohl, dass ich vielleicht später dahinterkommen würde. Selbst meine Mutter schien ängstlich geworden zu sein. Auch ich wurde schließlich unruhig, aber nach einiger Zeit gewöhnte ich mich daran.

Als ich Gilder wegen Unfähigkeit entließ, bekam ich einen Schock, als er am Ende der Woche immer noch in Marks Priory war. Zuerst war ich wütend darüber, ging zu meiner Mutter und bestand darauf, dass der Mann das Haus verlassen sollte.«

Der Lord lachte leise.

»Aber meiner Aufforderung wurde keine Folge geleistet. Ich hätte ebenso gut verlangen können, dass das ganze Schloss dem Erdboden gleichgemacht werden sollte! Nach zwei weiteren vergeblichen Versuchen fand ich mich mit meiner Lage ab. Die beiden Amerikaner waren meine Diener, und ich zahlte für sie, aber ich hatte ihnen nichts zu sagen. Es war ja in der Tat nicht so schwer, mit ihnen auszukommen. In gewisser

Weise benahmen sie sich auch nett, und ich habe eigentlich wenig über sie zu klagen.

Mit Dr. Amersham dagegen ist es anders. Er tritt öffentlich so auf, als ob er Herr in meinem Haus wäre. Er hat viel Geld, hält sich ein teures Auto und Rennpferde – aber das wissen Sie wahrscheinlich alles selbst. Wenn Gilder und Brooks auch sonst sehr großspurig tun, vor dem Doktor haben sie großen Respekt. Er behandelt die beiden aber auch, als ob sie seinesgleichen wären. Meiner Mutter gefällt das gar nicht, aber sie sagt nichts dazu und hat auch niemals etwas gegen diese Zustände unternommen.

Der Mann, den Amersham am meisten hasste, war mein Diener Studd, der arme Kerl, den sie ermordet haben. Wenn die beiden irgendwie zusammenkamen, gab es Krach, und wenn es so weitergegangen wäre, hätte er Studd auch entlassen. Ich weiß nicht, was Amersham gegen ihn hatte – vielleicht wusste Studd zu viel über ihn. Aber was es auch immer sein mochte, Amersham war sein Feind. Übrigens hatte Studd früher auch in der indischen Armee gedient.

In einem der ersten Gespräche, die ich nach meiner Rückkehr von Indien mit meiner Mutter hatte, erwähnte sie ihren dringenden Wunsch, dass ich Isla heiraten sollte. Ich muss natürlich irgendjemand heiraten, das erwartet man von mir. Aber man möchte doch wenigstens selbst wählen. Sie wissen ja, dass Isla eine äußerst schöne und liebenswürdige junge Dame ist. Sie war auch vollkommen normal – bis zu Studds Tod.«

Tanner richtete sich interessiert auf.

»Was passierte denn dann?«

»Von da ab ging eine Änderung mit ihr vor. Sie fürchtet sich entsetzlich, ist vollkommen verängstigt und zuckt zusammen, wenn man sie unerwartet anspricht. Und immer hat man den Eindruck, dass sie darauf gefasst ist, schreckliche Dinge zu erleben. Außerdem schlafwandelt sie.

Ich hatte schon früher gehört, dass manche Leute an diesem Übel leiden, aber ich hatte noch niemand in diesem Zustand gesehen. Ich saß gerade in der Halle und trank noch einen Whisky-Soda vor dem Schlafengehen, als Isla im Nachthemd die Treppe herunterkam. Ich war zuerst überrascht, und da ich nicht wusste, was das bedeuten sollte, sprach ich sie an.

Dann packte mich das Grauen – ich weiß nicht, ob Sie schon einmal einen Schlafwandler beobachtet haben? Es ist furchtbar. Als ich sie anredete, antwortete sie nicht. Aber sie kam in die Halle und ging umher, als ob sie etwas suchte. Schließlich stieg sie wieder langsam die Treppe hinauf. Ich trat nahe an sie heran und sah in ihr Gesicht. Ihre Augen waren weit geöffnet, und sie sprach leise mit sich selbst. Was sie sagte, mag der Himmel wissen; ich konnte kein Wort verstehen. Soviel ich weiß, hat sich das zweimal ereignet. Es war mir bekannt, dass man solche Leute nicht aufwecken soll. Ich ging so bald wie möglich zu meiner Mutter und berichtete ihr, was ich erlebt hatte. Das zweite Mal hat meine Mutter sie selbst gesehen und zu ihrem Zimmer zurückgeführt.

Das hat großen Eindruck auf die alte Dame gemacht. Sie war sehr aufgeregt, was man nur selten bei ihr erlebt. Ich kann mich übrigens nicht darauf besinnen, dass meine Mutter mich jemals geküsst hätte.

Die Tatsache, dass Isla eine Schlafwandlerin ist, macht die Aussicht auf eine Ehe mit ihr gerade nicht sehr angenehm. Man will doch schließlich nicht mitten in der Nacht das ganze Haus durchsuchen, um seine Frau zu finden!«

»Weiß Dr. Amersham etwas davon?«, fragte Tanner nachdenklich.

Lord Lebanon nickte.

»Natürlich«, erwiderte er bitter. »Es kann in unserem Haus nichts passieren, ohne dass er davon Kenntnis erhält. Er hat ihr ein Schlafmittel verschrieben, aber ich bezweifle, dass sie es nimmt.«

»Wovor fürchtet sie sich denn?«

»Vor allem! Wenn irgendein Brett kracht, fährt sie vom Stuhl auf. Im Dunkeln will sie nicht in den Park gehen, und sie schließt sich in ihrem Zimmer ein. Sie ist die Einzige im Schloss, die das tut.«

Tanner dachte einige Zeit nach. Was er eben gehört hatte, machte den eigentlich schon schwierigen Fall noch komplizierter.

»Sie sprachen vorhin über einen Mischling in Verbindung mit Dr. Amersham. Können Sie mir die Geschichte genauer erzählen?«

»Gewiss. Sie war ein sehr schönes Mädchen, und Sie müssen die Sache natürlich erfahren. Es passierte, als er mich damals nach England bringen sollte. Sie wurde in seinem Haus aufgefunden – erdrosselt!«

Tanner sprang erregt auf.

»Was?«, rief er ungläubig.

Wenn das stimmte, war das Geheimnis von Marks Priory gelöst.

»Ist das auch richtig?«

Lord Lebanon nickte und lächelte triumphierend. Er war noch jung genug, sich über die Sensation zu freuen, die seine Worte hervorgerufen hatten.

»Ja. Ein wirklich sehr schönes Mädchen – sie gehörte allerdings nicht den besten Klassen an, obwohl ihre Familie sehr reich war. Man fand sie damals erdrosselt auf der Veranda des Bungalows, den der Doktor allein bewohnte. Die Sache wirbelte viel Staub auf, aber man konnte ihm die Tat nicht nachweisen. Man fand jedoch Anzeichen dafür, dass auf der Veranda ein Kampf stattgefunden hatte. Die Zeitungen behaupteten, es müsste ein Eingeborener gewesen sein, der das Mädchen mit seinem Hass verfolgt hatte. Und es war auch ein rotes Tuch um ihren Hals geschlungen, genau wie bei Studd.«

»Das war mir neu«, sagte Tanner, nachdem er sich von seinem Erstaunen erholt hatte. »Weiß Ihre Mutter davon?«

Der junge Lord zögerte.

»Es ist schwer zu erfahren, was sie weiß, und was sie nicht weiß. Hoffentlich hat sie keine Ahnung davon. Aber nun möchte ich Sie um Ihren Rat bitten, Mr Tanner. Was soll ich unter diesen Umständen tun? Sie werden mir wahrscheinlich erklären, dass es doch sehr einfach ist, Dr. Amersham das Haus zu verbieten. Vom juristischen Standpunkt aus ist das auch richtig. Aber meine Mutter hat ihren eigenen Willen, und ich kann mich ihr gegenüber unmöglich durchsetzen. Würden Sie so liebenswürdig sein, einmal als mein Gast ein Wochenende in Marks Priory zu verbringen?«

Tanner lächelte.

»Was würde Ihre Mutter dazu sagen?«

Lord Lebanon machte ein langes Gesicht.

»Das ist natürlich eine andere Frage. Nein, so einfach geht es wirklich nicht, es könnte furchtbar unangenehm werden.«

»Aber wie wäre es, wenn Sie selbst einmal eine Erholungsreise machten? Gehen Sie doch auf ein paar Jahre außer Landes.«

»Das scheint mir eine gute Lösung zu sein, aber Sie vergessen ganz, dass ich mit meiner Mutter und Dr. Amersham rechnen muss. Es kommt zwar nicht darauf an, was er dazu sagt, aber gegen den Willen meiner Mutter kann ich nichts tun. Ich habe ja schon früher erklärt, dass ich gern nach Amerika gehen würde, um mir dort eine Farm zu kaufen. Ich will unter diesen Umständen ganz auf den Titel verzichten. Meinetwegen mag mein nächster Verwandter die Erbschaft antreten.«

Er lachte, als er das sagte.

»Wer ist denn der nächste Erbe?«

»Ist es nicht merkwürdig? Der Mann lebt auch in Amerika und ist Kellner. Nein, ich scherze nicht. Die erste Erbin ist übrigens Isla! Das habe ich erst neulich von meiner Mutter erfahren. Ja, es wäre eine großartige Idee, wenn ich nach Kanada ginge und einmal für kurze Zeit vergessen könnte, dass es überhaupt ein Marks Priory gibt. Das habe ich meiner Mutter mindestens ein Dutzend Mal gesagt, aber sie behauptet immer, ich müsste hierbleiben.«

Er stand auf und trat an den Tisch. Jetzt lächelte er nicht mehr; sein Gesichtsausdruck war mitleiderregend.

»Chief Inspector, ich bin nun einmal ein Schwächling. Es gibt ja Hunderttausende solcher Leute auf der Welt. Ja, ich sage sogar offen, die Mehrzahl aller Leute gehört dazu. Starke, schweigsame Menschen scheint es nur in Scotland Yard zu geben.

Ich bin vollkommen in der Hand meiner Mutter, und, um ganz offen zu sein, ich habe nicht die Energie, es auf eine Auseinandersetzung mit ihr ankommen zu lassen.«

Plötzlich wandte er sich um.

»Es ist jemand an der Tür«, sagte er leise.

»Aber, mein lieber Lord Lebanon, ich versichere Ihnen …«

»Haben Sie etwas dagegen, wenn ich einmal nachsehe?«

»Öffnen Sie die Tür, Totty.«

Der Sergeant kam der Aufforderung nach und schrak zusammen. Draußen stand ein Mann, der den Kopf gesenkt hatte, als ob er lauschte. Als das Licht auf ihn fiel, erkannten sie Gilder, den amerikanischen Diener.

»Entschuldigen Sie vielmals«, sagte Gilder und trat ruhig ins Zimmer. »Lord Lebanon hat sein Zigarettenetui zu Hause liegen lassen, und ich bin hergekommen, um es ihm zu bringen.«

»Warum haben Sie an der Tür gelauscht?«, fragte Tanner streng.

»Ich habe nicht gelauscht, ich wusste nur nicht genau, welches Zimmer Ihr Büro ist. Und um sicherzugehen, horchte ich, ob ich nicht die Stimme von Lord Lebanon erkennen könnte, bevor ich anklopfte.«

»Wer hat Ihnen gesagt, dass Sie heraufgehen sollen?«

»Der Polizeibeamte am Haupttor«, erklärte Gilder, der in keiner Weise verlegen wurde.

Er zog ein Zigarettenetui aus der Tasche und reichte es dem Lord. Mit einer freundlichen Verbeugung entfernte er sich dann wieder. Tanner sah ihm nach, bis der Mann die Tür geschlossen hatte, dann gab er Totty ein Zeichen.

»Folgen Sie ihm und passen Sie auf, wohin er geht.«

Der Chief Inspector war erstaunt über die Kühnheit Gilders. Wie lange hatte er nun schon hinter der Tür gestanden, und was hatte er alles gehört? Die Unverschämtheit einer solchen Spionage innerhalb von Scotland Yard machte ihn sprachlos.

»Ich habe also doch recht gehabt«, meinte Lord Lebanon. »Ich dachte, ich wäre heute Morgen unbemerkt von Marks Priory fortgegangen, aber Gilder hält sehr scharf Wache, dem kann man nicht so leicht entkommen.«

»Seit welcher Zeit werden Sie so scharf beobachtet?«

»Seit meiner Rückkehr von Indien. Vielleicht auch schon vorher, aber das ist mir nicht aufgefallen.«

»Ist Ihre Mutter davon unterrichtet?«

Der junge Lord zuckte die Schultern.

»Ich kann mir kaum das Gegenteil vorstellen. Auf jeden Fall weiß Amersham davon.«

»Wo ist er jetzt?«

»Gestern Abend war er in Marks Priory, aber er fuhr zur Stadt zurück. Meine Mutter erwähnte es heute Morgen beim Frühstück, sonst hätte ich überhaupt nichts davon erfahren, dass er bei uns war.«

Tanner machte sich verschiedene Notizen.

»Können Sie mir sagen, wann dieses junge Mädchen in Indien ermordet wurde?«

»Kommen Sie doch nach Marks Priory. Ich kann alle diese Tatsachen dort aus meinen Papieren feststellen. Ich werde Ihnen auch mein Tagebuch zeigen.« Lord Lebanon nahm Hut und Stock auf. »Sie können Amersham mitteilen, was ich Ihnen erzählt habe, aber natürlich wäre es mir lieber, wenn Sie es nicht täten, da er sonst zu Hause sicher einen furchtbaren Krach macht. Das Beste wäre, wenn Sie ein Wochenende auf dem Schloss zubrächten. Ich könnte Ihnen noch viele interessante Dinge erzählen. Kennen Sie Petersfield? Es ist ein kleines Dorf in Berkshire.«

Tanner sah ihn scharf an, denn diese Frage hatte er nicht erwartet. Lord Lebanon war also doch nicht so unbegabt, wie es den Anschein hatte, und er kannte auch das Geheimnis seiner Mutter.

Der Chief Inspector begleitete ihn bis zum Hauptportal von Scotland Yard. Auf dem Rückweg zu seinem Büro wurde er von Sergeant Totty eingeholt.

»Ich habe ihn bis auf die andere Seite des Ufers gebracht. Wie wäre es gewesen, wenn wir den Mann wegen Umherlungerns verhaftet hätten?«

»Meinen Sie Gilder? Nein, das geht nicht gut. Er kann ja auch nicht viel Schaden anrichten ... Ich möchte nur wissen, ob er etwas gehört hat?«

»Sie meinen wegen Miss Isla Crane?«, fragte Totty. »Oder wegen des Mischlings? Die Beweise gegen Amersham häufen sich mehr und mehr. Meiner Meinung nach haben wir doch jetzt Material genug, um Amersham zu verhaften.«

»Wenn Sie erst einmal einigermaßen gelernt haben, was die Polizei zu tun hat – und das wird vielleicht in fünfzig Jahren der Fall sein –, dann werden Sie auch endlich begreifen, dass man sehr leicht Leute verhaften, aber sehr schwer so viele Beweise beischaffen kann, um sie zur Verurteilung zu bringen.«

Als er wieder in sein Büro kam, sah er eine Reihe von jüngeren Beamten, denen er eine Instruktionsstunde geben musste. Er seufzte, denn er hasste diese Vorlesungen. Viel lieber wäre er fortgefahren und hätte Amersham aufgesucht, um ihm ein paar wichtige Fragen vorzulegen.

»Gehen Sie nachher zur Wohnung von Dr. Amersham«, wandte er sich an Totty, »und sagen Sie ihm, dass ich ihn in Scotland Yard sprechen möchte. Natürlich braucht er nicht zu kommen, wenn er nicht will. Aber es wird die ganze Angelegenheit vereinfachen, wenn er sich in meinem Büro einfindet. Warnen Sie ihn auch wie üblich; am Ende hat er hohe Bekannte, die nachher einen furchtbaren Skandal machen, weil die Vorschriften nicht genau eingehalten worden sind.«

»Und wenn er nicht kommen will, soll ich ihn dann verhaften?«, fragte Totty erwartungsvoll.

Tanner schüttelte den Kopf.

»Nein, so weit sind wir noch nicht.«

Ein Bote kam herein und brachte ein Telegramm. Totty nahm es in Empfang, öffnete es und reichte es seinem Vorgesetzten. Tanner las:

Äußerst dringend. Leiche Dr. Amershams heute Vormittag 11:07 im Park von Marks Priory hinter Gebüsch gefunden, das fünfzig Meter südlich vom westlichen Flügel liegt. Der Tote wurde erdrosselt, aber man fand weder ein Tuch noch einen Strick. Kommen Sie sofort.

15

Ein Gärtner, der im Dorf gewesen war, kehrte durch den Park nach den Gewächshäusern zurück. Unterwegs sah er etwas im Schatten eines Rhododendronstrauches liegen und dachte zuerst, es wären alte Kleider, die jemand fortgeworfen hatte. Er ging darauf zu, um sich zu vergewissern, und fand Dr. Amersham tot auf. Der Arzt hatte die Hände krampfhaft erhoben, als ob er sich vor einem unsichtbaren Feind wehren wollte. Ein Tuch musste um seinen Hals geschlungen gewesen sein; man konnte die Spuren der Erdrosselung noch deutlich sehen. Aber der Mörder hatte es anscheinend mitgenommen.

Der Dorfarzt wurde gerufen, aber er konnte nur feststellen, dass Amersham schon seit vielen Stunden tot war.

Lady Lebanon war in ihrem Zimmer, als sie die Nachricht erfuhr, und zeigte sich erstaunlich ruhig.

»Benachrichtigen Sie die Polizei«, sagte sie. »Und schicken Sie auch ein Telegramm nach Scotland Yard. Wie hieß doch der Beamte? Ach so, Tanner!«

Was möglich war, wurde sofort getan. Die Leiche war aber noch nicht fortgeschafft, als schon ein Polizeiauto durch das Dorf raste und vor dem Herrenhaus hielt. Tanner und vier andere Beamte stiegen aus. Der Polizeiarzt und der Doktor aus dem Dorf waren anwesend, als der Chief Inspector die Kleider des Toten durchsuchte. Er fand jedoch nichts, was auf den ersten Blick als Anhaltspunkt hätte dienen können. In einer Tasche entdeckte er drei Banknoten im Wert von je hundert Pfund, in einer anderen einen Pass.

Fotos waren schon gemacht worden, bevor die Beamten erschienen. Nachdem Tanner die Umgebung genau abgesucht hatte, ließ er Amersham fortbringen. Er hatte nicht die geringsten Anzeichen eines Kampfes entdecken können, aber auf dem kiesbestreuten Zufahrtsweg zeigten sich Spuren eines Autos, das vom Weg auf den Rasen gefahren war. Nach einiger Zeit führten die Spuren wieder auf den Hauptweg zurück und von dort direkt nach dem Dorf Marks Thornton.

Daraus konnte er viel entnehmen. Fünfzig Meter von der Stelle entfernt, an der der Wagen zum zweiten Mal die Fahrstraße verlassen hatte, fand Totty Öllachen und zwei verbrannte Streichhölzer. Eins war angesteckt worden, aber sofort ausgegangen, das andere war halb abgebrannt.

Mit Ferrabys Hilfe untersuchte er den Grasboden in der Nähe sorgfältig, und gleich darauf entdeckten sie auch eine Zigarette, die vom Tau vollständig durchnässt war. Sie war nicht in Brand gesetzt worden, aber in der Mitte durchgebrochen. Totty brachte sie seinem Vorgesetzten, und Tanner las die Aufschrift auf dem Zigarettenpapier.

»Eine Chesterfield. Rein amerikanische Marke, wenn sie auch ab und zu hier geraucht wird. Verwahren Sie sie gut, ebenso das Streichholz. Kommen Sie jetzt mit mir die Fahrstraße entlang und sehen Sie einmal nach, ob Sie Fußspuren finden können, die vom Gras auf den Fahrweg führen. Sie müssten direkt in der Nähe der Stelle sein, an der das Auto vom Weg abwich.«

In der vergangenen Nacht hatte es eine Stunde lang geregnet, und es lag noch Feuchtigkeit in der Luft, sodass die Straßen nicht getrocknet waren. Man konnte daher die Wagenspuren deutlich erkennen.

»Wo ist denn das Auto?«, fragte Ferraby.

»Die Polizei hat es drei bis vier Kilometer entfernt auf einem Nebenweg gefunden. Die Leute sind bereits unterwegs damit und bringen es hierher.«

Bei den Worten sah er sich um.

»Dort kommen sie schon. Sagen Sie doch dem Chauffeur, er soll dort halten. Die Spuren dürfen nicht weiter verwischt werden. Und dann sehen Sie sich einmal auf dem Weg um, wie weit diese Spuren mit denen des Wagens übereinstimmen.«

Kurze Zeit später kam Totty zurück.

»Es handelt sich um denselben Wagen«, erklärte er.

»Haben Sie denn in dem Auto selbst einige Fußabdrücke gefunden?«

Sie hatten nur eine tiefe Schramme entdeckt, die als Anhaltspunkt nicht zu gebrauchen war.

»Ich glaube, ich kann Ihnen erzählen, wie der Mord begangen wurde«, sagte Tanner. »Jemand sprang von hinten auf den offenen Wagen. Dem Doktor wurde hier das Tuch um den Hals geworfen, denn an dieser Stelle bog der Wagen von der Fahrstraße ab, und sein Weg ist ziemlich unregelmäßig, bis er an der Stelle im Gras hielt, an der Sie die vielen Ölspuren gesehen haben. Dort muss er eine Stunde lang gestanden haben, bis jemand kam und ihn wegbrachte. Der Betreffende steckte sich eine Zigarette an, bevor er einstieg. Er öffnete ein neues Päckchen Chesterfield – Ferraby hat die Banderole der Packung gefunden. Als der Mann die erste Zigarette herauszog, brach sie mitten durch, und er warf sie fort. Erst die zweite konnte er anzünden, aber auch erst nach zwei Versuchen. Dann fuhr er den Wagen zu dem Platz, an dem er später aufgefunden wurde. Ein Polizist sah das Auto um halb drei vorüberfahren, aber das Verdeck war hochgeklappt, sodass er den Mann am Steuer nicht erkennen konnte. Daraus ergibt sich klar, wann der Mord begangen wurde. Amersham verließ Marks Priory kurz nach elf, zwei Minuten später wurde er erdrosselt. Darauf schleifte man den Toten bis zu der Stelle, an der er später aufgefunden wurde. Der Mörder kam dann ruhig zurück und brachte den Wagen fort. Vielleicht ist er sogar zum Herrenhaus gegangen. Auf keinen Fall wird er sich draußen noch länger herumgetrieben haben. Der Wärter im Torhaus erinnert sich, dass er nachts einen Wagen vorüberfahren hörte, aber die Zeit kann er nicht genau angeben. Nun fragt sich: Warum ließ der Mörder den Toten im Park und in der Nähe des Herrenhauses, obwohl er die Möglichkeit hatte, ihn im Auto wegzuschaffen?«

Später nahm der Chief Inspector eine genaue Untersuchung des Autos selbst vor. Die Uhr am Armaturenbrett war zertrümmert, und an der Tür entdeckte er Kratzer.

»Das hat Amersham gemacht, als ihm das Tuch um die Kehle geschlungen und er nach rückwärts gezogen wurde. Er suchte mit dem Fuß einen Halt, trat dabei gegen die Uhr und kam mit den Schuhsohlen auch an die Tür.«

Tanner betrachtete den Boden und fand eine tiefe Spur, als ob jemand etwas Schweres über den Gummibelag fortgezogen hätte.

»Sehen Sie, hier ist Amersham aus dem Wagen und dann quer über das Gras geschleift worden. Wir haben eine klare Spur von der Öllache bis zu dem Rhododendrongebüsch. Ich werde alle Dienstboten verhören. Mit Lady Lebanon und den beiden amerikanischen Dienern muss ich auch sprechen. Ist übrigens der Lord nach Hause zurückgekehrt?«

»Er ist eine Viertelstunde vor uns eingetroffen«, erklärte Ferraby. »Ist er nicht dort drüben?«

»Gehen Sie hin und unterhalten Sie sich mit ihm. Ich bin augenblicklich nicht in der Stimmung, mit ihm zu reden, ich habe wichtigere Dinge zu tun.«

Tanner ging den Fahrweg hinauf bis zum Haus und trat dann in die große Halle. Lady Lebanon war in ihrem Zimmer, wie der Butler erklärte, aber Miss Jackson wartete auf ihn. Sie hatte viel zu berichten, und was Tanner von ihr erfuhr, war so interessant, dass er die Zofe in den Park mitnahm. Eine halbe Stunde fragte er sie aus und verglich ihre Angaben dann mit dem, was ihm bisher bekannt war.

»Haben Sie Lady Lebanon heute Morgen gesehen?«

»Nein. Ich bin zu ihrem Zimmer gegangen, aber sie wollte mich nicht hineinlassen. Sie sagte mir nur, ich sollte machen, dass ich so schnell wie möglich aus dem Haus käme. Sie bestellte sogar einen Wagen aus dem Dorf, der mich zum Bahnhof bringen sollte.«

»Wann war das?«

»Heute Morgen um neun. Ein volles Monatsgehalt habe ich bekommen, aber sie war so darauf bedacht, mich loszuwerden, dass ich es für besser hielt, bis zur Ankunft der Polizei zu bleiben.« Sie lächelte triumphierend. »Ich weiß wohl, wann die Leute mich brauchen können und wann sie mich fortschicken wollen.«

»War das vor Entdeckung der Leiche?«

»Ja. Sie ist sonst so genau mit ihren Löhnen, dass es mir gleich auffiel. Es kam mir merkwürdig vor, dass sie sich so viel Mühe gab, mich mit dem Zehnuhrzug fortzuschaffen. Deshalb versäumte ich ihn absichtlich.«

»Haben Sie in ihr Zimmer hineingesehen?«

»Nein. Aber ich weiß, dass sie sich die ganze Nacht nicht zur Ruhe gelegt hat. Ihre Schuhe, die sie gestern Abend trug, sind vollständig durchnässt. Ich fand sie in ihrem Ankleidezimmer. Ihr Abendkleid war auch beschmutzt. Mr Kelver brachte ihr Kaffee und erzählte mir nachher, dass ihr Bett noch in Ordnung wäre. Sie können ihn ja selbst danach fragen.«

»Das werde ich auch tun«, sagte Tanner brummig. »Haben Sie etwas von dem Mord gehört, bevor die Leiche dann gefunden worden ist?«

Die Frage verneinte sie.

Er ging zu Totty zurück.

»Suchen Sie einmal in dem Gebüsch, in dem der Tote gefunden wurde, nach Spuren von einem Frauenschuh mit hohen Absätzen. Sehen Sie auch dort nach, wo der Wagen gestanden hat, und untersuchen Sie noch einmal die Fahrstraße weiter unten.«

Der Chief Inspector ging darauf ins Haus, um Kelver auszufragen, der in der großen Halle auf ihn wartete. Der Mann gab gern die nötigen Informationen; selbst dieses furchtbare Verbrechen änderte nichts an seinem würdevollen Auftreten. Trotzdem war er zu einem Entschluss gekommen und wartete nur auf einen günstigen Augenblick, um mit Lady Lebanon zu sprechen.

»Dies ist der frühere Eingang«, erklärte er. »Vor einigen Jahren hat ihn der verstorbene Lord Lebanon so umbauen lassen. Die Arbeiten haben mehrere Tausend Pfund gekostet.«

In dem nüchternen Morgenlicht sah die Halle etwas trostlos aus. Den sauber aufgeräumten Schreibtisch der Lady Lebanon kannte Tanner zur Genüge. Die beiden Diener standen an dem kleinen Anthrazitofen, der in der einen Ecke des Raumes aufgestellt worden war. Tanner sah, dass sie jede seiner Bewegungen beobachteten, und er war auch davon überzeugt, dass sie sich bereits ihre Antworten zurechtgelegt hatten und ihm eine Geschichte erzählen würden, gegen die er nichts ausrichten konnte.

»Also Sie sind Mr Gilder?«, sprach er den größeren der beiden an.

»Jawohl«, entgegnete der Amerikaner freundlich, aber selbstbewusst. »Ich habe Sie heute Morgen schon gesehen. Kurz vor Ihnen kam ich ins Herrenhaus zurück.«

Tanner kümmerte sich nicht um diese Worte, die ein Alibi bedeuten konnten.

»Wie lange sind Sie schon in Diensten der Familie?«

»Acht Jahre.«

Tanner nickte.

»Dann waren Sie auch schon hier, als der alte Lord Lebanon noch lebte?«

»Jawohl.«

Gilder lächelte, während er das sagte.

»Und Sie sind hier Diener?«

»Ja.«

»Scotland Yard hat Erkundigungen über Sie eingezogen, und ich habe die ersten Resultate erfahren. Sie haben ein Konto bei der London & Provincial Bank in London. Stimmt das?«

»Die Polizei ist sehr tüchtig, dass sie das herausgefunden hat. Ja, ich habe dort ein Konto.«

»Es ist aber außergewöhnlich, dass ein Diener ein Konto bei einer Londoner Bank unterhält.«

»Es gibt auch sparsame Leute, die nicht alles Geld ausgeben.«

»Sie haben aber eine ziemlich große Summe auf der Bank.«

»Etwa viertausend Pfund. Ich habe mein Geld gut angelegt und auch erfolgreich spekuliert.«

Tanner hatte erwartet, dass der andere wenigstens etwas in Verlegenheit kommen würde, aber Gilder blieb ruhig und unerschütterlich. Er war ein gefährlicher Mann, und Tanner unterschätzte ihn in keiner Weise. Aber wenn jemand in Amerika ein Verhör im dritten Grad durchgemacht hat, kann er wohl kaum noch durch die weit milderen Methoden von Scotland Yard aus der Fassung gebracht werden.

Tanner rief den zweiten Diener zu sich, und Brooks kam mit den Händen in den Taschen auf ihn zu.

»Sind Sie auch aus Amerika?«

»Ja, aber ich habe kein Konto auf der Bank. Sie wissen ja auch, dass in letzter Zeit manche Leute drüben viel Geld verloren haben.«

»Sind Sie schon lange hier in Stellung?«

»Sechs Jahre.«

»Warum nehmen Sie einen solchen Posten als Diener an?«

»Weil mir das zusagt.«

Tanner hatte den Eindruck, dass sich der Mann im Geheimen über ihn lustig machte. Brooks war ebenso selbstbewusst und unzugänglich wie Gilder und sah hart und zäh aus. Tanner entdeckte eine alte Narbe in dem Gesicht des Amerikaners.

»Die habe ich vor einigen Jahren bekommen«, entgegnete Brooks, als der Chief Inspector eine Bemerkung darüber machte. »Bei einer Schlägerei. Ein Mann warf mir einen Aschenbecher ins Gesicht.«

»Waren Sie damals auch schon Diener?«, fragte Tanner ironisch.

»Ja.«

Der Inspector wandte sich wieder an Gilder.

»Kennen Sie dieses Haus sehr genau? Lady Lebanon hat mir gesagt, ich könnte das ganze Gebäude durchsuchen. Vielleicht führen Sie mich einmal herum?«

»Selbstverständlich.«

Tanner entließ die beiden und wandte sich an den Butler.

»Was haben die zwei Leute hier im Haus zu tun?«

»Sie bedienen Mylady, den jungen Lord und Miss Crane.«

»Wo ist die Miss?«, fragte Tanner schnell.

»Draußen auf dem Rasen. Leider ist sie sehr aufgeregt über alles, was sich ereignet hat.«

Tanner fragte nicht genauer nach den Gründen, und Kelver schien ein wenig enttäuscht zu sein.

In diesem Augenblick trat Ferraby in die Halle, und Tanner nahm ihn beiseite.

»Suchen Sie doch Miss Crane auf, unterhalten Sie sich eingehend mit ihr und sehen Sie zu, dass Sie etwas aus ihr herausbringen. Wahrscheinlich weiß sie mehr, als sie anfänglich zugeben wollte.«

»Haben Sie vorige Nacht nichts gehört?«, fragte er Kelver, als der Sergeant gegangen war.

Der Butler schüttelte den Kopf.

»Auch keinen Schrei, Ruf und dergleichen?«

»Nein.«

Tanner war davon nicht überzeugt.

»Sie entsinnen sich doch noch der Nacht, in der Studd ermordet wurde? Haben Sie damals auch nichts gehört?«

»Nein, Sie haben mich ja seinerzeit schon danach gefragt.«

Tanner nickte.

»Hat nicht einer der Dienstboten Ihnen gesagt, dass gestern Abend sehr spät noch jemand kam?«

»Nein. Aber verzeihen Sie eine Bemerkung. Ich sah, dass Sie vorhin mit der Zofe von Mylady sprachen.« Kelver machte eine Pause, schaute sich um und dämpfte dann die Stimme. »Sie wurde heute Morgen entlassen; vielleicht erzählt sie Ihnen allerhand. Sie hat Zutritt zu diesem Teil des Hauses. Natürlich ist sie durch ihre Entlassung verärgert, und ihre Angaben sind infolgedessen vielleicht nicht ganz zuverlässig, aber wahrscheinlich kann sie Ihnen wichtige Dinge berichten.«

»Ich danke Ihnen für den Wink, aber ich habe schon mit ihr gesprochen.«

Kelver stand während der Unterredung am Fußende der Treppe, und als er zufällig einen Blick nach oben warf, bemerkte er Lady Lebanon, die der Inspector nicht sehen konnte.

Sie kam die Treppe herunter, ruhig und selbstsicher. Die dunklen Schatten unter ihren Augen bestätigten allerdings in gewisser Weise die Angaben ihrer Zofe. Aber wenn sie auch die ganze Nacht nicht ausgeruht hatte, klang doch ihre Stimme so fest und gelassen, als ob nichts die Ruhe und den Frieden dieses Hauses gestört hätte.

»Haben Sie alles, was Sie brauchen, Mr Tanner? Kelver, sorgen Sie dafür, dass der Chief Inspector alle Dienstboten fragen kann, und unterstützen Sie ihn so gut wie nur möglich. Bringen Sie übrigens Ihre Untersuchung heute noch zum Abschluss?«

Sie stellte diese Frage anscheinend gleichgültig, während sie zu ihrem Schreibtisch ging und die Briefe durchsah, die mit der Post angekommen waren.

»Das glaube ich kaum«, entgegnete der Inspector.

Er beobachtete sie scharf. Sie war ein Typ, den er noch nicht kennengelernt hatte. Drohungen machten keinen Eindruck auf sie, und sicher ließ sie sich ebenso wenig durch Versprechungen beeinflussen.

»Ich habe Zimmer für Sie im Gasthof bestellt, es ist ein sauberes, gutes Haus. Allerdings habe ich von dem Dorfpolizisten gehört, dass einer Ihrer Beamten dort ein recht gefährliches Erlebnis hatte.«

Er nickte.

»Sie haben mir doch die Erlaubnis gegeben, das ganze Haus zu durchsuchen?«

»Gewiss. Brooks wird Sie herumführen.« Sie stand nachdenklich an ihrem Schreibtisch. »Der Mann scheint im Park ermordet worden zu sein.«

Tanner sah sie erstaunt an.

»Der Mann?«, wiederholte er fragend.

Sie wandte ungeduldig den Kopf zu ihm.

»Ja, Mr Amersham.«

Dies war allerdings eine Frau, die nicht wie andere behandelt werden konnte. Für sie war Amersham eben nur »der Mann«.

»Ja, er wurde im Park ermordet«, pflichtete Tanner bei, als er sich von seiner Verwunderung erholt hatte. »Das ist sehr wahrscheinlich, da hier im Haus niemand etwas davon gehört hat.«

Sie nickte langsam.

»Es wäre interessant, wenn Sie das herausfinden würden.«

Sie drückte auf eine Klingel, und gleich darauf trat Brooks ein.

»Zeigen Sie Mr Tanner das Haus.«

16

»Wann werden die Polizeibeamten wohl das Haus wieder verlassen?«, fragte Lady Lebanon den Butler, als sie allein waren.

»Ich habe den Eindruck, dass sie ziemlich lange bleiben«, entgegnete er. Als sie Miene machte, nach oben zu gehen, fügte er schnell hinzu: »Mylady werden verzeihen, aber ich muss noch über eine unangenehme Sache sprechen. Wirklich, es tut mir aufrichtig leid, dass ich es sagen muss. Morgen haben wir Ende des Monats, und ich möchte mit allem nötigen Respekt meinen Dienst kündigen.«

Sie zog die Augenbrauen hoch, obwohl sie erwartet und gefürchtet hatte, dass das kommen würde.

»Mylady wissen ja selbst, welche merkwürdigen Dinge hier passiert sind«, fuhr er nervös fort. »Dadurch ist Marks Priory der Öffentlichkeit leider aufgefallen.«

Merkwürdigerweise konnte sie seine Aufregung und seine Gründe verstehen.

»Aber eigentlich berührt die Sache Sie doch wenig«, erwiderte sie liebenswürdig.

»Verzeihen Sie, Mylady. Ich verstehe wohl, dass vor allem Mylady und der junge Lord empfindlich betroffen werden, aber in gewisser Weise habe auch ich darunter zu leiden. Während meiner langen Dienstzeit bin ich noch nie mit solchen Affären in Berührung gekommen.«

»Nun gut, Kelver. Es wird schwer sein, einen Ersatz für Sie zu finden, und ich lasse Sie ungern gehen.«

Er senkte leicht den Kopf. Er war von ihren Worten überzeugt und in gewisser Weise dankbar, dass sie seine Dienste offen anerkannte.

»Wo ist Lord Lebanon?«, fragte sie.

»In seinem Zimmer, Mylady. Vor Kurzem kam er aus dem Park zurück.«

»Sagen Sie ihm, dass ich ihn sprechen möchte.«

Kurz darauf kam Willie. Er war ein wenig verstört und schien sich vor seiner Mutter zu fürchten. Trotzdem versuchte er, selbstbewusst und zuversichtlich aufzutreten.

»Das ist doch eine ganz entsetzliche Geschichte …«, begann er.

»Willie, wohin bist du heute Morgen gefahren?«

Er feuchtete die Lippen an.

»Zur Stadt.«

»Und wohin bist du dort gegangen?«

Er wollte lächeln, aber es gelang ihm nicht.

»Ich habe Scotland Yard besucht«, entgegnete er verbissen.

»Warum?«

Er konnte sie nicht ansehen, als er antwortete, und das Sprechen fiel ihm schwer.

»Es passieren Dinge in diesem Haus, die ich nicht verstehe; ich fürchte mich, und – verdammt noch mal, ich wollte eben hingehen!«

»Willie!«

Er sank in sich zusammen.

»Es tut mir leid, Mutter, aber du behandelst mich, als ob ich ein kleines Kind wäre.«

»Du bist nach Scotland Yard gegangen! Das war sehr unüberlegt und böse von dir. Wenn die Polizeibeamten etwas erfahren wollen, kannst du sicher sein, dass sie es herausbringen, ohne dass du dich darum kümmerst. Du hast mich sehr gekränkt. Hast du den Beamten etwas von Amersham erzählt?«

Das war die Frage, auf die es wirklich ankam. Sie wusste ja, dass er in Scotland Yard gewesen war, denn Gilder hatte es ihr berichtet. Aber er hatte nicht hören können, was der junge Lord den Beamten mitgeteilt hatte.

»Nein«, erwiderte er düster. »Ich habe nur gesagt, dass er ein seltsamer Mensch sei. Ich habe auch gesagt, dass hier auf dem Schloss viel vorgeht, was ich nicht begreifen kann. Ich verstehe diese verdammten amerikanischen Diener nicht, und vor allem weiß ich nicht, was Gilder hier soll.«

Ärgerlich warf er sich in einen Sessel.

»Ich wünschte, ich wäre nie von Indien zurückgekehrt.«

Sie erhob sich und trat neben ihn.

»Du wirst nicht wieder ohne meine Erlaubnis nach London gehen und mit der Polizei über Dinge sprechen, die in diesem Haus passieren – hast du verstanden?«

»Ja«, entgegnete er gereizt.

»Wenn du nur etwas mehr Anstand hättest«, fuhr sie fort. »Es ist nicht notwendig, dass ein Lebanon sich mit Polizeibeamten anfreundet.«

»Das weiß ich nicht«, sagte er mürrisch. »Sie sind doch ebenso gut Menschen wie ich. All dies Gerede von der alten Familientradition ist Unsinn ... Weißt du, dass dieser Gilder mich nach Scotland Yard verfolgte?«

»Das hat er in meinem Auftrag getan. Genügt dir das?«

Er lachte hilflos.

»Ja, Mutter.«

»Geh noch nicht«, sagte sie, als er aufstehen wollte. »Du musst erst noch einige Schecks unterschreiben.«

Sie nahm ein schmales Heft aus der Schublade und schlug es auf. Zögernd trat er an den Schreibtisch, nahm eine Feder und tauchte sie ein. Wie gewöhnlich waren es Blankoschecks.

»Ach, das ist doch Unsinn, du lässt mich niemals einen Scheck unterschreiben, in dem eine Zahl eingetragen ist. Ich kann doch wohl verlangen, dass ich sehe, was ich unterschreibe.«

»Du musst vier Formulare unterzeichnen«, erwiderte sie ruhig, »das genügt. Lege den Löscher hin, du weißt doch, dass Unterschriften unter Schecks nicht abgetrocknet werden sollen.«

Hätte er seinem augenblicklichen Impuls folgen dürfen, so hätte er am liebsten das Tintenfass über das Heft gegossen oder das Scheckbuch in den Kamin geworfen. Aber seine Mutter sah ihn dauernd an, und unter ihrem zwingenden Blick blieb ihm nichts anderes übrig, als ihren Willen zu erfüllen, wenn es auch in seinem Innern kochte.

Aber schließlich kam es ja nicht darauf an, damit tröstete er sich. Er besaß ein großes Vermögen, und seine Mutter war eine tüchtige und energische Frau, die es gut zu verwalten verstand. Jetzt wollte er mit Tanner sprechen, diesem merkwürdigen Detective, und mit Ferraby. Als sie ihn mit einer Handbewegung entließ, lief er beinahe aus dem Zimmer.

Lady Lebanon war die Treppe schon halb hinaufgegangen, als sie plötzlich erschrak. Das war wirklich sehr leichtsinnig gewesen. Sie eilte die Stufen wieder hinunter, sah sich vorsichtig nach allen Seiten um, trat dann an ihren Schreibtisch, schloss mit zitternden Händen eine Schublade auf und nahm ein kleines, rotes Paket heraus. Ihre Finger bebten, als sie den Anthrazitofen öffnete und das indische Tuch auf die Kohlen warf. Aber das genügte ihr noch nicht; sie nahm das Schüreisen und drückte den Stoff hinunter, damit er Feuer fangen sollte.

Sie sah die kleine Metallscheibe, die in der Ecke eingenäht war. Welch eine unglaubliche Sorglosigkeit, dass sie das Tuch in der Schublade aufbewahrt hatte, wo es jeder Polizeibeamte finden konnte! Erschöpft sank sie in den Sessel vor dem Schreibtisch.

Nach einigen Sekunden erhob sie sich jedoch wieder und ging nervös auf den Ofen zu. Sie überlegte es sich aber und kehrte zum Schreibtisch zurück. Es ließ sich nicht vermeiden, dass Tanner sie ausfragte, aber sie hatte sich die Antworten schon vorher überlegt. Sie wollte der Polizei möglichst wenig Anhaltspunkte geben. Das war schließlich für Lady Lebanon keine neue Erfahrung. Ihr ganzes Leben lang hatte sie Theater spielen und irgendetwas verheimlichen müssen. Aber jetzt hatte die Krise ihren Höhepunkt erreicht: Es ging um Leben und Tod.

17

Totty mochte viele Fehler haben, die eigentlich ein Sergeant nicht haben sollte, aber er hatte eine gute Spürnase. Tatsächlich fand er einen Abdruck von einem hohen Absatz direkt am Rande des Fahrwegs, einen zweiten entdeckte er dicht neben der Stelle, an der das Auto gehalten hatte.

Etwa fünfzig Meter südlich bemerkte er auch noch eine kleine Parfümflasche mit silbernem Verschluss. In der Nähe des Gebüschs, in dem man Amersham aufgefunden hatte, konnte er jedoch weder Abdrücke von Schuhen noch sonst einen Anhaltspunkt finden. Aber auf einer kahlen Stelle des Rasens sah er nicht nur die Spur eines hohen Damenabsatzes, sondern auch den Abdruck des ganzen Schuhs.

Während er an der Arbeit war, drehte er sich plötzlich um und sah, dass einer der amerikanischen Diener ihn beobachtete.

»Nun, suchen Sie nach Anhaltspunkten, Mr Totty? Was Sie dort gefunden haben, ist der Abdruck von Myladys Schuh. Sie war heute Morgen hier im Park.«

»Heute Morgen ist sie überhaupt nicht aus ihrem Zimmer herausgegangen«, erklärte der Sergeant mit eiserner Ruhe.

»So? Nun, ich bin selbst nicht hier gewesen, aber ich habe es von der Dienerschaft gehört. Die Leute haben gesehen, dass sie das Zimmer verließ, ebenso Brooks. Jedenfalls wurde es mir von mehreren Seiten berichtet.«

»Warum ist sie ausgerechnet hierher gegangen?«, fragte Totty. Plötzlich kam ihm ein guter Gedanke. Er suchte in allen seinen Taschen und fragte dann: »Haben Sie zufällig eine Zigarette bei sich?«

Gilder holte aus einer Tasche ein silbernes Etui hervor, öffnete es und bot es Totty an.

»Das sind Chesterfields«, sagte er ruhig. »Dieselbe Sorte, die Sie heute Morgen hier fanden. Kurz bevor Sie kamen, habe ich nämlich selbst im Park geraucht – ich war ganz fassungslos über den Mord.«

»Woher wissen Sie denn, dass ich die Zigarette aufgehoben habe?«

»Nicht Sie haben es getan, Mr Ferraby hat sie aufgehoben«, entgegnete Gilder mit einem breiten Grinsen. »Übrigens würde ich auch einen guten Detective abgeben, Mr Totty. Ich finde nicht nur Anhaltspunkte, ich kann sie auch deuten!«

Totty hielt es für unter seiner Würde, darauf zu antworten. Er setzte seine Nachforschungen fort, ging quer über die große Wiese auf ein Gehölz zu, das parallel zum Fahrweg lief, und kam zu einer Stelle, von der aus er das kleine, hübsche Haus des Parkwächters Tilling sehen konnte. Als er eben wieder gehen wollte, sah er einen kleinen Klappstuhl unter einem Baum.

Ringsum sah er viele Aschenhäufchen auf dem grünen Rasen. Hier musste jemand gesessen haben, der seine Pfeife öfters ausgeklopft hatte. Totty bemerkte auch noch einen Beutel mit Tabak neben dem Stuhl und eine ausgegangene Pfeife. Jemand hatte hier Wache gehalten; auch die Abdrücke von genagelten Schuhen verrieten das deutlich genug.

Kurz darauf machte der Sergeant einen weiteren Fund. Das Gras hinter den Bäumen war ziemlich hoch, und dort entdeckte er eine doppelläufige Jagdflinte. Sie konnte noch nicht lange dort liegen, denn die Eisenteile der Waffe waren nicht verrostet. Beide Läufe waren geladen. Er öffnete das Gewehr und nahm die Patronen heraus, die er in die Tasche steckte. Nachdem er sich überall umgesehen hatte, ging er langsam zu der Stelle zurück, wo er Gilder gelassen hatte. Der Diener war nicht mehr zu sehen, aber kurz darauf kam er aus dem Haupteingang des Schlosses und rief Totty an:

»Hallo, Sergeant!«, begann er, aber im selben Augenblick fiel sein Blick auf das Gewehr, und sein Gesichtsausdruck änderte sich. »Wo haben Sie denn das gefunden?«

Totty betrachtete die Läufe eingehender. Das Gewehr war in letzter Zeit nicht abgefeuert worden. Er sah keine Pulverspuren und konnte auch nichts von Rauchgeruch wahrnehmen.

»Kennen Sie das Gewehr?«, fragte er den Diener.

»Sieht aus, als ob es dem Parkwächter gehört.«

»Und die Pfeife?« Totty nahm sie aus der Tasche.

»Ich könnte mich nicht besinnen, sie schon gesehen zu haben«, erwiderte Gilder hartnäckig. »Ich selbst rauche keine Pfeife, aber wenn Sie die Asche analysieren lassen, können Sie es vielleicht erfahren.«

»Wo ist Mr Tanner?«, fragte der Sergeant kurz und ärgerlich.

Der Chief Inspector war gerade im oberen Stockwerk. Er durchsuchte das ganze Haus, hatte aber bis jetzt nichts gefunden. Unter Brooks' Führung war er von einem Raum zum anderen gegangen. Das Zimmer von Lord Lebanon war verhältnismäßig klein, aber moderner eingerichtet als alle anderen. Isla schlief in dem größten Zimmer des Schlosses. Das Innere war mit dunklen Paneelen ausgestattet, und der Raum hatte auch eine hölzerne Kassettendecke. Seit zweihundert Jahren schien hier nichts geändert worden zu sein. Ein großes Bett mit vier Pfosten und Thronhimmel, ein Frisiertisch, ein Ankleidetisch, eine Couch und ein paar Stühle bildeten das ganze Mobiliar.

»Das ist das Zimmer des alten Lords«, erklärte Brooks. »Es wird immer noch so genannt. Hier soll es auch Geistererscheinungen geben. Es ist der einzige Raum, in dem ich mich fürchte. Wenn ich hereinkomme, läuft mir stets eine Gänsehaut den Rücken hinunter.«

Tanner ging die Wand entlang und klopfte ein Paneel nach dem anderen ab, während Brooks ihn beobachtete.

»Viele Teile der Vertäfelung klingen hohl, also muss es wohl Geheimräume in diesem Haus geben. Die meisten werden allerdings nicht mehr bekannt sein«, meinte der Amerikaner.

»Sie waren doch beim Theater – habe ich recht?«

»Ja, zwei Jahre lang. Aber woher wissen Sie das?«

Der Beamte ging nicht näher darauf ein, sondern erkundigte sich, wo das Zimmer der Lady Lebanon läge.

»Ich werde es Ihnen gleich zeigen.«

Brooks wartete, bis der Inspector das Zimmer verlassen hatte, dann schloss er die Tür zu. Der Raum befand sich an der anderen Seite des Ganges und war angenehmer und heller als die Zimmer des alten Lords. Es stand auch ein Schreibtisch darin, und der Boden war mit dicken persischen Teppichen belegt. Das Bett und die anderen Möbel waren modern.

Tanner sah sich sehr genau um, bevor er Einzelheiten untersuchte. Auf dem Schreibtisch lag ein kleiner Fahrplan.

»Reist Lady Lebanon viel?«

»Nein, aber sie sagte Gilder, dass er zur Stadt fahren sollte. Vermutlich hat sie einen Zug für ihn aufgeschlagen.«

»Das stimmt nicht. Gilder fuhr mit dem Auto zur Stadt und kam auch auf die gleiche Weise zurück. Da müssen Sie sich schon eine andere Begründung ausdenken.«

Im Papierkorb lagen ein paar Blätter. Tanner nahm sie der Reihe nach heraus und legte sie auf den Tisch. Aber sie waren belanglos bis auf ein kleines Stück Papier, auf dem ein paar Zahlen in einer Reihe standen: 630, 83, 10, 105.

Zuerst wusste er nichts damit anzufangen, aber dann kam ihm der Gedanke, dass es sich vielleicht um Daten von Zügen handelte, und er steckte den Zettel in die Tasche.

»Hier ist ein Raum, den Sie sich eigentlich ansehen sollten«, sagte Brooks, als sie wieder den Korridor entlanggingen. »Es ist das Gastzimmer, in dem Dr. Amersham gewöhnlich schlief, wenn er die Nacht im Schloss verbrachte.«

Tanner blieb plötzlich stehen.

»Was ist das für eine Tür?«

»Ach, das ist ein Abstellraum.«

»Den möchte ich gern sehen.«

»Es ist aber nichts darin, was Sie interessieren könnte«, protestierte der Diener.

»Es ist etwas darin, was ich nicht sehen soll«, entgegnete Tanner ruhig. »Um mich abzulenken, haben Sie von Dr. Amershams Zimmer gesprochen, öffnen Sie die Tür.«

Aber Brooks stellte sich breitbeinig davor.

»Ich habe den Schlüssel nicht bei mir, und selbst wenn ich ihn hätte, wäre es zwecklos. Es stehen eine Menge alter Sachen …«

»Also gehen Sie sofort und holen Sie den Schlüssel.«

»Dann wäre es besser, wenn Sie Mylady darum fragten. Ich habe den Schlüssel nicht«, entgegnete Brooks widerwillig. »Niemand hat geglaubt, dass Sie eine Rumpelkammer besichtigen wollen.«

»Ich will alle Räume des Hauses sehen. Da Sie sich weigern, bestehe ich nur noch mehr darauf.«

Tanner klopfte an die Tür, die ihm ungewöhnlich stark erschien.

»Für einen Abstellraum ist doch eine derartig schwere Tür unnötig; oder fürchten Sie, dass die Möbel davonlaufen?«

Er senkte den Kopf und lauschte, konnte aber von drinnen nichts hören.

»Nun gut, wir wollen die Sache jetzt auf sich beruhen lassen, aber ich komme später darauf zurück.« Brooks öffnete die Tür zu dem Zimmer des Doktors.

»Vielleicht finden Sie hier etwas Interessantes.«

Tanner entdeckte nichts von Amershams persönlichem Eigentum. Als er wieder heraustrat, sah er Totty mit einem Gewehr unter dem Arm.

»Kann ich Sie einen Augenblick sprechen?«, fragte der Sergeant, trat in das Gastzimmer und schloss die Tür. »Das habe ich gefunden«, fuhr er dann fort und gab einen kurzen Bericht über seine sonstigen Entdeckungen. »Es ist das Gewehr des Parkwächters, und wahrscheinlich ist das seine Pfeife.«

»Warum mag er nur die beiden Dinge im Stich gelassen haben?«, meinte Tanner nachdenklich. »Ich möchte einmal die Patronen sehen.«

Nachdem er sie genau betrachtet hatte, gab er sie Totty zurück.

»Eine ziemlich grobe Schrotladung. Ungewöhnlich für einen Parkwächter. Die Sachen gehören natürlich Tilling. Vermutlich klärt es sich so auf: Er saß dort und beobachtete von der betreffenden Stelle aus sein Haus. Ich kann mir ja denken, nach wem er Ausschau hielt. Aber dann ist etwas passiert, was ihn veranlasste, sein Gewehr und seine Pfeife wegzulegen. Was mag das nur gewesen sein?«

»Ich habe den Parkwächter holen lassen«, erklärte Totty.

Tanner nickte.

»Ich möchte wegen der Zigarette noch etwas sagen, Totty. Es ist klar, dass Gilder seine Geschichte erzählte, um Ihnen zuvorzukommen. Mit dem Mann ist nicht zu spaßen, er ist ungewöhnlich mutig und unerschrocken. Und er ist nicht allein damit zufrieden, dass er selbst ein Alibi hat, er sucht auch noch Lady Lebanon in Schutz zu nehmen. Sie muss das Haus verlassen haben, als sie von dem Mord hörte, und das war lange vor Auffindung des Toten. Aber warum ist sie nicht dort hingegangen, wo der Tote lag? Warum ging sie zu einer Stelle fünfzig Meter weiter südlich? Daraus kann man folgern, dass sie nicht wusste, wo sich die Leiche befand. Sie glaubte, sie würde den Toten weiter südlich finden.

Nun fragt sich nur noch, ob Gilder zur Stelle war. Ich glaube nicht, wenigstens hat sie ihn nicht getroffen. Vielleicht kam er später dazu, vielleicht war er auch dauernd in der Gegend, ohne dass sie etwas davon wusste. Ich bin sehr gespannt, was Tilling sagen wird.«

Es gab drei verschiedene Telefonanschlüsse in Marks Priory, während Tanner zuerst angenommen hatte, eine Zentrale mit einem Schaltbrett zu finden.

Ein Apparat stand in Kelvers Zimmer; dorthin ging Tanner, ließ sich mit Scotland Yard verbinden und sprach mit einem seiner Beamten.

»Ich brauche dringend eine Liste von allen Zügen, die um sechs Uhr dreißig abgehen und um acht Uhr drei ankommen, ferner eine Liste mit Zügen, die um zehn Uhr morgens abgehen und am nächsten Abend oder am nächsten Morgen um zehn Uhr fünf ankommen. Die Abgangsstationen weiß ich nicht, die müssen Sie selbst herausfinden.«

Was hatte Lady Lebanon nur vor? Wohin wollte sie fahren, als sie den Mord entdeckt hatte? Der Tote war erst kurz vor elf aufgefunden worden, aber die Tat musste etwa zwölf Stunden vorher geschehen sein. Wollte sie Marks Priory verlassen? Das sah der Frau eigentlich nicht ähnlich.

Er war auf dem Rückweg zur Halle, um Lady Lebanon danach zu fragen, als ihm Totty etwas Erstaunliches mitteilte.

»Tilling ist nicht in Marks Thornton! Heute Morgen ist er abgefahren, und niemand weiß, wohin.«

Tanner horchte auf.

»Weiß auch keiner der Dienstboten darüber Bescheid?«

»Nein. Mit dem jungen Lord habe ich gesprochen, aber der hatte ja im Allgemeinen wenig mit Tilling zu tun. Ich bat ihn, seine Mutter zu fragen, aber sie kann das Verschwinden Tillings auch nicht erklären.«

Tanner überlegte.

»Wer hat Ihnen denn erzählt, dass Tilling heute Morgen fortgefahren ist?«

»Seine Frau. Wirklich eine liebenswürdige junge Dame«, erwiderte Totty und rückte seine Krawatte gerade.

»Fallen Sie bloß nicht auf sie herein, wenn sie liebenswürdig wird. Ich muss sie selbst sprechen – ist sie hier?«

»Nein. Ich sagte ihr, sie möchte zum Schloss kommen, aber sie wollte nicht. Meiner Meinung nach weiß sie ziemlich viel. Sie ist genauso nervös und aufgeregt wie Miss Crane.«

»Ist die aufgeregt? Woher wissen Sie denn das?«

Totty verzog den Mund.

»Ferraby tut, was er kann, um sie zu beruhigen, aber er hat nicht viel Erfolg.«

»Zeigen Sie mir den Weg zu Tillings Haus.«

Tanner konnte sich auf die Frau gut besinnen, obwohl er sie nur einmal gesehen hatte. Ihr Gesicht war bleich und eingefallen, als ob sie in der vergangenen Nacht nur wenig geschlafen hätte. Ängstlich sah sie den Chief Inspector an und zögerte einen Augenblick, aber dann bat sie ihn mit heiserer Stimme, näher zu treten. Er folgte ihr in das hübsche, kleine Wohnzimmer.

»Sie kommen wegen Johnny? Ich weiß nicht, wo er ist. Heute Morgen ist er fortgegangen.«

»Wohin denn?«

»Ich habe keine Ahnung … Er hat mir nicht viel gesagt.«

»Wann kam er in der Nacht nach Hause?«

Sie zögerte wieder.

»Es war sehr früh am Morgen. Er kam und ging dann wieder, das ist alles, was ich weiß.«

Tanner lächelte freundlich.

»Also, Mrs Tilling, sagen Sie ruhig, was Sie wissen, und geben Sie sich nur nicht zu große Mühe, es mir zu verheimlichen. Wenn Sie nichts erzählen, ist das nicht zum Nutzen anderer Leute, im Gegenteil, Sie lenken nur den Verdacht auf sie. Wann kam Ihr Mann heim? Hatten Sie sich schon zur Ruhe gelegt?«

Sie nickte.

»Hat er Sie aufgeweckt? Wann war das?«

»Etwa um eins. Ich hörte, dass das Wasser in der Küche lief – sie liegt direkt neben meinem Schlafzimmer –, und ich stand auf, um nachzusehen.« Plötzlich ließ sie den Kopf hängen und schluchzte heftig.

»Ach, es ist furchtbar, nun sind sie alle beide tot – Amersham auch!«

Er wartete, bis sie sich etwas beruhigt hatte.

»Mrs Tilling, Sie tun mir einen großen Gefallen, wenn Sie mir alles genau erzählen, was in der vergangenen Nacht passiert ist. Sie wissen viel, worüber Sie noch nicht gesprochen haben. Wann wird Ihr Mann denn zurückkommen?«

»Ich weiß es nicht«, sagte sie und unterdrückte ein Schluchzen. »Hoffentlich kommt er mir nie wieder in die Quere.«

»Wohin ist er denn gegangen?«

»Das hat er nicht gesagt.«

»Also, Sie hörten, dass die Wasserleitung aufgedreht wurde. Was machte er denn in der Küche? Hat er sich gewaschen?«

»Nein – er hatte eine Schramme«, erwiderte sie und versuchte, harmlos zu sprechen. »Er hatte sich an der Weißdornhecke gerissen.«

»An der Hand?«

»Ja, aber es war nicht schlimm.«

»Hat er sich an beiden Händen verletzt?«

Sie antwortete nicht.

»Sicher haben Sie ihm beim Verbinden geholfen. Erzählen Sie doch, Mrs Tilling. Haben Sie Verbandmull benutzt?«

»Nein, er machte es mit dem Taschentuch. Die Schnitte waren außerdem nicht tief.«

»Hatte es eine Schlägerei gegeben?«

Sie senkte den Blick.

»Ja, ich glaube«, entgegnete sie nach einer längeren Pause. »Er hat ja ständig Streit.«

»Hat er sich auch umgezogen, bevor er fortging?«

Sie sah ratlos von einer Seite zur anderen, wie jemand, der in die Enge getrieben wird.

»Ja, er hat sich umgezogen.«

»Wo sind die Kleider, die er abgelegt hat?«

Tanner hatte seine eigene Art, Menschen auszufragen. Er besaß eine gute Einfühlungsgabe, die ihn Schritt für Schritt vorwärtsbrachte. Jeden Fehler des anderen machte er sich zunutze, und auf diese Weise ergab sich zwanglos eine Frage aus der anderen. Aber es dauerte doch noch sehr lange, bis ihm Mrs Tilling ihre Geschichte erzählte. Seine Mühe hatte sich jedoch gelohnt.

18

Etwa um halb zwei – die genaue Zeit konnte sie nicht angeben – hörte sie, dass ihr Mann nach Hause kam. Sie war wach und lag nicht im Bett, wie sie zuerst gesagt hatte. Tanner vermutete, dass sie jemand erwartet hatte, denn sie gab zu, dass sie im dunklen Wohnzimmer saß. Die Vorhänge waren zurückgezogen; sie konnte von drinnen sehen, wie Tilling ankam, und ging ihm langsam entgegen.

Er sagte ihr nicht, was geschehen war, und erzählte nur, dass es eine kleine Schlägerei gegeben hätte. Sie fragte, ob er mit Dr. Amersham aneinandergeraten wäre, aber darauf ging er nicht ein und erklärte nur, dass er Dr. Amersham nicht getroffen hätte. Sein Rock war zerrissen, der Samtkragen hing herunter, und seine beiden Hände bluteten. Sie bestrich die Wunden mit Jod und verband sie mit einem seidenen Taschentuch. Dann zog er sich um. Als er um halb vier sein Rad nahm und davonfuhr, trug er einen gesprenkelten Anzug. Sie holte die Kleider, die er abgelegt hatte, aus dem Nebenraum. Tanner fand Blutspuren an dem Rock, die aber von den Verwundungen herrührten. Zwei Knöpfe waren abgerissen, ein dritter hing lose am Stoff.

»Hatte er auch Wunden im Gesicht?«

»Ja«, gab sie schließlich zu. »Aber es waren keine offenen Wunden. Jemand musste ihn geschlagen haben. Er war sehr aufgeregt, gab mir aber keine weiteren Erklärungen und sagte nur, dass er Wilddiebe getroffen und auch sein Gewehr verloren hätte.«

Bill Tanner verglich ihren Bericht mit den Tatsachen, die ihm bekannt waren, und plötzlich kam ihm ein Gedanke.

»Hat er Ihnen Geld gegeben, bevor er fortging?«

Sie wollte zuerst nicht antworten, aber endlich zeigte sie ihm vier neue Fünfpfundnoten.

»Ich werde mir die Nummern der Scheine notieren.«

Als er das tat, sah er, dass die Nummern aufeinander folgten.

»Hatte er noch mehr Geld?«

»Ja, er hatte einen ganzen Stoß Banknoten, von denen er diese vier nahm. In vier bis fünf Wochen wollte er wiederkommen. Ich schwöre, dass er Amersham nicht ermordet hat. Er ist wohl manchmal in schlechter Stimmung, aber er bringt keinen Menschen um. Auch Studd hat er nichts getan. Ich habe ihn noch gefragt, bevor er fortging. Er regte sich furchtbar auf und schwor mir, er habe Studd in der Mordnacht gar nicht gesehen.«

»Wie viele Tabakspfeifen hat er?«

Sie sah ihn erstaunt an.

»Nur eine. Er benützt die Pfeifen immer so lange, bis sie vollkommen ausgebrannt sind, dann kauft er eine neue. Darin ist er sehr wählerisch und nimmt nur die Besten.«

»Um halb vier ist er also gegangen – stimmt das?«

Sie meinte, es könnte auch etwas später gewesen sein.

Als Tanner das Haus verließ, gab er Totty seine Notiz über die Nummern der Geldscheine.

»Gehen Sie sofort zu der Bankfiliale im Ort und fragen Sie dort nach, ob sie in Marks Thornton ausgezahlt wurden. Nehmen Sie ein Polizeiauto und kommen Sie bald wieder, denn ich brauche Sie. Und telefonieren Sie mit Scotland Yard. Die Polizei soll sich mit der Presse in Verbindung setzen. In sämtlichen Zeitungen soll eine Rundfrage an alle Tabakhändler ergehen. Wer von ihnen heute Morgen zwischen acht Uhr dreißig und zehn Uhr eine Pfeife Marke Ursus verkauft hat, möchte sich melden.«

»Glauben Sie, dass Tilling eine solche Pfeife gekauft hat?«

Tanner nickte.

»Ein Mann, der seine Lieblingspfeife verliert, kauft sich unweigerlich wieder dieselbe Sorte. Prüfen Sie alle Antworten, die eintreffen, und sagen Sie auch noch, dass der Tabakhändler eine Beschreibung des Käufers geben soll.«

Tanner wusste jetzt, warum Lady Lebanon die Züge aufgeschrieben hatte. Er eilte zum Haupthaus zurück und überholte dabei Ferraby und Isla, die sich inzwischen beruhigt hatte. Ferraby schien sie sehr freundlich und liebenswürdig zu behandeln.

»Sie sagt, dass sie nichts weiß«, erklärte der Sergeant, als Tanner ihn beiseite nahm. »Ich bin aber davon überzeugt, dass das nicht stimmt.« Er war bekümmert, denn er sorgte sich um Miss Crane. –

Als Lady Lebanon in die Halle trat, saß Isla auf der Couch und hatte den Kopf in die Hände gestützt.

»Isla!«

Das junge Mädchen sprang auf.

»Wollen Sie etwas von mir, Lady Lebanon?«

Hinter ihr lachte jemand, und als sie sich umdrehte, sah sie den jungen Lord auf der Treppe stehen.

»Das ist doch alles Unsinn! Warum nennst du meine Mutter immer Lady Lebanon? Warum seid ihr überhaupt alle so steif? Könnt ihr denn nicht freundlicher miteinander verkehren?«

Als ihn ein Blick seiner Mutter traf, verstummte er.

»Wo warst du, Willie?«

»Ich habe die Polizeibeamten bei der Arbeit beobachtet«, entgegnete er gleichgültig. »Niemand scheint sich um mich zu kümmern, und dabei würde ich doch einen guten Detective abgeben. Sie jagen alle so eifrig hinter Schatten her …«

»Du brauchst die Leute nicht bei der Arbeit zu stören«, erwiderte Lady Lebanon scharf.

Er drehte sich halb um, änderte dann aber seine Absicht und kam zurück.

»Wegen Amersham bin ich eigentlich nicht traurig«, erklärte er rundweg. »Ich sage es dir geradeheraus, obwohl ich weiß, dass du wieder etwas

daran auszusetzen hast. Er war ein Mann, der eigentlich nicht hierher-
gehörte, und ich bin froh, dass ich ihn nicht mehr sehen muss.«

»Willie, du kannst jetzt gehen«, sagte Lady Lebanon eisig.

Aber er blieb doch.

»Die Beamten haben mich gefragt, ob ich etwas gehört hätte. Ich sagte
ja. Natürlich habe ich nichts gehört, aber ich dachte, vielleicht interessieren sie sich dann für mich. Dieser Totty hat mit ein paar Fragen alles
aus mir herausgeholt.«

»Willie, du bist unausstehlich. Ich würde mich freuen, wenn du jetzt
gingst. Ich will mit Isla allein sprechen.«

Gegen diese direkte Aufforderung konnte er nichts machen. Er schlich
sich also aus dem Zimmer. Aber man sah ihm an, dass er sich langweilte
und unzufrieden war.

Lady Lebanon trat in den großen Bogen, in den der Korridor mündete, und horchte einen Augenblick am Fuß der Treppe.

»Was ist denn mit dir?«, fragte sie Isla schnell. »Sage es mir doch, bevor dieser Beamte von Scotland Yard zurückkommt.«

Isla sah sie unsicher an.

»Ach, es ist nichts – was sollte denn mit mir sein?«

Sie erhob sich von der Couch und ging zu dem Schreibtisch, an den
sich Lady Lebanon gesetzt hatte.

»Ich habe nur heute Morgen eine Schublade in diesem Schreibtisch geöffnet und ein rotes Tuch mit einer kleinen Metallplatte darin gesehen.«

Lady Lebanons Züge wurden hart.

»Das Tuch dürfte doch nicht in der Schublade sein! Es war – gedanken-
los, dass Sie es dort aufbewahrten.«

»Warum hast du überhaupt die Schublade aufgezogen?«

»Ich wollte das Scheckbuch herausnehmen«, entgegnete Isla ungeduldig. »Aber warum liegt das Seidentuch in dem Schreibtisch?«

Lady Lebanon verzog den Mund.

»Liebes Kind, du träumst. In welcher Schublade soll es denn sein?«

Als Isla auf ein Fach zeigte, holte Lady Lebanon den Schlüssel heraus
und schloss auf.

»Hier ist nichts, Isla. Du musst dich nicht derartig unterkriegen lassen.
Es steht wirklich schlimm mit deinen Nerven.«

»Wie können Sie nur so leichtfertig sprechen! Ein Mann ist ermordet worden«, sagte Isla mit zitternder Stimme. »Ich hasste ihn, er war immer so gemein zu mir …«

Lady Lebanon erhob sich.

»Was soll das heißen? Hat er versucht, sich dir zu nähern?«

Isla machte eine verzweifelte Handbewegung, ging zur Couch zurück und setzte sich wieder.

»Ich kann nicht länger im Schloss bleiben …«

Lady Lebanon lächelte.

»Du bist nun schon so lange hier.«

Sie suchte nach einem Brief auf dem Schreibtisch.

»Ich habe deiner Mutter am Montag die vierteljährliche Rente geschickt, und sie hat mir heute Morgen mit einem entzückenden Brief geantwortet. Die beiden Mädchen sind so glücklich in der Schule. Sie schreibt, es sei wunderbar, keine Sorgen mehr zu haben.«

Dieser Wink war deutlich genug. Isla hatte Lady Lebanon früher bemitleidet, aber jetzt hasste sie diese Frau. Es war gemein, sie daran zu erinnern. Außerdem lag eine Drohung in den Worten. Die Unterstützung für ihre Mutter und ihre Schwestern würde sofort aufhören, wenn Isla nicht mehr tat, was Lady Lebanon von ihr verlangte.

»Sie wissen genau, dass ich keinen Tag länger bliebe, wenn es nicht wegen meiner Mutter und meiner Schwestern wäre«, sagte Isla atemlos. »Sie ahnt ja nicht, wie schwer es mir fällt – sonst würde sie lieber hungern.«

Lady Lebanon lauschte, denn sie hörte Tanners Stimme.

»Um Himmels willen, keine Tränen! Ich will doch nur dein Bestes.« Lady Lebanon sprach jedes Wort langsam und mit besonderer Betonung. »Wenn du erst einmal Lady Lebanon bist, wirst du sehen, dass ich sehr großzügig sein kann, was dein Eheleben anbetrifft. Verstehst du, was ich damit sagen will?«

Isla sah sie verwundert an. Nicht zum ersten Mal hörte sie solche Andeutungen. Was meinte die Frau nur damit?

»Ich sah dich draußen mit dem jungen Polizeibeamten. Hoffentlich warst du bei ihm etwas gefasster als hier.«

»Er ist sehr zuvorkommend und liebenswürdig«, entgegnete Isla müde. »Wirklich viel besser, als ich …«

»Viel besser, als du es verdienst. Isla, sei doch vernünftig. Ich bin sicher, dass er sich sehr gut benehmen kann. Sein Auftreten ist einwandfrei, er muss eine gute Schule besucht haben.«

Isla nannte die Schule, und Lady Lebanon war überrascht.

»Wirklich, dort ist er gewesen? Es ist zwar nicht gerade Eton, aber doch auch sehr gut. Wie ist es nur möglich, dass er bei der Polizei dient? – Wie heißt er eigentlich?«

Isla war nicht in der Stimmung, mit Lady Lebanon über den jungen Detective zu sprechen, aber er beschäftigte sie doch mehr, als sie zugeben wollte.

»John Ferraby«, erwiderte sie.

Lady Lebanons Interesse wurde noch größer.

»Ferraby – ist er einer der Ferrabys in Somerset? Dann gehört er ja zur Familie von Lord Lesserfield, der die Leoparden im Wappen führt.«

»Ja, ich glaube. In Somerset ist er zu Hause.«

Lady Lebanon betrachtete Isla mit einem merkwürdigen Lächeln.

»Es liegt kein Grund vor, warum du nicht mit ihm bekannt sein solltest, nur darfst du nicht mit ihm über Amersham sprechen. Hat er dir übrigens schon eine Liebeserklärung gemacht?«

Isla wandte sich ungeduldig um.

»Amersham ist doch tot!«

»Wenn dich der junge Ferraby fragen sollte …«

»Er hat mich überhaupt nicht mit Fragen belästigt. Wir sprachen nur über gemeinsame Bekannte. Mr Tanner wird mich eher ausfragen. Was soll ich dem sagen?«

»Nur das, was unbedingt nötig ist.«

In diesem Augenblick kam Ferraby herein.

»Ach, verzeihen Sie, Mr Tanner wollte Sie sprechen. Ich werde ihm sagen, dass Sie hier sind.«

»Bleiben Sie hier, Mr Ferraby«, entgegnete Lady Lebanon. »Ich werde Mr Tanner rufen.«

Sie schob die Briefe zusammen und schloss sie in eine Schublade.

»Meine Nichte erzählte mir eben, dass Sie mit den Lesserfields verwandt sind.«

Ferraby wurde etwas verlegen.

»Ja – in gewisser Weise, aber doch nur sehr entfernt. Darum kümmert man sich heute nicht mehr.«

»Sie sollten sich aber doch darum kümmern«, erklärte Lady Lebanon energisch. »Es ist etwas Großes, Mitglied einer alten Familie zu sein. Wo ist Mr Tanner?«

»Ich habe ihn eben in Mr Kelvers Zimmer gesehen. Er telefonierte dort nach London.«

Sie lächelte ihm freundlich zu.

»Ich werde ihn holen, selbst wenn er sich im Zimmer meines Butlers aufhält.«

»Lieber Himmel«, sagte er halb zu sich selbst, als sie gegangen war, »die Frau gehört mit ihren Ansichten ja noch ins Mittelalter!«

»Aber sie lebt in der Jetztzeit«, antwortete Isla bitter.

»Wie merkwürdig!« Ferraby schüttelte den Kopf. »Dass ich zur Familie des Lords Lesserfield gehöre, hat großen Eindruck auf sie gemacht. Natürlich kenne ich ihn, er ist ein unintelligenter Mensch und hat Geld noch nötiger als ich.«

Es trat eine Pause ein. Isla schaute auf und bemerkte, dass er sie betrachtete.

»Darf ich Sie etwas fragen?«

Sie schüttelte den Kopf.

»Warum sind Sie so nervös?«

Isla versuchte, ihm auszuweichen.

»Ich habe Lady Lebanon eben gesagt, dass Sie mich nicht ausfragen.«

»Und nun habe ich es doch getan. Aber es geschieht nur um Ihretwillen. Warum sind Sie so unruhig?«

»Bin ich das wirklich?«, fragte sie unschuldig.

»Ja, dauernd sehen Sie sich um, als ob Sie sich vor jemand fürchteten oder als ob jemand aus einer Geheimtür treten könnte. Ich bin davon überzeugt, dass es in einem so alten Haus geheime Türen und Gänge gibt – aber wovor haben Sie eigentlich Angst?«

Sie zwang sich zu einem Lächeln.

»Vor der Polizei!«

»Das glaube ich nicht.«

»Sie müssen doch wissen, was vorige Nacht passierte – davor fürchte ich mich!«

Er war mit ihrer Antwort noch nicht zufrieden.

»Sie sind aber schon lange Zeit in dieser Gemütsverfassung.«

»Woher wissen Sie das?«, fragte sie schnell.

Er vergaß plötzlich, dass er Polizeibeamter war.

»Ich wünschte nur, ich könnte Ihnen helfen …!«

Sie sah zu ihm auf, und es lag Argwohn in ihrem Blick.

»Sie wollen, dass ich mich Ihnen anvertraue – wünschen Sie das in Ihrer Eigenschaft als Beamter?«

Er hätte mit Ja antworten müssen, denn es war seine Pflicht, alle ihre Geheimnisse zu erforschen, aber er konnte es nicht übers Herz bringen.

»Ich habe mir eigentlich unter einem Polizeibeamten etwas anderes vorgestellt«, sagte sie unerwartet.

»Das kann eine große Beleidigung, aber auch ein Kompliment sein. Sie haben doch keine Angst vor mir? Das ist unmöglich!«

»Warum?«

Auf diese Frage wusste er keine Antwort.

»Sie irren sich, ich fürchte mich vor nichts.« Sie sah sich schnell nach der Treppe um. »Dort drüben ist jemand«, fuhr sie leise fort. »Man belauscht uns.«

Er eilte sofort hin und schaute hinauf, konnte aber niemand sehen. Als er zurückkam, war er sehr nachdenklich geworden.

»Sind denn alle Leute hier im Schloss so ängstlich und fürchten immer, dass sie belauscht werden? Als Lord Lebanon heute Morgen nach Scotland Yard kam, hatte er dieselbe Sorge. Es muss doch etwas in diesem Haus vorgehen, unter dem Sie alle leiden. Was ist das nur? Worin besteht das Geheimnis von Marks Priory?«

Sie lächelte gezwungen.

»Das klingt fast wie der Titel eines Sensationsromans, in dem Mr Tanner die Hauptrolle spielt. Ist er eigentlich sehr klug?«

»Ja, er ist der bedeutendste Mann in Scotland Yard. Er hat eine Begabung dafür, die Wahrheit herauszubringen.«

»Wen hat er denn jetzt im Verdacht?«

Ferraby musste lachen.

»Solange der Fall nicht geklärt ist, sind alle möglichen Leute verdächtig.«

Zu seinem Erstaunen trat sie plötzlich dicht zu ihm und fasste ängstlich an den Aufschlag seines Rocks. Sie war aufgeregt; er fühlte, dass sie zitterte.

»Ich möchte Sie etwas fragen – nehmen wir einmal an, jemand wüsste, wer die schrecklichen Morde begangen hat … Wenn er es nun nicht der Polizei sagte, wenn er es für sich behielte … wäre das ein Vergehen?«

»Ja, nach englischem Gesetz kann der Betreffende wegen Mittäterschaft angeklagt werden.«

Es tat ihm leid, dass er das gesagt hatte, als er sah, welchen Eindruck seine Worte auf sie machten.

»Wer etwas über ein Verbrechen weiß, muss es bekannt geben. Vielleicht fällt es Ihnen leichter, wenn Sie es mir mitteilen?«

Aber im nächsten Augenblick hatte sie sich wieder gefasst.

»Ich weiß nicht, wie ich darauf kam. Warum sollte ich etwas über die Morde wissen? Sie meinen, weil ich so nervös bin? Sie sind natürlich an dergleichen gewöhnt, Ihnen fällt es nicht auf die Nerven, weil Sie nur mit solchen Dingen zu tun haben.«

»Aber dieser Fall hat eine sehr große Bedeutung für mich«, entgegnete er ruhig.

»Sie behandeln diese Angelegenheit doch sicher rein geschäftsmäßig. Für Sie ist das eben Fall Nr. 6 oder 7.«

Sie machte den Versuch, das Gespräch auf ein anderes Thema zu bringen, aber er ließ sich nicht ablenken.

»Nein, für mich ist dies der Fall der verängstigten Frau.«

»Meinen Sie mich damit?«, fragte sie und hielt den Atem an.

»Ja, ich meine Sie.«

Plötzlich hob er den Kopf und zog die Luft ein, dann betrachtete er den Boden unter dem Schreibtisch und dem Sofa.

»Hier ist etwas verbrannt – können Sie es nicht riechen? Vielleicht hat jemand eine Zigarette auf den Teppich fallen lassen.«

»Hoffentlich nicht. Wenn Lady Lebanon das erfährt, gibt es Unannehmlichkeiten«, erwiderte Isla.

Dann fiel ihr Blick auf den Ofen. Sie ging hinüber und hob den Deckel auf. Lady Lebanon hatte nicht, wie sie glaubte, die Lüftungsklappe geöffnet, sondern das Feuer abgedrosselt. Infolgedessen waren die Kohlen nicht durchgebrannt, und es roch im Zimmer nach Kohlengas.

»Jemand hat hier Stoff verbrannt«, sagte Ferraby und schaute in die Öffnung des Ofens. »Ja, das war ein Stück Stoff, ich kann es noch deutlich erkennen.«

Sie schloss den Ofen und ging zur Treppe, während sie die Lippen aufeinanderpresste.

Totty kam gerade in die Halle, und auch ihm fiel der Geruch auf.

»Kommen Sie her und sehen Sie sich das an«, sagte Ferraby.

Totty trat an den Ofen. »Sieht wie ein Stück Stoff aus, das verbrannt ist.«

Als Ferraby mit dem Schüreisen hineinfahren wollte, hielt Totty ihn zurück.

»Lassen Sie das«, sagte er aufgeregt. »Sehen Sie nicht das Stück Metall, das in der Ecke eingenäht war? Es ist eine kleine Zinnplatte. Jetzt ist sie geschmolzen, aber Sie können das Metall noch auf der Kohle erkennen. Wo ist Chief Inspector Tanner?«

Er sah zu Isla hinüber. Sie wusste nur zu gut, was dieser Brandgeruch bedeutete. Im Ofen war also das rote Tuch verschwunden, das sie am Morgen noch in der Schublade gesehen hatte. Lady Lebanon musste es bis zum letzten Augenblick vergessen haben; erst als die Polizei schon im Haus war, hatte sie daran gedacht, das verdächtige Tuch zu entfernen.

»Mr Tanner ist im Zimmer Mr Kelvers«, sagte sie endlich, drehte sich um und eilte die Treppe hinauf.

19

Tanner kam und schaute in den Ofen. Die Hitze hatte das Tuch versengt, aber man konnte noch gut die Stelle sehen, wo es gelegen hatte. Die Umrisse waren deutlich sichtbar, ebenso das geschmolzene Zinn. Es musste ein Tuch gewesen sein wie das, mit dem Studd erwürgt worden war.

Lady Lebanon war dem Chief Inspector langsam gefolgt und fand ihn allein in der Halle, als sie eintrat.

»Hat etwas im Ofen gebrannt?«, fragte sie leichthin. »Wahrscheinlich ist es Seide. Ich habe gestern Abend noch ein Puppenkleid genäht für den Basar unten im Dorf. Heute Morgen habe ich die Reste auf meinem Tisch gefunden und ins Feuer geworfen.«

»Nein, das kann es nicht sein«, entgegnete er ruhig. »Es war ein Stück Stoff, ein indisches Tuch von roter Farbe. In der Ecke war ein kleines Metallschild eingenäht. Haben Sie so etwas noch nicht gesehen? Dr. Amersham hatte eins dieser Tücher in seinem Besitz.«

Sie warf ihm einen schnellen Blick zu.

»Ich verstehe Sie nicht.«

»Ich fand ein solches Tuch im Schreibtisch von Dr. Amersham, als ich gestern Abend seine Wohnung durchsuchte.«

Er ging zur Tür. Ferraby und Totty standen in der Nähe; er rief sie zu sich und gab ihnen Instruktionen.

»Es darf niemand in dieses Zimmer kommen, während ich mit Lady Lebanon spreche.«

»Bedeutet das, dass ich hier gefangen bin?«, fragte sie.

»Nein, ich möchte nur nicht gestört werden.«

Sie setzte sich.

»Wollen Sie mich etwa verhören? Ich fürchte, ich kann Ihnen nur wenig Auskunft geben.«

»Im Gegenteil, ich hoffe, Sie werden mir sehr viel sagen. Ich möchte nicht nur Fragen an Sie richten, sondern Ihnen auch ein paar Tatsachen mitteilen, deren Kenntnis Sie vielleicht nicht bei mir voraussetzen.«

»Nun, das ist wenigstens eine Zerstreuung an diesem entsetzlichen Tag.«

Er musste sie bewundern. Selten war ihm ein Mensch begegnet, der sich so gut beherrschen konnte wie diese Frau.

»Oben im Haus gibt es ein Zimmer, Lady Lebanon, zu dem Brooks keinen Schlüssel hat. Er behauptete, es wäre ein Abstellraum.«

»Dann wird es auch so sein«, entgegnete sie leichthin.

»Das ist nicht gut möglich. Im ersten Stock, mitten unter den besten Zimmern, liegt doch keine Rumpelkammer!«

Sie zuckte die Schultern.

»Wir nennen es Abstellraum, obwohl ich dort ein paar wertvolle Gegenstände aufbewahre.«

»Haben Sie den Schlüssel dazu?«

»Ich öffne das Zimmer nie.«

Ihre Stimme klang metallisch hart.

Plötzlich wurden sie unterbrochen. Die Treppe, die in die Halle führte, war nicht bewacht; Lord Lebanon kam herunter und hörte die letzten Worte. Seine Mutter sah ihn noch nicht.

»Mr Tanner, ich will Ihnen die Wahrheit sagen. Es ist das Zimmer, in dem mein Mann gestorben ist. Seit jenem Tag ist es nicht mehr geöffnet worden.«

»Ach, handelt es sich um das Zimmer mit der dicken Tür?«, mischte sich der junge Lord ins Gespräch. »Mr Tanner, die Tür habe ich häufig offen gesehen.«

Sie warf ihm einen drohenden Blick zu.

»Da irrst du dich aber, Willie. Das Zimmer ist nicht mehr geöffnet worden, und vor allem hast du es nicht gesehen.«

»Dann wäre es doch gut, wenn die Tür geöffnet wird«, sagte der Inspector.

»Es tut mir leid, aber das ist unmöglich.«

»Und mir tut es ebenso leid, aber ich muss darauf bestehen.«

»Seien Sie doch vernünftig, Mr Tanner«, sagte sie jetzt freundlich, aber ihre Unruhe war unverkennbar. »Was könnte Sie auch in dem Zimmer besonders interessieren? Es hängen nur ein paar alte Gemälde darin. Ich dachte, Sie wollten den Mord aufklären, und der ist doch außerhalb des Hauses passiert.«

»Ich führe meine Untersuchungen, wie ich es will, Lady Lebanon«, entgegnete Tanner streng.

»Aber Mutter …«

»Würden Sie uns nicht etwas allein lassen, Lord Lebanon?«, sagte Tanner. »Im Korridor finden Sie Sergeant Ferraby.«

Er wartete, bis der junge Lord verschwunden war.

»Lady Lebanon, Sie wissen genau, dass ich sofort einen Durchsuchungsbefehl bekommen kann.«

Sie warf den Kopf in den Nacken.

»Es wäre eine Gemeinheit, wenn Sie das täten«, erwiderte sie hochmütig. »Kein Friedensrichter oder Beamter in unserer Gegend würde Ihnen ein solches Schriftstück ausstellen.« Plötzlich änderte sie das Thema. »Aber ich habe gedacht, Sie wollten mich noch etwas fragen?«

Im Augenblick konnte Tanner nichts dadurch erreichen, dass er noch länger über den geschlossenen Raum sprach. Es fiel ihm leicht, einen Durchsuchungsbefehl zu beschaffen, und er hatte die Ausstellung bereits in Scotland Yard beantragt.

»Ich möchte mit Ihnen über die Ermordung Dr. Amershams sprechen«, begann Tanner. »Deshalb bin ich hergekommen, aus keinem anderen Grund. Ich will den geheimnisvollen Mord aufklären, der an Dr. Leicester Amersham begangen wurde.«

»Ich dachte doch, ich hätte Ihnen gesagt ...«

»Sie haben mir gesagt, dass Sie nichts darüber wissen, aber ich bin anderer Ansicht. Lady Lebanon, wann haben Sie Dr. Amersham zum letzten Mal gesehen?«

Sie schaute ihn nicht an; der schwere Augenblick war gekommen.

»Ich habe ihn heute Morgen nicht gesehen ...«

»Das weiß ich«, sagte Tanner geduldig. »Heute Morgen lebte er nicht mehr. Nach den ärztlichen Gutachten ist er gestern Abend zwischen elf Uhr und Mitternacht gestorben. Wann haben Sie ihn zuletzt lebend gesehen?«

»Gestern Morgen – es kann aber auch schon einen Tag früher gewesen sein. Ich bin meiner Sache nicht sicher.«

Kaum hatte sie die Worte geäußert, so wusste sie auch schon, dass sie einen großen Fehler begangen hatte.

»Gestern Abend um elf Uhr war er aber hier, wahrscheinlich bis kurz vor seinem Tod. Und er hat sich in diesem Zimmer mit Ihnen unterhalten.«

»Sie haben mit den Dienstboten darüber gesprochen?«

Tanner ließ sich durch diesen Vorwurf nicht stören.

»Das ist doch selbstverständlich.«

»Sie hätten aber besser erst mit mir gesprochen. Wenigstens hätte ich das von Ihnen erwartet«, erwiderte sie erregt.

»Nun, ich bin ja jetzt zu Ihnen gekommen.« Tanner sah sie verbindlich lächelnd an, aber das machte keinen Eindruck auf sie. Im Gegenteil, sie sammelte all ihre Kräfte, um sich gegen diesen Mann zu verteidigen. »Und Sie erzählen mir, dass Sie Dr. Amersham gestern Morgen zum letzten Mal gesehen haben. Dieser Mord hat doch das ganze Schloss in Aufregung versetzt.«

Sie zog die Augenbrauen hoch.

»Ich verstehe nicht recht, wie Sie das meinen.«

»Er war Ihr Freund, Sie sprachen noch mit ihm, und gleich darauf wurde er ermordet ... Meiner Meinung nach hätten Sie ganz anders auf meine Frage antworten müssen. Sie hätten sagen müssen: ›Ich hatte mich gerade vorher noch mit ihm unterhalten‹ oder so etwas Ähnliches.«

»Dr. Amersham war nicht mein Freund«, entgegnete sie leise. »Er war ein Mann mit einem eigenen Willen, nur auf seinen Vorteil bedacht.«

Tanner nickte.

»Dann scheint also die Tatsache, dass er kaum hundert Meter von hier entfernt ermordet wurde, kaum einen Eindruck auf Sie zu machen?«

Sie richtete sich auf.

»Das finde ich unverschämt ...!«

»Ich habe alles Recht, Ihnen das zu sagen. Sehen Sie denn nicht selbst, Lady Lebanon, dass Ihre Haltung auf jeden Fall sonderbar, wenn nicht sogar anmaßend ist? Sie erklären mir, dass Sie nicht mehr genau wissen, wann Sie Dr. Amersham zum letzten Mal gesehen haben, obgleich er noch ein paar Minuten vor seinem Tod mit Ihnen sprach! Sie sagen, Sie können die Zeit nicht genau feststellen, weil er nicht Ihr Freund war, sondern einen selbstsüchtigen Charakter besaß. Das ist doch alles unlogisch. Wenn er nicht mit Ihnen befreundet war, was machte er dann um elf Uhr abends hier?«

»Er wollte mich dringend sprechen.«

»Als Arzt?«

Sie nickte.

»Hatten Sie ihn gerufen?«

Sie dachte einen Augenblick nach, ehe sie antwortete.

»Nein, er kam zufällig!«

»Um elf Uhr abends?« Tanner schüttelte ungläubig den Kopf.

»Ich hatte Nervenschmerzen im Arm.«

»Aber Sie haben doch nicht nach ihm geschickt! Er vermutete also, dass Sie Nervenschmerzen hatten, und kam von London, um Ihnen zu helfen? Hat er Ihnen etwas verschrieben?«

Sie erwiderte nichts darauf.

»Er fuhr gegen zwölf Uhr von hier weg, und zwar den großen Fahrweg entlang. Als er ungefähr die halbe Strecke bis zum Parktor zurückgelegt hatte, sprang von hinten jemand auf seinen Wagen und erwürgte ihn.«

»Davon weiß ich nichts.«

»Man fand das Auto, aus dem er herausgezerrt wurde, auf der anderen Seite des Dorfes verlassen auf.«

Sie hatte alle Einzelheiten dieses Falles nicht nur einmal, sondern schon oft durchdacht.

»Das interessiert mich nicht«, sagte sie unvorsichtigerweise.

Tanner war überrascht.

»Lady Lebanon, Sie haben diesen Dr. Amersham seit Jahren gekannt, er hat Sie ständig hier besucht – er war Ihr Arzt und Ihr Freund, und Sie interessieren sich nicht dafür, dass er brutal ermordet wurde?«

Sie holte tief Atem.

»Natürlich tut es mir leid. Und es war entsetzlich, dass es hier passieren musste.«

Es dauerte ziemlich lange, bis er die nächste Frage an sie richtete.

»Was wusste Dr. Amersham?«

Sie warf ihm einen schnellen Blick zu.

»Was wusste er?«, fragte Tanner aufs Neue. »Die letzten Worte, die Sie an ihn richteten, als er das Zimmer verließ, waren ungefähr folgende …«

Er nahm ein Notizbuch aus der Tasche und las darin nach.

»Sie standen hier« – er zeigte auf eine Stelle in der Nähe ihres Platzes –, »und Sie sagten ärgerlich zu ihm: ›Niemand würde Ihnen glauben, wenn Sie es erzählten. Versuchen Sie es doch. Und vergessen Sie eins nicht: Sie sind ebenso gut in die Affäre verwickelt wie jeder andere. Sie haben immer die Absicht gehabt, die Verwaltung von Willies Vermögen an sich zu reißen!‹«

Er schlug das Buch ziemlich heftig zu.

»Das mag nicht der genaue Wortlaut gewesen sein, aber jedenfalls war das der Sinn Ihrer Worte. In welche Affäre war er verwickelt?«

Sie antwortete nicht, denn sie war im Augenblick zu bestürzt und verwirrt über seine weitgehenden Informationen. Dann wurde ihr plötzlich klar, woher er diese Kenntnisse hatte, und ihre bleichen Wangen röteten sich vor Zorn.

»Das hat Ihnen natürlich diese Jackson gesagt, die Zofe, die ich entlassen habe. Sie ist absolut unzuverlässig, deshalb musste sie gehen. Wenn Sie sich auf die Aussagen entlassener Dienstboten stützen, Mr Tanner …«

»Ich höre alle Leute an – das ist meine Pflicht. Wie lange war der frühere Lord Lebanon krank, bevor er starb?«

Sie war auf diesen plötzlichen Wechsel des Themas nicht gefasst und konnte nicht sofort antworten.

»Fünfzehn Jahre«, sagte sie schließlich.

»Welcher Arzt hat ihn behandelt?«

»Dr. Amersham.«

Tanner hatte wieder sein Notizbuch gezogen.

»Obwohl er so lange krank war, starb er ziemlich plötzlich. Ich habe den Wortlaut des Totenscheins hier. Das Dokument wurde von Leicester Amersham unterzeichnet.« Das Notizbuch wanderte wieder in die Tasche. »Während der Krankheit Ihres Mannes haben Sie mit Unterstützung Dr. Amershams das Vermögen verwaltet?«

Sie nickte.

»Ich habe seinen Namen unter einer ganzen Anzahl von Pachtverträgen gefunden. Er besaß wohl Generalvollmacht?«

Sie fühlte sich jetzt sicherer, und sie hatte auch den Eindruck, dass die Krisis vorüber war.

»Ja. Mein Mann schätzte ihn, und Dr. Amersham half mir bei der Verwaltung der Güter.«

Tanner machte eine Pause, bevor er mit freundlicher Stimme die nächste Frage stellte.

»Warum haben Sie ein zweites Mal geheiratet?«

Lady Lebanon erfasste die volle Tragweite dieser Worte nicht gleich, aber dann sprang sie auf.

»Das ist nicht wahr!«, stieß sie atemlos hervor.

»Warum haben Sie ein zweites Mal geheiratet? Die Trauung fand in der Kirche von Petersfield statt. Und warum wählten Sie ausgerechnet Leicester Amersham als Gatten? Pfarrer John Hastings vollzog die Trauung.«

Einen Augenblick schwankte sie, dann sank sie schwer in den Sessel.

»Wer hat Ihnen das gesagt?«

»Das habe ich in dem Ehestandsregister gefunden, das ich in Petersfield sah. Es fiel mir auf, dass Dr. Amersham auf so gutem Fuß mit dem Pfarrer John Hastings stand. Die beiden sind so verschiedene Charaktere, dass dieses Verhältnis nur durch einen großen Dienst begründet sein konnte, den der Pfarrer Amersham erwiesen hatte. Ich machte mir also die Mühe und fuhr nach Petersfield. Nun frage ich Sie noch einmal: Warum haben Sie drei Monate nach dem Tod Ihres Mannes Leicester Amersham geheiratet, und warum hielten Sie diese Eheschließung geheim?«

Sie goss sich etwas Wasser aus der Karaffe ein, die auf dem Tisch stand. Ihre Hand war ruhig und zitterte nicht, als sie das Glas zum Mund führte. Der Inspector wartete geduldig.

»Diese Trauung wurde mir aufgezwungen. Dr. Amersham war ein Abenteurer der gewöhnlichsten Art. Er hatte kein Geld, als er in der indischen Armee diente, und zu dieser Heirat hat er mich durch Erpressung gebracht.«

»Bitte, erklären Sie das genauer.«

Sie zuckte nur die Schultern.

»Welche Gewalt hatte er denn über Sie? Man kann doch nicht jemand erpressen, wenn man nicht etwas Strafbares von ihm weiß. Haben Sie irgendwie das Gesetz übertreten?«

»Darauf verweigere ich die Antwort«, sagte sie und presste die Lippen zusammen. »Ich wusste, dass er mit dem Gesetz in Konflikt gekommen war – er war ein Dieb und ein Fälscher. Deshalb wurde er auch aus der Armee ausgestoßen.«

Tanner nickte.

»Das mag ja alles der Wahrheit entsprechen. Aber er war gestern Abend zwischen elf und zwölf hier im Haus; er hat Sie bedroht und wurde ein paar Minuten später ermordet. Und Sie sagen, dass Sie sich nicht dafür interessieren!«

»Warum sollte ich mich denn auch dafür interessieren? In gewisser Weise bin ich froh, dass er …« Plötzlich brach sie ab.

»Sie sind froh, dass er tot ist? Oder tut es Ihnen jetzt vielleicht doch leid?«

Er wartete, bis sie sich wieder gefasst hatte.

»Was nun Ihren ersten Mann angeht, Mrs Amersham …«

Sie richtete sich auf.

»Ich würde es lieber hören, wenn Sie mich Lady Lebanon nennen.« Sie lachte kurz auf und lehnte sich dann wieder in den Sessel zurück. »Ich glaube, ich habe jetzt Ihre Methoden durchschaut!«

»Wer hat den verstorbenen Lord Lebanon nach seinem Tod gesehen?«, fuhr Tanner erbarmungslos fort.

»Dr. Amersham.«

»Sie nicht?«

»Nein. Außer Amersham nur noch Gilder und Brooks. Sie haben alles Nötige getan und ihn in den Sarg gelegt.«

»Und Dr. Amersham hat den Totenschein ausgefertigt. Wenn ich Sie also recht verstehe, starb Lord Lebanon, und nach seinem Tod haben ihn nur Amersham, Gilder und Brooks gesehen. Und dabei war Amersham sehr stark an seinem Ableben interessiert.« Er sah, dass sie zusammenfuhr. »Ich will niemand anklagen, ich stelle nur Tatsachen fest. Er hat Sie erpresst, weil er etwas wusste. Und nun möchte ich gern hören, ob er mit diesen Erpressungen begann, bevor der Lord starb? Es wäre jedenfalls sehr interessant, das zu erfahren.«

»Ich glaube schon, dass Sie auch noch viele andere Dinge interessieren würden«, entgegnete sie hochfahrend.

»Gewiss. Warum haben Sie zum Beispiel heute Morgen Ihren Parkwächter fortgeschickt? Sie haben ihm eine große Summe gegeben – ich weiß allerdings nicht genau, wie viel. Das Geld haben Sie zwei Tage vorher von der Depositenkasse in Marks Thornton abgehoben. Sie gaben ihm das Geld, damit er fortgehen sollte. Ich weiß es so genau, weil ich die Nummern der Banknoten erfuhr und weitere Nachforschungen über ihren Verbleib anstellte.«

Sie ließ ihn keinen Moment aus den Augen.

»Das ist das Erste, was ich davon höre. Der Parkwächter ist fort-gegangen? Ich habe ihm Geld gegeben, aber für Zwecke, die nur ihn selbst angehen. Mehr weiß ich nicht.«

»Dann kann ich Ihnen vielleicht heute Abend mehr darüber sagen.« Tanner sah nach der Uhr und war erstaunt, dass es schon so spät ge-worden war. Die Dunkelheit brach bereits herein, und er hatte unten im Dorf noch viel zu tun.

»Heute Morgen habe ich mich nur oberflächlich für diesen Fall inte-ressiert, Lady Lebanon. Höchstens wollte ich Genaueres über Amersham erfahren. Aber jetzt hat die Affäre weitere Kreise gezogen, und auch Sie und dieses ganze Haus sind in die Sache verwickelt.«

Er ging zum Schreibtisch.

»Haben Sie den Schlüssel zu dem Zimmer, das niemals geöffnet wird, wie Sie behaupten?«

Sie schien die Frage überhört zu haben.

»Nun gut, Lady Lebanon«, sagte er plötzlich, »ich bemühe Sie wahr-scheinlich unnötig, aber ich hätte doch gern das verschlossene Zimmer oben gesehen. Ich muss viele Fragen stellen, und mein Beruf bringt es mit sich, dass ich neugierig erscheine. Vielleicht täusche ich mich auch in der Annahme, dass die Macht, die Dr. Amersham über Sie ausübte, etwas mit dem verschlossenen Raum zu tun hat. Habe ich recht?«

»Die Sache hat – mit meiner Vergangenheit zu tun.«

Er schüttelte lächelnd den Kopf.

»Es hat Sie große Mühe gekostet, das zu sagen – und es entspricht nicht einmal der Wahrheit. Sie gehören zu den Leuten, von denen man manchmal in den Büchern liest: Sie sind adelsstolz.« Er runzelte nach-denklich die Stirn. »Übrigens müssen Sie doch selbst eine geborene Lebanon sein?«

Diese Worte machten einen merkwürdigen Eindruck auf sie. Plötzlich sah sie wieder imposant und glänzend aus, und etwas von ihrer früheren Schönheit zeigte sich in ihren Zügen.

»Wie merkwürdig, dass Sie das herausgefunden haben«, entgegnete sie freundlich. »Ja, ich bin eine geborene Lebanon und heiratete meinen Vetter. Ich stamme in direkter Linie von dem vierten Baron Lebanon ab.«

»Erstaunlich!«

»Die Familie ist seit den ältesten Zeiten bekannt. Bevor es noch eine Geschichte von England gab, existierte schon eine Geschichte der Lebanons, und das wird so bleiben – das muss so bleiben! Es wäre entsetzlich, wenn die Linie aussterben sollte!«

Die letzten Worte hatte sie pathetisch gesprochen.

»Für heute möchte ich mich von Ihnen verabschieden, Lady Lebanon«, erwiderte er. »Aber morgen komme ich wieder, ich kann es nicht ändern.«

Als er am Fuß der Treppe stand, sah er zufällig nach oben und bemerkte Isla Crane. Sie hatte den Finger auf die Lippen gelegt und winkte ihm dringend.

Anscheinend gleichgültig stieg er die Treppe hinauf. Isla fasste ihn am Arm.

»Mr Tanner, Sie wollen doch nicht das Haus verlassen?«, fragte sie verstört. »Um Himmels willen, bleiben Sie hier!«

Er fühlte, dass sie zitterte. Langsam machte er sich von ihr frei und ging wieder die Treppe hinunter.

»Ich werde das Auto bestellen, damit Sie nach dem Gasthaus fahren können«, sagte Lady Lebanon.

Tanner sah sie freundlich an.

»Verzeihen Sie, aber ich habe meine Absicht geändert. Ich bleibe heute Nacht hier. Hoffentlich haben Sie nichts dagegen, Lady Lebanon.«

Einen Augenblick schaute sie ihn wütend an, dann drehte sie ihm plötzlich den Rücken zu und verließ die Halle.

»Was hat denn das zu bedeuten, Mr Tanner?«, fragte Totty.

»Das sage ich Ihnen besser morgen.«

Der Sergeant holte tief Atem.

»Sie glauben wohl, Sie können einen interessanten Abend in diesem Spukhaus verbringen? Ich bin anderer Ansicht!«

20

Ein Motorradfahrer der Polizei lieferte vor dem Abendessen ein flaches Paket an den Chief Inspector ab, das die gewünschten Listen enthielt. Tanner las sie sorgfältig durch, kreuzte dann eine Zeile an und wusste, dass er richtig gewählt hatte. Es war ein Zug, der von Horseham nach London Bridge fuhr, und Horseham lag nicht allzu weit von Marks Priory entfernt. Jedenfalls konnte man mit dem Rad hinkommen.

Es gab nicht viele Züge, die um zehn Uhr morgens abfuhren und am nächsten Morgen um zehn Uhr fünf ankamen, und sie fuhren nicht nach dem Kontinent. Darunter befand sich einer, der in London um zehn Uhr abging und um zehn Uhr fünf in Aberdeen eintraf. In einem Nachschlagewerk fand Tanner, dass Lady Lebanon zehn Meilen von Aberdeen entfernt ein kleines Jagdhaus besaß. Zweifellos war das Tillings Ziel.

Er telefonierte nach London, dass die Polizei in Aberdeen gewarnt werden sollte. Tilling hatte aber inzwischen schon auf einer Station in Schottland ein Telegramm erhalten und den Zug verlassen. Über Edinburgh war er nach Stirling zurückgekehrt.

Sonst erfuhr Tanner von Scotland Yard noch, dass während der fraglichen Zeit nur eine Pfeife der Marke Ursus verkauft worden war. Ein Tabakhändler, dessen Laden in der Nähe des Bahnhofs King's Cross lag, hatte gerade sein Geschäft geöffnet, als ein Mann, der nach der Beschreibung sofort als Tilling zu erkennen war, eine solche Pfeife bei ihm verlangte.

Totty verbrachte den Abend in dem Zimmer Mr Kelvers, und das Gespräch drehte sich natürlich um die aufregenden Ereignisse der letzten Zeit.

»Ein paar merkwürdige Diener haben Sie hier«, meinte Totty.

»Ja, da mögen Sie recht haben«, erwiderte der Butler ironisch. »Ich habe allerdings nur wenig mit ihnen zu tun.«

Kelver hatte Dr. Amersham wohl oft gesehen, konnte aber dem Sergeanten über den Charakter des Mannes nur das sagen, was er von Studd gehört hatte.

»Er war nicht gerade sehr freundlich und zuvorkommend nach allem, was mir der Chauffeur erzählte. Aber ich habe ja schon immer gesagt, auf dieser Welt gibt es die verschiedensten Leute.«

»Stimmt«, versicherte Totty. »Ist es hier eigentlich einmal zu einer Schlägerei gekommen?«

Als er das erstaunte Gesicht des Butlers sah, erklärte er ihm, wie er das meinte. Kelver sagte zwar zuerst, er wolle nicht über die Angelegenheiten seiner Herrschaft sprechen, aber dann tat er es doch.

»Eines Morgens kam ich in die Halle, und da sah es tatsächlich so aus, als ob ein Kampf stattgefunden hätte. Verschiedene der großen Spiegel waren zerbrochen, ebenso einige Stühle, und Scherben von Weingläsern lagen auf dem Boden. Außerdem hatte Gilder ein blaues Auge. Von Studd habe ich dann erfahren, dass auch Dr. Amersham etwas abbekommen hatte.«

Kelver ging zur Tür, öffnete sie und sah hinaus, dann schloss er sie wieder und fuhr mit leiser Stimme fort:

»In diesem Haus stimmt etwas nicht. Der junge Lord wird behandelt, als ob er überhaupt nichts zu sagen hätte. Wenn er einen Wunsch hat, achtet man nicht darauf, und er wird hier in seinem eigenen Hause eigentlich wie ein Gefangener gehalten.«

Nachdem er diese wichtige Äußerung getan hatte, trat er einige Schritte zurück, um den Eindruck seiner Worte zu beobachten.

Totty sah ihn überrascht an.

»Sie lassen ihn niemals aus den Augen«, fuhr Kelver fort. »Und ich kann Ihnen nur das eine sagen: Ich selbst habe Instruktionen von Mylady erhalten, die mir durchaus nicht recht sind. Auf jedes Telefongespräch muss ich achten, das der junge Lord führt, und, wenn möglich, ihn dabei belauschen. Wenn er irgendeinen Diener hat, dem er Vertrauen schenken kann, wird der schleunigst wieder entlassen. Soviel ich weiß, hatte er drei Kammerdiener hintereinander, und allen dreien wurde gekündigt. Der Einzige, mit dem er auf freundschaftlichem Fuß stand, war Studd, und soweit ich den kannte, hätte er alles für seinen Herrn getan.«

Kelver machte eine Pause.

»Und dann wurde Studd eines Morgens ermordet aufgefunden«, fuhr er fort. »Ich habe noch nie vorher meine Meinung darüber geäußert, und ich verlasse mich auf Sie, Inspector Totty – es ist doch richtig, wenn ich Inspector sage?«

»Ja, ganz richtig«, erklärte Totty ernst.

»Sie dürfen aber nichts davon weitererzählen. Hier im Haus walten unheimliche, unsichtbare Kräfte. Die Zustände hier fallen mir auf die

Nerven, und ich würde gern ein Monatsgehalt geben, wenn ich schon heute Abend wegkönnte.«

Plötzlich sprang Totty auf, und auch Kelver erhob sich rasch. Beide hatten den entsetzten Schrei einer Frau gehört. Mit zwei Schritten war der Sergeant an der Tür.

Ein enger Gang führte weiter ins Haus hinein. Links davon befand sich eine Treppe, die für die Dienerschaft bestimmt war. Totty hörte jemand laufen; gleich darauf stürzte Isla die Treppe herunter und wäre gefallen, wenn Totty sie nicht aufgefangen hätte.

Sie war einem Zusammenbruch nahe.

»Was ist denn los, Miss Crane?«

Sie sah nur entsetzt die Treppe hinauf.

»Werden Sie verfolgt? Kelver, halten Sie die junge Dame.«

Der Sergeant eilte hinauf, blieb aber auf der vierten Stufe stehen. Auf dem oberen Podest zeigte sich Gilder.

»Ist etwas nicht in Ordnung?«, fragte er mit seiner tiefen rauen Stimme.

»Kommen Sie einmal her. Was ist denn mit Miss Crane?«

»Ich weiß nicht, was Sie meinen. Ich hörte jemand schreien und kam sofort aus meinem Zimmer, um nachzusehen, was es gäbe.«

Langsam stieg er die Stufen hinunter, bis er in den engen Gang kam, und starrte dann düster auf Isla, die sich inzwischen ein wenig gefasst hatte.

»Ich brauche Sie nicht«, sagte sie verstört. »Gehen Sie nach oben – ich brauche Sie nicht ...«

»Ist etwas passiert, Miss?«, fragte der Diener.

»Nein ... nichts. Ich ...« Sie wandte sich an Totty. »Ich möchte in mein Zimmer zurückgehen. Bitte, begleiten Sie mich dorthin.«

Er ging vor ihr die Treppe hinauf. Auf dem Weg sprach sie nichts, verschwand auch stumm im Zimmer des alten Lords, machte die Tür zu und drehte den Schlüssel von innen um.

Gilder beobachtete den Vorgang.

»Die junge Dame ist ein wenig nervös geworden.«

»Wissen Sie, worüber sie sich aufgeregt hat? Grinsen Sie doch nicht so, die Sache ist wirklich zu ernst.«

DAS INDISCHE TUCH

»Wenn ich nicht ab und zu einmal grinsen könnte«, entgegnete Gilder kühl, »würde ich in diesem Haus verrückt werden. Mir kommt es ganz natürlich vor, dass sie aufgeregt ist. Das geht uns allen so. Brauchen Sie mich noch?«

Totty antwortete nicht darauf; er ging in Kelvers Zimmer zurück. Der Butler goss sich gerade ein Glas Kognak ein, aber seine Hand zitterte so sehr, dass der Flaschenhals gegen das Glas schlug.

»Was kann sie denn nur gesehen haben?«, fragte der Sergeant, der immer noch nicht wusste, was er zu dem Vorfall sagen sollte.

»Ich möchte mit der ganzen Sache nichts zu tun haben. Wollen Sie sich nicht auch einen kleinen Napoleon einschenken?«

Totty folgte der Aufforderung, obwohl er sonst um diese Zeit nicht zu trinken pflegte. Dann suchte er seinen Vorgesetzten und fand ihn in einem kleinen Wohnzimmer, in das man einen Schreibtisch gesetzt hatte. Außerdem war der Raum insofern von Vorteil, als sich einer der drei Telefonapparate darin befand.

»Die Sache kommt mir immer geheimnisvoller vor«, sagte der Sergeant. »Miss Crane muss irgendetwas gesehen haben. Natürlich kann es auch der amerikanische Diener gewesen sein, vor dem sie solche Angst hatte.«

Tanner schüttelte den Kopf.

»Übrigens will Lord Lebanon in den Ort gehen«, erwiderte er. »Ich möchte Sie bitten, ihn dorthin zu begleiten. Es wäre aber gut, wenn Sie eine Schusswaffe einsteckten. Nehmen Sie auch einen Gummiknüppel mit. Ich glaube zwar nicht, dass etwas passieren wird, aber man kann niemals etwas voraussagen.«

»Warum will er denn ins Dorf gehen?«

»Er will Mrs Tilling aufsuchen. Sehen Sie zu, dass er den Fahrweg benützt. Der junge Lord hat eben erst gehört, dass der Parkwächter verschwunden ist, und möchte den Fall aufklären. Also, sorgen Sie dafür, dass er den Fahrweg entlanggeht und nicht quer durch den Park. Wenn Sie sich fürchten, gebe ich Ferraby den Auftrag, ihn zu begleiten.«

Totty fühlte sich verletzt.

»Haben Sie schon jemals gehört, dass ich mich fürchte? Und wer sollte denn im Park einen Angriff auf zwei erwachsene Männer machen? Ich glaube, Sie sehen auch schon Gespenster.«

»Nein. Aber seien Sie nicht so selbstbewusst, Totty. Der Weg durch den Park ist ziemlich gefährlich. Machen Sie sich auf alles gefasst!«

Trotz seiner langen Erfahrung im Dienst überlief den Sergeanten doch ein kalter Schauer, als er diese Worte hörte.

»Sie machen mir allerdings wenig Mut. Gibt es denn im Park ein Versteck? Glauben Sie, dass sich der Mörder noch dort aufhält?«

Tanner nickte.

»Ja, er ist noch in der Gegend«, erwiderte er ernst. »Ferraby kann ja mit Ihnen gehen …«

»Reden Sie doch keinen Unsinn«, sagte Totty brummig.

»Vergessen Sie nicht, dass Sie Lord Lebanon zu beschützen haben«, ermahnte ihn Tanner, als er das Zimmer verließ. »Wenn ihm etwas zustößt, sind Sie verantwortlich dafür. Nehmen Sie also vor allem eine Schusswaffe mit. Aber Sie dürfen sie erst dann benützen, wenn Ihnen jemand ein Seidentuch um die Kehle schlingt. Und dann wird es wahrscheinlich zu spät sein.«

»Will denn jemand dem jungen Lord etwas tun?«

»Das weiß ich nicht. Aber es wird keinem von Ihnen beiden etwas zustoßen, wenn Sie meine Vorschriften befolgen. Ich meine es diesmal vollkommen ernst.«

Willie Lebanon wartete in der Halle auf Totty. Er war noch ganz empört über die Ermahnungen, die Tanner ihm kurz vorher gegeben hatte.

»Ich lasse es mir nicht gefallen, dass man mich wie ein kleines Kind behandelt! Wenn jetzt auch noch Scotland Yard so tut, als ob ich eine Wärterin nötig hätte, könnte man doch wirklich aus der Haut fahren.«

Trotzdem war er froh, dass er Gesellschaft hatte, denn Totty gefiel ihm. Zusammen gingen sie den dunklen Fahrweg entlang, und Totty war auf der Hut. Vorsichtig betrachtete er alle Büsche und Bäume. Er hatte seine Taschenlampe angeknipst und leuchtete damit die Sträucher und die dunklen Partien des Weges ab. In seiner Aufregung sah er überall Gestalten. Einmal glaubte er sogar, leise Schritte hinter sich zu hören, blieb stehen und wandte sich um. Er hätte einen Eid darauf leisten mögen, dass eine Gestalt in den Büschen verschwand. Aber als er hinleuchtete, war nichts zu sehen.

Als die Sträucher dünner wurden, hörte er wieder Geräusche und richtete plötzlich den Lichtstrahl auf die Stelle. Diesmal bekam er Gewissheit, denn er sah, dass sich etwas schnell fortbewegte. Jemand schlich sich also durch den Park. Sie hatten gerade den Platz erreicht, an dem Totty Tillings Jagdgewehr und den Feldstuhl gefunden hatte. Obwohl der Sergeant ein mutiger Mann war, fühlte er doch, dass kalter Schweiß auf seine Stirn trat, und er atmete erleichtert auf, als sie vor der Gartentür des Parkwächterhauses standen.

Lord Lebanon dagegen schien die Sache nur sehr interessant zu finden.

»Sind Sie wirklich davon überzeugt, dass uns jemand nachgeschlichen ist?«, fragte er und machte Miene, sich in die Hecke zu stürzen.

Aber Totty zog ihn am Arm zurück.

»Bleiben Sie ruhig hier bei mir.«

»Zum Teufel, ich will aber wissen, wer es ist.«

Totty folgte Lord Lebanon durch die Gartentür.

Der Besuch brachte nichts Neues zutage. Lebanon wollte nur Mrs Tilling seine Teilnahme aussprechen. Er erkundigte sich, ob sie auch genügend Geld besäße, und stellte noch verschiedene andere Fragen über ihren Mann. Die Frau war nervös und merkwürdig zurückhaltend; allem Anschein nach kam ihr dieser Besuch unerwartet.

»Haben Sie denn den armen Amersham gekannt?«

Sie nickte.

»Man erzählt sich die sonderbarsten Dinge über Sie«, sagte der Lord etwas geradezu. »Ich kümmere mich natürlich wenig darum.«

Totty war überrascht, dass sie nicht dagegen protestierte.

»Wirklich eine seltsame Person«, erklärte der junge Lord, als sie nach dem Schloss zurückgingen. »Schön ist sie ja, das muss ich selbst sagen. Man hört tolle Sachen von ihr, aber ich glaube, es ist viel davon erfunden. Ich möchte nur wissen, was ihrem Mann zugestoßen ist. Es ist nicht gut, dass sie allein in dem Haus bleibt.«

Totty hatte seine eigenen Gedanken. Er ging nahe an die Hecke heran, denn er glaubte bestimmt, dass sich dieser Unsichtbare, der sie eben begleitet hatte, wieder neben ihnen auf der anderen Seite der Sträucher entlangschlich.

Einmal knackte ein trockener Zweig, auf den der Unbekannte getreten war, und Totty fuhr nervös zusammen.

»Drüben ist jemand«, sagte der Lord leise. »Wollen wir nicht über die Hecke springen und ihn fangen?«

»Nein, wir bleiben hier. Auf solche Abenteuer lassen wir uns nicht ein«, erklärte Totty prompt.

Er leuchtete mit seiner Taschenlampe bald nach links, bald nach rechts, während sie den Fahrweg entlanggingen. Zweifellos war jemand hinter ihnen her. Zweimal drehte er sich unerwartet um, konnte aber trotzdem nichts sehen. Umso mehr hörte er. Der Mann, der ihnen folgte, blieb auf dem Rasen; einmal musste er jedoch einen kiesbestreuten Weg überqueren, und Totty hörte deutlich Schritte.

Er begleitete den jungen Lord bis zur Haustür, wartete, bis Willie verschwunden war, und ging dann den Weg zurück. Diesmal hielt er sich auch auf dem Rasen und dicht im Schatten der Bäume. Plötzlich entdeckte er eine Gestalt und zog blitzschnell seine Pistole.

»Halt! Bleiben Sie stehen, oder ich schieße!«, rief er und leuchtete mit der Taschenlampe.

In dem Lichtkegel erkannte er Ferraby.

»Schießen Sie nicht, Totty«, erwiderte der junge Sergeant belustigt. »Hier gut Freund!«

»Sind Sie uns den ganzen Weg gefolgt?«

»Ja, in gewisser Hinsicht habe ich das getan, aber meistens war ich mit Ihnen auf gleicher Höhe.«

»Dann waren Sie also der unheimliche Kerl, der immer auf der anderen Seite der Hecke entlangschlich?«

»Ja. Aber ich habe noch gar nicht gewusst, dass Sie so nervös sind, Totty. Und warum hat Tanner Ihnen denn erlaubt, eine Pistole zu tragen? Hoffentlich ist sie nicht geladen.«

»Wie kommen Sie dazu, hinter mir herzuschleichen?«

»Ich habe nur einen Befehl ausgeführt«, entgegnete Ferraby und steckte sich eine Zigarette an. »Tanner gab mir den Auftrag, Sie beide zu beobachten.«

Totty war natürlich ärgerlich, aber andererseits atmete er auf, als er erfuhr, dass Ferraby der vermeintliche Verfolger gewesen war.

»Wenn Tanner mir nicht mehr traut …«

»Wem traut er überhaupt? Wenn wir der Sache weiter auf den Grund gehen, finden wir wahrscheinlich, dass ich wieder von einem anderen Beamten überwacht werde. Wie war es denn unten bei Tillings?«

»Es ist nichts passiert.«

»Ist die hübsche Frau auch so nervös? Ich möchte unter diesen Umständen allerdings nachts auch nicht allein in dem Haus sein.«

Als sie zurückgingen, ließ sich Totty herab, eine Zigarette von seinem Kameraden anzunehmen.

Der Motorradfahrer von Scotland Yard stand im Schatten der Säulenhalle. Totty sah ihn daher erst, nachdem Ferraby gegangen war.

Der Mann wartete noch, um einen eiligen Brief zur Stadt zurückzubringen.

»Es ist merkwürdig, Sergeant«, sagte er. »Wenn man in die Provinz kommt, erscheint sie einem immer vollkommen ausgestorben. Haben Sie das auch beobachtet?«

»Ich beobachte alles«, erklärte Totty.

»Wer mag nur der junge Herr gewesen sein, der mit mir sprach? Vor kurzer Zeit kamen Sie mit ihm ins Haus.«

»Das ist Lord Lebanon.«

»So? Der spricht aber sehr nett und ist gar nicht hochmütig. Ich dachte mir doch gleich, dass es jemand von Bedeutung sein müsste. Er hat mich viel gefragt über meine Tätigkeit bei der Polizei. Von Mr Tanner scheint er allerdings nicht sehr erbaut zu sein.«

»Hat er meinen Namen auch erwähnt?«, fragte Totty.

»Nein. Er war nur kurze Zeit bei mir draußen, dann ging er wieder hinein.«

Totty fand den Chief Inspector in seinem Zimmer. Tanner hatte seinen Bericht an die Polizeidirektion gerade beendet und steckte ihn in einen Briefumschlag.

»Wartet der Bote draußen? – Gut. Nun, was macht Mrs Tilling?«

»Sie scheint Angst zu haben.«

»So?« Tanner biss sich nachdenklich auf die Lippen. »Ich möchte nur wissen …«

»Ich wundere mich auch«, sagte Totty. »Zweifellos ist ihr Mann der Mörder. Hoffentlich fassen sie ihn heute Abend noch.«

»Ihr Mann ist nicht der Mörder, aber auch ich hoffe, dass wir ihn heute Abend noch fassen. In diesem Bericht hier habe ich genau erklärt, wer der Täter ist.« Er hob das versiegelte Kuvert in die Höhe. »Ich glaube, ich habe alle Tatsachen richtig gedeutet. Wenn ich nicht recht hätte, wäre ich sehr erstaunt, und ich muss Ihnen sagen, Totty, dies ist der interessanteste Fall, der mir jemals vorgekommen ist.«

21

Tanner sah nach der Tür, trat zwei Schritte vor und riss sie auf.

Gilder stand auf der Schwelle. Er trug ein kleines Silbertablett mit einer Kaffeekanne und einer Tasse.

»Ich bringe Ihnen eine Stärkung«, sagte er ruhig.

»Wie lange haben Sie schon vor der Tür gewartet?«

»Ich bin eben erst gekommen – gerade als Sie die Tür öffneten, wollte ich klopfen.«

Tanner zeigte auf den Tisch.

»Stellen Sie das Tablett dorthin.«

Er schloss die Tür hinter dem Diener, öffnete sie aber noch einmal, um sich zu überzeugen, dass der Mann auch wirklich gegangen war. Schließlich machte er sie wieder zu.

»Lord Lebanon hatte vollkommen recht. Hier in Marks Priory wird unheimlich viel gelauscht. Die Türen sind auch nicht besonders stark.«

»Warum verhaften Sie den Kerl nicht?«

»Ich habe guten Grund, das nicht zu tun. Wenn ich ihn tatsächlich hier gefangen nähme, hätte ich nur eine Menge Unannehmlichkeiten. Vorläufig bleibt es besser, wie es ist. Gilder ist übrigens viel schlauer als Brooks, deshalb gibt man ihm die meisten Aufträge.«

Tanner nahm den versiegelten Brief.

»Bringen Sie dies dem Boten – nein, ich will es ihm lieber selbst übergeben.«

Totty folgte seinem Vorgesetzten in die Säulenvorhalle. Der Polizist, der neben seinem Motorrad stand, warf hastig die Zigarette fort und salutierte.

»Stecken Sie den Brief gut weg und seien Sie sehr vorsichtig damit. Um elf Uhr können Sie in London sein. Der Polizeipräsident wartet in seinem Büro auf die Nachricht.«

Der Kurier ließ den Motor an und fuhr knatternd dem Parktor zu.

Er hatte gerade die erste Kurve genommen, als plötzlich ein lautes Krachen ertönte und sein Scheinwerfer erlosch. Im nächsten Augenblick gellte ein Schrei.

Tanner und Totty liefen den Fahrweg entlang. Sie hörten Rufen und Brüllen, als ob an der Unglücksstelle ein Kampf im Gang wäre. Als sie ankamen, fanden sie den Mann auf den Knien. Das Rad lag seitlich auf dem Weg. Totty leuchtete dem Motorradfahrer mit der Taschenlampe in das bleiche Gesicht. Sie halfen ihm beim Aufstehen, und Tanner untersuchte ihn schnell. Knochen waren nicht gebrochen, und mit Ausnahme von einigen schweren Abschürfungen war der Überfallene mit dem Schrecken davongekommen.

»Es war ein Strick über den Weg gespannt«, sagte der Mann noch ganz benommen. »Als ich mit dem Rad stürzte, sprang ein Mann auf mich zu und versuchte, mir ein Tuch um den Hals zu schlingen.«

Totty leuchtete sofort die Umgegend ab, aber sie konnten von dem Angreifer keine Spur mehr finden.

»Können Sie ihn beschreiben?«

»Ich konnte ihn nicht genau sehen … Aber er muss sehr stark gewesen sein, denn er hob mich vom Boden auf. Ich schlug mit der Faust nach ihm, aber ich glaube kaum, dass ich ihn richtig getroffen habe.«

Totty suchte nach dem Strick und fand ihn gleich darauf. Das Seil war von einem Baum zum anderen gespannt gewesen und durch den Anprall zerrissen worden.

»Haben Sie beobachtet, nach welcher Richtung der Mann verschwand?«

»Nein.«

Der Kurier hinkte über den Weg und hob sein Motorrad auf. Mit Tottys Hilfe untersuchte er dann die Maschine. Es war nichts daran kaputt, nur das Glas des Scheinwerfers war zertrümmert. Kurz entschlossen gab Totty dem Mann seine eigene Lampe und schnallte sie mit einem kurzen Lederriemen an der Lenkstange fest.

»Mir ist nichts passiert, ich kann weiterfahren, aber den Kerl möchte ich doch erwischen!«

»Sie sagten eben, dass er versuchte, Ihnen ein Tuch um den Hals zu schlingen? Vielleicht hat er es fallen lassen.«

Totty eilte nach dem Haus zurück und brachte eine neue Taschenlampe, aber nirgends entdeckten sie ein rotes Seidentuch. Auch sonst fanden sie keine Spuren.

»Haben Sie den Brief noch?«

Der Mann fühlte nach seiner Kuriertasche. Der Lederriemen war halb durchschnitten; es musste ein sehr scharfes Messer dazu benützt worden sein.

»Meinen Bericht wollten sie also haben – das ist allerdings schnelle Arbeit. Na, stecken Sie den Brief in Ihre Rocktasche und erklären Sie dem Polizeipräsidenten, warum Sie ihn so zusammengefaltet haben.«

Der Mann verwahrte das Schreiben in seiner Hüfttasche und knöpfte die Klappe darüber. Sie begleiteten ihn noch ein Stück den Fahrweg entlang, blieben dann stehen und beobachteten ihn, bis er in die Hauptstraße einbog.

»Jetzt ist er sicher«, sagte Tanner. »Die haben aber aufgepasst wie Schießhunde. Man sollte es kaum für möglich halten. Wie gut war es, dass ich Ihnen Ferraby nachschickte, es hätte sonst vielleicht doch noch einen Unfall gegeben.«

Totty wollte sich eigentlich beschweren, aber unter den gegebenen Umständen hielt er es für besser, zu schweigen.

Als sie in die Halle traten, war der große Raum vollkommen leer. Aber gleich darauf erschien Gilder. Er musste schnell gelaufen sein, denn er war ganz außer Atem. Sein dünnes Haar, das er für gewöhnlich sauber nach hinten gebürstet hatte, hing in die Stirn, und sein Gesichtsausdruck war müde und angestrengt.

»Hallo!«, rief Tanner. »Was ist denn mit Ihnen passiert?«

Der Mann schluckte.

»Ich bin in meinem Zimmer eingeschlafen – das hätte eigentlich nicht vorkommen dürfen. Ein wüster Traum hat mich aufgeschreckt.«

»Ist der Boden in Ihrem Zimmer eigentlich feucht?«

Tanner betrachtete die nassen Schuhe des Mannes und bemerkte einige Grashalme an den Absätzen. Gilder sah auch auf seine Füße, dann grinste er den Beamten an.

»Vor kurzer Zeit bin ich nach draußen gegangen, um eine Zigarette zu rauchen.«

Der Diener wollte sich entfernen, aber Tanner rief ihn zurück.

»Haben Sie etwas von Motorrädern geträumt?«

Gilder schüttelte den Kopf.

»Nein, ich träumte von«, er machte eine Pause, »Erdbeben.«

»Ich muss den Kerl tatsächlich bewundern«, meinte Tanner, als der Amerikaner gegangen war. Er setzte sich an den Schreibtisch der Lady Lebanon, nahm einen Bleistift und klopfte nachdenklich damit gegen sein Kinn.

»Mrs Tilling ist auch ein Problem. Fahren Sie mit dem Polizeiauto zu dem Haus des Parkwächters und bringen Sie die Frau ins Dorfgasthaus. Aber reden Sie nicht darüber. Zwei unserer Beamten sind dort untergebracht. Sagen Sie einem, dass er auf sie aufpassen soll.«

»Wenn sie aber das Haus nicht verlassen will?«

»Dann nehmen Sie sie in die Arme, aber vorsichtig«, fügte Tanner etwas ironisch hinzu. »Alles hat einmal ein Ende. Wir können jetzt keine Rücksicht mehr auf sie nehmen. Wenn sie nicht mitkommen will, schlagen Sie ihr eins über den Kopf, aber behutsam, und bringen sie zum Gasthaus.«

Totty ließ sich von dem Chauffeur des Dienstautos zu seinem Bestimmungsort fahren. Die Gartentür stand offen, obwohl er sich deutlich darauf besann, dass er sie zugeriegelt hatte, und die Haustür fand er nur angelehnt.

»Sergeant«, sagte der Chauffeur aufgeregt, »das Fenster dort drüben ist eingeschlagen!«

Totty leuchtete mit der Taschenlampe und bemerkte tatsächlich zwei zerbrochene Scheiben. Das Fenster selbst stand offen. Tottys Herz schlug schneller, als er sich vorwärtstastete.

Im Wohnzimmer war der Tisch umgestoßen und ein Stuhl zerbrochen. Außerdem hatte jemand alle Bilder an den Wänden beschädigt.

Der angrenzende Raum war ein Schlafzimmer. Auch hier sah Totty Zeichen eines Kampfes; die Betten lagen auf dem Fußboden, die Marmorplatte des Waschtisches war zertrümmert.

Soviel er feststellen konnte, waren nur diese beiden Zimmer in Unordnung. Aber die hintere Tür stand weit offen. Von Mrs Tilling sahen sie im Haus keine Spur. Totty begnügte sich mit einer oberflächlichen Untersuchung. Als er gerade in den Keller gehen wollte, rief der Chauffeur:

»Dort drüben bei dem Apfelbaum liegt jemand!«

Auf der Rückseite des Hauses befand sich ein Wirtschafts- und dahinter ein kleiner Obstgarten. Totty leuchtete die Stelle ab und sah eine Gestalt auf dem Boden. Er eilte hin und beugte sich über sie. Die Frau atmete, war aber vor Schrecken halb wahnsinnig und konnte nicht sprechen. Als er sie aufhob, starrte sie ihn groß an. Ihre Lippen zitterten, aber sie brachte kein Wort heraus. Als Totty sie in den Wagen trug, stöhnte sie, aber erst kurz vor der Ankunft beim Gasthaus begann sie zusammenhanglos zu sprechen. Glücklicherweise war zu dieser Nachtstunde niemand in der Nähe. Mithilfe der Wirtin und eines Mädchens brachte Totty die Frau auf ein Zimmer. Gleich darauf läutete der Sergeant Tanner an.

»Ist sie irgendwie verletzt?«, fragte der Vorgesetzte.

»Soweit ich sehen kann, nicht. Aber sie ist furchtbar mitgenommen. Der Überfall muss ein paar Minuten vor unserer Ankunft passiert sein.«

»Rufen Sie einen Arzt für die Frau.«

»Das habe ich bereits getan. So weit müssten Sie mich doch kennen«, entgegnete Totty vorwurfsvoll. »Ich gehe jetzt noch einmal zu dem Haus und durchsuche alles, ob ich nicht irgendwelche Spuren finde.«

»Kommen Sie sofort nach Marks Priory zurück. In dem Haus finden Sie doch nichts Wichtiges. Ich werde mit der hiesigen Polizei telefonieren, damit man uns einige Beamte zur Verfügung stellt, die das Haus bewachen. Also, kommen Sie jetzt zurück.«

Totty setzte sich mit den Polizeibeamten von Scotland Yard in Verbindung, die im Gasthaus Quartier genommen hatten, und sagte ihnen, dass sie auf Mrs Tilling achten sollten. Ehe er fortging, traf er Ferraby, dem er die Geschichte auch erzählte.

»Die arme, kleine Frau«, sagte er. »Es sieht so aus, als ob wir eine aufregende Nacht bekommen. Schauen Sie mich einmal an, ich bin der reinste Wildwest-Cowboy.«

Er öffnete den Rock. Von dem breiten Gürtel, den er umgeschnallt hatte, hingen zwei Pistolentaschen herunter.

»Das war Tanners Idee, Sie kennen ihn ja. Erst gibt er einem ein paar Schießeisen, und dann hält er eine Stunde lang Vortrag, dass man sie nicht benützen darf. Jedenfalls fühlt man sich großartig, wenn man eine ganze Batterie zur Verfügung hat. Aber warum und auf wen ich knallen soll, weiß ich wirklich nicht.«

»Wenn Sie überhaupt zum Schießen kommen, haben Sie Glück, mein Junge«, erwiderte Totty düster. »Sie müssen schon blitzschnell handeln, wenn Sie sich noch wehren wollen.«

»Ich habe nicht vergessen, wie mich der Kerl damals an dem Bettpfosten angebunden hat. Beinahe wäre es mit mir vorbei gewesen. Ich wünschte übrigens, sie wäre aus der ganzen Geschichte heraus.«

»Mrs Tilling?«

»Nein – Miss Crane. Sie gehört nicht in diese Umgebung. Ich habe versucht, Tanner zu überreden, dass er sie in die Stadt schickt.«

»Und was hat er gesagt?«, fragte Totty neugierig.

Ferraby musste lachen. »Wenn alle Leute, die in Marks Priory in Gefahr schweben, nach London gehen sollten, meinte er, dann könnten wir einen großen Omnibus mieten. – Es muss doch etwas in dem Zimmer sein, das sie nicht öffnen wollen. Tanner hat bestimmt recht mit seiner Vermutung. Wenn ich an der Tür vorüberkomme, überläuft mich immer ein Schauder. Übrigens habe ich heute Abend ein Licht in dem Zimmer gesehen – man konnte es deutlich von draußen beobachten. Es brannte eine Minute lang, dann ging es aus. Und ich möchte einen Eid darauf leisten, dass niemand durch die Tür hineingekommen ist.«

»Wer wohnt denn daneben?«

»Der Raum wurde immer von Amersham benutzt, es ist ein Fremdenzimmer«, erklärte Ferraby, als sie zusammen zum Schloss zurückfuhren. »Die Wände sind ganz mit Eichenpaneel bedeckt, und jede einzelne Füllung kann zu gleicher Zeit eine Geheimtür sein.«

»Und welcher Raum liegt auf der anderen Seite?«, fragte Totty interessiert.

»Das Zimmer des alten Lords, in dem Miss Crane schläft. Ich habe mit Kelver über die Sache gesprochen, und der kennt das Haus. Aus reiner Neugierde hat er eines Tages die Innen- und Außenmaße in den Zimmern genommen und daraus die Stärke der Mauern berechnet. Zwischen dem Raum, den Lady Lebanon nicht öffnen will, und dem Zimmer, in dem Miss Crane schläft, muss die Wand über einen Meter stark sein. Aller Wahrscheinlichkeit nach liegt ein Geheimgang in der Mauer.«

Ferraby lehnte sich vor und sprach zum Chauffeur.

»Halten Sie einen Augenblick an. Sehen Sie, dort ist das Fenster zu dem verschlossenen Raum – das vierte von links …« Ferraby brach plötzlich ab, denn das Fenster wurde hell. Die Scheiben bestanden jedoch aus Milchglas, sodass man nicht hindurchsehen konnte.

Ferraby sprang aus dem Wagen, Totty folgte. Sie liefen quer über den Rasen, bis sie unmittelbar unterhalb des Fensters standen. Kurz darauf sahen sie oben eine Gestalt, konnten aber nicht erkennen, wer es war. Langsam bewegte sich der unheimliche, dunkle Schatten, dann erlosch das Licht wieder.

22

Die beiden sahen einander verblüfft an.

»Das scheint ja ein ganz verhextes Haus zu sein«, sagte Totty, der vor Erregung schwer atmete.

»Geben Sie mir Ihre Taschenlampe.«

Ferraby nahm sie und beleuchtete die Mauer. Kein Fenster war unter dem geheimnisvollen Raum angebracht; die Mauer schien vollkommen massiv zu sein.

»Sehen Sie einmal her!«, rief Ferraby plötzlich und fuhr mit einem Bleistift die Fugen zwischen den Steinen entlang. »Das ist kein Mörtel, das ist eine Stahlplatte, die nur so bemalt ist, als ob sie Mauerwerk wäre. Hier haben wir eine Tür.«

Er zog ein Messer aus der Tasche, öffnete es und suchte nach einer Ritze. Zunächst hatte er keinen Erfolg, aber endlich fand er eine Vertiefung. Als er das Messer hineinschob, hörten sie ein feines Klicken, und ein kleiner Teil der Wand öffnete sich wie ein Kastendeckel. In der Öffnung entdeckten sie eine Türklinke. Ferraby drückte sie herunter und zog daran, aber sie musste von innen verschlossen sein.

»Na, wollen Sie hier das Haus reparieren?«

Ferraby drehte sich um und sah Mr Gilder, der ihnen geräuschlos nachgeschlichen war. Er hätte ihn im Dunkeln nicht erkannt, wenn der Mann nicht gesprochen hätte.

»Was haben Sie denn gefunden?«, fragte Gilder interessiert und schaute Ferraby über die Schulter.

Als er im Schein der Taschenlampe die Türklinke sah, schrak er zusammen.

»Donnerwetter!«, rief er, ehrlich überrascht.

Ferraby schob die eiserne Klappe wieder zu, und die Feder schnappte ein.

»Das ist ja merkwürdig«, meinte Gilder.

»Eben haben wir oben Licht gesehen«, erwiderte Totty. »Wer ist denn in dem bewussten Zimmer?«

Gilder schaute hinauf.

»Wahrscheinlich Brooks. Lady Lebanon verwahrt eine Menge Briefe dort, und zwar ihre Privatkorrespondenz, die die Polizei nicht sehen soll. Selbstverständlich will sie die beiseiteschaffen, bevor Mr Tanner das Zimmer durchsucht. Es kann eigentlich niemand anders als Brooks gewesen sein. Was passiert denn eigentlich unten im Dorf?«

»Dort ist alles ruhig. Wenn Sie etwas Neues wissen wollen, müssen Sie schon morgen die Zeitung lesen, aber die Presse erfährt auch nichts. Wo ist denn Mylady? Schon zu Bett?«

»Nein, als ich sie eben sah, spielte sie mit dem jungen Lord Mühle im Salon – den Raum haben Sie noch nicht gesehen. Er ist das einzige Zimmer, in dem sie zurzeit ungestört sein können.«

Ferraby und Totty traten ins Haus und waren froh, als Gilder ihnen einen Whisky-Soda brachte und das Feuer anschürte, denn der Abend war ziemlich kalt und nass.

Tanner telefonierte nach Scotland Yard und gab ausführliche Auskünfte. Die Lage war so gefährlich geworden, dass er nicht warten konnte, bis der Kurier ankam. Er brauchte Hilfe von der Polizeidirektion. Der Chief Inspector beendete seine Arbeit, drehte das Licht aus und ging zu Ferraby. Totty war inzwischen die Treppe hinaufgegangen, um die Tür zu dem geheimnisvollen Raum zu untersuchen. Gleich darauf kam er zurück und meldete, dass er nichts weiter gefunden hätte.

Er glaubte bei seinem Vorgesetzten eine Sensation hervorzurufen, als er die Geschichte mit dem Licht erzählte, und war enttäuscht, als Tanner die Nachricht sehr gelassen aufnahm.

»Ich weiß es, ich habe das Licht selbst zweimal beobachtet. Übrigens hat Ferraby mir die Sache schon gestern gemeldet. Die Tür in der Mauer ist allerdings interessant. Vermutet habe ich sie, aber ich konnte sie nicht finden. Es musste ein Eingang in der Mauer sein, sonst wären alle meine Theorien über den Haufen geworfen worden. Totty, sehen Sie zu, dass Sie den Lord finden, und sagen Sie ihm, ich möchte mich gern etwas mit ihm unterhalten. Ich bin fest davon überzeugt, dass der junge Lord kaum die Hälfte von all dem erzählt hat, was er weiß. Und ich habe eine Ahnung, dass das, was er bisher verschwiegen hat, der interessanteste Teil ist.«

Totty fand Willie Lebanon, der mit sich selbst Mühle spielte.

»Hallo!«, sagte der junge Mann, »ich dachte, Sie wären schon zu Bett gegangen. Spielen Sie eigentlich Mühle? Ich möchte Sie gern dazu einladen, aber ich sage Ihnen schon im Voraus, ich spiele so gut, dass ich Sie immer schlage. Deshalb hat meine Mutter heute Abend auch so frühzeitig aufgehört.«

»Ich habe seit Jahren nicht gespielt«, erwiderte Totty, obwohl er die Regeln überhaupt nicht kannte. »Aber der Chief Inspector lässt fragen, ob Sie zu ihm kommen und ein wenig mit ihm plaudern möchten.«

»Was versteht er darunter? Wenn es nur eine Privatunterhaltung sein soll, komme ich gern. Ich habe mir Gedichte hergesagt, nur um mir die Zeit zu vertreiben. Meine Mutter schreibt inzwischen Briefe.«

Er legte seinen Arm in den des Sergeanten.

»Kennen Sie Ihren Großvater, Mr Totty? Wenn nicht, dann seien Sie von Herzen froh. Ich muss alle meine Vorfahren auswendig wissen. Mir erscheint das vollkommen überflüssig, aber meine Mutter legt größten

Wert darauf, dass ich die ganze Ahnenreihe kenne. Wann wollen Sie eigentlich von hier fortfahren? Am liebsten möchte ich Sie nach Scotland Yard begleiten und mir ein Bett in Mr Tanners Büro aufschlagen lassen. Dort würde ich mich endlich sicher fühlen.«

»Sie sind überall sicher, Mylord«, entgegnete Totty höflich. Dann fügte er bescheiden hinzu: »Wenn ich in der Nähe bin.«

»Ich glaube, dass Ihre Gegenwart auch nicht viel nützt«, sagte der Lord offen. »Persönlich würde ich mich lieber auf Tanner verlassen. Sie sind klein wie ich, daher ist die Achtung vor Ihnen nicht allzu groß. Kleine Leute respektieren Männer Ihrer Größe kaum, aber die großen, imposanten Gestalten beneiden sie im Geheimen.«

Inzwischen waren sie in der Halle angekommen. Der Lord begrüßte Tanner mit einem Kopfnicken und wiederholte dann, dass er nach Scotland Yard ziehen wolle. Der Chief Inspector lachte gutmütig.

»Das könnte Ihnen so passen! Auf jeden Fall wären Sie dann in der Nähe des Oberhauses. Haben Sie übrigens schon einmal an den Sitzungen teilgenommen?«

Lebanon schüttelte den Kopf, nahm eine große Zigarre aus dem Kasten und steckte sie an.

»Nein, meine Mutter wünscht nicht, dass ich mich mit Politik beschäftige. Ich habe eine ganze Liste aufgestellt von all den Dingen, die ich nicht tun soll. Eines Tages kann man ein hübsches Buch darüber schreiben. Ich freue mich aber wirklich, dass Sie heute Abend hierbleiben.« Er sah sich um und sprach leiser. »Meiner Mutter gefällt es gar nicht. Sie hat mich ausgeschimpft und mir vorgeworfen, dass ich daran schuld wäre. Aber das ist doch wirklich lächerlich.«

»Wo ist Miss Crane?«, fragte Tanner.

»Soviel ich weiß, ist sie zu Bett gegangen. Sie ist nicht gerade sehr gesellig veranlagt, und es wird recht langweilig werden, wenn ich erst mit ihr verheiratet bin. Gutmütig und freundlich ist sie allerdings, aber offen gestanden haben wir eigentlich wenig gemeinsame Interessen.«

Ferraby gab ihm innerlich vollkommen recht.

Der junge Lord beugte sich vor und sprach vertraulich.

»Ich werde Ihnen noch etwas sagen. Wissen Sie, wer sich ärgert, dass Sie hier sind? Die beiden Diener!«

In dem Augenblick erschien Gilder in der Tür. Anscheinend wollte er das Feuer nachschüren, aber das war nicht notwendig, denn er hatte sich erst vor ein paar Minuten daran zu schaffen gemacht.

»Ich brauche Sie nicht, Gilder.«

»Ich wollte nur nach dem Feuer sehen, Mylord.«

»Wann legen Sie sich eigentlich schlafen?«, fragte Tanner.

Der Diener antwortete nicht.

»Gilder, Mr Tanner hat mit Ihnen gesprochen!«

Der Amerikaner tat so, als ob er die Frage überhört hätte.

»Ich bitte tausendmal um Verzeihung, ich dachte, Sie hätten sich mit Mylord unterhalten. Ich habe keine regelmäßigen Ruhestunden.«

»Schlafen Sie in diesem Teil des Hauses?«

Gilder lächelte.

»Ja, wenn ich schlafe, bin ich hier.«

Brooks kam müde die Treppe herunter.

»Das klingt ja fast, als ob Sie nur schwer schlafen könnten?«

»Im Gegenteil«, entgegnete Gilder mit ausgesuchter Höflichkeit.

»Wenn ich schlafe, dann schlafe ich gesund und fest.«

Brooks blieb stehen und betrachtete die Gruppe interessiert.

»Wünschen Sie etwas?«, fragte Tanner.

»Ich wollte nur sehen, ob Gilder nicht in Ungelegenheiten gekommen ist«, entgegnete Brooks leichthin.

Tanner erhob sich.

»Ich weiß nicht recht, was ich von Ihrem Benehmen halten soll. Tun Sie nur so, weil ich Ihrer Meinung nach ein unwichtiger Besuch bin, oder ist das Ihre gewöhnliche Art?«

Gilder legte sich ins Mittel.

»Mr Brooks kommt aus Amerika, aus dem Land der Freiheit, wo die Männer noch Männer sind und sich nicht ohne Weiteres verbeugen«, erklärte er etwas umständlich.

Dann wandte er sich dem Feuer zu. Mit wenigen Schritten war Tanner bei ihm und packte ihn am Arm.

»Wenn Leute frech zu mir werden, bekommt es ihnen meistens sehr schlecht! Ich setze sie dann hinter Schloss und Riegel.«

Gilder warf ihm nur einen vorwurfsvollen Blick zu.

»Wenn ich nun zu der Überzeugung käme, dass Sie beide bedeutend mehr über die Morde hier wissen, als Sie zugeben wollen, könnte ich Sie einfach verhaften und wegen Mittäterschaft zur Anzeige bringen. Ich würde Sie noch heute Abend zur Wache bringen. Sehen Sie, jetzt lachen Sie nicht mehr so unverschämt.«

Das stimmte auch; die beiden sahen jetzt ungewöhnlich finster drein.

»Es würde Ihnen aber doch auch unangenehm sein, wenn Sie uns zur Polizeistation bringen müssten«, meinte Gilder.

»Das macht mir wenig aus. Es sind vierzig Polizeibeamte im Park«, sagte der Chief Inspector langsam und mit Nachdruck. »Nur ausgewählte, tüchtige Leute von Scotland Yard. Vor fünf Minuten kamen sie in Lastautos an; das Haus ist vollkommen umzingelt. In dieser Nacht soll jedenfalls kein Mord in Marks Priory passieren.«

Totty starrte ihn mit offenem Mund an.

»Es würde mir sehr leichtfallen, ein paar Beamte aus dem Park zu rufen und Sie abführen zu lassen – oder zweifeln Sie vielleicht daran?«

Tanner nahm eine Signalpfeife aus der Tasche und hielt sie an die Lippen. Ferraby, der Brooks beobachtete, glaubte jeden Augenblick, dass der Mann zusammenbrechen würde.

»Mr Tanner, Sie haben keinen Grund, derartig drastische Maßregeln zu ergreifen«, erwiderte Gilder. »Wenn ich etwas gesagt habe, das Ihnen unangenehm war, nehme ich es zurück und bitte um Verzeihung.«

Er sah zu Lord Lebanon hinüber, der erstaunt von dem Chief Inspector auf den Diener schaute.

»Kann ich noch etwas für Sie tun, Mylord?«

»Ja, bringen Sie uns noch Whisky-Soda. Brooks, Sie können gehen.«

Die beiden Diener entfernten sich.

»Nanu«, sagte der Lord, »stimmt es wirklich, dass Sie vierzig Mann im Park haben?«

»Um ganz genau zu sein – es sind nur sechsunddreißig Beamte. Ich habe eben die Chauffeure der Transportautos mitgerechnet.«

Tanner ging um die Couch herum, stützte sich auf eine Sessellehne und betrachtete den jungen Lord.

»Als Sie mich heute Morgen in Scotland Yard besuchten, machten Sie Andeutungen, dass Sie hier in Gefahr schwebten. Habe ich Sie recht verstanden? Sind Sie hier irgendwie bedroht worden, oder hat jemand versucht, Sie anzugreifen?«

Lebanon sah erstaunt auf.

»Ich weiß nicht, ob ich das angedeutet habe.« Er dachte eine Weile nach. »Es sind hier schon viele seltsame Dinge passiert, über die man kaum sprechen kann. Aber es hat wohl noch niemand einen Anschlag auf mein Leben gemacht, sonst wäre ich jetzt nicht mehr hier.«

Tanner versuchte, sich weitere Gewissheit zu verschaffen.

»Welche seltsamen Dinge sind Ihnen denn aufgefallen?«

»Sie wollen wohl etwas recht Unheimliches hören, wie es in Schauerromanen vorkommt? Gut, ich werde Ihnen etwas erzählen. Ich kann mich auf zwei Gelegenheiten besinnen, als Gilder mir einen Whisky-Soda brachte. Jedes Mal, wenn ich das Glas austrank, schwanden meine Sinne. Das letzte Mal wachte ich in meinem Zimmer auf, und es war stockdunkel. Ich trug meinen Schlafanzug und hätte mich wahrscheinlich auch wieder zur Seite gedreht und weitergeschlafen, wenn ich nicht furchtbare Kopfschmerzen gehabt hätte. Ich klingelte, und als Gilder zu mir kam, erzählte er mir, dass ich ohnmächtig geworden wäre. Aber das ist geradezu lächerlich – ich bin noch niemals in meinem Leben ohnmächtig geworden.«

»Wie erklären Sie sich denn die Sache?«

»Ich weiß nicht recht, was ich dazu sagen soll. Aber es ist zweimal passiert, nachdem ich ein Glas Whisky-Soda getrunken hatte. Und das eine Mal ist mir besonders gut in Erinnerung geblieben. Als ich am nächsten Morgen in die Halle kam, sah es recht unordentlich hier unten aus; die Möbel waren zertrümmert, als ob eine Schlägerei im Gang gewesen wäre.«

»Ich habe davon gehört«, erklärte Sergeant Totty.

»Amersham und die beiden Diener waren daran beteiligt. Ich glaube nicht, dass meine Mutter etwas davon gesehen hat. Das könnte ich mir auch nicht vorstellen.«

Gilder brachte auf einem Tablett die Gläser, die schon eingeschenkt waren. Zuerst reichte er dem Lord ein Glas, dann bediente er die drei Beamten.

»Können Sie denn nicht eine Whiskyflasche und einen Siphon bringen?«, fragte Willie ärgerlich. »Man schenkt doch nicht schon draußen ein, Gilder.«

Der Mann schien sich nichts aus dem Vorwurf zu machen, er grinste nur liebenswürdig.

»Ich dachte, Sie wollten schnell trinken, Mylord. In Zukunft werde ich die Flasche und den Siphon hereinbringen.«

Gilder nahm das Tablett mit sich hinaus und schloss die Tür.

»Ich möchte nur wissen, ob Sie schon jemals einen solchen Haushalt gesehen haben«, sagte der Lord und nippte an seinem Glas.

Bevor der Chief Inspector antworten konnte, verzog er das Gesicht.

»Versuchen Sie einmal das!«

Tanner kostete vorsichtig und bemerkte einen bitteren, unangenehmen Geschmack.

»Ist Ihr Glas auch so?«

Der Chief Inspector nahm einen kleinen Schluck und fand das Getränk vollkommen normal.

»Merkwürdig, dass wir gerade darüber sprechen, was mir früher zugestoßen ist«, meinte der Lord.

Er sah sich im Zimmer um und entdeckte auf einem Tisch eine Vase mit Rosen. Er stand auf, goss den Inhalt seines Glases hinein und setzte dann das leere Gefäß neben sich nieder.

»Es schmeckt genau wie damals, als ich später bewusstlos wurde«, erklärte er.

Gilder stand auf der anderen Seite der Tür. Er konnte kaum hören, was drinnen gesprochen wurde, denn das Holz war dick. Er hoffte aber, dass Brooks gleichzeitig von der Treppe aus das Gespräch belauschte. Die Unterhaltung war bei einem Thema angelangt, von dem er eigentlich kein Wort überhören durfte.

Plötzlich hörte er Schritte hinter sich. Lady Lebanon kam näher.

»Worüber sprechen sie?«, fragte sie leise.

Gilder trat von der Tür zurück.

»Ich weiß es nicht, Mylady.«

»Glauben Sie, dass wir diese Leute bald loswerden?«, meinte sie ärgerlich.

»Ich fürchte, das ist nicht so einfach. Im Park sind vierzig Polizei-beamte von Scotland Yard verteilt, die vorhin in Transportautos an-gekommen sind. Ich habe Brooks nichts davon gesagt, damit er nicht zu nervös wird. Er redet sowieso davon, dass er den Dienst verlassen will. Die Detectives von Scotland Yard haben ihn ganz verängstigt.«

Sie sah ihn lächelnd an.

»Haben Sie auch Furcht vor ihnen?«

»Nein, mich kann man überhaupt nicht erschrecken. Ich bin nun ein-mal in der Sache drin, und ich halte auch bis zum Ende durch.«

»Sagen Sie Brooks, dass ich ihm tausend Pfund Belohnung gebe, wenn wir durchkommen, ohne entdeckt zu werden.«

Gilder schüttelte zweifelnd den Kopf.

»Meinen Sie, dass uns das gelingen wird? Brooks hat kalte Füße be-kommen, und ich muss offen sagen, dass ich seinetwegen beunruhigt bin. Schicken Sie ihn lieber nach Amerika zurück. Wenn der erst die Nerven verliert, haben wir mehr Mühe als Hilfe durch ihn.«

Vorsichtig schlich er sich zur Tür zurück und lauschte, aber er konnte kein Geräusch hören, nicht einmal leises Stimmengemurmel. Er sah sich nach Lady Lebanon um, aber sie war inzwischen fortgegangen. Nun drückte er die Klinke nieder und trat kühn in den Raum. Wie er ver-mutet hatte, fand er niemand hier, aber er hörte Stimmen von der ande-ren Seite des Korridors. Der junge Lord zeigte seinen Besuchern gerade ein Ahnenbild.

Gilder betrachtete die Gläser. Das eine war vollkommen leer, daher schöpfte er Verdacht. Er nahm es auf und drehte es um, bis ein Tropfen des Inhalts auf seinem Fingernagel lag. Es war Lebanons Glas. Er sah es an dem roten Strich, mit dem es markiert war, und den keiner der an-deren entdeckt hatte. Dann schaute er sich um, entdeckte auch die Vase mit den Rosen und roch daran.

Gilder ging zur Treppe und zeigte Brooks, der gerade herunterkam, das Glas.

»Heute Abend hat er wieder nicht getrunken.«

Brooks atmete schwer.

»Wahrscheinlich hast du den Schlaftrunk zu stark gemacht. Ich habe schon längst gesagt, dass er es merken wird.«

»Mit der Zeit hat er sich doch aber schon daran gewöhnt«, entgegnete Gilder düster. »Hat er viel dummes Zeug geredet?«

Brooks nickte. »Ja. Kelver muss über die Schlägerei neulich gesprochen haben. Tanner fragte danach. Übrigens weiß der Lord genau, dass wir ihn betäubt haben. Bist du dir auch darüber klar, was das bedeutet?«

»Natürlich«, entgegnete Gilder kühl.

»Hast du mit ihr gesprochen?«, fragte Brooks ängstlich.

»Ja. Du brauchst dir nicht die geringsten Sorgen zu machen.«

Aber Brooks' Nerven waren schon zu überreizt.

»Du hast gut reden! Zum Teufel mit dieser ganzen Geschichte hier im Haus! All diese Polizisten sind im Park, und Tanner weiß, was hier gespielt wird. Wenn die Wahrheit herauskommt, sitzen wir in der Patsche – am Ende kriegen wir noch eine lange Zuchthausstrafe. Wo sind sie eigentlich geblieben?«, fragte er dann und sah sich um.

»Sie gehen die Treppe hinauf, wahrscheinlich in das Zimmer von Lord Lebanon. Ich hörte, wie er von seinem Radioapparat sprach, und der steht doch in seinem Zimmer! Dort kommt jemand.«

Es war Totty. Er blieb einen Augenblick in der Tür stehen und betrachtete die beiden.

»Da sind ja wieder die zwei, genau wie Max und Moritz«, meinte er ironisch.

»Kann ich etwas für Sie tun?«, fragte Gilder.

»Ja, sehr viel. Sie bleiben wahrscheinlich die ganze Nacht auf?«

Gilder lächelte. »Falls Sie das vorhaben, tun wir es auch.«

»Haben Sie sich auch schon einmal überlegt, dass es Ihnen an den Kragen gehen kann?«

Brooks schaute ängstlich zu seinem Kameraden hinüber, aber Gilder lächelte nur.

»Alle Menschen müssen das ihnen bestimmte Missgeschick ertragen«, erwiderte er gelassen.

Totty konnte Gilder nicht recht verstehen; ständig entdeckte er neue Seiten an ihm. Allem Anschein nach machten die Polizeibeamten wenig Eindruck auf den Mann.

Totty interessierte sich nicht fürs Radio, aber er war auch nicht gern allein. Für diese Nacht waren die Regeln, die sonst in Marks Priory galten, teilweise aufgehoben, zum Beispiel blieb die Tür zwischen den Dienerräumen und dem Haupthaus unverschlossen. Wahrscheinlich wachte auch Mr Kelver. Totty wollte einmal nachsehen. Aber als er an der Tür des Salons vorbeikam, rief Lady Lebanon seinen Namen.

»Wollen Sie nicht einen Augenblick näher treten, Sergeant? Ist Mr Tanner schon zu Bett gegangen?«

»Nein, noch nicht, Mylady.«

Er fühlte sich geschmeichelt durch die Aufforderung.

»Haben Sie etwas dagegen, wenn ich rauche?«

Im Allgemeinen konnte sie Zigarrenrauch durchaus nicht vertragen, und nicht einmal Willie durfte im Salon rauchen. Aber jetzt suchte sie selbst nach einem Aschenbecher und ließ Totty in dem bequemsten, weichsten Sessel Platz nehmen.

In ihrem Schoß lag ein kleiner Samtkasten.

»Das ist meine Kasse«, sagte sie lächelnd, als sie sah, dass er sie aufmerksam betrachtete. »Ich nehme sie jeden Abend in mein Zimmer mit.«

»Sehr vernünftig, Mylady. Man weiß niemals, ob nicht ein Dieb in der Nähe ist.«

»Sie sind doch Sergeant, Mr Totty?«

»Ja, zurzeit noch.«

»Und welchen Titel hat Mr Tanner?«

»Der ist Chief Inspector, aber darin liegt eigentlich wenig Unterschied«, erklärte Totty von oben herab.

»Verzeihen Sie, wenn ich Sie frage, ob Sie ein großes Gehalt beziehen. Wahrscheinlich haben Sie sehr wichtige Aufträge?«

Totty war natürlich gern bereit, über die Wichtigkeit seiner Dienstaufgaben zu sprechen.

Nach einiger Zeit unterbrach sie ihn.

»Ich möchte zu gern wissen, was in Scotland Yard vorgeht, und was die Polizei über diesen Fall denkt. Meiner Meinung nach ändert sich die Lage von Stunde zu Stunde. Neue Tatsachen werden bekannt ...«

»Ja, es geht unaufhaltsam weiter«, erwiderte Totty.

»Wenn Sie eine neue Entdeckung machen, teilen Sie die doch sofort Mr Tanner mit. Was sagt er denn?«

»Gewöhnlich höre ich in diesem Fall, dass er das schon vor einer Woche gewusst hätte. Sie müssen nämlich wissen, Mylady, dass es in Scotland Yard leider viel Eifersucht und Missgunst unter den einzelnen Beamten gibt.«

»Ich glaube aber, dass er großes Vertrauen zu Ihnen hat. Jemand hat mir erzählt, Sie wären seine rechte Hand.«

Totty grinste.

»Er war sehr neugierig«, fuhr Lady Lebanon langsam fort, während sie Totty genau beobachtete. »Er bestand darauf, das Innere eines Zimmers zu sehen, das ich ihm nicht zeigen wollte. Sie besinnen sich vielleicht auf den kleinen Zwischenfall.

Nehmen wir nun einmal an, Sie gingen zu Ihrem Vorgesetzten und sagten ihm: ›Ich habe dieses Zimmer gesehen – es ist wirklich nichts anderes drin als ein paar alte, wertlose Gemälde.‹«

Ihre Worte machten auf Totty großen Eindruck, aber er wurde plötzlich kühl und nüchtern.

»Meinen Sie nicht, dass er sich damit zufriedengäbe? Er tut doch sonst alles, was Sie ihm sagen.«

Totty antwortete nicht.

»Wenn Sie ihm erklären, dass nichts von Bedeutung in dem Raum ist, würden Sie mir damit viele Sorgen und Unannehmlichkeiten ersparen.«

»Das verstehe ich sehr gut«, stimmte Totty bei.

Sie öffnete den kleinen Kasten, und er hörte das Knistern neuer Banknoten. Vier Geldscheine nahm sie heraus, und er konnte sehen, dass es Fünfzigpfundnoten waren.

»Man fühlt sich so hilflos«, fuhr sie fort, »wenn man weiß, dass man gegen gutausgebildete, tüchtige Beamte von Scotland Yard ankämpfen muss. Die Leute sehen in den harmlosesten Handlungen verdächtige Verbrechen.«

Sie schloss den Kasten und erhob sich. Die vier Scheine ließ sie auf den Stuhl fallen, auf dem sie gesessen hatte.

»Gute Nacht, Sergeant Totty.«

»Gute Nacht, Mylady.«

Sie hatte die Tür noch nicht erreicht, als er ihr mit den Banknoten in der Hand nacheilte.

»Ach, entschuldigen Sie«, sagte er. »Sie haben Ihr Geld liegen lassen.«

»Ich kann mich nicht darauf besinnen«, erwiderte sie mit besonderer Betonung und schaute auch nicht auf die Scheine.

»Sie wissen nicht, ob Sie es nicht noch einmal dringend brauchen.«

Erst jetzt nahm sie die Banknoten ruhig aus seiner Hand. Sie zeigte sich nicht im Mindesten verwirrt oder betreten.

»Ich hoffte, Sie könnten es brauchen«, meinte sie. »Sehr schade.«

Er folgte ihr nach draußen in den Gang und sah ihr triumphierend nach, bis sie außer Sicht kam. Gleich darauf eilte er in das Arbeitszimmer Tanners zurück, den er allein antraf.

»Wirklich sehr schade«, begann er.

Der Chief Inspector schaute auf.

»Was heißt das?«

»Dass ich nicht zweihundert Pfund gebrauchen konnte, die mir Mylady eben angeboten hat.«

Tanner runzelte die Stirn.

»Wie meinen Sie denn das?«

»Sie will nicht haben, dass das Zimmer geöffnet wird. Das steckt dahinter.«

»Was, sie hat Ihnen Geld angeboten?«

»Ja, sie ließ es auf dem Stuhl liegen. Das bedeutet doch ungefähr dasselbe.«

»Das Zimmer soll nicht geöffnet werden? Gut, dann werden wir es morgen tun.«

»Ich kann Ihnen auch schon sagen, was wir dort finden werden«, erklärte Totty vertraulich. »Eine Menge Alkohol, den die amerikanischen Diener dort aufgestapelt haben.«

Der Chief Inspector betrachtete ihn kopfschüttelnd.

»Sie sind der schlechteste Detective, der mir jemals begegnet ist. Ich werde Ihnen sagen, warum hier amerikanische Diener angestellt sind: weil sie weder eine Familie noch Freunde in England haben. Deshalb besteht wenig Gefahr, dass sie etwas ausplaudern.«

»Dieses Schloss ist die Zentrale einer Verbrecherbande …«

»Hören Sie jetzt mit dem Unsinn auf: Sie laufen viel zu oft in die Kinos, das ist Ihr Ruin. Wozu braucht man eine Verbrecherbande zu gründen, wenn es auch anders geht? Der junge Lord Lebanon hat über dreihunderttausend Pfund Erbschaftssteuer bezahlt – rechnen Sie sich aus, wie groß sein Vermögen sein muss!«

Totty räusperte sich und änderte das Thema.

»Wo ist denn Ferraby?«

»Ich weiß nicht. Er treibt sich irgendwo im Haus herum.«

»Sagen Sie mal, wie steht es denn eigentlich mit den vierzig Beamten, die Sie von Scotland Yard haben kommen lassen? Haben Sie auch schon Vorkehrungen getroffen, dass die Leute richtig verpflegt werden?«

Tanner trat nahe an ihn heran und sprach sehr leise.

»Es sind überhaupt keine vierzig Beamten im Park. Aber halten Sie den Mund. Über solche Dinge spricht man nicht.«

Der Sergeant nickte.

»Warum haben Sie dann dieses Gerücht verbreitet?«, fragte er ebenfalls im Flüsterton.

»Wenn ein Mord geschieht, soll es hier im Haus sein.«

Totty lief es kalt den Rücken hinunter.

»Wie viel Leute werden wohl ermordet werden?«

»Meiner Meinung nach sind Sie der Erste.«

Isla warf sich in ihrem Bett unruhig von einer Seite auf die andere, zog die Decke über die Schultern und streifte sie dann wieder ab. Schließlich begann sie zu träumen, aber nur von Wünschen und Gedanken, die sie in wachem Zustand zurückdrängte. Die Dinge, die sie vergessen wollte, kamen jetzt zum Vorschein. Wie töricht war es doch von Lady Lebanon, das indische Tuch in der Schublade liegen zu lassen! Dieser Tanner konnte doch den Schreibtisch durchsuchen, dann musste er es finden!

Das Tuch musste verbrannt werden! Isla merkte nicht, dass sie aufstand, und als sie ihre Tür aufschloss, fühlte sie den Schlüssel nicht in ihrer Hand. Das Tuch musste verbrannt werden, das kleine, rote Seidentuch mit dem Metallstück in der Ecke.

Tanner hörte das Schnappen des Schlosses, als er Ferraby gerade Instruktionen erteilte, eilte an die Treppe und sah hinauf.

»Ruhe!«, sagte er dann leise.

Sie rührten sich nicht, als die helle Gestalt langsam die Treppe herunterkam. Isla starrte geradeaus; die Hände hatte sie ausgestreckt, als ob sie sich an einer unsichtbaren Mauer entlangtastete.

»Es muss verbrannt werden«, sagte sie dauernd vor sich hin.

Totty wollte gerade etwas äußern, aber Tanner brachte ihn durch einen scharfen Blick zum Schweigen.

Endlich hatte sie die untersten Stufen der Treppe erreicht und ging mit unsicheren Schritten auf den Schreibtisch zu.

»Es muss verbrannt werden«, wiederholte sie in dem gleichmäßig monotonen Ton, den alle Schlafwandler haben. »Wir müssen das Tuch verbrennen.«

Sie fasste nach der Schublade. Das Fach war verschlossen, aber in ihrer Einbildung hatte sie es geöffnet.

»Das Tuch muss verbrannt werden – sie haben ihn damit umgebracht. Ich sah es in ihrer Hand, als sie ins Haus traten. Sie haben ihn damit ermordet, es muss verschwinden.«

Wieder ging sie zur Treppe. Ferraby machte einen Schritt auf sie zu, aber Tanner packte ihn bei der Hand und zog ihn zurück. Langsam stieg sie die Stufen hinauf. Der Chief Inspector folgte ihr und beobachtete, dass sie wieder in ihr Zimmer ging. Die Tür fiel leise zu, und das Schloss schnappte ein.

Tanner konnte sich denken, mit wem sie im Traum sprach.

24

Der Chief Inspector hörte, dass sich eine andere Tür öffnete. Lady Lebanon trat heraus, noch vollständig angekleidet.

»War das nicht eben Isla?«

Er nickte.

»Ist sie wieder im Schlaf umhergegangen? Das ist doch recht traurig. Wo haben Sie das junge Mädchen gesehen?«

»Sie kam in die Halle herunter.«

Lady Lebanon holte tief Atem.

»Sie ist ziemlich angegriffen. Ich schicke sie wohl am besten für einen Monat aufs Land.«

»Haben Sie die junge Dame schon einmal in diesem Zustand gesehen?«

»Schon zweimal. Das Schlimmste ist, dass sie dann den größten Unsinn redet. Hat sie heute auch etwas gesagt?«

»Nichts, was ich hätte verstehen können.«

Sie schien beruhigt zu sein.

»Gute Nacht, Mr Tanner. Ich werde später mit Isla sprechen. Es ist nicht gut, wenn man sie sofort aufweckt. Wenn man es aber unterlässt, besteht die Möglichkeit, dass sie aufs Neue umherwandelt.«

Tanner kehrte nachdenklich in die Halle zurück. Auf die beiden Sergeanten hatte der Vorfall großen Eindruck gemacht.

»Fahren Sie zum Gasthaus«, wandte sich Tanner an Totty, »und sehen Sie nach, ob sich Mrs Tilling so weit beruhigt hat, dass man mit ihr sprechen kann.«

Totty ging sofort.

»Was sagen Sie dazu, Ferraby? Allem Anschein nach weiß sie, wer den Mord begangen hat.«

»Ich fürchte, Sie haben recht. Es bleibt allerdings immer noch die Möglichkeit offen, dass Miss Crane träumt. Auf jeden Fall weiß sie aber, dass das rote Seidentuch heute verbrannt worden ist, und vielleicht vermutet sie, dass es vorher in der Schublade lag. Man kann Leuten keinen Vorwurf aus dem machen, was sie im Schlaf sagen.«

»Ich will ja auch gar nichts gegen die junge Dame sagen. In dem Punkt können Sie ganz beruhigt sein.« Tanner nahm eine Zigarre aus dem Kasten, den Gilder auf dem Tisch hatte stehen lassen. »Wenn der böse Diener sie nicht vergiftet hat, müsste sie gut sein.«

»Was war denn in dem Whisky, den er Lord Lebanon brachte?«

»Er hatte ein Schlafmittel hineingemischt. Ich glaube sogar, dass ich es kenne.«

»Warum hat er das getan?«

»Lord Lebanon war davon überzeugt, dass sie für die Nacht etwas planen. Er hat mir zwar nicht gesagt, wer die ›sie‹ sein sollen, aber das können wir ja leicht ahnen. Allem Anschein nach geben sie ihm in solchen Fällen einen Schlaftrunk, damit sie nicht gestört werden. Ich wünschte nur, er hätte ihn genommen.«

Ferraby sah ihn groß an.

»Das verstehe ich nicht. Warum denn?«

»Wenn er heute Abend aus dem Weg wäre, würde mir das viele Unannehmlichkeiten ersparen. Morgen früh schickt der Polizeipräsident von London drei Leute, die dieses Geheimnis viel besser aufklären können als ich. Ich habe ihn darum gebeten, und ich erwarte sie morgen früh um zehn.«

»Sind es Beamte von Scotland Yard?«

»Ich möchte es Ihnen heute Abend nicht sagen – aber überlegen Sie mal, welche Leute ich wohl kommen lassen könnte, dann haben Sie für die Nacht etwas zu tun.«

Totty kam nach einer Weile zurück und meldete, dass Mrs Tilling eingeschlafen wäre.

»Das ist ja ausgezeichnet«, erwiderte Tanner. »Haben Sie noch andere Nachrichten?«

»Ja. Man hat Tilling in Stirling festgenommen. Er stieg in Edinburgh aus dem Zug, aber die Polizei hat ihn doch gefasst.«

»Der wäre also im Augenblick versorgt und aufgehoben. Wo sind denn eigentlich die beiden Amerikaner?«

»In ihrem Zimmer«, entgegnete Totty. »Ich habe gehört, wie sie miteinander sprachen.«

»Ich möchte nur wissen, was die jetzt noch zu reden haben«, meinte Tanner lächelnd. »Wenn sie wüssten … Ich glaube, dies ist die letzte Nacht, die sie in Marks Priory zubringen.«

»Wollen Sie die beiden verhaften?«

»Ich weiß es noch nicht, das kommt darauf an«, sagte Tanner und suchte nach einem Spiel Karten, denn er legte gern Patience.

Gilder und sein Kollege hatten wirklich viel miteinander zu besprechen. Brooks redete am meisten. Gilder hatte sich in einen Stuhl gesetzt. Ein Glas Whisky stand vor ihm, und im Mund hatte er eine halb aufgerauchte Zigarre.

»Nun sei aber endlich ruhig«, brummte er schließlich. »Du machst mich krank und bringst mich auch noch ganz aus dem Häuschen. Heute Abend ist sie wieder im Schlaf umhergewandelt und hat eine Menge Zeug geredet, das gerade nicht sehr vorteilhaft für uns ist. Ich gehe noch diese Nacht in ihr Zimmer und hole sie.«

Brooks starrte ihn entsetzt an.

»Das willst du tun, während alle diese Detectives hier im Haus sind?«

»Ja, und wenn alle Beamten von Scotland Yard hier wären! Ich will kein Risiko mehr auf mich nehmen – jedenfalls darf das nicht mehr passieren.«

Brooks schüttelte vor Staunen und Bewunderung den Kopf.

»Hast du es Lady Lebanon gesagt?«

»Ach, lass mich doch mit der Frau zufrieden!«, schimpfte Gilder. »Um die kümmere ich mich heute Abend überhaupt nicht.«

Er stand auf und nahm aus einer Schublade der kleinen Kommode ein flaches Lederetui, das einen Satz von Instrumenten enthielt. Daraus wählte er eine lange Flachzange, versuchte sie an einem Stück Draht und war zufrieden. Dann ging er zur Tür, nahm den Schlüssel heraus und steckte ihn von außen hinein. Vorsichtig tastete er nun mit der Spitze der Zange in das Schlüsselloch, packte das Ende des Schlüssels und drehte die Zange herum. Die Tür war abgeschlossen. Als er das Werkzeug zurückdrehte, war sie wieder geöffnet.

Mr Gilder überlegte alles genau. Es gab kein Schloss im ganzen Haus, das er nicht wenigstens einmal jede Woche ölte.

Er schob den Schlüssel wieder von innen in die Tür und steckte die Zange in die Tasche.

»Wohin willst du sie denn bringen?«, fragte Brooks.

»In mein Zimmer«, erwiderte Gilder kurz.

»Wenn aber Tanner ...«

»Ach, sei doch still. Du siehst auch immer gleich alles schwarz in schwarz. Es wäre vielleicht besser, wenn du nach Hause zurückfahren würdest.«

»Ich glaube, wir fühlten uns beide wohler, wenn wir wieder nach Amerika gingen«, entgegnete Brooks düster.

»Nun hör einmal zu, mein Junge.« Gilder legte seine große Hand auf das Knie seines Kameraden. »Du hast hier eine ziemlich leichte Stellung, und du wirst gut dafür bezahlt. Du hast doch geschwindelt, als du dem Inspector sagtest, dass du kein Geld gespart hättest. Ich will ja nicht gerade behaupten, dass du genug hast, um von den Zinsen zu leben, aber du hast immerhin ein ganz schönes Kapital zusammenbringen können. Jetzt ist es aber Zeit, dass wir vorwärtsmachen. Ich gehe noch einmal vor und sehe nach, ob sie etwas brauchen. Vielleicht legen sie sich auch hin. Selbst ein Beamter von Scotland Yard muss manchmal schlafen.«

Er hatte einen kleinen Spalt ins Wandpaneel geschnitten, und von diesem Beobachtungsposten aus schaute er in das Zimmer, in dem sich die anderen aufhielten. Tanner legte eine Patience auf dem Tisch, und Totty war an der anderen Ecke ebenfalls mit einem Pack Karten beschäftigt. Ferraby befand sich nicht in dem Raum.

Gilder ging langsam den Gang zurück und stieg die Treppe hinauf. Als er sich im Korridor umwandte, sah er, dass Lady Lebanon gerade in Islas Zimmer trat, und zog sich zurück, sodass sie ihn nicht sehen konnte.

Es hatte lange gedauert, bis Isla schlaftrunken fragte, wer an der Tür wäre, und es dauerte noch länger, bis sie von innen aufschloss. Lady Lebanon ging hinein und sah, dass Isla auf dem Bett saß und den Kopf gesenkt hatte.

»Ist etwas geschehen?«, fragte das junge Mädchen halblaut.

Lady Lebanon schüttelte sie leicht an der Schulter. Dann bemerkte sie das kleine Nachtlicht, das Isla immer brennen ließ.

»Wach auf, Isla. Schläfst du immer bei dieser Beleuchtung? Das ist aber nicht gut für dich. Eigentlich hast du es hier sehr schön«, meinte Lady Lebanon und schaute sich um. »Ich bin in den letzten fünf Jahren nur zweimal durch diese Tür gegangen.«

Isla schauderte.

»Ich hasse dieses Zimmer«, erwiderte sie heftig.

Ein kalter Blick traf sie.

»Das hast du früher nie gesagt. Und ein Zimmer ist so gut wie das andere. Vor Jahren gab es hier auch Geheimtüren, aber mein Mann hat sie alle zuschrauben lassen. Der Lebanon, der diesen Raum einst bauen ließ, war ein Sonderling und wollte niemand um sich sehen. Sie mussten ihm das Essen durch eine Öffnung in der Wand hineinreichen.« Sie tastete an dem Paneel. »Und hier ist mitten in der Wand ein Geheimgang. – Der Mann hieß übrigens Courcy Lebanon und heiratete eine Hamshaw. Ihre Mutter war mit den Monmouth verwandt.« Sie seufzte. »Der Zweig der Familie ist schon ausgestorben«, sagte sie leise, aber dann nahm sie sich zusammen und kehrte zur Gegenwart zurück. »Ich würde aber wirklich nicht bei Licht schlafen, das ist nicht gut für die Nerven.«

Islas Kopf sank wieder tiefer.

»Es tut mir leid, aber du musst jetzt aufwachen!« Lady Lebanon rüttelte wieder behutsam an Islas Schulter. »Hörst du nicht? Du musst aufwachen!«

»Ach, ich bin so furchtbar müde, ich bin immer halb am Schlafen!«

Trotzdem hörte sie aber, dass Lady Lebanon zur Tür ging und den Schlüssel umdrehte.

»Warum tun Sie das?«

»Es sind viele Fremde im Haus und im Park.« Lady Lebanon setzte sich auf die Kante des Bettes. »Heute Abend bist du wieder im Schlaf umhergewandert. Das war recht unangenehm für uns; man konnte dein Benehmen direkt als Anklage gegen mich deuten.«

Isla starrte sie an.

»Habe ich das getan? Das tut mir leid. Es ist aber auch nicht passiert vor …« Sie brach ab.

»Was wolltest du sagen?«

»Vor dieser schrecklichen Nacht.« Islas Stimme zitterte. »Damals wurden alle Möbel zertrümmert, und Dr. Amersham … Ich dachte, er wäre umgebracht worden.« In Erinnerung an die grausige Szene bedeckte sie das Gesicht mit den Händen.

»Wenn du nicht nach unten gekommen wärst, hättest du auch nichts gesehen«, entgegnete Lady Lebanon hart.

Plötzlich beugte sie sich über das junge Mädchen.

»Isla, es könnte in dieser Nacht etwas geschehen«, sagte sie eindringlich und erregt. »Vielleicht müsste ich …« Sie beendete den Satz nicht. »Hoffentlich kann das Schlimmste verhütet werden, aber ich muss auf alles gefasst sein. Ich will, dass du Willie heiratest – hörst du auch, was ich sage? Du sollst Willie heiraten.«

Sie sprach verzweifelt und fasste Islas Arm so hart, dass er schmerzte.

»Ich will, dass du dich morgen früh mit ihm trauen lässt.«

Isla sah sich müde nach ihr um.

»Das ist unmöglich. Ich kann mich nicht in so kurzer Zeit entschließen, ihn zu heiraten. Ich – ich habe es mir noch nicht ernstlich überlegt.«

»Doch, du kannst ihn morgen früh heiraten«, erwiderte Lady Lebanon hartnäckig. »Schon vor einer Woche habe ich eine Heiratslizenz ausstellen lassen …«

»Aber er will doch nicht …«

»Darauf kommt es nicht an, ob er will.« Lady Lebanons Stimme klang jetzt ungeduldig. »Er wird das tun, was ich ihm sage. Willie ist der Letzte der Lebanons – ist das auch vollkommen klar, was das bedeutet? Das letzte Glied in der Kette. Und es ist ein schwaches Glied.

Schon einmal ist das in der Geschichte der Familie vorgekommen, und Geoffrey Lebanon war noch schwächer als Willie. Er heiratete seine Cousine Jane Secamore. Du kannst ihr Bild drunten in der großen Halle hängen sehen. Aber sie verließ ihn sofort nach der Trauung.«

Isla hörte zu und war gespannt, was folgen würde.

»Und trotzdem hatte sie Kinder.«

»Das ist aber schrecklich – entsetzlich!«

»Unter den gegebenen Umständen kann ich das nicht finden. Und Jane war eine der bedeutendsten Frauen der Lebanons. Es ist dir doch klar, dass du selbst eine Lebanon bist? Dein Urgroßvater war der Bruder des achtzehnten Grafen von Lebanon. Und was auch immer passieren mag, deine Kinder bleiben in der Familie, wenn du verheiratet bist. Sie führen den Namen Lebanon.«

Nachdem die Frau das alles gesagt hatte, schien sie sich erleichtert zu fühlen, denn sie atmete freier, und ihre Stimme klang nicht mehr so schrill.

»Wenn dir ein Leben an Willies Seite unmöglich erscheint, werde ich dir das größte Verständnis dafür entgegenbringen.«

Sie stand auf.

»Morgen um elf Uhr steht das Auto bereit.«

Nur mit Mühe konnte sich Isla zusammennehmen.

»Nein, ich kann es nicht tun. Es ist einfach unmöglich. Ich liebe Willie nicht. Ich – ich liebe einen anderen.«

Lady Lebanon warf ihr einen schnellen Blick zu.

»Ach, ist es der junge Ferraby? Das ahnte ich schon. Aber ich habe dir ja gesagt, dass ich in der Beziehung alles verstehen und verzeihen werde. Begreifst du denn nicht, was du dadurch tust? Du führst dem alten, kranken Stamm der Lebanons frisches Blut zu ...«

An der Tür gab es ein Geräusch, und Lady Lebanon drehte sich schnell um.

»Was war das?«, flüsterte Isla furchtsam.

»Das ist Gilder. Ein weiterer Grund, warum du bald heiraten musst. Ich habe diese Leute nicht mehr ganz in der Hand. Nach den Vorfällen von heute Abend fragt es sich, ob ich noch genügend Autorität bei ihnen besitze.« Lady Lebanon trat dicht an Isla heran. »Gilder darf nicht erfahren, dass du heiratest«, sagte sie ganz leise. »Verstehst du, was ich sage? Er darf es unter keinen Umständen wissen.«

Es klopfte. Schnell ging sie zur Tür und schloss sie auf. Draußen stand Gilder; Isla hörte seine tiefe Stimme. Dann wurde die Tür wieder geschlossen.

Der Schlaf übermannte Isla aufs Neue, aber plötzlich schreckte sie auf und sah, dass Lady Lebanon die Tür offen gelassen hatte. Mit größter Mühe schleppte sie sich hin und schloss sie. Dann kehrte sie zum Bett zurück, sank erschöpft darauf nieder und zog die Decke über sich.

Sie schlief, dennoch aber war ihr Geist wach, und ihre Gedanken arbeiteten.

Etwa eine Viertelstunde später versuchte jemand, von draußen die Tür zu öffnen. Sie gab nach, und Gilder trat ins Zimmer.

»Die Tür war überhaupt nicht zugeschlossen«, sagte er.

Brooks zitterte vor Furcht.

»Wo ist Mylady?«

»Ach, darauf kommt es jetzt nicht an. Gib mir die Decke.«

Gilder schlich auf Zehenspitzen zum Bett, fasste Isla an der Schulter und schüttelte sie leicht.

»Kommen Sie, Miss, kommen Sie mit mir.«

Sie rührte sich nicht, nur ihre Augenlider hoben und senkten sich mehrmals hintereinander.

»Sie ist nicht ganz bei sich«, sagte Gilder. »Brooks, lausche draußen auf dem Gang, ob jemand kommt.«

»Ach, lass sie doch liegen«, drängte Brooks.

»Das kann ich nicht. Tu, was ich dir sage.«

Inzwischen hatte sich Isla aufgerichtet und saß nun auf der Kante des Bettes. Ihre Augen waren weit geöffnet, und sie sprach leise mit sich selbst.

»Gleich steht sie auf.« Gilder hielt den Atem an. »Gib mir schnell die Decke.«

Er nahm sie und legte sie behutsam um Islas Schultern.

»Nein, ich kann nicht«, sagte Isla. »Ich muss Zeit haben, ich will noch nicht heiraten.«

Gilder warf Brooks einen bedeutsamen Blick zu.

»Zum Teufel, hast du das eben gehört?«

»Ich kann morgen nicht heiraten – ich will es auch nicht.«

Sie war aufgestanden, und Gilder leitete sie langsam zur Tür. Er wusste mit solchen Zuständen Bescheid. Sie musste selbst nach dem Handgriff tasten, ihn finden und die Tür ohne seine Hilfe öffnen. Er war sehr vorsichtig und hütete sich, sie aufzuwecken. Nur ihre Schultern konnte er in die Richtung drehen, in der sie gehen sollte, aber das genügte ja auch.

Hinter der zweiten Treppe wurde der Gang enger, und dicht dahinter lagen die beiden Zimmer, in denen die zwei Amerikaner schliefen. Gilder öffnete die Tür zu seinem Raum, schlug die Bettdecken zurück und drückte Isla vorsichtig auf das Lager nieder. Mit einem Seufzer drehte sie sich auf die Seite, und Gilder breitete eine Daunendecke über sie.

»Jetzt wird sie wahrscheinlich schlafen. Auf jeden Fall schließe ich aber die Tür ab. Geh in ihr Zimmer zurück und hole ihren Morgenrock und ihre Pantoffeln. Aber schnell!«

Brooks wollte gehen, blieb aber stehen und fasste nach der Hüfttasche.

»Ich habe meine Waffe verloren – hast du sie nicht gesehen?«

Gilder schaute ihn düster an.

»Wozu trägst du eine Pistole bei dir? Das ist doch der größte Unsinn! Wo hast du sie denn gelassen?«

»Noch vor einer Stunde hatte ich sie in der Tasche.«

»Das ist allerdings unangenehm. Geh in dein Zimmer und sieh nach, ob du sie finden kannst. Wozu brauchst ausgerechnet du eine Schusswaffe? Man sollte annehmen, dass du schon ganz kindisch geworden bist.«

Brooks kam bald zurück und berichtete, dass er sie nicht entdeckt hätte.

»Dann vergiss das Ding«, erwiderte Gilder ungeduldig. »Morgen bei Tageslicht wirst du schon darauf kommen, wo du es gelassen hast. Bring jetzt schnell den Morgenrock und die Pantoffeln.«

Die Tür zu dem Zimmer des alten Lords stand offen, obwohl Brooks darauf hätte schwören mögen, dass er sie kurz vorher geschlossen hatte. Er wusste auch genau, dass er das Licht hatte brennen lassen – und jetzt lag der Raum im Dunkeln. Lady Lebanon musste inzwischen hier gewesen sein. Er ging hinein, schloss die Tür und hob gerade die Hand, um nach dem Lichtschalter zu tasten, als sich plötzlich etwas um seinen Hals legte – ein weiches, elastisches Tuch. Blitzschnell brachte er die Hand zwischen das Tuch und seine Kehle und versuchte, sich zu befreien. Aber ein Mann packte ihn mit festem Griff von hinten. Brooks zog die Hände vom Hals zurück und tastete hinter sich, konnte aber niemand fassen. Kurz darauf stürzte er zu Boden und verlor die Besinnung.

25

Nachdem Tanner in der Halle seine Patience zu Ende gelegt hatte, stand er auf und trat zu Totty.

»Ein Mann, der sich selbst bei der Patience bemogelt, ist zu allen Schandtaten fähig«, sagte er, nachdem er dem Sergeanten eine Weile zugesehen hatte.

»Aber ein Mann, der nicht sein eigenes Glück im Auge hat, ist ein Narr.«

Totty mischte die Karten, legte sie auf den Tisch und gähnte.

»Ferraby sagte vorhin, dass er nächstens anfinge, sich zu fürchten. Übrigens hat dieser Brooks eine Pistole bei sich. Als er sich bewegte, sah ich die Umrisse der Waffe in seiner Hüfttasche. Der Kerl wird uns noch zu schaffen machen.«

»Das wird ihm aber schlechter bekommen als uns«, meinte der Chief Inspector.

Im nächsten Augenblick hörten sie einen dumpfen Fall.

»Gehen Sie schnell und sehen Sie nach, was da los ist.«

Totty erhob sich langsam.

»Wo war das? Soll ich die Treppe hinaufgehen?«

»Ja! Fürchten Sie sich etwa?«

»Allerdings«, erwiderte Totty, ohne sich im Mindesten zu schämen. »Sie hatten wohl nicht erwartet, dass ich das zugebe?«

Trotzdem eilte er die Treppe hinauf. Tanner blieb unten, er hörte kein Geräusch, bis sein Name gerufen wurde.

»Kommen Sie rasch her!«, rief Totty aufgeregt. Tanner und Gilder, der eben in die Halle gekommen war, liefen zum Zimmer des alten Lords hinauf. Brooks lag auf dem Rücken, und Totty gab sich die größte Mühe, ein Seidentuch aufzuknoten, das um die Kehle des Mannes geschlungen war.

»Mit dem ist es wohl vorbei«, stöhnte der Sergeant.

»Lassen Sie mich das aufknoten«, sagte Gilder und kniete neben seinem Kameraden nieder. Ein paar Sekunden später hatte er das Tuch entfernt und Kragen und Hemd des halb Erstickten aufgerissen. Er massierte den Hals, und vor Anstrengung und Aufregung trat Schweiß auf seine Stirn. Zum ersten Mal sah Tanner, dass der Amerikaner seine Ruhe verloren hatte.

»Er ist nicht tot.« Gilder wandte sich um. »Holen Sie mir doch schnell einen Kognak.«

Totty eilte nach unten und brachte eine volle Flasche. Vorsichtig flößten sie Brooks etwas von dem Stärkungsmittel ein, und nach und nach gab er Lebenszeichen von sich. Die Augenlider hoben sich, und die Hände zuckten krampfhaft.

»Er kommt bald wieder zu sich«, sagte Gilder, immer noch atemlos. »Helfen Sie mir, wir wollen ihn in sein Zimmer tragen. Beinahe wäre es um ihn geschehen gewesen. Selbst seine Pistole hätte ihm nichts helfen können, wenn er sie bei sich gehabt hätte.«

Gilder war um das Leben seines Freundes sehr besorgt; im Übrigen hatte er seine Ruhe zurückgewonnen.

Sie trugen Brooks in sein Schlafzimmer und legten ihn aufs Bett. Plötzlich fiel Tanner ein, dass der Raum, in dem sie den Mann halb tot aufgefunden hatten, doch eigentlich Islas Schlafzimmer war.

»Wo ist Miss Crane?«, fragte er schnell.

Gilder sah auf, senkte den Blick aber sofort wieder.

»Ich weiß es nicht«, entgegnete er etwas gezwungen. »Sie muss irgendwo im Hause sein.« Es war ein letzter vergeblicher Versuch, die Situation zu retten.

»Und wo ist Ferraby?«

Totty traf seinen Kollegen halbwegs auf der Treppe und erklärte ihm, was geschehen war. Als Ferraby begriffen hatte, verlor er die Fassung.

»Nun hören Sie aber endlich mit den dummen Fragen auf, und reißen Sie sich zusammen«, fuhr ihn Tanner schließlich an. »Wir sind doch hier nicht in einer Kleinkinderbewahranstalt! Machen Sie sich sofort auf und durchsuchen Sie das ganze Haus, bis Sie Miss Crane finden – dann haben Sie wenigstens etwas zu tun. Totty, Sie brauchen auch nicht bei Brooks zu bleiben, der kommt schon von selbst wieder zu sich. Wo ist eigentlich Gilder?«

Der amerikanische Diener hatte sich unbemerkt davongeschlichen, als Ferraby auf der Bildfläche erschienen war.

»Soll ich ihn suchen?«, fragte Totty und trat einen Schritt auf die Tür zu. Im selben Augenblick ging das Licht aus. Totty und Tanner tasteten sich auf den Gang hinaus, wo es auch stockdunkel war.

»Jemand muss an dem Hauptschalter gedreht haben. Totty, Sie wissen doch, wo der ist?«

»Ja, das habe ich sofort nach meiner Ankunft hier festgestellt. Ich werde ihn auch wiederfinden.«

»Haben Sie eine Taschenlampe? Gut! Aber halten Sie Ihren Gummiknüppel bereit. Sie werden ihn wahrscheinlich brauchen. Ich gehe in die Halle zurück.«

Der Sergeant schlich sich vorsichtig den Gang entlang und tastete sich an der Wand die Treppe hinunter.

Der Hauptschalter lag in einem kleinen Kellerraum, zu dem man durch die Küche gelangte. Als Totty dort hinkam, fand er die Tür weit offen. Er leuchtete die Steinstufen hinunter und packte den Gummiknüppel fester. Vorsichtig und langsam stieg er dann abwärts und lauschte. Er glaubte, jemand schwer atmen zu hören, und suchte mit der Lampe, ob er nicht jemand entdecken könnte. Aber es war kein Mensch zu sehen. Allerdings bemerkte er verschiedene Nischen, in denen man sich gut verbergen konnte.

»Kommen Sie heraus aus Ihrem Versteck!«, befahl er.

Niemand antwortete.

Zunächst war es seine Aufgabe, wieder Licht zu schaffen. Er konnte auch den Hauptschalter sehen, aber gerade, als er die Hand ausstreckte, um ihn zu drehen, erhielt er einen so heftigen Schlag auf den Kopf, dass er die Lampe fallen ließ. Im nächsten Augenblick fuhr er herum, um den Unbekannten zu packen, aber der Schlag hatte ihn stark mitgenommen. Er schlug mit der Faust aufs Geratewohl und traf ins Leere. Dann flog etwas an seinem Kopf vorbei und polterte gegen die Wand. Das Wurfgeschoss zerbrach und fiel in einzelnen Teilen zu Boden. Es musste ein großes Stück Kohle gewesen sein.

Wieder stieß Totty zu, ohne zu treffen. Dann eilte jemand die Treppe hinauf, warf die Tür zu und riegelte sie von außen ab.

Mit philosophischer Ruhe ergab sich Totty in sein Schicksal. Zuerst tastete er sich bis zum Hauptschalter und drehte ihn wieder an. Sofort flammte eine Lampe in dem kleinen Raum auf, in dem er sich befand, und nun bemerkte er auf der einen Seite einen Kohlenhaufen. Bald darauf fand er auch seine Taschenlampe wieder, die glücklicherweise nicht beschädigt worden war. Dann zog er ein Stück starke Schnur aus der Tasche und befestigte damit den Griff des Hauptschalters, sodass dieser nicht so schnell wieder gedreht werden konnte. Erst dann sah er sich nach einer Möglichkeit um, die Tür zu öffnen.

Er brauchte jedoch keine Gewalt anzuwenden, denn er hörte Ferraby, der in die Küche gekommen war. Gleich darauf riegelte dieser die Tür auf, sodass Totty heraus konnte. Der Sergeant war noch etwas benommen von dem Schlag, den er erhalten hatte.

»Haben Sie Miss Crane gefunden?«, fragte er schnell. Ferraby hatte sich inzwischen etwas gefasst.

»Nein. Sie muss aber irgendwo im Haus stecken. Tanner ist auch nicht mehr so besorgt um sie.«

Er wartete nicht auf Tottys Antwort, sondern eilte wieder davon.

Bevor Totty wegging, schenkte er sich erst ein Glas kaltes Wasser ein und trank es langsam aus. Als er dann in die Halle zurückkehrte, stellte ihm Tanner viele Fragen.

»Nein, ich habe ihn nicht gesehen, aber ich habe seine Nähe zu spüren bekommen«, erwiderte der Sergeant grimmig. »Der Kerl war so schnell, dass ich ihn nicht packen konnte.«

»Mit einem Stück Kohle hat er Sie also bombardiert? Sie haben Glück gehabt, das muss ich sagen. Er hatte wohl vergessen, dass er ein Schießeisen in der Tasche hatte. Nachdem Sie gegangen waren, fiel es mir ein, und wenn ich offen sein soll – ich habe nicht erwartet, Sie noch einmal lebend wiederzusehen.«

Totty schluckte.

»Ich danke Ihnen für diese Sympathiekundgebung«, brummte er. »Woher hat der Kerl denn die Waffe?«

»Die hat er Brooks heute Abend abgenommen. Das war das Erste, was der Diener berichtete, als er wieder zu sich kam. Er hat alles eingestanden, aber ich wusste ja schon Bescheid.«

»Wissen Sie denn, wer es ist?«

Tanner nickte.

»Ja. Als mir Lord Lebanon erzählte, dass sie ihm ein Schlafmittel in den Whisky geschüttet hätten, lag der Fall für mich klar. Zufällig kannte ich auch das Schlafmittel, das sie benützten.«

Der Chief Inspector legte Totty die Hand auf die Schulter.

»Wenn wir heute ohne weiteren Zwischenfall durchkommen, bitte ich morgen den Polizeipräsidenten, Sie zu befördern. Es geht mir zwar gegen den Strich, dass Sie Inspector werden sollen, aber schließlich muss es doch einmal geschehen.«

Totty lächelte bescheiden.

»Lady Lebanon ist in ihrem Zimmer«, fuhr Tanner fort, »und will nicht herunterkommen. Ich glaube, ihr Widerstand ist bald gebrochen. Früher oder später muss das ja eintreten – hallo, Ferraby, was machen Sie denn?«

Der junge Sergeant kam aufgeregt näher.

»Ich kann sie nirgends finden …«

»Geben Sie sich weiter keine Mühe. Miss Crane ist in Gilders Zimmer und schläft. Vor ein paar Minuten habe ich sie selbst dort gesehen. Hier ist der Schlüssel zu dem Raum.«

»Was, in Gilders Zimmer?«, fragte Ferraby atemlos. »Und Sie haben den Schlüssel abgezogen?«

Tanner nickte.

»Sie ist nicht in unmittelbarer Gefahr, und ich hoffe, es wird ihr nichts geschehen.«

»Gott sei Dank!«, erwiderte Ferraby. »Das waren die schlimmsten Augenblicke meines Lebens. Lord Lebanon wollte übrigens wissen, was das alles zu bedeuten hätte, aber ich habe es ihm nicht gesagt. Ich traf ihn vor der Tür zu dem Zimmer seiner Mutter. Nachher sagte er mir, dass sie ihn nicht hineingelassen hätte.«

»Lady Lebanon hat auch allen Grund, allein zu bleiben. Wo ist der Lord?«

Kaum hatte er diese Frage geäußert, als der junge Mann selbst mit wirren Haaren die Treppe heruntereilte. Allem Anschein nach war er aus dem Schlaf geweckt worden, denn er trug einen Morgenrock über dem Pyjama und erschien ohne Schuhe und Strümpfe.

»Sie werden sich erkälten«, meinte Tanner lächelnd. »Und das hat keinen Zweck.«

»Meine Mutter will nicht mit mir reden …«, begann Willie.

»Sie hat heute Abend auch schon zu viel Aufregung gehabt«, versuchte Tanner ihn zu beruhigen. »Ich würde mir deshalb keine Sorgen machen. Totty, gehen Sie doch einmal hinauf und fragen Sie Lady Lebanon, ob sie nicht herunterkommen möchte. Sagen Sie ihr, dass ich es wünsche. Ferraby, beruhigen Sie die Dienerschaft und schicken Sie die Leute zu Bett.«

Der Chief Inspector blieb mit dem jungen Lord allein, wie er es beabsichtigt hatte.

»Wo ist denn Isla? Ich war in ihrem Zimmer, fand sie aber nicht. Um Himmels willen, die Sache wird immer schlimmer!«

»Ja, das ist wahrscheinlich der Höhepunkt.«

Tanner glaubte in Wirklichkeit aber, dass der Höhepunkt erst kommen würde, wenn sich Lady Lebanon zeigte. Welchen Ausweg würde sie suchen? Würde sie sich das Leben nehmen?

»Was hat das alles eigentlich zu bedeuten?«, fragte der junge Lord ungewöhnlich entschieden. »Vergessen Sie bitte, dass ich ein ziemlich weicher, leicht zu beeinflussender Mensch war und allen Leuten erlaubte, mich zu leiten und mein Leben zu lenken. Ich habe mich jetzt endlich entschlossen, die Führung selbst in die Hand zu nehmen und von diesem abscheulichen Schloss wegzugehen. Marks Priory fällt mir tatsächlich auf die Nerven. Wissen Sie auch, wer in dem Zimmer ist, das sie nicht öffnen wollte? – Meinen Vater hält sie dort gefangen! Ich bin gar nicht Lord Lebanon.«

Tanner starrte ihn verblüfft an. Diese Enthüllung hatte er nicht erwartet. Aber dann unterdrückte er sein Erstaunen.

»Er war der Mann, der all diese Unruhe verursacht hat«, fuhr Willie Lebanon fort. »Jetzt ist er fort – ich wette, dass er viele Meilen entfernt ist. Er konnte ins Haus kommen und gehen, wann er wollte. Da staunen Sie, was?«

»Das muss ich zugeben«, entgegnete Tanner ruhig. Willie saß im Stuhl seiner Mutter und hatte die Hände gefaltet.

Tanner schob einen Sessel an die andere Seite des Tisches und setzte sich ihm gegenüber.

»Immer hat sie von der Familie geredet und von den Ahnen – ich mag kein Wort mehr davon hören!« Willie lehnte sich vor. »Meinen Sie nicht auch, dass es jetzt Zeit ist, ein Ende zu machen? Erst Studd – dann Amersham – und nun der arme Brooks!«

Tanner schüttelte den Kopf. »Sie urteilen ein wenig zu früh – Brooks ist nicht tot.«

»So? Es hat mir aber doch jemand gesagt, dass er tot wäre ... Nun, dann freue ich mich. Er ist wirklich kein schlechter Mensch. Aber denken Sie nicht auch wie ich? Diese ganze Familie sollte ausgerottet werden!«

»Ich verstehe nicht recht, wie Sie das meinen.«

Lebanon bewegte sich unruhig in seinem Sessel.

»Die Geschichte geht nun schon seit vielen Jahren. Die Lebanons waren immer so – wussten Sie das nicht?«

Er sprach leise und vertraulich weiter.

»Mein Vater war auch so ... fünfzehn Jahre hat er im Zimmer des alten Lords gelebt – er war vollständig verrückt und hatte den Verstand verloren!« Willie Lebanon lachte vor sich hin. »Und die beiden Amerikaner mussten nach ihm sehen – sie waren seine Wärter!«

»Das habe ich vermutet!«

Lord Lebanon stützte den Kopf in die Hand.

»Aber niemals hat er einen Menschen erwürgt!« Seine Stimme zitterte vor Erregung und Stolz. »Der alte Lord war immer eine Gefahr, aber heimlich hinter jemand herschleichen und ihm die Kehle zuschnüren – das konnte er nicht!«

Langsam wandte sich der Lord Tanner zu.

»Mein Vater ist tot – das wissen Sie. Er war wirklich vollkommen wahnsinnig. Habe ich Ihnen nicht vorhin erzählt, dass er oben in dem Zimmer wäre? Nun, da habe ich Sie angelogen. Ich kann nämlich sehr leicht lügen. Ich habe eine unglaubliche Erfindungsgabe und kann schnell handeln. Ich hörte doch, wie Sie sagten: ›Das war schnelle Arbeit!‹« Er lachte unheimlich auf. »In Puna habe ich das erste Mal beobachtet, wie es gemacht wird. Ich sah, wie ein kleiner, schmutziger Kerl plötzlich hinter einem großen, kräftigen Mann herschlich und ihm ein Tuch um den Hals warf. Gleich darauf war der andere tot. Es war einfach toll!«

Tanner sagte nichts.

»Ich habe es dann an einem jungen Mädchen versucht, einer Eingeborenen. Die war auch im Handumdrehen erledigt.« Er schnappte mit den Fingern, und seine Augen leuchteten auf.

Das war also das Geheimnis von Marks Priory. Tanner ahnte es seit einiger Zeit. Dieser junge Lord hatte die ganze Welt hinters Licht geführt, hatte den Polizeibeamten Sand in die Augen gestreut und alle Menschen getäuscht. Nur seine eigene Mutter wusste alles. Sie litt schwer darunter, setzte aber alles daran, ihn zu beschützen – den Letzten der Lebanons.

»Es ist merkwürdig, wie schnell Menschen sterben können.«

Willie steckte die Hand in die Tasche seines Morgenrocks, zog ein langes rotes Seidentuch heraus und lachte vor Vergnügen, als er es ansah.

»Schauen Sie einmal her. Ich habe eine ganze Menge von diesen Tüchern aus Indien mitgebracht. Amersham hat mir einmal einige fortgenommen, aber er wusste nicht, wo ich die anderen aufbewahrte.

Sie sind erstaunt? Ich bin nicht gerade groß, aber ich habe unheimliche Kräfte. Fühlen Sie einmal meine Muskeln.«

DAS INDISCHE TUCH

Er bog den Arm, und Tanner umspannte den oberen Teil. Niemals hätte er geglaubt, dass Willie Lebanon so stark sein könnte.

»Mir hat es furchtbar viel Spaß gemacht«, fuhr Willie fort. »Die Leute sagten immer: ›Ach, seht doch mal den schwächlichen jungen Kerl!‹«

Aber dann wurde er wieder ernst und kehrte zu seiner Geschichte zurück.

»Sie machten damals viel Aufhebens von dem indischen Mädchen. Die Leute beim Regiment trauten es mir gar nicht zu; die wussten nicht, dass ich so viel Kraft besaß, und als es herauskam, war es eine Überraschung für sie.«

»Ist es dasselbe Mädchen, von dem Sie mir in Scotland Yard erzählten?«

Der junge Lord lachte.

»Ja. Amersham hätte nie den Mut gehabt, das zu tun. Ich habe Sie damals nur aufgezogen, ich wollte Sie hinters Licht führen. Das hat mir von jeher das größte Vergnügen bereitet.«

»Die Sache wirbelte also damals viel Staub auf?«, fragte Tanner.

Er sprach so ruhig, dass man hätte glauben können, die beiden unterhielten sich über ein alltägliches Thema. Auf diese Enthüllung hatte er schon den ganzen Abend gewartet und deshalb seine beiden Assistenten fortgeschickt. Er wusste, dass Lord Lebanon in ihrer Gegenwart nichts gesagt hätte. Nur unter vier Augen würde ihm der junge Mann die Wahrheit anvertrauen.

»Ja, es gab einen unheimlichen Krach. Meine Mutter schickte Amersham nach Indien, damit er mich nach Hause bringen sollte. Er war ein ganz gemeiner Kerl, ein Mensch, der eigentlich nichts mit unserer Familie zu tun hatte. Es kam ihm gar nicht darauf an, Dokumente zu fälschen und anderer Leute Namen zu missbrauchen. Schrecklich war das! Lassen Sie sich mit dem Menschen nicht ein!«, sagte er mit Nachdruck.

Für ihn schien Amersham im Augenblick noch zu leben.

»Nachdem er mich nach England zurückgebracht hatte, ließ meine Mutter die beiden Leute wiederkommen, die auch nach meinem Vater gesehen hatten … Gilder und Brooks. Sie sind in Wirklichkeit keine Diener, sie sollten sich nur um mich kümmern. Sie verstehen, was ich meine?«

»Ja, vollkommen.«

Plötzlich kam dem jungen Lord ein Gedanke, der ihn belustigte.

»Sie erinnern sich doch an den Raum, den meine Mutter Ihnen nicht zeigen wollte? Ich kann Ihnen sagen, was darin ist. Alle Wände sind ausgepolstert, und überall sehen Sie Gummikissen. Ich musste immer hineingehen, wenn mir die Dinge klar wurden.«

»Sie meinen, wenn Sie den anderen unangenehm wurden?«, erwiderte Tanner lächelnd.

»Nein, wenn mir die Dinge klar wurden«, entgegnete der Lord ärgerlich. »Ich weiß genau, was ich sage. Wenn ich alles deutlich sehe, wie es wirklich ist, dann ist es schrecklich, und nur wenn ich in große Erregung komme, kann ich klar denken.«

Tanner lehnte sich über den Tisch, und Lebanon wich schnell zurück.

»Rühren Sie mich nicht an!« Er legte die Hand auf die Brust.

»Ich brauche nur Feuer – seien Sie einmal der höfliche Gastgeber.«

Als Willie das hörte, wurde er wieder freundlich.

»Es tut mir leid – außerordentlich leid.«

Er steckte ein Streichholz an und hielt es Tanner mit ruhiger Hand hin, während der an seiner Zigarre zog. Dann blies er es aus und legte es sorgfältig auf den Aschenbecher.

»Sind Sie nun Freund oder Feind?«, fragte er.

»Wie können Sie so etwas fragen? Ich bin doch Ihr Freund.«

»Sie haben aber nach Scotland Yard telefoniert, dass man drei Ärzte schicken soll, um mich für verrückt zu erklären. Ich habe es selbst gehört, dass Sie das am Apparat sagten.«

»Die besuchen mich doch nur«, protestierte Tanner.

»Das ist nicht wahr. Sie kommen meinetwegen.« Willies Züge verhärteten sich. »Aber ich kann ihnen schon etwas vorlügen, genau wie Ihnen und all den anderen. Meine Mutter war leider von diesem verdammten Amersham abhängig. Der hatte sie in seiner Gewalt. Ich werde Ihnen auch sagen, warum. Sie verwaltete das Vermögen meines Vaters, was eigentlich durch das Vormundschaftsgericht hätte geschehen müssen. Natürlich wäre sie in Teufels Küche gekommen, wenn man das erfahren hätte. Amersham drohte ihr immer, dass er zur Polizei gehen würde, deshalb hat sie ihm viel Schweigegeld gegeben.«

»Warum waren Sie aber so unfreundlich zu Ihrem Chauffeur?«

Der junge Lord wurde traurig.

»Das tut mir entsetzlich leid. Er war ein so guter Kerl, aber ich fürchtete mich nun einmal vor Indern. Die haben einmal versucht, mich umzubringen; sie waren damals so aufgebracht wegen des jungen Mädchens.

Ich wusste nicht, dass dieser Maskenball im Dorf abgehalten wurde, und als ich den Inder auf dem Weg durch den Park sah, bekam ich Angst vor ihm – und dann ist es eben geschehen …«

Tanner sah, dass Willie Lebanon die Tat aufrichtig bereute. Tränen standen in den Augen des Lords, denn er hatte Studd wirklich gern gehabt.

»Ich habe noch eine Woche hinterher geweint. Meine Mutter und die Dienstboten werden Ihnen das bestätigen. Zu seiner Beerdigung habe ich kostbare Blumen geschickt, und seine Schwester hat zweihundert Pfund von mir bekommen. Sie war seine einzige Verwandte. Das Geld habe ich aus der Kassette meiner Mutter gestohlen. In Wirklichkeit gehört mir doch alles, aber meine Mutter war damals, wie immer, sehr ärgerlich.«

Er sah nach der Treppe, dann nach der Tür.

»Soll ich Ihnen einmal etwas zeigen?«, fragte er lächelnd. »Aber Sie müssen mir vorher versprechen, niemand etwas davon zu sagen.«

»Ich gebe Ihnen mein Wort.«

Lebanon zog eine Pistole aus der Tasche.

»Die habe ich Brooks abgenommen«, sagte er befriedigt. »Und ich habe es sehr geschickt gemacht. Ich wollte schon immer eine Schusswaffe haben.«

Er sah Tanner plötzlich wieder ernst an.

»Man kann sich selbst erwürgen, aber es ist sehr schwer, und die Leute sehen auch so hässlich aus.« Schaudernd schloss er die Augen. Als er sie wieder öffnete, war sein Gesicht verzerrt und eingefallen. »Manchmal ist mir schon der Gedanke gekommen, dass diese ganze Familie aufhören muss zu existieren, mit all ihren Wappen und Wahlsprüchen. Meine Mutter sagt zwar immer, die Linie müsste fortgepflanzt werden, aber das ist doch einfach lächerlich!«

»Mein armer, lieber Junge«, sagte Tanner nach einer Weile freundlich und weich.

Lebanon kniff die Augen zusammen.

»Sie meinen doch nicht etwa mich – warum sagen Sie das?«

»Ich hatte einen jungen Bruder – etwa in Ihrem Alter.«

Der Lord schaute ihn argwöhnisch von der Seite an.

»Sie können mich nicht leiden.«

»Doch, ich habe Sie gern, ich bin doch immer Ihr Freund gewesen. In Scotland Yard war ich doch sehr nett zu Ihnen.«

Willies Gesicht hellte sich wieder auf.

»Das stimmt. Sie müssen aber zugeben, dass es sehr schlau von mir war, Sie dort zu besuchen. Das war wohl das Letzte, was Sie erwartet hätten. Bedenken Sie, dass ich Amersham in der Nacht umgebracht hatte. Als der Spektakel hier im Gange war, machte ich mich auf und davon. Meine Mutter hatte dann Gilder im Auto hinter mir hergeschickt. Der wusste, wohin ich gegangen war, denn ich hatte ihm am Morgen gesagt, ich würde nach Scotland Yard fahren, um mich einmal mit Ihnen zu unterhalten.«

Tanner streifte die Asche seiner Zigarre in eine Schale, während sich Lord Lebanon zurücklehnte und die Pistole mit beiden Händen umfasste.

»Das war allerdings ein toller Streich«, meinte Tanner.

Dann saßen sie sich eine Minute lang schweigend gegenüber.

»Ich möchte nur wissen, wo er sie hingebracht hat?«, fragte Lebanon plötzlich. »Ich meine Isla.«

»Wer soll sie denn fortgebracht haben? Etwa Gilder?«

Lebanon nickte.

»Heute Abend sah sie doch dem indischen Mädchen verdammt ähnlich. Ich trat hinter sie und legte meine Arme um sie. Haben Sie nicht gehört, wie sie geschrien hat? Sie lief die Treppe hinunter, und dann war Totty da, sonst wäre ich hinter ihr hergekommen. Im nächsten Augenblick sah ich auch Gilder; der ist ja immer in der Nähe. Haben Sie das nicht auch bemerkt? Wo Sie hinschauen, sehen Sie den Kerl. Am häufigsten hält er sich in der Halle auf. Ich glaube, der würde mich umbringen, wenn ich Isla etwas täte. Sie halten Gilder für einen gemeinen Menschen, aber das ist er in Wirklichkeit nicht. Im Gegenteil, er ist sehr freundlich, besonders zu Isla. Kein Mensch passt so gut auf sie auf wie er, besonders seit sie es weiß.

Deshalb fürchtete sie sich auch so sehr. Sie kam an dem Abend die Treppe herunter, als ich hier alles kurz und klein schlug.« Er sah sich interessiert um. »Ich kann mich zwar nicht darauf besinnen, dass ich es getan habe, aber wer soll es sonst gewesen sein? An jenem Abend hätte ich Amersham beinahe geschnappt. Die beiden Amerikaner packten mich von hinten, aber sie hatten große Mühe, mich zu überwältigen. Donnerwetter, hat sich Amersham damals gefürchtet! Isla sah den Kampf von der Treppe aus, und seit der Zeit ängstigt sie sich sehr.

Merkwürdig, als ich gestern Amersham erwischte, hat sie mich wieder gesehen. Ich trat gerade mit dem roten Tuch in der Hand in die Tür. Meine Mutter nahm es mir weg und schickte mich zu Bett. Und ich bin doch furchtbar stark – Sie glauben es wohl nicht?«

»Doch, ich habe immer angenommen, dass Sie große Kraft besitzen.«

Tanner konnte die dauernde Spannung kaum noch ertragen. Er wandte den Blick nicht von der Waffe, über die der junge Lord beide Hände gelegt hatte. Diese Lösung hatte er nicht beabsichtigt. Er hoffte jedoch, dass der Anfall nach einiger Zeit vorübergehen würde, wenn er Willie in guter Laune hielt und ihn beruhigte.

Früher hatte er schon einmal mit einem Wahnsinnigen zu tun gehabt. Er kannte die Anzeichen, und was er hier sah, war nicht gerade ermutigend. Der Höhepunkt des Anfalls war noch nicht erreicht. Das Schlimmste war, dass der junge Lord die geladene Pistole unter den Händen hatte. Die Mündung war auf Chief Inspector Tanner gerichtet.

»Heute Abend haben sie sich mächtig gefürchtet, als ich den Schlaftrunk nicht nahm.« Lebanon lachte vor sich hin. »Sie wussten wohl, was in dem Glas war?«

»Ja, es war Bromkali. Die Wärter dachten, Sie wären etwas erregt, und wollten Sie beruhigen. Das haben sie wahrscheinlich schon öfter getan.«

»Sehr oft. Aber heute Abend habe ich ihnen doch ein Schnippchen geschlagen.«

Tanner trank das Glas Whisky-Soda aus, das vor ihm auf dem Tisch stand, und erhob sich.

»Ich gehe jetzt zu Bett.«

Er schob den Sessel zurück, gähnte und streckte sich. Als er sich umschaute, stand Lebanon hinter ihm und sah ihn seltsam an.

»Sie gehen nicht zu Bett«, sagte der Lord leise. »Dazu fürchten Sie sich viel zu sehr!«

Tanner schüttelte lächelnd den Kopf.

»Doch, Sie fürchten sich. Vor mir fürchten sich alle.«

»Aber mir können Sie keine Angst einjagen«, erwiderte Tanner freundlich. »Seien Sie jetzt vernünftig und geben Sie mir die Pistole. Warum wollen Sie eine so gefährliche Waffe bei sich tragen?«

»Oh, damit lässt sich allerhand anfangen.«

Tanner hörte einen Schreckensruf von der Treppe her. Er wandte sich nicht um, aber er wusste, dass Lady Lebanon dort stand.

»Damit könnte ich zum Beispiel die Familie der Lebanons ein für alle Mal auslöschen.«

»Aber Willie!«

Plötzlich änderte sich das Benehmen des jungen Lords. Er wich zurück und verbarg die Waffe.

»Was machst du da, du dummer Junge? Gib sofort die Pistole her!«

»Nein«, entgegnete er mit weinerlicher Stimme, »ich habe schon immer so etwas haben wollen. Mehr als ein Dutzend Mal habe ich darum gebeten.«

»Leg die Waffe dort auf den Tisch!«

Einen Augenblick wandte Willie Tanner den Rücken zu, und in dieser Sekunde warf sich der Chief Inspector auf ihn. Totty stürzte in den Raum und half seinem Vorgesetzten, aber mit einer unglaublichen Kraftanstrengung gelang es dem Lord, sich frei zu machen und die Treppe hinaufzueilen. In diesem Moment erschien Gilder. Eine Sekunde zögerte Lebanon noch, dann drückte er ab. In dem engen Raum hallte der Schuss unheimlich wider. Die Pistole entglitt Willies Fingern, und er sank auf die Stufen nieder.

Im nächsten Augenblick waren die drei Männer an seiner Seite und beugten sich über ihn, aber ein Blick sagte Tanner, dass Hilfe vergeblich war.

Lady Lebanon stand mit erhobenem Kopf steif an ihrem Schreibtisch. Sie hatte das Gesicht abgewandt, aber den Kopf in den Nacken geworfen.

»Nun, wie steht es?«, fragte sie mit rauer Stimme.

»Er ist tot«, entgegnete Tanner heiser.

Sie antwortete nicht, aber ihre Hände krampften sich zusammen. Langsam ging sie zur Treppe.

Als sie an dem Toten vorüberkam, würdigte sie ihn keines Blickes. Sie blieb nur einen Augenblick stehen und stützte sich an der Wand.

»Zehn Jahrhunderte hindurch hat die Familie Lebanon bestanden, und nun ist keiner mehr übrig, um die Linie fortzusetzen«, sagte sie klagend.

Die Anwesenden hörten schweigend zu.

Mühsam stieg Lady Lebanon die letzten Stufen hinauf.

26

Chief Inspector Tanner berichtete dem Polizeipräsidenten über die Ereignisse in Marks Priory.

»Zuerst hatte ich den Eindruck, dass es sich um einen gewöhnlichen Racheakt handelte, und ich hatte zwei, vielleicht auch drei Leute in Verdacht, zunächst natürlich Amersham. Er war in der Nähe des Tatortes, als Studd ermordet wurde, und ich hatte auch ein Motiv gefunden: Beide interessierten sich für dieselbe Frau, und Amersham war entsetzlich eifersüchtig. Er stand in schlechtem Ruf, und ich muss gestehen, dass ich mich täuschen ließ, als der junge Lord Lebanon nach Scotland Yard kam und mir erzählte, Amersham hätte eine junge Inderin erwürgt. Als ich dann nach Amershams Tod ein Telegramm aus Indien erhielt, ersah ich daraus alle Einzelheiten des Verbrechens.

Lebanon war allem Anschein nach der Täter gewesen, damals aber schon für geisteskrank erklärt worden. Die indische Regierung war froh, dass er das Land schnell verließ, denn er hatte sich schon vorher merkwürdig benommen und bei der Jagd auf seine eigenen Treiber geschossen. Man beobachtete ihn gerade auf seinen Geisteszustand, als der Mord an dem Mädchen begangen wurde.

Hätte ich Lord Lebanon im Verdacht gehabt, so wäre mir auch sofort klar gewesen, dass er nur einen anderen als Täter hinstellen wollte. Aber Dr. Amersham stand in so schlechtem Ruf, und seine Beziehungen zu Lady Lebanon waren so seltsam, dass ich ihn zuerst für den Schuldigen hielt und alle meine Nachforschungen darauf richtete, ihn zu entlarven. Das änderte sich natürlich, als sein Tod bekannt wurde.

Amersham war ein Dieb und Erpresser; es war sein Glück, dass Lady Lebanon ihn während der Krankheit ihres Mannes zum Hausarzt und Vertrauten wählte. Der Familienarzt, der stets das Geheimnis gewahrt hatte, war gestorben, und sie hatte große Schwierigkeiten, einen Nachfolger zu finden. Jeder verantwortungsvolle Arzt hätte den Fall sofort der Behörde gemeldet, und dann wäre vom Gericht aus eine Vormundschaftsverwaltung über das Vermögen eingesetzt worden.

Amersham erschien in jeder Beziehung geeignet. Er war sehr klug, besaß auch genügend Kenntnisse über Geisteskrankheiten, und so erhielt er die Stelle, nachdem er sich auf eine Anzeige in der Times hin gemeldet hatte.

Sein Gehalt war sehr groß, und er hatte von der Zeit an keine Sorgen mehr. Aber er war eben ein verbrecherischer Charakter und nützte die Gelegenheit aus. Nach und nach kam die Familie Lebanon immer mehr unter seinen Einfluss, bis er sie schließlich vollkommen in der Gewalt hatte.«

Der Polizeipräsident stellte eine Frage, aber Tanner schüttelte den Kopf.

»Nein, es haben sich früher keine Krankheitssymptome bei dem Lord gezeigt. In Indien steht allerdings in seiner Krankengeschichte, dass er einmal einen leichten Sonnenstich hatte. Das wird die erbliche Veranlagung unterstützt und die Krankheit eher zum Ausbruch gebracht haben. Die ersten Anzeichen von Wahnsinn meldeten sich, als er auf seine eigenen Treiber schoss. Seine Vorgesetzten wussten nicht, dass sein Vater auch schon geisteskrank war. Und sein Urgroßvater ist in einem Irrenhaus gestorben. Ich habe übrigens feststellen können, dass Geisteskrankheit in beiden Teilen dieser Familie erblich ist.

Als der alte Lord starb, war Lady Lebanon froh, dass sie Dr. Amersham loswerden konnte, der sich immer mehr Rechte anmaßte. Drei Monate blieb er dem Schloss fern, dann kamen die traurigen Nachrichten aus Indien, und die Frau brauchte seine Hilfe aufs Neue.

Er willigte ein, die Behandlung Willies zu übernehmen und den Skandal in Indien zu vertuschen, aber er verlangte dafür von ihr, dass sie sich mit ihm in Petersfield trauen ließ. Zuerst war ich erstaunt, dass die Trauung in dieser kleinen Ortschaft stattfand, aber dann brachte ich in Erfahrung, dass Lady Lebanon viele Ländereien in der Gegend besitzt.

Es ist wohl nur eine Scheinehe gewesen. Liebe hat zwischen den beiden nicht bestanden, und sie haben niemals ein gemeinsames Leben geführt. Sie forderte nur von Amersham, dass er sich nicht zu sehr gehenlassen sollte, aber er kümmerte sich nicht darum. Gilder und Brooks wurden zurückgerufen, und es ereignete sich eigentlich nichts Besonderes bis zur Ermordung Studds, die bis zu einem gewissen Grad ja einem unglücklichen Zufall zuzuschreiben ist.

Der junge Lord hatte leider einen geheimen Ausgang aus der Tobsuchtszelle entdeckt, in die er zeitweise eingesperrt werden musste. Er fand die Treppe, die nach unten in den Park führte. Früher hatte man diesen Weg benützt, um den alten Lord abends in der Dunkelheit in den Park zu bringen. Dies muss noch vor Gilders Zeit gewesen sein, denn weder er noch Brooks wussten etwas von dem geheimen Gang.

Willie war außerordentlich geschickt und gewandt. Innerhalb einer Viertelstunde plante er zum Beispiel einen Anschlag auf den Motorradfahrer, der als Kurier nach Scotland Yard zurückgeschickt wurde. Kurz darauf hatte er sich Zugang zu Tillings Haus verschafft, wo er alles kurz und klein schlug, und wenig später war er wieder im Schloss.

Als er mich in Scotland Yard besuchte, hatte ich noch keine Ahnung, dass ich es mit einem Geisteskranken zu tun hatte. Er schien allerdings ein Schwächling zu sein, ein Muttersöhnchen, wie man es in aristokratischen Kreisen öfters findet.

Warum er damals zu mir kam, ist vollkommen klar. Er hatte Amersham in der Nacht ermordet und wollte sich bei der Polizei melden, bevor die Nachforschungen einsetzten.

Lady Lebanon schickte ihm sofort einen der Wärter nach, als er vermisst wurde. Gilder wusste, dass der Lord nach Scotland Yard gehen wollte, folgte ihm und ließ ihn nicht eher aus den Augen, bis er wieder sicher in Marks Priory landete. Sie kehrten in dem gleichen Auto zurück. Das hat mir Gilder später erzählt.

Lebanons Zerstörungswut nahm mit der Zeit zu. Kurz vorher hatte er erst einen schweren Anfall gehabt, wobei er das Wohnzimmer vollkommen zertrümmerte.

Die Ermordung Amershams hat er mit großer Schlauheit geplant und durchgeführt. Er wartete vor der Tür, und als er sah, dass Amersham abfahren würde, lauerte er ihm bei einer scharfen Kurve auf. Der Doktor musste dort langsamer fahren, der Lord sprang auf den Wagen und erwürgte den Mann.

Damals ging er nicht sofort ins Haus zurück. Vielleicht verlor er in der Aufregung den Weg; jedenfalls befand er sich plötzlich in einer Baumallee, die parallel zur Straße läuft, und wurde von dem Parkwächter Tilling angehalten. Der Mann muss aber sofort erkannt haben, wer sein Gegner war, denn er hat nicht seine volle Kraft angewandt. Er war stark genug, um Lebanon zu bezwingen. Später sagte er ja selbst aus, dass er sich nur darauf beschränkt hatte, sich gegen den Lord zu verteidigen. Schließlich brachte er Willie zum Haus zurück.

Lady Lebanon befand sich in einer schwierigen Lage. Zum ersten Mal war ihr Geheimnis Leuten bekannt geworden, die nicht zu dem engen Kreis gehörten, auf den sie sich verlassen konnte. Sie wusste außerdem, dass Amersham etwas zugestoßen sein musste, ja, sie suchte schon nach dem Toten, als Tilling mit Willie Lebanon auf der Bildfläche erschien.

Trotzdem konnte sie die Leiche nicht finden. Zunächst schickte Lady Lebanon nun Gilder mit Amershams Wagen fort; er ließ ihn ein paar Kilometer vom Dorf entfernt stehen.

Darauf musste sie mit Tilling fertig werden. Sie wusste, dass die Polizei bald erscheinen und auch den Parkwächter einem Verhör unterwerfen würde. Das konnte gefährlich werden. Deshalb fasste sie den Entschluss, ihn zu ihrem Jagdhaus in der Nähe von Aberdeen zu schicken. Sie versorgte ihn reichlich mit Geld und schrieb ihm die Züge vor, mit denen er fahren sollte.

Der junge Lord hatte eine große Abneigung gegen Miss Isla Crane, wie ich später feststellen konnte. Sie selbst hatte keine Ahnung davon, aber er machte drei Versuche, sie zu ermorden. Den letzten an dem Abend, an dem er sich selbst das Leben nahm.

Gilder erzählte er nichts von seinem Plan, da er sehr wohl wusste, dass er seine schützende Hand über Miss Crane hielt. Trotzdem vermutete es der Diener. Er hatte den jungen Lord zu lange betreut, dass er in gewisser Weise Voraussagen konnte, was dieser tun würde. Und so war es ihm möglich, Isla zur rechten Zeit in Sicherheit zu bringen.

Damit wäre ich am Ende meines Berichtes über den Fall von Marks Priory. – Im Anschluss daran möchte ich übrigens Sergeant Totty zur Beförderung vorschlagen.«

Der Polizeipräsident sah ihn erstaunt an.

»Warum denn?«

Tanner fuhr sich nachdenklich über das Kinn.

»Er ist nun schon so lange Sergeant, dass es vielleicht angebracht wäre, ihn zum Inspector zu machen.«

Quellenverzeichnis

Orthografie und Interpunktion wurden den Regeln der neuen deutschen Rechtschreibung angepasst. Die Einrichtung und behutsame Überarbeitung übernahm Mareike Landsberg.

Der Hexer. Aus dem Englischen von Fritz Pütsch. Leipzig: Goldmann 1926. (Engl. *The Ringer*, London: Hodder and Stoughton 1926)

Der Zinker. Aus dem Englischen von Ravi Ravendro. Leipzig: Goldmann 1928. (Engl. *The Squeaker*, London: Hodder and Stoughton 1927)

Das indische Tuch. Aus dem Englischen von Ravi Ravendro. Leipzig: Goldmann 1935. (Engl. *The Frightened Lady*, London: Hodder and Stoughton 1932)